말리나

Malina

MALINA

by Ingeborg Bachmann

세계문학전집 263

말리나

Malina

잉에보르크 바흐만

남정애 옮김

민음사

차례

등장인물

이반 1935년 헝가리 페치 출생. 몇 년 전부터 빈에 거주하며, 케른트너 순환도로에 면한 어느 건물로 출퇴근을 한다. 이반과 그의 장래가 귀찮은 일에 휘말려 들지 않도록, 돈을 다루는 그의 직장에 대해서는 필수 업무를 담당하는 기관 정도로 해 두겠다. 신용 기관은 아니다.
벨라, 안드라스 일곱 살, 다섯 살 난 이반의 아이들.
말리나 외모로는 나이를 짐작할 수 없으나 이제 마흔 살이 되었다. 요즘은 서점에서 더 이상 구할 수 없지만 1950년대 후반에 몇 부 정도 팔린 『위경(僞經)』의 저자이다. A급 국가 공무원임을 숨기려고 오스트리아 군사 박물관 직원으로 있다. 대학에서 역사(주전공)와 예술사(부전공)를 공부한 덕분에 쉽사리 그곳에 취직할 수 있었고, 전도유망한 자리까지 차지했다. 따라서 그는 어떤 일에 끼어들거나, 명예욕을 부리거나, 무엇인가를 요청하거나 해서 사람들 눈에 들어 보려고 기를 쓸 필요가 없다. 또한 군사 박물관은 눈에 띄는 구석이 별로 없는데도 우리 도시의 가장 진기한 시설물 중 하나가 된 병기창 안에 자리 잡고 있고, 국방부는 프란츠 요제프 항만에 자리 잡고 있는데, 그는 이 둘 사이에 기존의 절차나 문서들이 오가는 과정을 바꿔 보려는 불순한 생각도 하지 않는다.
나 내무부에서 발급한 오스트리아 여권 소유. 여권에는 국적을 공인한다는 내용과 갈색 눈, 금발, 클라겐푸르트 출생이라는 점이 기록되어 있다. 이어서 두 번 줄을 긋고 그 위에 다시 쓴 날짜들과 직업이 나오며, 세 번 줄을 긋고 고쳐 쓴 주소는 '빈 제3구(區) 웅가르 가(街) 6번지'다.

시간 오늘

장소 빈

시간만큼은 오랫동안 깊이 생각하고 난 뒤에야 겨우 '오늘'이라고 설정할 수 있었다. '오늘'이라고 말하는 것이 나에게는 거의 불가능하기 때문이다. 다른 사람들은 매일같이 '오늘'이라는 말을 쓴다. 하긴 쓰지 않을 수 없는 말이지만 말이다. 그러나 예컨대 사람들이 내게 내일에 대해서는 한마디도 하지 않은 채 오늘 어떤 계획이 있는지 전해 줄 때면, 그들은 자주 내가 넋 나간 눈빛을 한다고 생각하지만 사실 그럴 때면 나는 당황한 나머지 아주 주의 깊게 듣는 중이다. '오늘'과 나의 관계는 정말 절망적이다. '오늘'이라는 것에 대해 내가 할 수 있는 일이라고는 겁에 질려 허둥지둥 집으로 돌아와서 무슨 일이 있었는지 글로 써 내려가는 것뿐이다. 어떤 때는 너무나 겁이 나서 글로는 쓰지도 못한 채 겨우 얘기나 할 수 있을 뿐이다. 사람들이 '오늘'에 관해 쓴 것은 당장 없애 버릴 것이 틀림없기 때문이다. 마치 오늘 쓰였고, 오늘 안에는 절대 도착하지 못할 것이라는 이유로 진정한 편지들이 찢겨지고, 구겨지고, 끝맺어지지 못하고, 부쳐지지 못하는 것처럼.

한 번쯤 끔찍할 정도로 간절한 편지를 썼다가 찢어 버리고 내던져 버린 적이 있는 사람이라면 여기서 '오늘'이 무엇을 의미하는지 금방 알아차릴 것이다. 또한 '오세요. 사정이 되고 그럴 의향이 있다면, 또 오시라고 제가 부탁드려도 된다면, 5시에 란트만 카페로!'라는 휘갈겨 써서 알아보기 힘든 메모의 의미를 누구나 제대로 이해할 수 있는 것은 아니다. 혹은 '당장 나한테 전화 좀 줘. 오늘 안으로.'라거나 '오늘은 안 돼.'라는 전보도 마찬가지다.

'오늘'이란 자살한 사람들이나 사용할 수 있는 말이고, 그 외의 다른 사람들에게는 아무런 의미가 없다. 따라서 '오늘'이라는 말은 사람들에게나 '오늘'이라는 시간에게나 그저 임의의 어느 하루를 지칭하는 말에 지나지 않는다. 여덟 시간만 다시 일하면 된다거나 하루 출근하지 않고 그냥 쉰다는 것, 몇 가지 일을 처리하고, 뭔가 구입해야 하고, 조간과 석간을 읽고, 커피를 마시고, 뭔가 깜박한 일이 있고, 약속이 있고, 누군가에게 전화를 걸어야만 한다는 것 등등, 이 모든 일들이 너무나 당연하게 생각되는 그런 하루 말이다. 그러니 '오늘'이란 어떤 일이 일어날 수밖에 없거나 그렇게 많은 일들이 일어나지는 않아 오히려 다행인 하루다.

그런데도 만약 내가 '오늘'이란 말을 입에 올리면, 내 호흡은 불규칙해지기 시작하고, 이 불규칙한 호흡은 이내 심전도로 확인할 수 있을 정도가 된다. 다만 심전도 그래프에는 그 원인이 내가 입에 올린 '오늘' 때문이라는 것만 드러나지 않을 뿐이다. 늘 거듭해서 나를 짓누르는 '오늘' 말이다. 약호로 휘갈겨 쓴 의사들의 기록이야말로 내가 이런 장애에 시달리고 있고, 뭔가가 나에게 병적인 공포를 유발하고, 나를 병약하게 만들며, 환자로 낙인찍히게 한다는 증거다. '오늘도 여전하군.'이라고 생각하고 말하는 의사들은 바로 그 증인이다. 하지만 나를 걷잡을 수 없이 사로잡아 감당 못할 정도로 흥분시키는 것이 바로 이 '오늘'임을 알고 있고, 마지막 순간까지도 이 병적인 흥분에 사로잡혀 있을까 봐 두려움에 떠는 사람은 나 하나뿐이다.

시간은 이렇게 힘들어도 억지로 '오늘'이라고 정하게 된 반면, 장소가 '빈'이 된 것은 순전히 우연이다. 내가 일부러 이 장소를 찾아낸 것이 아니니까. 장소가 빈이라는 것이 도저히 믿기지 않지만, 그래도 그렇게 정해지고 나니 좀 안정이 되면서 정신이 든다. 나는 이 장소를 잘 알고 있다. 그것도 아주 훤히 꿰고 있다. 사건이 벌어지는 장소는 거대한 빈 안에 있는데, 이것은 별로 특별할 것도 없다. 실제로 배경이 되는 곳은 겨우 하나의 거리, 그것도 거리 전체가 아닌 웅가르 가의 일부분일 뿐이다. 이렇게 된 것은 이반과 말리나 그리고 나, 우리 셋 모두가 바로 이곳에 살고 있기 때문이다. 제3구에서 세상을 바라보고 그런 식으로 한정된 시각를 갖게 되면 사람들은 자연히 웅가르 가를 부각시키고, 이 거리에서 뭔가를 발견하고, 이 거리를 찬미하며, 이 거리에 어떤 의미를 부여하려 든다. 거리는 호이마르크트와 접해 있는 아주 조용하고 정겨운 장소에서부터 시작된다. 내가 사는 곳에서는 시립 공원뿐만 아니라 위압적으로 서 있는 도매시장 건물과 중앙 세관까지도 한눈에 들어오니, 웅가르 가는 나름대로 특별한 거리라고 말할 수도 있을 것이다. 우리들 집 양편으로는 늘 문이 굳게 닫힌 근엄한 집들이 이어져 있다. 양쪽 대문에 청동 사자상이 붙어 있고 9번지라고 표시된 이반의 집을 지나자마자 비로소 이 거리는 점점 더 소란스럽고, 혼잡하고, 무질서해진다. 거리 오른편으로는 외교관 거주 구역이 인접해 있다. 하지만 빈의 '귀족 동네'라고들 뒤에서 수근거리는 이 구역과 웅가르 가는 닮은 점이 별로 없다. 작은 카페와 오래된 여관이 많이 있어서 사람들은 아직도 이 거리를 찾는다. 알트 헬러로 가는 길을 따라가다 보면, 그 사이에는 아주 편리하게 이용하고 있는 자동차 정비소 아우토마크와 자주 들르는 새 약국이 있다. 노이링 가(街)에 이르면 담배 가게가 하나 있으며, 베아트릭스 가(街)의 모퉁이에 있는 괜찮은 빵집도 빼놓을 수 없다. 그리고 아무 데서도 주차 공간을 찾을 수 없을 때, 늘 주차할 곳을 발견할 수 있는 뮌츠 가(街)가 있다는 게 참 다행스럽다. 군데군데, 예를 들어 이탈리아 문화원이 함께 있는 이탈리아 영사관에 이르면 뮌츠 가 특유의 고상한 분위기가 느껴지기는 하지만, 그렇다고 이 분위기가 그리 큰 영향을 끼치는 것은 아니다. 우편배달 차량을 위해 마련해 둔 흉흉한 주차장에 눈길이 가거나(이 주차장에는 왜 거기에 있는지 이유를 알 수 없는 '프란츠 요제프 황제 1세.

1850'과 '사무실과 작업장'이라는 두 개의 간판이 붙어 있다.) 혹은 O번 전차가 굴러 올 때면, 고상해지려고 애쓰는 이 거리의 노력을 그만 잊어버리게 되기 때문이다. 그 대신 이 거리는 먼 옛날의 한창때를, 헝가리에서 길을 떠나온 상인들, 말과 소, 건초를 팔던 행상들이 머물다 가는 숙소가 있던 예전의 웅가르 거리를 떠오르게 한다. 이렇게 이 거리는, 공식적인 표현을 빌리자면, '멀리 우회해서 시내 방향'으로 뻗어 있다. 렌베그부터 내려와 접어드는 이 우회로를 묘사하려 들면 그만 글이 막히고 만다. 늘 여기저기 조금씩 달라진 것, 불쾌한 신식 건물, 소위 현대식 주거라고 불리는 상점들이 거슬리기 때문이다. 하지만 시내의 우쭐대는 광장이나 거리보다야 차라리 이런 것들이 나에게는 더 의미 있다. 이곳 사람들이 다들 이 거리를 알고 있는 것을 보면 이 거리가 유명하지 않다고 말할 수도 없다. 그러나 특별한 볼거리 하나 없는 주택가에 불과한 이 거리를 외지인들이 찾게 될 일은 결코 없을 것 같다. 관광객이라면 슈바르첸베르크 광장에서 혹은 기껏해야 렌베그나 벨베데레쯤에서 발길을 돌릴 것이다. 그런 곳이 우리와 같은 '제3구'라는 칭호를 달고 있다는 것이 영광이긴 하지만 말이다. 혹시라도 외지인이 새로 지은 석조 건물인 빈 인터컨티넨탈 호텔에 묵고 있고, 그곳에서부터 상당히 멀리 시립 공원까지 산책을 나오게 된다면 빙상 협회가 있는 다른 쪽 방향에서부터 이 거리로 다가올 수는 있을 것이다. 언젠가 시립 공원에서 얼굴에 하얗게 회칠을 한 피에로가 고음의 쇳소리로 내게 이런 노래를 불러 준 적이 있다.

우리는 이 시립 공원에 일 년에 기껏해야 열 번 정도 갈 뿐이다. 사실 오 분 이상 머물 이유가 없는 곳이기는 하다. 걸어 다니지 않는 것이 원칙인 이반은 내가 아무리 애원하거나 아첨을 해도 차를 타고 이 공원을 지나쳐 갈 뿐이다. 그렇게 스쳐 지나가며 바라본 것이 그가 이 공원에 대해 알고 있는 전부다. 공원이 집에서 너무 가깝기 때문에 그냥 그렇게 된다. 바람을 쐬거나 아이들과 함께 어디엔가 갈 생각이면 차를 타고 빈 숲이나 칼렌베르크로, 락센부르크 성이나 마이어링 성까지 혹은 부르겐란트에 있는 페트로넬과 카르눈툼까지 나가는 게 보통이다. 우리는 차를 타야만 하는 곳이 아닌 이 공원에 잘 가지도 않고, 또 가고 싶어 하지도 않는다. 그러니 이제는 동화 시절에 대해서는 기억나는 것이 하나도 없다. 가끔은 목련 꽃망울이 터졌다는 것을 깨닫고 가슴이 답답해지기도 하지만, 그런 걸 가지고 그때마다 호들갑을 떨 수야 없는 노릇이다. 만약 말리나에게 무심히 '그건 그렇고, 시립 공원에 있는 목련들 말이야, 봤어?'라고 말하면, 그는 예의 바른 사람이니까 고개를 끄덕여 주기는 하겠지만, 목련이라는 말이 뭘 의미하는지 그는 이미 잘 알고 있을 것이다.

* 오스트리아 빈 출신 작곡가 쇤베르크(Arnold Schönberg, 1874~1951)의 가곡「달에 홀린 피에로(Pierrot Lunaire)」의 일부분. 독일어로 '오, 동화 시절의 옛 향기'라는 뜻이다.

빈에 웅가르 가보다 훨씬 더 아름다운 거리들이 많다는 것은 누구나 쉽게 알 수 있지만, 어쨌든 그 거리들은 다른 구에 속해 있다. 그 거리들은 이를테면 지나치게 아름다운 여인들에 비유할 수 있다. 사람들은 마땅히 그래야 하는 것처럼 감탄하는 눈길로 그녀들을 바라보지만, 아무도 감히 그녀들과 사귀어 볼 엄두를 내지 못하는 법이다. 지금껏 웅가르 가가 아름답다거나 인발리덴 가와 웅가르 가가 만나는 교차로가 너무 황홀해서 할 말을 잃었다고 주장한 사람은 하나도 없었다. 그러니 처음부터 나의 거리, 우리의 거리에 대해 근거 없는 주장을 늘어놓지는 않겠다. 차라리 웅가르 가와 내가 서로 묶여 있다는 사실을 나 자신 안에서 찾아보는 게 좋을 것 같다. 그렇지 않아도 웅가르 가 9번지와 6번지 사이의 우회로는 사실 내 마음속에만 존재하는 길이니 말이다. 그리고 프라이융 광장을 지나가든지, 그라벤에서 쇼핑을 하든지, 국립 도서관으로 천천히 발걸음을 옮기든지 혹은 로브코비츠 광장에서서 '사람은 여기, 이런 데서 살아야 하는 거야! 아니면 암호프에서!'라는 생각을 하든지 간에 상관없이 왜 내가 늘 이 골목의 자장(磁場) 안에 머물고 있는지에 대해서도 나 자신에게 물어볼 수밖에 없을 것 같다. 시내에서 서성거리면서 집에 가고 싶지 않다고 스스로를 기만해 보기도 하고, 벌써부터 집에 가고 싶어지고, 집에 돌아가 있고 싶은 마음을 억누르느라 한 시간 동안 카페에 앉아서 신문을 넘겨 보기도 한다. 하지만 그러다가도 이전에 살았던 베아트릭스 가나 호이마르크트에서 지금 살고 있는 구역으로 넘어오게 되면, 시간이란 것이 갑자기 그 의미를 잃고, 시간 때문에 겪는 병적인 증상과는 또 다른 증상들이 나타난다. 호이마르크트를 지나면서부터 혈압은 올라가는데 동시에 긴장은 풀린다. 낯선 장소에서 나를 엄습했던 경련도 사라진다. 걸음은 점점 더 빨라지지만 마음은 아주 차분해지고, 벅찬 행복을 느끼며 얼른 집에 가고 싶어 애가 탄다. 내게는 이 웅가르 가 구석보다 더 안심할 수 있는 곳이 없다. 낮에는 비탈길을 달려 올라가고, 밤에는 대문을 향해 돌진한다. 손에는 벌써 열쇠가 들려 있다. 열쇠가 꽂히고, 대문이 열리고, 현관문이 열리는 고마운 순간이 다시 찾아온다. 나의 집을 중심으로 반경 200미터, 100미터가 되는 곳에 들어서면 그곳의 모든 것들은 집이 가까워지고 있음을 알려 주는 표식이 된다. 사람들과 차들이 북적거리는 와중에도 나에게는 집으로 간다는 느낌이 넘쳐흐른다. 물론 진짜 내 집은 아니다. 이 집을 새로 지은, 아니 새로 지었다기보다는 다시 땜질해 짜 맞춘 어떤 주식회사 혹은 투기업자들의 집이다. 이 집을 수리할 때 나는 여기서 십분 거리인 곳에 살고 있었고, 그래서 그 내막에 대해서는 아주 잘 알고 있다. 한동안 내 행운의 번호였던 26번지를 꽤 오랫동안 울적하게, 죄의식을 느끼며 지나다녔다. 마치 주인이 바뀐 개가 옛 주인을 다시 봤을 때 누구를 따라야 할지 몰라 헤매는 것처럼. 그러나 이제는 베아트릭스 가 26번지를 아무 일도 없던 것처럼 지나친다. 거의 아무 일도 없었던 것처럼. 혹은, 그래, 옛날 옛적 그 자리에 옛 시절의 향기가 있었음에도 이제는 너 이상 그 향기를 느낄 수가 없다.

말리나와 나의 관계는 수년에 걸쳐 불편한 만남, 심한 오해 그리고 몇 가지 어리석은 공상 들로 이루어졌다. 다른 사람들과 경험한 것보다 훨씬 더 심한 오해였다는 것을 말해 두고 싶다. 물론 처음부터 내 자리는 말리나보다 아래였다. 그의 존재가 나에게는 불행을 초래할 수밖에 없고, 내 인생에 등장하기 전부터 이미 그가 자신의 자리를 차지하고 있었다는 것을 나는 일찌감치 알고 있었던 게 틀림없다. 다만 어쩌다 보니 너무 일찍부터 그와 지내게 되는 일이 뒤로 미뤄졌든지 아니면 내가 스스로 나중으로 미룬 것일 뿐이다. 언젠가 시립공원 앞 E2와 H2 노선이 지나는 전차 정류장에서 그럴 만한 기회가 있었는데, 그때 이미 일이 시작될 수도 있었다. 그곳에서 말리나는 손에 신문을 들고 서 있었고, 나 역시 신문을 펼쳐 들고 있었다. 신경 쓰지 않는 척했지만 사실은 신문 너머로 계속 그를 바라보고 있었다. 하지만 그가 정말로 신문에 푹 빠져 있었는지 혹은 내가 시선을 고정시킨 채 그로 하여금 고개를 들도록 최면을 걸고 있던 것을 눈치챘는지는 알 수가 없었다. 내가 말리나한테 뭘 시키려 들었다니! 나는 'E2가 먼저 오면 돼. 제발이지 기분 나쁜 H2나 배차 간격이 뜸한 G2가 먼저 오지 않았으면. 좋겠네.' 하고 생각했고, 정말로 E2가 먼저 왔다. 그런데 내가 이 전차의 두 번째 차량에 올라탔을 때 말리나는 그만 사라져 버렸다. 그는 첫 번째 차량에도, 내가 탄 차량에 보이지 않았고, 정류장에 그대로 남아 있지도 않았다. 어쩌면 내가 전차를 타느라 돌아서야 했을 때 갑자기 교외선 정류장 안으로 달려 들어갔을 수는 있다. 하늘로 솟을 수야 없는 노릇이니까. 나는 도대체 어찌 된 영문인지 모른 채 그를 찾느라 계속 창밖을 바라보았다. 그가 어떻게 순식간에 사라졌는지, 왜 그에게 유독 신경이 쓰이는지 도무지 알 수가 없었고, 이 일이 계속 마음에 남아서 그날은 힘겨운 하루를 보내야 했다. 하지만 그건 아주 오래전 일이고, 오늘 그 얘기를 하기에는 시간이 부족하다. 몇 년 뒤 또 한 번 그 비슷한 일이 있었는데, 뮌헨에 있는 강연회장에서였다. 불쑥 그가 내 옆에 와 서더니 앞으로 몇 걸음 더 가서 자신을 밀쳐대는 대학생들 사이에서 빈자리를 찾다가 다시 뒤로 되돌아가는 것이었다. 나는 흥분해서 거의 기절할 것 같은 기분으로 '기술 시대의 예술'이라는 한 시간 반짜리 강연을 건성으로 흘려들으면서, 가만히 앉아서 감동이나 하도록 정해진 청중들 속에서 말리나를 찾고 또 찾았다. 내가 기술에도, 예술에도, 그리고 이 시대에도 매달리고 싶지 않으며, 공개적으로 다루어지는 학술적 관계나 주제, 문제 들에는 몰두하지 않을 것이라는 점이 적어도 이날 저녁에 분명해졌다. 그리고 내가 원하는 건 말리나고, 내가 알고자 하는 모든 것이 그에게서 나올 수밖에 없다는 점 역시 분명해졌다. 그래도 강연이 끝날 때는 다른 사람들과 함께 박수를 퍼부어 댔다. 뮌헨 출신의 두 사람이 강연장 뒤쪽 출구로 나를 안내해 주었다. 한 사람은 내 팔을 받쳐 주었고, 또 한 사람은 똑똑한 척 나에게 열심히 주절댔으며, 그 외에 다른 사람들도 나에게 말을 걸어왔다. 그때 건너편 쪽에 말리나가 보였다. 그 역시 뒤쪽 출구를 향하고 있었는데, 그의 움직임이 디딘 덕분에 놓치지 않고 그에게 다가갈 수 있었다. 그런데 나는 거기서 갑자기 상상할 수도 없는 행동을 하고 말았다. 마치 사람들이 나를 밀쳐서 그가 있는 쪽으로 넘어진 것처럼 그에게 가 부딪쳐 버렸고, 또 진짜로 넘어지고 말았던 것이다. 이런 식으로 그는 어쩔 수 없이 내 존재를 눈치챌 수밖에 없었다. 당시 그가 나에게 정말 눈길을 주기나 했는지는 분명치 않다. 하지만 어쨌든 나는 그때 처음으로 그의 목소리를 들었다. 그는 차분하고, 정확하게, 단조로운 어조로 말했다. "죄송합니다."

아무도 나에게 그런 말을 한 적이 없었기 때문에 나는 뭐라 대꾸해야 할지 몰랐다. 그가 나에게 죄송하다는 말인지, 아니면 내가 그에게 죄송해야 한다는 말인지도 알 수가 없었다. 금세 눈에 눈물이 가득 고이는 바람에 그의 뒷모습을 쳐다보지도 못했다. 행여 다른 사람들이 눈치챌까 고개 숙여 바닥을 바라보며 가방에서 휴지를 꺼내 들고는 기어 들어가는 목소리로 누군가의 발에 걸린 것 같다고 둘러댔다. 겨우 고개를 다시 들 게 되었을 때 말리나는 이미 사람들 사이로 사라지고 없었다.

나는 빈에서 그를 더 이상 찾지 않았다. 그냥 그가 외국에 있다고 생각했다. 아무런 희망도 없이 시립 공원으로 이어진 내리막길을 걸어다니는 일상이 반복되었다. 그때는 차가 없었으니까. 그러던 어느 날 아침 신문을 읽다가 그의 소식을 접하게 되었다. 사실 신문에 실린 건 그에 관한 기사가 아니라 마리아 말리나의 장례식에 관한 기사였다. 빈 사람들이 이 여배우 한 사람을 위해 자발적으로 너무나 감동적이고도 성대한 장례식을 거행했는데, 조문객 중에는 뛰어난 재능을 지닌, 젊고 유명한 작가인 그녀의 남동생도 있다고 했다. 언론은 무명작가에 불과한 그에게 그저 그날 하루만 써먹으면 되는 명성을 급조해 안겨 주었던 것이다. 장관과 건물 관리인, 비평가 그리고 서서 장례식을 지켜볼 중·고등학생 들이 중앙 묘지*를 향해 긴 행렬을 이루고 있을 때, 마리아 말리나 같은 유명 인사의 남동생이 아무도 알아주지 않는 책이나 한 권 달랑 써낸, 도무지 '별 볼일 없는 인간'일 수는 없는 노릇이었다. '뛰어난 재능을 지닌, 젊고, 유명한'이라는 세 가지 표현은 온 국민이 애도하는 이날 그가 반드시 걸치고 가야 할 새 옷이었다.

신문을 통해 이루어진 이 세 번째 불유쾌한 만남에 대해(물론 내 쪽에만 해당되는 일이었지만.) 우리는 단 한 번도 얘기를 나눈 적이 없다. 마치 그와는 무관한 일이었던 것처럼, 나와는 더더욱 무관한 일이었던 것처럼. 서로의 삶에 대해서는 물론이고 서로의 이름조차도 물어볼 수 없었던 그 잃어버린 시절에 나는 그를 '오이게니우스'라고 불렀다. '고귀한 기사, 오이겐 왕자'**는 내가 배워야 했던 첫 번째 노래였고, 그래서 '오이겐'은 내가 알게 된 첫 번째 남자 이름이었는데, 이 이름은 금방 내 맘에 쏙 들었더랬다. 베오그라드***라는 도시도 마음에 들었지만, 말리나가 베오그라드 출신이 아니라 나처럼 유고슬라비아 국경 지역 출신이라는 사실을 알게 되면서 이 도시가 지닌 이국적인 정서와 의미는 사라져 버렸다. 지금도 가끔 처음 우

---

* 베토벤, 슈베르트, 브람스, 요한 슈트라우스, 모차르트, 브루트너 등 유명 음악가들과 역대 오스트리아 대통령들이 묻힌 묘역.

* 오이겐 왕자(1663~1736). 터키 군의 침공으로 시작된 대터키 전쟁(1683~1699)에서 일곱 배가 넘는 터키 군을 상대로 빈을 사수하고, 터키에게 빼앗겼던 부다페스트까지 탈환하는 등 뛰어난 활약을 보인 오스트리아의 역사적 영웅.

*** 유고슬라비아의 수도. 2006년부터 세르비아의 수도가 되었다.

리가 함께 지내던 그 시절처럼 슬로베니아어나 벤드어*를 말하기도 한다. "Jaz in ti. In ti in jaz."** 이런 것 말고는 우리가 함께 지내기 시작했던 그 좋았던 시절에 대해 얘기할 것이 없다. 하루하루 점점 더 좋은 날들이 이어지고 있으니까. 나로 하여금 그렇게 많은 시간을 다른 사람들과 다른 일들에 허비하도록 내버려 둔다고 말리나에게 잔뜩 화가 나 있던 때를 생각하면 웃음만 나온다. 그럴 때면 그를 베오그라드에서 내쫓아 버리고, 그에게 붙여 준 이름도 빼앗아 버리고, 그를 상대로 터무니없는 이야기들을 지어내곤 했다. 그 이야기들 속에서 그는 때로는 허풍쟁이였다가, 때로는 속물이었다가, 때로는 첩자가 되곤 했다. 기분이 좀 더 괜찮을 때면 현실 세계에 있는 그를 동화나 전설 속에 옮겨다 놓고는 플로리첼*** 혹은 지빠귀 수염 왕자****라고 불렀다. 그중에서도 그가 성 게오르그일 때가 가장 좋았다. 용을 때려눕히고, 아무것도 없는 거대한 늪지대에 내가 태어난 도시인 클라겐푸르트를 생겨나게 했다는 성 게오르그 말이다. 나는 이렇게 실없는 장난을 실컷 한 다음에야 결국 기가 죽어서, 사실 말리나는 빈에 있으며, 여기서 그와 마주칠 가능성이 그렇게 많았건만 번번이 그를 놓쳐 버렸다고 제대로 추측해 보는 것이었다. 그렇게 자주는 아니었지만, 그제야 어떤 장소에서 말리나에 대한 얘기가 오가면 나도 그 대화

* 슬라브족의 한 부류인 벤드족의 언어.

** 슬로베니아어로 '나도 너도, 너도 나도.'라는 뜻이다.

*** 셰익스피어의 『겨울 이야기(The Winter's Tale)』에 등장하는 인물.

**** 그림 형제의 동화 「지빠귀 수염 왕자」에 등장하는 인물. 거만한 공주를 길들여서 아내로 삼는다.

에 끼어들기 시작했다. 지금은 더 이상 그때 일로 마음이 상하지 않지만 그래도 민망한 기억이기는 하다. 그 당시에는 나 역시 그를 알고 있는 것처럼, 그에 대해 몇 가지 아는 사실이 있는 것처럼 행동하고 싶었다. 그래서 사람들이 말리나와 요르단 부인을 흉보며 웃음거리로 삼을 때면 다른 사람들처럼 나도 같이 농담을 하며 거들곤 했다. 지금이야 나도 알고 있다. 여기 사람들이 말하는 것과는 달리 말리나는 요르단 부인과 어떤 관계도 가진 적이 없으며, 마르틴 라너도 코벤츨에서 요르단 부인과 밀회를 즐긴 적이 한 번도 없다는 것을 말이다. 마르틴 라너와 요르단 부인은 남매 사이니 몰래 만날 이유가 없다. 그리고 특히 말리나를 다른 여자들과 결부시켜 생각하는 것은 불가능하다. 물론 그가 나를 만나기 전에 다른 여자들을 알고 지냈을 거라는 점을 배제할 수는 없지만, 하긴 지금도 그는 많은 사람들과 알고 지내고 그중에는 당연히 여자들도 있지만, 우리가 함께 살게 된 이후로 그런 건 완전히 무의미해졌다. 나는 이제 더 이상 이런 문제로 골치를 썩이지는 않는다. 말리나 때문에 생긴 의심이나 혼란은 그가 어처구니없어하는 순간 말끔히 사라져 버린다. 젊은 요르단 부인에 대해서도, 그녀가 무릎을 꿇고 바닥을 닦고 있을 때 남편의 조수가 덮치자 자신이 얼마나 남편을 경멸하는지를 피력하면서 "난 오직 사후세계 일에만 관심이 있어요."라는 유명한 말을 남겼다는 소문이 오랫동안 떠돌았지만, 그녀 역시 그 소문의 실제 주인공이 아니었다. 그건 사실은 전혀 다른 일이었고, 소문과는 다른 얘기였다. 언젠가는 모든 것이 바로잡히게 될 것이다. 그리고 소문 속의 인물들이 실제 인물이 되어 소문에서 벗어나 거창하게 등장할 것이다. 지금 나에게 말리나가 그런 것처럼. 그는 이제 더 이상 소문들을 짜깁기해 생겨난 허상이 아니며, 그런 소문들에서 풀려나 내 옆에 앉아 있고, 나와 함께 시내를 걸어 다닌다. 바로잡아야 할 것들이 더 있지만 아직 때가 되지 않았다. 그것은 훗날을 위한 일이다. 지금 할 수 있는 일이 아니다.

우리 사이의 모든 것이 바로 지금처럼 된 이후로는 스스로에게 더 많이 물어볼 수밖에 없게 되었다. 닮기는커녕 전혀 다르기만 한 말리나와 내가 서로에게 도대체 무엇일 수 있는지를 말이다. 이것은 우리의 성별이나 천성이 다르다거나, 말리나라는 존재는 안정되어 있고 나라는 존재는 불안하다는 그런 문제가 아니다. 물론 말리나는 나처럼 그렇게 경련을 일으킬 정도의 삶을 살지는 않았으며, 쓸데없는 일에 시간을 낭비한 적도, 여기저기 전화를 해 댄 적도 없고, 어떤 일이 닥칠 때 속수무책으로 당하고만 있지도 않고, 좋지 않은 상황에 빠져든 적도 없다. 자기 자신을 들여다보느라 족히 삼십 분은 거울 앞에서 있다가 황급히 서둘러 약속 장소로 가는 바람에 항상 너무 늦어서 더듬거리며 사과를 해야 한다거나, 질문을 받거나 대답을 해야 하는데 아무것도 생각나지 않아서 당황한다거나 하는 그런 일이 그에게는 결코 없었다. 함께 지내는 지금도 여전히 우리에게는 공통점이 별로 없는 것 같다. 우리는 상대방이 지닌 이해할 수 없는 면을 참고 넘어가 주기도 하고 그런 면에 대해 놀라기도 한다. 나의 놀라움에는(과연 말리나도 놀랄 때가 있을까? 갈수록 점점 더 그럴 리가 없다는 생각이 든다.) 늘 호기심과 불안함이 함께한다. 그는 내가 바로 지금 여기 존재한다는 사실에 곤혹스러워하는 법이 전혀 없기 때문이다. 그는 나의 현존(現存)을 마음 내킬 때만 받아들이고, 할 말이 없을 때는 무시해 버린다. 한집에 산다고 해서 늘 마주칠 수는 없다는 듯이, 일상적인 행동 하나하나에 상대방에게 귀를 기울이고 주목할 수는 없다는 듯이 말이다. 그에게 나는 이미 잘 알고 있는, 별로 중요하지도 않은 자아(自我)이기 때문에 그가 그토록 침착한 것이 아닌가 싶다. 마치 굳이 필요하지도 않았던 인간 단계에 해당하는, 쓰레기에 불과한 나를 그가 괄호 밖에 내놓은 것처럼, 마치 내가 그저 그의 갈비뼈로 만들어졌고 예전부터 그에게는 없어도 무방한 존재지만 늘 그의 역사를 따라다니며 보충하려 드는 어두운 역사인 것처럼, 그래서 그가 이 역사를 분명하기 그지없는 자신의 역사로부터 분리시키고 그 사이에 경계를 그어 버린 것처럼 말이다. 그러니 다름 아닌 내가 말리나에게 뭔가를, 특히 나 자신을 제대로 해명해야 한다. 그건 내가 해야만 하고, 또 나만이 할 수 있는 일이다. 그에게는 해명해야 할 것이 하나도 없다. 정말이지 그에게는 하나도 없다. 현관을 정리한다. 그가 곧 올 테니 현관문 가까이에 있고 싶다. 열쇠가 꽂힌다. 나와 부딪치지 않도록 몇 발자국 뒤로 물러나 준다. 그가 문을 잠그고, 우리는 동시에 다정하게 "안녕."이라고 인사말을 건넨다. 복도를 걸어가며 나는 말한다.

"얘기해야만 해. 얘기할 거야. 이젠 기억 속에서 날 괴롭히는 일은 더 이상 없어."

말리나는 놀라는 기색도 없이 "그래."라고 말하고 만다. 나는 거실로 들어가고, 그는 더 안쪽으로 계속 걸어간다. 마지막 방이 그의 방이기 때문이다.

"그렇게 해야만 해, 그렇게 할 거야."라고 나는 혼자서 큰 소리로 되풀이한다. 말리나가 아무것도 물어보지 않고 더 이상 알려고 하지 않는 건 그것이 옳다는 표시이기 때문이다. 이제는 마음이 좀 진정된다.

하지만 만약 내가 말한 기억이라는 것이 지나간 일이나 겪은 일, 내버려 둔 것, 그러니까 그냥 평범한 기억일 뿐이라면, 나는 더 이상 날 괴롭히도록 내버려 둬서는 안 될 그 침묵에 잠긴 기억으로부터 아직도 멀리, 아주 멀리 있는 것이다.

무엇이 날 괴롭힌단 말인가. 예를 들어 내가 태어난 도시를 떠올릴 때 말이다. 왜 하필이면 다른 곳이 아닌 바로 그 도시에서 태어나야 했는지 여전히 이해할 수 없는데도 왜 자꾸만 그 도시가 기억나는 걸까? 보통 어떤 도시에 대한 중요한 정보들은 관광 협회가 제공하는 법이다. 물론 이 협회가 함부로 다룰 수 없는 정보들도 있고, 나 역시 그쪽 분야의 전문가도 아니다. 하지만 어쨌든 '남자의 기백과 여자의 절개'*가 어디에서 서로 힘을 합치는지 그리고 우리 국가(國歌)에 나오는 '종지기의 얼음 벌판'이 어디에서 빛나고 있는지는 내가 다녔던 학교에서 알게 된 것 것이 틀림없다. 「외로워라, 외로워라, 외로워라 나는」**이라는 노래를 작곡한 사람은 바로 우리 도시가 배출한 가장 위대한 인물인 토마스 코샤트***이며, 그의 이름을 딴 거리인 토마스 코샤트 가(街)로 사람들은 아직도 그를 기념하고 있다. 비스마르크 학교에 다닐 때는 이미 알고 있던 구구단

---

* 오스트리아 케른텐 주(州)의 주가(州歌) 4절의 일부분.

** 케른텐 지방의 민요.

*** Thomas Koschat(1845~1914). 케른텐 지방의 향토 시인.

을 다시 한 번 배워야 했고, 베네딕트 학교에 다닐 때는 종교 수업을 들었는데도 나중에 견진 성사를 못 받고 말았다. 그 수업은 항상 오후에 있었고, 듣는 사람은 다른 반 여자아이 하나와 나, 둘뿐이었다. 가톨릭 신자인 나머지 아이들의 종교 수업은 오전에 있었고, 그 시간이면 나는 수업이 없어 한가했다. 그 젊은 보좌 신부는 머리에 총을 맞았다고 했다. 코 밑에 수염을 기른, 나이가 많은 학장은 엄격했으며, 질문하는 것을 미숙한 짓으로 간주했다. 우르술라 김나지움은 지금은 폐교되었는데, 한번은 그곳에 가서 잠긴 문을 흔들어 본 적이 있다. 대학 입학시험을 본 다음 무질 카페에서 아마도 조각 케이크를 먹지 못했던 것 같다. 그걸 먹었더라면 좋았을 텐데……. 작은 포크로 케이크를 잘라 먹는 내 모습이 눈에 선하다. 아마 그러고 몇 년이 지난 다음에야 그곳에서 케이크를 먹었던 것 같다. 증기선 나루에서 멀지 않은 뵈르터 호수의 산책로 입구에서는 처음으로 키스를 당했다. 내 얼굴에 다가오던 상대방의 얼굴도 더 이상 기억나지 않고 그 낯선 남자의 이름도 호수 속에 가라앉은 진흙처럼 전혀 떠오르지 않지만, 내가 그에게 주었던 식량 배급표에 대해서만은 아직도 어렴풋이 생각이 난다. 이튿날 그는 증기선 나루에 다시 나타나지 않았다. 그 도시에서 가장 예쁘다던 여자의 초대를 받았기 때문이었다. 그 여자는 커다란 모자를 쓰고 빈 가(街)를 활보하고 다녔는데, 내 기억에 따르면 틀림없이 완다라는 이름이었다. 한번은 바아그 광장까지 그녀 뒤를 따라가 본 적이 있다. 당시 그녀는 모자도 쓰지 않았고, 향수도 뿌리지 않았으며, 서른다섯이라는 나이에 걸맞지 않게 걸음걸이가 불안해 보였다. 어쩌면 내 첫 키스 상대였던 그 남자는 도망을 다니는 중이었거나 배급표와 바꾼 담배를 그 키 큰 미인과 함께 피우려고 한 것뿐일지도 모르겠다. 하지만 그 당시 나는 벌써 열아홉 살이었다. 더 이상 여섯 살이 아니었다. 진짜로 무슨 일이 있었던 것은 등에 책가방을 메고 다니던 여섯 살 꼬마 때였다. 저녁 무렵의 호숫가가 아니라 대낮의 햇빛이 내리쬐는 작은 글란 교(橋)가 클로즈업된다. 그 다리 위에는 나와 마찬가지로 등에 책가방을 멘 작은 남자애 둘이 서 있었다. 둘 중 나이가 더 많아 보이는, 적어도 나보다 두 살은 더 많아 보이는 애가 나를 불렀다. "너, 거기 너 말이야, 이리 와 봐. 줄 게 있어!" 이 말은 조금도 잊을 수가 없다. 당시 그 남자애들의 얼굴도, 소중했던 첫 부름도, 처음 느껴 본 격렬한 기쁨도, 멈춰 서서 망설이다가 그 다리 위에서 다른 누군가에게로 향하는 첫 발걸음을 내디뎠던 일도, 그러고는 "여기 있다. 이거 가져!"라는 말과 함께 바로 얼굴을 찰싹하고 세게 맞은 일도 또한 조금도 잊을 수 없다. 나는 그때 처음으로 얼굴을 맞아 보았고, 그때 처음으로 남을 때리면서 흡족해하는 사람도 있다는 것을 알게 되었다. 고통에 대한 첫 인식. 한때는 나였음이 분명한 누군가가 두 손으로 양쪽 가방끈을 잡은 채 울지도 않고 한결같은 걸음걸이로, 방과 후 집으로 가는 길을 타박타박 걸어가고 있는데, 이번만은 길가 나무 울타리 판자들을 세지 않고 그냥 지나간다. 처음으로 인간들 사이에 들어가 보았던 것이다. 이렇게 사람들은 가끔씩 잊지 않기도 한다. 언제, 어디서, 어떻게 시작되었는지 그리고 어떤 눈물을 흘려야만 했는지.

그건 글란 교 위에서였다. 호수 산책로가 아니었다.

7월 1일처럼 아주 유명한 네 사람이 태어난 날이나 5월 5일처럼 혁명가와 천재들이 한데 몰려 첫울음을 터뜨린 날에 태어난 사람들도 있는 반면, 나는 내 생의 첫날이었던 그날 부주의하게 자신의 삶을 시작해 버린 사람을 아직 한 명도 발견하지 못했다. 탄생 별자리가 알렉산더 대왕이나 라이프니츠, 갈릴레오 갈릴레이 혹은 칼 마르크스와 같다는 데서 느끼는 흡족함을 나는 알지 못한다. 한번은 뉴욕에서 유럽으로 오는 여행길에서, 내가 탄 '로테르담'이라는 배는 모든 승객의 생일을 명단으로 만들어 놓고 해당되는 날 생일 파티를 열어 주었다. 그러다가 내 차례가 되었고, 그날 아침 객실 문 아래쪽 틈으로 선장이 보내는 부채꼴 모양의 축하 카드가 들어와 있었다. 나는 식탁 위에 놓인 케이크와 즉석에서 모두 함께 불러 주는 생일 축하 노래를 깜짝 선물로 받게 되는 사람이, 수백 명이나 되는 그 많은 승객들 중에 나 말고도 몇 명은 더 있을 거라는 기대를 그날 정오까지도 버리지 않고 있었다. 그때까지는 혼자 생일을 맞았던 사람이 하나도 없었으니까. 그런데 정말 나밖에 없었다. 식당 전체를 둘러보았지만 소용없는 일이었다. 정말이지 나 말고는 아무도 없었다. 나는 얼른 케이크를 잘라서 주변의 식탁 세 곳에 흩어져 앉아 있던 네덜란드 사람들에게 나눠 주고, 몇 마디 얘기를 주고받고, 음료수를 마셨다. 그러고는 파도를 참지 못하겠다고, 지난밤 내내 잠을 자지 못했다고 말하는 바로 객실로 황급히 돌아와 안에 처박혀 버렸다.

글란 교 위도 아니었고, 호수 산책로도 아니었다. 한밤의 대서양 위도 마찬가지로 아니었다. 나는 다만 그 밤을 통과해 가고 있었을 뿐이었다. 취한 채로, 저 가장 깊은 밤을 향해서.

이날에 대한 내 관심은 계속되었고, 나중에야 비로소 적어도 내가 태어난 날, 죽은 사람은 있을 거라는 생각이 들었다. 통속적인 점성술에서야 이러쿵저러쿵 물고 늘어질 수도 있겠지만, 나의 출생과 누군가의 죽음을 우리 머리 위 저 높은 별자리에다 두고 상상해 보는 것은 내 마음이다. 그렇게 한다고 해서 학문적으로 나를 문제 삼거나 호되게 나무랄 수는 없을 테니, 나는 나의 시작을 누군가의 끝과 연관시켜 보곤 한다. 한 인간의 영혼이 떠나갈 때 누군가 삶을 시작해서는 안 될 까닭이 도대체 어디 있는가. 하지만 내가 세상에 태어난 날 세상을 떠난 한 남자의 이름은 언급하지 않겠다. 갑자기 케른트너 순환도로 뒤에 있는 극장이 생각났으며 그쪽이 더 중요한 이야기기 때문이다. 그곳에서 컬러 영화를 보면서 두 시간이나 시간을 죽이고 있었는데, 그때 처음 어두운 화면으로 베네치아를 보았다. 노가 물을 가르고, 음악 소리가 불빛과 함께 물속으로 퍼졌다. 어느새 나도 함께 끌려가게 된 따단따단 하는 멜로디를 타고 등장인물들이, 춤추는 커플들이, 그들의 스텝이 차례로 화면에 잡혔다. 이렇게 해서 나는 베네치아에 갔다 왔다. 앞으로도 결코 볼 일이 없을 것 같은 베네치아에. 그것도 바람이 불고 살을 에는 듯이 추운 빈의 어느 겨울날. 그 후에도 그 음악을 자주 다시 들었고, 즉흥 연주를 하거나 가끔씩 변주시켜 보기도 했지만, 영화에서 받았던 그런 느낌을 다시 받을 수는 없었다. 한번은 옆방에서 군주제 붕괴와 사회주의의 미래에 대해 여러 사람들이 열띤 토론을 벌이는 통에 그들의 목소리에 묻혀 그때의 음악이 산산조각 난 적이 있다. 그래도 나는 한 박자라도 더 들어 보려고 잔뜩 귀를 기울이고 있었는데, 누군가가 실존주의인지 구조주의인지에 반대하는 말을 하자 또 다른 누군가가 고함을 지르기 시작했고, 음악은 그 고함 소리에 묻힌 채 끝나 버렸다. 그 음악 말고는 아무것도 듣고 싶은 게 없었는데 말이다. 하긴 살다 보면 듣고 싶지 않을 때도 있고, 보고 있을 수가 없을 때도 있기는 하다. 헤르마고어에서 있었던 일이다. 바위에서 떨어져 죽어 가는 말을 바라만 보고 있을 수가 없어서 그 말을 위해 수 킬로미터 떨어진 곳까지 도움을 청하러 갔지만 결국은 나와 마찬가지로 아무것도 해 줄 수 없는 어린 목동에게 그 말을 남겨 두고 올 수밖에 없었던 일이 있었다. 또 모차르트의 대미사곡를 가만히 듣고 있을 수가 없었던 일이나 사육제 때 시골 마을에서 나는 폭죽 소리를 듣고 있을 수 없었던 일도 마찬가지다.

얘기하지 말아야겠다. 기억 속의 모든 것이 나를 괴롭힌다. 말리나가 방으로 들어와 반쯤 비운 위스키 병을 찾더니 나에게 한 잔을 건네고 자기 잔도 채우면서 말한다.

"아직도 괴로워하고 있잖아, 아직도 말이야. 하지만 이번에 널 괴롭히는 건 또 다른 기억이군."

1
이반과 함께 행복하게

연거푸 담배를 피우고, 술을 마시고, 담배 개수를 세고, 술잔을 센다. 오늘의 몫으로 아직 두 개비가 더 남았다. 오늘부터 월요일까지 사흘 동안 이반 없이 지내야 한다. 60개비를 피우고 나면 이반은 다시 빈에 돌아와 있겠지. 우선 그는 시각 서비스에 전화를 걸어 시계를 맞추고, 모닝콜을 신청할 것이다. 곧바로 걸려 오는 확인 전화를 받고 나면, 아무도 흉내 낼 수 없을 정도로 순식간에 바로 잠이 들겠지. 그리고 모닝콜이 걸려오면 잠에서 깨면서 투덜거릴 것이다. 이렇게 투덜대는 걸 이반은 끙끙거린다, 욕을 퍼붓는다, 폭발한다, 원망한다 등등 매번 다르게 표현한다. 그러고 나면 언제 그랬느냐는 듯이 한걸음에 욕실로 가서 이를 닦고, 샤워를 하고, 면도를 할 것이다. 또 트랜지스터라디오를 켜고, 아침 뉴스를 듣겠지. 오스트리아 제1방송 APA. 간추린 소식들을 전해 드립니다. 워싱턴…….

워싱턴, 모스크바, 베를린이란 마치 이제부터 전하는 소식이 대단히 중요한 일이라도 되는 것처럼 보이려고 먼저 언급하는 장소에 불과하다.* 나의 웅가르 가 나라에서는 이 도시들을 진지하게 받아들이지 않으며, 그런 식으로 유별나게 굴면 조롱거리가 되고 만다. 마치 벼락출세한 야심가들의 발표가 웃음거리로 전락하듯이. 이제 새로운 삶을 시작한 내게 이 도시들은 더 이상 아무런 영향도 끼칠 수가 없다. 언젠가 란트슈트라세 하우프트 가(街)에 있는, 아직까지 이름도 모르는 그 꽃 가게 앞에서 가다 말고 그만 멈춰 서고 말았더랬다. 그 가게 창가에 빨간 나리꽃 한 다발이 놓여 있었기 때문이었다. 지금까지 한 번도 본 적이 없는 그런 빨간색, 그냥 빨갛다고 하기에는 부족할 정도로 아주 새빨간 색이었다. 그리고 그 창 앞에 이반이 서 있었다. 이것 말고는 생각나는 게 아무것도 없다. 그 다음 순간 나는 이미 이반과 함께 걸어가고 있었으니까. 우리는 우선 라주모프스키 가(街)에 있는 우체국까지 갔는데, 그곳에서 각각 다른 창구로 갈라져야 했다. 그는 '우편환' 창구로, 나는 '우표' 창구로. 이 첫 헤어짐만으로도 너무나 고통스러워서 우체국 출구에서 이반을 다시 봤을 때 단 한 마디도 입 밖에 꺼내지 못했고, 이반 역시 내게 아무것도 물어볼 필요가 없었다. 그와 함께 계속 가야 한다는 사실이 나에게는 전혀 의심할 여지가 없었으니까. 그러고는 금방 그의 집에 다다랐는데, 놀랍게도 나의 집에서 불과 몇 집밖에 떨어져 있지 않았다. 그러자

* 뉴스에서 종종 사건이 일어난 장소를 먼저 언급하고 그다음에 사건 내용을 보도하는 형식을 문제 삼고 있다.

우리만의 국경이 바로 분명하게 그어졌다. 하긴 여기에 세울 수 있는 나라는 영토권도 없고, 제대로 된 헌법도 없는 아주 작은 나라, 그저 집 두 채만 오롯이 서 있는, 도취된 나라에 불과하니까. 이 집 두 채는 어둠 속에서도 찾을 수 있고, 일식과 월식 때에도 찾을 수 있다. 나는 나의 집에서 이반의 집까지 비스듬하게 경사진 길을 따라 몇 걸음이나 걸어야 하는지 이미 외우고 있으며, 아마 눈을 가린 채로도 찾아갈 수 있을 것이다. 공포에 사로잡히고, 입안이 바싹 마르고, 목이 졸린 흔적을 간직한 채 지금껏 살아왔던, 저 더 넓은 세상의 의미는 갑자기 아주 하찮아졌다. 이제는 어떤 진정한 힘이 그 세상과 맞서고 있기 때문이다. 비록 오늘처럼 그저 기다림과 담배만으로 지탱된다 하더라도, 그 힘은 하나도 사라지지 않고 그대로이다. 급하게 걸어야 할 경우를 대비해서, 수화기를 높이 쳐들고 엉켜 있는 전화선을 조심스럽게 열 번 돌려서 다시 쓸 수 있게 만들어 놓는다. 하지만 급한 일이 없어도 726893이라는 번호를 돌릴 수 있다. 받을 사람이 없다는 것은 알지만, 그런 건 상관없다. 나한테 중요한 것은 덧문까지 닫아서 깜깜한 이반의 집에 전화벨이 울린다는 것이다. 그의 전화기가 어디 놓여 있는지 난 알고 있다. 내가 건 전화의 벨 소리는 그곳에서부터 울려 퍼져서, 이반의 모든 물건들에게 이렇게 말할 것이다. '나야, 내가 걸었어.' 그러면 그가 즐겨 앉는, 앉아 있다가 갑자기 오 분 정도 깜박 잠이 들곤 하는 무겁고 깊은 안락의자가 그 소리를 들을 것이고, 함께 누워 있는 우리를 비추던 전등과 옷장들도, 그리고 그의 셔츠와 양복들도 그 소리를 들을 것이고, 아그네스 아주머니에게 세탁소에 가져다주라는 표시로 바닥에 던져 놓은 그의 빨랫감들도 그 소리를 들을 것이다. 이 번호를 돌릴 수 있게 되면서부터 마침내 내 삶은 더 이상 길을 잃고 헤매는 법이 없게 되었다. 나는 더 이상 망가지지도 않고, 또 빠져나갈 길 없는 곤경에 처하지도 않으며, 더 이상 앞으로 나아가지도 않고, 길에서 벗어나지도 않는다. 숨을 멈추고, 시간을 멈춘 채, 전화를 걸고, 담배를 피우고, 그리고 기다리고 있는 것이다.

만약 어떤 이유로 이 년 전에 웅가르 가로 이사 오지 않았다면, 아직도 대학 시절처럼 여전히 베아트릭스 가에 살고 있다면, 혹은 대학 졸업 후 자주 그랬던 것처럼 외국에 살고 있다면, 아마도 나는 지금과는 다른 삶을 살고 있을 것이고, 세상에 대해 가장 중요한 사실을 결코 알지 못했을 것이다. 내가 얻을 수 있는 모든 것, 이를테면 전화기, 수화기와 전화선, 빵과 버터, 이반이 가장 좋아해서 월요일 저녁에 먹으려고 놔둔 훈제 청어, 내가 가장 좋아하는 훈제 고기로 만든 소시지, 이 모든 것에 이반이라는 상표가 붙어 있으며, 이 모든 것이 이반이라는 집에서 나온다는 사실 말이다. 전에는 참을 수 없을 만큼 시끄러웠던 타자기와 진공청소기도 이반이라는 이 건실하고 막강한 회사에서 매입해 소음을 줄여 놓은 것이 틀림없다. 내 방 창문 아래에서 쾅 하고 닫히던 자동차 문들도 이제는 조용히 살짝 닫힌다. 어느새 자연조차도 이반의 보살핌을 받는 게 틀림없다. 아침이면 들리는 새들의 노랫소리가 한결 더 낮아져서 내게 한 번 더 짧은 잠이 허락되는 걸 보면.

이렇게 모든 것들이 이반에게 속하게 된 다음부터 그토록 많은 변화가 일어나고 있는데도, 스스로를 학문이라고, 그것도 급속하게 발전하는 학문이라고 자처하는 의학이 이 일을 전혀 설명할 수 없다는 것이 이상하기만 하다. 그 변화란 여기 내가 사는 곳을 중심으로 이 주변 지역에 고통이 줄어들고 있으며, 웅가르 가 6번지와 9번지 사이에서는 사고도 덜 발생하고, 암이나 종양, 천식이나 경색증, 열, 감염, 기절, 심지어 두통과 날씨 변화에 대한 민감한 증상까지 약화되었다는 것이다. 너무나도 간단한 이 방법을 학자들에게 알려 주어서, 모든 중병을 정제된 약과 치료를 통해서만 물리칠 수 있다고 생각하는 그들의 연구가 한 단계 도약할 수 있는 계기를 마련해 주는 것이 내 의무가 아닐까라는 의문마저 든다. 몸이 부들부들 떨리는 신경쇠약, 이 도시 위를 감도는 그리고 도처에 널려 있는 극도의 긴장이 이곳에서만은 거의 진정되었으며, 잠재적인 정신 분열증이, 세상의 정신 분열증이, 점점 더 널리 번져 가는 광적인 분열이 이곳에서는 전혀 감지되지 않는다.

아직도 내게 남아 있는 흥분의 증상이라고 해 봤자 아주 작은 생리적 변화들이 전부다. 예를 들어 급히 머리핀이나 스타킹을 찾을 때 허둥거린다든지, 마스카라를 바르거나 가는 붓으로 아이섀도를 칠하거나 폭신한 화장 솜으로 밝은 색과 짙은 색의 파우더를 번갈아 가며 바를 때 손이 약간 떨린다든지, 욕실과 복도 사이를 오갈 때, 가방이나 휴지를 찾을 때 어쩔 수 없이 눈이 젖어 들고 입술이 부어오르는 정도다. 지금은 발걸음이 가벼워져 키가 1센티미터쯤 더 커 보이고, 몸무게도 약간 줄어든 것처럼 보인다. 곧 늦은 오후가 되고, 사무실이 하나둘 문을 닫기 시작할 테니까. 그러면 백일몽이라는 게릴라가 웅가르 가에 침투해 들어와 이 거리를 선동하고, 어느새 이 거리는 순식간에 근사한 선언과 구호로 완전히 장악당하는 것이다. 이 게릴라의 목적을 담고 있는 단 하나의 구호 말이다. 미래를 위해 벌써 존재하는 이 구호가 어떻게 이반 말고 다른 것일 수 있겠는가.

그건 이반이다. 언제나 이반이다.

퇴폐적인 것과 정상적인 것, 삶과 죽음, 우연한 결과, 라디오에서 흘러나오는 모든 위협에 맞서면서, 악의적인 비방의 출처인 모든 신문 머리기사들에 꿋꿋하게 맞서면서 그리고 아래위층에서 스며들어 오는 비열함, 내면에서 서서히 일어나는 잠식과 외부로부터 순식간에 당하게 되는 치명타, 매일 아침 대하는 브라이트너 아주머니의 언짢은 표정, 이 모든 것들에 꿋꿋하게 맞서면서 나는 여기서 벌써 초저녁의 자세를 고수하고, 기다리고, 담배를 피운다. 믿음과 확신은 점점 더 커진다. 지금까지 그 누구도 내게 이런 확신을 준 적이 없다. 나는 이 표식 속에서 승리할 것이다.

비록 이반이 나를 위해 창조된 것이 틀림없다 하더라도, 나 혼자서만 그를 독차지하겠다고 요구할 수는 없다. 자음이 다시 분명하게 이해되도록, 모음이 다시 열리도록, 그렇게 해서 자음과 모음이 완벽하게 울리도록, 그 말들이 다시 내 입술 위를 거쳐 갈 수 있도록, 파괴된 최초의 관계들이 복구되도록, 그리고 문제들이 해결되도록 하기 위해 그가 온 것이니까. 그래서 나는 그와 한 치도 어긋나지 않게 될 것이며, 우리들 이름의 똑같은 첫 알파벳을 발음해 보고, 서로 겹쳐 써 볼 것이다. 우리 둘의 이름이 하나가 된 다음이라면 최고의 표현들로 조심스럽게 이 세상의 명예를 다시 기릴 수 있을지도 모르겠다. 그러면 이 세상도 스스로를 다시 명예롭게 만들고 싶어 하겠지. 우리가 원하는 건 파괴가 아니라 부활이기 때문에 다른 사람들이 있는 곳이라면 서로의 손조차도 상대방의 몸에 닿지 않도록 조심한다. 또한 우리는 남들이 보지 않을 때만 서로의 눈을 들여다본다. 이반이 나에게로 오기 전 내 망막에 새겨진 영상들을 먼저 그가 자신의 눈길로 씻어 내 주어야만 하기 때문이다. 그토록 여러 번 씻어 냈건만 어둡고 끔찍한 영상은 자꾸만 다시 떠오르고, 도대체 지워 버릴 수가 없다. 하지만 내게서 그 어떤 사악한 눈빛도 나오지 않도록, 이 끔찍한 눈빛이 내게서 사라져 버리도록 이반이 내 눈 위에 재빨리 밝게 빛나는 영상 하나를 밀어 넣어 준다. 어쩌다 내가 이렇게 끔찍한 눈빛을 하게 되었는지 알고 있었는데, 기억나지 않는다, 기억이 나지 않는다…….

(아직도 넌 안 돼, 아직도 말이야, 많은 것들이 널 괴롭히고 있어…….)

하지만 이반이 나를 치유해 주기 시작했으니, 이 세상에 그렇게 심한 일은 더 이상 일어날 리가 없다.

한때는 모두가 다 알고 있었지만 지금은 아무도 아는 사람이 없기 때문에, 왜 그 일이 남몰래 일어날 수밖에 없는지, 왜 내가 문을 닫고 커튼을 내리게 되었는지, 왜 내가 이반 앞에만 나서게 되었는지, 그 이유를 한 가지 털어놓으려고 한다. 이것은 우리를 숨기기 위해서가 아니라 금기를 다시 세우기 위해서다. 내가 굳이 설명해 주지 않아도 말리나는 그것을 다 이해한 것이 틀림없다. 내 침실 문이 열려 있거나, 내가 혼자 있거나, 그 혼자만 집에 있을 때도, 마치 그곳에 문이 열려 있지 않은 것처럼, 문이 없는 것처럼, 아예 공간 자체가 없는 것처럼 그냥 그렇게 지나쳐 바로 자기 방으로 가는 걸 보면 말이다. 그렇게 해서 어떤 것도 모독당하지 않고, 처음의 대담함과 마지막의 순종이 다시 기회를 얻게 된다. 아무도 이 방에 발을 들여놓아서는 안 되기 때문에 리나조차도 이곳은 치우지 않는다. 여기서는 아무 일도 일어나지 않으며 내던져진 채로 해부되고 분석될 만한 것이라곤 하나도 없다. 이반과 내가 서로를 질질 끌고 다니거나, 환형(轘刑)에 처하거나, 고문을 하거나, 죽이지는 않을 테니까. 우리는 서로 상대방을 마주 보고 서서, 우리에게 속하지만 가질 수는 없는 것을 그렇게 지켜 내고 있다. 이반은 나에게 뭘 묻는 법도 없고, 나를 못 미더워하거나 의심하는 법도 없기 때문에 나의 의심 역시 사라지고 만다. 그는 내 턱에 붙어 있는 두 올의 빳빳한 털을 유심히 쳐다보지도 않고, 내 눈 아래 이제 막 생기기 시작한 두 줄의 주름에도 신경 쓰지 않으며, 담배 첫 모금을 빤 뒤 내가 쿨럭거려도 별로 거슬려 하지 않고, 심지어 내가 뭔가 경솔한 말을 하려고 하면 자기 손으로 내 입을 막아 주기까지 한다. 그는 나에 관해 뭔가 알려고 들지 않는다. 예를 들어 내가 온종일 뭘 하는지, 이전에는 뭘 했는지, 왜 새벽 3시가 되어서야 집에 돌아왔는지, 왜 어제는 시간이 없었는지, 왜 오늘은 한 시간 동안이나 통화 중이었는지, 지금 전화로 누구에게 대꾸하고 있는 중인지 등등. 그래서 지금까지 입 밖에 꺼낸 적이 없는 모든 얘기를 그에게 하나도 남김없이 들려주기 위해서는 뭔가 다른 방식으로 표현해야만 한다. 내가 그냥 일반적인 표현을 한다면, 예컨대 "너한테 그걸 설명해야 하는데."라고 하면 그는 바로 내 말을 자른다. "왜, 뭘 내게 설명해야 한다는 거야. 해야만 하는 건 아무것도 없어, 하나도 없다고. 네가 뭔가 설명해야만 하는 사람이 도대체 누군데? 천만에, 난 아냐, 그런 사람은 하나도 없어, 다른 사람한테는 전혀 상관없는 일이라니까……."

"하지만 난 설명해야만 하는걸."

"네가 날 못 속인다는 건 이미 알고 있어, 다 안다니까."

"널 속여서는 안 되니까 그러는 것뿐이야!"

"왜 웃어? 하기야 창피할 건 아마 없을 테지, 그래, 너라면 그래도 설명할 수 있을지도 모르겠다. 어디 한번 해 봐, 아마 못할걸."

"그럼 넌?"

"나? 꼭 그걸 물어봐야 하나?"

"꼭 물어봐야 하는 건 아냐. 그럼 그냥 한번 해 보지 뭐. 가끔 가다 한 번씩 너한테 말 안 하는 게 있을지도 몰라. 어떻게 생각해?"

"괜찮아. 나야 괜찮다고 말할 수밖에 없잖아."

"억지로 그럴 건 전혀 없어, 그냥 네가 괜찮을 수도 있다는 거지, 이반."

우리가 이렇게 힘 하나 들이지 않고 서로에게 맞춰 가고 있는 동안에도 도시에서는 살육이 계속된다. 도저히 참기 힘든 견해나 논평, 그리고 이런저런 소문 따위가 식당에서, 파티에서, 이 집 저 집으로, 요르단이며 알텐빌, 반추라네 집으로 떠돌아다닌다. 이런 말들은 화보나 신문, 책을 통해 혹은 극장을 통해 더 불쌍한 사람들 모두에게 전해진다. 이렇게 떠돌던 말들은 결국 어느새 모든 사람들에게 작별을 고하고 우리에게 되돌아온다. 누구나 발가벗고 있으려 하고, 다른 사람들도 실오라기 하나까지 다 벗겨 놓으려 한다. 모든 비밀은 사라져야 하고, 마치 잠겨 있던 서랍처럼 모든 걸 다 쏟아 내야 한다는 것이다. 하지만 아예 비밀이 없었던 곳이라면 나올 것도 없다. 갑작스레 쳐들어와서는 옷을 벗기고, 조사하고, 수색을 하지만, 아무것도 발견하지 못한 채 당황하는 일이 늘고 있다. 불타는 가시덤불도 없고, 아주 작은 불빛조차 비추지 않으며, 완전히 열광하지도, 광적일 정도로 냉정을 유지하지도 못한다. 세상의 법칙은 모두에게 더는 이해할 수 없는 것이 되어 버렸다.

이반과 나는 서로 좋은 얘기만, 가끔은 웃음을 터뜨리게 만드는 그런 얘기만 한다.(그렇다고 누군가를 비웃는 것은 아니다.) 심지어 생각에 골몰해서 자신도 모르게 얼굴에 미소가 번지는 경지에까지 이르렀다. 말하자면 우리는 우리들 본래의 모습을 찾아가고 있는 셈이다. 나는 이런 우리가 다른 사람들까지 감염시킬 수 있으면 좋겠다. 그러면 우리들로부터 이웃들에게 차례대로 이 바이러스가 서서히 퍼져 나가겠지. 사람들이 이 바이러스를 무엇이라고 부를지 나는 이미 알고 있다. 이 바이러스 때문에 전염병이라도 발생한다면 그것이 모든 인간에게 도움이 되리라는 것도 알고 있다. 하지만 이 바이러스를 손에 넣는 것이 얼마나 어려운 일이며, 이 병에 감염될 정도로 성숙하기까지 얼마나 오래 기다려야만 하는지도 역시 알고 있다. 그 일이 일어나기 전까지 나는 얼마나 힘들었고, 또 얼마나 깊은 절망에 빠져 있었던가!

이반이 의아해하며 나를 바라보고 있는 것을 보니 나도 모르게 무슨 말이 튀어나왔던 게 틀림없다. 서둘러 그의 관심을 다른 데로 돌린다. 그 바이러스의 이름을 알고는 있지만, 이반 앞에서는 그 이름이 입 밖으로 나오지 않도록 조심할 것이다.

"혼자 뭘 그렇게 중얼거려? 뭐가 손에 넣기 쉽지 않다고? 어떤 병 말하는 거야?"

"천만에, 병은 아냐. 무슨 병에 대해 생각하고 있었던 게 아니라 그냥 손에 넣기가 어려운 것들이 있다는 생각을 한 것뿐이야."

내가 정말 너무 작은 소리로 말을 했거나, 말리나라면 벌써 이해하고 알아맞히고 파악했을 대목을 이반은 이해 못 하고 있는 것이거나 둘 중 하나일 테지. 이반은 내 생각도 내 말도 알아듣지 못하는 데다가, 또 나 역시 그 바이러스에 관해서는 그에게 단 한 마디도 해 주지 않았으니까.

지금까지 나에게는 예기치 못한 많은 일들이 닥쳐왔고, 그것에 면역이 되기 위해 나는 인간에게 보통 필요한 것보다 더 많은 항체를 축적했다. 엄청난 공포를 겪은 다음에 얻게 된 불신, 태연함, 대담함 같은 것들. 그런데 이반이 이 모든 항체에 어떻게 맞서 싸워 냈는지 알 수가 없다. 그렇게 심한 저항과 위기가 닥쳐도 꿋꿋하게 버티던 불행, 불면에 완벽하게 길들여진 밤들, 사라질 줄 모르던 신경 쇠약, 모든 것에 대한 완강한 체념, 이런 것들을 그가 어떻게 다 맞서 싸워 냈는지 모르겠다. 하긴 이런 것들은 이반이 미소를 머금은 눈으로 란트슈트라세 하우프트 가에서 약간 몸을 숙인 채 갑자기(물론 하늘에서 떨어진 건 아니지만.) 커다랗게 내 앞에 서 있던 그 순간 다 소멸되어 버린 것 같았다. 그것만으로도 아마 나는 이반에게 최고의 상을 주어야만 할 것이다. 특히 그가 나를 재발견하고, 예전의 나와 대면해 주고, 가장 깊이 묻혀 있던 최초의 내 모습을 끄집어내 주고, 파묻혀 있던 나의 자아를 꺼내 준 것에 대해서는 이 세상 최고의 상을 주어야만 할 것이다. 그의 모든 재능이 복되기를 기도한다. 하지만 어떤 재능? 도대체 어떤 재능? 아직은 끝이 보이지 않고, 또 절대 끝이 닥쳐서도 안 되기 때문에, 나는 일단 아주 단순한 사실, 즉 그가 나를 다시 웃게 만든다는 것에 대해 그것이 바로 그 재능이라고 해 둔다.

경멸한 나머지 낯설어져 버린 몸을 이끌고 마침내 나는 내 욕망 속을 헤매고 다닌다. 모든 것이 어떻게 내면을 향하는지, 근육들이 자꾸만 반복되던 경련에서 어떻게 풀려나는지, 가로세로로 뻗은 근육조직이 어떻게 이완되고, 두 가지 신경조직이 어떻게 동시에 서로 전환되는지 느낀다. 바로 이 전환이 내가 보상받고, 정화되고 있음에 대한 가장 분명하고 사실적인 증거이다. 최근의 형이상학적 수단들이라면 이 증거를 측정하거나 명명할 수 있을지도 모르겠다. 나를 사로잡은 것이 무엇인지 한눈에 즉시 알아차리고, 얌전을 떨거나 내 소개를 늘어놓지도 않은 채 당장 이반과 함께 걸어간 것이 얼마나 잘한 일인지 모르겠다. 나는 단 일 초도 낭비하지 않았다. 사전에 뭔가 안다는 것은 불가능하고, 그래서 전혀 아무것도 모르는 채, 닥칠 때까지 막연히 기다릴 수밖에 없는 이런 사건, 생전 보도 듣도 못한 이런 사건이 제대로 성공하려면 최대한 가속을 붙여 줄 필요가 있기 때문이다. 애초에 아주 사소한 일이 이 사건을 막아 버릴 수도 있었고, 한창 진행되는 와중에 멈춰 버리게 할 수도 있었을 것이다. 세상에서 가장 강력한 이 힘은 이토록 민감하게 시작되고 생성된다. 왜냐하면 병든 세상이 이 건강한 힘의 대두를 수수방관하려 들지 않기 때문이다. 우리가 막 건네려는 첫마디에 자동차 경적 소리가 끼어들 수도 있었을 테고, 경찰이 잘못 주차해 놓은 오토바이에 딱지를 뗄 수도 있었을 것이며, 고래고래 소리를 질러 대며 웬 행인이 우리들 사이를 비집고 비틀거리며 지나갈 수도 있었을 것이고, 배달 수레를 끌고 가는 사내아이가 우리 시선을 돌려놓았을 수도 있었을 텐데……. 세상에, 그사이에 일어날 수 있었던 일들이 일일이 다 생각해 낼 수 없을 정도로 많았다니! 내가 구급차 사이렌 소리에 정신이 팔려 창가에 있는 나리꽃 다발을 쳐다보는 대신에 차가 달리는 도로를 바라보았을 수도 있었을 테고, 아니면 이반이 누군가에게 담뱃불을 빌려야 해서 내가 그의 눈에 띄지 않았을 수도 있었을 텐데……. 우리는 그렇게나 많은 위험에 처해 있었고, 그 창문 앞에서라면 단 세 마디도 이미 차고 넘칠 것이었기 때문에, 우리는 그 많은 것들을 그냥 내버려 둔 채 위험천만한 그 자리를 급하게 떠났다. 그래서 처음 마주쳤을 때 하지 못했던, 중요하지도 않은 그 말들을 넘어서기까지 우리에게는 그토록 오랜 시간이 필요했던 것이다. 이제는 우리도 서로 다른 사람들처럼 그렇게 얘기하고, 대화를 나눌 수 있다고 말해도 될지 모르겠다. 하지만 우리는 서두르지 않는다. 이반은 말한다. "우리에겐 아직 완전한 삶이 남아 있어."

어쨌든 우리는 서로에게 관대한 덕분에 몇 가지 표현을 얻어 냈다. 바보 같은 첫마디와 채 끝나지 않은 문장, 맺음말로 이루어진 표현 등등. 지금까지는 전화할 때 쓰는 말들이 대부분이다. 이반이 케른트너 순환도로에 있는 사무실에서 한 번, 그다음에는 오후 늦게나 저녁에 자기 집에서 또 한 번 전화를 걸기 때문에, 우리는 이 말들을 반복해서 연습한다.

여보세요. 여보세요?
나야, 나 말고 누구겠어.
맞아, 물론 그렇지, 미안.
나? 그럼 넌 어때?
모르겠어. 오늘 저녁?
잘 안 들려.
안 들려? 뭐라구? 넌 그러니까…….
잘 안 들려, 네가…….
뭐라고? 뭐가 어떻다고?
아냐, 아무것도 아냐. 나중에 나한테 다시 전화해 줄 수 있지?
물론이지, 이따가 내가 다시 전화하는 게 낫겠다.

나는, 난 게다가 친구들하고…….

그래, 네가 안 되면, 그럼…….

그렇게 말한 게 아니라, 네가 안 될 때만…….

하여튼 나중에 다시 전화하지, 뭐.

그렇게 해, 하지만 6시쯤에, 왜냐하면…….

그건 나한테는 너무 늦은데.

그래, 하긴 나한테도 사실은 그래, 하지만…….

오늘 꼭 그렇게까지 해야 하는 건지 모르겠네.

누가 왔어?

아냐, 그냥 지금 옐리네크 양이…….

아, 그래, 혼자 있는 게 아니었군.

나중에 전화해 줘, 부탁이야, 꼭!

이반과 나에게는 친구들이 있고, 그 밖에도 이리저리 알고 지내는 사람들이 있지만, 우리는 둘 다 그런 사람들에 대해서는 잘 알지도 못하고, 아는 이름도 거의 없다. 우리는 각자 그런 사람들과 번갈아 가며 한 번씩 식사를 해야 하고, 잠깐 동안이라도 그들과 함께 카페에 앉아 있어야만 한다. 도대체 무엇부터 시작해야 할지도 모르는 채 외국인들과 함께 뭔가를 해야 할 때도 있다. 또 대개는 전화 한 통이 걸려 오기만을 기다리고 있어야 한다. 단 한 번 정도는 우연히 이반과 내가 각각의 일행과 함께 시내에서 서로 마주치는 것도 괜찮을 것 같다. 그러면 적어도 나라는 사람도 다르게 보일 수 있다는 것을, 나도 옷을 제대로 입을 줄 안다는 것을,(그야 못 믿겠지만) 수다도 떨 줄 안다는 것을(더욱 못 믿겠지만) 그도 알 수 있을 텐데. 그와 함께 있으면 나는 조용해진다. 그를 상대로 말할 때면 응, 곧, 그렇게, 그리고, 그러나, 그럼, 아! 같은 별것 아닌 말들이 어떤 재미있는 소설이나 우화보다도 백배나 더 많은 의미를 지닌 채 내 마음속에서 나오기 때문이다. 친구들이나 동료들이라면 내가 겉으로만 그런다는 것을 금방 알아차릴 말싸움, 몸짓이나 변덕, 남들 눈에 띄어 보려는 유별난 행동 같은 것들보다 이 별것 아닌 말 한마디가 천배나 더 큰 영향을 미친다. 이반에게 일부러 꾸미거나 그런 척하는 행동은 하나도 하지 않는다. 그가 먹고 마실 것을 준비할 때나 가끔씩 몰래 그의 신발을 닦아 놓을 때, 얼룩 제거제로 그의 윗도리를 손질할 때면 나는 오히려 그에게 고마움을 느낀다. 그런 일을 마친 다음 내 입에서 나오는 "자, 다 됐다!"라는 말은 메뉴판을 앞에 두고 인상을 쓰는 것보다, 빛을 발하며 사람들 앞에 나서는 것보다, 논쟁을 하는 것보다, 손에 입을 맞추고 헤어지면서 또 보자고 인사하는 것보다 더 많은 의미를 담고 있다. 또한 좋은 기분으로 친구들과 함께 집으로 향하는 것보다도, 로스 바*에서 한잔 더 하는 것보다도, 양쪽 뺨에 입을 맞추고 작별 인사를 건네는 것보다도 더 많은 의미를 담고 있다. 이반이 점심을 먹으러 자헤르**로 가는 날이면 항상(업무상의 일이라 돈은 당연히 연구소에서 지불한다.) 자헤르의 블라우 바에서 누군가와 만나기로 한 내 약속은 틀림없이 늦은 오후에 잡혀 있다. 우리가 우연히 마주치도록 내가 애를 쓰든지 아니면 그런 일이 일

* 1908년 건축가 아돌프 로스가 세운 미국식 바.

** 1876년 세워진 빈의 고급 호텔.

어나지 않도록 일부러 노력하든지에 상관없이, 우리가 마주치게 되는 일은 결코 일어나지 않는다. 오늘 나는 슈타트크루크에서 저녁을 먹을 예정인데, 이반은 멀리 그린칭까지 가서 외국인들과 함께 식사를 할 것이다. 내일 나는 몇 사람들에게 하일리겐슈타트를 보여 주어야 한다. 원래는 누스도르프까지도 가이드를 해 주어야 하지만 그렇게까지는 좀 힘들 것 같다. 그런데 이반은 내일 어떤 분을 모시고 드라이 후자렌에서 식사를 하기로 되어 있다. 그를 만나러 많은 사람들이 타 지역에서 찾아오고, 종종 나를 만나러 오는 타 지역 사람들도 있으며, 그 일 때문에 오늘도 우리는 만날 수가 없다. 할 수 있는 일이라곤 전화를 거는 것뿐이다. 그러고 보니 우리가 전화 통화할 때 쓰는 표현들 외에도 이젠 각자 약속한 사람들을 만나러 가기 전 아주 잠깐 서로 얼굴이나 보게 될 때 쓰는 말들이 있는데, 여기서는 '예(例)'라는 말이 자주 등장한다.

이반은 내가 '예를 들어'라는 말을 입에 달고 산다고 지적한다. 그러고는 내게서 '예를 들어'라는 표현을 몰아내려고 이젠 그가 직접 '예를 들어'라는 표현을 쓰고 있다. 그것도, 예를 들어, 저녁을 먹기 전 심지어 한 시간 내내 말이다.

"예를 들어, 도대체 무슨 일인데, 똑똑한 아가씨? 어땠어? 예를 들어, 내가 처음으로 네 집에 왔을 때 말이야. 그다음 날 우리는 예를 들어, 서로를 아주 못 미더워하는 것처럼 보였잖아. 난 예를 들어, 길에서 모르는 사람에게 단 한 번도 말을 걸어 본 적도 없고 예전 같았으면 그럴 생각조차 절대로 못했을 거야, 예를 들어, 그런 식으로 모르는 여자가 모르는 남자와 함께 당장, 뭐라고?"

"과장하지 마!"

"예를 들어, 여전히 잘 모르겠어, 네가 도대체 뭘 하는 건지 말이야. 예를 들어, 하루 종일 집에만 틀어박혀서 도대체 뭘 할 수 있지? 끔짝도 않고. 예를 들어, 한 번쯤은 깊이 생각 좀 해 봐야겠어. 아냐, 나한테 아무것도 얘기해 주지 마."

"제발, 나는 얘기한다 해도 아무렇지 않아."

"예를 들어, 궁금해서 그런 건 전혀 아냐, 그러니 나한테 얘기 안 해 줘도 된다니까. 그냥 자문해 본 것뿐이야, 난 지금 엄청 신중하게 생각하고 있는 중이니까 대답 같은 건 안 해 줘도 된다고."

"이반, 그러지 좀 마!"

"그럼 어쩌라고?"

"오늘 저녁에 예를 들어, 내가 집에 가면 피곤하기는 하겠지만 그래도 아마 네 전화를 기다릴 거야. 이반, 예를 들어, 이런 나를 어떻게 생각해?"

"차라리 잠이나 자지 그래, 당장. 똑똑한 아가씨."

그리고 이 말과 함께 이반은 가 버렸다.

다른 남자들과 달리 이반은 내가 전화 한 통화에 목을 매거나, 그를 위해 시간을 내거나, 그의 여가 시간에 맞춰 짬을 내는 것을 참지 못한다. 그래서 나는 몰래 그런 일들을 하고, 그에게 나를 맞추고, 그의 가르침들을 생각한다. 그가 가르쳐 주는 것들 중에는 내가 생전 처음 듣는 것들이 많다. 하지만 이젠 이미 늦었다. 십오 년 전쯤 우체국 가는 길에 이반을 만났어야 했는데. 배우기에는 너무 늦은 게 아니지만, 배운 것을 제대로 써먹을 수 있는 시간은 도대체 얼마나 짧은지. 그가 시킨 대로 잠이나 자러 가면서 나는 생각해 본다. 십오 년 전이었다면 그의 가르침을 제대로 이해할 능력이 없었을 거라고.

전화벨이 울려서 전화기로 손을 뻗는다. 이반일 것 같아서 얼른 '여보세요'라고 말하려다가 살그머니 수화기를 내려놓는다. 오늘은 나에게 마지막 전화가 허락되지 않았기 때문이다. 다시 한 번 벨이 울리더니 바로 끊어진다. 신중한 벨 소리였다. 이반이었겠지. 이반 말고 다른 사람이었을 리가 없다. 죽은 사람이 되기는 싫다, 아직까지는. 만약 정말로 이반이었다면, 그는 나에게 만족스러워하며 생각하겠지, 내가 벌써 한참 전에 잠든 모양이라고.

하지만 오늘은 자정이 넘어서까지 전화기 앞에서 담배를 피우고, 기다리고, 또 담배를 피운다. 그러다 수화기를 들고, 이반은 묻고, 나는 대답한다.

지금 재떨이를 좀 갖고 와야겠는데…….
잠깐만, 나도.
너도 담뱃불을 붙인 거야?
자. 응. 아니, 안 붙네.
성냥 없어?
딱 하나 남은 게 있었는데, 없네, 그럼 촛불에다…….
너한테도 저 소리 들려? 저희 통화에서 빠져 주세요.

전화기도 고장 날 수 있어.

어떻게? 계속해서 자꾸 다른 사람들 목소리가 끼어드네, 고물일 수도 있다니, 무슨 뜻이야?

고장 날 수도 있다고 한 거야, 별로 중요한 말도 아닌데, 고장날 수도 있다고…….

고물일 수도 있다니, 도대체 이해가 안 되는군.

미안, 그냥 재수 없는 말이었어.

왜 재수가 없어? 도대체 무슨 말을 하고 싶은 거야?

아무것도 아냐. 그냥 한 단어를 너무 자주 반복하다 보면…….

하지만 네 사람이 동시에 같이 얘기하더라도 나는 이반의 목소리를 알아들을 수 있다. 그리고 그의 목소리가 들리고, 그에게 내 목소리가 들린다는 것을 알고 있는 한, 나는 살아 있다. 비록 도중에 통화를 중단할 수밖에 없더라도 전화벨이 성질을 부리며 요란을 떨고 다시 울리는 한, 가끔은 너무 크게 울리고, 가끔은 냉장고 문을 쾅 닫거나 축음기나 욕실 수돗물을 틀어 놓았다면 너무 작게 울리기도 하지만, 어쨌든 그럼에도 불구하고 전화가 오기만 한다면, 그러면 나는 살아 있다. 한 통의 전화가 뭘 할 수 있을지, 갑자기 울려 퍼지는 전화벨 소리가 무슨 의미가 있을지는 아무도 모를 일이다. 하지만 전화기를 통해 이반의 목소리가 나에게 전해지는 한은, 우리가 서로 알아듣거나 거의 못 알아듣거나 빈의 전화망이 몇 분 동안 마비되어 전혀 못 알아듣거나 하는 그 모든 것은 나에게 전혀 상관없는 일이다. 그가 나에게 말해야만 하는 게 무엇인지조차도 상관이 없다. 사느냐 죽느냐 기대에 가득 차서 난 다시 "여보세요?"라고 말한다. 그저 이반만은 이 모든 것을 까맣게 모르고 있다. 그가 전화를 한다, 안 한다, 아니, 전화를 한다.

얼마나 친절한지 모르겠어, 네가 날…….
친절이라니, 난데없이 무슨 친절?
그냥 그래. 넌 정말 친절해.

나는 전화기 앞 바닥에 무릎을 꿇는다. 이러고 있는데 갑자기 말리나가 불쑥 나타나는 일은 절대로 없어야 할 텐데. 마치 회교도가 양탄자 위에서 그러듯 내가 전화기 앞에 엎드려 이마를 마룻바닥에 대고 있는 모습을 말리나가 봐서는 절대로 안 된다.

좀 더 분명하게 얘기해 줄 수 없겠어?
수화기가 잘못 됐나……? 이제 됐어?
그건 그렇고 넌 뭘 할 건데?
나? 아, 뭐 별로 특별한 계획은 없어.

나의 메카여! 그리고 나의 예루살렘이여! 그렇게 많은 전화 가입자들이 있건만 바로 내게 전화가 걸려 왔고, 또다시 내게 전화가 걸려 올 것이다. 723144라는 나의 번호로. 이반은 이미 전화 다이얼에서 내 번호가 어디 있는지 외우고 있다. 내 머리나 내 입, 내 손보다 이 번호를 그는 더 분명하게 느낀다.

오늘 밤에 내가?

아냐, 네가 안 된다면…….

하지만 그래도 넌…….

그러긴 했지만, 거기까지는 안 갈래.

하지만 내 생각엔 그게, 미안해.

너한테 말하고 싶은 건, 그게 완전히…….

네가 가는 게 더 낫지 않을까, 어차피 난 잊어버렸으니까,

너야 늘 그렇지, 뭐.

그럼 내일 봐, 잘 자!

그러니까 이반은 시간이 없다. 수화기가 얼음처럼 차갑게 느껴진다. 마치 플라스틱이 아니라 금속으로 만들어진 것처럼. 수화기가 내 관자놀이 쪽으로 미끄러지는데 그가 찰칵 하고 전화 끊는 소리가 들려온다. 이 소리가 총소리라면 좋을 텐데. 짧게, 쏜살같이, 그래서 그만 이대로 끝나 버리도록. 이반이 오늘 같지 않기를, 오늘 같은 날이 계속되지 않기를 바라는 것이 아니다. 나는 끝이 나기를 바란다. 수화기를 내려놓는다. 바닥에 무릎을 꿇은 채 그대로 있다가, 힘겹게 몸을 끌고 흔들의자까지 가서 탁자 위에 놓인 『우주여행 — 어디로?』라는 책을 집어 들고 열심히 읽는다. 이건 말도 안 된다. 어쨌든 그는 전화를 했다. 그저 그가 원하는 게 다른 것이었을 뿐이다. 내가 더 이상 뭐라고 토를 달지 않듯이 그도 더 이상 아무 말도 덧붙이지 않는 것뿐이다. 내가 익숙해져야만 한다. 읽고 있던 장(章)이 끝나고, 달은 정복되었다. 말리나가 짜증 내기 전에 거실 탁자 위에 놓인 편지들을 다 챙겨 작업실로 가지고 가서 다시 한 번 대충 훑어보고 어제 온 편지 더미

위에 올려놓는다. 그리고는 '아주 급함', '급함', '초대장', '거절할 것', '영수증', '지불하지 않은 계산서', '지불한 계산서', '집에 관련된 것' 등의 항목이 달린 서류철을 뒤진다. 아무 항목도 달아 놓지 않은 서류철이 지금 당장 꼭 필요한데 도저히 찾을 수가 없다. 전화가 온다. 한껏 시끄럽게 울려 댄다. 장거리 전화가 걸려 왔고, 나는 약간 큰 소리로 말한다. 내가 지금 무슨 말을 하는 건지, 상대가 누군지도 모르면서 친절한 말투다. "이봐요, 아가씨, 전화 교환국으로 돌려 주세요, 통화가 끊겼어요, 아가씨! 방금 뮌헨이었나요, 프랑크푸르트였나요?" 어쨌든 통화는 중단되고, 나는 수화기를 내려놓는다. 전화선이 벌써 꼬여 있다. 말을 하면서 나도 모르게 전화선을 꼬게 된다. 이반과 전화를 하면서 생긴 버릇이다. 겨우 뮌헨 때문에, 아니면 하여튼 그게 어디였든지 간에, 지금은 전화선을 열 번이나 꼬아 놓은 바람에 쉽게 풀 수가 없다. 그냥 꼬인 채 내버려 둔다. 전화기를 침대 옆에 가져다 놓는다. 잠자기 전 책을 읽을 때에도 내 눈길은 그 검은색 전화기 위에 머문다. 물론 파란색이나 빨간색, 흰색 전화기로 바꿔 볼 수도 있겠지만, 그런 일은 일어나지 않을 것이다. 내 집에서는 이제 어떤 변화도 있어서는 안 되기 때문이다. 그래서 유일하게 새로운 존재인 이반 외에 어떤 것도 새롭게 내 관심을 끌지 못하도록, 전화가 울리지 않아 마냥 기다리기만 하는 나를 그 어떤 것도 방해하지 못하도록.

빈은 침묵한다.

나는 이반을 생각한다.

나는 사랑을 생각한다.
현실의 주입(注入)을.
아주 짧은 시간 동안만의 지속됨을.
다음에 올 더 강한 주입을.
나는 조용히 생각한다.
나는 늦었다고 생각한다.
치유될 수 없다. 너무 늦었다.
하지만 나는 이렇게 살아남아서 생각한다.
나는 생각한다, 이반이 아닐 거라고.
무엇이 닥치든, 그건 뭔가 다른 것이겠지.
나는 이반 안에서 살고 있다.
나는 이반보다 더 오래 살지는 않을 것이다.

하지만 이반과 내가 서로를 위해 가끔 한 시간 정도, 어떨 때는 아예 하루저녁을 다 비워 둘 때도 있는데, 이 시간은 여느 때와는 다르게 흐른다. 우리 각자의 삶이 전혀 다르기는 하지만 그렇다고 그게 다는 아닌 것이다. 왜냐하면 같은 장소에 있다는 느낌이 우리를 떠나지 않기 때문이다. 이에 대해서는 깊이 생각해 본 적이 없을 것이 뻔한 이반도 우리가 같은 장소에 있다는 사실을 부인할 수는 없을 것이다. 오늘은 그가 나의 집으로 오고, 다음번에는 내가 그의 집으로 간다. 가끔은 나와 함께 이런저런 말들을 지어낼 기분이 아닐 때도 있다. 그럴 때면 그는 체스 판을 꺼내고, 그러면 나는 그와 체스를 둘 수밖에 없다. 이반이 화를 낸다. 거의 두 수(手)마다 그가 외쳐 대는 말들은 헝가리 욕이거나 우스갯소리가 틀림없을 텐데, 지금까지도 난 여전히 'jaj.'*와 'jé'.** 밖에 이해를 못 한다. 나도 가끔씩 'éljen!'***이라고 외친다. 그게 적절한 말이 아닌 것은 분명하지만, 그래도 내가 수년 전부터 알고 있는 유일한 감탄사다.

"맙소사, 도대체 넌 그 비숍들을 가지고 뭘 하는 거야, 이번 수를 제발 다시 한 번 잘 생각해 봐. 내가 어떻게 두고 있는지 여전히 감을 못 잡은 거지?" 그러면서 이반이 'Istenfáját!'****라거나 'az Isten kinját!'*****라고 덧붙이면, 나는 이 표현들이 다른 말로는 옮길 수 없는, 이반만이 할 수 있는 악담이라고 짐작한다. 이 악담들이 이반의 예상대로 나를 당황하게 만든다. 이반이 말한다.

"넌 아무 계획도 없이 체스를 두는구나, 네 체스 말들을 끌어내지도 않고, 네 여왕은 벌써 또 꼼짝 못 하게 됐잖아."

나는 참지 못하고 웃음을 터뜨린다. 그러고는 내 쪽이 꼼짝할 수 없게 됐다는 문제에 대해 곰곰이 생각하고 있는데, 이반이 나에게 눈짓을 한다. "무슨 말인지 알아들었어? 아냐, 전혀 못 알아들었잖아, 네 머릿속엔 지금 도대체 또 뭐가 들어 있는 거야, 양배추, 꽃양배추, 상추 잎들, 순전히 야채들뿐이군. 아하, 이젠 머리도 없는, 텅 빈 아가씨께서 내 관심을 딴 데로 돌려 보시겠다? 하지만 난 벌써 눈치챘는걸, 네 옷이 어깨까지 흘러 내려와 있지만 그쪽으로는 눈길도 주지 않을 거야, 네 체

---

* 헝가리어로 '오, 이런.'이라는 뜻이다.

** 놀라움을 표현하는 헝가리 감탄사다.

*** 헝가리어로 '살아야 돼.'라는 뜻이다.

**** 헝가리어 악담.

***** 헝가리어로 '신의 고통'이라는 뜻이다.

스 말에 대해서나 생각해, 삼십 분 전부터 다리도 무릎 위까지 훤히 다 드러나 있지만, 그건 지금 너한테 전혀 도움이 안 된단 말이야. 그것도 체스라고 두는 거니, 이 아가씨야? 나하고는 그런 식으로 체스를 두는 게 아니지. 어라, 이제 곧 우리 둘 다 표정이 볼만해지겠군. 역시 내가 예상했던 대로야. 우리 둘 다 말을 잃었어. 사랑하는 아가씨, 충고를 하나 더 해 주지. 이 자리를 떠나, E5에서 D3으로 가. 하지만 이걸로 숙녀에 대한 내 친절도 바닥이 난 거야."

나는 그에게 내 체스 말을 집어 던지고 계속해서 웃는다. 하긴 그는 나보다 체스를 훨씬 더 잘 둔다. 하지만 중요한 건 가끔씩은 그래도 내가 그에게서 무승부를 끌어낸다는 사실이다.

이반이 뜬금없이 묻는다.

"말리나가 누구야?"

나는 대답을 할 수가 없다. 우리는 아무 말도 하지 않고, 이마를 찌푸려 가며 계속해서 장기를 둔다. 내가 또다시 실수를 하고, 이반은 그대로 계속 두지 못하고 한 수를 물러 준다. 그 다음부터 나는 더 이상 실수를 하지 않고, 우리 게임은 무승부로 끝이 난다.

이반은 무승부를 기념하는 위스키 잔을 받아 들고, 자기가 도와준 덕분에 내가 지지 않은 것을 만족스러워하며 체스 판을 들여다본다. 그는 나에 관해 알고 싶기는 하지만 그렇게 서두를 필요는 없다고 한다. 어떤 걸 알고 싶은지 그는 말하지 않는다. 아마 앞으로도 말하지 않을 것이다. 우리 관계를 그렇게 빨리 끝내고 싶지 않다는 점을 나에게 이해시키기 위해 한 말일 뿐이었을 테니까. 그는 내게도 뭔가 재주가 있을 거라고 짐작하기는 하지만, 그게 어떤 건지는 알지 못한다. 어쨌든 그게 '잘 지내는 것'과 관계가 있는 것은 틀림없다.

"네가 항상 잘 지내야 할 텐데."

"도대체 내가 어때서!"

이반이 사분의 삼 정도 눈을 내리뜬다. 그래도 나를 충분히 바라볼 수 있을 정도로 큰 그의 눈은 아주 어둡고 따뜻하다. 그렇게 가늘게 뜬 눈으로 나를 보며, 내가 누군가를 초대해 놓고 스스로 그걸 망치는 재주만 가지고 있지 않았으면 좋겠다고 말한다.

"뭘 망친다고? 내가 잘 지내는 것? 어떻게 잘 지내는 것 말이야?"

이반이 손짓으로 나를 위협하는 척한다. 내가 멍청한 소리를 했으니까. 지금 뭔가 치유될 수 있는데도 내가 치유되도록 내버려 두지 않으니까. 하지만 이반과는 그 얘기를 할 수가 없다. 또한 거친 행동을 대할 때마다 내가 왜 그토록 기겁을 하는지도 얘기할 수가 없다. 하긴 이반하고는 늘 무슨 얘기든 제대로 할 수가 없다. 다만 그가 무섭지는 않을 뿐이다. 비록 그가 이렇게 내 두 팔을 등 뒤로 꺾어서, 나를 꼼짝 못 하게 만든다 하더라도. 그래도 내 숨소리는 빨라지고, 그 숨소리보다 더 빨리 이반이 내게 묻는다.

"너한테 누가 무슨 짓을 한 거야. 누가 네 머릿속에 그렇게 멍청한 것들만 잔뜩 집어넣었느냐고. 멍청한 공포심 말고 네 머릿속에 들어 있는 게 도대체 뭐야? 나는 널 겁주려는 게 아냐. 널 겁에 질리게 만들어도 되는 건 아무것도 없어. 상추와

콩깍지와 완두콩 따위로 가득 찬 네 머리로 도대체 무슨 착각을 하고 있는 거냐고, 이 멍청한 완두콩 공주님? 누가 그런 짓을 했지? 널 기겁하게 만들고, 널 위축시키고, 너로 하여금 고개를 젓고, 고개를 돌리게 만든 게 누구야? 그게 바로 내가 알고 싶은 거야. 아니, 실은 전혀 알고 싶지 않아."

전화할 때와 체스를 둘 때 쓰는 표현들과 완전한 삶에 관한 표현들처럼, 우리는 머리에 관한 표현들도 하나 가득 가지고 있다. 하지만 아직도 많은 종류의 표현들이 부족한데, 이를테면 느낌을 나타내는 표현들은 아직 하나도 없다. 이반이 그런 표현은 전혀 입에 올리지 않는 데다가 나 또한 그런 류의 표현은 감히 꺼내지 못하기 때문이다. 우리가 만들어 낼 수 있는 그 모든 좋은 표현들에도 불구하고 나는 우리에게 없는, 아직도 요원하기만 한 표현들에 대해 곰곰이 생각한다. 우리는 이제 대화를 그만두고, 우리가 잘 해낼 수 있는 몸짓으로 넘어간다. 그러면 나에게는 느낌 대신에 어떤 의식(儀式)이 시작된다. 이 의식은 공허하게 진행되거나 무의미하게 반복되는 법이 없다. 그건 상투어로 전락해 버린 장엄한 표현들이 다시 새롭게 충만해져서 이루어진 진수(眞髓)와 같은 것이다. 이때만은 진실로 경건해질 수 있다.

그렇다면 이반은, 도대체 이반은 이것에 관해 과연 무엇을 이해할 수 있을까? 오늘 그는 문득 이런 말을 한다. "그게 그러니까 네 종교란 말이지, 바로 그거로군." 그의 목소리가 변했다. 평소보다 좀 더 무거우면서 약간 놀란 듯 들린다. 내게 무슨 일이 일어나고 있는지 결국은 그도 알아내겠지. 어쨌든 우리에게는 아직 완전한 삶이 남아 있으니까. 어쩌면 우리 앞에 그런 삶이 펼쳐지지 않을지도 모르지만, 그저 오늘 하루가 전부일지도 모르지만, 그래도 우리에게 완전한 삶이 있다는 것 자체는 의심할 여지가 없다.

이반이 떠나기 전, 우리 둘은 침대 위에 걸터앉아 담배를 피운다. 그는 또 사흘 동안 파리를 다녀와야 한다고 했으나 나는 아무렇지도 않다. "아, 그래."라고 말하곤 끝이다. 그와 내가 인색하게 나누는 말들과 내가 그에게 정말 하고 싶은 말들 사이에 진공이 존재하기 때문이다. 그에게 모든 것을 다 말하고 싶지만, 나는 그저 여기 앉아서 담배 끝을 재떨이에 지나칠 정도로 꾹꾹 눌러 끄고는 재떨이를 그에게도 건넨다. 내 집 바닥에 담뱃재를 하나도 떨어뜨리지 않는 게 무슨 대단히 중요한 일이나 되는 것처럼.

이반에게 나에 관해 뭔가 얘기해 주는 것은 불가능하다. 하지만 나 자신을 걸지 않고 유희를 계속한다? 그것도 불가능하기는 마찬가지다.(내가 왜 유희란 말을 하는 걸까? 도대체 왜? 그건 나의 말이 아니라 이반의 말인데.) 내가 어디쯤 와 있는지는 말리나가 알고 있다. 오늘에서야 우리는 온갖 지도와 사전을 펼쳐 놓고, 그 위에 머리를 박은 채 거기 나오는 표현들을 파고들기 시작했다. 우리는 모든 장소들과 표현들을 찾아내고, 그렇게 해서 어떤 기운이 생겨나도록 한다. 살아가기 위해서는 내게도 이런 기운이 필요하고, 그렇게 하고 나면 삶의 격정이 좀 누그러진다.

너무 우울하다. 왜 이반은 싫다고 하지 않는 걸까. 왜 재떨이를 벽에다 집어 던져 버리거나 담뱃재가 바닥에 그대로 떨어지게 내버려 두지 않고, 정말로 거기다 담배를 눌러 끄고 있을까. 그냥 여기 그대로 있거나 날 파리로 데려가지도 않을 거면서, 왜 그는 나에게 파리 얘기를 꺼내야만 하는 걸까. 내가 파리에 가고 싶어서 그러는 것이 아니다. 웅가르 가 나라가 내게서 사라져 버리지 않도록, 내가 이 나라를 항상 꼭 부여잡고 있을 수 있도록 하기 위해서이다. 모든 것 위에 군림하는, 하나밖에 없는 나의 나라. 말은 적게 했고, 침묵은 많았건만, 여전히 나는 너무 많은 얘기를 늘어놓고 있다. 지나치게 많은 얘기를. 나의 훌륭하기 이를 데 없는 나라, 황제국도 아니고, 군주국도 아니며, 성 슈테판 왕관*도 없고, 신성 로마 제국의 왕관도 없는, 새로운 연맹을 맺게 된 나라, 승인을 받거나 정당성을 인정받을 필요가 없는 나의 나라. 하지만 나는 피곤하기만 하다. 내 체스 말 하나를 앞으로 보냈다가, 이반이 다음 수를 둔 다음에 다시 제자리로 되돌려 놓을 수밖에 없다. 차라리 지금 당장 그에게 말하는 게 낫지 않을까. 그만하겠다고, 이번 판은 내가 졌다고, 그런데 언제 한번 그와 함께 베네치아에 가고 싶다고, 아니면 올여름에 함께 볼프강 호수에 가고 싶다고, 만약 그가 정말로 시간이 없다면 하루 정도만 도나우 강가에 있는 뒤른슈타인에서 보내고 싶다고, 그곳에 있는 오래된 호텔 하나를 알고 있다고. 뒤른슈타인산 와인을 이반이 좋아하니까 나는 그 와인 한 병을 내기에 건다. 하지만 우리가 이런 곳으로 여행을 떠나

* 왕관 꼭대기의 십자가가 비뚤어진 왕관으로 헝가리의 상징.

는 일은 결코 없을 것이다. 그는 늘 할 일이 너무 많고, 그는 파리에 가야 하고, 그는 매일 아침 7시에 일어나야 하니까.

"영화 보러 갈까?" 내가 물어본다. 혹시라도 극장에 갈 마음이 있다면 이반이 지금 당장 집에 가지 않을 수도 있을 테니까. 신문을 집어 들어 상영 중인 영화 목록이 실려 있는 면을 펼쳐 놓는다. 「세 슈퍼맨들이 소탕에 나서다」, 「텍사스 짐」, 「리오에서의 뜨거운 밤들」. 하지만 오늘은 이반이 시내로 나가고 싶어 하지 않는다. 그는 체스 말들을 그대로 내버려 두고 자기 잔을 단숨에 비운 뒤 유난히 서둘러 현관으로 간다. 늘 그랬던 것처럼 인사도 없이. 아마 우리 앞에 아직 완전한 삶이 놓여 있기 때문이겠지.

모닝 가운에 단추를 달면서 한 번씩 내 앞에 놓인 종이 더미에 눈길을 준다. 옐리네크 양이 타자기를 앞에 두고 앉아서 고개를 숙인 채 기다리고 있다. 그녀는 가운데에 먹지를 넣은 종이 두 장을 타자기에 끼워 넣는다. 아무 말도 없이 이로 실을 물어 끊고 있을 때 전화벨이 울리고, 그녀는 잘됐다는 듯이 고개를 든다. 그녀가 수화기로 손을 뻗자 나는 말한다. "그냥 마음대로 둘러대세요, 내가 없다고, 찾아봐야만 한다고.(그런데 옐리네크 양이 어디를 찾아봐야 한단 말인가, 옷장 속이나 창고로 쓰는 골방은 아마 아닐 테고. 내가 거기에 가 있는 일은 거의 없으니까.) 아니면 이렇게 말해요, 내가 아프다고, 여행을 떠났다고, 죽었다고." 긴장한 채 공손하게 전화를 받던 옐리네크 양이 송화기 부분을 손으로 막고서 작은 소리로 말한다.

"그런데 장거리 전화예요, 함부르크요."

"제발 그냥 내키는 대로 아무렇게나 둘러대 줘요."

옐리네크 양은 내가 집에 없다고 말하기로 결정한다. 아니라고, 유감이지만 자신도 모르겠노라고 말하고 그녀는 흡족해하며 전화를 끊는다. 아무튼 분위기 전환은 되었다.

"레클링하우젠, 런던 그리고 프라하에 뭐라고 써 보낼까요? 오늘 답장을 쓰기로 했는데요."라고 옐리네크 양이 상기시켜 주고, 그래서 나는 얼른 불러 주기 시작한다.

"존경해 마지않는 신사분들께, 모월 모일에 보내 주신 여러분의 편지에 진심으로 감사드리며."

그 순간 갑자기 봄에는 봄 외투라고 부르고, 가을이면 가을 외투라고 부르는 그 외투의 안감이 뜯어졌다는 게 생각난다. 어차피 언제고 한번은 안감을 단단히 꿰매 둬야 하니까 벽장으로 달려가서 여기저기를 뒤적거려 짙은 청색 실을 찾아내고는 기분이 좋아져서 묻는다. "어디까지 하다 말았지요? 내가 뭐라고 했나요? 아, 그래요. 그럼 그다음은 그냥 생각나는 대로 쓰세요. 내가 답장을 쓸 입장이 못 된다거나, 여행을 떠났다거나 아니면 내가 병이 날 것 같다거나." 옐리네크 양이 살짝 웃는다. 그녀는 틀림없이 '답장을 쓸 상황이 못 됩니다.'라고 쓸 것이다. 친절하면서도 중립적으로 들리는, 적당한 거절 문구를 선택할 테니까. 사람들이 물고 늘어질 만한 구실을 주어서는 안 된다는 게 그녀의 생각이고, 그런 그녀이기에 화장실에 갈 때도 그녀는 늘 나에게 양해를 구한다. 그녀가 향수를 뿌리고 다시 돌아온다. 예쁘고, 키도 크고, 날씬하다. 그녀는 외래 환자 진료소에서 일하는 어느 레지던트와 약혼을 했다. 그녀는 길고 아름다운 손가락으로 내가 추천해 주는 이런저런 말들 중에 가장 괜찮은 것들을 타자기에 두들겨 대고, 가끔씩 친밀한 혹은 진심 어린 인사를 전한다는 말도 알아서 덧붙인다.

옐리네크 양이 계속 기다리고 있다. 안감은 꿰맸고, 우리 둘은 차를 한 모금씩 마신다.

"혹시 잊을까 봐 하는 말인데, 우라니아, 그것도 급해요."

옐리네크 양은 지금 자신이 웃음을 터뜨려도 된다는 걸 알고 있다. 우리는 빈에 있고, 빈은 그녀에게 어떤 경외심도 불러일으키지 않기 때문이다. 런던이나 산타바바라, 모스크바라면 사정이 전혀 다르겠지만. 이 편지는 그녀가 혼자 알아서 쓴다. 아마 거의 단어 하나하나에 이르기까지 시민 대학이나 협회 같은 곳에서 보내는 편지와 유사하게 될 것이라는 의심이 드는 것도 어쩔 수 없기는 하지만.

이제는 영국과의 문제를 해결할 차례다. 나는 남은 청색 실자투리를 입안에서 씹고 있다. "자, 우리 오늘은 그냥 여기서 끝내고, 이 너절한 건 다음 주에 쓰도록 해요. 머리에 떠오르는 게 아무것도 없네요." 옐리네크 양은 그런 말은 너무 자주 들었으며, 그런다고 나아지는 건 하나도 없다고 말한다. 그녀는 무조건 시작해 보려 하고, 일단 자신이 직접 한번 써 본다.

Dear Miss Freeman.

Thank you very much for your letter of August 14th.

하지만 이렇게 되면 내가 이제 옐리네크 양에게 그 엄청나게 복잡한 얘기를 들려줘야만 한다. 그래서 나는 사정하듯 말한다. "일단 그렇게 당신이 두 줄을 쓴 다음, 편지 네 통을 모두 리히터 박사에게 보내는 게 제일 좋겠네요." 이반이 언제 전화를 걸지 몰라 신경이 예민해진다. "아녜요, 벌써 열 번째 말하잖아요. 그 사람 이름은 볼프*가 아니라 불프예요. 동화 속의 그 늑대가 아니라고요. 하긴 그런 거야 당신이 나중에 확인해 볼 수 있을 테니까, 뭐. 아녜요. 45번지요. 거의 틀림없어요. 그러니 나중에 확인해 보세요. 그런 다음 그 잡동사니는 서류철해 놓고요. 그리고 우리는 답장이 올 때까지 기다리는 겁니다. 미스 프리먼은 끔찍한 선물 말고는 준비해 놓은 게 하나도 없었잖아요."

옐리네크 양의 생각도 나와 같다. 내가 전화기를 앞으로 옮겨 놓는 동안, 그녀는 책상을 정리한다. 진짜로 바로 전화벨이 울리고, 나는 일부러 세 번 울릴 동안 기다렸다가 수화기를 든다. 이반이다.

옐리네크 갔어?
옐리네크 양이라고 불러 줘.
내 마음이야.
십오 분 후?
좋아, 그래도 될 것 같아.
안 돼, 우리는 지금 막 끝났는걸.
위스키하고 차만. 아니, 다른 건 필요 없어.

머리를 빗고, 외투를 입고, 핸드백을 몇 번씩이나 열었다 닫

* 볼프(Wolf)는 독일어로 늑대라는 뜻이다.

았다 하고, 장바구니가 어디 있나 찾는 와중에도 옐리네크 양은 중요한 편지 세 통은 내가 직접 쓰려고 했다는 것을, 그리고 우표가 다 떨어졌다는 것을 내게 상기시켜 준다. 스카치테이프는 자기가 사 올 거란다. 나도 그녀에게 다음번에는 종이 쪽지에 메모해 둔 사람들의 이름을 반드시 수첩에 옮겨 적어 두어야 한다는 것을 다시 한 번 말해 준다.

"거기 적혀 있는 사람들, 물론 당신도 알고 있는 사람들일 거예요. 어떤 사람들은 항상 머릿속에 기억해 두고 있어야 하니까요. 그렇다고 그렇게 많은 사람들 이름을 일일이 다 기억할 수는 없으니 꼭 주소록이나 수첩에 남겨야만 해요."

옐리네크 양과 나는 서로 일요일을 잘 보내라고 인사를 한다. 지금 또다시 스카프를 반대쪽으로 돌려 감아 주름을 잡느라 그녀가 시간을 끄는 일이 없기를 바랄 뿐이다. 지금 당장이라도 이반이 들이닥칠지 모르니까. 문이 닫히고, 계단을 내려가는 옐리네크 양의 새 구두 뒷굽이 부드러우면서도 분명하게 또각거리는 소리를 들으니 드디어 마음이 놓인다.

이반이 오고, 나는 서둘러 일을 끝낸다. 편지 복사본들만 아직도 주위에 널려 있다. 도대체 내가 여기서 뭘 하는 거냐고 이반이 처음으로 물어본다. 말은 "아, 아무것도 아냐."라고 하면서도 당황하는 기색이 너무나 역력하니까 이반이 그만 웃고 만다. 편지들은 그의 관심을 끌지 못한다. '세 명의 살인자들'이라고 적혀 있는, 하지만 위험할 거라곤 하나도 없는 종이 한 장이 그의 관심을 끄는가 싶었지만 그는 그 종이를 다시 내려놓는다. 하긴 그가 그런 걸 상대하고 싶어 할 리가 없으니까. 그래도 내가 안락의자 위에 올려 둔 종이 몇 장을 보고는 이게 다

뭐냐고 묻는다. 그중 한 장을 집어 들더니 재미있다는 듯이 소리 내서 읽는다. "죽음의 방식들." 또 다른 종이를 들고 읽는다.

"이집트의 암흑. 이거 네 글씨 아니지? 네가 이걸 쓴 거야?" 내가 아무 대답도 하지 않자 이반이 말한다. "마음에 안 들어. 벌써 전부터 이 비슷한 생각을 했어. 네 무덤 소굴 같은 이곳에 빙 둘러 서 있는 이 책들 전부 다 말이야, 아무도 가지고 싶어 하지 않는 것들이잖아. 왜 그런 책밖에 없는 거야? 틀림없이 다른 책도 있을 텐데. 그리고 사실 그런 다른 책들도 꼭 있어야만 해. 이를테면 EXSULTATE JUBILATE* 같은 그런 것. 그래서 사람들이 기쁨에 넘쳐 어쩔 줄을 몰라 하도록 말이야. 너도 기뻐서 어쩔 줄 모를 때가 자주 있잖아. 그런데 왜 글은 그런 식으로 안 쓰지? 이런 불행 덩어리를 시장에다 내놓고, 세상에 불행을 더 늘리다니, 그건 혐오스러운 짓이잖아. 그 책들은 모두 기분 나빠. 도대체 이게 무슨 강박관념이야. 이렇게 '암흑' 같은 말이나 쓰고 있으니 모든 게 다 늘 우울하지. 이 대형판 책은 더 우울하구만. 여기, 이것 좀 봐. '죽은 자의 집으로부터'. 그래, 알았어, 미안하다고."

"다 맞는 말이야, 하지만……"

주눅 든 채 내가 말한다.

"하지만은 없어."라고 이반이 말한다.

"사람들은 변함없이 늘 전 인류와 그 인류의 성가신 일들에 시달리고, 전쟁들을 생각하고, 어느새 또 새로운 전쟁을 상상하지만, 네가 나와 함께 커피를 마시거나 우리가 와인을 마시

---

* 라틴어로 '기뻐하고 환호하라.'라는 뜻이다.

며 체스를 둘 때면, 도대체 전쟁이 어디 있고, 굶주리고, 죽어가는 인류가 어디 있어? 너한테는 그런 게 정말 그렇게 안됐어? 아니면 네가 체스 한 판을 지거나 내가 당장 엄청나게 배가 고프다는 게 안됐어? 도대체 왜 웃는 거야, 아마도 인류는 이런 순간이면 웃어야 할 게 많은가 보지?"

"아냐, 안 웃어."라고 말은 하지만 터져 나오는 웃음을 어떻게 할 수가 없다. 어디 다른 곳에서 불행한 일이 일어나든지 말든지 내버려 두기로 한다. 이반이 나와 함께 식사를 하기 위해 앉아 있는 곳이라면 불행은 하나도 없기 때문이다. 식탁 위에 놓여 있지 않은 소금, 깜박하고 부엌에 그냥 두고 온 버터, 그런 것들만 내 머릿속에 들어 있다. 이반을 위해 아름다운 책을 쓰겠다고 마음속으로 결심한다. 내가 세 명의 살인자들에 관해서 쓰지 않기를, 어떤 책에서든 불행이 늘어나지 않기를, 이반이 그러기를 바라고 있으니까. 그의 말이 더 이상 귀에 들어오지 않는다.

말들이 내 머릿속에서 웅웅거리기 시작하더니 한 줄기 빛이 비친다. 몇몇 음절들은 벌써 반짝거리고, 문장들이 들어 있는 작은 상자들로부터 형형색색의 쉼표들이 나와 날아다니며, 한때는 검정색이었던 마침표들이 풍선처럼 부풀어 내 머리 위에 둥둥 떠다닌다. 내가 찾아내려고 하는 그 찬란한 책에서는 모든 것이 EXSULTATE JUBILATE처럼 될 것이기 때문이다. 이런 책이 있어야 한다면, 언젠가는 이런 책이 틀림없이 존재하게 된다면, 사람들은 이 책의 한 쪽만 읽어 보고도 기뻐 쓰러지고, 기뻐 껑충 뛰어오를 것이다. 이 책은 사람들에게 도움이 될 것이고, 이 책을 계속해서 더 읽다 보면 기쁨에 넘쳐 소리 지르고 싶은 것을 참느라 어느새 사람들은 입에 자기 손을 물고 있을 것이다. 그래도 아마 참기가 쉽지 않을 것이다. 창틀에 앉아 계속해서 읽어 내려간다면 길 위의 행인들에게 꽃종이를 뿌리게 되고, 그러면 행인들은 깜짝 놀라 혹시 자신들이 카니발 행렬에 들어섰나 싶어 걸음을 멈출 것이다. 마치 니콜라우스* 축일인 것처럼 사람들은 사과, 견과류들, 대추와 무화과를 아래로 던지고는 어지러운 줄도 모르고 창밖으로 고개를 쑥 내밀고 소리치겠지.

"들어봐, 내 말 좀 들어 봐! 여기 좀 쳐다보라니까! 굉장한 걸 읽었어. 당신들한테 그걸 읽어 줄게. 다들 가까이 와! 이건 진짜 굉장해!"

사람들이 멈춰 서서 주목하기 시작하고, 점점 더 많은 사람들이 모여든다. 모여든 사람들 중에 자신이 유일한 장애인임을 표시하는 목발이 더 이상 필요하지 않게 된 브라이트너 씨가 분위기를 바꿔 보려고 쉰 목소리로 다정하게 "안녕하세요."라고 인사를 한다. 밤에만 용기를 내 집을 나서 택시를 타고 어디론가 갔다가 다시 택시를 타고 집 앞까지 돌아오는 그 뚱뚱한 궁정 여가수는 조금씩 더 날씬해지는가 싶더니 단숨에 50킬로그램을 빼고는 계단에 모습을 드러내고, 마치 무대 위에 있는 것처럼 소리를 질러 댄다. 숨이 찬 줄도 모르고 중간층까지 올

* Myranus Nicolaus(?~350). 소아시아 미라의 주교로 불행한 소녀와 난파한 선원들을 구했다고 하는 전설이 전해지며 어린이, 여행자 교회 등을 보호하는 성인이다. 니콜라우스 축일은 12월 6일이다.

라가서 스무 해나 젊어진 목소리로 콜로라투라*를 부르기 시작한다. "Cari amici, teneri compagni!"** 슈바르츠코프***나 칼라스****가 부르는 게 더 나았다는 그런 무례한 말을 하는 사람은 하나도 없고, '살진 메추라기'라는 말도 자취를 감췄다. 3층에 사는 사람들의 명예도 회복되었고, 그들에게 씌었던 모함은 없던 일이 되었다. 찬란한 책 한 권이 마침내 세상에 존재함으로써 남겨지는 기쁨은 이렇게도 크다. 나는 마음을 다잡고, 이반을 위해 첫 장을 어떻게 시작할 것인지 궁리한다. 이 책으로 나중에 그를 깜짝 놀라게 해 주고 싶어서, 나는 비밀로 가득 찬 표정을 짓는다. 이 비밀을 제대로 파악하지 못한 이반은 이렇게 말한다. "얼굴이 빨개졌잖아, 뭐야, 도대체, 왜 그렇게 멍청하게 웃어? 난 그냥 내 위스키 잔에다 넣을 얼음이 더 있느냐고 물어봤을 뿐인데."

마땅히 할 말이 없어서 이반과 내가 침묵하고 있더라도, 우리가 서로 얘기를 나누고 있지 않더라도, 이 침묵이 우리에게 무겁게 가라앉지는 않는다. 오히려 나는 많은 것들이 우리를 둘러싸고 있고, 우리를 둘러싼 모든 것들이 살아 있음을 느낀다. 그것들이 스스로 눈에 띄려고 기를 쓰는 것도 아닌데 나는 알아차릴 수가 있다. 도시 전체가 숨을 쉬며 돌아가고, 그 속에서 이반과 나는 아무 걱정도 없다. 우리는 세상과 분리되어 갇혀

* 음을 화려하게 장식해 노래 부르는 성악 기법.
** 이탈리아어로 '사랑하는 친구들이여, 다정한 벗들이여!'라는 뜻이다.
*** Elisabeth Schwarzkopf(1915~2006). 독일의 소프라노 성악가.
**** Maria Callas(1923~1977). 그리스 출신으로 미국에서 활동한 성악가.

있지도 않고, 아무런 교류 없이 세상의 고통과 완전히 유리되어 있지도 않으니까. 우리도 이 세상에 받아들여질 수 있는 한 부분이다. 느긋하게 혹은 황급히 보도 위를 걸어가거나 횡단보도 줄무늬에 발을 들여놓는 우리 둘 말이다. 아무런 말을 하지 않아도, 직접 설명해 주지 않아도, 이반은 제때 내 팔을 잡아 나를 꼭 붙들어 줄 것이고, 그래서 내가 자동차나 전차 밑에 깔리는 일은 없을 것이다. 나는 늘 그보다 약간 뒤에 처져서 걸음을 재촉한다. 나보다 훨씬 더 키가 큰 그가 한 걸음을 옮길 동안 두 걸음을 옮겨야만 하니까. 하지만 이 세상과의 관계 때문에 나는 너무 뒤처지지 않으려고, 그와 발을 맞추려고 노력한다. 그렇게 우리는 벨라리아 가(街)나 마리아힐프 가(街)에 이르고, 처리해야 할 일이 있을 때는 쇼텐 순환도로까지 간다. 만약 한 사람이 상대방을 놓칠 것 같다면 우리는 그렇게 되기 전에 이미 눈치챌 것이다. 다른 사람들처럼 우리가 서로를 자극하거나, 서로 떨어지거나, 고집을 부리거나, 서로를 배척하거나, 거부하는 일은 아마 결코 없을 테니까. 우리 머릿속에는 그저, 6시 전에 여행사에 가야만 한다, 무료 주차 시간을 넘겼을 것 같다, 지금 당장 차로 달려가야 한다는 그런 생각들밖에 없다. 그러고 나면 두 사람에게 닥칠지도 모르는 온갖 위험이 사라져 버린 웅가르 가로 돌아온다. 심지어 나는 9번지 대문 앞에 이반을 두고 올 수도 있다. 너무 피곤하다면 굳이 6번지까지 나를 바래다줄 필요가 없다. 그가 퍼붓는 욕이나 신음 소리, 악담을 고스란히 뒤집어쓸 게 뻔하지만, 그래도 나는 한 시간 뒤에 전화를 걸어 그를 깨우겠다고 약속한다. 그가 저녁 식사에 너무 늦지 않도록. 언젠가 한번 나에게 전화한 적이 있다는 라오스가 이반을 찾느라 전화를 걸었다. 나는 비서 같은 목소리로 공손하면서도 차갑게 대답했다. 유감이지만 나도 모르겠다고, 괜찮으시면 그에게 직접 전화해 보시는 게 어떻겠느냐고. 그러고 난 다음 떠오르는 의문 하나를 억누르느라 애를 쓴다. 이반은 어디에 있단 말인가? 라오스라는 사람이 그를 찾고 있는데, 자기 집에도 없고, 나와 있는 것도 아니고, 모르겠다. 유감스럽게도 전혀 모르겠다. 물론 나는 가끔 이반을 만나고, 오늘은 어쩌다 보니 그와 함께 시내에 갔고, 또 어쩌다 보니 그의 차를 타고 제3구로 돌아온 것뿐이다. 그러니까 나와 알고 지내기 전부터 이반의 삶에 라오스라고 불리는 한 남자가 있었는데, 그는 이반과 친하고, 심지어 내 전화번호까지 알고 있다는 얘기다. 지금까지 내가 이반의 삶에서 알고 있는 이름은 벨라와 안드라스 그리고 그가 어머니라고 부르는 한 여자가 전부다. 이 세 사람에 대해 얘기할 때면 이반은, 그들의 구체적인 주소는 언급하지 않은 채 자신이 또 얼른 호에 바르테에 다녀와야만 한다고 말하는데, 그런 경우가 꽤 자주 있다. 여자에 대해서만은 그는 뭘 얘기하는 법이 없고, 애들 엄마에 대해서는 전혀 입을 열지 않는다. 그저 애들 할머니, 그러니까 이반의 어머니에 대해서는 뭔가 조금 들은 게 있기는 하다. 벨라와 안드라스의 엄마에 대해서는 가끔 나 혼자서 상상해 본다. 그녀가 부다페스트 제2지구 빔보 가(街) 65번지에 혹은 괴될뢰에 있는 여름 별장에 혼자 남았다고. 때때로 나는 그녀가 죽었다고 생각해 보기도 한다. 총을 맞았다고, 지뢰가 터져 공중으로 날아올라 갈기갈기 찢겼다고, 아니면 부다페스트에 있는 어떤 병원에서 병으로 죽었다고, 혹은 그곳에 남아서 일을 하며 즐겁게 지내고 있다고, 이반이 아닌 다른 남자와 함께. 그렇게 생각해 보기도 한다.

이반의 입에서 gyerekek!* 혹은 kuss, gyerekek!**라는 말이 나오는 걸 듣기 전에 이미 그는 나에게 이런 말을 했다. "어쩌면 네가 벌써 알아차렸을지도 모르겠지만, 난 아무도 사랑하지 않아. 애들이야 물론 사랑하지. 하지만 그 외에는 아무도 사랑하지 않아." 전혀 몰랐던 얘기였지만 나는 고개를 끄덕인다. 이 사실을 나도 당연하게 여길 거라는 것이 그에게는 너무나 당연한 일이다. JUBILATE. 벼랑 끝에 매달린 셈인데도 그 책의 시작이 어떠해야 할지 머릿속에 떠오른다. EXSULTATE.

날씨가 드디어 따뜻해져서 우리는 겐제호이펠로 간다. 오늘 오후에는 이반이 한가하다. 한가한 오후, 한가한 시간은 늘 이반에게만 문제가 되며, 한가한 저녁도 마찬가지다. 내 시간은 어떻게 되는지, 내가 한가한지 아닌지, 한가하다는 것과 한가하지 못하다는 것의 의미를 도대체 내가 알기나 하는지, 그런 것은 얘깃거리도 못 된다. 이반이 한가하다는 그 빠듯한 시간 동안 우리는 겐제호이펠 공공 수영장 안의 풀밭 위에 약한 햇살을 받으며 누워 있다. 나는 작은 휴대용 체스 판을 챙겨 왔다. 한 시간 내내 이마를 찌푸리며 한 수 한 수 주고받고, 왕과 성의 위치를 바꾸고, 위험에 처한 여왕을 지켜 내고, 여러 번 체크메이트를 불러 위기를 경고한 다음 결국 우리는 무승부에 이른다. 이반은 이탈리아 아이스크림 가게에서 나에게 아이

---

* 헝가리어로 '애들아!'라는 뜻이다.

** 헝가리어로 '쉿, 애들아!'라는 뜻이다.

스크림을 사 주고 싶다지만 지금은 그럴 시간이 없다. 한가한 오후는 벌써 지나가고, 우리는 시내로 다시 질주해 돌아가야만 한다. 사 준다는 그 아이스크림은 어쩌면 다음번에 얻어먹게 될지도 모르겠다. 라이히스 교(橋)와 프라터슈테른 위를 건너 시내로 진입해 들어가면서 이반이 라디오 볼륨을 높인다. 그래도 다른 자동차 운전자들이 차선을 바꿀 때마다 이반이 뭐라고 한마디씩 하는 말들은 다 들린다. 라디오에서 흘러나오는 음악 소리가 귓전에 울리고, 과속으로 달리던 차가 급정거를 했다가 다시 급출발을 하니 어느새 내 마음속에서 거대한 모험심이 솟아난다. 지금 우리가 지나가는, 이미 잘 알고 있는 지역과 거리들이 나에게는 전혀 달라 보인다. 두 손으로 손잡이를 꼭 잡는다. 노래를 잘 부르기만 한다면 이렇게 매달린 채 차 안에서 노래라도 부를 텐데. '더 빨리, 더 빨리'라고 그에게 말하고 싶다. 겁도 없이 손잡이를 놓고, 양팔을 젖혀 머리 뒤에 괴고, 환하게 웃으며 프란츠 요제프 항만과 도나우 운하, 쇼텐 순환도로를 바라본다. 신이 난 이반이 시 외곽 도로를 한바퀴 돌고 있기 때문이다. 지금 우리가 접어드는 이 순환도로 위를 지나가는 데 시간이 아주 오래 걸렸으면 좋겠다. 우리는 정체 구간에 들어서서 그곳을 비집고 나아간다. 오른편으로 내가 다녔던 대학이 보인다. 이제는 더 이상 예전 같지도 않고, 위압적이지도 않다. 궁정 극장, 시청 그리고 의회가 라디오에서 흘러나오는 음악 소리에 파묻힌다. 이 음악은 절대로 끝나서는 안 된다. 오랫동안 계속되어야 한다. 아직 한 번도 상영된 적이 없는 한 편의 영화처럼 그렇게 오랫동안. 이 영화에서 지금 놀라운 기적이 내 눈앞에 벌어진다. 「이반과 함께 빈을 달리다」,

「행복하게, 이반과 함께 행복하게」, 「빈에서 행복하게」, 「행복한 빈」이 바로 이 영화의 제목이 아닌가. 차가 급정거를 하거나 열어 둔 창문으로 휘발유 냄새가 진동하는 더운 공기가 들어와도, 매혹적인 장면들은 나에게 현기증을 일으키며 계속해서 이어진다. '행복하게, 행복하게.' 이런 것이 행복이다. 이런 것이 행복임이 틀림없다. 순환도로 전체가 온통 음악으로 가득 차 있다. 차가 덜컹거리며 출발해서, 오늘은 겁이 나지 않아서, 다음 신호등에서 내리고 싶지 않아서, 몇 시간이고 더 계속 차를 타고 가고 싶어서, 나는 소리 내어 웃는다. 작은 소리로 흥얼거리며 노래를 따라 부르는 내 목소리가 음악 소리에 묻혀 이반에게는 들리지 않는다.

Auprès de ma blonde.*
나는.
너는 뭐?
나는.
뭐라고?
나는 행복해.
Qu'il fait bon.**
뭐라고 그러는 거야?
아무 말도 안 했어.

---

* 「나의 금발 여인 곁에서」라는 샹송의 후렴구. 프랑스어로 '나의 금발 여인 곁에서'라는 뜻이다.

** 프랑스어로 '얼마나 좋은지.'라는 뜻이다.

Fait bon, fait bon.*
나중에 말해 줄게.
나중에 뭘 어쩐다고?
너한텐 아마 절대로 말 못 할 것 같아.
Qu'il fait bon.
그러지 말고 말해 봐.
너무 시끄럽잖아. 더 크게 말할 순 없어.
뭘 말하고 싶은데?
더 크게 말할 수는 없다니까.
Qu'il fait bon dormir.**
말해 보라니까, 지금 당장 말해야 돼.
Qu'il fait bon, fait bon.
내가 다시 살아났다고.
겨울을 이겨 냈으니까.
그래서 너무나 행복하니까.
시립 공원이 벌써 보이니까.
Fait bon, fait bon.
이반이 다시 살아났으니까.
이반과 내가.
Qu'il fait bon dormir!

밤에 이반이 나에게 묻는다.

---

* 프랑스어로 '좋아요, 좋아요.'라는 뜻이다.
** 프랑스어로 '잠드는 건 얼마나 좋은지.'라는 뜻이다.

"왜 통곡의 벽*만 있을까? 지금까지 왜 아무도 환희의 벽은 짓지 않았을까?"

행복하다. 나는 행복하다.

이반이 원한다면, 예전에는 요새의 성벽이, 지금은 순환도로가 자리 잡고 있는 바로 그곳에다 빈 전체를 빙 둘러 환희의 벽을 지어야지. 나로 인해 빈의 흉물스런 구역을 둘러싸고 행복의 벽이 생길 것이다. 그렇게 되면 우리는 아마도 매일같이 이 새로 생긴 벽으로 가 기쁨과 행복에 겨워 실컷 웃게 되지 않을까. 이런 게 행복이니까, 우리는 행복하니까.

이반이 묻는다.

"불을 끌까?"

"아니, 하나는 그냥 켜 둬, 등 하나는 남겨 놔 줘."

"하지만 내가 언젠가는 모든 등을 다 꺼 줄 거야. 이젠 잠 좀 자. 그리고 행복해져."

"난 행복해."

"만약 네가 행복하지 않다면……."

"그럼?"

"그렇다면 넌 뭔가 좋은 일을 할 수 없을 거야."

나는 혼잣말을 한다. 그 뭔가 좋은 일을 행복한 마음으로 해내게 될 거라고. 조용히 방을 나가면서 이반은 등을 하나씩

---

* 헤롯 왕이 예루살렘 신전을 개축할 때 쌓은 신전 중 남아 있는 서쪽 옹벽의 일부. 로마에 대한 반란(132~135)이 실패로 끝난 뒤 신전은 파괴되었고, 유대인이 예루살렘에 들어가는 일이 금지되었다. 4세기부터 일 년에 한 번, 신전이 파괴된 날 허물어진 신전을 찾아가 나라의 멸망을 애통하는 일이 허용되었으며, 통곡의 벽이란 이름은 여기서 유래했다.

다 끈다. 그가 가는 소리가 들린다. 나는 조용히 누워 있다. 행복한 마음으로.

벌떡 일어나 침대 옆 탁자에 놓인 등을 켠다. 머리는 산발이 된 채로 놀라서 입술을 깨물며 방에 서 있다가, 방 밖으로 달려 나가 전등을 차례로 하나씩 다 켠다. 말리나가 벌써 집에 와 있을 테니까 당장 그와 얘기를 해 봐야겠다. 왜 행복의 벽은 없는 걸까? 왜 환희의 벽은 없는가? 그럼 밤이면 내가 다시 찾아가는 그 벽은 도대체 뭐란 말인가! 말리나가 놀라 자기 방에서 나왔다. 그는 고개를 절레절레 흔들며 나를 바라본다. 나는 말리나에게 묻는다. "나와 함께하는 게 도대체 그만한 보람이 있는 일이야?" 말리나는 아무런 대답도 하지 않고, 나를 욕실로 데려가 작은 수건을 집어 들어 따뜻한 물에 적신 다음, 그걸로 내 얼굴을 닦아 주며 다정하게 말한다. "도대체 꼴이 이게 뭐야? 이번엔 또 무슨 일인데?" 말리나 때문에 내 얼굴에 마스카라가 얼룩진다. 나는 그러지 못하게 막고, 오일이 묻어 있는 헝겊을 찾아 들고 거울 앞에 선다. 얼룩이 사라지고, 검은 흔적들, 크림을 발랐던 적갈색 흔적들도 사라진다. 말리나가 생각에 잠겨 나를 바라보다 말한다. "넌 나한테 너무 많은 걸 너무 일찍 물어보는구나. 여태까지는 아무 보람도 없었지만, 아마 나중에는 보람이 있겠지."

시내 페터 성당 근처에 있는 골동품 가게에서 오래된 필기대 하나를 봐 두었다. 그 가게 주인은 가격을 깎아 줄 수가 없단다. 그래도 그걸 사고 싶다. 그러면 뭔가 쓸 수도 있을 것 같은 기분이 든다. 더 이상 남아 있을 것 같지 않은, 오래되고 질긴 양피지 위에, 더 이상 남아 있을 것 같지 않은 진짜 깃털펜으로, 그리고 더 이상 어디서도 찾아볼 수 없는 그런 잉크로. 앉지도 않고 선 채로 고판본* 같은 글을 써 내려가고 싶다. 이반을 사랑한 지는 이제 이십 년이 되었고, 그를 알게 된 지는 이 달 31일이면 일 년 삼 개월하고도 서른하루가 되니까. ANNO DOMINI MDXXLI,** 아무도 이해 못 할 이 엄청난 라틴어 연도도 적어 넣어야지. 대문자로 쓴 머리글자는 붉은 잉크로 나리꽃을 그려 넣어 장식하고, 전혀 존재한 적이 없는 한 여인의 전설 속에 나 자신을 숨길 수도 있을 테지.

카그란 공주의 비밀

옛날 옛적에 샤그레, 또는 샤게란이라고 하는 나라에 한 공주가 있었다. 이 나라는 나중에 카그란이라 불린 종족의 나라였다. 늪에 사는 용을 때려잡아서 그 괴물이 죽은 다음 클라겐푸르트가 생겨날 수 있게 했던 성 게오르크가 주로 활동했던 곳도 바로 이곳, 도나우 강 건너편 쪽에 있는 이전의 마르히펠트 마을이었고, 수해 지역 가까운 곳에 그를 기념하는 교회가 있다.

공주는 젊고, 매우 아름다웠으며, 누구도 따라올 수 없을 정도

---

* 1500년 이전에 인쇄된 서적들.

** 라틴어로 '서기 MDXXLI'라 쓴 것인데, 뒤의 로마 숫자는 임의로 만들어 낸, 있을 수 없는 조합이다.

로 쏜살같이 달리는 흑마(黑馬)를 한 마리 가지고 있었다. 신하들은 그녀에게 뒤에 머물기를 청했다. 그들이 살고 있는 땅은 도나우강을 끼고 있는 곳이라 항상 위험이 도사리고 있었기 때문이었다. 이때까지만 해도 나중에 라에치엔, 마르코마니엔, 노리쿰, 모에지엔, 다치엔, 일뤼리엔, 파노니엔* 등으로 인해 생기게 된 국경이 아직 존재하지 않았다. 또한 민족이동이 계속되던 시기라 치스라이타니엔, 트란스라이타니엔**도 아직 없었다. 그러던 어느 날 헝가리 기병들이 광활한 초원으로부터 현재 헝가리에 해당하는 풍요로운 미지의 땅으로 말을 달려 밀고 올라왔다. 그들은 공주의 흑마만큼이나 빠른, 사나운 동방의 말을 타고 쳐들어왔으며, 그 땅의 모든 것들이 두려움에 떨었다.

맞서 싸우지 않았던 공주는 통치권을 잃고 포로가 되었다. 하지만 그렇다고 그냥 끌려가 훈족이나 아바르족 늙은 왕의 아내가 되고 싶지도 않았다. 그녀는 일종의 전리품으로 간주되었고, 붉고 푸른 옷을 입은 수많은 기병들이 그녀를 감시했다. 그녀는 진정한 공주였기에 늙은 왕에게 끌려가느니 차라리 죽는 게 낫다고 생각했다. 사람들이 그녀를 훈족 왕의 성으로, 아니면 아바르족 왕의 성으로까지도 데려갈 작정이었으므로, 밤이 다 지나가기 전에 탈출할 용기를 내야만 했다. 그녀는 새벽 먼동이 트기 전에 감시병이 잠들기만을 바랐지만, 시간이 흐를수록 그녀의 희망은 점점 더 약해졌다. 자신의 흑마도 빼앗긴 마당에 군 야영지를 어떻게 벗어나

---

* 로마 제국 시대의 지명들.

** 오스트리아·헝가리 제국의 일부 지역을 일컫는 비공식적인 명칭.

야 할지, 푸른 언덕이 펼쳐진 그녀의 나라로는 또 어떻게 돌아가야 할지 알 수가 없었다. 잠을 이루지 못한 채 그녀는 천막 안에 누워 있었다.

깊은 밤 그녀는 어떤 목소리를 들은 것만 같았다. 그건 말소리가 아니라 노랫소리였는데, 낮게 울리면서 마음을 진정시켜 주었다. 그것은 이방인들에게는 들리지 않는, 공주만을 위해 울리는 노래로, 그 언어가 그녀의 마음을 사로잡았지만, 단 한 마디도 이해할 수 없었다. 그래도 공주는 이 목소리가 자기 자신만을 향하고 있고, 자신을 부르고 있음을 알 수 있었다. 공주는 그 노랫말을 이해할 필요가 없었다. 마법에 걸린 듯 일어나 그녀는 천막을 열어젖혔다. 그녀의 눈앞에 동방의 끝없이 어두운 하늘이 펼쳐졌으며, 그녀가 바라본 첫 번째 별이 유성이 되어 떨어졌다. 그녀에게 밀려들던 그 목소리가 뭔가 소원을 빌어도 된다고 말해 주었고, 그녀는 간절하게 소원을 빌었다. 갑자기 그녀의 눈앞에 긴 검은색 망토에 몸을 숨긴 낯선 남자가 나타났는데, 붉고 푸른 옷차림의 기병은 아니었다. 그는 어둠 속에 자신의 얼굴을 감추고 있었다. 비록 그를 볼 수는 없었지만, 그가 그녀를 위해 탄식하고, 지금껏 들어 본 적이 없는 그런 목소리로 그녀에게 희망의 노래를 불러 주었으며, 이제 그녀를 풀어 주려고 왔다는 것을 공주는 알 수 있었다. 그의 손에는 공주의 흑마를 맨 고삐가 들려 있었다. 공주는 조용히 입을 열어 물었다.

"너는 누구냐? 네 이름이 무엇이냐, 나의 기사여. 어떻게 너에게 이 고마움을 표시해야겠느냐?"

그는 두 손가락을 자신의 입에 갖다 댔고, 그것이 조용히 하라는 뜻임을 공주는 알아차렸다. 그는 그녀에게 따라오라고 손짓하고는 자신의 검은 망토로 그녀를 휘감아 아무도 그녀를 볼 수 없도록 했다. 그들은 밤의 어둠보다 더 어두웠다. 울음소리도 내지 않고 조용히 발을 내딛는 흑마와 공주를 이끌고 그는 야영지를 통과해 대초원 자락으로 나왔다. 공주의 귓가에는 여전히 그의 신비스러운 노랫소리가 울리고 있었고, 그녀는 그 목소리에 완전히 빠져 계속해서 자꾸만 듣고 싶었다. 공주는 그에게 자신과 함께 강 위쪽으로 거슬러 올라가 주기를 청했지만, 그는 아무 대답도 없이 그녀에게 고삐를 넘겨주었다. 그녀가 처한 상황은 여전히 아주 위험했다. 그는 그녀에게 말을 타고 가라는 표시를 했다. 그녀는 상심했다. 그가 계속 자신의 얼굴을 감추고 있어 아직 그의 얼굴조차 보지 못했지만, 그녀는 그가 시키는 대로 따를 수밖에 없었다. 공주는 흑마에 훌쩍 올라타서는 말없이 그를 내려다보며 자신의 언어와 그의 언어로 뭔가 작별의 말을 하고자 했다. 그 작별의 말을 그녀는 자신의 눈길로 대신했다. 하지만 어느새 그는 뒤돌아서 밤의 어둠 속으로 사라져 버렸다.

흑마는 강을 향해 달리기 시작했다. 촉촉하게 젖은 공기가 강이 있는 곳이 어느 쪽인지 가르쳐 주었다. 공주는 난생 처음 눈물을 흘렸다. 훗날 민족이동 시기에 사람들은 이곳 강에서 몇 개의 진주를 발견해 자신들의 초대(初代) 왕에게 바쳤고, 이 진주들은 아주 오래된 보석들과 함께 성 슈테판 왕관에 박힌 채 오늘날까지 전해져 내려온다.

훈족의 손이 미치지 않는 곳에 도달한 후에도 그녀는 밤낮을 가리지 않고 계속해서 말을 타고 강을 거슬러 올라가, 강의 흐름이 수많은 지류로 나눠져 사방으로 흩어지는 곳에 이르렀다. 여기서 그녀는 그만 기괴하게 생긴 버드나무들이 무성하게 자라 뒤덮고 있는 늪지대로 들어서고 말았다. 아직 강물은 평상시의 수위를 유지하고 있었다. 수풀들은 평원에서 불어오는 바람을 타고 휘어지고, 사르락거리고, 이리저리 흔들렸다. 이 바람 속에서는 위로 높이 뻗을 수가 없으니 버드나무들이 그리도 기괴한 모양새를 하고 있었던 것이다. 버드나무들도 풀처럼 부드럽게 바람을 타고 있었다. 공주는 방향감각을 상실했다. 마치 모든 것이 움직이고 있는 것만 같았다. 버드나무 가지들이 물결치고, 풀들이 물결쳤다. 평원은 살아 움직이고 있었지만, 그 속에 살아 있는 인간은 그녀 말고는 하나도 없었다. 도나우 강에서 밀고 올라오는 물결은, 꿈쩍도 않고 버텨 내던 강가를 가볍게 넘어서 자기 갈 길을 찾아 미로같이 얽힌 지류들 속으로 흩어졌다. 그중 넓은 지류 하나가 밀려온 흙이 쌓여 섬이 된 곳을 가로질러 넓은 길을 내자 강물은 이곳을 통과해 철썩거리며 쏜살같이 흘러갔다. 거품을 일으키며 흐르는 급류와 소용돌이 사이에서 귀를 기울이고 있던 공주는 강물의 세찬 흐름이 강변 모래톱을 점점 더 깊이 우묵하게 파 들어가 군데군데 버드나무와 땅을 함께 통째로 삼켜 버리고 있음을 알아차렸다. 이미 있던 섬들이 가라앉고, 밀려온 흙이 쌓여 새로운 섬들이 생겨났으며, 섬들의 모양과 크기가 계속해서 변했다. 밀려 올라오는 강물 때문에 수위가 점점 더 높아져 버드나무와 섬 들이 흔적도 없이 사라지는 만조가 될 때까지 평원은 이렇게 변화를 계속할 것이었다. 하늘에 있는 희뿌연 연기 같은 것이 눈에 들어왔지만 공주의 나라에 있는 푸른 언덕의 흔적은 찾을 수가 없었다. 그녀는 자신이 어디쯤에 있는지도 몰랐고, 테베 산지나 카르파티아 산

맥의 이름도 없는 지맥들에 대해서는 전혀 아는 바가 없었다. 이곳에서 도나우 강으로 빠져나가는 이정표도 그녀의 눈에 띄지 않았다. 훗날 이곳에 강을 따라 서로 다른 두 나라 사이의 국경선이 생기게 될 것임을 그녀야 알 리가 없었다. 그 당시에는 나라도, 국경선도 없었으니까.

그녀를 태운 흑마가 자갈밭 위로 올라섰다. 말은 더 이상 달릴 수가 없었다. 밀려드는 물결이 점점 더 진창이 되어 가는 것을 보고 그녀는 덜컥 겁이 났다. 만조가 닥친다는 징표였기 때문이다. 고독의 나라, 외부와는 완전히 단절된 저주받은 나라에 빠져들어 마음의 갈피를 잡지 못한 채 그녀는 계속해서 천천히 앞으로 나아가도록 말을 몰았다. 해가 지고, 공주는 밤을 지낼 만한 장소를 찾기 시작했다. 강물 소리가 마치 무시무시한 괴물 소리처럼 느껴졌다. 철썩거리며 강가 바위에 부딪치고, 사방에 울려 퍼지도록 웃어 대는가 싶다가도 조용히 흐름을 바꿀 때면 부드럽게 속삭이는 것만 같았다. 강바닥에서는 쉭쉭거리고 부글거리고 그르렁거리는, 그야말로 별별 소리들이 다 울려 나오고 있었다. 저녁이 되자 잿빛 까마귀 떼가 몰려왔고, 가마우지는 강가를 에워싸기 시작했으며, 황새는 물속에서 물고기를 잡고, 늪지에 사는 온갖 종류의 새들이 흥분해서 공중을 빙빙 돌아 날고 있었다. 그 새들이 내지르는 소리가 저 멀리까지 울려 퍼졌다.

어릴 때 공주는 도나우 강가에 있는 이 예사롭지 않은 나라에 대한 얘기를 들었다. 이 나라에 있는 마법의 섬들에서는 사람들이 굶어 죽어 가는 와중에 미래를 보게 되고, 파멸의 광포함 속에서 극도의 황홀경을 맛본다고 했다. 공주는 섬이 자신을 태운 채 움직이는 것만 같다고 느꼈다. 하지만 그건 천둥 치는 소리를 내며 밀려와 그녀를 공포에 떨게 하는 강물 때문이 아니라 그녀 자신 안에 있는 두려움과 놀라움, 그리고 버드나무로 인해 생전 처음 느끼게 된 불안함 때문이었다. 마음 깊은 곳을 위협하는 뭔가가 그 나무로부터 배어 나와 공주의 마음을 무겁게 짓눌렀다. 그녀는 인간 세계가 끝나는 경계에 와 있었다. 공주는 자신의 흑마를 향해 몸을 굽혔다. 기운이 다해 뻗어 버린 말에게서 애처로운 신음 소리가 새어 나왔다. 말도 더 이상 빠져나갈 길이 없음을 느끼고 있었던 것이다. 벌써 생명이 꺼져 가는 눈길로 말은 공주에게 용서를 빌었다. 이제 더 이상은 강물을 가로질러 저편으로 그녀를 데려다 줄 수 없기 때문이었다. 공주는 말 옆의 우묵한 땅에 몸을 뉘었다. 이렇게까지 겁이 나기는 생전 처음이었다. 버드나무들이 점점 더 수근거리고, 중얼거리고, 웃어 대고, 비명을 질러 대고, 한숨을 쉬고, 또 신음을 했다. 어떤 병사의 무리도 더 이상 그녀를 추적하지 않았건만, 이제는 낯선 존재들의 무리가 그녀를 에워싸고 있었다. 무수한 나뭇잎이 무성한 버드나무 꼭대기 위에서 이리저리 나부꼈다. 강은 그녀가 있는 곳에서부터 죽은 자들의 나라로 이어졌고, 저 멀리로 눈길을 돌리자 어마어마한 그림자 행렬이 그녀를 향해 다가오는 것이 보였다. 마치 울부짖는 듯한 섬뜩한 바람 소리를 더 이상 듣지 않으려고 머리를 팔 속에 파묻었다. 그러나 그녀는 금방 다시 벌떡 일어났다. 풀과 나무를 헤치고 길을 더듬어 다가오는 소리에 정신이 번쩍 들었다. 앞으로 나아갈 수도 없고 뒤로 돌아갈 수도 없었다. 강물로 뛰어들든지 무시무시한 버드나무 사이로 들어가든지, 둘 중 하나만이 그녀에게 남아 있었다. 그런데 칠흑 같은 어둠 속에서 갑자기 한 줄기 빛이 비쳤다. 인간의 불빛일 리는 없고, 유령의 불빛일 수밖에 없다는 생각에 그녀는 무서워 죽을 지경이었지만, 그래도 마법에 걸린 사람처럼 홀린 듯 그 빛을 향해 걸었다.

그것은 불빛이 아니라 한 송이 꽃이었다. 광포한 밤에 자라난, 그러나 땅에서 피어난 것이 아닌, 붉디붉은 꽃이었다. 그녀는 그 꽃을 향해 손을 뻗었다. 꽃에 자기 손이 닿는 순간 어떤 다른 손 하나도 그녀의 손에 와 닿았다. 바람과 버드나무의 웃음소리가 뚝 그쳤다. 점점 잦아드는 도나우 강물을 창백하고 낯설게 비추면서 달이 떠오르자 그녀는 그 검은 망토의 낯선 남자가 자기 앞에 서 있음을 알아차렸다. 그는 한 손으로는 그녀의 손을 잡고, 다른 손의 두 손가락은 자기 입에 갖다 댔다. 그녀가 누구냐고 또 물어보지 않도록. 하지만 그의 어둡고 따뜻한 두 눈은 그녀를 내려다보며 미소를 짓고 있었다. 그는 조금 전까지 그녀를 둘러싸고 있던 어둠보다 더 어두웠다. 그녀는 그를 향해 그리고 그의 품에 안긴 채 모래밭으로 무너져 내렸다. 죽은 사람에게 하듯이 그는 그 꽃송이를 공주의 가슴 위에 올려놓고는 그녀와 자기 자신을 망토로 덮었다.

낯선 남자가 공주를 죽음과도 같은 잠에서 깨웠을 때는 이미 해가 하늘 높이 솟아 있었다. 진정한 불멸의 존재인 불가항력의 자연을 그가 잠재웠던 것이다. 마치 오래전부터 그랬던 것처럼 공주와 남자는 서로 얘기를 나누기 시작했다. 한 사람이 말을 하면 상대방은 미소를 지었다. 그들은 서로에게 빛과 어둠에 대해 말했다. 만조였던 수위가 내려갔고, 해가 지기 전 공주의 흑마가 일어나 씩씩거리며 수풀 속을 헤치고 달려오는 소리가 들렸다. 놀라 가슴이 철렁 내려앉은 그녀는 말했다. "난 계속 가야만 해, 강을 더 거슬러 올라서. 나와 함께 가자, 이젠 더 이상 날 두고 떠나지 마!"

하지만 남자는 고개를 저었다. 공주가 물었다. "네 동족들에게 돌아가야만 하느냐?"

그는 미소를 지었다. "이 세상 어떤 종족들보다 더 오래된 내 동족은 바람이 부는 대로 다 흩어져 버렸소."

공주가 소리쳤다. "그러니 함께 가자!" 그녀는 마음이 아프고 조급해졌다. 하지만 낯선 남자는 말했다. "참아요, 참고 기다려요. 당신도 알잖소, 다 알고 있지 않소." 지난밤에 공주는 미래를 보았고, 그래서 그녀는 눈물을 흘리며 말했다. "알고 있어, 우리가 다시 만나게 될 거라는 걸."

남자가 미소를 지으며 물었다. "어디에서? 그리고 언제? 말을 타고 가는 이 길은 사실 끝이 없을 텐데,"

바닥에 놓여 있는, 생명이 다해 시들어 가는 꽃을 보고는 공주는 눈을 감으며 꿈의 문턱에서 말했다. "그걸 볼 테니, 잠시만!"

그녀가 천천히 얘기를 들려주기 시작했다. "이 강을 계속 더 거슬러 올라간 곳이야. 또 다시 민족들이 이동을 하고, 지금과는 다른 세기(世紀)가 될 거야. 언제쯤인지 맞춰볼까? 20세기가 훨씬 더 지난 다음인 것 같아. 사람들이 그러는 것처럼, 넌 내게 '연인이여.'라고 말하게 될 거야."

"세기라는 게 무엇이오?" 남자가 물었다.

공주는 모래를 한 줌 가득 집어서 손가락 사이로 빠르게 다 새나가도록 하고는 말했다. "이 정도쯤이 20세기일 거야. 그러면 네가 와서 나에게 입을 맞추게 되겠지."

"그럼 금방이겠군, 계속 얘기해요." 낯선 남자가 말했다. "어느 도시에 있는 어느 거리일 텐데." 공주가 말을 이었다. "우린 카드놀이를 하고, 난 내 눈을 잃게 되며, 거울 속에는 일요일이 있을 거야."

어리둥절해하며 남자가 물었다. "도시와 거리가 무엇이오?" 공주도 잘 몰라 이렇게 말했다. "그건 곧 보게 되겠지. 내가 아는 건 그 단어들뿐이야. 네가 내 가슴을 가시로 찌르면 머지않아 보게 되겠지. 어느 창 앞에 우리는 서 있을 거야. 끝까지 얘기하게 해 줘, 그건 꽃으로 가득한 창문이야. 매 세기마다 그 창문 뒤에 꽃이 놓이고, 그 꽃이 스무 송이가 넘으면 깨닫게 되겠지, 우리가 서 있는 곳이 바로 그 장소라는 걸. 그 꽃들은 모두 바로 이 꽃과 같은 것들일 거야!"

공주는 자신의 말에 훌쩍 올라탔다. 불길한 기운들을 더 이상 견딜 수가 없었다. 낯선 남자가 아무 말 없이 자신과 그녀의 첫 번째 죽음을 그려 보고 있었기 때문이다. 그는 그녀에게 더 이상 작별의 노래를 불러 주지 않았다. 그가 벌써 첫 번째 가시로 그녀의 가슴을 찔렀기 때문에, 그녀는 무서운 정적 속에서 저 멀리 모습을 드러내기 시작한, 푸른 언덕이 펼쳐진 자신의 나라를 향해 말을 달렸다. 성에 도착한 공주는 신하들에게 둘러싸인 채 피를 흘리며 자신의 흑마에서 떨어졌다. 하지만 그녀는 미소를 띠고 있었고, 열에 들떠 알아들을 수 없는 소리를 했다. "난 알아, 알고 있어!"

그 필기대를 사지 않았다. 5000실링이나 달라고 하는 데다가 수도원에서 쓰던 것이라는 점도 마음에 걸렸다. 그리고 양피지와 잉크도 없으니 어차피 그 위에서 뭔가를 쓸 수도 없었을 것이다. 게다가 이미 내 타자기에 익숙해진 옐리네크 양도 별로 감탄하지 않을 것이다. 내가 쓴 것을 그녀가 보지 못하도록 카그란 공주에 관해 쓴 종이들을 재빨리 서류철 속에 집어넣는다. 어찌 됐건 이제는 좀 뭔가 일을 '해치우는' 게 더 중요하기도 하다. 옐리네크 양 뒤쪽, 서가로 가는 세 번째 계단참에 앉아서, 종이 몇 장을 똑바로 챙겨 놓고 그녀에게 불러 준다.

"존경하는 신사분들."

보내는 사람과 받는 사람의 이름과 주소, 날짜는 옐리네크 양이 벌써 써 두었을 것이 틀림없다. 그녀가 기다리고 있는데 아무 말도 떠오르지 않아 나는 이렇게 말한다. "옐리네크 양, 부탁인데, 그냥 당신이 쓰고 싶은 대로 좀 써 줘요." 당황한 옐리네크 양이 '쓰고 싶은 대로'라는 말의 의미를 알 리가 없건만, 나는 진이 빠져서 말한다. "예를 들어, 건강상의 이유라고 쓰세요. 아, 그래요, 그건 벌써 써먹었다고요? 그럼 뭔가 중책을 맡았다는 얘기를 써 보세요. 이것도 너무 자주 썼나요? 그렇다면 그냥 감사드린다, 안부 전한다, 뭐 그렇게 쓰세요."

가끔은 도저히 이해할 수 없는 구석이 있을 텐데도 옐리네크 양은 전혀 그런 내색을 하지 않는다. 그녀는 '존경하는 신사분들'이 누군지도 모른다. 그녀가 아는 사람은 7월에 그녀와 결혼하게 될 신경과 전문의 크라바냐 박사뿐이다. 7월에 그녀와 결혼식을 올리게 된다는 것은 오늘 그녀가 내게 전해 준 얘기이고, 나는 그 결혼식에 초대를 받았다. 베네치아로 갈 거라고 한다. 정신이 온통 외래 진료소와 집 단장에 쏠려 있음에도 불구하고, 그녀는 나를 위해 서류를 작성하고, 완전히 엉망진창인 창고에서 편지를 한 뭉치씩 끄집어내서는 그중 1962년, 1963년, 1964년, 1965년, 1966년에 온 것들을 찾아낸다. 그녀는 '치워 놓다', '서류철하다', '분야별로 정리하다'라는 말을 번갈아 써 가며 제대로 정리해 줄 것을 간청하지만, 나와 함께 정리 정돈을 하려는 노력이 결국은 수포로 돌아가는 것을 보게 될 뿐이다. 그녀는 모든 것을 알파벳과 연도 순서대로 정리하고, 사적인 것과 공적인 것을 구분하려고 한다. 아마 그녀라면 충분히 그렇게 하고도 남을 것이다. 하지만 나는 그녀에게 제대로 설명해 줄 수가 없다. 이반을 알게 된 이후부터는 그런 일을 하느라 보내는 시간이 그저 낭비로만 여겨지고, 나 자신을 정리해야 하는 게 더 급한 일이며, 이런 종이 뭉치 따위는 이제 나에게 아무 의미가 없다는 사실을. 다시 한 번 정신을 가다듬고 불러 준다.

"존경하는 신사분들께, 1월 26일에 보내 주신 여러분의 편지에 감사드립니다."

존경하는 쉰탈 씨.

당신께서 편지를 써 보내신, 당신께서 아는 사람이라고 생각하고 초대까지 해 주신 그 인물은 없습니다. 비록 지금이 새벽 6시지만 한번 해명을 해 보겠습니다. 당신과 다른 많은 사람들에게 해명해야 할 책임이 있는 그 일에 대해 얘기하기에는 이 시간이 적절하다고 여겨집니다. 지금은 벌써 새벽 6시고, 이미 한참 전에 잠이 들었어야 했는데도, 저를 잠들지 못하게 하는 것들이 너무나 많군요. 물론 당신께서 저를 애들 잔치나 꼬마 여자애들의 축제에 초대하신 것은 아닙니다. 그리고 그러한 행사나 축제는 분명히 사교적인 필요성에 의해 열리는 것이지요. 제가 이 일을 전적으로 당신의 입장에서 보려고 애쓰고 있음을 당신께서도 알고 계시겠지요. 우리가 이미 약속을 했다는 것을 저도 압니다. 적어도 제가 당신께 전화라도 드렸어야 했지요. 하지만 저로서는 지금의 제 상황을 표현할 만한 말들을 찾을 수가 없군요. 또 예의상 언급할 수 없는 일이기도 합니다. 당신께서 보시는, 그리고 때때로 저 스스로도 그렇다고 믿게 되는 저의 친절한 겉모습은 유감스럽게도 이제 저 자신과는 점점 더 먼 얘기가 되어 가고 있습니다. 그렇다고 제가 예의범절이 형편없고, 그래서 무례하게도 귀하를 기다리게 한다고는 생각지 말아 주셨으면 합니다. 사실 제게 남아 있는 것이 있다면 바로 예의범절이니까요. 만약 학교에 예의범절 수업이 있었다면, 그건 틀림없이 저에게 가장 잘 맞고, 제가 가장 훌륭한 성적을 거둘 과목이었을 것입니다. 하지만 존경하는 쇤탈 씨, 저는 몇 년 전부터, 가끔씩은 일주일 내내, 현관문 앞까지도 가지를 못한답니다. 어떤 때는 전화 수화기를 들지도 못하고, 누군가에게 전화를 걸지도 못한답니다. 그냥 그런 일들을 할 수가 없네요. 어떻게 해야 좋아질지 모르겠어요. 더 이상은 도움이 될 만한 게 없는 것 같습니다.

또한 저는 염두에 두고 있어야 할 것들, 이를테면 정해 놓은 기한이나 작업, 약속 같은 것들을 전혀 머릿속에 넣어 두고 있을 수가 없습니다. 새벽 6시인 지금, 저의 이 엄청난 불행보다 더 분명하게 느껴지는 건 없네요. 끝없는 고통이 모든 신경을 통해 계속해서, 완전히, 골고루, 한결같이 저를 덮치고 있으니까요. 너무나 피곤합니다. 얼마나 피곤한지 말씀드려도 될는지…….

수화기를 들고서 기계적으로 반복되는 음성을 듣는다.

"전보 수신계입니다. 잠시만 기다려 주세요, 잠시만 기다려 주세요, 잠시만 기다려 주세요, 잠시만 기다려 주세요, 잠시만 기다려 주세요."

그동안 종이 위에다 끄적인다. '발터 쉰탈 박사, 벨란트 가(街) 10번지, 뉘른베르크. 유감스럽지만 갈 수 없음. 편지하겠음.'

"전보 수신계입니다. 잠시만 기다려 주세요, 잠시만 기다려 주세요, 잠시만 기다려 주세요."

찰칵 하는 소리가 나고, 활기차고 영리하게 들리는 젊은 여자 목소리가 묻는다.

"전화번호가 어떻게 되시죠? 감사합니다. 제가 다시 걸겠습니다."

우리가, 그러니까 이반과 내가 피곤함을 표현하는 말들은 한 보따리나 된다. 나보다 나이는 어려도 이반은 자주 끔찍할 정도로 피곤하고, 나도 마찬가지로 몹시 피곤하기 때문이다. 이반은 너무 오랫동안 잠을 못 잤다. 그는 몇몇 사람들과 함께 누스도르프에 있는 호이리겐*에 있었다, 그것도 새벽 5시까지. 그러고 나서 그들과 함께 다시 시내로 돌아와 굴라쉬 스프를 먹었다. 그 무렵 나는 릴리에게 보내는 200번째 편지와 다

* 그해에 생산된 햇포도주를 파는 주점.

른 몇 통의 편지를 썼고, 전보 한 통을 보냈다. 사무실을 다녀온 다음 오후에 이반이 나에게 전화를 건다. 그의 목소리라는 것을 하마터면 알아채지 못할 뻔했다.

피곤해 죽겠다, 진짜 완전히 지쳤어.
난 죽을 지경이야.
아냐, 못 믿겠어, 방금 내가…….
난 뻗었어, 그냥.
이젠 좀, 제발 좀 실컷 자 봤으면…….
난 오늘은 아주 일찍 잘 거야, 넌?
난 벌써 잠들 것 같아, 하지만 오늘 저녁에…….
그럼 한 번쯤은 좀 더 일찍 자도록 해 봐.
죽은 파리 같군, 너한테 뭐라고 표현해 줄 수가 없네.
물론 네가 그렇게까지 피곤하다면…….
나도 끔찍할 정도로 피곤했어, 죽을 지경이야.
그렇다면 차라리 오늘 저녁에는……
물론 네가 지금 그렇게 피곤하지 않다면…….
잘 안 들리는데.
그럼 다시 제대로 잘 들어 봐.
네가 잠결이니까 그렇지.
물론 아직은 아니지, 그냥 피곤할 뿐이라고.
그래도 한 번쯤은 실컷 자서 그 피곤함을 풀어 줘야 해.
대문을 열어 놨어.
나도 피곤하긴 하지만, 네가 더 피곤한 게 틀림없어.
…….

물론 지금이지, 그게 아니라면 도대체 언제…….

…….

지금 당장 너와 함께 있고 싶어!

수화기를 집어 던지고, 내 피곤함도 내던져 버리고, 계단을 달려 내려가 길을 비스듬히 가로질러 건넌다. 9번지 대문이 조금 열려 있고, 방문도 조금 열려 있다. 이반은 피곤함을 표현하는 그 많은 말들을 다시 죄다 늘어놓고, 나도 마찬가지다. 얼마나 녹초가 됐는지 서로에게 얘기해 주느라 정말 피곤해지고 완전히 지쳐 버릴 때까지 말이다. 우리는 얘기를 멈춘다. 피로가 쏟아지는 와중에도 서로 잠들지 않도록 노력한다. 모닝콜이 걸려올 때까지 아직 십오 분 정도 잠을 청해도 되는 이반을 난 희미해진 어둠 속에서 눈을 떼지 않고 계속 바라본다. 마음속으로 그에게 뭔가를 바라고 간청하고 있는데, 언뜻 어떤 말이 들린 것만 같다. 그 말은 그저 피곤해서 나온 말이겠지만, 나에게는 확신을 심어 주는 말이기도 하다. 내 눈 주변으로 뭔가가 모여드는가 싶었지만, 눈물샘에서 분비되는 양이 너무 조금이라 양쪽 눈가에 눈물 한 방울을 이루기에도 충분치가 않다. 희망 없는 사랑을 하고 있는 사람에게 확신을 심어 주기에 단 한 마디의 말이면 충분한 걸까? 이 세상 것이 아닌 그런 확신이 틀림없이 있긴 있을 텐데.

이제야 깨닫게 된 사실인데, 이반이 일주일 내내 바빠 시간이 없을 때면 불안해지는 나 자신을 어떻게 할 수가 없다. 터무니없고, 말도 안 되는 일이다. 이반의 잔에 얼음 세 조각을 넣어 준 다음 바로 내 잔을 들고 일어나 창가로 간다. 이 방에서 나가야 할 것 같다. 화장실에 간다는 핑계를 대면 되겠지. 가는 길에 서가에서 책을 찾는 척할 수도 있을 테고. 비록 책과 화장실은 아무 관계도 없지만. 하지만 베토벤이 길 건너편 저 집에서 귀가 먹은 채로 마침내 제9번 교향곡과 또 다른 몇 가지 것들을 작곡해 냈다는 얘기*를 하면서 슬쩍 방에서 나가는 것 말고, 물론 나는 귀가 먹지도 않았으니까, 한 번쯤은 제9번 교향곡 얘기 말고 다른 모든 얘기를 이반에게 털어놓을 수는 없을까. 그러나 이제는 더 이상 방에서 나갈 수가 없게 되어 버렸다. 이반이 벌써 눈치를 챘다. 내 어깨가 이미 들썩이기 시작했고, 작은 손수건으로는 감당할 수 없을 만큼 눈물이 흘러내리고 있기 때문이다. 이 천재(天災), 사람이 이렇게나 많은 눈물을 흘릴 수는 없는 노릇이니 천재라고 해도 되겠지, 어쨌든 이 천재는 고스란히 이반이 떠맡을 수밖에 없다. 아무 짓도 안 했으면서. 그는 내 어깨를 감싸고, 나를 탁자로 데려가서는 앉아서 뭘 좀 마시라고 한다. 나는 울면서 울어서 미안하다고 사과한다. 이반은 말도 안 된다는 반응을 보인다.

"왜 울어서는 안 돼? 그냥 울어, 울고 싶다면 울라고. 네가 울 수 있을 만큼, 좀 더 많이, 그냥 실컷 울어 버려."

나는 그렇게 실컷 울고 있고, 이반은 두 잔째 위스키를 들이켜고 있다. 그는 나에게 뭘 물어보지도 않고, 위로해 주려고 끼어들지도 않으며, 신경질을 내지도 않고, 당혹스러워하지도 않

* 1823년 10월부터 1824년 5월까지 베토벤은 오늘날 베아트릭스 가 8번지와 웅가르 가 5번지의 위치에 해당하는 길모퉁이에 있는 집에 머물면서 제9번 교향곡 등의 작품을 작곡했다.

는다. 사람들이 악천후가 지나가기를 기다리듯이 그는 그렇게 가만히 기다린다. 흐느낌이 조금씩 잦아드는 걸 들으며 오 분쯤 더 기다린다. 그러고는 얼음물에 수건을 넣었다 꺼내서 내 눈 위에 올려놓는다.

"서로 질투 같은 건 하지 말았으면 좋겠는데, 아가씨."

"아냐, 그런 건 아냐."

나는 또다시 울음을 터뜨린다. 하지만 이번에는 기분이 너무 좋기 때문이다.

"당연히 아니겠지. 도대체 울 만한 이유가 없잖아."

하지만 당연히 울 만한 이유가 있다. 일주일 동안 내게 현실이 주입되지 않았으니까. 이반이 이 이유에 대해 캐묻지 않아야 할 텐데. 하긴 그는 그런 걸 물어볼 사람도 아니다. 그냥 한 번씩 날 실컷 울도록 내버려 두기나 하겠지.

"실컷 울어."라는 말이나 하겠지.

반은 야생의 상태인 이 들뜬 세상에 나는 살고 있다. 나를 둘러싼 세상이 내리는 판단이나 선입견에서 난생 처음 벗어났다. 나 자신도 이 세상에 대해서는 이제 더 이상 아무런 판단도 내리지 않는다. 나는 그저 순간적인 대답, 울부짖음과 한탄, 행복과 기쁨, 배고픔과 갈증에 대해서만 반응할 각오가 되어 있다. 너무나 오랫동안 난 살아 있는 게 아니었으니까. 야게*가 주는 환상보다 더 풍부한 나의 환상은 이반을 통해 마침내 살아 움직이게 되었다. 뭔가 거대한 것이 그를 통해 내게로 왔고, 이제는 나에게서 그 빛을 발하고 있다. 바로 이것이 내 삶의

* 남아메리카 인디언들이 의식에 사용했던 마약의 일종.

중심이자 '잘 살고자' 하는 내 의지의 중심이기도 하다. 이 중심으로부터 세상을 환히 밝히고, 이 세상 또한 그런 나를 필요로 한다. '잘 살고자' 하는 건 다시 쓸모 있는 사람이 되겠다는 것이고, 그건 내가 이반에게 필요한 존재가 되기를 바란다는 의미이다. 완전한 삶을 위해 내가 그를 필요로 하는 것처럼. 하긴 가끔씩 그에게도 내가 필요하긴 하다. 그가 벨을 울리면 내가 문을 열어 줘야 하니까. 그는 손에 신문을 들고 있다. 잠시 안을 들여다보더니 말한다. "바로 다시 가 봐야 돼. 오늘 저녁에 차 쓸 거니?" 이반은 내 차 열쇠를 가지고 바로 가 버렸다. 그래도 이반이 이렇게 잠깐 나타나 준 것만으로도 현실이 다시 살아 움직인다. 그가 한 모든 말들이 나에게, 이 세상의 바다와 하늘의 별자리에까지 영향을 끼친다. 부엌에서 소시지를 넣은 빵을 씹고, 접시들을 싱크대 개수대에 내려놓는 동안에도 "바로 다시 가 봐야 돼."라는 이반의 말이 계속해서 귓전에 울린다. 먼지 쌓인 축음기를 청소하고, 여기저기 널려 있는 레코드 판을 벨벳 솔로 살살 닦는다. 벨라가 손목을 삐어서 급히 가 봐야 한다며 내 차를 몰고 호에 바르테로 향하면서 그는 "지금 당장 너와 함께 있고 싶어."라고 말한다. 이반이 "지금 당장 너와 함께 있고 싶어!"라고 말했다. 소시지를 넣은 빵을 먹을 때도, 편지를 열어 볼 때도, 먼지를 닦을 때도 나는 이 위험천만한 말을 잘 지니고 있어야 한다. 이제는 더 이상 일상적이지 않게 되어 버린 일상사들 사이에서 언제 불꽃 튀는 폭발이 일어날지 모르기 때문이다. 눈앞을 응시하고, 귀를 기울이고 그리고 목록을 작성한다.

전기 기사

전기 요금 청구서

축음기 바늘

치약

Z. K.와 변호사에게 보내는 편지들

세탁

축음기를 틀 수도 있지만, “지금 당장 너와 함께 있고 싶어!”라는 말이 계속해서 귓전에 울리도록 그냥 내버려 둔다. 말리나를 기다릴 수도 있지만 그냥 자러 간다. 피곤해 죽겠고, 끔찍할 정도로 지쳤고, 진이 다 빠져 쓰러질 지경이다. “지금 당장 너와…….” 이반은 바로 다시 가 봐야만 한다. 나에게 열쇠를 건네주려고 온 것뿐이다. 벨라는 손목을 삐지 않았다. 이반의 어머니가 별것도 아닌 걸 갖고서 잔뜩 과장했던 것이다. 복도에서 나는 이반을 꼭 붙잡는다. 이반이 묻는다.

“뭐야, 도대체, 왜 그렇게 바보처럼 웃는 거야?”

“아냐, 아무것도. 그냥 그렇게 바보처럼 잘 지내고 있을 뿐이야. 이러다 보면 아마 나중엔 아예 바보가 되겠지.”

이반이 말한다.

“바보처럼 잘 지낸다고 하는 게 아니라 그냥 잘 지낸다고 하면 되는 거야. 그럼 예전에는 잘 지내는 게 어떤 거였어? 바보같이 잘 지내느라 네가 그렇게 바보 같았나?”

나는 고개를 가로젓고, 이반은 장난으로 손을 쳐들어 때리는 시늉을 한다. 이때 갑자기 겁이 덜컥 나면서, 나는 거의 숨이 넘어갈 듯이 말한다.

“제발 그러지 마. 때리지 마.”

오한(惡寒)은 한 시간이 지나자 사라진다. 이반에게 그 얘길 하는 게 좋지 않을까 싶기도 하다. 하지만 이반이라면 그런 정신 나간 짓은 이해하지 못할 텐데……. 살인에 대해서는 그에게 아무것도 말할 수 없기 때문에, 나는 다시 원래의 나 자신으로 영원히 돌아오고 말았다. 그저 이반을 생각하며 이 곪은 상처를 잘라 내고 태워 버리려고 시도해 볼 뿐이다. 살인에 대한 생각에 빠져 허우적대고 있을 수는 없다. 이반이 함께 있어 준다면 틀림없이 이 생각을 완전히 지워 버릴 수 있겠지. 그가 내게서 이 병을 없애 버리고, 그가 날 구해 주어야 한다. 하지만 지금도 나를 사랑하지도 않고 필요로 하지도 않는 이반인데, 무슨 이유로 그가 나중에 언젠가 나를 사랑하고 필요로 하게 된단 말인가? 그의 눈에 보이는 건 점점 더 윤기를 띠는 내 얼굴뿐이고, 그런 내 얼굴에 웃음이 번지면 그의 기분은 좋아진다. 마치 보험에라도 든 것처럼 우리가 모든 것에 대해 보호받고 있는 상태라는 것을 그가 나에게 또다시 설명해 주겠지. 지진과 허리케인, 절도와 사고, 화재와 우박 등 모든 것에 대해 보험에 들어 있는 우리의 자동차처럼. 그러나 어떤 일이 일어나더라도 나를 보호해 줄 수 있는 건 단 한 마디의 말뿐이다. 이 세상에 나를 위한 보험이란 없다.

오후에 갑자기 벌떡 일어나 강연을 들으러 프랑스 문화원으로 간다. 당연히 지각이었고, 그래서 뒤쪽 문가 근처에 서 있을 수밖에 없다. 저 멀리서 프랑수아가 나에게 인사를 한다. 대사관에 근무하는 그가 하는 일이란 양국의 문화 교류를 추진하고, 조정하고, 상호 간에 결실을 맺도록 하는 것이라는데, 사실 프랑수아 자신도 그 일을 정확하게 파악하지 못하고 있고,

우리 둘 다 그게 어떤 일인지 제대로 알지 못한다. 이런 일들이 개인적으로 우리들에게는 별 필요가 없지만 그래도 양 국가에는 쓸모가 있는 모양이다. 그가 나에게 오라고 손짓을 한다. 자기는 일어나고 나에게 그 자리를 줄 생각으로 자기 자리를 가리킨다. 하지만 프랑수아에게 가느라 다른 이들을 방해하고 싶지는 않다. 모자를 쓴 중년 부인과 노신사 들 그리고 벽에 붙어 서 있는, 내 옆의 몇몇 젊은이까지도 마치 교회에 있는 것처럼 경건하게 귀를 기울이고 있다. 내게도 서서히 한 문장, 한 문장이 귀에 들어오기 시작하고, 이제 나는 눈도 감는다. 계속해서 'la prostitution universelle'*에 관한 얘기가 들린다. '아주 좋아. 그래, 정말 맞는 말이야.'라고 나는 생각한다. 파리에서 온 남자는 금욕적으로 보이는 창백한 얼굴을 하고서 소년 합창단원 같은 목소리로 『소돔의 120일』에 관해 얘기하고 있다. 벌써 열 번째 '보편적 매춘'이란 말을 입에 담는다. 경건하게 귀를 기울이고 있는 사람들과 함께 이 보편적 생식불능 상태의 공간이 나를 중심으로 빙글빙글 돌아가기 시작한다. 그래도 보편적 매춘에 관한 얘기가 계속해서 어디까지 이어지는지 확인하고 싶다. 이 사드 교회 안에서 난 어느 젊은 남자에게 도발적인 눈길을 보낸다. 그 남자 역시 마치 예배를 보는 도중 몰래 음탕한 짓이라도 하는 것처럼, 신성모독의 눈길로 답을 한다. 한 시간 동안 우리는 서로 무슨 나쁜 일이나 꾸미는 것처럼, 그것도 종교재판이 열리고 있는 이 교회 안에

* '보편적 매춘'. 여기서는 돈을 받고 몸을 파는 것이 아니라 상대를 가리지 않는 성관계를 의미한다.

서, 남몰래 서로 눈길을 주고받는다. 웃음이 터지기 전에 손수건으로 입을 틀어막는다. 숨이 넘어갈 듯 웃다가 심하게 기침을 해 대는 일이 일어나기 전에 그 강연회장을 떠난다. 이런 나의 퇴장에 청중들이 불쾌해한다. 당장 이반한테 전화를 걸어야겠다.

어땠느냐고? 아주 재미있었어.
아, 그래, 그랬단 말이지?
특별한 건 없었고, 그냥 재미있었어.
일찍 좀 자.
하품하는 건 너잖아, 너야말로 그만 자는 게 좋겠어.
그렇진 않고, 난 아직 모르겠어.
아냐, 하지만 난 내일…….
내일 정말 꼭 그래야 돼?

집에 혼자 앉아서, 타자기에 종이를 한 장 끼워 넣고, 아무 생각 없이 자판을 두드린다. '죽음이 닥치리라.'

옐리네크 양이 서명을 하라고 편지 한 통을 놔두고 갔다.

존경하는 쉰탈 씨.
지난해에 보내 주신 당신의 편지에 감사드립니다. 그 편지가 9월 19일에 쓰인 걸 보고 상당히 당황했습니다. 유감스럽지만 좀 더 일찍 답장을 쓸 수는 없었습니다. 여러 가지로 제 사정이 여의치 않았습니다. 그리고 올해도 여전히 어떤 일도 책임지고 맡을 수가 없군요. 그럼 감사를 표하며, 안녕히 계십시오.

다른 종이 한 장을 새로 끼우고, 먼저 썼던 종이는 휴지통에 버린다.

존경하는 쉰탈 씨.

잔뜩 겁에 질린 채, 황급히 지금 당신에게 이 편지를 씁니다. 당신을 잘 알지 못하기 때문에 오히려 친구들에게 편지를 쓰는 것보다 당신에게 편지를 쓰는 게 더 쉬운 것 같습니다. 게다가 당신이 친절하게도 그토록 애를 써 주시니, 전 당신이 인간적인 분이실 것이라 짐작하고서…….

○월 ○일, 빈에서
모르는 여자 올림

모두들 이반과 나는 행복한 것이 아니라고 말할지도 모른다. 아니면 우리가 행복해할 만한 이유가 없다고 할 수도 있다. 하지만 다들 잘못 생각하고 있다. 모두라는 것은 결국 아무도 아닌 셈이다. 전화할 때 세무 신고에 대해 이반에게 뭔가 물어본다는 것을 그만 깜박하고 말았다. 언젠가 이반이 선심을 쓰듯 내년에는 내 세무 신고를 자기가 처리해 주겠다고 했다. 세금이 중요한 게 아니다. 내년에 내야 할 세금이 벌써부터 나한테 뭘 원하는지가 뭐 그리 중요하겠는가. 이반이 내년이라는 말을 입에 담을 때면, 나에게는 오직 이반만이 중요하다. 전화할 때 샌드위치는 이제 물린다고, 내가 무슨 요리를 할 줄 아는지 물어보려다 그만 깜박하고 말았다고 이반이 말한다. 이렇게 되면 나는 이제 내년보다는 어느 저녁에 더 많은 기대를 걸게 된다. 내가 요리하기를 이반이 원한다는 것은 뭔가를 의미하는 것이 틀림없다. 그렇다면 술이나 한잔 하고 갈 때처럼 그렇게 급하게 달아날 수는 없겠지. 밤중에 서재에 있는 내 책들을 한번 쭉 훑어본다. 그중에 요리책은 하나도 없다. 당장 몇 권 사야겠다. 도대체 말도 안 된다. 지금 내게 이반을 위해 필요한 것이 아니라면, 여태껏 내가 읽은 것들은 다 무엇이며, 지금 당장 나에게 무슨 소용이 있겠는가. 『순수이성비판』*을 읽었다. 베아트릭스 가의 60와트 불빛 아래에서 로크, 라이프니츠, 흄을 읽었고, 어둠침침한 국립 도서관의 작은 등불 아래서는 소크라테스 이전의 철학자들에서부터 『존재와 무』**에 이르기까지 모든 시대의 모든 개념들이 내 마음을 사로잡았었다. 파리에 있는 어느 호텔의 25와트 불빛 속에서 카프카, 랭보, 블레이크를 읽었고, 쇼팽 소곡이 낮게 연주되고 있던 베를린의 어느 한적한 거리의 360와트 불빛 아래에서 프로이트, 아들러, 융을 읽었다. 제노바의 해변에서는 소금 자국으로 얼룩지고, 햇빛에 말라 비틀어진 종이에 적힌, 지적 재산의 몰수에 관한 열정적인 연설을 꼼꼼히 읽어 내려갔다. 클라겐푸르트에서는 삼 주 동안 미열에 시달리며 쇠약해진 상태에서 항생제를 먹어 가며 『인간 희극』***

---

* 『Die Kritik der reinen Vernunft』. 독일의 철학자 칸트(Immanuel Kant, 1724~1804)의 대표적인 저서 중 하나.

** 프랑스의 작가이자 철학자인 사르트르(Jean Paul Sartre, 1905~1980)가 쓴 글.

*** 프랑스의 작가 발자크(Honoré de Balzac, 1799~1850)가 자신의 작품을 모아 붙인 제목.

을 읽었다. 뮌헨에서는 동이 터 올 때까지, 지붕을 올리는 사람들이 다락방으로 들이닥칠 때까지, 프루스트를 읽었다. 스타킹이 흘러내린 줄도 모른 채 프랑스 도덕주의자들과 빈 논리주의자들을, 매일 서른 개비의 프랑스 담배를 피워 가며 『사물의 본성에 관하여』*에서부터 『이성의 숭배』**에 이르기까지 전부 다 읽었다. 역사와 철학, 의학과 심리학에 몰두했고, 슈타인호프 정신병원에서는 정신 분열증 환자와 조울증 환자의 병력을 연구했고, 온도가 6도밖에 안 되는 대강당에서 원고를 작성했고, 기온이 38도일 때도 그늘에서 여전히 de mundo, de mente, de motu***에 관해 메모했다. 머리를 감은 후 마르크스와 엥겔스를 읽었고, 만취 상태로 레닌을 읽었으며, 혼란스러운 마음으로 쫓기듯 신문을 읽고 또 읽었다. 신문은 아주 어릴 때부터 읽었다. 불을 지피는 화덕 앞에 신문, 잡지, 문고판 책들이 널려 있었다. 기차역마다, 기차 안에서마다, 전차 안에서, 버스 안에서, 비행기 안에서, 모든 것에 관한 모든 것을 읽었다. 네 가지 언어로, 계속해서, 계속해서, 읽을 만한 것들은 모조리 다 이해했다. 그런데 지금까지 그렇게 읽었던 모든 것에서 풀려나 나는 한 시간 동안 이반 옆에 눕는다. 그에게 말한다.

"지금껏 존재한 적이 없는 이 책은 널 위해 쓰는 거야, 네가

---

* 기원전 1세기경에 활동한 고대 로마의 시인이자 철학자인 루크레티우스(Titus Lucretius Carus, ?~?)가 그리스 철학자 에피쿠로스의 원자론적 유물론을 다룬 장편 서사시.

** 프랑스 혁명에 대한 연구로 유명한 프랑스의 역사가 올라르(F. Alphonse Aulard, 1849~1928)가 쓴 에세이.

*** 라틴어로 '세계에 관하여, 영혼에 관하여, 운동에 관하여'라는 뜻. 아리스토텔레스의 자연 철학과 관련된 내용이다.

정말 원한다면 말이야. 하지만 정말로 네가 그걸 원해야만 해. 내가 그 책을 쓰길 정말 원해야 한다고. 하지만 너한테 그걸 읽어 보라고 요구하는 일은 결코 없을 거야."

이반이 말한다.

"행복한 결말의 책이 되길 바라자."

그렇게 바라자.

고기를 똑같은 크기로 잘랐다. 양파를 잘게 다지고, 고춧가루 양념을 준비해 놓았다. 오늘 푀르쾰트* 요리를 내놓을 건데, 전채 요리로는 겨자 소스를 친 계란을 준비하고 있다. 살구로 속을 채운 크뇌델**이 후식으로는 좀 지나치지 않나 싶다. 과일만 준비하는 게 더 나을지도 모르겠다. 만약 이반이 12월 31일 밤에 빈에 있다고 한다면, 크람밤불리***를 한번 시음해 봐야지. 이걸 마시려면 설탕을 불에다 녹여야 한다는데, 나의 어머니도 이제는 더 이상 이런 일은 하지 않는다. 내가 할 수 없는 것과 시도해 볼 만한 것, 이반이 좋아할 만한 것이 어떤 것인지 요리 책에서 찾아낸다. 놔두고 너무 오래 기다려야 하거나 거품을 내거나 젓거나 반죽해야 하는 요리가 너무 많은 것 같다. 오븐의 위쪽 열과 아래쪽 열에 관한 얘기도 감을 못 잡겠고, 내 전기 오븐으로는 그걸 어떻게 맞춰야 할지도 모르겠다. 오븐의 스위치에 있는 200이라는 숫자가 『옛 오스트리아

* 헝가리의 스튜 요리.

** 독일 등지의 전통 요리. 남은 빵을 가루로 만들어 우유, 달걀 등과 함께 반죽한 뒤 삶아서 만든다.

*** 독일에서 만들어진 칵테일의 일종.

가 식탁에 바란다』 혹은 『작은 헝가리 요리책』에서 선택한 요리법에 맞는 것인지도 알 수가 없다. 일단은 이반을 깜짝 놀라게 해 주는 게 내 목표다. 식당에서 먹을 게 없어서 실망한 채 백 번째로 돼지고기 구이를 먹거나, 쇠고기 구이 혹은 변함없이 팔라트쉰켄*을 고르고 마는 이반을 말이다. 식당 메뉴판에서는 찾아볼 수 없는 요리를 그에게 해 줘야지. 돼지기름과 새콤달콤한 크림을 사용하던 좋았던 옛 시절을, 요리도 이성적으로 생각해서 하는 이 시대와 어떻게 하면 잘 섞어 볼 수 있을지 머리를 굴린다. 요즘에는 요구르트가 있고, 샐러드는 기름과 레몬을 넣어 맛을 내고, 익히지 않고 생으로 먹어야 하는, 비타민이 풍부한 야채가 절대 우위를 차지하고 있으며, 탄수화물과 칼로리를 계산하고, 절제해서 먹고, 조미료를 쓰지 않으려고 노력한다. 이반은 상상도 못 할 것이다. 내가 아침나절부터 여기저기 돌아다니며, 왜 지금은 더 이상 케르벨크라우트가 없는지, 에스트라곤은 어디서 구할 수 있는지, 언제 와야 바질**을 살 수 있는지 짜증이 난 채 물어 대는 걸 말이다. 요리법에 그런 재료를 쓰라고 되어 있으니 나로서도 어쩔 도리가 없다. 야채 가게에 널려 있는 건 파슬리와 대파뿐이고, 생선 가게에는 몇 년 전부터 송어가 아예 들어오지도 않는다고 한다. 그나마 운 좋게 손에 넣을 수 있었던, 몇 가지 안 되는 것들만을 고기와 야채 위에 뿌린다. 양파 냄새가 손에 배지 않아야 할 텐데. 손을 씻고, 향수로 냄새의 흔적을 지우고, 머리를 빗

* 오스트리아나 헝가리 등지에서 즐겨 먹는 후식용 팬케이크.

** 케르벨크라우트, 에스트라곤, 바질은 허브의 일종.

으려고 욕실로 달려간다. 이반의 눈에는 마지막에 완성된 결과만 보여야 한다. 그러니까 탁자 위에 식탁보가 덮여 있고, 그 위에 촛불이 켜진 상태 말이다. 말리나라면 내가 심지어 와인을 제때 차게 해 두고, 접시들을 미리 데워 두는 일까지 끝내 놓았다는 사실에 감탄해 마지않을 것이다. 물을 끓이거나 빵 조각을 살짝 굽는 사이사이에 마스카라를 바르고, 말리나의 면도 거울 앞에서 눈 화장을 하고, 핀셋으로 눈썹을 똑바로 다듬는다. 아무도 가치를 인정하지 않는 여러 가지 일들을 이렇게 동시에 해내는 것은 지금까지 내가 해 본 그 어떤 일보다 힘이 든다. 그래도 최고의 보상이 나를 기다린다. 바로 이 일 때문에 이반이 7시라는 이른 시간에 와서는 자정까지 여기 머무를 테니까. 다섯 시간 동안의 이반. 그 정도면 내 혈액순환을 원활하게 지탱하고, 혈압을 오르게 하며, 사후 처치에 예방 조치, 요양까지 시켜 주면서 며칠 동안은 기대감에 충만해서 살아갈 수 있게 해 주겠지. 이반의 삶 한 조각을 얻을 수만 있다면 나에게는 번거로울 것도, 잘못될 것도, 힘들 것도 전혀 없다. 만약 이반이 저녁 식사 도중 자신이 헝가리에서 자주 보트를 탔다는 얘기를 꺼내면 나는 바로 보트 타는 법을 배우겠다. 가능하기만 하다면 그것도 당장 내일 아침 일찍. 알트 도나우에서든 카이저바서에서든 상관없다. 어느 날 이반이 다시 보트를 타러 갈 때 바로 함께 탈 수 있기만 하면 된다. 나 자신만으로는 이반을 붙들어 둘 수가 없으니까 그렇게까지라도 하고 싶다. 음식 준비가 너무 일찍 끝났다. 부엌 오븐 앞에 서서, 예전에는 할 줄 아는 일들이 그토록 많았는데 지금은 왜 이렇게 무능력해졌는지 그 이유를 찾아내려고 애쓴다. 조건을 붙이고, 조금 뒤로 물러서고, 작전을 세우고, 이반의 표현대로라면 유희라고 생각해야만 상대를 붙들어 둘 수 있는 법이다. 이반은 나에게 유희 안에 머물기를 요구한다. 내게는 더 이상 유희라는 것이 없으며, 유희는 이미 끝나 버렸다는 것을 그는 모르기 때문이다. 사과를 하거나 그를 기다리고 있을 때면, 나는 이반의 가르침을 생각해 본다. 그와 함께 지내려면 이제는 그로 하여금 기다리게 하고, 사과 따위는 하지 말아야 한다는 게 이반의 생각이다. 그는 또 이렇게 말한다. "내가 네 뒤를 따라다녀야 하는 거야. 신경 좀 쓰라고. 절대로 네가 내 뒤를 쫓아와서는 안 돼. 이거야 원, 당장 보충수업이라도 받아야겠군. 도대체 누가 그런 기본적인 것도 안 가르쳐 준 거야?" 하지만 이것은 이반이 정말 그 사람이 누군지 알고 싶어서 한 말이 아니다. 원체 호기심이라곤 없는 사람이니까. 그럴 때는 얼른 주제를 바꾸고, 이반의 관심을 다른 데로 돌려야만 한다. 애매한 미소를 지으면 한 번쯤은 어물쩍 넘어갈 수도 있지 않을까 싶었는데, 오히려 그의 기분이 상하고 분위기만 나빠진다. 이반 앞에서는 아무것도 해낼 수가 없다. "넌 너무 빤히 다 들여다보여, 매번 무슨 생각인지 다 보인단 말이야, 또 해 봐, 내 앞에서 또 뭐든 한번 보여 줘 봐." 라고 이반이 말한다. 하지만 이반에게 뭘 보여 줘야 하나? 연습 삼아 잔소리나 해 볼까? 어제 그러고선 왜 더 이상 전화가 없었느냐고, 왜 내 담배를 잊고 챙겨 주지 않았느냐고, 내가 피우는 담배가 어떤 건지 아직도 모르느냐고 말이다. 그러나 겨우 인상만 써 보는 것으로 끝이 난다. 그 순간 그가 벨을 눌렀고, 문을 열어 주러 가는 도중에 이미 내 마음속에서는 모든 잔소리가 사라져 버렸기 때문이다. 내 얼굴을 보고 이반은 금방 기상 상태를 읽어 낸다.

"먹구름이 걷히고, 쾌청하며, 따뜻해지고, 구름 한 점 없으며, 다섯 시간 동안 좋은 날씨가 지속됨."

그런데 도대체 왜 말 안 하는 거야.

뭘?

다시 나에게로 오고 싶다고 말이야.

하지만!

내가 그런 말을 못 하게 만드는 거지.

있잖아…….

네가 유희 안에 머물 수밖에 없도록 말이야.

난 유희는 원하지 않아.

하지만 유희가 아니면 안 돼.

그렇게 유희를 원하는 이반을 통해 나는 욕에 대해 알게 되었다. 처음 그 욕들을 들었을 때는 너무나 충격적이었지만, 이제는 거의 중독이 되어 오히려 그런 말이 나오길 기다릴 정도다. 이반이 내게 욕을 하기 시작한다는 건 뭔가 좋은 것을 의미하기 때문이다.

이 나쁜 년 같으니, 그래, 너 말이야, 너 말고 또 누가 있어?

항상 날 어떻게 해 보려고 드는군, 그래, 너 말이야.

사실이 그렇잖아, 좀 웃어 봐.

그렇게 차갑게 쳐다보지 마.

Les hommes sont des cochons.*

이 정도 프랑스어는 너도 할 수 있겠지.

Les femmes aiment les cochons.**

내가 원하는 식으로 너와 얘기할 거야.

넌 작은 탕녀야.

너도 날 네 맘대로 해 봐.

아니, 네 버릇을 고쳐 놓으려는 게 아니라, 더 많이 경험하고 배우라는 거지.

넌 너무 멍청해, 어차피 아무것도 이해 못 할 텐데, 뭘.

넌 틀림없이 아주 위대한 탕녀가 될 거야.

멋지겠군, 시대를 통틀어 가장 위대한 탕녀 말이야.

맞아, 물론 그게 내가 원하는 거야, 달리 뭐가 있겠어?

넌 완전히 달라져야 해.

이 재능으로 말이지. 맞아, 그건 물론 너도 가지고 있지.

넌 마녀야, 그러니까 이젠 좀 그걸 제대로 써먹어 봐.

사람들이 널 완전히 망쳐 놓았군.

맞아, 넌 그래, 그렇게 사람 말 한마디 한마디에 깜짝깜짝 놀라지 말라고.

도대체 법칙이 그렇게 이해가 안 되니?

상대를 모욕하는 이런 말들은 이반이 도맡아 하고 있다. 나

---

* 프랑스어로 '남자들은 돼지들이지.'라는 뜻. 「잔느통은 낫을 집네(Janneton prend sa faucille)」라는 샹송에 나오는 구절.

** 프랑스어로 '여자들은 돼지들을 사랑해.'라는 뜻. 역시 앞의 샹송에 나오는 구절.

로서는 도저히 대꾸할 수도 없고, 기껏해야 감탄사 혹은 "하지만 이반!"이라는 말만 반복할 뿐이다. 그것도 이제는 더 이상 처음처럼 그렇게 진지하게 하는 말은 아니다.

나에게 해당되는 법칙에 대해 이반이 뭘 알고 있을까? 그래도 어쨌든 이반의 어휘 중에 법칙이란 단어가 있다는 게 놀랍기만 하다.

서로가 그렇게 다름에도 불구하고 말리나와 나는 똑같이 각자 자신의 이름을 꺼린다. 이반만이 자신의 이름과 완전히 하나가 된다. 그에게는 자신의 이름이 너무나 자명하기 때문에, 그리고 그 이름을 통해 자신의 정체성이 확인됨을 스스로 잘 알고 있기 때문에, 나는 즐겨 그의 이름을 입에 올리고, 생각하고, 되뇌어 보곤 한다. 그의 이름은 나에게 즐거움을 주는 수단이 되었고, 내 초라한 삶에 없어서는 안 될 사치가 되었다. 나는 도시 곳곳에서 이반의 이름을 떠올리고, 속삭이고, 생각한다. 혼자 있을 때도, 혼자서 빈 거리를 돌아다닐 때도, 수많은 장소에서 나는 이렇게 혼잣말을 한다. 이곳을 이반과 함께 걸었고, 저기서 이반을 기다렸고, 린데에서는 이반과 함께 식사를 했고, 콜마르크트에서는 이반과 함께 에스프레소를 마셨고, 케른트너 순환도로에는 이반의 사무실이 있고, 이곳에서 이반은 셔츠를 샀고, 저곳이 이반의 단골 여행사고……. 그런데 그가 금세 또다시 파리나 뮌헨에 다녀와야 하는 일이 없어야 할 텐데. 그리고 이반과 함께 온 적이 없는 곳이라면 이렇게 혼잣말을 한다. 언제고 한번 이반과 함께 여기에 와야겠는걸, 이걸 이반에게 보여 줘야 하는데, 저녁에 한 번쯤 이반과 함께 코벤츨에서 도시를 내려다봤으면, 헤렌 가(街)에 있는 고층 건물에서 함께 내려다보는 것도 괜찮을 텐데……. 누가 자기 이름을 부르면 이반은 곧바로 반응을 보이고 벌떡 일어난다. 하지만 말리나는 머뭇거리고, 나 역시 머뭇거린다. 이반은 그래서 날 부를 때 항상 내 이름만 부르는 게 아니라, 그 순간순간 자기 머리에 떠오르는 욕을 내 이름 대신 갖다 붙인다. 그냥 '아가씨'라고 불러 주는 건 차라리 잘된 일이다. "이봐, 아가씨, 그새 또 우리 얘길 하고 있잖아. 창피한 줄 알아야지. 그런 버릇은 빨리 고치기로 하고선 말이야. 넘어가자, 넘어가."

이반이 말리나에게 관심이 없다는 건 이해가 된다. 그들이 서로 상대방의 영역을 침범하는 일이 생기지 않도록 나 역시 최대한 조심하고 있다. 하지만 왜 말리나가 이반에 관해 입도 떼지 않는지는 전혀 이해가 안 된다. 그는 이반을 입에 올리는 법도 없고, 지나가는 말로도 이반 얘기를 꺼내지 않는다. 우연히 이반과의 전화 통화를 듣게 되거나 계단에서 이반과 마주치거나 하는 일을 정말이지 잘도 피해 다닌다. 뮌츠 가에서 내 차가 이반의 차 앞이나 뒤에 주차되어 있는 경우가 그렇게 자주 있었는데도, 말리나는 여전히 이반의 차가 어떤 것인지 모르는 척한다. 말리나가 병기창에 너무 늦지 않도록 서둘러 지름길로 태워다 주기 위해 그와 함께 집을 나서는 아침이면 종종 이반의 차가 내 차를 가로막고 있는 것을 발견하게 된다. 그럴 때면 나는 짜증을 내기는커녕 오히려 반가운 마음에, 젖어 있든 먼지투성이든 상관없이 손으로 이반의 차를 쓰다듬고, 정답게 인사를 하며, 차 번호가 밤새 변함없이 W 99.823임을 확인하고 안심한다. 그런 나를 말리나가 눈치채지 못했을 리가 없다. 말리나가 차에 타면 나는 그가 비꼬거나 핀잔이라도 줘서 이런 날 구제해 주기를, 하다못해 그의 표정에 뭔가 변화라도 생기기를 기다린다. 하지만 조금도 나무라지 않고 스스로를 통제함으로써, 그 어떤 것에도 흔들리지 않는 신뢰를 보여 줌으로써 말리나는 나를 괴롭힌다. 내가 잔뜩 긴장해서 뭔가 아주 도발적인 발언을 기다리고 있는 동안, 말리나는 자신의 한 주가 어떻게 돌아가는지를 꼼꼼하게 늘어놓는다. 오늘은 기념관에서 영화 촬영이 있고, 무기 담당자, 군복 담당자, 훈장 담당자와 회의가 있으며, 관장이 강연 때문에 런던으로 출장을 가고 없어 혼자서 무기와 그림 들을 거래하기 위해 도로테움*에 가야만 하지만, 사실 자신으로서는 아무런 결정도 내리고 싶지 않으며, 그 젊은 몬테누오보는 틀림없이 정식으로 임용될 것 같고, 이번 주는 토요일과 일요일에도 근무를 해야 한다는 등등. 이번 주에 그가 당직인 것을 잊고 있었다. 깜짝 놀란 표정을 감추지 못했으니 내가 잊고 있었다는 걸 말리나도 틀림없이 눈치챘을 것이다. 그런데도 그는 여전히 아무도 없는 것처럼, 아무것도 없는 것처럼, 그와 나만이 있는 것처럼, 늘 그랬듯이 내가 그만을 생각하는 것처럼 스스로를 기만한다.

뮐바우어 씨와의 인터뷰를 벌써 몇 번이나 미뤄 가며 빠져나갈 구멍을 찾고 있었다. 그는 예전에 《빈 일보》에 있었는데, 정치적으로 경쟁 관계에 있다는 점에 전혀 개의치 않고 《빈 석

* 빈에 있는 세계적인 미술품 경매장.

간》으로 자리를 옮긴 위인이다. 그는 끈질기게 매달리고, 전화를 해서는 온갖 비위를 다 맞추며 듣기 좋은 소리를 해 대는 덕분에 결국 자신의 목적을 달성해 낸다. 나처럼 다들 처음에는 어떻게든 그에게서 일단 벗어나고 보자는 생각이지만, 그러다 보면 약속한 날이 닥치고, 내뱉은 말은 주워 담을 수가 없게 된다. 몇 년 전만 해도 말하는 걸 일일이 받아 적을 수밖에 없었는데, 이제는 녹음기를 사용하고 있으며, '벨베데레'를 피우고, 위스키를 권하면 사양하지도 않는다. 대개는 물어보는 내용들이 엇비슷하기 마련인데, 그래도 나를 상대로 뭔가 중요한 것을 누설하도록 극단적으로 밀어붙인 것은 이 뮐바우어라는 인물의 공이다.

첫 번째 질문 : ……?

대답 : 현재 제가 무엇을? 당신의 질문을 제대로 이해했는지 모르겠네요. 만약 당신이 오늘을 말하시는 거라면, 전 그렇게 안 하고 싶군요. 어쨌든 오늘은 아닙니다. 만약 제가 이 질문을 다르게 이해해도 된다면, 그러니까 그 현재를 보편화시켜 모두에게 해당되는 어떤 시간으로 이해해도 된다면, 그렇다면 제게는 그에 대해 판단을 내릴 만한 자격이 없습니다. 아니, 제가 그렇게까지 중요한 사람은 아니라고 말씀드리고 싶어요. 제 의견은 권위도 없는 데다가, 아예 전 아무런 의견도 없습니다. 우리가 위대한 시대에 살았다고 말씀하셨는데, 사실 전 위대한 시대에 살아야겠다는 각오를 다진 적도 없어요. 유치원생이나 초등학교 1학년밖에 되지 않았다면, 누가 위대한 시대 같은 걸 예감이나 할 수 있겠습니까. 커서도 마찬가지지요. 학교에서도

대학에서도 놀랄 정도로 많은 위대한 시대들이 언급되곤 했습니다. 위대한 사건들, 위대한 인간들, 위대한 이념들…….

두 번째 질문 : ……?

대답 : 저의 발전이라…… 아, 네, 정신적인 발전을 물어보시는 거군요. 여름이면 전 고리아에서 오랫동안 산책을 하거나 잔디에 누워 있곤 했지요. 죄송합니다만, 그것도 발전에 속하는 겁니다. 아뇨, 고리아가 어디 있는 곳인지는 말하고 싶지 않네요. 그걸 말해 버리면 아마 그 땅은 팔리거나 건물들이 들어차게 될 테니까요. 생각만 해도 견딜 수가 없군요. 집으로 돌아오는 길에는 차단기가 없는 철둑을 건너야만 했는데, 개암나무와 물푸레나무 들 때문에 건너편에서 오는 기차를 볼 수가 없어서 때때로 위험했지요. 하지만 이제는 그곳 철둑 위를 건너다닐 필요가 없어졌답니다. 지하도가 생겼거든요.

(잔기침 소리. 뮐바우어 씨가 유난히 짜증을 내고, 그러자 나도 짜증이 난다.)

위대한 시대에 대해 뭔가 떠오르네요. 그렇다고 뭐 전혀 새로운 얘기는 아닌데, '역사는 가르치지만, 배우는 사람은 하나도 없다.'라는 말이요.

(뮐바우어 씨 쪽에서 친절하게 머리를 끄덕여 준다.)

물론 언제 발전이 시작되느냐. 그건 당신도 인정하시겠지만…… 그래요, 전 전공으로 법학을 선택했지만 세 학기를 보낸 후 학업을 중단했고, 오 년 후에 다시 시작해 봤지만 한 학기를 보낸 다음 또다시 중단하고 말았습니다. 판사나 검사는 될 수가 없었고, 변호사는 되고 싶지가 않았지요. 만약 변호사가 됐더라도, 내가 누군가를 혹은 무엇인가를 대변하고 변호할 능력이 있는지조차 알지 못했을 겁니다. 친애하는 뮐호퍼 씨, 아, 죄송합니다, 뮐바우어 씨, 사실 우리는 도저히 이해할 수 없는 어떤 법 속에 존재하고 있고, 이 법이 지닌 끔찍함을 전혀 상상조차 할 수 없는데, 만약 제 입장이었다면 당신은 어떻게 하셨을까요…….

(뮐바우어 씨가 눈짓을 한다. 또 문제가 생겼다. 그는 녹음테이프를 갈아 끼워야만 한다.)

……좋아요. 원하시는 대로 좀 더 이해하기 쉽게 말하고, 바로 본론으로 들어갈게요. 한마디 덧붙이고 싶은 건, 이미 알고 계실 테지만 정의란 것이 사람을 짓누를 정도로 너무 가까이 존재하기 때문에 그것을 경고하는 목소리들이 있다는 겁니다. 물론 이렇게 말한다고 해서 정의라는 것이 도저히 손에 넣을 수 없는 순수한 위대함에 대한 요구라는 것을 배제하는 건 아니에요. 오히려 바로 그 때문에 정의는 여전히 사람을 짓누르고, 또 가까이 존재하지요. 하지만 정의가 이렇게까지 가까이 존재하면 우리는 그걸 불의라고 부릅니다. 무제움 가(街)를 가로질러 가야 하거나, 법원 궁을 지나가거나, 우연히 국회 근처에 발이라도 들여놓거나, 어쩔 수 없이 의사당 거리에 들어서거나 하는 일들이 생기면 그때마다 저는 아주 고통스럽답니다. '궁'이라는 단어를 법원과 연관시켜 한번 생각해 보세요. 그건 일종의 경고입니다. 그런 곳에서는 정말이지 부당하다는 말이 절대로 나올 수가 없지요. 그렇다면 정당하다는 말 또한 아주 드물게 쓰일 게 뻔해요. 하긴 발전에는 늘 어떤 결과가 뒤따르기 마련입니다. 하루 종일 꺼지지 않고 계속됐던 그 법원 궁의

방화는…….

(뮐바우어 씨가 "1927년, 1927년 7월 15일!"이라고 속삭인다.)

그 무시무시한 법원 궁이 판결이라고 불리는 엄청난 심리문, 선고문 들과 함께, 건물의 거상(巨像)들과 함께 하루 종일 불타다니! 이렇게 하루 종일 계속된 방화는…….

(뮐바우어 씨가 내 말을 자르고는 마지막 부분을 지워도 되는지 묻는다. 그는 '지운다'는 표현을 쓰면서 벌써 그 부분을 지우고 있다.)

……어떤 경험들이 나의……? 어떤 것들이 나에게 가장 인상적이었는가? 언젠가 제가 하필 지향사*에서 태어났다는 사실이 기분 나빴던 적이 있어요. 물론 그것에 대해 아는 건 별로 없지만요. 어쨌든 그런 인간은 굴지성** 같은 걸 지니고 있을 게 틀림없는데, 이 굴지성이란 건 특히 방향을 전환하게 만든답니다.

(뮐바우어 씨 쪽에서 당황한다. 황급히 그만두자는 손짓을 한다.)

세 번째 질문 : ……?

대답 : 청년기에 대해서요? 전혀요, 정말 아무것도 없습니다. 분명히 지금까지는 그에 관해 깊이 생각해 본 적이 단 한 번도 없습니다. 저로서는 당신이 이 점을 너그럽게 봐주시길 부탁드릴 수밖에 없군요. 당신과 마찬가지로 다른 사람들이 저에게 많은 질문들을 하지만, 사실 전 제 스스로에게 그런 질문

---

* 지각의 일부가 침강을 계속해서 두꺼운 퇴적물이 쌓인 지대.

** 식물체가 중력 때문에 일정한 방향으로 굽는 성질.

들을 해 본 적이 없답니다. 요즘 젊은이들이요? 하지만 그렇다면 요즘 늙은이들과 또 젊지도 늙지도 않은 사람들에 대해서도 깊이 생각해 봐야만 합니다. 이쪽 영역을 상상하는 건 아주 어려워요. 이런 전문 영역, 그러니까 청년기와 노년이라는 분야들이요. 아시겠지만, 전 아무래도 추상적인 것에는 약한 것 같네요. 사람들은 늘 그렇게 뭔가 차곡차곡 쌓아 올리곤 하지요. 예를 들어, 놀이터 풀밭 위에 있는 아이들이요. 아이들이 그렇게 포개져 있다는 게 저한테는 얼마나 끔찍한지 모른답니다. 어떻게 그렇게 많은 아이들 밑에 깔려서도 견뎌 낼 수 있는지 저로서는 전혀 이해할 수가 없어요. 중간중간에 어른들이 끼어 있다면 그럴 수도 있겠지요. 그런데 학교에 가 보신 적 있으세요? 그렇게 멍청하지도 않고, 그렇게 구제불능이지도 않은 아이들이라면, 사실 대부분의 아이들이 여기에 해당될 텐데, 그런 식으로 아이들 무더기에서 살아가거나 다른 아이들의 문제를 함께 하거나 소아 전염병 같은 것을 제외한 뭔가를 다른 아이들과 나눠 갖는 일 따위는 전혀 원하지 않는답니다. 그런 것이 제가 보기에는 발전입니다. 바로 그 때문에 아이들이 꽤 많이 모여 있는 걸 보는 것만으로도 벌써 뭔가 경고해야 할 일이…….

(뮐바우어 씨 쪽에서 두 손을 젓는다. 동감하는 손짓이 아닌 건 분명하다.)

네 번째 질문 : ……?

대답 : 좋아해서…… 뭐라고요? 좋아해서 몰두하는 일이요? 그렇군요. 전 무엇이든 간에 절대로 몰두하는 법이 없습니다.

뭔가에 몰두하게 되면, 그게 저에게는 오히려 방해 요소가 되고, 최소한의 통찰력마저도 잃어버리게 되고, 다른 건 전혀 고려하지 못하게 되거든요. 이렇게 정신없이 바쁘면서도 몰두해서 하는 일은 하나도 없답니다. 틀림없이 당신 눈에도 이 세상이 미친 듯이 바쁘게 돌아가는 게 보이고, 당신 귀에도 이 세상에서 나는 견디기 힘든 소리들이 들리겠지요. 할 수만 있다면 전 아예 몰두하는 일 자체를 금지하고 싶어요. 하지만 제가 할 수 있는 거라곤 겨우 제 자신에게나 그걸 금지하는 것뿐이랍니다. 원래 제가 유혹을 그리 심하게 느끼는 사람이 아니라서, 뭔가에 몰두하지 않는 게 별로 큰 업적이라고 생각하지도 않아요. 사실 대부분 저로서는 전혀 이해가 안 되는 유혹이니까요. 전 지금 있는 그대로의 나 자신보다 더 나아지고 싶지도 않아요. 제가 느끼는 유혹도 있긴 하지만, 그건 감히 입 밖에 낼 수 없는 것입니다. 하긴 누구나 아주 힘든 유혹에 빠져 헤어나지 못하고, 아무런 희망도 없이 그 유혹에서 벗어나려고 애를 쓰지요. 부탁인데, 지금은…… 차라리 말하고 싶지 않네요. 제일 좋아하는, 뭐라고 하셨더라? 풍경, 동물, 식물이요? 좋아하는……? 책, 음악, 건축 양식, 회화? 전 좋아하는 동물도 없고, 좋아하는 모기나 딱정벌레도 없으며, 좋아하는 다른 벌레도 없습니다. 아무리 애를 써 봐도 어떤 새를 좋아하는지, 어떤 물고기, 어떤 맹수를 좋아하는지 말씀드릴 수가 없네요. 범위를 훨씬 넓게 잡아서 생물과 무생물 중 어느 한쪽을 선택해야 한다고 해도, 그것조차도 저한테는 어려울 겁니다.

(뮐바우어 씨가 얘깃거리를 주려고 어느새 살금살금 안으로 들어온 프란체스를 가리킨다. 프란체스는 하품을 하고, 몸을 쭉

뺀더니 단번에 탁자 위로 훌쩍 뛰어오른다. 뮐바우어 씨는 테이프를 갈아 끼워야 한다. 그사이 잠깐 얘기를 나누는데, 집에 고양이가 있는 줄 몰랐던 그가 "당신 고양이에 대해 얘기해 주셔도 좋았을 텐데요."라고 타박이라도 하듯 말한다. "개인적으로 고양이를 어떻게 생각하는지 말씀해 주실 수도 있었을 테고요." 나는 시계를 보며 신경질적으로 말한다. "고양이는 그저 우연일 뿐이에요. 이 도시에서 그것들을 데리고 있을 수는 없잖아요. 고양이를 키우는 건 전혀 생각해 볼 여지도 없는 일이에요. 이 고양이들도 마찬가지죠." 트롤로페마저도 방으로 들어오길래 화가 나서 두 마리를 다 내쫓는다. 테이프가 돌아간다.)

네 번째 질문 : ……? (반복)

대답 : 책이요? 네, 많이 읽어요. 지금까지 꽤 많이 읽었지요. 아뇨, 지금 우리가 서로를 제대로 이해하고 있는 건지 모르겠네요. 전 바닥에서 읽는 걸 제일 좋아합니다. 침대에서 읽는 것도 좋아하죠. 거의 모든 걸 누워서 읽어요. 아뇨, 여기서는 책이 중요한 게 아닙니다. 이건 무엇보다 읽는 것 자체와 관계된 문제입니다. 하얀 종이 위의 검은 글자, 철자, 음절, 행(行), 이 비인간적인 기록, 기호, 이런 식으로 고정되어 버린 것, 인간에게서 나와 특정한 표현으로 굳어진 광기, 바로 그런 것과 관계가 있습니다. 제 말을 믿으세요. 표현은 광기입니다. 표현은 우리들의 광기에서 튀어나온답니다. 종이를 넘기는 행위도 광기와 관계가 있습니다. 한 장에서 다음 장으로 쫓아다니고, 도망다니고, 미친 듯이 분출되는 그런 것과 공범 관계에 있지요. 그건 또한 행을 뛰어넘는 비열한 행위와도 관계가 있고, 단 한

마디의 말 속에 삶을 보호해 두는 것과도 관계가 있으며, 역으로 삶 속에 말을 다시 보호해 두는 것과도 관계가 있습니다. 읽는 행위는 악습입니다. 그건 다른 모든 악습들을 대체할 수 있는 악습이지요. 이따금 다른 악습들을 대신해서 사람들로 하여금 삶을 계속할 수 있도록 더욱 집중적으로 도와주기도 합니다. 그건 일종의 방탕함이고, 심신을 쇠약하게 만드는 중독입니다. 아뇨, 전 마약은 하지 않아요. 마약을 하듯이 책을 읽는 셈이지요. 물론 제가 상용하는 책도 있고, 또 많은 책이 저한테 별 효과가 없기도 하고, 몇 가지 책은 오전에만 복용하고, 또 다른 책은 밤에만 복용합니다. 손에서 도저히 내려놓을 수 없는 책도 있어서, 온 집안에 그 책을 들고 돌아다녀요. 거실에서 부엌으로 갈 때도 손에 들고 있고, 복도에 선 채로 그 책을 읽지요. 책갈피는 사용하지 않습니다. 읽는 동안 입술을 움직이지도 않고요. 전 일찌감치 읽는 법을 아주 제대로 배웠어요. 자세한 방법은 기억나지 않네요. 하지만 한 번쯤 당신께서 그걸 파고들어 보시는 것도 좋을 것 같습니다. 제가 다닌 시골 초등학교에서 사용한 그 방법은 탁월했던 게 틀림없어요. 적어도 제가 그곳에서 읽기를 습득했던 그 당시에는 말입니다. 네, 다른 지방에는 글을 읽지 못하는 사람들도 있다는 사실을, 적어도 빨리 읽지는 못한다는 사실을 나중에서야 알게 되었습니다. 하지만 집중력 못지않게 속도도 중요해요. 생각해 보세요, 간단한 문장이든 복잡한 문장이든 간에 누가 그걸 곱씹고 싶겠어요. 눈으로든 입으로든 그걸 다시 곱씹고 싶겠느냐고요. 주어와 술어로만 이루어진 문장은 재빨리 즐겨 버려야만 합니다. 그렇기 때문에 동격(同格)이 많이 쓰인 문장은 번개같이 빠르게 훑고 지나가야 합니다. 눈동자가 좌우로 왔다 갔다 하는 걸 알아차리지도 못할 정도로 말이죠. 그렇게 하지 않으면 그 문장은 자기 자신을 내놓지를 않아요. 문장이란 독자에게 자기 자신을 '내놓아야'만 하는 거예요. 저라면 책을 '독파'하는 일 같은 건 못할 것 같아요. 어쩌면 바로 그런 게 몰두를 하느냐 마느냐의 경계가 되겠지요. 그런 사람들도 있어요. 그러니까 읽기의 영역에서 아주 특별한, 생각지도 못한 일을 경험하는 사람들이요……. 물론 전 문맹들을 특히 좋아합니다. 읽지도 않고, 아예 읽으려고 하지 않는 사람도 알고 있는걸요. 이렇게 아무 죄도 짓지 않은 상태에 있고자 하는 건 읽기의 악습에 이미 예속되어 버린 인간에게는 오히려 더 이해가 가는 일입니다. 모름지기 사람은 아예 하나도 읽지 말든지 아니면 제대로 읽을 줄 알든지 해야겠지요…….

(뮐바우어 씨가 실수로 테이프를 지워 버렸다. 그가 사과를 한다. 끝에 몇 문장만 조금 반복해 주면 되겠다고 한다.)

네, 많이 읽어요. 하지만 정말 충격적인 것, 정말 마음에 오랫동안 남게 되는 사건은 읽는 도중 어느 한 쪽에 단 한 번 눈길이 머문 일 같은 것이랍니다. 예를 들어 27쪽 왼쪽 아래에 있는 다섯 단어들, 그러니까 'Nous allons à l'Esprit.'*에 대한 기억 말이에요. 그리고 플래카드 위에 적힌 글, 문패 위의 이름, 팔리지 못한 채 진열창에 남아 있는 책들의 제목, 치과 대기실에 놓여 있는 화보집에 실린 광고, 기념비에 새겨진 글, '여

* 랭보의 연작 시 「지옥에서 보낸 한철」에 나오는 구절. 프랑스어로 '우리는 정신으로 들어간다.'라는 뜻이다.

기 고이 잠들다.'라는 묘비명 등이 갑자기 제 눈에 확 들어오지요. 전화번호부를 넘기다 보면 '오이제비우스'라는 이름이 제 시선을 붙잡고요. 지금 바로 본론으로 들어갈게요……. 예를 들어 작년에 전 '그는 멘시코프 수염을 기르고 있었다.'라는 글을 읽었습니다. 바로 이 문장 하나 때문에, 이 남자가 누구든지 간에 그가 그 가는 수염을 기르고 있고 길러야만 했다는 점이 저에게는 곧바로 너무나 분명한 사실이 되었고, 이 사실을 알게 된 것이 저 자신에게도 아주 중요한 일이 되었답니다. 그건 이제 제 삶에서 돌이킬 수도 없는 일이 되었고, 이 일 때문에 앞으로 무슨 일인가 일어나게 되겠지요. 본론으로 말씀드리고 싶은 건, 밤낮으로 아무리 열심히 얘기를 해 봐야 저에게 가장 인상 깊었던 책들을 당신께 일일이 열거할 수는 없을 거라는 점입니다. 왜 인상 깊었는지, 어느 부분이, 얼마 동안이나 인상 깊었는지도 말씀드릴 수가 없을 것 같네요. 그럼 남아 있는 게 뭐냐고 물어보시겠지만, 뭔가를 남기는 게 중요한 건 아니랍니다. 몇 년이란 세월이 흘렀는데도 몇몇 문장만, 몇몇 표현만 머릿속에서 자꾸 다시 깨어나 자신들이 사라지지 않았음을 알려 주지요. '명성에는 하얀 날개가 없다. Avec ma main brulée, j'écris sur la nature du feu.* In fuoco l'amor mi mise, in fuoco d'amor mi mise.** To the only begetter …….'***

(내 쪽에서 손을 저으며 얼굴을 붉힌다. 뮐바우어 씨한테 당장

---

* 프랑스어로 '불타는 손으로 나는 뜨거운 자연 위에 글을 쓴다.'라는 뜻이다.

** 이탈리아어로 '사랑이 나를 불타게 했고, 나는 뜨거운 사랑의 불길 속에 빠져들었다.'라는 뜻이다.

*** 영어로 '유일한 창조자께'라는 뜻이다.

그걸 지우라고 해야겠다. 다른 사람한테는 전혀 상관없는 얘기다. 내가 생각이 모자랐고, 잠시 정신이 나갔다. 빈의 신문 구독자들은 어차피 이탈리아어를 이해 못 할 거라고, 프랑스어는 더 이해 못 할 것이며, 젊은 사람들이라고 더 나을 것도 없을 거라고, 게다가 이건 중요한 얘기도 아니라고 나는 말한다. 뮐바우어 씨는 좀 생각해 보자고, 내가 하는 얘기를 제대로 따라올 수가 없었으며, 이탈리아어와 프랑스어는 자신도 못한다고 말한다. 벌써 두 번이나 미국에 갔다는 그가 그곳에 머무는 동안 'begetter'라는 단어는 들어 본 적도 없단다.)

다섯 번째 질문 : ……?

대답 : 예전에는 저 자신이 참 불쌍하다는 생각밖에 없었어요. 여기서는 제가 마치 상속권을 박탈당한 사람처럼 차별 대우를 당하는 느낌이었지요. 나중에야 다른 곳에 있는 사람들을 불쌍하게 여기는 걸 배웠습니다. 잘못 짚고 계시는군요, 친애하는 뮐바우어 씨. 역사의 무대에서 퇴장당한 이 도시와 보잘것없는 이곳의 주변 환경을 전 이미 받아들이고 있습니다.

(깜짝 놀란 뮐바우어 씨는 불쾌한 기색이 역력하지만 나는 아무렇지 않게 계속 말한다.)

사람들은 교훈 삼아 이렇게 말하기도 합니다. 이 땅에서 어떤 제국이 술책을 쓰고, 이념으로 위장된 전술을 부리다가 역사에서 쫓겨났다고 말입니다. 그래도 전 여기 산다는 게 아주 기뻐요. 독선이나 자기만족에 빠지지 않은 채, 이제 더 이상 아무 일도 일어나지 않는 이곳에서 세상을 바라보면 사람들은 더욱더 경악을 금치 못하게 될 겁니다. 이곳이 보호받는 섬이 아님을, 도처에 몰락의 징후가 나타나고 있음을 발견하게 될 테니까요. 모든 것이 몰락하고, 오늘의 제국도 그리고 내일의 제국도 눈앞에서 몰락해 갑니다.

(뮐바우어 씨가 점점 더 당혹함을 금치 못한다.《빈 석간》이 내 머릿속에 떠오른다. 뮐바우어 씨는 일자리를 잃을까 봐 벌써부터 걱정이 되나 보다. 저 사람 생각도 좀 해 줘야겠다.)

저는 예전에 사람들이 말하던 '오스트리아 왕가'라는 식의 표현을 더 좋아합니다. 나라*라는 말은 저에게는 너무 크고, 너무 넓고, 너무 불편해서요. 전 그 말을 더 작은 단위로, 그러니까 시골이라는 의미로나 씁니다. 기차 창밖을 내다볼 때면, 시골이 참 아름답다는 생각을 하게 되지요. 여름이 가까워지면 시골로 가고 싶어요. 잘츠캄머구트**나 케른텐***으로요. 그곳에 가면 진짜 시골 사람들은 어떻게 지내는지, 무엇에 양심의 가책을 느끼는지 알게 된답니다. 사실 그들 개개인은 잘났다고 목청을 높이는 자신의 나라가 저지른 부끄러운 짓과는 거의 혹은 전혀 무관하고, 또 그 나라가 비축한 힘에서 그 어떤 이익도 보지 못했답니다. 그런데도 이 시골 사람들이 양심의 가책을 느끼는 거지요. 하긴 타인이 한집에 함께 산다는 것, 그것만으로도 이미 충분히 끔찍한 일이기는 하지요. 친애하는 뮐바우어 씨, 제가 말하는 건 그게 아닙니다. 제 얘기

---

* 독일어 단어 'Land'는 '나라'를 의미할 수도 있고, '시골'을 의미할 수도 있다.

** 오스트리아에 있는 알프스 지대로 많은 호수와 산들이 어우러진 아름다운 경관으로 유명하다. 세인트길겐, 볼프강 호수, 세인트볼프강, 할슈테트 호수, 몬트 호수, 샤프베르크슈피츠 등이 여기에 있다.

*** 오스트리아 남부에 있는 주.

에서 문제가 되고 있는 건 태어나는 아이들에게 국적이나 달아 주는 그런 공화국이 아닙니다. 눈에 띄지도 않고, 작고, 미숙하고, 결함도 있고, 그렇지만 해로울 건 하나도 없는 이 공화국에 대해 여기서 누가 싫은 소리라도 했나요? 당신도, 저도 그런 말은 안 했습니다. 불안해할 이유는 하나도 없으니 진정하세요. 세르비아에 대한 선전포고*는 이미 오래전에 끝난 일입니다. 그 일은 수상쩍었던 어느 세상의 몇 세기를 바꿔 놓았고, 그 세상을 폐허로 만들었지요. 사람들이 새로운 세상의 정해진 일상에 익숙해진 지도 벌써 한참 되는 걸요. 태양 아래 새로운 건 없다? 아뇨, 저라면 절대로 그런 말은 하지 않을 겁니다. 새로운 건 있어요, 있고말고요. 정말입니다, 뮐바우어 씨. 이제 이곳에서는 더 이상 아무 일도 일어나지 않고, 그것도 그리 나쁘지만은 않지만, 어쨌든 아무 일도 일어나지 않는 이곳에서 바라보자면, 우리들은 과거를 끝까지 참고 견뎌 내는 수밖에 다른 도리가 없습니다. 물론 당신과 저의 과거는 아니겠지만, 누가 그런 것까지 일일이 물어보기나 하겠습니까. 사람들은 그저 참고 견딜 수밖에 없습니다. 하긴 참고 견딜 시간이 없는 사람들도 있긴 합니다. 그들은 자기 나라에 앉아서 활동하고 계획을 세우고 그 계획을 실천에 옮기는데, 정말이지 시대에 맞지 않는 사람들입니다. 왜냐하면 그들은 말이 없으니까요. 말없이 시대를 통치하고 있는 셈

* 1914년 6월 28일, 당시 오스트리아의 황태자 프란츠 페르디난트 대공과 그의 아내가 사라예보를 방문해 시가행진을 하던 중 세르비아 과격 단체 소속의 한 청년이 쏜 총에 맞아 살해되는 사건이 발생했다. 오스트리아는 당장 대세르비아와 전쟁을 결정했으며, 이 전쟁은 제1차 세계대전으로 확대되었다.

입니다. 당신께 끔찍한 비밀 하나를 알려 드리지요. 언어는 형벌입니다. 모든 것들이 언어 속으로 들어갈 수밖에 없고, 언어 속에서 각자가 지은 죄와 그 죄의 정도에 따라 다시 사라질 수밖에 없답니다.

(뮐바우어 씨가 완전히 지쳤다는 표정을 짓는다. 나한테 완전히 질렸다는 표시다.)

여섯 번째 질문 : ……?

대답 : 중개 역할? 임무? 정신적인 사명? 당신은 뭘 중개해 본 적이 있으세요? 이런 역할은 아무런 보람도 없습니다. 제발 이젠 제가 그 어떤 임무도 맡게 되지 않길 바랄 뿐입니다. 모르겠네요, 이렇게 사명을 다한다는 것을요……. 그러다가 도처에서 무슨 일이 일어났는지 다들 봤잖아요. 무슨 말씀인지 이해를 못하겠습니다. 하지만 분명히 당신께서 저보다 더 높은 차원의 관점을 가지고 계시겠지요. 만약 그런 게 있다면, 더 높다는 것은 곧 아주 고차원이라는 것을 의미합니다. 아마도 너무나 고통스러울 정도로 높아서 그 희박한 공기 속에서 혼자 힘만으로는 단 한 시간도 버틸 수가 없을 거예요. 그런데 자신을 아주 낮추어야만 하는 상황에서 어떻게 다른 사람들과 함께 그런 고차원을 추진한단 말입니까. 정신적인 것이란, 그런데 제 얘기를 계속 좇아올 의향이 있으신지 모르겠네요. 하긴 당신의 시간은 한정되어 있고, 당신에게 허락된 신문지면도 마찬가지로 한정되어 있겠지요. 하여튼 정신적인 것이란 끝없는 굴종입니다. 사람들은 아래를 향해야만 합니다. 위를 향하거나 거리로, 다른 사람들에게로 가서는 안 됩니다. 사

실 그건 아주 굴욕적인 일이고, 도저히 불가능한 일이지요. 사람들이 어떻게 이렇게 거창한 표현들을 쓰는지 이해가 안 됩니다. 도대체 누구에게 임무를 맡길 수 있고, 사명을 부여해서 무엇을 달성할 수 있단 말입니까! 그런 건 머리를 짜낸다고 떠오르는 게 아니지요. 완전히 기운이 빠지네요. 그런데 혹시 행정 관리나 문서 보관에 관한 얘기를 하려고 하셨던 건가요? 왕궁이나 성, 박물관에서는 물론 벌써 일이 시작되었습니다. 사람들이 그 광대한 옛 공동묘지를 연구하고 있고, 쪽지들을 붙이고, 개별적인 사항 하나하나에 이르기까지 에나멜 판에 기록해 두고 있어요. 이전에는 어떤 게 트라우트존 궁이고, 어떤 게 스트로치 궁인지, 삼위일체 병원은 어디 있는지, 거기에 어떤 역사가 담겨 있는지 제대로 알지 못했습니다. 하지만 이제는 특별한 지식이나 가이드가 없어도 다들 한 번씩 거쳐 가게 되었지요. 예전에는 잘 아는 사람이라도 있어야 팔퓌 궁이나 호프부르크에 있는 레오폴트 트라크트에 들어가 볼 수 있었을 텐데, 이젠 그런 것도 더 이상 필요 없어요. 그러니 행정 관리가 강화되어야 하겠지요.

(뮐바우어 씨의 당황해하는 기침 소리.)

물론 전 그 어떤 행정적인 관리에도 반대하는 입장입니다. 세상에 만연해 있는 관료주의 말입니다. 인간이나 인간의 복제품에서부터 딱정벌레나 딱정벌레의 복제품에 이르기까지 모든 것이 이 관료주의의 손아귀에 들어가 버렸지요. 이 점에 대해서는 당신도 전혀 이론의 여지가 없을 거예요. 하지만 여기서 문제가 되는 건 좀 다른 것입니다. 죽은 자들의 세계까지도 숭배해 가며 관리하는 것이 바로 문제랍니다. 무슨 근거로 당신이나 제가 자부심을 느껴야 하고, 왜 축제 연주회나 축제 주간, 음악 주간이니, 기념의 해들이니, 문화의 날들 같은 걸 만들어서 세상이 우리를 주목하게끔 애를 쓰는지 전 모르겠어요. 앞으로 어떤 일이 닥칠지 그 진상을 알게 된다면 경악을 금치 못할 텐데 말이에요. 그런 일을 예방하기 위해 이 세상이 기껏 할 수 있는 거라곤 애써 외면하는 것뿐이지요. 점점 더 조용히 일이 진행되고, 점점 더 몰래 사람들이 땅에 묻히고, 점점 더 은밀하게 모든 일이 일어나고, 그러다 점점 더 눈치채기 힘들게 끝이 나고……. 그럴수록 사람들의 호기심 또한 점점 더 커질 것입니다. 빈의 화장터야말로 바로 그 정신적인 사명입니다. 서로 터놓고 충분히 얘기를 나누기만 하면 우린 그 사명을 발견하게 될 거예요. 하지만 그건 그냥 넘어가기로 하죠. 어쨌든 여기, 이 가장 취약한 장소에서, 지난 백 년 동안 위대한 인물들이 깊은 사색에 빠져 자신을 불태웠으며, 그렇게 해서 영향력을 발휘하기 시작했지요. 하지만 제겐 의문이 떠나질 않아요. 당신도 분명히 그런 의문을 품고 계실 거예요. 그렇게 영향을 끼칠 때마다 새로운 오해 또한 생겨나는 게 아닌지…….

(테이프를 교환한다. 뮐바우어 씨가 단숨에 자기 잔을 비운다.)

여섯 번째 질문 : ……? (반복)

대답 : 제가 가장 좋아했던 표현은 '오스트리아 왕가'였습니다. 사람들이 저에게 여러 가지 표현을 제시해 주었지만, 제가 어디에 속하는지 이보다 잘 설명해 주는 말은 없었기 때문이죠. 전 여러 시대를 틀림없이 그 왕가의 한 사람으로 살았

던 것만 같아요. 프라하의 골목이나 트리에스테 항구에 가면 금방 기억이 살아나거든요. 게다가 전 보헤미아어, 벤드어, 보스니아어로 꿈을 꿔요. 꿈이 아니더라도 그 왕가의 저택에 갈 때마다 그곳이 제 집이라는 느낌이 들었어요. 꿈속에서 늘 보았던 그 저택 말이에요. 여기서 한번 살아 봐야겠다, 이 저택을 내 것으로 만들어야겠다, 이 저택을 내놓으라고 요구해야겠다, 그런 마음은 눈곱만큼도 없어요. 왕실 소유의 영지가 저에게 떨어졌고, 전 퇴위를 했으며, 가장 오래된 왕관은 암호프 성당에 보관해 두었거든요. 한번 상상해 보세요. 지난 두 번의 전쟁이 끝날 때마다 갈리치아* 마을을 통과해서 그 가운데에 새로운 국경선이 그어진 일을 말이에요. 갈리치아는 저 말고는 아는 사람도 없고, 다른 사람들에게는 아무 의미도 없으며, 찾아오는 사람도, 감탄해 주는 사람도 없는 그런 곳입니다. 그런 갈리치아가 연합군 사령부의 지도 위에서 펜으로 두 번이나 선이 그어졌답니다. 그리고 그 선은 두 번 모두, 각자 다른 이유로, 오늘날 오스트리아라고 불리는 곳 근처로 옮겨졌지요. 그래서 국경선은 갈리치아에서부터 불과 몇 킬로미터밖에 떨어져 있지 않은 어느 산 위를 지나가게 되었어요. 1945년 여름에는 한참 동안 아무런 결정도 내려지지 않은 채로 전 그곳에서 쫓겨났답니다. 제 미래가 어떻게 될 것인지, 사람들이 저를 유고슬라비아의 슬로베니아인으로 볼지, 오스트리아의 케른텐인으로 볼지 이런저런 짐작이나 해 보고 있었습니다. 슬로베니아어 수업 시간에 딴생각이나 했던 게 후회되더군요. 저한테는

---

* 유럽 북동부, 폴란드와 우크라이나 접경 지역.

프랑스어가 더 쉬웠고, 차라리 라틴어가 더 재미있었어요. 그 어떤 깃발 아래서도 물론 갈리치아는 변함없이 갈리치아로 머물렀을 것이고, 그것이 어느 깃발이든 그리 많은 의미를 부여하지도 않았을 거예요. 어느 나라에 포함될 것이냐 하는 문제는 전혀 신경 쓰지도 않았거든요. 가족들끼리 하는 얘기라는 게 늘 이랬습니다. 이 일이 끝나면 우리는 리피카로 갈 거야, 브륀에 사는 우리 고모를 찾아가 봐야겠어, 체르노프치에 사는 친척들은 어떻게 되었을까, 프리아울의 공기가 여기보다 더 좋았는데, 네가 어른이 되면 빈이나 프라하로 가야 한다, 네가 어른이 되면…….

제가 말하려는 건 우리가 항상 현실을 너무 무심하고 냉담하게 받아들였다는 점입니다. 어떤 땅이 어느 나라에 속하는지 혹은 속하게 될 것인지 따위는 어딘가 머나먼 다른 나라 얘기로만 여겼거든요. 그럼에도 불구하고 프라하를 여행할 때는 파리에서와는 전혀 다른 기분을 느꼈습니다. 빈에 있을 때는 정말이지 살아 있다는 느낌이 들지 않았어요. 그렇다고 길을 잃고 헤매며 살아온 것도 아닙니다. 트리에스테에서는 제가 이방인이라는 기분이 전혀 들지 않았고요. 하지만 이런 건 점점 더 상관없는 일이 되어 가네요. 꼭 가야 하는 건 아니지만, 머지않아, 어쩌면 올해 안이 될 것 같은데 베네치아에 한번 가고 싶어요. 이 도시를 제대로 안다는 건 아마 절대로 불가능하겠죠.

일곱 번째 질문: ……?

대답: 그건 오해인 것 같아요. 당신이 조금만 참고 제 얘기를 들어주신다면, 처음부터 다시 더욱 정확하게 대답해 드릴

수도 있을 텐데요. 물론 그런 다음에도 여전히 오해가 생길 수도 있겠지만, 적어도 그건 앞서 있던 그 오해는 아닐 테니까. 지금 이 이상으로 얘기가 엉킬 수도 없을 거고요. 하긴 아무도 우리 얘기에 귀를 기울이지 않잖아요. 지금 어딘가 다른 곳에서도 묻고 답하고, 그러고들 있을 거예요. 우리가 다루고 있는 문제보다 더 진기한 문제들이 다루어지고, 날마다 그다음 날을 위한 문제들이 미리 정해지고 있는걸요. 그렇게 지어낸 문제들이 시중에 떠돌아다니는 거예요. 실제로 존재하는 문제들이 아니라고요. 사람들이 그냥 그런 문제에 대해 얘기하는 것만 듣고서 그 문제에 대해 얘기하고 다니는 것뿐이랍니다. 저도 마찬가지로 실제로 문제들이 존재하는 걸 본 게 아니라 문제들에 관해 사람들이 얘기하는 것만 들었을 뿐이에요. 그런 게 아니라면 우린 지금 아무 문제도 없을 테고, 이 일은 그만 집어치우고 술이나 마실 수도 있을 테지요. 그게 더 근사하겠지요, 뮐바우어 씨? 하지만 그러다 밤이 되면 혼란스러운 독백들이 저절로 생겨나 사라질 줄 모른답니다. 인간이란 어두운 존재라서 암흑 속에서만 자기 자신의 지배자로 군림해요. 대낮엔 다시 노예 상태로 돌아오는 거지요. 당신은 지금 저의 노예고, 또 저를 당신의 노예로, 그러니까 당신 신문의 노예로 만들었군요. '석간'이라고 하는 것보다는 그냥 신문이라고 부르는 게 더 낫겠지요. 수천 명의 노예들을 위한 신문, 당신 역시도 노예처럼 종속되어 있는 그 신문 말이에요…….

(뮐바우어 씨가 녹음기를 눌러 끈다. "말씀 감사합니다."라는 말을 그는 하지 않았다. 뮐바우어 씨는 아주 곤란해하면서 다시 인터뷰를 했으면 한다. 그것도 내일 당장. 옐리네크 양이 여기 있

다면 뭐라고 대답해야 할지 가르쳐 줄 텐데. 일에 지장이 있다거나, 아프다거나, 여행을 떠나야 한다거나, 피치 못할 사정이 있다거나, 선약이 있다거나 등등. 뮐바우어 씨는 오후를 몽땅 날려 버렸다. 그는 그 점을 나로 하여금 충분히 알아차리게 만들고, 언짢은 기색으로 기구들을 챙긴다. 그러고는 숙녀에 대한 예의를 깍듯이 차리면서 아주 정중하게 작별 인사를 하고 물러간다.)

이반과 전화한다.

특별한 건 하나도 없었어, 난 그저…….
목소리가 도대체 왜 그래, 자고 있었니?
아냐, 그냥 진이 빠져서 그래, 오후 내내.
혼자야? 사람들은?
갔어, 나의 오후도 다 가 버렸지.
난 오후 내내 뭘 좀 하느라…….
난 오후를 몽땅 날려 버렸어…….

이반이 나보다 더 활기에 넘친다. 진이 빠져 있지 않을 때면 그의 모든 것이 살아 움직인다. 그러나 일단 피곤하기만 하면 그가 나보다 더 피곤하다는 점은 이의를 제기할 수 없는 분명한 사실이 되어 버리고, 그러면 우리들의 나이 차가 그를 화나게 만든다. 화를 내고 있다는 것을 자신도 의식하고 있고, 또 일부러 그렇게 화를 낸다. 오늘은 나에게 유난히 화가 난 게 틀림없는 것 같다.

변명하는 꼴이라니!
네가 왜 변명을 늘어놓는데?
상대방을 공격하기도 해야 해, 날 공격해 보라고!
손을 보여 줘 봐, 아니, 손바닥 말고.
물론 내가 손금 봐 주는 사람은 아니지만.
손을 보면 알 수 있어.
여자들한테서는 단번에 알아볼 수 있어.

하지만 이번엔 내가 이겼다. 내 손등 위에는 아무것도 눈에 띄는 게 없다. 주름 하나 생기지 않았다. 그래도 이반은 다시 나를 물고 늘어진다.

네 얼굴을 보면 알 수 있어.
그때 넌 늙어 보였지.
가끔 넌 진짜 늙어 보여.
오늘은 이십 년쯤 젊어 보이네.
좀 더 많이 웃고, 좀 더 적게 읽고, 좀 더 많이 자고, 좀 더 적게 생각해.
네가 하는 일이 바로 널 더 늙게 만든다니까.
회색과 밤색 옷들은 널 늙어 보이게 해.
장례식에나 어울리는 그런 옷들은 적십자에 기증해 버려.
누가 너한테 이런 상복(喪服)을 입어도 된다고 하든?
물론 난 화났어, 화내고 싶다고.
금방 더 젊어 보이잖아, 내가 너에게서 나이를 몰아내 줄게.

깜박 잠이 들었던 이반이 깨어나고, 나도 적도에서 되돌아온다. 하지만 수백만 년 전에 일어났던 일이 아직도 내 마음을 사로잡고 있다.

뭔데?

아무것도 아냐, 그냥 뭘 좀 생각해 내느라…….

쓸데없는 건 아니겠지.

거의 항상 나는 뭔가를 생각해 낸다. 하품하는 것을 내가 눈치채지 못하도록 이반이 손으로 입을 가린다. 그는 당장 가야만 한다. 12시 십오 분 전이다. 자정이 다 돼 간다.

방금 생각이 났어, 어떻게 하면 내가 이 세상을 바꿀 수 있을지 말이야!

뭐? 너마저도? 사회를, 관계를? 하긴 요즘 사람들은 그런 걸 갖고 경쟁이라도 하는 게 틀림없어.

뭘 생각해 냈는지 정말 관심 없어?

오늘은 전혀. 아마 엄청난 걸 생각해 냈겠지. 그렇게 생각에 골몰해 있는 사람을 방해해서는 안 되는 법이잖아.

잘됐네. 그럼 혼자서 생각하지, 뭐. 그래도 이건 널 위한 거야.

이반은 나에 대한 경고를 받지 못했다. 그는 자신이 누구와 사귀고 있는지도 모르고, 자신이 보고 있는 현상들이 허상일 수 있다는 것도 모른다. 이반을 헷갈리게 하고 싶지는 않지만, 내가 이중적인 존재라는 사실, 그러니까 내가 말리나의 피조

물이기도 하다는 사실을 그는 결코 눈치채지 못할 것이다. 이반은 태평하게 눈에 보이는 현상에만 매달린다. 내 육체가 그가 의지하는 근거가 된다. 아마도 유일한 근거일 테지. 하지만 바로 이 육체 때문에 나는 괴롭다. 우리가 서로 얘기를 나눌 때면, 한 시간 후나 저녁 무렵 혹은 밤늦게 우리가 침대에 누워 있을지도 모른다는 생각이 절대로 떠올라서는 안 된다. 그러면 사방의 벽들이 갑자기 유리로 변해 버리고, 천장이 날아가 버릴 수도 있으니까. 모든 자제력을 총동원해 나는 미리 이반의 건너편에 자리를 잡고, 침묵하고, 담배를 피우고, 얘기를 나눈다. 손짓이나 말만으로 무엇이 가능한지 알아차릴 수 있는 사람이 누가 있단 말인가. 한순간은 '이반과 나'이다. 또 다른 순간 '우리'가 된다. 그러고는 금방 다시 '너와 나'가 된다. 아무것도 함께 계획하지 않고, 공존을 바라지도 않으며, 또 다른 삶을 살기 위해 어디론가 떠나 보려고도 하지 않고, 그렇다고 단절도 원하지 않으며, 어떤 언어가 주도적인 역할을 해야 하는지 의견을 맞춰 보려고도 하지 않는 그런 두 존재다. 통역해 주는 사람이 없어도 우리는 아무 지장 없이 잘 지낸다. 난 이반에 관해 아무것도 들은 게 없고, 이반도 나에 관해 아무것도 들은 게 없다. 우리는 감정을 거래하지도 않고, 권력 구도를 형성하지도 않으며, 우리 자신을 지원하고 안전을 보장하기 위해 무기를 조달하는 법도 없다. 토대가 될 땅은 이미 일궈 놓아 비옥하며, 나의 땅에 떨어지는 모든 것은 번성하게 되어 있다. 언어를 도구로 사용해서 나 자신을 번식시키고, 이반도 번식시킨다. 나는 새로운 종족을 만들어 낸다. 나와 이반이 하나가 됨으로써 신의 뜻이 이 세상에 펼쳐진다.

불새
남동석(藍銅石)*
솟아오르는 불꽃
비취 방울

존경하는 간츠** 씨.

우선 제 신경에 거슬렸던 것은 당신이 말씀하시는 동안 계속 펴고 있던 그 작은 손가락이었습니다. 그때 모임에서 당신은 앞에 나서서 기지 넘치는 이야기로 흥을 돋우고 계셨지요. 그 이야기가 탁자에 둘러앉아 있던 사람들이나 저에게 얼핏 처음 듣는 것처럼 여겨졌습니다만, 그렇지 않다는 것을 전 금방 알아차렸습니다. 다른 모임에 참석했을 때 당신에게 벌써 여러 번 들은 이야기였으니까요. 그건 아주 웃기는 얘기였죠. 그리고 또 한 가지, 처음부터 제 신경에 거슬렸고, 아직도 여전히 거슬리는 건 바로 당신의 이름입니다. 당신 이름을 다시 한 번 적어야 한다는 것이 저한테는 힘든 일이고, 다른 사람이 당신 이름을 말하는 걸 듣는 것만으로도 전 벌써 머리가 아프답니다. 불가피하게 꼭 당신을 떠올려야 할 때면 이런 저 자신을 위해 일부러 당신을 '켄츠 씨' 혹은 '간스 씨'라고 생각해 보기도 합니다. 가끔은 '긴츠'라는 이름도 시도해 보았지만, 가장 좋은 해결책은 늘 '곤츠 씨'였습니다. 그렇게 하면 당신의 원래 이름으로부터 그렇게 멀어지지 않으면서, 사투리 같은 느낌 때문에 아주 약간 우습게 들리기

* 푸른색의 투명한 보석.

** Ganz는 '온전한, 완전한, 아주' 등의 뜻으로 사용되는 독일어 단어다.

도 하니까요. 이런 사정을 한 번쯤은 당신께 털어놓을 수밖에 없네요. '간츠'라는 단어는 날이면 날마다 등장하고, 다른 사람들 입에도 오르내리며, 저 자신도 이 단어를 쓰지 않을 수가 없는 데다가, 신문과 책의 어떤 단락에도 빠지는 법이 없으니까요. 바로 이 이름 때문에 당신이 끊임없이 제 인생에 불쑥불쑥 끼어들게 되고, 그래서 제 인생이 너무나 고달프게 될 거라는 것을 처음 당신 이름을 들었을 때 미리 각오했어야 했는데……. 당신의 이름이 코페키나 비겔레, 혹은 울만이나 압펠뵈크이기만 했어도, 전 지금 좀 더 평온한 삶을 살고 있을 테고, 제 인생 노정에서 한참 동안은 당신을 잊고 지낼 수도 있었을 거예요. 만약 당신의 이름이 마이어라고 발음되는 Meier, Maier, Mayer 중의 하나거나 슈미트라고 발음되는 Schmidt, Schmid, Schmitt 중의 하나기만 했더라도, 당신 이름이 사람들 입에 오르내릴 때면, 철자야 같든지 다르든지 상관없이, 저는 당신을 떠올리는 대신 마이어라는 제 친구나 슈미트라고 불리는 몇몇 다른 분들을 떠올릴 수도 있었을 겁니다. 그럼 전 사람들이 둘러앉은 자리에서 놀라는 척하거나 열심히 듣는 척할 수도 있을 테고, 또 실제로 평범하고 일상적인 얘기를 열심히 하다 보면 급한 김에 정말 당신을 다른 마이어나 슈미트와 혼동하게 될지도 모르지요. 이런 얘기에 당신은 그게 도대체 무슨 병적인 혐오냐고 말씀하시겠지요. 얼마 전 일인데, 저는 당신을 다시 만난다는 것이 너무나 겁난 적이 있었습니다. 그때는 마침 금속 의상과 쇠사슬로 된 셔츠, 뾰족한 가시가 박힌 옷들, 철조망 모양의 장식품 같은 새로운 유행이 시작된 직후였습니다. 그래서 전 마치 당신과의 만남에 대해 저 자신이 무장이라도 한 것처럼 느꼈답니다. 그 유행이 아니었다면 전 귀조차도 드러내 놓고 다니지 못했을 거예요. 가시 모양으로 생긴, 아주 예쁜 회색의 무거운 귀걸이 두 개를 양쪽 귓불에 달고 다녔는데, 머리를 움직일 때마다 이 귀걸이가 귀를 아프게 하거나 미끄러져 빠져 버리곤 했지요. 더 일찌감치 제 귀를 뚫어 주었어야 했는데, 사람들이 그만 잊어버린 거죠. 제가 살았던 시골에서는 저 말고 다른 꼬마 여자아이들은 모두 인정사정없이 귀에 구멍이 뚫렸답니다. 아주 연약한 나이에 말이에요. 사람들이 왜 그 나이 또래를 연약한 나이라고 부르는지 이해가 안 되네요. 어쨌든 그렇게 갑옷 같은 옷으로 무장을 했더라면, 그렇게 제 살갗을 지키고 있었더라면, 전 아무런 공격도 받지 않았을 텐데요. 그 얘기는 자세히 늘어놓지 않아도 되겠지요. 당신도 이미 잘 알고 계실 테니까요…….

존경하는 선생님께.

당신의 이름을 전 절대로 입에 담을 수가 없었습니다. 그 일로 당신은 자주 절 질책하곤 하셨지요. 하지만 당신을 다시 만난다는 생각만으로 벌써 마음이 불편해지는 것은 그 일 때문은 아닙니다. 사실 그 당시에는 다들 그냥 그러려니 넘어가 주었기 때문에 제가 굳이 당신의 이름을 입에 올리지 않고도 지낼 수 있었던 것뿐이지 제가 그 문제를 극복한 건 결코 아니었습니다. 그러다 전 깨달았지요. 그 이름을 입에 담을 수 없고, 그 이름 때문에 심지어 지나칠 정도로 괴로워하는 건 사실은 그 이름 때문이 아니라 어떤 인물을 상대로 겪었던 맨 처음의 근원적인 불신과 관계가 있다는 걸 말입니다. 처음에는 말도 안 되는 생각인 것 같았는데, 갈수록 점점 더 이 생각이 맞는 것만 같네요. 본능적인 불신이라고밖에 표현할 길이 없는 나의 이러한 불신을 당신 입장에서는 물론 잘못 해석하실 수밖에 없었겠지요. 이제 우리의 재회는 거의 확실해진 것 같고, 제 삶을 위해서는 이 만남을 어떻게든 막아야만 하겠는데, 도무지 어떻게 해야 좋을지 전혀 모르겠어요. 게다가 저를 계속 불안하게 하는 생각이 하나 있습니다. 그건 바로 어쩌면 당신이 또다시 절 아무 거리낌 없이 '너'* 라고 부를 수도 있다는 것입니다. 당신은 저를 상대로 '너'라는 호칭을 끈질기게 고집했습니다. 어떤 상황이었는지는 알고 계시리라 믿습니다. 비유해서 말하자면, 저는 그저 불쾌하기 짝이 없는 막간극이 열리는 동안에만 당신에게 그 말을 허락했던 셈입니다. 한편으론 당신의 기분을 상하게 하지 않으려고, 또 한편으로는 제가 몰래 그어 둔, 하긴 그렇게 그어 둘 수밖에 없었던 선을 당신에게 들키면 안 된다는 약점 때문이었지요. 그런 막간극에서 '너'라는 말을 쓰는 거야 예삿일로 넘어가 줄 수도 있지만, 그 막간극이 끝난 다음에도 이 '너'라는 말이 계속 돌아다니도록 내버려 둘 수는 없는 일이지요. 입에 담을 수조차 없는 괴로운 기억들을 저에게 남겨 놓았다고 당신을 비난하는 건 아닙니다. 하지만 '너'라는 말에 대해 제가 그토록 예민하다는 걸 전혀 느끼지 못하는 당신의 무신경, '너'라는 말을 저와 다른 사람들에게 거의 협박에 가깝게 강요하는 당신의 뻔뻔함이 저를 두려움에 떨게 한답니다. 당신 스스로는 이런 식의 협박이 너무나 익숙해서, 자신이 그런 식으로 다른 사람들을 협박한다는 걸 전혀

* '너'를 뜻하는 독일어 du는 보통 아이들에게나 가족, 친지, 친구, 동료 등 친한 사이에 쓰는 호칭이다.

의식하지 못하고 있는 것 같습니다. 너무나 경솔하게 다루고 있는 이 '너'라는 말에 대해 당신은 틀림없이 단 한 번도 깊이 생각해 보신 적이 없을 겁니다. 당신의 길에 놓인 몇몇 주검은 차라리 관대하게 넘어가 줄 수도 있습니다. 그러나 저로 하여금 '너'라는 말로부터 절대로 벗어나지 못하도록 하는 이 끝없는 고문은 도저히 용서할 수가 없습니다. 마지막 만남 이후 당신을 떠올릴 때면 항상 '선생님'이나 '당신'이라는 표현이 당신에 대한 호칭이었습니다. 물론 어쩔 수 없는 경우에는 이를테면 "전에 간츠 씨와 얼굴이나 알고 지내는 사이였다."라고 말하기도 하지요. 이제는 당신도 그 정도의 예의를 갖추도록 조금 노력해 주셨으면 하는 것이 제가 드리는 유일한 부탁입니다.

○월 ○일, 빈에서
정중하게 안부를 전하며
모르는 여자 올림

존경하는 의장님.

당신과 다른 사람들의 이름으로 제 생일을 축하하는 편지를 보내 주셨더군요. 하지만 제가 그런 축하 편지를 받는 일에 익숙하지 못해서 죄송할 따름입니다. 사실 저에게 이날은, 의장님이나 다른 사람들은 전혀 알지도 못하는 제 부모님 두 사람 사이의 은밀한 일에 속할 뿐이라고 생각합니다. 제가 만들어지고 태어나는 걸 상상하는 뻔뻔한 짓은 아직 한 번도 해 본 적이 없습니다. 제가 아니라 불쌍한 제 부모님한테나 의미가 있었음이 분명한 제 생일 날짜를 입에 올리는 것은, 저에게는 허락되지 않은 금기를 입에 올리는 것이나 마찬가지입니다. 또한 그것은 감정과 생각이 있는 인간이라면 거의 형벌처럼 느껴질 낯선 고통과 기쁨을 그만 누설해 버리는 것과 마찬가지입니다. 바로 이런 인간을 문명화된 인간이라고 말해야겠지요. 왜냐하면 우리의 생각과 감정은 어떤 부분에 있어, 특히 훼손된 부분에 있어서는, 문명화와 관련이 있으니까요. 스스로를 가장 거친 야만인이라고 칭할 수 있는 기회를 우리는 그만 경솔하게도 문명화를 통해 이미 오래전에 잃어버리고 말았습니다. 이 땅에 마지막으로 남아 있는 야만인들이 탄생이나 성년, 임신이나 죽음 같은 일을 맞이할 때 어떤 위엄을 보여 주는지 고명한 학자이신 당신께서 저보다 더 잘 알고 계시겠지요. 사실 관청 같은 곳에서 부닺치게 되는 거만함만이 우리들로 하여금 마지막 남은 수치심마저도 벗어던지게 만드는 건 아니랍니다. 자료 처리나 설문 조사를 들먹거리며 계몽주의를 당당하게 내세우는 정신 역시 미성년의 상태에서 벗어나지 못한 인간을 매우 황폐하게 만들고 있습니다. 만약 모든 금기로부터 완전히 벗어나게 된다면 인류는 아마도 완벽한 미성년의 상태로 떨어지게 될 거예요. 당신의 축하 인사는 저를 위한 것이었지만, 저는 그 인사를 이미 오래전에 죽은, 제 출생증명서에 산파로 기록되어 있는 요제핀 H.라는 여자에게 돌릴 수밖에 없습니다. 사실 그녀의 노련함과 순조롭게 진행된 출산은 지금이 아니라 그 당시에 벌써 축하를 받아 마땅했지요. 그런데 몇 년 전쯤 그날이 금요일이었다는 얘기(저녁이 되어서야 제가 태어났다고 하더군요.)를 전해 들었는데, 별로 달갑지 않은 얘기였습니다. 그 이후 저는 가능하면 금요일에는 집을 나서지 않고, 금요일에는 여행도 절대 떠나지 않는답니다. 일주일 중 금요일이 저에게는 가장 위험한 날인 것처럼 느껴집니다. 그건 그렇고 제가 '반쪽짜리 행운의 모자'*를 쓰고 태어났다는 건 확실합니다. 그것을 의학 용어로 뭐라고 하는지도 모르겠고, 왜 요즘도 다들 태어나는 아기들의 이런저런 일을 두고서 행운을 가져온다거나 불행을 초래할 거라고 믿는지도 모르겠어요. 어쨌든 제 행운의 모자는 반쪽짜리에 불과했습니다. 반쪽이라도 있는 게 하나도 없는 것보다는 낫다고 사람들은 말하지만, 이렇게 반만 덮여 있던 행운의 모자는 저로 하여금 깊은 생각에 빠지게 만들었습니다. 저는 늘 생각에 잠겨 있는 아이였지요. 생각에 잠기는 것과 몇 시간이고 꼼짝 않고 가만히 앉아 있는 것이 저의 가장 별난 점이었다고 하더군요. 그런데 지금에서야, 늦어도 한참 늦었지만, 저는 이렇게 자문해 봅니다. 가여운 제 어머니가 이 애매한 소식을 접하고 도대체 무슨 말을 꺼낼 수 있었을까. 반쪽짜리 행운의 모자를 쓰고 태어난 아이에게 빌어 주는 반쪽짜리 축하 인사를 듣고서 말이에요. 하필이면 반쪽짜리 행운의 모자를 쓰고 세상에 나온 아이에게 누가 젖을 물리고 싶어 하겠으며, 누가 기대에 차서 그 애를 기르고 싶어 하겠습니까. 존경하는 의장님, 만약 당신께서 반쪽짜리 의장직으로, 반쪽짜리 존경을 받고, 반쪽짜리 인정을 받으며, 반쪽짜리 모자를 쓰고 있다면 도대체 무슨 말을 꺼내시겠습니까? 이 반쪽짜리 편지를 받으시고는 무슨 말을 하시겠습니까? 사실 당신께 보내는 이 편지도 완전한 편지

* 간혹 머리에 양막(羊膜)의 일부분이 붙은 채로 태어나는 아기들이 있는데, 이를 행운의 모자라고 부르며 길조로 여겼다.

라고 할 수는 없을 겁니다. 당신께서 생일이라며 축하해 주신 것에 대한 제 감사의 인사는 겨우 반만 진심이니까요. 하지만 사람들은 부당한 편지를 받기도 하고, 답장 역시도 부당한 것일 때가 있는 법이지요…….

○월 ○일, 빈에서
모르는 여자로부터

찢어진 편지들이 휴지통에 들어 있다. 아주 예술적으로 뒤죽박죽이 된 채, 구겨진 전시회 초대장과 리셉션 초대장, 강연회 초대장 들이 뒤섞여 있고, 빈 담뱃갑도 섞여 있으며, 담뱃재와 담배꽁초도 그 위에 쌓여 있다. 새벽까지 뭘 하고 있었는지 옐리네크 양에게 들키지 않으려고 먹지와 타자 용지를 얼른 똑바로 챙겨 놓는다. 하지만 그녀는 그저 잠깐 들렀을 뿐이다. 그녀는 결혼에 결격사유가 있는지 검사하고 서류를 작성해야 하기 때문에 약혼자를 만나러 가야 한다. 그래도 그녀는 잊지 않고 볼펜 두 자루를 사 왔다. 하지만 일정들은 이번에도 기록되어 있지 않다. 나는 묻는다. "맙소사, 도대체 왜 기록해 두지 않았어요? 내가 어떤지 알잖아요!" 그러고는 이 핸드백, 저 핸드백을 뒤진다. 병기창에 있는 말리나에게 아무래도 돈을 좀 달라고 전화를 해야만 할 것 같다. 그러다 마침내 봉투 하나가 눈에 띈다. 그건 두덴 대사전* 안에 살짝 삐져나온

* 독일의 대표적인 사전. 독일어 철자법 통일에 크게 공헌한 언어학자 콘라드 두덴(Konrad Duden, 1829~1911)의 이름을 딴 것이다.

채 꽂혀 있는데, 그 위에 말리나가 다른 사람들은 모르는 표시를 해 놓았다. 그는 뭘 잊어버리는 법이 없고, 나도 그에게 뭘 잊지 말라고 당부할 필요가 없다. 리나에게 건네줄 봉투는 부엌에, 옐리네크 양에게 건네줄 봉투는 책상 위에 늘 때맞춰 놓여 있다. 내 침실 작은 상자 속에는 미용사에게 지불할 지폐가 몇 장 들어 있고, 두 달마다 신발이나 속옷, 옷가지들을 장만할 좀 더 큰 돈도 들어 있다. 언제 거기에 그런 돈이 들어가 있는지는 모를 일이지만, 외투가 낡아 떨어질 때쯤이면 말리나는 나를 위해 외투 살 돈을 모아 두곤 했다. 그것도 날이 추워지기 전에 말이다. 집에 남은 돈이라곤 한 푼도 없을 때도 가끔은 있을 텐데, 어떻게 말리나는 돈 들어갈 일 천지인 이 시절을 우리들이 문제없이 지낼 수 있도록 다 준비해 놓는지 모르겠다. 집세는 그가 늘 제때에 지불하고, 내가 신경 써야 할 전등, 물, 전화, 자동차보험 등에 나가는 돈도 대부분은 그가 지불한다. 그저 한두 번 정도 전화가 끊긴 적이 있었지만 그것은 당시 우리가 여행 중이라 깜박 잊어버렸기 때문이고, 또 편지나 엽서, 청구서가 우리에게 날아오도록 할 수 없었기 때문이었다. 나는 안심이 되어서 말한다. "이번에도 무사히 넘겼네. 병만 안 걸리면, 치과 갈 일만 안 생긴다면 앞으로도 별 탈 없이 다 지나갈 텐데……." 말리나가 나에게 거금을 줄 수 있는 건 아니다. 하지만 나에게는 집에 뭘 쌓아 두거나 냉장고를 가득 채워 두는 것보다 더 중요한 일들이 있고, 그런 일에 드는 잔돈푼을 주지 않느니 차라리 말리나는 나로 하여금 생활비를 줄이게 할 것이다. 그렇게 해서 생긴 용돈으로 나는 빈을 돌아다니고, 트레쉬네프스키에서 샌드위치를 먹고, 자헤르 카페에서 브라우네*를 작은 잔으로 사 마실 수 있다. 또한 앙투아네트 알텐뷜에게 저녁 식사에 대한 답례로 꽃을 보낼 수도 있고, 프란치스카 요르단의 생일에 '마이 신' 향수를 선물할 수 있다. 혹은 생판 모르는 사이인데도 귀찮게 굴거나 길을 잃었거나 혹은 목적지를 놓치고 헤매는 사람들에게(특히 불가리아인들에게) 돈을 주거나 차표나 옷을 사 줄 수도 있다. 말리나는 일단 고개를 가로젓지만, 내가 중얼중얼 내뱉는 말 가운데 '이 일', '그 경우', '그 문제'가 우리가 도저히 어떻게 할 수 없는 엄청난 규모일 때만 '안 된다'는 말을 한다. 사실 '안 된다'는 건 나 스스로도 느끼고 있던 참인데, 그걸 말리나가 확실하게 해 주는 셈이다. 그럼에도 불구하고 나는 마지막으로 다시 한 번 상황을 돌이켜 보려는 시도를 한다.

"예를 들어, 우리가 아티 알텐뷜에게 부탁해 보거나 내가 그 키 작은 젬멜록에게 부자인 베르톨트 라파츠와 좀 얘기해 달라고 해 보면 어떻게 될 수도 있지 않을까? 아니면 네가 참사관인 후발레크에게 전화를 한 번 걸어 볼 수도 있을 것 같은데."

그런 순간이면 말리나는 "안 돼!"라고 딱 잘라 버린다. 하지만 나는 예루살렘에 있는 한 여학교를 다시 복구하는 일에 돈을 지원해야 하고, 난민 위원회에 소액 기부금으로 3만 실링을 지불해야 하며, 북부 독일과 루마니아의 홍수 참사 지역에 성금을 보내야 하고, 지진 피해자들을 지원하는 일에 참여해야 하며, 멕시코, 베를린, 라파츠에서 일어난 혁명을 금전적으로 지원해야 한다. 게다가 오늘은 마르틴이 급히 3000실링이

* 크림이나 우유를 넣어 갈색을 띠는 커피.

필요하다며, 다음 달 1일까지 갚겠다고 하는데, 그는 거짓말을 할 사람이 아니다. 크리스티네 반추라는 남편 전시회에 쓸 돈이 급히 필요하다는데, 남편은 모르고 있어야 한단다. 그녀 말로는 자기 어머니한테 받을 돈이 있지만 지금 당장은 어머니와의 해묵은 싸움이 다시 시작되어서 그럴 수가 없다는 것이다. 프랑크푸르트에서 온 대학생 세 명이 자신들이 묵었던 빈 호텔에서 계산을 못 하고 있다는데, 그것도 급히 해결해야 한다. 더 급하게 돈이 필요한 건 리나다. 그녀는 이번 달 텔레비전 할부금을 낼 돈이 당장 필요하다. 말리나는 마지못해 '알았다'며 돈을 내놓는다. 하지만 엄청난 참사나 뭔가 굉장한 큰일에는 '안 된다'고 말한다. 말리나에게 이론 같은 건 없다. 그저 그에게는 모든 것이 '가지고 있느냐, 없느냐'의 문제다. 말리나가 하자는 대로만 하면, 우리는 그럭저럭 먹고살 만하고, 돈 걱정 같은 건 전혀 없을 텐데……. 돈 걱정을 집으로 끌고 들어오는 건 바로 나다. 불가리아인이나 독일인, 이런저런 친구들과 아는 사람들을 몽땅 끌고 들어오고, 세계 정세니 기상 상태니 하는 것도 함께 끌어들인다. 이반과 말리나에게는 공통점이 하나 있는데, 나는 사람들이 이반과 말리나를 찾아간다는 소리는 들어본 적이 없다. 그냥 그런 일은 일어나지 않는다. 사람들은 그럴 생각조차 하지 못한다. 나한테 더 끌리는 게 틀림없다. 아마도 내가 그 사람들에게 더 신뢰감을 주나 보다. 하지만 말리나는 부정한다. "그런 일은 너한테나 일어날 수 있는 거야, 너보다 더 멍청한 사람은 없으니까." 나는 말한다. "급하다고 하잖아."

란트만 카페에서 불가리아 남자 하나가 나를 기다리고 있다. 그는 리나에게 자신이 이스라엘에서 바로 오는 길이며, 나와 꼭 해야 할 얘기가 있다고 했다. 누가 나에게 안부를 전하려는 것인지, 누군가에게 불행한 일이 닥쳤는지, 빈에서 오래전부터 종적을 감춘 해리 골트만에게 무슨 일이라도 생긴 건지, 온갖 생각이 다 든다. 세계 정세와는 아무 관계가 없는 일이기를, 위원회 같은 게 구성되는 일이 아니기를, 몇백만이라는 거금이 들어가는 일이 아니기를, 그리고 내 손에 삽을 쥐게 만드는 일이 아니기를 바랄 뿐이다. 클라겐푸르트에서 그들이 나와 빌마를 벽에 세워 놓고 총살하려고 했던 그때 이후로 나는 삽이라면 아예 쳐다볼 수도 없게 됐다. 또 어느 사육제가 지난 다음부터, 어느 전쟁이 끝난 이후부터, 어떤 영화를 보고 난 후부터는 뭐든지 간에 터지는 소리는 들을 수가 없게 됐다. 그냥 잘 지내느냐는 안부 인사 정도였으면 좋겠는데……. 물론 지금 내 사정이야 잘 지내는 것과는 거리가 멀지만. 내가 독감에 걸렸고, 37~38도의 열이 있으며, 그래서 뭔가 새로운 일을 시작할 수도 없고, 어떤 일에 끼어들 수도 없다는 사실이 어쩌면 다행일 수도 있다. 여기서는 그 어떤 전장(戰場)도 보이지 않는다. 나의 전쟁터는 바로 여기 웅가르 가에 있다는 걸 어떻게 말해야 하나? 놓치지 않고, 꼭 부여잡고 있어야만 하는 내 웅가르 가의 나라, 내가 보호하고, 지켜야 하는 나의 유일한 나라. 이 나라를 얻기 위해 나는 떨고 있고, 이 나라를 얻기 위해 나는 죽을 각오로 투쟁한다. 온갖 나라로부터 위협을 받고 있는 나의 나라를 두 손으로 꼭 부여잡은 채, 나는 란트만 카페 앞에서 한숨을 돌린다. 프란츠 씨는 문간에서부터 벌써 나를 반갑게 맞아들이고, 빈자리가 있을지 의심스럽다는 표정으로 사람들로 넘쳐 나는 카페 안을 둘러본다. 그러나 나는 인사는 하는 둥 마는 둥 그를 그냥 지나쳐 카페 안을 한 바퀴 돌아본다. 자리를 잡을 필요가 없기 때문이다. 이스라엘에서 온 한 남자가 이미 삼십 분 전부터 나를 기다리고 있다. 급한 일이다. 한 남자가 독일 잡지 《슈피겔》을 손에 들고, 표지를 카페 입구 쪽으로 향한 채 부자연스러울 정도로 쫙 펼치고 있는 게 눈에 들어온다. 만나기로 한 그 남자한테는 미리 얘기를 해 두었다. 내가 금발이며 비록 봄은 아니지만 날씨가 하루가 다르게 바뀌니까 푸른색 봄 외투를 걸치고 갈 것이라고. 잡지를 들고 있는 그 남자가 자리에서 일어나지 않은 채 한 손을 치켜든다. 그 남자 말고는 나를 쳐다보는 사람이 하나도 없으니, 아마도 그가 급한 볼일이 있다는 바로 그 사람인 모양이다. 그가 맞았다. 그는 알아듣기 힘든 독일어를 작은 소리로 말한다. 텔아비브, 하이파, 예루살렘에 있는 친구들에 관해 물어봤지만, 그는 내 친구들을 하나도 모른다. 그는 이스라엘 출신은 아니지만 몇 주 전까지만 해도 그곳에 있었다고 한다. 그동안 아주 멀리 여행을 다녀왔단다. 나는 아돌프 씨에게 브라우네를 큰 잔으로 갖다 달라고 주문한다. "저한테 원하는 게 뭔가요? 당신은 누구세요? 어떻게 제 주소를 알게 되었죠? 무엇 때문에 빈에 왔나요?"라고 묻지도 않았는데, 벌써 그는 작은 소리로 말한다. "저는 불가리아 출신입니다. 당신의 이름은 전화번호부에서 봤고요. 그 이름이 제 마지막 남은 희망이었습니다." 불가리아의 수도는 틀림없이 소피아일 텐데, 이 남자는 소피아 출신이 아니다. 하긴 불가리아 사람들이 모두 소피아에 살 수는 없으니까. 소피아 말고는 불가리아에 대해 떠오르는 게 없다. 요구르트 덕분에 그곳 사람들이 다들 장수한다고 들었는데, 이 불가리아 남자는 늙지도, 젊지도 않았고, 얼굴은 잊어버리기 딱 좋게 생겼다. 그는 쉬지 않고 몸을 떨어 대고, 의자 위 여기저기를 문질러 대고, 다리를 움켜쥔다. 그가 서류철에서 스크랩해 둔 기사들을 꺼낸다. 전부 다 독일어인데, 큰 종이 한 장은 《슈피겔》에서 오려 둔 기사다. 그가 고개를 끄덕인다. 나더러 그걸 읽어 보라는 뜻이다. 그것도 지금 당장 이 자리에서. 그 기사는 뷰르거병*이라는 어떤 질병을 다루고 있다. 그 불가리아 남자는 블랙커피를 작은 잔으로 마시고, 난 할 말을 잃은 채 숟가락으로 내 브라우네를 저으며, 뷰르거병에 관해 뭐라고 적혀 있는지 급하게 읽어 내려간다. 내가 이 방면의 전문가가 아닌 건 분명하지만, 그래도 내가 알기로 이 병은 아주 드물고 이례적인 게 틀림없을 텐데……. 나는 그가 무슨 말이라도 해 주길 기대하며 고개를 든다. 불가리아인들이 왜 이 병에 관심을 보이는지 모르겠다. 남자는 앉은 채로 의자를 탁자로부터 조금 뒤로 밀어내고는 자기 다리를 가리킨다. 자기 자신이 바로 이 병에 걸렸던 것이다. 한순간 갑자기 머리가 멍해진다. 격한 통증이 느껴진다. 꿈이 아니다. 그가 이번에 아주 제대로 일격을 가했다. 이 불가리아 남자와 이 섬뜩한 병을 갖고 이 카페에서 나더러 뭘 어쩌란 말인가. 말리나라면, 말리나라면 지금 어떻게 할까? 그런데 이 남자는 아주 태연하게 말한다. 당장 두 다리를 절단해야 한다고. 그래서 이 병

---

* 말초 동맥에 염증이 생기는 병으로 폐색성혈전혈관염이라고도 한다. 1908년 미국의 L. 뷰르거라는 의사가 최초로 보고해 뷰르거병이라는 이름이 붙었다.

을 전문으로 다루는 병원이 있는 이체호에*에 가야만 하는데 빈에서 그만 돈이 다 떨어졌다고. 나는 담배를 피우며 아무 말도 않고 망설이고 있다. 수중에 있는 돈은 20실링뿐이고, 5시가 넘어 은행은 문을 닫았고, 그런데 그 뷰르거병이 바로 여기 있다. 옆자리에서는 말러 교수가 금방이라도 분통을 터뜨릴 것만 같이 소리를 지른다. "계산할 거요!" 프란츠 씨는 기분 좋게 "잠시만요!"라고 대답하고는 급히 달려 나가고, 나도 급하게 그의 뒤를 따라간다. 당장 전화를 걸어야겠다. 프란츠 씨가 말한다. "손님, 손님, 무슨 안 좋은 일이라도 있으세요? 페피, 물 한 잔, 얼른 손님께 갖다 드려!"

옷 보관소 앞에서 핸드백 속을 뒤져 봤지만 내 작은 전화번호 수첩이 그 안에 없다. 전화번호부에서 나의 단골 여행사 전화번호를 찾는다. 키 작은 견습 직원 페피가 물 한 잔을 가져다준다. 핸드백을 뒤져 알약을 하나 찾아냈는데, 너무 흥분한 나머지 그 약을 쪼갤 수가 없어서, 통째로 입에다 집어 넣고 물을 마시다가 약이 그만 목에 걸리고 만다. 페피가 놀라 소리친다. "세상에, 하느님 맙소사, 손님, 기침을 하시네요. 차라리 프란츠 씨를 오시라고……!" 그 순간 찾고 있던 전화번호가 눈에 들어왔다. 나는 번호를 돌리고, 기다리고, 물을 마신다. 전화가 연결되고, 다른 사람을 바꿔 주겠다고 한다. 주키 씨가 아직 사무실에 남아 있었다. 그는 콧소리로 꼼꼼하게 다시 한 번 반복한다. "그러니까 외국인 한 사람을 이리로 보내시고, 이체호에까지 가는 1등석 차표, 편도로요, 추가로 현금 1000실

* 독일 슐레스비히 홀슈타인 주에 있는 도시.

링. 급하지 않습니다. 저희가 처리하지요. 기꺼이 해 드려야죠, 걱정하지 마세요, 그럼 안녕히 계십시오."

잠시 동안 옷 보관소 앞에 서서 담배를 피운다. 연미복 자락을 휘날리며 종종걸음을 치는 와중에도 프란츠 씨가 잊지 않고 친절하게 눈길을 준다. 나도 괜찮다고 상냥하게 손짓을 해 준다. 담배를 피우면서 좀 더 시간을 때워야 한다. 몇 분 후 뷰르거병이 함께하는 그 자리로 돌아간다. 그 불가리아 남자에게 당장 내 여행사 사무실로 가라고, 기차가 세 시간 후에 출발하며, 주키라는 사람이 모든 것을 다 처리해 놓았을 거라고 일러준다. "계산할게요!"라고 나는 큰 소리로 말한다. 옆자리의 말러 교수가 아는 척을 하길래 나도 당황하며 얼떨결에 인사를 한다. "계산할 거요!"라고 그는 더 크게 소리친다. 프란츠 씨가 우리 곁을 바삐 지나치며 "잠시만요."라고 대꾸한다. 나는 20실링을 탁자 위에 올려놓는다. 그 돈으로 계산을 하면 될 거라는 뜻이다. 이 불가리아 남자에게 어떤 말을 해 주어야 할지 몰라 그냥 "좋은 여행이 되길 바라요."라고 말한다.

이반이 말한다. "또 속아 넘어갔군."

"하지만 이반!"

말리나가 말한다. "또 이런 일이, 게다가 여행 경비로 1000실링까지!" 나는 말한다. "다른 때는 그렇게 좀스럽게 굴지 않더니. 더 자세히 설명해 줘야겠구나, 그건 진짜 끔찍한 병이라니까."라고 내가 말한다.

말리나의 대답이 너그러워졌다. "그걸 의심하는 건 아냐. 주키 씨가 벌써 나한테 전화해 줬어. 네가 말하는 그 불가리아 남자가 정말 들렀다고 하더군." "거봐! 그런데 혹시라도 만약 그 사람이 그 병에 걸린 게 아니라면, 그래서 지금 두 다리를 잘라 내지 않아도 된다면, 어쨌든 그것도 잘된 일 아냐? 하지만 만약 그가 진짜로 그 병에 걸렸다면, 그럼 아무튼 우리가 돈을 대 줘야지."라고 나는 대꾸한다. "넌 그냥 아무 걱정도 하지마, 내가 다 알아서 할거야."라고 말리나가 말한다.

오늘은 라이문트 카페에서 어떤 나병 환자를 만났는데, 한 시간만 더 있으라고 했다면 나는 도저히 더 앉아 있지 못했을 것이다. 당장 벌떡 일어나 손을 씻으러 가고 싶었다. 병이 옮을까 봐 그런 게 아니라, 악수를 하는 바로 그 순간 알게 된 나병이라는 사실로부터 도망가고 싶었다. 집에 가서 붕산수*로 눈을 씻고 싶었다. 그래서 썩어 문드러진 얼굴을 보고 말았던 내 눈을 진정시키고 싶었다. 전에도 이런 일이 있었다. 단 이틀 머무를 예정으로 뮌헨에 가느라, (그 이상은 웅가르 가를 떠나 있을 수가 없으니까.) 올해 딱 한 번 비행기를 탈 일이 있었다. 그때 공항에 가려고 택시를 불렀는데, 그 택시 운전기사에게 코가 없다는 걸 너무 늦게 알아차렸다. 나는 아무 생각 없이 "슈베카트로 가 주세요, 공항으로요."라고 말했고, 우리는 이미 공항을 향해 출발해 버렸던 것이다. 담배를 피워도 되는지 물어보려고 운전기사가 얼굴을 돌렸을 때야 비로소 그 사실이 눈에 들어왔다. 나는 코도 없는 사람과 함께 슈베카트까지 갔고, 그곳에서 트렁크를 챙겨 들고 내렸다. 하지만 공항 로비에 앉아 다시 한 번 곰곰이 생각을 하다가 비행기 표를 취소하고, 당장 다른 택시를 잡아타고 되돌아왔다. 그날 저녁 집에

---

* 붕산을 증류수에 녹인 용액. 소독제, 살균제 등으로 사용한다.

돌아온 말리나는 내가 뮌헨이 아니라 집에 있는 것을 보고 깜짝 놀랐다. 나는 비행기를 타고 떠날 수가 없었다. 그건 나쁜 징조였다. 아닌 게 아니라 그 비행기는 뮌헨까지 가지 못하고, 바퀴와 연결되는 축에 결함이 생겨서 예정된 시각보다 훨씬 늦게 뉘른베르크에 착륙했다고 한다. 왜 그런 사람들이 나의 길을 거쳐 가는지, 왜 그중 어떤 사람들은 끊임없이 나에게서 뭔가를 바라는지 알 수가 없다. 오늘은 도무지 알아들을 수도 없는 이름의 프랑스인 두 사람이 어떤 추천서를 들고 왔는데, 아무 이유도 없이 새벽 2시가 되도록 가지도 않고 있다. 왜 사람들이 이 집에 들어와서는 몇 시간 동안이고 갈 생각도 하지 않는지, 뭘 원하는지는 왜 말도 꺼내지 않는 것인지 도대체 알 수가 없다. 아마 원하는 게 아무것도 없나 보다. 그런데도 그들은 집에서 나가지도 않고, 그 바람에 나는 전화도 걸 수가 없다. 그러다 마침 나의 하숙생들인 프란체스와 트롤로페가 들어와 잠시 머물러 주고, 나에게 삼십 분 정도 방에서 나갈 수 있는 기회를 주니 그나마 다행이다. 그들에게 깡통에 든 고양이 먹이와 잘게 다진 신선한 허파 고기를 준다. 먹이를 먹은 다음 고양이들은 만족해서 여기저기 어슬렁거리고 다니면서 이 낯선 사람들과 얘기할 거리를 만들어 주고, 자신들이 여기 있는 게 나에게 쓸모 있음을 깨닫게 한다.

늦어도 한 달 후에는 이 고양이들과 함께하는 시간도 끝난다. 고양이들은 호에 바르테로 다시 돌아가거나 시골로 보내질 것이다. 프란체스는 아주 빨리 자라고 있으니 금방 새끼를 낳겠지. 그러고 나면 불임을 시키는 게 좋을 것 같다. 이반도 같은 생각이다. 프란체스의 장래에 관해 그와 얘기를 나눈 적이 있는데, 그때 그는 불임에 반대하기보다는 찬성하는 쪽이었다. 이반에게는 털어놓지 않았지만 사실 나는 프란체스가 자라서 교미시켜야 할 때가 오는 게 싫고, 그냥 새끼를 낳지 않는 작은 고양이로 계속 머물러 있었으면 좋겠다. 모든 것이 지금 있는 그대로였으면 좋겠다. 이반도 나이가 더 들지 않도록 말이다. 이런 얘기는 코페키 씨한테도 한 적이 없다. 그는 고양이에 관한 건 전부 다 알고 있는 사람인데, 언젠가 한번은 스물다섯 마리의 고양이를 한꺼번에 집에 데리고 있기도 했고, 지금도 고양이 네 마리를 기르고 있다. 그는 리프 원숭이의 행동이나 쥐 떼들에 대해서도 모르는 게 없고, 그들의 매력적인 특성에 대해서도 훤히 꿰고 있다. 하지만 그가 자기 고양이들에 관해 아무리 재미있게 얘기해 준대도, 나는 제대로 귀 기울여 듣지도 않고, 기억에 남는 얘기도 거의 없다. 샴종이 부리는 질투나 이스탄불의 로제에 관한 얘기, 그가 가장 아끼던 페르시안 고양이 아우로라가 자살했던 얘기를 들려줄 때도 마찬가지다. 아우로라는 창문에서 뛰어내려 자살했는데, 아직도 도무지 그 이유를 모르겠다고 한다. 샴종도 아니고, 페르시안종도 아닌 프란체스는 그저 중부 유럽의 뒷마당에서나 키울 것 같은 사랑스러운 줄무늬 고양이, 그러니까 그 어떤 품종에도 속하지 않는, 그냥 빈에 사는 고양이일 뿐이다. 남동생인 트롤로페는 날 때부터 하얀 놈으로, 몸에 검은 얼룩이 몇 개 있고, 쉽게 흥분하지 않으며, 항상 기분이 좋고, 프란체스처럼 징징거리는 법도 없고, 적당히 듣기 좋게 가르릉대는 수고양이다. 내가 엎드려 책을 읽을 때면 트롤로페는 침대로 뛰어들어 내 등 위에 앉았다가 어깨까지 올라와서 함께 책을 들여다본다. 프란체스와 트롤로페는 나와 함께 책 읽는 것을 가장 좋아한다. 나한테 내쫓기면 그들은 서재 이곳저곳을 기어 올라가고, 책들 뒤에 몸을 숨기기도 하는데, 어찌나 열심히 파고드는지 결국은 책 몇 권이 밀려 나와 쾅 하고 바닥에 떨어진다. 그러면 그 고양이들이 또 어디에 숨어서 말썽을 부리고 있는지 발각된다. 이제 곧 벨라와 안드라스가 고양이를 되돌려 받기에, 혹은 이반의 어머니가 고양이를 시골로 데려가기에 적당한 때가 오겠지. 코페키 씨한테는 내가 고양이들을 임시로 맡아 돌보고 있는 거라고, 누군지 자세히 말해 줄 수 없는 내 친구들이 여행을 마치고 빈으로 돌아올 때까지만 데리고 있을 거라고 얘기해 두었다. 하지만 말리나한테는 제발 조금만 더 참아 달라고 애걸하고 있다. 말리나는 고양이 자체를 싫어하는 것은 아니지만, 자신의 서류들을 흩어 놓고, 책상을 마음대로 깨끗이 비워 놓으며, 예기치 못한 순간에 갑자기 서가에서 책들을 밀어 떨어뜨리는 이 고양이들을 이제 더 이상 참아 줄 수가 없다고 한다. 최근 들어 온 집안에서 고양이 오줌 냄새가 난다고 그는 투덜댄다. 나는 이미 그 냄새에 익숙해졌지만, 리나는 말리나와 한편이 되어서 '우리냐, 고양이들이냐.'라고 최후통첩을 보내왔다.

말리나는 말한다. "너야 물론 그런 생각을 해내고 기뻐했겠지만, 네가 그런다고 저 고양이들이 그 모래 상자에 길들여지는 일은 결코 없을걸. 저것들은 널 얕잡아 보고 있다니까. 차라리 모르모트를 들여놔 봐, 아니면 카나리아나 앵무새 같은 걸로. 아냐, 안 되겠다, 생각해 보니 그것들은 너무 시끄러워." 말리나는 여기저기 몰래 사냥이나 하고 돌아다니는, 두 아이의 고양이들을 전혀 이해해 주지 않는다. 그에게 중요한 건 조용히 지내는 것뿐이고 그런 그에게 프란체스와 트롤로페가 사랑스럽다거나 웃기다거나 귀여울 리가 없다. 그런데도 만약 내가 이 사랑스러운 고양이들에게 먹이 주는 걸 잊어버리고 있으면, 말리나는 마치 늘 하던 일인 것처럼 대신 챙겨 먹인다. 그는 잊는 법이 없다. 그런 게 바로 말리나고, 유감스럽게도 나는 이 모양이다.

일 년 전에 내가 집 안을 좀 바꿔 보려고 했던 일을 오늘 리나가 새삼스레 다시 들먹거린다. 그녀는 진짜로 일을 벌여 볼 생각인 것 같다. 그때 나는 집 전체는 물론 아니고, 그냥 가구 세 개의 위치만 좀 옮겨 보려고 했다. 이제는 뭔가 할 때가 됐다고 리나가 잔소리를 늘어놓기 전에 나는 되는대로 얼버무린다. "다음에 해요, 도와줄 남자도 두 사람쯤 불러서 말이에요." 리나가 흥분해서 씩씩거린다. "남자들이라니! 이 정도 일에 무슨 남자가 필요해요?" 벌써 그녀는 내 책상을 5센티미터 밀어 버렸고, 나도 별수 없이 손을 대기 시작한다. 어쨌든 이건 내 책상이니까. 책상은 꿈쩍도 하지 않는다. 1000세제곱미터의 떡갈나무 목재보다 더 무거운 것 같다. 책상 속에 든 것을 먼저 비워서 무게를 줄이자고, 서랍을 먼저 치우자고 리나에게 제안한다. 나는 중얼거린다. "부탁인데, 이 기회에, 이 다시없을 기회에, 그 서랍들을 조금만…… 아녜요, 아무 말도 안 했어요……." 나는 몇 년 동안 쌓인 먼지를 생각에 잠겨 내려다본다. 오늘은 리나의 기분이 괜찮은 모양이다. 그렇지 않다면 매주 그 먼지 위를 걸어다니는 사람이 바로 자기라고 투덜대었을

게 틀림없는데. 리나의 숨소리가 거칠어진다. "조심하세요, 서랍이 꽤 무겁네요."

나는 말한다. "제발, 리나, 당장 남자 둘을 부르는 게 낫겠어요. 맥주나 한잔씩 돌리고, 10실링씩 주면 되잖아. 그러니 이젠 그만해요." 자신이 나에게 얼마나 소중한지, 자신의 힘이 나에게 얼마나 가치가 있는지 리나도 알아야 한다. 그녀가 나와 말리나에게는 없어서는 안 될 존재이기 때문에, 내가 언제라도 수많은 일꾼들에게 수없이 맥주를 사 줄 용의가 있다는 걸 리나도 알고 있어야 한다. 그녀가 여기서 헤르니아에 걸리거나 심근경색을 일으키는 일이 없기를 말리나와 나는 바란다. 그러니 그녀는 옷장이나 서랍장을 들어올려 여기저기 옮겨다 놓는 일 따위는 할 필요가 없다. 하지만 우리 둘 중 더 강한 쪽은 리나고, 나는 그녀의 말에 따를 수밖에 없다. 우리는 함께 책상을 들어 올려 다른 방으로 옮긴다. 비록 리나가 무게의 80퍼센트를 감당했지만 말이다. 그렇지만 오늘은 리나에게 화가 난다. 그녀는 내가 원하는 대로 하도록 내버려 두지 않고, 내 방식대로 하도록 내버려 두는 법이 없으며, 게다가 오늘은 내가 20실링을 쓰려고 했던 그 남자들을 시샘하면서, 그게 다 돈을 물 쓰듯 하는 짓이라고 여기고 있으니까. 내가 또 전부 다 잘못했다는 얘기다. 하지만 리나와 나는 숙명적으로 서로 묶여 있다. 리나가 맥주를 사야 할 남자들을 허락하지 않더라도, 그녀만이 큰 소리로 나에게 잔소리를 하고 다닐 수 있다 하더라도, 또 그렇게까지 큰 소리는 못 내지만 나 역시 몰래 그녀를 흉보고 다닌다 하더라도, 우리는 서로 얽혀 있다. 그래서 나는 몇 가지 기계가 리나를 대체하는 집에 혼자만 살고 있는 그런 날을 한번 그려 본다. 책상을 들어 올리고 옮기기 위해서는 별일 아닌 것처럼 단추 하나를 누르는 것만으로도 충분하겠지. 더 이상 누구도 상대방에게 끊임없이 고맙다고 하지 않을 것이고, 상대방을 돕지도 않을 것이고, 상대방에게 몰래 화가 나 있지도 않을 것이고, 누가 더 유리하고, 누가 더 불리한 상황도 없겠지. 하지만 그렇게 되면 내 주위엔 온통 전기 기구밖에 없게 될 테지. 어쩌다 내가 전기 기구 같은 걸 사려고 하면 기어코 말리던 리나가 오늘은 웬일로 그런 것을 사라고 권한다. 요즘은 전기로 작동하는 커피 분쇄기나 주스기 없이는 살 수가 없단다. 하지만 난 커피를 어쩌다 마실 뿐이고, 말리나가 마실 오렌지 주스는 내 힘만으로도 충분히 짤 수 있으며, 진공청소기와 냉장고는 이미 가지고 있다. 그런데도 리나는 우리 집이 기계 공장으로 변하는 게 보고 싶은 모양이다. "요즘 그 정도는 누구나 다 갖고 있어요, 웬만큼 형편이 되는 집들은 다 가지고 있다니까요!"라고 리나가 강조한다.

인간들이 검은 황금빛 눈을 가지는 날이 오리라. 그들은 아름다움을 보게 되고, 더러움과 온갖 멍에에서 벗어나리라. 그들은 공중으로 떠오르고, 물 아래로 걸어가며, 자신들의 멍든 자국과 걱정거리들을 잊게 되리라. 어느 날인가 그들이 자유로워지고, 모든 인간이 자유로워지며, 자신들이 생각했던 그 자유로부터도 자유로워지리라. 그것은 더 큰 자유일 것이고, 최고의 자유일 것이며, 완전한 삶을 위한 자유이리라…….

호이마르크트 카페에 앉아 있는 지금도 여전히 리나 때문에 화가 난다. 그녀는 내가 하는 많은 생각들을 훤히 꿰고 있는 위험한 존재다. 또 그녀는 종종 내 전화 통화를 듣기도 하는데, 문제는 그 내용이 그녀에게 완전히 이단적이라는 것이다. 어쩌면 그녀가 나를 당장 창밖으로 내던져 버리거나, 단두대 혹은 교수형 틀로 보내거나, 화형대 위에서 불태워 버려도 된다고 여길지도 모를 일이다. 내가 아침마다 녹초가 되어 서성이고, '아타'와 '아미' 중 어느 상표를 사야 할지도 모른다는 것을 그녀가 어떻게 생각하는지 그 속을 알 수가 없다. 그녀가 애써 계산해 놓은 것을 맞는지 틀리는지 검사도 안 해 보는 나를 그녀가 어떻게 생각하는지도 전혀 모를 일이다. 혹은 지금 이 표현들이 진짜로 내가 하는 말인지, 만약 그녀가 알게 된다면 나를 죽여도 할 말이 없을 만한 이 생각들을 과연 그녀가 알기나 할지, 도대체 모르겠다.

인간들이 사바나와 대초원을 다시 발견하고, 그곳으로 흘러 들어가 자신들의 노예 상태를 끝내는 날이 오리라. 높이 솟은 태양 아래에서 동물들이 자유로워진 인간들에게 가까이 다가서고, 그들은 조화를 이루며 살아가리라. 큰 거북이, 코끼리, 들소, 정글과 사막의 왕 들이 자유로워진 인간들과 하나가 되고, 같은 물을 마시고, 깨끗해진 공기를 호흡하며, 더 이상 서로를 물어뜯지 않으리라. 그것이 바로 시작이리라, 완전한 삶을 위한 시작이리라…….

"계산할게요!"라고 내가 크게 외친다. 카를 씨는 "잠깐만요."라고 기분 좋게 외치고는 사라져 버린다. 내가 너무 치사한 거다. 몇 줄 끄적거려 놓았던 종이 냅킨을 구겨 버린다. 얇은 종이가 쟁반 위로 흘러넘친 커피에 젖어 흐늘흐늘해진다. 당장 집으로, 웅가르 가로 돌아가야겠다. 리나에게 사과하면 리나도 내게 미안하다고 하겠지. 내게 오렌지 주스를 짜 주고, 커피도 끓여 주겠지. 이런 것이 완전한 삶이어서는 안 된다. 하지만 결국은 이런 것이 완전한 삶이다.

오후에는 확실히 편안한 마음으로 9번지를 지나쳐 갈 수 있다. 적어도 9번지 건너편 쪽 길로는. 9번지 앞에 이르면 잠시 발걸음을 멈추고 그 앞에 서 있어도 된다. 아그네스 아주머니는 아침 나절에 이반의 집을 치워 놓은 다음 남자 혼자 사는 다른 두 집으로 또 일하러 가야 하니까. 이반이 사는 집 건물을 관리하는 부부 역시 길에서는 눈에 띄는 법이 없으며, 그들은 6번지의 관리인인 브라이트너 부부와도 얘기를 나누는 법이 없다. 아그네스 아주머니만 6번지 대문 앞에서 브라이트너 아주머니와 뭔가 은밀한 얘기를 하느라 대화에 푹 빠져 있는 걸 가끔 볼 수 있다. 그런데 오늘은 9번지 앞에 이반의 차가 서 있는 게 아닌가. 그냥 어쩌다 여기 세워 놓고 갔나 보다 했는데, 그게 아니었다. 이반이 지금 집에서 나와 차로 걸어간다. 못 본 척 그냥 가려고 걸음을 재촉하는데, 눈이 좋은 이반이 벌써 나를 발견하고는 손짓을 하며 부른다. 나는 환하게 웃으며 길을 건넌다. 그런데 사무실에 있을 거라고 생각한 이 시간에 그는 여기서 뭘 하는 걸까. 내 얼굴에서 웃음이 사라진다. 내가 종종 앉곤 했던 조수석에 작은 두 형체가 비좁게 앉아서, 서로를 밀치며 고개를 내민다. 이반이 말한다. "얘는 벨라, 얘는 안드라스, 인사 좀 해 봐!" 하지만 이 아이들은 인사를 하지 않는다. 당황한 내가 독일어를 할 줄 아느냐고 물으니 대답은 하지 않고 웃음을 터뜨리며 자기들끼리 뭐라고 속닥거리는 데, 한마디도 알아들을 수가 없다. 그러니까 이 아이들이 내가 평소에 그토록 보고 싶어 했던 이반의 아이들이다. 이 아이들에 대해서는 나도 이미 아는 게 몇 가지 있는데, 예를 들자면 벨라가 큰애고, 벌써 학교에 다닌다는 것 말이다. 당황한 마음에 내가 원래 뭘 하려고 했는지, 어디로 가는 중이었는지 생각이 나지 않는다. 아 참, 웅가르 가 저 위쪽에 있는 아우토마크에 가는 중이었다. 차에 윤활유를 넣으라고 했는데, 아마 지금쯤이면 일이 다 끝났을 것 같아서. 그런데 나는 그만 쓸데없는 소리를 하고 만다. 친구가 아파서 병문안을 하러 제19구로 가야 하는데, 만약 정비소에서 일을 다 끝내지 못했다면 아무래도 택시를 타야 할 것 같다고. 이반이 말한다. "비슷한 방향이네. 우리가 널 거기까지 태워 줄 수 있겠는데, 우리랑 함께 가자." 그러니까 그는 "나랑 함께 가자."라고 말하지 않았다. 그는 아이들에게 헝가리어로 뭐라고 하더니, 차를 빙 돌아가 아이들을 내리게 하고, 뒷문을 열어 그 애들을 뒷좌석에 밀어 넣는다. 지금 괜찮다고 말하고 싶은 건지, 그냥 아우토마크에 들러 보고 싶은 건지 아니면 택시를 잡아타고 싶은 건지 내 마음을 나도 모르겠다. 이것이 나에게는 너무나 갑작스러운 일이라는 걸 이반에게 어떻게 이해시킬 수 있을까? 그가 말한다. "자, 이제 타!" 차를 타고 가는 동안 나는 아무 말도 하지 않고 이반이 하는 얘기를 듣기만 하면서, 가끔씩 뒤를 돌아다본다. 어떤 말을 먼저 꺼내야 할지 생각해 내야 한다. 준비해 둔 게 하나도 없다. 벨라에게 몇 학년이냐고 어느 학교에 다니느냐고 묻지는 않을 것이다. 또 애들에게 잘 지내는지, 가장 좋아하는 일이 뭔지, 뭘 하고 노는지, 아이스크림을 좋아하는지, 그런 것도 묻지 않을 것이다. 그런 건 전혀 고려해 볼 필요도 없는 질문들이다. 애들은 잠시도 못 참고 계속해서 이반의 말을 자른다. "봤어요? 저것 좀 봐요, 쌍두마차예요! 아빠, 굴뚝 청소부예요! 운동화 사야 하는 거 기억하고 있죠? 저것 좀 봐요, 알파 로메오*예요! 아빠, 잘츠부르크 번호판이에요! 아빠, 저 사람 미국 사람이에요?" 이반은 지금 나에게 힘들었던 오후에 대해, 사무실에서 얼마나 힘들었는지에 대해 말하고 있는 중이다. 중간중간 뒤에다 대고 빠르고 정확하게 대답을 해 주면서, 그는 나에게 '시간이 없음'에 대해, 힘들었던 일에 대해 얘기해 준다. 하필이면 오늘 아이들을 치과에 데려가야 했단다. 헤르 박사가 벨라의 이를 하나를 뽑았고, 안드라스의 이 두 개를 봉했다고 한다. 뒤를 돌아본다. 벨라가 입을 크게, 옆으로 쫙 찢어 벌리고 오만상을 쓰고 있다. 안드라스가 똑같이 흉내를 내려다가 그만 웃음을 터뜨린다. 지금이 기회다. 아팠는지, 헤르 박사가 친절한지 그런 건 묻지 않고, 애들처럼 나도 입을 크게 벌려 보이면서 말한다. "내 사랑니도 그 의사가 뽑았단다. 난 그때 벌써 사랑니가 났는데, 너희는 아직 안 났을 거야." "거짓말!" 벨라가 소리친다.

저녁에 난 이반에게 말한다. "애들이 널 하나도 안 닮았더라. 벨라는 좀 닮은 것 같기도 하지만 말이야. 그런 갈색 더벅머리가 아니고, 눈동자가 그렇게 밝지 않았다면 더 비슷할 텐

* 1909년 설립된 이탈리아 자동차 회사. 고가의 스포츠카로 유명해졌다.

데……." 이반은 내가 그 애들한테 겁을 집어먹었다는 것을 알아차린 것이 틀림없다. 그는 웃으면서 이렇게 말한다. "그렇게 심했어? 넌 제대로 잘 해낸 거야. 맞아, 애들은 날 안 닮았어. 그리고 그 애들은 사람들이 자기들한테 관심을 보이고 뭘 물어보면, 그 질문이 뭐든 간에 상관없이 고분고분 가만히 있는 법이 없어. 금방 낌새를 채 버리는 거야." 나는 재빨리 말해 본다. "네가 일요일에 애들과 함께 극장에 가면, 나도 같이 갈 수 있을 것 같은데……. 물론 너나 애들이 괜찮다면 말이야. 지금 아폴로 극장에서 「사막은 살아 있다」라는 영화를 상영하고 있거든." "그건 지난 일요일에 벌써 봤어."라고 이반이 잘라 말한다. 그래서 나는 확인해 볼 엄두도 내지 못한다. 이반이 다음번엔 나도 극장에 함께 데리고 갈지, 영화를 봤다는 얘기는 그냥 핑계인지, 내가 그 애들을 다시 볼 수 있을지 혹은 이반이 자신의 두 세계를 끝까지 분리시켜 놓으려고 하는지 말이다. 우리는 체스 판을 벌이고, 이제 더 이상 말이 필요 없다. 지루하고, 까다롭게 따지고, 자꾸만 막히는 그런 판이 될 것 같다. 이반이 공격하고, 나는 방어한다. 이반의 공격이 멈춘다. 우리가 지금까지 두었던 것 중에 가장 길고, 가장 말이 없는 한판이다. 이반은 단 한 번도 나를 도와주지 않는다. 오늘 판은 아무래도 끝을 보지 못할 것 같다. 이반은 위스키를 평소보다 더 많이 마셨다. 그는 전유물이시다시피 한 악담들을 내뱉으며 지쳐 일어선다. 몇 걸음 왔다 갔다 하더니, 선 채로 술을 더 들이킨다. 그는 계속할 마음이 없다. 힘든 하루였다. 장군을 부르지도 않았고, 무승부로 끝난 것도 아니다. 이반은 당장 집에 가서 자고 싶어 한다. 내가 이반처럼 완전히 진이 빠져 버리도록 이것저것 따져 가며 두었어야 했는데, 이반은 나처럼 별생각 없이 건성으로 두었어야 했는데. 잘 자!

말리나가 집에 왔다. 내가 아직도 거실에 있다는 것을 발견한다. 체스 판이 그대로 있고, 술잔도 아직 부엌에 갖다 놓지 않았다. 나는 이미 손에 『중국의 붉은 별』*이라는 책을 키 큰 스탠드 등 옆, 구석에 놓인 흔들의자에 앉아 읽고 있는 중이다. 그러니까 체스 판을 두고 내가 어느 쪽에 앉았는지 말리나는 알 턱이 없다. 그런데도 그는 몸을 숙여 체스 판을 들여다보더니, 나지막하게 휘파람을 불고서 "네가 대파당할 뻔했네."라고 말한다. "대파라니, 무슨 소리야. 지지는 않았을 것 같은데……." 하지만 말리나는 곰곰이 수를 계산한다. 내가 검은 말이었다는 걸 그가 어떻게 아는 걸까. 자기 계산에 따르면, 끝에 가서 검은 말이 졌을 거란다. 말리나가 내 위스키 잔을 잡는다. 그게 이반의 잔이 아니라 내 잔이라는 건 또 어떻게 아는 걸까. 이반도 자기 술을 반만 마신 채 그냥 두고 갔는데, 말리나는 이반의 잔에 든 술은 입도 대지 않는다. 그는 조금 전까지 이반이 건드리고 사용했던 것에는 손도 대지 않는다. 올리브와 아몬드가 담긴 접시까지도. 그리고 말리나는 오늘 이반이 사용했던 재떨이가 아니라 내 재떨이에 자기 담배를 눌러 끈다. 어떻게 그럴 수 있는지 도대체 알 수가 없다.

'적들의 부대가 남동쪽으로부터 빠른 속도로 행군해 왔고,

* 중국 공산당에 대한 보도로 유명해진 미국 저널리스트 에드거 스노(Edgar Snow, 1905~1972)의 저서. 1937년 출판되었고, 중국 공산당의 실상을 전 세계에 알리면서 큰 반향을 불러일으켰다.

또 다른 부대는 북쪽에서부터 행군해 왔다. 임표가 즉시 군사 회의를 소집했다.'라는 대목에서 나는 중국을 떠났다.

이반과 나 : 수렴의 세계
말리나와 나, 우리는 하나이기 때문에 : 발산의 세계

말리나가 지금처럼 나에게 별로 필요하지 않았던 적은 한 번도 없었다. 갈수록 그는 나와 뭘 해야 좋을지 알 수 없어 한다. 그래도 만약 그가 제때 집에 오지 않았다면, 중국을 가로지르는 행군과 이반을 닮지 않은 아이들에 대한 생각 사이를 오락가락하고 있는 나를 발견해 주지 않았다면, 나는 아마 또다시 예전의 악습에 빠져들 것이다. 수백 통씩 편지를 쓰고, 술을 마시고, 파괴하고, 파괴적인 생각을 하고, 모든 것을 파괴하고, 마지막 남은 하나까지 파괴할 테지. 겨우 손에 넣게 된 이 나라도 더 이상 지탱해 내지 못하고, 나도 모르게 다른 길로 접어들어 이 나라를 떠나고 말겠지. 비록 말리나가 침묵하고 있더라도, 그게 나 혼자서 침묵하는 것보다는 낫다. 이반과 지내면서 무슨 일인지 종잡을 수 없을 때도 있고, 내 마음을 다잡을 수 없을 때도 있는데, 그럴 때면 말리나는 나에게 도움이 된다. 그는 흔들림 없이 침착하게, 늘 나를 위해 존재하고 있으니까. 그래서 나는 암흑의 시간 속에서도 분명히 의식하고 있다. 말리나는 결코 사라지지 않으리라는 것을, 바로 나 자신이 사라지게 되리라는 것을.

나는 말리나도 '너'라고 부르고, 이반도 '너'라고 부른다.

'너'라고 부를 수밖에 없어서 그렇게 부른다. 하지만 두 사람에게 쓰는 '너'라는 말은 전혀 다른 성격을 지닌다. 보통 나는 늘 '당신'이라는 말을 쓰는데, 이 두 사람에게는 처음부터 그 말을 쓰지 않았다. 이반의 경우, 나는 첫눈에 그를 알아보았고, 얘기를 나누면서 그와 가까워질 시간이 없었다. 어떤 말보다도 앞서 나 자신이 그의 것이 되어 버렸다. 말리나의 경우, 나는 너무나 오랫동안 그에 관해 깊이 생각해 왔고, 그래서 그를 원할 수밖에 없었다. 따라서 어느 날부터 우리가 함께 살게 된 것은, 그저 진작부터 그랬어야 했는데 다른 사람들 때문에 혹은 잘못된 결심과 행동 때문에 너무 자주 방해받았던 일을 드디어 실현시킨 것에 불과했다. 말리나에게 쓰는 '너'라는 말은 우리들의 대화와 논쟁에 꼭 들어맞는다. 이반에게 쓰는 '너'라는 말은 딱히 뭐라고 잘라 말할 수가 없다. 그것은 변색될 수도 있고, 흐려질 수도 있고, 선명해질 수도 있고, 수줍음을 탈 수도 있고, 온순해질 수도 있고, 소심해질 수도 있다. 이 말이 표현해 내는 색조는 무한하다. 이 말 한마디만 길게 간격을 두고 말할 수도 있고, 여러 번 매혹적으로, 자꾸만 다시 유혹하듯이 말할 수도 있다. 하지만 이반 앞에서 단 한마디도 꺼낼 수가 없을 때면, 그를 향한 '너'라는 말은 나의 내면에서 울리는 어조를 담아내지 못한다. 언젠가는 이반을 향한 '너'라는 말을 완성하게 될 것이다. 그렇게 완성한 '너'는 완전한 표현이 될 것이다.

나는 다른 대부분의 사람들을 '당신'이라고 부른다. 한편으로는 어쩔 수 없는 필요에 의해서, 또 한편으로는 신중을 기하느라 존칭을 쓴다. 나는 적어도 두 가지 종류의 '당신'이라는 말을 사용한다. 한 가지는 그냥 대부분의 사람들에게 쓰는 '당신'이고, 다른 한 가지는 아주 많이 편곡(偏曲)된, 위험한 '당신'이다. 후자에 속하는 '당신'은 말리나와 이반에게는 절대로 쓸 수 없는 말이며, 만약 이반이 없었다면 내 인생에 존재했을지도 모를 남자들에게 쓰도록 정해진 말이다. 이 남자들은 이반이 아니기 때문에, 나는 이들을 '당신'이라는 불안한 말로 부를 수밖에 없는 것이다. '당신'은 뭐라고 설명하기 힘든 말이며, 가끔은 이해가 될 때도 있지만 제대로 이해할 수 있는 경우는 드물다. 그래도 친한 사람들끼리 쓰는 '너'라는 말에는 결코 존재할 수 없는, '당신'이란 말만이 지닐 수 있는 긴장감 속에서라면 이 말이 이해되기도 한다. 나와 함께 학교를 다녔거나, 함께 대학에서 공부했거나, 함께 일을 한 사람들에게는 물론 '너'라는 말을 쓰지만, 거기에는 아무 의미도 담겨 있지 않다. 내가 쓰는 '당신'이란 말은 파니 골트만이 쓰는 '당신'과 비슷할지도 모른다. 물론 소문으로 들은 얘기에 불과하지만, 그녀는 자신의 모든 애인들에게 '당신'이란 존칭을 고집했다고 한다. 물론 그녀의 애인이 될 수 없었던 다른 남자들도 '당신'이라고 불렀지만 말이다. 그녀가 사랑했던 한 남자가 있었는데, 그에게 썼던 '당신'이란 말이 유독 멋있었다고 한다. 골트만처럼 사람들 입에 늘 오르내리는 여자들이라면 이런 얘기에 맞다, 틀리다 토를 달지 못할 것이다. 하지만 언젠가는 이런 말이 도시에 떠돌겠지. "어디 멀리 달나라에 사세요? 뭐라고요, 그 얘기를 모르신다고요? 그녀는 자신의 위대한 사랑들을, 그래요, 한 번이 아니라 여러 번이었지요, 그 사랑들을 도저히 흉내낼 수도 없는 '당신'이라는 말로 완성해 냈답니다!" 누군가에 대해 좋은 얘기도 나쁜 얘기도 하는 법이 없는 말리나조차 오늘 파니 골트만을 알게 되었다고, 그녀도 요르단 부부의 초대를 받았더라고 말을 꺼내면서 자기도 모르게 툭 내뱉는다. "'당신'을 그렇게 멋있게 말하는 여자는 지금까지 본 적이 없어."

말리나가 골트만을 어떻게 생각하는지는 내 관심 밖의 일이다. 그는 비교 따위는 하지 않을 것이다. 어쨌거나 그 여자는 말하는 법을 따로 배웠으니까. 그러나 나는 복식 호흡 같은 건 배우지도 않았고, 발음을 마음대로 조절할 줄도 모르며, 일부러 잠시 동안 말을 끊는 요령도 모른다. 그건 그렇고 나는 얼마 안 있어 자야 할 시간에 이렇게 불안한 마음으로 말리나와 무슨 얘기를 하겠다는 것일까. 겨우 어린애 둘을 알게 되었을 뿐인데, 말리나가 그 애들한테 관심이 없을 건 뻔한데, 어디에서 얘기를 시작해야 한단 말인가. 앞으로 무슨 일이 일어날지, 나의 대수롭지 않은 이야기들을 그가 어떻게 생각하는지, 그런 얘기가 오가서는 절대 안 된다. 세계 여기저기에서 일어난 사건들이나 이 도시에서 일어난 사건들을 또 한 번 입에 올리는 것도 말리나 앞에서는 안 된다. 하긴 우리가 무슨 식당 테이블에 앉아 있는 것도 아니니까. 나를 둘러싸고 있는 것, 나를 포함하고 있는 것에 관해서라면 아마 말해도 되겠지. 정신적 몰수라는 게 있을까? 만약 그런 게 있다면, 그렇게 정신을 몰수당한 사람은 자신이 마지막으로 힘들게 생각한 것에 대한 권리가 있는 걸까? 그렇게 힘들게 생각하는 것이 과연 그만한 보람이 있는 일일까?

이상한 질문이긴 하지만, 그저 물어만 보는 건 아마 괜찮겠지. 누가 문자를 발명했을까? 문자란 무엇일까? 문자는 소유물일까? 누가 이런 몰수를 처음으로 요구했는가? Allons-nous à l'Esprit?* 우리는 열등한 인종인가? 우리는 정치에 개입해서 잔인해지기만 해야 하는가? 우리는 저주받았는가? 우리는 몰락하고 있는가? 말리나가 일어선다. 그는 내 잔을 비웠다. 이렇게 취해서 실컷 자고 나면 나는 내 질문들을 떨쳐 버리게 되겠지. 밤이면 짐승들을 숭배하고, 성스럽기 그지없는 그림들을 내 것으로 만들며, 모든 거짓을 충실히 따를 것이다. 꿈속에서는 짐승이 되어 죽임을 당할 것이다, 마치 한 마리 짐승처럼.

잠이 들자 머릿속에서 경련이 일어난다. 머릿속에서 번개가 번쩍하고, 불꽃이 튀고, 의식이 흐려진다. 또다시 뭔가 날 위협하는 것만 같은데, 마치 말살당하는 느낌이다. 곁에 있지도 않은 이반에게 나는 아주 매몰차게 말한다. "말리나는 절대 아냐, 말리나는 달라, 넌 말리나를 이해 못 해." 지금까지 나는 이반에게 매몰찬 말이라곤 단 한 마디도 해 본 적이 없고, 그건 앞으로도 마찬가지일 것이다. 물론 이반은 말리나에 대해 나쁜 말을 한 적이 없다. 그는 말리나에 대해서는 아예 아무 생각조차 없는 사람이다. 그런데 그런 이반이 왜 여기서 나와 함께 산다는 이유로 말리나를 질투한단 말인가? 가족 중에 죄수나 정신병자가 있으면 사람들이 예의상 그 사람을 입에 올리지 않는 것처럼, 그렇게 이반도 내 앞에서는 말리나를 입에 올리지 않는다. 비록 내가 잠깐 넋 나간 눈길을 하더라도, 그건 말리나를 생각하느라 순간적으로 엄청나게 긴장해서 그런

---

* 프랑스어로 '우리는 정신으로 들어가는가?'라는 뜻이다.

것일 뿐이다. 이런 명백히 선의에서 비롯된 오해가 우리 세 사람 사이에 군림한다. 그렇게 군림하면서 우리를 지배한다. 우리는 지배를 당하면서도 기분 좋아하는 유일한 사람들이다. 어차피 셋 다 온갖 오류 속에 살고 있기 때문에 아무도 상대방에게 그리고 상대방의 지배에 대해 이의를 제기하지 않는다. 그렇기 때문에 바깥 세상에 나가면 다른 인간들이 이런 우리를 무력하게 만든다. 그들이 권리를 가지고 있으니까, 그들의 수중에 권리가 들어갔으니까, 그들이 그 권리를 내놓지 않으니까, 그리고 그들이 아무 권리도 없이 계속해서 서로 맞서 싸우니까. 이반이라면 "모두가 서로를 독살하고 있군."이라고 말할 것이다. 말리나라면 "그렇게 비싸게 주고 빌려 온 견해들 때문에 모두들 더 비싼 대가를 치르게 될 거야."라고 말할 것이다.

내가 빌려 온 견해들은 벌써 사라지고 없다. 이반과 헤어지고 만나는 일이 점점 더 쉬워진다. 그에 대한 지배욕이 점점 더 줄어들기 때문이다. 자는 동안 그가 계속해서 손목, 발목을 긁어 대지 않도록 몇 시간 동안 그를 내 생각으로부터 풀어 놓는다. 이제 나는 그를 더 이상 묶어 두지 않거나 아주 느슨하게만 붙들고 있다. 나의 시선과 애정이 펼치던 독재가 누그러졌기 때문에 이제 그는 더 이상 예전처럼 그렇게 자주 이맛살을 찌푸리지 않는다. 그의 주름이 펴진다. 서로 홀가분한 마음으로 헤어질 수 있도록 아주 잠깐 동안 그에게 마법을 건다. 한 사람은 문을 나서고, 또 한 사람은 차에 올라타서 중얼거린다. "3시 30분이면 시간에 맞춰서 갈 수 있을 거야, 박람회장까지 말이야. 넌 어때?" "나도 시간 맞춰서 갈 수 있어,

아냐, 특별한 건 아냐, 내일은 어떤 사람하고 부르겐란트에 갈 거야, 아니, 자고 오지는 않아, 아직은 모르겠어, 내 친구들이 뭘…….” 아주 낮은 중얼거림. 그래서 서로가 상대방이 하는 말을 못 알아듣는다. 이 친구들이, 박람회장이 그리고 부르겐란트가 도대체 어떻다는 건지, 이 말들이 어떤 삶에 속하는 건지 알 수가 없다. 근사해 보이고, 행복하게 해 주는 옷만 입겠다고 이반에게 약속했다. 규칙적인 식사를 하고, 술은 한 방울도 입에 대지 않기로 그에게 얼른 약속했다. 잠을 자기로, 실컷 자기로, 완전히 깊이 잠들기로 그에게 아주 서둘러 약속해 주었다.

아이들과 얘기를 나누는 와중에도 우리는 그 애들 머리 위로 재빨리, 애들이 눈치채지 못하게 중간중간 건너뛰어 가며 독일어를 주고받는다. 도저히 불가피한 경우에는 영어를 섞기도 한다. 우리가 영어를 모르스 부호처럼 사용한다고 해서 SOS라도 쳐야 할 일이 생긴 건 아니다. 이반과 아이들과 함께 있는 것이 그럭저럭 견딜 만하다. 아이들이 함께 있으면 한편으로는 자꾸만 조심스러워지면서도 다른 한편으로는 이반하고만 있을 때보다 말이 더 많아진다. 그럴 때면 이반이 이반 그 자체로 느껴지지 않고, 벨라와 안드라스의 아버지로 느껴지기 때문이다. 처음에는, 그러니까 아이들도 그를 아빠라고 부르지 않고 이반이라고 부른다는 걸 알게 되기 전까지는, 아이들 앞에서 그의 이름을 부를 수가 없었다. 그래도 투덜거릴 일이 있을 때면 안드라스는 여전히 “파파!”라고 소리치는데, 더 어렸을 적에는 이렇게 불렀던 게 분명한 것 같다. 결국 이반은 나를 쇤브룬 동물원에 함께 데려가기로 결정했다. 금방 나와 친해진 안드라스가 당연하다는 듯이 이렇게 물어봤기 때문이다. "아줌마는 같이 안 가요? 아줌마도 같이 가야죠!" 원숭이 우리 앞에서 두 아이 모두 내게 매달린다. 안드라스가 내 팔에 달라붙고, 나는 그 애를 조심스럽게 내 쪽으로 점점 더 꼭 끌어당긴다. 아이들의 몸이 어른의 몸보다 더 따뜻하고, 더 좋은 느낌이라는 것을 모르고 있었다. 벨라도 샘이 나서 나에게 더 꼭 달라붙지만, 그건 그냥 안드라스 때문이다. 마치 아주 오랫동안 매달리고, 파고들 사람이 없었던 것처럼 아이들이 귀찮게 굴었지만 아무리 심하게 굴어도 나는 그게 싫지가 않다. 우리가 서로 매달려 웃어 대느라 벨라가 던진 호두가 엉뚱한 곳으로 날아가자 이반이 옆에서 우리를 도와 호두와 바나나를 먹이로 던져 준다. 나는 비비와 침팬지에 대해 열심히 설명한다. 동물원에서 보낼 시간에 대해서는 미리 준비를 하지 못했다. 브렘*이 동물들의 생애에 관해 쓴 책이라도 다시 읽어 둘 걸 그랬다. 뱀 우리 앞에서는 완전히 망가지고 만다. 저기 안에 들어 있는 독사가 하얀 생쥐들을 잡아먹는지 벨라가 알고 싶어 하고, 이반은 생쥐가 아니라 딱정벌레나 나뭇잎을 먹을 것이라고 추측하는데, 아무런 대답도 하지 못한다. 정말이지 전혀 모르겠다. 벌써 머리가 아픈 이반에게 "그냥 먼저 가!"라고 소리친다. 벨라와 안드라스가 도마뱀과 도룡뇽도 보고 싶어 하기 때문이다. 이반이 옆에서 듣지 않게 되자 나는 파충류의 삶에 대해 황당무계한 습관과 이야기를 지어내고, 어떤 질

* Alfred Edmund Brehem(1829~1884). 독일의 동물학자.

문에도 척척 대답을 해낸다. 파충류들이 어떤 나라에 살고 있고, 언제 일어나고, 언제 자는지, 무엇을 먹고, 무엇을 생각하는지, 백 년을 사는지, 천 년을 사는지, 이제는 모르는 게 없다. 머리도 아프고, 잠을 설친 통에 피곤하기도 한 이반이 저렇게 조급해하지만 않으면 참 좋을 텐데, 우리는 아직 곰한테도 가 봐야 하고, 물개에게 먹이도 줄 건데……. 커다란 새 우리 앞에서 나는 독수리에 관해 모든 것을 지어낸다. 지저귀는 새들까지 둘러볼 시간은 없다. 나는 어쩔 수 없이 이반이 휘브너에 가서 우리 모두에게 아이스크림을 하나씩 사 줄 거라고, 하지만 쏜살같이 빨리 가야 한다고, 그렇지 않으면 아이스크림 얘기는 없던 게 될 거라고 말한다. "그럼 이반이 우리한테 엄청 화를 낼지도 몰라."라는 말까지 덧붙인다. 하지만 아이스크림이라는 말만으로도 이미 효과는 충분했다. "부탁인데, 이반, 아이스크림 좀 사 주지 않을래? 네가 애들한테 그러기로 약속했어, 분명해……. (애들 머리 너머로 "Please, do me the favour, I promised them some icecream."*이라고 덧붙인다.) 너는 브라우네를 더블로 마시는 게 좋겠어." 이반은 언짢아하며 마지못해 주문을 한다. 너무 피곤한 게 틀림없다. 애들과 나는 탁자 밑에서 서로 발을 부딪치며 장난을 하고, 서로 밟아 대느라 점점 더 난리를 치는데, 벨라가 흥분해서 깔깔거린다. "아줌마 신발 좀 봐! 진짜 멍청하게 생겼다!" 이 말을 들은 나는 그냥 벨라의 발을 또 한 번 살짝 밟아 주고 마는데, 이반은 완

* 영어로 '제발 부탁이야, 애들에게 내가 아이스크림을 사 주겠다고 약속했어.'라는 뜻이다.

전히 기분이 상했다. "벨라, 똑바로 행동해. 안 그러면 당장 집에 갈 거야!" 하지만 애들이 똑바로 행동하든 안 하든, 어차피 우리는 당장 집에 가야만 한다. 이반은 애들을 차 뒷좌석에 처박아 넣는다. 나는 약간 뒤처져 가다가 풍선 두 개를 산다. 그런 나를 이반이 건너편 쪽에서 바라보고 있다. 잔돈이 없어서 어떤 여자가 50실링짜리 지폐를 바꿔 준다. 그녀가 친절하게 덧붙인 한마디가 내 마음을 아프게 한다. "자녀분들인가 보네요. 사랑스런 애들을 두셨군요." 나는 간신히 "고맙습니다, 정말 고맙습니다."라고 대답한다. 나는 아무 말 없이 차에 올라타서는 그 사랑스럽다는 애들 손에다 풍선 끈을 하나씩 꼭 쥐여 준다. 운전을 하면서 이반이 말한다. "You are just crazy, it was not necessary!"* 뒤쪽을 돌아다보며 나는 말한다. "도대체 오늘 너희들이 얼마나 꽥꽥거리는지 아니? 도저히 못 참겠어!" 벨라와 안드라스가 배를 잡고 웃는다. "우리는 꽥꽥거려요, 꽥꽥, 꽥꽥, 우리는 꽥꽥거린다구요!" 애들이 점점 더 난리를 치니까 이반이 노래를 부르기 시작하고, 벨라와 안드라스도 더 이상 꽥꽥거리지 않고 함께 노래를 따라 부른다. 틀리기도 하지만 제대로 부르기도 하면서, 크고 작은 목소리로 다 함께 노래를 부른다.

Debrecenbe kéne menni
pulykakakast kéne venni
vigyazz kocsis lyukas a kas

---

* 영어로 '미쳤구나, 그럴 필요 없었는데.'라는 뜻이다.

kiugrik a pulykakakas*

모르는 노래이기도 하지만, 어차피 노래를 잘 부르지도 못하니까, 난 혼자서 "éljen!"이라고 한숨을 쉰다.

이반은 9번지에 우리를 남겨 두고 떠난다. 사무실에 가서 몇 가지 서류를 가져와야 하기 때문이다. 아이들과 카드놀이를 하는데, 나에게 잘해 주고 싶어 하는 안드라스는 이것저것 가르쳐 주는 반면에, 벨라는 나를 놀려 댄다. "아줌마는 진짜 못하네요. 아줌마는 바보예요. 아, 미안. 바보 아줌마라고 해야 되는데!" 동화 제목을 말해서 카드 네 짝을 많이 모으는 사람이 이기는 놀이를 하는데, 벨라가 투덜거린다. 자기한테는 동화가 너무 시시하고, 자기는 이미 동화를 넘어섰으며, 그런 건 안드라스와 나한테나 어울린다는 것이다. 우리는 동물, 꽃, 자동차, 비행기로 이 놀이를 계속한다. 다들 이기기도 하고 지기도 하는데, 내가 제일 많이 진다. 몇 번은 어쩔 수 없이 졌고, 몇 번은 벨라와 안드라스에게 운이 따르는 척하면서 일부러 져 주었다. 도시 이름으로 놀이를 하자 안드라스가 그만하고 싶어 한다. 그 애는 도시들에 대해서는 잘 모른다. 이번에는 내가 안드라스에게 도시 이름을 가르쳐 준다. 우리는 손으로 입을 가린 채 속닥거린다. 내가 '홍콩'이라고 말해 주었는데 안드라스가 알아듣지 못하고, 벨라는 화가 치밀어 카드를 탁자 위에 집

* 헝가리 동요로 가사의 내용은 다음과 같다. '데브레첸에 가야 해요./ 칠면조를 사야 해요./ 조심해요, 마부 아저씨, 바구니에 구멍이 났어요./ 칠면조가 뛰쳐나와요.'

어 던진다. 마치 아주 중요한 큰 회의에 참석해서는 다른 사람들이 내용을 제대로 알지 못하니까 분통이 터져 참지 못하는 회장처럼 말이다. 안드라스는 다시 동화 제목으로 카드놀이를 하고 싶어 한다. 잠깐 동안 이런저런 궁리를 해 보다가 내가 제안한다. "우리 슈바르츠 페터 놀이* 할까?" 이 놀이라면 틀림없이 천 번도 더 해 봤을 텐데, 아이들은 또다시 열을 낸다. 벨라가 카드를 섞고, 내가 패를 뗀다. 카드를 받고, 카드를 뽑고, 카드를 내놓는다. 끝에 가서 내가 슈바르츠 페터를 쥐게 되고, 그때 이반이 들어온다. 아이들이 웃느라 몸을 뒤틀고, 있는 힘껏 소리 지른다. "슈바르츠 페터다! 슈바르츠 페터!" 이제 이반도 끼어들어서 한판 더 한다. 마지막에 벨라와 내가 남았고, 유감스럽게도 벨라가 나한테서 슈바르츠 페터를 뽑아 가더니, 카드를 내던지고는 악을 쓴다. "이반, 이 아줌마 나쁜 년이야!" 순간 아이들 머리 위로 우리 둘의 눈길이 오간다. 이반이 무섭게 버럭 호통을 치고, 벨라는 아무 말도 안 했다고 둘러댄다. 이반이 기분을 풀자며 오래된 코냑을 내놓겠다고 하자, 벨라가 나서서 자기가 그 술을 갖고 와도 되겠느냐고 묻는다. 잔까지 나르느라 벨라는 두 번을 왔다 갔다 한다. 이반과 나는 다리를 꼬고 앉아서 아무 말도 하지 않는다. 아이들은 탁자 위에서 조심스럽게 그리고 조용히 꽃 이름으로 카드놀이를 하고 있다. 나는 아무 생각도 없다. 아니, 이반의 두 눈이 아이들과 나 사이를 오가고 있다는 생각이 든다. 그 눈빛이 신중하게 뭔가

* 카드를 한 장 뽑아 짝이 맞는 자신의 카드와 함께 내놓을 수 있으며, 먼저 카드를 다 내놓는 사람이 이기는 게임. 짝이 없는 카드 한 장을 슈바르츠 페터라고 부르며, 이 카드를 손에 쥐고 있는 사람이 지게 된다.

물어보는 듯하기도 하고, 상당히 다정해 보이기도 한다.

왜 내가 영원해야만 한단 말인가? 왜 사람이 영원해야만 한단 말인가? 왜 또 한 번의 생을 기다려야만 한단 말인가?

우리는 이탈리아 아이스크림 가게의 파라솔을 쳐 둔 자리에서 만나기로 약속을 했다. 아이들이 아무것도 눈치채지 못하도록 이반은 "안녕! 어떻게 지내?"라고 말한다. 나도 아이들 앞에서는 몇 주 동안 이반을 만나지 못했던 것처럼 행동한다. 이반은 물어보지도 않고 여러 맛이 섞인 아이스크림 네 개를 주문해 버린다. 벨라가 귀찮기 짝이 없는 체육 수업에 가야 하기 때문에 시간이 별로 없다. 이 수업은 매번 이반의 어머니, 그리고 자주 이반에게도 골칫거리가 되고 있고, 체육을 싫어하는 벨라 자신에게는 두말할 것도 없다. 학교가 아닌 다른 곳에서, 그것도 늘 오후에만 열리는 이 정신 나간 체육 수업 때문에 이반은 학교와 그 교과과정들까지 싸잡아 비난한다.

"아니, 도대체 여기 사람들은 누구나 다 차를 몇 대씩 굴리고, 누구나 다 애 봐 주는 사람을 몇 명씩 부리고 있다고 생각하나 보지!" 이런 일이 아니라면 빈의 이런저런 사정에 대해 이반은 뭐라고 말하는 법이 없다. 그는 비교를 하는 법도 없고, 얘기를 하는 법도 없다. 여기저기 끼어드는 것을 경솔하고 비생산적인 짓으로 여기는 것 같다. 이 체육 수업 하나 때문에 오늘 그는 평소의 통제력을 잃고 말았다. 그는 나한테 대놓고 '당신네들한테는'이라는 표현을 쓴다. 마치 이 체육 수업이 내가 속해 있는, 그로서는 도저히 받아들일 수 없는 한 세계의 전형을 보여 주는 것처럼. 마음이 조금씩 더 불안해지기 시작한다. 헝가리에서의 체육 수업은 어떻게 되는지 상상해 보려고 하지만 아는 게 하나도 없다. 이반이 계산을 하고, 우리는 아이들과 함께 거리로 나서 차를 향해 걸어간다. 안드라스는 그냥 손을 흔드는데, 오히려 벨라가 "아줌마는 같이 안 가요? 왜 아줌마는 같이 못 가요?"라고 묻는다. 그러고는 셋 모두 파라솔 사이를 지나, 호에 마르크트로 가는 길모퉁이로 꺾어 들고, 외교관 차량 한 대에 가려 더 이상 보이지 않게 된다. 그들의 흔적이 하나도 눈에 들어오지 않을 때까지 하염없이 바라보다가, 페터 광장을 지나 그라벤을 향해, 그들과는 다른 방향으로 천천히 발걸음을 옮긴다. 스타킹을 사야 하는데, 스웨터를 하나 사도 될 것 같고……. 그들이 저렇게 사라져 버렸으니, 오늘은 특별히 나를 위해 뭔가 근사한 걸 사야 할 것 같다. 당연히 애들 앞이니까 이반은 전화해 줄 건지 아닌지 말할 수가 없었던 거겠지.

"아줌마도 같이 가야 해요!"라는 벨라의 말이 귓가에 맴돈다.

그라벤에서 새 옷을 하나 샀다. 긴 홈드레스인데, 오후나 특별한 일이 있는 저녁에 집에서 입을 생각이다. 누구를 위해 입을 것인지는 알고 있다. 이 옷이 마음에 든다. 부드럽고, 길고, 그리고 자주 집에 머물러 있을 이유가 되어 줄 테니까. 그것도 당장 오늘부터. 옷이 어울리는지 어떤지 다시 한 번 입어 봐야지. 이반이 옆에 없어 다행이고, 말리나는 말할 필요도 없다. 그가 있으면 이렇게 자꾸 거울을 들여다보고 있을 수가 없다. 복도에 옆으로 길게 달아 놓은 거울 앞을 여러 번 왔다 갔다 한다. 그 남자들에게서 아득히 멀리, 까마득히 깊이, 하늘만큼

높이, 전설처럼 동떨어진 채로. 한 시간 동안은 시간과 공간을 잊어버린 채 살 수 있다. 깊은 만족감을 느끼며 전설 속으로 빠져들어 간다. 이 전설 속에서는 비누 냄새, 화장수를 바를 때의 싸한 느낌, 속옷의 바스락거림, 화장 솔에 파우더를 묻히고, 립 펜슬로 조심해서 입술 선을 긋는 것, 이런 것들만이 진정 의미가 있다. 새로운 구상이 생겨난다. 홈드레스 한 벌을 위해 여자는 다시 창조되어야만 한다. 아주 은밀하게, 여자란 무엇인지 다시 구상된다. 그 분위기는 애초부터 다른 누구를 위한 것도 아니다. 여자 자신만을 위한 것이다. 머리를 스무 번 빗고, 발에는 성유를 바르고, 발톱에는 페디큐어를 칠하고, 다리와 겨드랑이에 난 털은 밀어 버린다. 샤워기를 틀었다가 잠근다. 몸에 뿌리는 파우더 탓에 욕실 안이 구름 속처럼 뿌옇게 흐려진다. 거울 속을 들여다본다. 항상 일요일이다. 벽에 걸린 거울에 대고 물어본다, 벌써 일요일일 수도 있지 않느냐고.

언젠가 모든 여인들이 황금빛 눈을 가지고, 황금빛 신을 신고, 황금빛 옷을 걸치게 되리라. 그녀는 자신의 황금빛 머리카락을 빗어 내렸고, 그 머리를 쥐어뜯었다, 안 돼! 자신의 흑마를 타고 도나우 강을 건너 레티엔으로 향할 때 그녀의 황금빛 머리카락이 바람에 나부꼈다…….

여인들이 붉은 황금빛 눈을, 붉은 황금빛 머리카락을 갖게 되는 날이 오리라, 여성들만의 시(詩)가 다시 창조되리라…….

나는 거울 속으로 들어섰고, 거울에 비치던 내 모습도 사라졌다. 그 순간 미래를 보았고, 나 자신과 하나가 되었었는데, 금방 다시 둘로 나뉘고 말았다. 정신을 차려 거울을 들여다보고, 펜슬로 아이라인을 그리면서 눈을 깜박거린다. 포기할 수도 있다. 한순간 나는 불멸의 존재였다. 그 순간만은 나는 이반을 위해 존재하는 것도, 이반 안에서 사는 것도 아니었다. 하지만 그건 아무 의미가 없었다. 욕조 속의 물이 빠지고 있다. 말리나가 화를 내지 않도록 서랍을 밀어 넣고, 화장용 펜슬과 화장품 용기, 작은 향수병, 스프레이 등을 욕실장 안으로 치워 넣는다. 홈드레스는 벽장 안에 걸어 둬야겠다. 오늘은 입을 일이 없을 것 같다. 자기 전에 바람이나 쐬러 밖에 나갔다 와야지. 나는 일부러 호이마르크트로 꺾어 든다. 시립 공원 근처는 공원의 그림자와 어두운 형상 때문에 으시시해서 링케반가(街)를 가로질러 공원을 빙 돌아간다. 하지만 이곳도 으스스한 느낌이 들기는 마찬가지라 뭔가에 쫓기는 것마냥 허겁지겁 걸음을 옮긴다. 그러나 베아트릭스 가에 이르면 다시 마음이 놓인다. 베아트릭스 가에서부터 웅가르 가를 거슬러 올라 렌베그까지 간다. 그렇게 가면 이반이 집에 있는지 없는지 확인할 수가 없으니까. 집으로 다시 돌아가는 길에도 일부러 온 길을 그대로 되짚어간다. 이렇게 하면 9번지도, 사연 많은 뮌츠 가도 피해 갈 수 있다. 지금 이 시간에도 이반은 자신의 자유를 누려야 하고, 자신의 유희 공간을 가져야 한다. 전화벨 소리가 나지막하게 들리는 것 같아서 한 번에 계단을 몇 개씩 껑충껑충 건너뛰며 서둘러 올라간다. 내 전화일지도 모른다. 정말로 간격을 두고 전화벨이 울린다. 문을 박차고 들어간다. 열린 문을 그대로 내버려 둔다. 전화가 쩌렁쩌렁 울리고 있으니까, 경보가 발령 중이니까. 수화기를 낚아채고, 가쁜 숨을 몰아쉬며 놀란 목소리로 말한다.

지금 막 들어오는 길이야, 산책 좀 하고 왔어.
물론 혼자 갔지. 아님 누구랑 갔겠어. 그냥 좀 걸었어.
네가 집에 있는 걸, 내가 도대체 어떻게…….
그럼 네 차를 못 봤나 보네.
렌베그 쪽에서 오는 길이었거든.
네 창문을 올려다보는 걸 깜박했어.
난 렌베그 쪽에서 오는 게 더 좋아.
호이마르크트로는 갈 자신이 없어서.
하지만 네가 벌써 집에 와 있다는 건.
시립 공원 때문에, 그곳에서는 정말이지 전혀.
도대체 내가 눈을 어디다 두고 다녔는지…….
뮌츠 가에, 오늘도 내 차는 거기 있어.
그럼 내가 너한테 전화하는 게 낫겠어, 내일 전화할게.

마음이 풀리고, 졸음이 쏟아지고, 조급함이 누그러진다. 불안했는데, 이제 다시 마음이 놓인다. 더 이상 한밤중의 시립 공원을 따라, 건물 담벼락을 따라 쫓기듯 허둥지둥 걸어다니지 않아도 되고, 더 이상 어둠 속을 빙 둘러 돌아가지 않아도 된다. 벌써 조금은 집이라는 느낌이 들고, 벌써 웅가르 가의 선판에 올라선 것만 같고, 벌써 머리는 나의 웅가르 가 나라로 들어가 위험에서 벗어난 것 같고, 목도 어느 정도 물 밖으로 나온 것만 같다. 벌써 목에서는 말과 문장이 가르릉거리고 있다. 금방이라도 튀어나올 것처럼, 금방이라도 시작될 것처럼.

인간들이 붉은 황금빛 눈을, 별의 목소리를 갖게 되는 날이 오리라. 그날에 그들의 손은 사랑을 위한 재능을 부여받게 되고, 인간 종족의 시(詩)가 다시 창조되리라…….

바로 줄을 그어 버리고, 대충 훑어보고, 내던진다.

……그리고 그들의 손은 관용이라는 재능을 부여받게 될 것이고, 그들은 모든 재물 중에 최고의 것들을 자신의 결백한 손으로 움켜쥐게 되리라. 그것들이 영원해서는 안 되기 때문에, 인간들이 영원해서는 안 되기 때문에, 그들이 영원히 기다려야만 할 필요가 없기 때문에…….

벌써 통찰을 하고, 벌써 예견을 한다.

현관문에서 열쇠 소리가 난다. 말리나가 무슨 용건이라도 있는 표정으로 나를 들여다본다.

"방해가 되지는 않아, 이리 와서 앉아, 차 마실래, 우유 마실래? 뭘 좀 줄까?"

말리나는 직접 부엌에서 우유를 한잔 가져오겠다고 말하고는 마치 비꼬는 것처럼 살짝 고개를 숙인다. 뭔가 날 비웃을 만한 일이 있나 보다. 게다가 나를 화나게 만들려고 작정한듯 이렇게 한마디 툭 던진다. "내가 맞다면, 'Nous irons mieux, la montagne est passée.*로군."

"그런 프로이센식 발언은 집어치워. 나한테는 그런 말 삼가라고. 너는 지금 날 방해하지 말았어야 했어. 누구나 한 번쯤은 상황이 더 좋아질 수도 있는 거잖아!"

이반에게 물어본다. 사랑에 대해서 한 번쯤 깊이 생각해 본 적이 있는지, 전에는 어떻게 생각했고, 지금은 어떻게 생각하는지. 담배를 피우던 이반은 재를 그냥 바닥에 털고는 아무 말도 없이 자기 신발을 찾는다. 두 짝을 다 찾아낸 후 나를 돌아다본다. 뭐라고 말하기 힘든 모양이다.

"그게 사람들이 깊이 생각해야 하는 거야? 도대체 내가 사랑에 관해 무슨 생각을 해야 하지? 그걸 표현할 말이 너한테 필요해? 날 함정에 빠뜨리려는 거지, 아가씨?"

그렇기도 하고, 아니기도 하다.

"하지만 만약 네가 그런 생각을 해 본 적이 없다면……. 그럼 넌 아무것도 못 느껴? 경멸이나 혐오 같은 것도? 만약 나도 아무 느낌이 없다면?"

나는 애가 타서 묻는다. 이반의 목에 매달리고 싶다. 그렇게 해서 그가 나한테서 그렇게 멀리, 단 1미터도 떨어지지 않도록. 겨우 처음 꺼내 물어본 이 말 때문에 그가 내게서 멀어지지 않도록.

"천만에, 경멸이라니 도대체 무슨? 뭘 그렇게 복잡하게 만들

---

* 프랑스어로 '산은 넘었으니 이제 우리는 잘될 것이다.'라는 뜻. 프로이센의 프리드리히 대제가 임종 전에 남긴 말이라는 설이 있다.

고 싶니? 내가 온다는 것, 그것만으로도 이미 충분하잖아, 맙소사, 무슨 말도 안 되는 걸 물어보는 거야!"

나는 의기양양하게 말한다.

"바로 그거야, 그게 말도 안 되는 질문이라는 걸 알고 싶었을 뿐이야, 그 이상은 아냐."

이반이 옷을 입었다. 이제는 시간이 별로 없다. 그는 말한다.

"가끔 한 번씩 넌 참 웃겨."

"아냐, 난 안 그래."라고 재빨리 대꾸한다.

"다른 사람들이 웃긴 거지. 예전에 사람들이 나한테 그런 엉뚱한 생각을 하게 만들었던 거야. 내가 스스로 그런 생각을 했던 건 절대 아냐. 나라면 경멸이나 혐오 같은 건 절대 못 느꼈을 거야. 그걸 느낀 건 내 안에 있는 어떤 다른 남자야. 이 남자가 절대로 동의도 해 주지 않았고, 강요된 질문에 억지로 대답하게 내버려 두지도 않았어."

"네 안에 있는 어떤 다른 여자라고 해야 하지 않아?"

"아니, 그건 남자야, 헷갈리는 게 아니라고. 어떤 다른 남자. 그렇게 말하면 넌 내 말을 그대로 믿어 줘야 해."

"이것 봐, 우린 아주 지극히 여성적이야, 그건 처음부터 내겐 너무나 분명했던 사실이라고. 너도 지금 내 말을 그냥 그대로 믿으면 돼."

"네가 이렇게 조급해하는데, 내 얘기를 들어줄 인내심이라곤 전혀 없는데도 말이야?"

"오늘 내가 아주 급하긴 해. 하지만 만약 그렇지 않더라도 내 인내심이 모두 널 위한 건 아니잖아!"

"그냥 조금만 참고 들어주면 돼. 그럼 우린 알게 될 거야."

“네가 지금 이렇게 날 못 참게 만드는데도 말이야?”

“결국 내가 너무 꾹 참고 있어서 네가 이렇게 못 참는 걸까 봐 겁이 나…….”

(참는 것과 못 참는 것에 관한 말들은 이게 전부다. 아주 조금밖에 없다.)

우리의 집이 무너져 내리는 날이 오리라. 자동차는 고철이 되어 버리고, 우리는 비행기와 로켓에서 해방되리라. 바퀴와 핵분열을 발명해 내는 일 따위는 포기하리라. 푸른 언덕으로부터 신선한 바람이 우리 가슴을 향해 불어올 것이며, 우리는 죽어서 숨을 쉬게 되고, 그것이 완전한 삶이 되리라.

황야에 물이 마르고, 우리는 다시 황야로 갈 수 있게 되며, 그곳에서 계시를 보게 되리라. 순결한 상태의 사바나와 하천이 우리를 초대하고, 암석 속에 그대로 머물던 다이아몬드는 우리 모두에게 빛을 발하리라. 한밤의 캄캄한 숲과 같던 우리의 생각으로부터 원시림이 우리를 넘겨받게 되면 우리는 생각하고, 괴로워하는 걸 그만두게 되리라. 그것이 바로 구원이리라.

존경하는 의장님.

당신께서는 학회의 이름으로 제 생일을 축하해 주셨습니다. 하지만 바로 지금 그게 저에게 얼마나 큰 충격이었는지 감히 말씀드릴까 합니다. 몇 년 전 개회식 때 당신을 알게 된 것이 저에게는 참으로 큰 영광이었고, 또 그 때문에 전 당신께서 예의 바른 분이시라는 걸 전혀 의심하지도 않습니다. 하지만 당신은 어떤 날을, 심지어 특정한 시간과 돌이킬 수 없는 한순간까지 넌지시 암시하고 계시더군요. 사실 그 순간은 분명히 제 어머니의 지극히 사적인 일에 해당되며, 또 예의를 차리기 위해서는 제 아버지의 일이기도 했다는 말을 덧붙여야겠지요. 물론 저 자신은 이날에 관해 그 어떤 특별한 얘기도 전해 들은 바가 없습니다. 저에게는 날짜 하나를 기억하고 있어야 할 의무만이 남아 있을 뿐이지요. 어느 도시를 가든, 어느 나라에 가든 신고 용지마다 전 그 날짜를 기입해야만 하니까요. 그저 잠시 들른 경우라도 말입니다. 하지만 외국에 나가지 않은 지도 벌써 한참 되는군요…….

사랑하는 릴리.

내게 그리고 내 머릿속에 무슨 일이 일어났는지 너도 그사이에 들었을 거야. 벌써 몇 년이 지났는데도 나는 '그사이에'라는 말을 쓰고 있구나. 그 당시에 나한테 좀 와 달라고, 날 좀 도와 달라고 너에게 부탁했지. 그게 처음이 아니라 두 번째 부탁이었고. 하긴 처음 부탁했을 때도 넌 오지 않았어. 내가 기독교에서 말하는 박애 정신에 대해 어떻게 생각하는지 아마 넌 알고 있을 거야. 내 표현이 서툴다는 건 알아. 하지만 내가 말하고 싶은 건 이 박애 정신이 어떤 사람에게는, 예를 들어 나 같은 사람에게는 미치지 않을 수도 있다는 거야. 그럴 리가 없다고는 아무도 말 못 할 거야. 하지만 사람들이 이 박애 정신 자체를 위해 행동한다는 생각을 난 떨칠 수가 없단다. 너도 이 정신을 실천하기 위해 뭔가 할 수도 있었을 텐데……. 물론 네가 박애 정신이니 뭐니를 다 떠나서 그냥 나를 위해 뭔가 해 주었더라면, 나한테는 그게 더 좋았겠지만 말이야. 하긴 급한 경우에는 박애 정신을 실천하기 위한 건지 나를 위한 건지 굳이 의견 일치를 볼 필요가 없겠지. 그런데 바로 그런 급한 경우가 발생했단다. 사랑하는 릴리, 나는 그토록 많은 상황 속에서 네가 보여 준 관용과 어쩌면 극단적이기까지 했던 네 행동들을 알고 있고, 또 너의 그런 행동에 늘 감탄해 왔어. 하지만 벌써 칠 년이 흘렀잖아. 그리고 너의 이성이 너의 감정을 속이지 않을 정도로 충분했던 적은 한 번도 없었지. 만약 어떤 사람에게 감정과 이성이 풍부하기는 하지만 충분할 정도가 아니라면, 주변 사람들이 그 사람에게 느끼는 실망보다 그 사람이 스스로에게 느끼는 실망이 틀림없이 훨씬 더 클 거야. 나는 G 씨를 보조해 줄 각오를 단단히 하고 있었어. 음악을 듣는 것에 관해서는 물론이고 음량이나 선정 작품에 대해서도 서로 다른 의견을 가지고 있다는 것을 인정해 주었어. 최근 들어 내가 점점 소리에 병적으로 민감해졌거든. 또 낮과 밤에 관해서도, 낮과 밤을 어떻게 활용할 것인지에 관해서도 서로 의견이 다르다는 걸 인정했어. 그 당시 이미 내 시간 감각은 병들기 시작했고, 시간을 배분한다는 것이 내게는 마치 병적인 것처럼 여겨졌단다. 그럼에도 불구하고 시간에 대한 내 견해가, 아니, 사실은 견해라고 할 것도 없었지만, 어쨌든 병적이라는 걸 자인할 용의까지 있었어. 또 꼭 필요한 경우에는 고양이와 개를 기르는 것에 대해서도 서로 의견이 다르다는 것을 인정하기로 의견 일치를 보았지. 나는 동물들, 특히 고양이와 그와 함께 동시에 한집에 살 수는 없다고 말할 각오를 하고 있었고, 그는 나와 함께 누워 있는 침대에 개나 나의 어머니가 끼어드는 건 있을 수 없는 일이라고 말하려고 했어. 어쨌든 우리는 아주 명쾌하고 조화로운 타협을 했던 거지. 내가 지닌 선입견들을 넌 알고 있을 거야. 내가 받은 교육, 나의 출신 배경, 또한 위계질서 등을 거치면서 생긴 특정한 전제 조건들이 나라는 사람을 만들어 냈잖아. 사람들은 나를 쉽게 다룰 수 있었지. 내가 특정한 어조와 특정한 몸짓, 사람을 사귈 때의 몇몇 다정한 표현에 이미 익숙해져 있었거든. 너의 것이기도 했던 나의 세계가 그 정도로 잔인하게 상처를 입었으면 나도 이제는 어느 정도 이성적이 될 만도 한데, 전혀 그렇지 않구나. 결국은 내 출신 배경 때문에 사람들이 나를 어떻게 해 보지를 못했던 거야. 나와는 얘기가 통하지 않거든. 나는 나에게 낯설고, 나를 해칠 것 같은 관습들은 따르지 않아. 신발을 벗도록 유도해 보려던 그 태국 대사조차도, 하긴 이건 너도 알고 있는 얘기겠지……. 어쨌든 나는 신발은 벗지 않는단다. 그렇다고 내가 이런저런 선입관들을 가지고 있다고 온 세상에 광고하겠다는 건 아냐. 그냥 그런 선입관들을 가지고 있다는 것뿐이야. 나는 신발마저도 내가 직접 벗는 게 더 좋아. 만약 내 관습이 언젠가 정말로 그런 걸 요구한다면, '네가 가진 모든 걸 불 속으로 던져 버려, 신발까지도.'라고, 그럼 난 그렇게 할 거야.

○월 ○일, 빈에서

사랑하는 릴리.

네가 소식에 어둡기는 하지만, 그래도 그사이에 얘기가 네 귀에도 분명히 들어갔을 거야. 어설프게 알게 되는 얘기들은 여기저기 사람들 입에 오르내리기 마련이니까. 그래도 넌 그 애길 절대로 믿지 않았잖아. 하지만 그럼에도 불구하고 넌 와 주지도 않았어. 또 내 생일이 되었어. 미안해, 네 생일이지…….

사랑하는 릴리.

이제 다시는 널 보고 싶지 않은 지경에까지 이르렀다. 이건 그냥 충동적으로 내뱉는 말이 아냐. 처음 몇 년 동안은 그래도 고통과 비판, 비난으로 넘쳐나는 편지를 많이도 썼지. 한때 우리는 아주 다정한 인사말도 덧붙이고, 서로를 보듬어 주고, 사랑을 전하는 편지를 주고받기도 했는데……. 하지만 그런 의미 없는 편지들보다는 오히려 비난으로 가득 찬 편지들이 너에 대한 나의 애착을 더 잘 보여 주었을 거라 믿어. 그렇다고 깊이 생각해 본 끝에 널 보고 싶지 않다는 마음이 생긴 것도 아니란다. 사실은 마지막으로 뭔가 깊이 생각해 본 게 언제인지 기억조차 나지 않는다. 하지만 내 안의 무엇인가가 너를 풀어 주고, 너에게 더 이상 애정을 구걸하지 않고, 너를 더 이상 찾지 않는다는 걸 깨달았어. G 씨나 W 씨, 혹은 A 씨가 비겁한 짓을 해서라도 우리를 떼어 놓으려고 했을 수도 있어. 하지만 사람이 어떻게 제삼자 때문에 헤어질 수가 있겠니? 다른 사람에게 책임을 미루는 게 더 쉬운 일일지는 모르지만, 만약 책임이란 게 그렇게 진지하지 못하고 장난처럼 취급된다면, 나야 그런 일과는 거리가 먼 사람이라고 해도 어쨌거나 그 책임이란 건 도대체 아무 의미가 없어. 헤어지고 싶은 마음이 없다면 헤어지는 일 따위는 절대로 일어나지 않는 법이야. 그러니까 아마도 네가 마음속 깊은 곳에서 우리가 헤어지기를 바라고 있었고, 그 어떤 일도 너의 그 바람이 이루어질 계기가 되기에는 충분했던 거겠지. 만약 내 쪽이었다면 그런 계기는 절대 없었을 테고, 지금도 그럴 만한 계기는 도저히 있을 수가 없는데……. 너는 원래 모습 그대로 내 마음속에 다시 돌아와서는 우리가 함께 했던 그 시간 속으로 사라져 갔어. 이제 그곳에는 너의 젊은 날의 초상이 있단다. 훗날 일어났던 일들이나 그 일들에 대한 내 생각으로 아직 훼손당하지 않은 채로 말이야. 이제는 아무것도 그 초상을 망가뜨릴 수가 없어. 그건 내 마음속 묘역 안에, 가공의 인물들, 되살아났다가 다시 죽었다가 하는 인물들의 초상 옆에 자리를 잡고 있단다.

○월 ○일, 빈에서
모르는 여자로부터

아직 볼일이 남았거나 아주 잠깐 급히 다녀올 데가 있어서 이반이 이 개구쟁이들, 귀염둥이들, 악당들, 괴물 녀석들을 나에게 맡겨 놓고 갈 때면 사실 그건 내가 자청한 일이기도 하지만, 어쨌든 리나라면 꿈도 꾸지 못할 난리 법석이 집 안에 벌어진다. 우선 리나가 구워 놓은 마르모어 케이크가 나는 입도 대 보지 못한 채 두 아이에 의해 박살이 난다. 나는 사방에 널려 있는 나이프, 포크, 가위, 전등을 치워 버린다. 내 집이 위험한 물건들로 이렇게 가득 차 있는지 예전에는 미처 몰랐다. 나중에 이반이 들어올 수 있도록 현관문을 약간 열어 두었는데, 그 틈새로 안드라스가 벌써 계단으로 달아나 버렸다. 내가 스스로 이 끔찍한 책임을 맡겠다고 자청했는데, 눈앞에서는 쉬지 않고 예상치도 못한 위험한 일들이 벌어지고, 그때마다 가슴이 철렁 내려앉는다. 이반의 애들 중 누구 하나에게 아주 사소한 일이라도 일어난다면 이반을 볼 낯이 없을 테니까. 그런데 이건 아이가 둘이나 되는 데다가, 이들이 나보다 더 빠르고, 더 독창적이며, 더 침착한 게 아닌가. 다행히 안드라스는 계단을 내려가 거리로 달아나지 않고, 계단 위로 올라가서는 궁정 여가수가 사는 집 초인종을 마구 눌러 대고 있다. 200킬로그램이나 되는 몸무게로 침대에 누워 있느라 그 여가수는 일어날 수도, 문을 열어 줄 수도 없다. 나중에 사과하는 쪽지라도 써서 그 현관문 아래로 밀어 넣어 두어야겠다. 그녀가 흥분했을 게 분명하니까. 그것도 그 기름진 심장으로 말이다. 나는 안드라스를 집으로 다시 끌고 온다. 그런데 또 이번에는 현관문이 닫혀 있고, 내겐 열쇠가 없다. 문을 쾅쾅 두드리니 이반이 문을 열어 준다. 이반이 왔다! 둘이서라면 두 아이를 다루는 게 더 수월하겠지. 이반의 말 한마디에 벨라가 찍소리도 하지 않고 케이크 부스러기를 주워 모은다. 하지만 이번에는 안드라스가 축음기를 발견했고, 어느새 바늘을 새로 갈아 끼운 전축 손잡이를 건드려 레코드판을 긁어 놓는다. 이반에게는 "그냥 내버려 둬. 괜찮아. D장조 협주곡인데 뭘, 내 잘못이야."라고 기분 좋게 말해 준다. 나는 안드라스가 막 손을 대려고 하는 촛대를 잽싸게 높은 진열장 위로 치운 다음 부엌으로 달려가 냉장고에서 코카콜라 병을 꺼내 온다. "이반, 이 병뚜껑 좀 따 줄래, 아니, 병따개는 거기 있잖아." 하지만 병따개는 벨라가 갖고 사라져 버렸다. 병따개가 어디 있는지 우리더러 알아맞혀 보라고 한다. 우리는 장난을 치며 알아맞힌다. "차가운, 미지근한, 서늘한, 뜨거운, 아주 뜨거운! 병따개가 흔들의자 아래에 있구나." 아이들이 오늘은 콜라를 마시고 싶지 않은 모양이다. 벨라는 자기 잔에 든 콜라를 코페키 씨가 보내 준 장미를 담아 둔 꽃병에 쏟아 버리고, 그러고도 남은 콜라는 이반의 찻잔에 붓는다. "제발 얘들아, 너희들 잠깐 동안만, 내가 이반하고 할 얘기가 있거든. 제발, 아주 잠깐 동안만, 좀 조용히 해 줄 수 없겠니?" 나는 이반과 얘기를 한다. 그는 자신이 지금 아이들과 함께 티롤로 가지 않고, 생각했던 것보다 좀 더 일찍 몬트 호수로 가게 되었다고, 자기 어머니가 티롤에는 더 이상 가고 싶어 하지 않기 때문이라고 나에게 말해 준다. 하지만 그 말에 대답할 겨를이 없다. 안드라스의 탐험로가 부엌으로 이어진 게 틀림없기 때문에 나는 부엌으로 달려가고, 발코니를 막 기어올라 가기 시작한 안드라스를 덮쳐 잡는다. 흥분한 마음을 감추고 그 애를 아래로 잡아당기며 말한다. "이리 좀 들어오렴, 제발. 너 주려고 초콜릿도 사다 놨는데." 이반은 태연히 얘기를 계속한다. "어제는 너랑 연락이 안 되더라. 좀 더 일찍 말해 줬어야 했는데……" 그러니까 이반은 몬트 호수에 가겠다는 것인데, 사실 얘기의 핵심은 몬트 호수나 내가 아니다. 나는 재빨리 말한다. "잘됐네, 나도 알텐뷜 가족이 살고 있는 볼프강 호수에 가 봐야 해. 벌써 두 번이나 거절했다가 이번에는 그래도 반승낙을 해놨거든. 아무래도 그쪽에 가 봐야 할 것 같아. 안 그러면 그 사람들 기분 나빠할지도 모르니까." 이반이 말한다. "꼭 그렇게 하도록 해. 너도 한 번쯤은 빈에서 벗어나야만 한다고. 왜 늘 싫다고만 하는지 이해를 못하겠어. 그런 시간을 가지면 좋을 텐데……." Éljen! 벨라와 안드라스가 복도에 놓여 있는 말리나와 나의 신발을 발견하고는, 그 신발 속에 자기들 작은 발을 집어넣고 뒤뚱거리며 걸어온다. 안드라스가 으악 소리를 지르며 넘어지고, 나는 그를 들어 올려 품에 안는다. 이반은 벨라를 확 낚아채 말리나의 신발을 벗긴다. 애들과 씨름하느라 진이 빠진 우리는 초콜릿에 마지막 희망을 걸어 보지만, 그것도 어디론가 사라지고 없다. 그게 우리를 구해 줄 수도 있었을 텐데……. 안드라스가 먹다 남은 초콜릿을 손에 움켜쥐고 내 블라우스에다 처바른다. 그러니까 그들은 몬트 호수로 갈 것이고, 나는 알텐뷜 일가에게 간다고 말을 해 버렸다.

"7마일 장화야!"라고 벨라가 소리친다. "이걸 신으면 온 나라를 돌아다닐 수도 있겠다. 얼마나 멀리까지 갈 수 있을까? 북스테후데까지?" "제발 이반, 그냥 놔 둬, 걔가 그 7마일 장화를 꼭 신고 싶다잖아. Please, do call later. I have to speak to you.* 베네치아 초대장이 들어 있는 편지, 답장, 반신료를 미리 지불한 전보 등 아직 하나도 보내지 않았어. 그런 건 그렇게 중요하지 않아. 베네치아가 중요한 건 아니지. 우리야 나중에 언제 한번……." 이반이 벨라를 데리고 욕실로 들어가 버렸다. 안드라스가 내 품에서 내려가려고 발버둥을 치다가 갑자기 내 코에 뽀뽀를 한다. 나도 안드라스 코에 뽀뽀를 한다. 우리는 서로 코를 마주 대고 비빈다. 영원히 이러고 있었으면 좋겠다. 아무리 오래 이러고 있어도 내가 결코 질리지 않듯이, 안드라스도 그랬으면 좋겠다. 몬트 호수도, 볼프강 호수도 없었으면 좋겠다. 하지만 이미 꺼낸 말을 주워 담을 수는 없는 노릇이다. 안드라스가 점점 더 파고든다. 나는 그 애를 꼭 껴안는다. 얘는 틀림없이 내 거야, 얘들은 완전히 내 애들이 될 거

* 영어로 '이따 전화해 줘. 할 말이 있어.'라는 뜻이다.

야. 이반이 들어와 의자들을 똑바로 해 놓고는 말한다. "이제 그만, 시간 없어, 우리 이제 가야 해, 너희들 또 말썽을 부렸어. 아주 끔찍하다!" 가게가 문을 닫기 전에 이반은 아이들한테 고무 보트를 사 줘야 한다. 세 사람 모두와 현관문 앞에 서 있다. 이반이 안드라스의 손을 잡고, 벨라는 벌써 계단을 쿵쾅거리며 내려간다. "잘 있어요, 아줌마!" "잘 가, 요 녀석들아! I'll call you later.* 안녕!"

케이크 접시와 컵들을 부엌에 갖다 놓고 서성거린다. 또 뭘 할 수 있을지 모르겠다. 양탄자에 떨어진 빵 부스러기들을 줍는다. 리나가 내일 진공청소기로 그 위를 밀겠지. 그 애들이 없는 이반을 나는 이제 더 이상 원하지 않는다. 그가 전화를 걸면 할 말이 있다. 아니면 여행을 떠나기 전에 말할지도 모르겠다. 어쨌든 언젠가 한번은 말해야만 한다. 아니, 말 안 하는 게 나을지도 모르겠다. 세인트볼프강에서 그에게 편지를 쓸까 보다. 어느 정도 거리를 두고, 한 열흘 동안 생각 좀 해 보고, 그다음에 편지를 쓰는 거다. 불필요한 말은 다 빼고 적당한 말들만 가지고. 말을 깎고 다듬는 건 잊어버리고, 이반에 대한 내 소박한 생각만 가지고 편지를 쓰는 거야. 마치 우리네 시골 처녀들이 연인에게 편지를 쓸 때처럼, 마치 여왕이 부끄러운 줄도 모르고 자신이 선택한 이에게 편지를 쓸 때처럼. 마치 어떤 특사도 기대할 수 없는 죄수들처럼, 나는 그렇게 사면장을 쓰게 될 것이다.

오랫동안 빈을 벗어나지 않았다. 작년 여름에도 그랬다. 이

* 영어로 '나중에 전화할게.'라는 뜻이다.

반이 이 도시를 떠날 수가 없었으니까. 그때 나는 한여름의 빈이 세상에서 가장 아름답다고, 다른 사람들과 동시에 시골로 떠나는 것처럼 어리석은 짓은 없다고 주장했다. 또 휴가는 견딜 수가 없다고, 휴가철에는 빈 전체가 볼프강 호수에 옮겨 가 있는 것이나 마찬가지라서 결국은 볼프강 호수에 혐오감만 느끼게 될 뿐이라고 그렇게 주장했다. 말리나가 케른텐으로 가 버렸을 때도 나는 혼자 집에 남아 있었다. 그래야 단 몇 번이라도 이반과 함께 알테 도나우로 수영하러 갈 수 있었으니까. 하지만 올여름에 알테 도나우는 아무런 매력도 없다. 몬트 호숫가가 틀림없이 가장 아름다울 것이다. 관광객들이나 몰려 다니는, 인적 끊긴 빈은 이제 더 이상 아름답지 않다. 시간이 흐르지 않은 것이나 마찬가지다. 이반과 아이들은 내일 점심 무렵에야 차로 떠날 것이라서 아침에 이반이 나를 기차역까지 데려다 준단다. 오후 늦게 옐리네크 양이 들렀다. 아직 처리해야 할 일이 남아 있다.

존경하는 하르트레벤 씨.
5월 31일에 보내 주신 당신의 편지에 감사드립니다!

옐리네크 양은 다음 말을 기다리고, 나는 담배를 피운다. 나는 그녀에게 그 종이를 빼서 휴지통에 버리라고 말한다. 5월 31일자 편지에는 답장을 할 수가 없다. 31이라는 숫자는 절대로 사용되어서도 안 되고, 모독당해서도 안 된다. 뮌헨에 있는 이 양반은 도대체 무슨 상상을 하고 있는 걸까? 어떻게 나에게 5월 31일이라는 날짜를 상기시킬 수가 있단 말인가? 나의 5월 31일이 그와 도대체 무슨 상관이 있단 말인가! 울음이 터지는 것을 엘리네크 양에게 들키지 않으려고 나는 얼른 그 방에서 나온다. 그녀에게 서류를 정리하라고, 이 양반한테는 절대로 답장을 쓰지 말라고 시켜야겠다. 다른 답장들은 나중에 써도 되겠지. 여름이 끝날 때까지는 시간이 있다. 욕실에 있는데 갑자기 오늘 안으로 급히 간절한 내용의 중요한 편지 한 통을 써야 한다는, 그것도 내가 직접 써야 한다는 생각이 떠오른다. 오늘 엘리네크 양이 와 있던 시간은 나중에 함께 계산해 주기로 한다. 지금은 시간이 없다. 우리는 헤어지면서 서로에게 여름 동안 잘 지내라고 인사한다. 전화벨이 울린다. 하지만 먼저 엘리네크 양을 보내야 한다. 다시 한 번 그녀에게 말한다. "잘 지내요! 휴가도 잘 보내고! 아직 본 적은 없지만, 크라바냐 박사한테도 안부 전해 주세요!" 전화벨이 쩌렁쩌렁 울린다.

더듬는 건 아닌데, 네가 공연히 그렇게 생각하는 거겠지.
하지만 너한텐 그저께 말했잖아.
그건 틀림없이 잘못됐어, 내가 말하려고 했던 건…….
어제 저녁에 정말 미안했어.
아냐, 너한테 말했잖아. 안됐지만 오늘은 내가…….
네가 항상 내가 하자는 대로만 하는 건 싫어.
난 전혀 그렇지 않은데, 예를 들어, 오늘은 절대 안 된다니까.
난 분명히 그렇게 말했어, 네가 다만…….
하지만 오늘 시간이 없는 건 나라고.
내일 아침 일찍 꼭 데리러 갈게.
지금 너무 바쁘거든, 내일 봐, 8시에!

이렇게 서로 맞아떨어지는 일도 드물다. 오늘은 우리 둘 다 시간을 낼 수가 없다니. 하긴 여행을 떠나기 전날 저녁에는 늘 할 일이 많은 법이니까. 물론 나야 잠시 짬을 낼 수 있을지도 모른다. 가방은 벌써 다 쌌고, 말리나는 나를 생각해서 밖에서 뭘 먹겠다고 나가고 없으니까. 그는 또 나를 생각해서 밤늦게나 집에 들어올 것이다. 그냥 말리나가 어디 있는지 알 수만 있다면 좋겠는데……. 아니, 그를 보고 싶지 않다. 오늘은 말리나를 볼 수가 없다. 이반과 내가 동시에 시간을 낼 수 없게 된 이 흔치 않은 일에 대해 곰곰이 생각해 봐야 한다. 우리는 점점 더 시간이 없어질 테고, 시간이 흘러 언젠가는 어제가 되고, 그저께가 되고, 또 일 년 전이 되고, 이 년 전이 되겠지. 어제라는 시간 말고도 내일이라는 시간이 있을 텐데……. 하지만 내일은 내가 원하는 게 아니다. 그리고 어제…… 아, 이 어제라는 건…… 어떻게 이반을 만났는지, 첫 순간부터 지금까지 내가 어땠는지가 떠오르고, 나는 소스라친다. 절대로 생각하지 않으려고 했기 때문이다. 우리의 시작이 어떠했는지, 한 달 전에는 어땠는지, 우리 사이에 그의 아이들이 끼어들지 않았던 시간은 어땠는지, 프란체스와 트롤로페가 함께 했던 시간은 어땠는지, 그리고 아이들과 함께 지낸 시간은 어떻게 흘러갔는지, 우리 넷이서 프라터 유원지에 갔을 때는 어땠는지, 유령 기차를 타고 죽은 사람의 머리 위를 지나갈 때 안드라스를 꼭 껴안으면서 내가 어떻게 웃었는지, 절대로 생각하지 않으려고 했다. 시작이 어땠는지 더 이상 기억하고 싶지 않았다. 그 이후로는 란트슈트라세 하우프트 가(街)의 그 꽃 가게 앞에서 발걸음을 멈춘 적도 없고, 그 가게 이름을 쳐다보지도, 그 이름을 물어보지도 않왔다. 하지만 언젠가는 그 가게 이름이 알고 싶어질 날이 올 테고, 그럼 나는 그날부터 그만 뒤로 처져서 어제라는 시간으로 추락해 버릴 것이다. 하지만 아직은 내일이 아니다. 어제와 내일이 그 모습을 드러내기 전에 그 둘을 다 내 안에서 침묵하게 만들어야 한다. 지금은 오늘이다. 나는 오늘, 여기 존재한다.

이반이 전화를 걸었다. 막 집을 나서려는데 전혀 예상하지 못했던 문제가 생겨 나를 서부역까지 데려다 줄 수가 없다고 한다. 그래도 괜찮다. 그가 나에게 그림엽서 하나쯤은 보내 주겠지. 그렇다고 이반이 하는 얘기를 계속 듣고 있을 수도 없다. 택시를 부르려면 서둘러 전화를 걸어야 한다. 말리나는 벌써 나가 버렸고, 리나는 아직 오지 않았다. 가방을 들고 계단을 내려가는데 리나가 들어온다. 우리는 함께 가방들을 받쳐 들고 계단을 내려간다. 사실 리나가 거의 다 들어 내려 준 셈이다. 택시 앞에서 그녀가 나를 껴안는다.

"건강하게 다시 돌아오세요, 안 그러면 박사님이 싫어하실 거예요."

서부 역에서 여기저기 헤매다가 짐꾼을 한 명 발견했다. 그가 내 가방들을 3번 승강장 끝까지 날라다 준다. 그런데 알고 보니 지금 이 시간에는 잘츠부르크 방향으로 두 대의 기차가 출발을 하고, 나는 3번이 아닌 5번 승강장에 서 있는 기차를 타야 한다. 5번 승강장에 서 있는 기차는 3번 승강장의 기차보다 더 길어서 마지막 차량까지 가려면 철로 위에 깔린 자갈길을 건너갈 수밖에 없다. 짐꾼은 그냥 지금 돈을 받고 싶어 한다. 자갈길까지 건너는 야단법석을 떨고 싶지는 않단다. 짐꾼들이야 다 그렇지. 그래도 10실링을 더 지불했더니 나를 도와준다. 그렇게 해서 그의 말대로 한바탕 야단법석을 떨었다. 사실 난 그가 10실링에 매수되지 않기를 바랐다. 그랬다면 나는 되돌아가야만 했을 테고, 그랬다면 한 시간 후에는 집에 가 있을 수 있었을 텐데……. 기차가 출발한다. 활짝 열린 채 나를 밖으로 끌어 잡아당길 것만 같은 문을 있는 힘껏 쾅 닫는다. 차장이 와서 나를 객실 칸으로 안내해 줄 때까지 나는 그냥 가방 위에 앉아 있는다. 이 기차는 아트낭푸흐하임에 도착하기 전에는 선로를 바꾸지 않으며, 린츠에 잠시 동안 정차하기로 되어 있단다. 린츠에는 한 번도 가 본 적이 없다. 늘 지나쳐 가기만 했다. 도나우 강가의 린츠, 도나우 강변을 벗어나고 싶지 않다.

……버드나무와 바람과 물밖에 없는, 낯설기만 한 풍경 속에서 빠져나갈 길은 그녀에게 더 이상 보이지 않았다……. 버드나무들이 점점 더 수근거리고, 웃어 대고, 날카로운 소리를 질러 대고, 한숨을 쉬고 신음을 했다……. 더 이상 아무 소리도 듣지 않으려고 그녀는 머리를 팔 속에 파묻었다……. 그녀는 앞으로 나아갈 수도 없고, 뒤로 돌아갈 수도 없었다. 강물로 뛰어들든지 무시무시한 버드나무들 사이로 들어가든지, 둘 중 하나만이 그녀에게 남아 있었다.

앙투아네트 알텐뷜이 잘츠부르크 역에 서서 뮌헨으로 돌아가는 사람들과 작별 인사를 나누고 있다. 이 역은 불합리한 대기 시간과 통관 절차로 나에게 늘 불쾌한 기억만 남겨 주었다. 하지만 이번에는 통관 절차를 밟을 필요가 없다. 나는 이곳을 떠나지 않으니까, 국내 여행객이니까. 그래도 기다려야 하기는 마찬가지다. 앙투아네트가 모든 사람들과 돌아가며 인사를 나누고, 작별의 입맞춤을 끝낼 때까지. 그러고 나서도 그녀는 출발하는 기차에 대고, 마치 전 국민에게 인사를 해야 하는 것처럼, 아주 자애롭게 손을 흔든다. 물론 그녀가 나를 잊은 건 아니었다. 내가 온다고 하자 아티가 엄청나게 좋아했단다.

"그는 곧 있을 보트 경주에 참가할 거야."

"그래? 내가 그걸 몰랐나?"

앙투아네트는 다른 사람의 관심사 같은 건 늘 잊고 산다. 아티는 첫 번째 보트 경주에는 참가하지 않으니까 내일 오전에 나와 함께 세인트길겐으로 건너갈 거라고 한다. 나는 반신반의하면서 앙투아네트의 얘기를 듣고 있다. 아티가 왜 날 기다리는지 이해가 안 된다. 이해가 안 되기는 앙투아네트 자신도 마찬가지일 것이다. 순전히 선의에서 지어낸 얘기일 테니까. "말리나가 안부 전해 달래."라고 나는 무뚝뚝하게 말한다.

"고마워. 그런데 너희들은 도대체 왜 같이 안 다니니, 아니, 저런, 저 사람들 아직도 일하고 있네! 그런데 우리의 그 사랑스런 수완가 양반은 어떻게 지내?"

그녀가 말리나를 수완가로 여기는 게 너무 의외여서 나는 웃음을 터뜨린다.

"제발, 앙투아네트, 너 지금 그를 아마 알렉스 플라이서나 프리츠와 혼동하나 본데!"

"아, 너 그럼 지금 알렉스랑 같이 사니?"

"얘가 미쳤나 봐!"

나는 기분 좋게 받아친다. 그러고선 그 수완가라는 말리나가 빈에 혼자 남아서 불편하게 지낼지도 모른다고 상상해 본다. 앙투아네트는 이제 재규어를 몰고 다닌다. 영국 차 외에는 상대하지 않는 것이다. 그녀는 자신이 발견해 낸 우회로를 통해 잘츠부르크를 빠르고 안전하게 빠져나간다. 내가 별일 없이 도착한 것에 그녀는 놀라워한다. 늘 나에 관해 이상한 얘기들이 떠돌았단다. 내가 어떤 곳에도 가지 않는다고, 적어도 사람들이 내가 나타나길 기대하는 그런 시간과 장소에는 절대 나타나지 않는다고 했다는 것이다. 나는 언제 처음으로 볼프강 호수에 왔는지(하지만 어느 날 오후 호텔에서 있었던 중요한 얘기는 빼놓는다.) 그때 머무는 동안 내내 비가 내렸고, 그건 아무 의미도 없는 여행이었다는 걸 주절주절 늘어놓는다. 사실 기억이 분명치 않은데도 그냥 비가 내렸던 걸로 해 둔다. 그래서 앙투아네트가 그에 대한 보상으로 나에게 비 내리지 않는, 햇빛이 내리쬐는 잘츠캄머구트를 보여 줄 수 있도록. 그 당시 엘레오노레는 그랜드 호텔의 주방에서 일하고 있었기 때문에 그녀와는 아주 가끔, 한 시간 정도만 만날 수 있었다. 앙투아네트가 흥분을 하며 내 말을 끊는다.

"아니, 그래, 그 사람 말이야, 도대체 왜 말해 주지 않는 거야? 어느 주방? 그랜드 호텔? 그 호텔은 벌써 없어졌잖아. 그 사람들 파산했거든. 전에는 거기 사람들 그렇게 형편없이 살지 않았는데!" 나는 얼른 엘레오노레를 묻어 버리고, 앙투아네트에게 제대로 해명하는 것도 포기하고, 나 자신을 상처 입히는 일도 그만둔다. 이곳에는 절대로 다시 오지 말았어야 했다.

지금 알텐빌의 집에서 벌써 다섯 사람이 차를 마시고 있고,

거기다 저녁을 먹으러 두 사람이 더 온다는데, '아무도 없다고, 아주 조용할 거라고 약속했잖아. 우리끼리만 있게 될 거라고.' 라며 따지고 들 용기는 나지 않는다. "그러니까 내일은 여름 동안 머물려고 아예 집 한 채를 빌린 반추라 가족이 올 거야. 주말에는 아티의 여동생이 오는데, 아기까지 함께 끌고 오겠다고 고집을 부리네. 내 말 듣고 있니? 믿을 수 없는 얘기지만, 그녀가 로트뷔츠라는 사람과 독일에서 결혼을 했다는 거 아니겠어, 타고난 사기꾼인 그 여자가 말이야, 하긴 그 재주 말고는 타고난 게 하나도 없긴 하지. 그녀가 외국에서 엄청 성공했다는데, 독일인들이야 뭐든 다 잘 속아 넘어가고, 진짜로 믿어 버리잖아. 그 아기가 킨스키 집안과 친척이고, 알텐뷜 집안과도 친척이 된다네. 그저 놀라울 뿐이지, 뭐." 앙투아네트는 여전히 놀라움에서 벗어나지 못하고 있다.

다들 차를 마시고 있는 동안 몰래 빠져나와, 마을을 지나 호숫가를 따라 산책을 한다. 어차피 이미 여기 와 버린 것은 어쩔 수 없으니 사람들이나 찾아가 봐야겠다. 이 지방 사람들은 눈에 띄게 변해 간다. 반추라 가족은 집 한 채를 빌려 볼프강 호숫가로 온 걸 미안해한다. 나는 그걸 갖고 뭐라고 하지 않았다. 어차피 나도 여기 와 있는걸……. 크리스티네는 잠시 쉴 겨를도 없이 온 집안을 누비고 다닌다. 낡은 앞치마를 걸치고 있어서 그 안쪽에 입은 비싼 이브 생 로랑 옷이 눈에 띄지 않는다. 자기들한테는 저 국경 가까이 있는 슈타이어마르크* 지방

---

* 오스트리아 동남부에 있는 주.

이 더 좋을 것 같은데, 순전히 우연히 여기 오게 된 것이란다. 축제극 같은 거야 자기들한테 전혀 상관없는 일이라지만, 어쨌든 반추라 가족은 지금 여기에 와 있지 않은가. 크리스티네는 손으로 관자놀이를 누른다. 여기 있는 모든 것이 그녀의 신경에 거슬린다. 그녀는 정원에다 야채와 허브를 심어 놓고는 자신이 만드는 모든 요리에 이 허브를 넣는다. 여기서 그들은 그렇게 소박하게, 상상할 수 없을 정도로 소박하게 살고 있다. 오늘 저녁에는 크산들이 간단히 우유죽을 준비한 덕분에 크리스티네는 한가하다. 그녀의 손이 다시 관자놀이에 가 있다. 손으로 머리카락을 쓸어내린다. 사방에 아는 사람들이 거치적거려서 사실 호수에 수영하러 가지도 않는다고, 아마 그 광경이 내 눈에도 선할 거라고 말하고는 그녀가 묻는다. "그래? 알텐뷜네 집에 있다고? 글쎄, 취향의 문제 아니겠니? 하긴 앙투아네트가 사람을 끄는 구석이 있긴 하지. 하지만 아티는 말이야……. 네가 어떻게 참고 지내는지 모르겠구나. 우리야 서로 왕래가 없으니까. 내 생각엔 그가 크산들을 질투하는 게 틀림없는 것 같아." 놀란 내가 "도대체 왜?"라고 묻는다. 경멸하는 말투로 크리스티네가 대답한다. "내가 알기로는, 아티도 한때는 그림을 그렸어. 그런데 그는 크산들처럼 누군가가 뭔가를 제대로 할 수 있다는 걸 참지 못하는 거야. 예술을 해도 어설프게 흉내밖에 못 내는 작자들이 다 그렇지, 뭐. 그러니 그 사람들과 왕래가 있든지 말든지 난 신경도 안 써. 사실 난 아티를 전혀 몰라. 가끔 앙투아네트만 마을이나 잘츠부르크의 미장원에서 마주치는 정도지. 아니, 빈에서는 한 번도 본 적 없어. 기본적으로 그들은 지독할 정도로 보수적이야. 물론 자기들이 일부러 보수적이고 싶어 하는 건 절대 아니겠지만 말이야. 그리고 앙투아네트도, 그녀가 그렇게 매력적이긴 하지만, 현대 예술에 관해서는, 부탁인데 그 불 좀 깜박거리지 말아 줄래, 그녀도 자신이 아티 알텐뷜과 결혼했다는 사실에서 벗어날 수는 없는 걸. 크산들, 나는 그냥 생각하는 대로 말할 뿐이야. 지금 이게 있는 그대로의 나란 말이야. 오늘은 정말이지 당신 때문에 미칠 지경이라고. 애들이 한 번만 더 여기 부엌에 들어오면 걔들 뺨을 때려 줄 거야. 하여간 너 한번 아티한테 알텐뷜 박사님이라고 말해 보렴. 그가 어떤 표정을 짓는지 나도 보고 싶네. 그는 아마 무슨 말도 안 되는 소리냐고 펄쩍 뛰겠지. 그 확신에 찬 공화주의자가 얼굴을 붉히면서 말이야. 자기 명함에는 수도 없이 '아서 알텐뷜 박사'라고 박아 놓고 다니면서. 그렇게 말도 안 되는 소리라고 하면서도 좋아 죽겠지. 다들 그가 누군지 알아주니까." 하지만 그건 누구나 다 마찬가지 아닌가!

해가 갈수록 점점 더 미국화되어 가는 이웃집 만들 가족의 '리빙룸'에 젊은 남자 하나가 할 일 없이 빈둥거리고 앉아 있다. 캐시 만들이 나에게 속삭인다. 내가 제대로 이해했다면, 그가 뛰어나다고 한다. 그것도 작가로서 말이다. 그리고 또 내가 제대로 들은 것이라면, 그의 이름은 마르크트 혹은 마레크가 분명한데, 나는 그런 이름에 관해서는 어디서 읽은 적도, 들은 적도 없다. 그는 아주 최근에 발굴된 작가이거나 그게 아니라면 그렇게 되길 캐시가 학수고대하고 있는 게 틀림없다. 십 분 정도밖에 안 지났는데 그 남자는 알텐뷜 가에 관해 노골적으로 묻는다. 나는 아주 간단하게 대답해 주거나 아예 아무 말도 해 주지 않는다. "도대체 알텐빌 백작이 하시는 일이 뭔가요?"라고 그 젊은 천재라는 사람이 묻는다. 그의 질문은 계속된다. 내가 알텐빌 백작과 알고 지낸 지 얼마나 되었는지, 내가 그와 정말 절친한 사이인지, 알텐빌 백작이 이러저러했다는 게 사실인지……. "아뇨, 전 모릅니다, 그가 뭘 하는지 아직 한 번도 물어보지 않았네요. 저요? 아마 2주 정도. 보트요? 아마도. 네, 그들한테 보트 두세 척이 있는 걸로 알고 있는데요, 모르겠네요. 그럴 수도 있겠죠." 마르크트 혹은 마레크라는 자는 도대체 뭘 원하는 걸까? 알텐빌 가족의 초대라도 받고 싶은 걸까, 아니면 그저 계속해서 알텐빌이라는 이름을 발음해 보고 싶은 것뿐일까? 캐시 만들은 좀 뚱뚱한 편이고, 친절한 인상을 풍긴다. 햇빛에 그을린 그녀의 얼굴은 갈색이 아니라 삶은 게처럼 빨갛다. 그녀는 콧소리로 빈식(式)의 영어를, 그리고 영어식의 빈 말을 한다. 그녀는 가족 중에서 아주 열렬한 보트 마니아인데, 보트를 전문적으로 타는 라이블을 예외로 한다면, 그녀야말로 알텐빌이 진지하게 받아들여야 할 유일한 적수인 셈이다. 만들 씨는 말수가 적고 말투가 온화한 사람인데, 말하기보다는 그냥 바라보고 있는 게 더 좋단다. 그가 말한다. "제 처한테 어떤 에너지가 숨어 있는지 당신께서는 전혀 모르실 겁니다. 보트를 타러 가지 않을 때면 저 사람은 매일 우리 집 정원을 파 엎고, 온 집안을 뒤집어 놓습니다. 그렇게 살아가는 사람들이 있는가 하면, 그런 사람들을 바라보며 살아가는 사람들도 있지요. 전 바라보는 쪽에 속합니다. 당신도 그러신가요?"

그건 나도 모르겠다. 오렌지 주스를 탄 보드카 한 잔을 받는다. 이런 걸 언제 마셔 봤더라? 마치 또 다른 잔 하나가 그 속에 들어 있는 것처럼 잔 속을 들여다보다가 갑자기 어떤 생각이 떠올라 확 달아오른다. 이 잔을 그대로 떨어뜨리거나 쏟아 버리고 싶다. 언젠가 한번, 내 생애 최악의 밤에, 어느 집 꼭대기에서 오렌지 주스를 탄 보드카를 마신 적이 있다. 바로 그 밤에 누군가가 나를 창밖으로 밀어 떨어뜨리려고 했다. 자신도 회원으로 가입해 있는 국제 요트 연맹에 관해 캐시 만들이 하는 얘기가 하나도 귀에 들어오지 않는다. 사람 좋은 만들 씨를 생각해서 내 잔을 단숨에 비운다. 그런 나를 보며 알텐벨 가가 시간 엄수를 얼마나 중요하게 생각하는지 물론 안다고 만들 씨가 한마디 해 준다. 땅거미가 지기 시작한 길로 다시 나선다. 호수 근처에서는 윙윙거리고 바스락거리는 소리가 나고, 모기와 나방 들이 얼굴 주위에 맴돈다. 쓰러지기 일보 직전인 상태로 집에 돌아가는 길을 찾는다. 자신만만한, 좋은 모습을 하고 있어야 한다. 기분 좋은 것처럼 보여야 한다. 잿빛으로 질린 얼굴을 하고 있는 나를 누구한테도 들켜서는 안 된다. 이런 얼굴은 여기 바깥 캄캄한 길 위에 남겨 두어야 한다. 그건 혼자 방에 있을 때나 해도 되는 얼굴이다. 불을 밝힌 집 안으로 들어서며, 환한 표정으로 인사한다. "안녕, 아니!" 절룩거리며 복도를 걸어오는 나이 많은 요제핀에게도 환하게 웃으며 말한다. "안녕, 요제핀!" 앙투아네트도 이 세인트볼프강 전체도 나를 죽이지야 않겠지. 그 어떤 것도 나를 두려움에 떨게 하거나 내 기억 속에서 나를 괴롭히지는 않겠지. 있는 그대로의 모습을 드러내도 상관없는 방 안에 들어섰지만 나는 무너져 내리지 않는다. 세면대 위에, 오래된 파엔차* 도기로 만들어진 대야 옆에 놓여 있는 한 통의 편지가 곧바로 눈에 들어왔기 때문이다. 우선 손을 씻고, 물은 조심스럽게 양동이에 붓고, 그 항아리 모양의 대야는 다시 제자리에 둔다. 그러고 나서 침대에 걸터앉아 이반의 편지를 손에 쥐고만 있다. 내가 여행을 떠나기도 전에 이곳으로 부친 편지다. 그는 잊지 않고 있었고, 적어 준 주소도 잃어버리지 않았다. 편지에 연거푸 입을 맞춘다. 편지 봉투 가장자리를 조심해서 뜯을까 아니면 손톱 가위나 과도로 잘라서 열어 볼까 생각한다. 우표를 들여다본다. 전통 의상을 입은 여인네의 그림이 그려져 있다. 도대체 왜 또 이 우표를? 지금 당장은 이 편지를 읽고 싶지 않다. 음악을 듣고 싶다. 그다음 잠들지 않은 채 오랫동안 이렇게 누워서 편지를 손에 쥐고, 이반의 손으로 적은 내 이름을 두고두고 읽고 싶다. 이 편지를 베개 밑에 넣어 뒀다가 나중에 밤에 끄집어내서 조심조심 뜯어 보고 싶다. 누가 노크를 한다. 아니가 고개를 들이민다. "저녁 식사 하세요, 다른 분들은 벌써 공동실에 와 계세요." 여기서는 공동실이라는 말을 쓰나 보다. 얼른 머리를 빗고, 화장을 고치고, 알텐뷜의 공동실을 보고 미소를 지어야만 하니까 남은 시간이 빠듯하다. 방 불을 채 끄기도 전에 벌써 아래에서 둔탁한 종소리가 울리고, 나는 편지를 뜯는다. 편지 머리에 내 이름을 쓰지도 않았다. 종이 위에 적힌 글은 다 합쳐서 하나, 둘, 셋, 넷, 다섯, 여섯, 일곱, 여덟 줄, 정확하게 겨우 여덟 줄밖에 안 되고, 맨 아래에는 '이반'이라고 적혀 있다.

---

* 이탈리아 북부의 도시. 15~16세기에 '마욜리카'라는 도기로 유명했다.

아래층 공동실로 달려 내려간다. “이곳은 공기가 너무 좋네요, 산책을 나가서 여기저기를 돌아보고, 친구들한테도 가 봤어요. 그런데 대도시에 있다가 와서 그런지 특히 공기가, 이 시골이 너무 좋네요!”라는 말도 이젠 할 수 있다. 앙투아네트가 분명하고 카랑카랑한 목소리로 이름을 불러가며 손님들의 자리를 정해 준다. 먼저 쇠간 완자 스프가 나온다. 특히 이곳 세인트볼프강 하우스에서는 옛 빈 요리를 고수하는 것이 앙투아네트의 원칙이다. 천박하거나 유행을 따라 하는 요리가 그녀의 식탁 위에 올라와서는 절대로 안 되며, 프랑스 요리나 스페인 요리, 이탈리아 요리도 마찬가지다. 반추라 가에서처럼 불어 터진 스파게티 면에 놀라게 될 일도 없고, 만들 가에서처럼 푹 꺼져 버린 비참한 꼴의 사바용*이 나오는 일도 없다. 요리와 요리 이름을 변조하지 않고 그대로 유지하는 것에 앙투아네트는 알텐뷜이라는 이름을 걸고 책임감을 느끼는 것 같다. 그리고 대부분의 손님과 친척 들이 자신의 이런 원칙을 분명하게 의식하고 있다는 것을 그녀도 안다. 혹시 언젠가 더 이상 빈식의 요리가 존재하지 않게 되더라도 알텐뷜의 집에서는, 그들이 살아 있는 한, 여전히 서양 자두로 만든 잼과 카이저 감자 요리, 헝가리식 고기 구이를 먹게 될 것이다. 상수도나 중앙 난방 같은 시설은 여전히 없을 테고, 아마(亞麻)로 만든 수건도 직접 손으로 짠 것일 테며, 이 집에서 사람들은 소위 환담을 나누게 될 것이다. ‘대화’나 ‘토론’, ‘모임’ 같은 말로는 대체할 수 없는, 가벼운 분위기 속에서 상대방의 얘기는 흘려듣

* 계란을 휘저어 거품을 낸 다음 설탕, 크림 등을 넣어 만드는 디저트.

고 자기 할 말이나 늘어놓는, 점점 찾아보기 힘들어지는 대화의 변종 말이다. 이렇게 환담을 하다 보면 다들 소화도 잘 되고, 기분도 좋아진다. 그런데 앙투아네트가 모르고 있는 게 있다. 그건 바로 그녀의 예술 감각이 알텐빌적인 정신 덕분에 이 방면에서 가장 훌륭하게 발휘되었다는 점, 사실 자신이 지닌 뒤죽박죽된 지식이나 우연히 손에 넣게 된 현대 예술 작품은 여기서 별로 큰 역할을 하지 않았다는 점이다. 오늘은 세계에 퍼져 있는 아티의 친척들 때문에, 그러니까 삼촌인 보몽과 그의 딸 마리 때문에 식사를 하는 도중 반은 프랑스어를 쓸 수밖에 없다. 프랑스어가 판을 치게 되면 앙투아네트가 뭔가 부탁하면서 슬쩍 끼어든다. "아티, 부탁인데, 어디서 바람이 새어 들어오는 것 같네. 그래, 느껴지는걸. 저쪽 편에서부터 바람이 새어 들어오잖아!" 아티는 두 번이나 일어나서 커튼 주위를 살펴보고는 커튼을 친 다음 창문 고리에 꼭 끼워 놓는다. "정말이지, 요즘은 우리네 수공업자들이 하는 일이라는 게 전부 다 날림 공사라니까!" "Mais les artisans chez nous, je Vous en pris, c'est partout la même chose! Mes chers amis, vous avez vu, comment on a détruit Salzburg, même Vienne! Mais chez nous à Paris, c'est absolument le même, je vous assure!"* "그래서 말이야, 앙투아네트, 오늘 당신이 이 모든 걸 다 해내는 걸 보니 감탄이 절로 나와!" "맞아, 앙투아네트는 뭐든지 잘 해낸단 말이야!" "아니, 우린 이탈리아에서 아주 소박한 그릇 한

---

* 프랑스어로 '하지만 우리 나라 수공업자들도 모두 똑같답니다! 여러분, 제 말 좀 들어 보세요. 잘츠부르크와 빈까지도 어떻게 망가졌는지 다들 아시잖아요. 파리도 마찬가지죠. 진짜라니까요!'라는 뜻이다.

벌을 주문했어, 저 아래쪽 비에트리에서 말이야, 너도 알 거야, 살레르노 못 미쳐서 있는 곳." 갑자기 매우 아름다웠던 비에트리산 큰 접시가 떠오른다. 회녹색이고, 나뭇잎 문양이 있었는데, 불에 타 없어져 버렸다. 나의 첫 번째 과일 접시였는데. 도대체 어쩌자고 오늘은 오렌지 주스를 탄 보드카도 모자라서 비에트리산 사기 그릇까지 등장해야 하는 걸까? "Vous êtes sure qu'il ne s'agit pas de Fayence?"* "맙소사."라고 앙투아네트가 큰 소리로 말한다. "곤트란 삼촌께서 절 아주 정신 못 차리게 만드시는군요, 그러니 다들 저 좀 도와주세요, 전혀 이해가 안 되네요, 파이앙스가 혹시 피엔차에서 나온 말인가요, 아니면 그거나 이거나 같은 말인가요? 아무리 배워도 끝이 없다니까." "Bassano di Grappa? Il faut aller une fois, Yous prenez la route, c'était donc, tu te rappelles, Marie?"** "Non."***이라고 마리가 쌀쌀맞게 대답하자 보몽 노인네가 계면쩍게 자기 딸을 건너보다가 도움을 청하듯 나를 바라본다. 하지만 쌀쌀맞게 구는 마리 때문에 앙투아네트는 벌써 화제를 재빨리 잘츠부르크로 돌려 버렸다. 그녀는 다진 고기를 반죽해 구운 요리를 여기저기 찔러 보면서 재빨리 나에게 소곤거린다. "틀렸어, 이 요리가 다른 때는 오늘 같지 않더니……." 그러곤 다시 다른 사람들에게는 큰 소리로 말한다. "참, 오페라 「마적」 말인데요, 다들 봤어요? 어떻게들 생각해요? 이봐요, 아니, 요제핀한테,

---

* 프랑스어로 '파엔차 도기가 아닌 게 확실한가요?'라는 뜻이다.

** 프랑스어로 '그럼 바사노 디 그라파인가? 그곳은 꼭 한번 가 봐야만 하는 곳이죠. 그런데 그리 가는 길 생각나니, 마리?'라는 뜻이다.

*** 프랑스어로 '아니요.'라는 뜻이다.

오늘 그녀가 날 아주 제대로 실망시켰다고 전해 줘요. 왜 그런지는 벌써 알고 있을 테니 당신이 그것까지 설명해 줄 필요는 없어요. 어쨌든 다들 우선 카라얀에 대해 뭐 하고 싶은 말 있나요? 나한테는 이 남자가 늘 수수께끼였다니까요!"

말라비틀어진 고기 요리와 앙투아네트의 갈채도 받지 못한 채 카라얀이 지휘했던 베르디의 레퀴엠과 어느 유명한 독일 연출가가 무대에 올렸던 「마적」 사이에 벌어진 좌충우돌을 아티가 어떻게든 해결해 보려고 애쓴다. 앙투아네트는 이 연출가의 이름을 정확하게 알고 있으면서도 당황한 나머지 그 이름을 두 번이나 잘못 발음한다. 자주 악의적으로 '초쉬케'와 '보쉬케' 사이를 오락가락하는 리나와 다를 바가 없다. 앙투아네트의 화제가 어느 틈에 벌써 다시 카라얀에게로 옮겨 가자 아티가 끼어든다. "이런 말을 해도 될지 모르겠지만, 앙투아네트한테는 모든 남자들이 다 완벽한 수수께끼 그 자체라고. 하긴 그게 바로 그녀가 남자들에게, 세상과 완전히 동떨어져 있는 것만 같은, 그러면서도 그토록 매력적인 인상을 풍기는 이유이기도 하지." 앙투아네트가 그만 웃음을 터뜨리고 만다. 그건 결혼한 여자다운, 아무도 모방할 수 없는 알텐뷜적인 웃음이다. 파니 골트만이 빈에서 가장 미인이고 '당신'이라는 말을 가장 근사하게 발음한다면, 가장 아름다운 웃음에게 돌아가야 할 상은 당연히 앙투아네트의 몫일 것이다. "아이, 당신은 꼭 그러더라, 아티! 하지만 여보, 당신이 얼마나 제대로 봤는지, 그리고 그중에서도 가장 심한 게 뭔지 당신은 전혀 모를걸."이라고 그녀가 교태를 부리며 말한다. 그러면서 자신의 접시에 담긴, 곡물 가루를 넣어 만든 플라메리 푸딩을 디저트 스푼으로 한 숟가락 가득 떠서 손을 우아하게 꺾어 자기 앞에 어느 정도 치켜들고 살짝 흔들어 보는데, 이 동작에도 교태가 넘친다. (아, 역시 요제핀은 대단해. 바로 이게 제대로 된 플라메리 푸딩이지. 그렇지만 그녀한테 이런 말은 해 주지 말아야지.) "하지만 가장 심한 건 말이야, 아티, 나에게는 바로 당신이 아직도 가장 큰 수수께끼라는 거야, 제발, 아니란 말은 하지 마!" 감동스러울 정도로 그녀의 얼굴이 붉어진다. 이전에 말해 본 적이 없는 어떤 것이 머릿속에 떠오르면 그녀는 아직도 얼굴을 붉힌다. "Je Vous adore, mon chéri."*라고 그녀가 다정하고 작게, 하지만 다른 사람들도 다 알아들을 수는 있게 속삭인다. "우리 둘 사이의 공공연한 비밀을 가지고 다른 사람들을 짜증 나게 하려는 건 아니지만요, 만약 어떤 남자가 우리에게 십 년이 지나든, 십이 년이 지나든 여전히 가장 큰 수수께끼가 되어 준다면, 그건 정말이지 아주 탁월한 선택이 아니었을까요, 제 말이 틀렸나요? Il faut absolument que je Vous le dise ce soir!"** 그녀는 박수갈채라도 기대하듯 사람들을 바라본다. 나를 바라보는 눈빛도 마찬가지다. 하지만 잘못된 위치에 서서 막 내 접시를 치우려는 아니와 눈이 마주치자 그녀의 눈빛이 순간 얼음처럼 차갑게 변한다. 그러더니 금세 그녀는 다시 아티를 사랑에 빠진 눈길로 쳐다본다. 그녀는 고개를 뒤로 젖혀 흔들어, 위로 틀어 올렸던 머리가 마치 우연인 것처럼 어깨 위로 흘러내리게 한다. 곱슬거리고, 금빛이 도는 갈색이다. 그녀는 배

* 프랑스어로 '당신을 너무나 사랑해, 여보.'라는 뜻이다.
** 프랑스어로 '오늘 저녁 당신에게 이 말은 꼭 해야겠어!'라는 뜻이다.

도 부르고, 만족스럽다. 그런데 그만 보몽 노인네가 다른 사람들 생각은 해 주지도 않고 옛날 얘기를 꺼내기 시작한다. 그때는 진짜 여름 피서지가 있던 시절이었고, 아티의 부모가 그릇과 은화, 속옷이 가득 든 상자들과 하인들, 아이들을 데리고 빈에서 이곳으로 이사 왔단다. 앙투아네트가 하품을 하며 주위를 둘러보는데, 그녀의 눈꺼풀이 떨린다. 잘못하면 백 번은 들었을 그 파란만장한 얘기가 또 펼쳐질 것 같기 때문이다. 호프만스탈*과 슈트라우스**가 매년 여름 빼놓지 않고 그들의 집에 와서 묵었다는 건 당연한 얘기고, 막스 라인하르트***와 카스너****까지도 그랬다는 것이다. 페르취 만스펠트가 쓴 진귀한 카스너 회고록도 있는데, 그 책은 우리가 지금도 한번은 꼭 봐야 한단다. 그리고 카스틸리오네의 축제도. "Une merveille sans comparaison, inoubliable, il était un peu louche, oui,***** 하지만 라인하르트는, toute autre chose,****** 진정한 신사였습니다, il aimait les cygnes,******* 물론 그는 백조들을 사랑했지요!" 마리가 "Qui était ce type là? "********라고 쌀쌀맞게 묻는다. 앙투아네트

---

* Hugo von Hofmannsthal(1874~1929). 오스트리아의 작가.

** Richard Strauss(1864~1949). 독일 출신 작곡가로 후기 낭만파의 거장. 작가 호프만스탈과 연출가 라인하르트와 함께 잘츠부르크 음악 축제를 만들었다.

*** Max Reinhardt(1873~1943). 오스트리아의 연극 연출가.

**** Rudolf Kassner(1873~1959). 오스트리아의 문화 철학자이자 저술가.

***** 프랑스어로 '그건 비길 데도 없고, 잊을 수도 없는 그런 경이로움이었어요, 그런데 그는 약간 이상한 구석이 있긴 했지요.'라는 뜻이다.

****** 프랑스어로 '전혀 다른 면이 있었어요.'라는 뜻이다.

******* 프랑스어로 '그는 백조를 사랑했어요.'라는 뜻이다.

******** 프랑스어로 '도대체 그 사람이 누군데요?'라는 뜻이다.

는 난들 알겠느냐는 뜻으로 어깨를 으쓱하고 말지만, 아티가 친절하게 이 노인네를 거들고 나선다. "곤트란 삼촌, 산악 여행 가셨을 때 일어난 그 엄청 웃긴 얘기 좀 들려주세요, 다들 아는지 모르겠네, 고산 등반이 막 시작된 무렵이었는데, 그게 정말이지 죽을 정도로 재미있는 얘기야, 앙투아네트, 당신 그거 알고 있어? 곤트란 삼촌이 아를 산에서 아를 산 기술을 배웠던 최초의 스키어들 중 한 사람이었다는 거 말이야, 그때가 크리스티아나와 텔레마르크의 시대였나요? 그리고 또 삼촌은 해바라기씨 다이어트와 일광욕을 맨 처음 고안해 낸 사람들 중 하나라고, 그 당시 그건 정말 용감무쌍한 짓이었지, 발가벗고는…… 삼촌, 얘기 좀 해 보세요!" 하지만 앙투아네트가 그만 쐐기를 박는다. "죽겠군……. 여러분, 전 원하는 대로 실컷 먹을 수 있다는 게 기뻐요, 몸매야 어찌 됐든 간에." 그러고는 아티를 흘겨보더니, 냅킨을 내려놓고 일어선다. 우리 모두 그 작은 공동실에서 바로 옆방인 큰 공동실로 옮겨 가서 모카커피를 기다린다. 자기 딴에는 다른 사람들을 즐겁게 해 주려고 보몽 노인이 아를 산과 크나이프식 수욕 요법, 나체 일광욕이나 금세기 초에 있었던 어떤 모험적인 사건에 관해 얘기를 들려주려는데 앙투아네트가 또 한 번 막고 나선다. "방금 내가 카라얀 얘기를 꺼냈는데, 도대체 저 양반이 다른 사람 말을 제대로 듣고나 있는 건지 알 수가 없네. 계속 정신이 딴 데 가 있잖아. 제발, 아티, 그렇게 애원하는 눈빛으로 날 쳐다보지 마. 알았어 입 다문다고. 그런데 말이에요, 크리스티네의 히스테리에 대해서는 다들 어떻게 생각해요?" 그러더니 갑자기 날 보고 말한다. "그 여자한테 도대체 무슨 일이 있었는지 말해 줄 수 있어? 그 여자는 항상 꼭 무슨 긴 빗자루라도 삼킨 것처럼 빳빳하게 해서는 날 쳐다보더라. 그래도 난 늘 다정하게 인사를 건네는데 말이야. 잘난 체나 하고 다니는 그 철딱서니 없는 여자는 나한테 재수에 옴 붙기만 빌고 있는 사람 같다니까. 하기야 조각을 한다는 그 반추라 씨 말이야, 전에 리젤한테 그랬던 것처럼, 그 사람이 또 크리스티네가 신경을 곤두세울 일만 해 댔겠지. 그런 걸로 악명 높은 사람이니까. 그래서 늘 화실 안에서 맴돌 수밖에 없으니 그의 예술적 재능이 완전히 고갈되고 말았잖아, 거기다 살림살이까지도. 그렇게 보면 이해가 안 되는 건 아냐. 그래도 그런 남자와 남들 앞에 나설 때는 좀 침착해야 하는 거 아니니? 그는 정말이지 재능은 타고났다니까. 아티가 그의 초기작들을 샀는데, 그걸 보여 줘야겠구나. 우리가 산 작품들이 크산들의 최고 걸작이란다!"

이제 한 시간만 더 지나면, 침대 속에 들어가 깃털로 속을 채운 두꺼운 시골 이불을 덮을 수 있다. 잘츠캄머구트는 저녁이면 아직도 여전히 서늘하기 때문이다. 밖에서는 뭔가 깜박거리고, 방 안에서도 윙윙거리는 소리가 나기 시작하겠지. 침대에서 내려가 서성이며 윙윙거리는 곤충을 찾아봐도 그게 눈에 띄지는 않을 테지. 그러고 있자면 나방 한 마리가 램프 위에 조용히 앉아 몸을 녹이고 있지 않을까……. 그걸 때려 죽일 수도 있겠지만, 당장 나한테 아무 짓도 안 하는데 그럴 수야 없다. 그래도 금방 다시 윙윙거릴 게 틀림없다. 나에게서 살해 욕구를 불러일으키려고 그렇게 고문하는 듯한 소음을 내겠지. 가방에서 몇 권의 범죄 소설을 꺼낸다. 뭘 좀 읽어야겠다. 그런데 몇 쪽이 넘어간 뒤에야 벌써 읽었던 책이라는 걸 깨닫는다. 『살인은 예술이 아니다』. 작은 피아노 위에 앙투아네트의 악보들이 널려 있고, 『노래와 곡조』라는 두 권짜리 책도 보인다. 그 책을 군데군데 펼쳐 보면서, 어릴 때 연주했던 대로 몇 소절을 조용히 쳐 본다. 떨지어다, 비잔티움이여……. 페라라의 영주여, 일어서라……. 죽음과 소녀, 「대령의 딸」에 나오는 행진곡…… 샴페인의 노래…… 여름의 마지막 장미. "떨지어다, 비잔티움이여!"라고 작은 소리로 노래를 불러 보지만 음정이 틀렸다. 더 작은 소리로, 이번에는 틀리지 않고 제대로 "눈으로 마시는 와인이여……."라고 노래를 부른다.

아티와 나, 둘뿐인 아침 식사를 끝내자마자 우리는 그의 모터보트를 타고 떠난다. 아티는 목에 크로노미터*를 걸고 있다. 그가 나에게 갈고리가 달린 막대를 건네주었는데, 다루기가 어려워서 그에게 다시 돌려주려다가 그만 떨어뜨린다. "이런, 머리가 좋은 게 아니구만. 그걸로 삿대질을 해야지. 삿대로 선착장을 이렇게 미는 거야. 보트를 물에 띄워야 하잖아!" 아티는 평소에는 절대 고함을 지르는 법이 없는 사람인데, 보트만 타면 고함을 지를 수밖에 없게 된다. 그것만으로도 벌써 나는 보트가 싫어질 것만 같다. 후진 상태로 호수로 달려 나간 다음 아티가 배를 틀어 방향을 바로잡는다. 호수나 바다에서 모터보트를 탔던 때를 생각하니 그 당시 그 장소들이 다시 내 눈에 선하다. 그러니까 이른바 잃어버린 호수인 셈인데, 그게 바

* 국제적으로 공인된 크로노미터 기관의 인증을 받은 고정밀 시계.

로 여기였다! 물 위를 쏜살같이 가르며 그곳으로 달려가고 있다는 게 얼마나 근사한지 아티에게 얘기해 주고 싶지만, 그는 내 말에 귀를 기울일 분위기가 아니다. 그의 머릿속엔 경주가 시작되기 전에 저편으로 건너가야겠다는 생각뿐이다. 세인트 길겐 근처에 멈춰 선 우리 보트는 물결을 타고 출렁인다. 첫 번째 총성이 울린 지 십 분이 더 지나고 나서야 마침내 두 번째 총성이 울린다. 일 분마다 공을 빼앗아 간다. "보이니? 이제 마지막 공들을 잡고 있어." 내 눈에는 아무것도 보이지 않지만, 출발 총성은 내 귀에도 들린다. 우리는 달리기 시작한 보트들 뒤에 있다. 내 눈에는 우리 앞에 있는 보트 한 대가 돛을 돌려 배가 나아갈 길을 바꾸고 있는 것만 보인다. 경기를 유리하게 이끌어 가기 위한 조정이라고 아티가 설명해 준다. 경주를 방해하지 않으려고 우리는 아주 천천히 나아간다. 이 불쌍한 경주자들의 조종 솜씨를 바라보며 아티는 머리를 좌우로 젓는다. 이반은 보트를 아주 잘 탄다고 했는데, 어쩌면 우리 둘이 함께 보트를 타러 가게 될지도 모르겠다, 내년쯤에, 아마 지중해로. 이반은 우리나라에 있는 작은 호수들을 그리 탐탁해하지 않으니까. 아티가 흥분한다. "저 양반, 머리가 나쁜 모양이군. 너무 가까이 갖다 대잖아. 저기 저 사람은 아예 밖으로 벗어나 헤매는군." 내가 거의 모든 배들이 가만히 서 있는데 갑자기 달리기 시작한 보트 한 대를 가리키자 아티는 "저 사람 혼자 돌풍을 만났군."이라고 말한다. "뭘 만났다고?"라고 내가 되묻는다. 아티가 아주 잘 설명을 해 주는데도 그의 얘기는 귀에 들어오지 않고, 나는 그저 이 장난감 같은 배들이 떠 있는, 나의 잃어버린 호수만 바라보고 있을 뿐이다. 다른 사람들과는 아주 멀리 떨어진 채, 여기서 이반과 둘이서 배를 타고 싶다. 비록 내 손의 피부가 찢겨 나가고, 돛을 버티는 활죽 아래로 기어 다녀야만 하더라도. 경주에 참가한 모든 보트들이 돌아야 하는 첫 번째 부표로 배를 몰던 아티가 어이없어한다. "저기서는 아주 바짝 붙여서 돌아야만 하는데, 두 번째 배가 지금 적어도 50미터는 손해 본 거야. 일인용 보트에 타고 있는 저 사람은 바람을 제대로 이용하지 못하네." 그러고는 아티에게서 진짜 바람과 가짜 바람이 있다는 얘기를 듣게 되는데, 이 얘기가 아주 마음에 든다. 감탄해 마지않는 눈길로 아티를 바라보며 배운 것을 다시 되새긴다. "배를 탈 때 염두에 둬야 하는 건 바로 가짜 바람이다."

내가 적극적으로 관심을 보이자 아티의 기분이 누그러진다. "저 배에 앉아 있는 저 남자의 모양새가 웃기다고 여길 게 아냐. 훨씬 더 뒤로 당겨야지. 그렇지, 드디어, 이제 저 사람 차고 나가잖아, 더, 좀 더!" "아주 아늑해 보이는데."라고 내가 말하자 아티가 다시 짜증을 내며 말해 준다. 아늑한 게 아니라고, 저 사람이 생각하는 건 바람과 자기 배밖에 없다고. 나는 하늘을 올려다보면서 항해에서 열풍이란 무엇인지, 그게 상승 온난 기류와는 무슨 관계가 있는지 기억해 내려고 해 본다. 그러다 시선을 돌리니 호수가 이제 더 이상 밝은 색 혹은 납빛의 호수가 아니다. 좀 더 어두워진 물결이 만들어 낸 선들은 뭔가를 의미하는 것만 같다. 지금 두 대의 배가 거의 앞으로 나가질 못하다가 그만 바람이 불어 대는 방향으로 기울어진다. 그들은 돛을 다시 제대로 세워 보려고 애쓴다. 그들을 향해, 그러니까 다음 부표 근처로 좀 더 다가가자 온도가 낮아지면서

서늘해진다. 아티는 이 상태로 계속하는 것은 의미가 없기 때문에, 아마도 이제 '총을 쏘아서' 경주를 끝낼 거라고 생각한다. "정말이지 아무 의미도 없어."라고 아티가 말한다. 그는 자신이 왜 이 경주에 참가하지 않았는지 알고 있다. 우리는 더 거칠어진 물결을 타고 출렁거리면서 집으로 향한다. 갑자기 아티가 모터를 끈다. 우리 쪽으로 오고 있는 라이블을 발견했기 때문이다. 그도 지금 세인트길겐에 있다. "저기 있는 거대한 증기선은 도대체 뭐야?"라고 내가 묻고, 아티가 소리친다. "그건 증기선이 아냐, 그건……."

두 남자가 손을 흔든다. "안녕, 알텐뷜!" "안녕, 라이블!" 보트 두 대가 나란히 붙어 있고, 남자 둘이 흥분해서 얘기를 나눈다. 라이블은 아직 자기 배를 꺼내지 않았다고 한다. 아티가 그를 내일 점심 식사에 초대한다. '또 한 사람 늘었군.'이라고 나는 생각한다. 그러니까 저 작달막한 사람이 자신의 카타마란*을 타고 경주란 경주는 모두 휩쓸어 버린다는, 그 무적의 라이블이다. 아티처럼 고함을 지를 수는 없으니까 나는 공손하게 손을 흔들고는, 한 번씩 백미러로나 그를 곁눈질한다. 오늘 저녁에 이 라이블이란 사람이 온 세인트길겐에다 대고 아티가 앙투아네트도 없이 웬 금발 여자와 함께 있는 걸 봤다고 떠들고 다닐 게 뻔하기 때문이다. 하긴 저 무적의 라이블 씨야 알 리가 없겠지. 앙투아네트가 오늘은 무슨 일이 있어도 미장원에 가야만 한다는 걸, 그리고 이제 아티가 누구와 함께 호수를 질주하든 그녀에게는 전혀 상관없는 일이라는 걸 말이

* 동체(胴體)가 둘인 작은 배.

다. 석 달째 아티는 오직 호수와 배만 생각하고 있으니까. 앙투아네트가 누구든 둘만 있게 되면 괴로워하며 털어놓는 표현을 그대로 빌자면, 그의 머릿속에는 이 빌어먹을 호수 말고는 그 어떤 것도, 전혀 아무것도 들어 있지 않으니까.

아티가 돛 제조 업자와 만나기로 했기 때문에 우리는 저녁 늦게 다시 한 번 호수로 나가야 한다. 30~35노트의 속도로 약속 장소에 향한다. 밤이라 서늘하다. 앙투아네트는 「예더만」*의 초연(初演)을 보러 가느라 우리에게서 떨어져 나갔다. 계속해서 내 귀에 노랫소리가 들려온다. '저 멀리 축복받은 땅을 꿈꾸어라…….' 난 베네치아에 있다. 나는 빈을 생각한다. 난 물 위를 바라보고, 물속을 들여다보고, 내가 헤쳐 나가고 있는 어두운 역사를 들여다본다. 이반과 나는 어두운 역사일까? 아니, 그는 아니다. 나만이 어두운 역사에 속한다. 들리는 건 모터 소리뿐이다. 호수 위의 풍경이 아름답다. 일어서서 창틀을 꼭 잡는다. 벌써 건너편 강가에 초라한 불빛들이 줄지어 늘어서 있는 게 보인다. 그렇게 버려진 채 밤새 깜박이겠지. 내 머리카락이 바람에 나부낀다.

……그리고 살아 있는 인간이라고는 그녀 말고는 하나도 없었고, 그녀는 방향 감각을 상실했다……. 마치 모든 것이 움직이고 있는 것만 같았다. 버드나무 가지들이 물결치고, 강물은 제 갈 길을 찾아 흘러갔다……. 생전 처음 느끼는 불안함이 그녀 안에 자리

---

* 호프만스탈의 희곡.

잡고, 그녀의 마음을 무겁게 짓눌렀다…….

만약 순풍이라도 불어 주지 않는다면 지금 세인트길겐으로 가는 도중에 그만 엉엉 울어 버릴지도 모르겠다. 모터가 털털거리다가 완전히 멈춰 버리는 게 아닌가. 아티는 닻과 그 부속품을 모두 배 밖으로 던지면서 나에게 뭐라고 소리를 치고, 난 그가 시키는 대로 한다. 배에서는 뭐든지 시키는 대로 해야만 한다고 배웠다. 단 한 사람만이 지시를 내릴 수 있다. 비상사태를 대비해 챙겨 둔 휘발유 통을 아티가 못 찾고 있다. 이 배 위에서 그것도 이 추위 속에서, 온 밤을 꼬박 지새야 한다면, 그럼 난 어떻게 될까? 우리를 발견해 줄 만한 사람도 하나도 없고, 강가에서도 꽤 멀리 나와 버렸다. 그러다 드디어 우리는 그 휘발유 통과 깔때기를 찾아낸다. 아티가 보트 앞쪽으로 올라가고, 나는 등불을 들고 섰다. 정말 다시 강가로 가고 싶은 건지 이제는 나도 잘 모르겠다. 모터에 다시 시동이 걸리고, 우리는 닻을 끌어 올리고 집으로 향하는데, 서로 아무 말이 없다. 하마터면 물 위에서 밤을 지샐 뻔했다는 걸 아티도 알기 때문이다. 우리 둘 다 앙투아네트에게는 아무것도 말해 주지 않는다. 우리는 슬쩍 호수 건너편 쪽 사람들에게 안부 인사를 한다. 거짓으로 안부 인사를 꾸며 내는 중 나는 그만 그쪽 사람들 이름을 잊어버리고 말았다. 건망증이 갈수록 더 심해진다. 저녁을 먹는 동안, 오늘 앙투아네트와 함께 초연을 보고 온 에르나 차네티에게 무슨 말을 해야 할지, 무슨 말을 하려고 했는지 떠오르지 않아서, 빈에서 코페키 씨가 안부를 전하더라는 말을 일단 꺼내 본다. 에르나가 의아해한다. "코페키 씨라니요?" 나는 미안하다고 사과한다. 착각한 게 틀림없는 것 같다. 빈에서 누군가가 그녀에게 안부를 전해 달라고 했는데, 그게 마르틴 라너였나? "그럴 수도 있는 일이죠, 그럴 때도 있어요." 에르나가 좋게 넘어가 준다. 저녁 식사 내내 곰곰이 생각한다. 그럴 수도 있는 문제가 아닌데, 안부 인사가 아니라 뭔가 중요한 것이었을 텐데, 어쩌면 에르나에게 뭔가 부탁할 게 있었을지도 모르는데, 잘츠부르크의 시가 지도도 아니었고, 호수와 잘츠캄머구트의 지도도 아니었으며, 미장원이나 드로거리* 에 대해 물어볼 것도 아니었는데……. 맙소사, 에르나한테 말하거나 물어봐야만 했던 게 도대체 뭐였을까! 그녀한테 바라는 게 하나도 없는데, 그래도 그녀에게 뭔가 물어봤어야 했다니. 큰 공동실에서 모카커피를 마시는 동안에도 에르나를 바라보며 계속 죄의식을 떨쳐 버릴 수가 없다. 그게 무엇이었는지 결코 다시는 생각나지 않을 테니까. 내 주변 사람들에 대해서는 이제 아무것도 생각나는 게 없다. 자꾸만 잊어버린다. 이름은 물론이고 안부 인사도, 물어볼 말도, 전해야 할 얘기도, 떠도는 소문도 다 잊어버린다. 볼프강 호수도 필요 없고, 휴양도 필요 없다. 저녁이 되고, 환담이 시작되면 숨이 막힌다. 진짜로 다시 발작이 일어나는 건 아니지만, 은근히 그런 느낌이 든다. 겁이 나 숨이 막힌다. 잃어버릴까 봐 겁이 난다. 내게 아직도 뭔가 잃어버릴 게 남아 있다. 나는 모든 걸 다 잃어버릴 수밖에 없을 것이다. 단 하나 중요한 게 있는데, 그게 뭔지 나는 안다. 여기 알텐뷜 가에 다른 사람들과 함께 빈둥거리며 앉아 있을 수

* 처방이 필요 없는 의약품이나 화장품, 샴푸, 비누, 휴지 등을 취급하는 가게.

가 없다. 침대에서 받아먹는 아침 식사는 편안하고, 호숫가를 따라 달리는 것은 건강에 좋으며, 세인트볼프강까지 가서 신문과 담배를 사 오는 것도 괜찮은 일이지만, 다 쓸데없는 짓이다. 언젠가는 여기서 보낸 하루하루를 끔찍할 정도로 아쉬워하리라는 걸, 삶은 몬트 호숫가에 있는데 여기서 이렇게 하루하루를 보내야 했기에 언젠가는 경악의 비명을 지르리라는 것을 깨닫는다. 그건 그 무엇으로도 절대로 보상되지 않을 것이다.

한밤중에 큰 공동실로 다시 내려간다. 아티의 서가에서 『범주자(帆柱者) ABC, 뱃머리에서 후미까지』, 『바람을 이용하는 법』 같은 책들을 꺼낸다. 꽤나 끔찍한 제목들이다. 아티에게도 이런 제목은 어울리지 않는다. 우연히 또 다른 책 한 권이 내게 걸렸다. 『매듭 만들기, 밧줄 꼬기, 삭구* 장치하기』. 나한테 딱 맞는 책일 것만 같다. '이 책은 아무런 전제도 없으며…… 체계적으로 아주 명확하게 다루어지고 있고…… 호엔촐레른 매듭법에서부터 사슬 삭구에 이르기까지 장식 매듭을 완성할 수 있도록 이해하기 쉽게 지도해 준다.' 지금 나는 이해하기 쉬운 초보자용 교본서를 읽고 있다. 수면제는 이미 복용했다. 이제 시작해서 뭘 어쩌자고? 언제 떠날 수 있을 것이며, 도대체 어떻게 떠날 수 있단 말인가? 여기서라면 보트 타는 법을 금방 배울 수도 있을 텐데, 하지만 그러고 싶지 않다. 떠나고 싶다. 이제는 나에게 더 필요한 게 있을 것 같지도 않고, 완전한 삶을 위해 배의 균형 잡는 법을 반드시 알아야만 할 것 같지

* 배에서 쓰는 로프나 쇠사슬 따위를 통틀어 이르는 말.

도 않다. 책을 읽는 동안에는 눈이 감긴 적이 없다. 지금도 역시 눈이 감기지 않겠지. 집으로 돌아가야겠다.

새벽 5시에 전화를 걸기 위해 큰 공동실로 살금살금 내려간다. 지금 이 전보는 앙투아네트한테 비밀로 해야 하는데, 그럼 그녀한테 이 전보료는 어떻게 지불해야 할지 모르겠다. "전보 수신국입니다, 잠시만 기다려 주세요, 잠시만 기다려 주세요, 잠시만 기다려 주세요, 잠시만 기다려 주세요……." 담배를 피우면서 기다리고, 또 기다린다. 찰칵 하는 소리가 나더니 젊고 발랄한 여자 목소리가 묻는다. "가입자의 성함이 어떻게 되시나요? 번호는요?" 조마조마한 마음으로 알텐뷜의 이름과 전화번호를 작게 속삭인다. 그 여자가 금방 다시 전화를 걸겠단다. 벨이 울리자마자 수화기를 집어들고, 집안의 그 누구도 내가 하는 말을 듣지 못하도록 속삭이듯 아주 작은 소리로 말한다. "말리나 박사, 웅가르 가 6번지, 빈 제3구. 전보문: 급히 빈으로 돌아가야 해서 긴급 전보 요청. 내일 저녁 도착. 안녕……."

오전에 말리나한테서 전보가 온다. 급한 볼일이 있는 앙투아네트는 그저 잠깐 의아해하고 만다. 알텐뷜네서 지내는 게 어땠는지 아주 소상히 알고 싶어 하는 크리스티네가 나를 잘츠부르크까지 태워다 준다. 앙투아네트의 히스테리가 아주 굉장하다고 들었단다. 아티는 영리한 사람이긴 하지만 그런 앙투아네트가 그를 완전히 미치게 만든다고 한다. "아니, 뭐라고? 그런 건 전혀 눈치 못 챘는걸, 나라면 그럴지도 모른다는 생각조차 못했을 거야."라고 나는 말한다. 크리스티네가 말한다.

"물론 네가 좋아서 그런 사람들 집에 머물렀던 거라면 당연히 그랬겠지. 그냥 널 우리 집에 초대할걸 그랬어, 우리랑 있었으면 진짜로 조용히 푹 쉴 수 있었을 텐데 말이야. 우리 사는 거야 사실 끔찍할 정도로 단순하거든." 창밖을 내다보며 뭐라고 대꾸할 말을 찾아내려 애쓰지만 아무것도 떠오르지 않는다. 나는 말한다. "있잖아, 나는 알텐빌네랑 알고 지낸 지가 벌써 아주 오래됐거든. 천만에, 아냐, 그래서 그들을 감싸는 게 아니라, 난 그 사람들을 참 좋아해. 아니, 그들은 정말이지 피곤한 타입이 아냐. 도대체 왜들 피곤한 타입이라고 하는 거지?"

너무 힘들다. 차를 타고 가는 동안 내내 울음을 꾹꾹 참는다. 언젠가는 잘츠부르크가 나타나겠지. 15킬로미터만 더, 5킬로미터만 더. 우리는 기차역에 서 있다. 크리스티네는 누군가와 만나기로 약속했는데, 갑자기 그 전에 뭘 좀 사야겠다는 생각이 떠오른 모양이다. 나는 말한다. "그냥 가. 이런, 상점들이 금방 문 닫겠네!" 마침내 나는 혼자 서 있게 된다. 내가 탈 기차가 보인다. 저 여자는 늘 앞뒤가 안 맞는다. 물론 나도 앞뒤가 안 맞는다. 내가 사람들을 더 이상 못 견디는 지경에 이르렀다는 것을 왜 지금까지 깨닫지 못했을까? 언제부터 이렇게 된 거지? 내가 도대체 어떻게 된 걸까? 린츠를 지나고, 아트낭푸흐하임을 지나는 동안 마치 마취라도 당한 것처럼 꼼짝도 하지 않는다. 손에 들고 있는 책 『에케 호모(Ecce homo)』*만 위아래

* 독일어로 '이 사람을 보라'는 뜻으로, 독일의 철학자 니체가 쓴 자서전적 성격의 저서.

로 흔들릴 뿐이다. 말리나가 기차역에 마중 나와 있길 바랐지만 아무도 없다. 전화를 걸어야만 하는데, 나는 기차역이나 전화박스, 우체국에서 전화 거는 것을 싫어한다. 전화박스 안은 아예 생각조차 할 수 없다. 나는 언젠가 감옥에 갇힌 적이 있는 게 틀림없는 것만 같다. 전화박스 안에서는 전화를 걸 수가 없다. 이제는 카페 안에서도 더 이상 전화를 걸 수가 없다. 친구들 집에서도 마찬가지다. 전화를 걸기 위해서는 내 집에 있어야만 한다. 아무도 내 근처에 얼씬거려서는 안 된다. 기껏해야 말리나 정도는 괜찮다. 그는 내 얘기에 귀를 기울이지 않으니까. 하지만 지금은 사정이 완전히 다르다. 폐소 공포증 때문에 진땀을 흘려 가며 서부역의 어느 전화박스 안에서 전화를 건다. 여기서 내게 무슨 일이라도 생기면 안 되는데, 정말이지 미치겠다. 이 전화박스 안에서 나한테 아무 일도 생기면 안 되는데.

여보세요, 나야, 정말 고마워.

하지만 나는 6시나 돼야 서부역에 나갈 수 있을 것 같은데…….

제발 좀 와 줘, 이렇게 부탁할게, 좀 더 일찍 나서 봐.

그럴 수 없다는 거 알잖아, 난…….

제발, 그럼 그 일은 그냥 놔두고 와, 난 제때 도착했는데.

이러지 마. 그렇게는 안 돼. 도대체 무슨 일이야. 목소리가 왜 그래?

아무렇지도 않아, 그 일은 그냥 내버려 두고 와. 물론 너한테 얘기하는 거지.

일을 그렇게 복잡하게 만들지 말라니까. 택시를 타.

그럼 우리 오늘 저녁엔 보는 거지? 그러니까 넌…….

그래, 오늘 저녁엔 집에 있을 거야. 틀림없이 보게 된다고.

말리나가 당직이라는 걸 잊고 있었다. 택시를 잡는다. 프란츠 페르디난트 대공이 사라예보에서 살해될 때 타고 있었던 그 기분 나쁜 자동차를, 그 피투성이 군복 상의를 도대체 요즘 누가 다시 보고 싶어 한단 말인가? 말리나의 책을 한번 살펴봐야겠다. 승용차, 그래프 & 슈티프트, 등록 번호 A Ⅲ-118, 이중 무개차 스타일, 4기통, 115mm 보링, 140mm 피스톤, 28/32마력, 모터 번호 287. 뒤쪽 차체는 첫 번째 (폭탄) 암살 공격 때 튀어 나간 파편들로 손상되었고, 오른쪽 차체에는 대공비의 죽음을 초래한 총알이 관통한 구멍이 보이고, 바람막이 창 오른쪽에는 1914년 6월 28일에 달려 있던 대공 깃발이 그대로 꽂혀 있고…….

군사 박물관 카탈로그를 든 채 이 방 저 방을 다 다녀 본다. 마치 몇 달 동안 아무도 살지 않았던 집 같다. 말리나 혼자만 있으면 집을 어지르는 법이 없기 때문이다. 리나 혼자 집에 있는 아침이면 종종 상자나 장 속에 있던 내 물건들이 사라지고, 먼지도 내려앉지 않는다. 오직 나 때문에 채 몇 시간도 되지 않아 먼지가 쌓이고, 더러워지고, 책들이 뒤죽박죽이 되고, 쪽지가 사방에 널려 있게 된다. 지금은 아직 아무것도 널려 있지 않지만……. 떠나오기 전에 세인트볼프강으로 올지도 모를 우편물을 보내 달라고 아니에게 빈 봉투 하나를 남겼다. 아마 겨우 그림엽서에 지나지 않을 테고 그러니 별다른 소식이 들어 있을 리도 없겠지만, 그래도 나는 그 엽서가 필요하고 엽서를 받으면 이 서랍 한 칸에 그걸 꼭 넣어 두어야겠다. 파리와 뮌헨에서 온 편지들와 엽서들 옆에, 빈에서 세인트볼프강으로 부쳐진 그 편지 바로 위에. 그러니까 아직 몬트 호수에서 온 것이 없다. 전화기 앞에 앉아서 담배를 피우면서 기다린다. 이반의 전화번호를 돌린다. 그의 집에 벨이 울리도록 내버려 둔다. 하루 종일 울려도 그가 받을 리 없건만. 인적 끊긴, 뜨겁게 달아오른 빈을 하루 종일 돌아다닐 수도 있고, 그냥 여기서 빈둥거리며 할 일 없이 앉아 있을 수도 있다. 나는 정신이 나갔다. 정신이 없다. 정신이 없다는 건 무엇일까? 정신이 없다면, 그 정신은 도대체 어디에 있단 말인가? 안팎으로 다 정신이 없는 상태고, 사방에도 정신이 없다. 나는 이제 원하는 곳에 앉을 수도 있고 가구들을 만져 볼 수도 있다. 도망쳐 나왔으니, 다시 이렇게 정신이 없는 상태로 살고 있으니, 기뻐할 수도 있으련만. 나는 내 나라로 돌아왔는데, 그런데 그 나라가 여기에 없다. 내가 드러누울 수 있는 나의 고결한 나라가 여기에 없다.

전화할 사람은 말리나밖에 없는데, 받아 보니 이반이다.

너 도대체 뭐야, 난 저쪽에다가…….

갑자기 내가, 아주 급한 일이었어, 나도 막…….

그게, 우린 좋았어, 그래, 애들이 안부 전해 달라고 하네.

그쪽도 날씨가 아주 좋았어, 아주.

하지만 넌 늘, 만약 그래도 네가 꼭…….

물론 안됐지, 하지만 유감스럽지만 그럴 수밖에…….

끊어야겠어. 지금 당장 우리는…….

나한테 엽서 보냈어? 아직 안 보냈어? 그럼…….

웅가르 가로 보낼게. 아냐, 꼭 보낼게.

그렇게까지 중요한 건 아닌데, 네가 보낼 수 있다면.

물론 보낼 수 있지, 조심히 잘 지내고, 걱정 좀 시키지 말고.

안 그럴게, 절대로 걱정할 일 없을 거야, 이젠 끊어야겠어!

말리나가 방으로 들어왔다. 그가 나를 붙잡는다. 나도 그를 붙잡는다. 그에게 매달린다. 더 꼭 매달린다. "거기서 거의 미칠 뻔했어, 아니, 호수에서뿐만 아니라, 전화박스 안에서도, 미치는 줄 알았다니까!" 말리나가 내가 진정이 될 때까지 나를 꼭 잡아 준다. 내가 진정이 되자 그가 묻는다. "뭘 읽고 있니?" 나는 말한다. "관심이 생겨서, 관심을 느끼기 시작해서." 말리나가 말한다. "하지만 너 스스로 그렇게 믿지 않잖아." 나는 말한다. "넌 아직 날 안 믿는구나. 그래, 네가 옳아, 하지만 언젠가는 관심이 생길지도 모르지, 너한테도 관심이 생기고, 네가 하는 모든 것, 네가 생각하고 느끼는 모든 것에도 말이야!"

내 말에 말리나가 의미심장한 미소를 짓는다. "하지만 너 스스로 그렇게 믿지 않는다니까."

가장 긴 여름이 시작될 것 같다. 모든 거리가 텅 비었다. 정신이 몽롱한 상태로 이 황량함 속을 돌아다닌다. 알브레히트 승강장과 요제프 광장의 우람한 문들은 굳게 닫혀 있겠지. 언젠가 여기서 뭔가를 찾아 헤맸는데, 그게 무엇이었는지 영 생각나지 않는다. 그림, 종이, 책? 시내를 정처 없이 걸어다닌다. 걸음을 옮기고 있노라니 그게 무엇이었는지 어렴풋이 느껴지기 시작한다. 제국 다리 위에 서 있으니 그게 너무나 선명해지면서 나는 충격을 받는다. 이 다리 위에 서서 도나우 운하에 반지를 던져 버린 적이 있다. 결혼을 했다. 결혼까지 했던 게 틀림없다. 몬트 호수에서 올 엽서는 이제 더 이상 기다리지 않을 것이다. 이반과 함께하려면 이제 내가 더 많이 참아야 한다. 그걸 내게서 도저히 떨쳐 버릴 수가 없다. 이성적으로 파악하려고 그렇게 노력했건만 내 몸에서는 이미 그 일이 벌어졌다. 내 몸은 십자가를 짊어진 채 한결같이, 차분하면서도 고통스러운 발걸음으로 그를 향하고 있다. 완전한 삶을 위한 것이리라. 프라터 유원지에 이르자 한 경비원이 친절하게 말한다. "여기 더 계시면 안 됩니다. 밤에는 불량배들이 나다니는데, 집으로 가세요!"

집에 가는 게 제일 낫겠다. 새벽 3시에 양쪽으로 사자 머리상(像)이 달린, 웅가르 가 9번지 대문 앞에 기대 서 있다. 그러고는 잠시 동안 웅가르 가 6번지 대문 앞에도 서 있는다. 나의 수난 속에서, 9번지를 향한 길을 올려다보며. 그의 집에서 내 집에 이르는 길이, 자진해서 걸어온 나의 수난의 역사가 어린 그 길이 내 눈앞에 있다. 우리의 창문들은 어둡다.

빈은 침묵한다.

2
제3의 남자

말리나가 모든 것을 물어봐 줘야 한다. 하지만 그가 물어보지 않았는데도 나는 "이번에는 장소가 빈이 아냐."라고 말해 준다. 이 장소는 어디에나 다 있는 곳이면서 동시에 그 어디에도 없는 곳이다. 시간도 오늘이 아니다. 시간이란 것은 더 이상 존재하지 않는다. 왜냐하면 어제였을 수도 있고, 그보다 더 오래되었을 수도 있으며, 다시 반복될 수도 있고, 항상 그럴 수도 있으며, 어쩌면 아예 없었던 일일 수도 있기 때문이다. 서로 뒤섞여 있는 시간들에 대한 척도는 존재하지 않으며, 시간 속에 존재한 적이 없는 일이 벌어지는 비시간(非時間)에 대한 척도도 존재하지 않는다.

말리나는 모든 걸 다 알아야 한다. 그런데도 나는 정해 버린다. 이건 오늘 밤 꾸는 꿈이라고.

큰 창문 하나가 열린다. 지금까지 본 그 어떤 창문보다도 더 크다. 그런데 창밖은 웅가르 가에 있는 우리 집 안뜰이 아니라 어두컴컴한 구름 벌판이다. 구름 아래에는 호수가 있을지도 모른다. 그게 어떤 호수일까 의문이 생긴다. 그 호수는 더 이상 얼어붙어 있지 않으며, 지금은 가게가 밤새 문을 여는 때도 아니다. 그리고 언젠가 얼어붙은 호수 한가운데에 서 있던, 감정으로 충만했던 남성 합창단은 사라지고 없다. 사람들 눈에 띄어서는 안 되는 그 호수를 수많은 묘지들이 둘러싸고 있다. 단 하나의 십자가도 찾아볼 수 없는 그 무덤들 위에 어두운 구름이 짙게 깔려 있어, 무덤과 비문이 새겨진 묘비는 거의 식별할 수가 없다. 무덤 파는 사람이 우리 앞에 나타나자 옆에 서 있던 아버지가 내 어깨에서 손을 뗀다. 아버지가 뭔가를 지시하듯 그 노인을 바라보고, 아버지의 시선을 따라 노인은 겁에 질린 채 나를 돌아본다. 그가 뭔가 얘기를 해 주려고 하는데 한참 동안 소리는 나오지 않고 입술만 움직인다. 그의 마지막 말만 겨우 내 귀에 들어온다.

"저건 살해당한 딸들의 묘지라오."

그가 나에게 그 말을 해 주지 말았어야 했는데. 나는 그만 엉엉 울음을 터뜨린다.

크고 어두운 방이다. 아니, 더러운 벽으로 둘러싸인 홀이다. 창문과 문이 하나도 없는 걸로 봐서는 폴리아에 있는 호엔슈타우펜 성 안인 것 같기도 하다. 아버지가 나를 가둬 놓았다. 어떻게 할 생각인지 물어보고 싶지만 그럴 만한 용기가 없다. 문 하나쯤은, 밖으로 나갈 수 있는 문 하나쯤은 그래도 있어야 하는 게 아닌가 싶어서 다시 한 번 주변을 둘러보지만 금방 깨닫게 된다. 아무것도 없다. 구멍이라고는 없다. 이제 더 이상 구멍은 하나도 남지 않았다. 모든 구멍에 검은 호스를 설치해 놓았기 때문이다. 마치 벽에서 뭔가 빨아 먹으려고 찰싹 붙어서 떨어지지 않는 거대한 거머리처럼 온 사방 벽에 검은 호스들이 달라붙어 있다. 처음부터 저것들은 저기 있었을 텐데, 도대체 왜 좀 더 일찍 눈치채지 못했을까. 너무 어두워서 내 눈엔 아무것도 보이지 않았고, 그저 벽을 더듬어 걸을 수밖에 없었다. 그나마 눈앞에서 아버지를 놓치지 않으려고, 그를 따라가 문을 찾아내려고 말이다. 아버지를 발견하자 나는 말한다. "문, 문이 어디 있는지 가르쳐 줘요." 아버지는 말없이 벽에서 첫 번째 호스를 떼어 낸다. 둥근 구멍이 보이고, 그 구멍을 통해 뭔가 새어 들어온다. 나는 고개를 움츠리고, 아버지는 호스들을 계속해서 차례로 떼어 낸다. 비명을 채 질러 보기도 전에 벌써 가스를 들이마신다. 점점 더 많이 들이마신다. 나는 가스실에 들어 있는 것이다. 이게 세상에서 가장 크다는 바로 그 가스실이고, 나 혼자 이 안에 들어 있다. 가스 속에서는 자신을 지킬 방법이 없다. 아버지는 사라져 버렸다. 문이 어디 있는지 알고 있으면서 나에게 가르쳐 주지 않았다. 죽어 가는 동안, 그를 다시 한 번 만나서, 그에게 단 한 가지만 말하고 싶다는 내 소망도 함께 죽어 간다. 이곳에 있지도 않은 아버지에게 나는 말한다. "아버지, 당신을 배신하지 않았을 거예요, 아무한테도 말하지 않았을 거라고요." 여기서는 스스로를 지킬 방법이 없다.

그 일이 시작되면 세상은 이미 뒤죽박죽이 된 상태다. 내가 미쳤다는 건 나도 안다. 세상을 이루는 요소들은 아직도 존재하지만, 이 세상은 지금껏 아무도 본 적이 없을 정도로 너무나 소름 끼친다. 물감을 흠뻑 뒤집어쓴 자동차들이 여기저기 굴러다니고, 히죽거리는 가면을 쓴 인간들이 나타나서 내게로 다가오다가 하나씩 푹푹 고꾸라진다. 허수아비, 철사를 묶어 만든 형상, 종이 인형이다. 부딪치면 홀연히 사라져 버리는 물건들과 기계들을 막아 보려고 주먹을 꽉 쥔 채 두 팔을 앞으로 쭉 뻗는다. 그렇게 한 채로 더 이상 세상이 아닌 이 세상을 나는 계속해서 걸어간다. 겁이 나서 더 이상 발을 뗄 수 없을 때는 눈을 감는다. 그런데도 물감들이 번쩍거리며, 요란하게, 맹렬하게, 나를, 내 얼굴을, 내 맨발을 뒤덮는다. 여기서 벗어나고 싶다. 어디로 가야 할지 보려고 다시 눈을 뜨니 이번에는 내 손가락과 발가락이 팽팽하게 부풀어 하늘색 풍선이 되고, 나는 공중으로 높이 떠오른다. 이 풍선들이 나를 도저히 올라갈 수 없을 것 같은 높이까지 데리고 올라간다. 그곳은 견디기가 더 힘들다. 그러다가 풍선들이 모두 터져 버리고, 나는 아래로, 아래로 떨어져 내려 바닥을 딛고 일어선다. 발가락이 새까매졌다. 더 이상 걸을 수가 없다.

폐하!

무겁게 쏟아져 내리는 물감을 타고 아버지가 내려온다. 그는 빈정대며 말한다. "계속 걸어, 계속 걸어가기나 해!" 나는 이가 몽땅 빠져 버린 입을 손으로 가린다. 빠져나간 이들이 도저히 넘어갈 수 없는 두 개의 둥근 대리석 기둥이 되어 내 앞에 놓여 있다.

빨리 아버지에게서 벗어나야 하고, 빨리 이 대리석 기둥을 넘어가야 하니까 뭐라고 말할 겨를이 없는데도 나는 소리친다. "안 돼요! 안 돼!" 그리고 또 다른 언어로도 소리친다. "No! No! Non! Non! Njet! Njet! No! Ném! Ném!* 안 돼!" 우리말로 떠오르는 단어가 '안 돼'밖에 없으니 다른 언어로도 이 단어밖에 떠오르지 않는다. 거대한 바퀴처럼 생긴 틀이 바구니에서 분뇨를 쏟아 내며 나를 향해 굴러오고, 나는 또 "안 돼! Ném!"라고 소리친다. 안 된다는 말을 더 이상 못하게 하려고 아버지의 짧고 단단하고 거친 손가락이 내 눈을 확 긁고 지나간다. 눈은 멀었지만 계속 걸어야 한다. 견딜 수가 없다. 듣는 사람이라곤 하나도 없는데 내가 안 된다고 소리치는 걸 아무도 못 듣도록 이제는 아버지가 내 혀를 뽑겠다고 하니 기가 막혀 웃음이 나온다. 하지만 그가 내 혀를 뽑기도 전에 끔찍한 일이 벌어진다. 거대한 푸른색 얼룩이 내 입안으로 흘러 들어오고, 나는 아무 소리도 낼 수가 없다. 나의 푸른빛, 공작들이 거니는 나의 찬란한 푸른빛, 나의 아득히 먼 푸른빛, 지평선에 걸친 나의 푸른 우연이여! 그 푸르름이 내 안으로 더 깊이, 목 안으로 넘어 들어온다. 이제 아버지가 나서서 내 몸에서 심장과 내장들을 끄집어내는데, 그래도 나는 여전히 걸어갈 수 있다. 영원의 빙하에 닿기 전에 먼저 질척하게 녹아내리는 얼음 벌판에 이른다. 내 안에서 소리가 울려 나온다. "정말 아무도 없나요, 여기 사람 없어요? 온 세상에 아무도 없단 말인가요? 정말이지, 도대체 아무도 사람이라고 불릴 만한 자격이

---

* 순서대로 영어, 프랑스어, 러시아어, 영어, 헝가리어.

없나요!" 나는 얼음 속에서 굳어져 얼음덩어리로 변한다. 따뜻한 세상에 살고 있는 다른 사람들을 올려다본다. 위대한 지그프리트*가 나를 부른다. 처음에는 작은 소리로, 그다음은 큰 소리로. 나는 초조하게 그의 목소리에 귀를 기울인다. "뭘 찾느냐. 어떤 책을 찾고 있느냐?" 하지만 내게서는 소리가 나오지 않는다. 위대한 지그프리트는 뭘 원하는 걸까? 그는 위에서 점점 더 분명하게 소리친다. "그게 어떤 책이 되겠느냐. 도대체 너의 책이 무엇이겠느냐?"

되돌아갈 수도 없는 극점(極點)의 꼭대기에서 갑자기 고함이 터져 나온다. "지옥에 관한 책이요, 지옥에 관한 책!"

얼음이 깨지고, 나는 극점 아래로, 땅속으로, 지구 내부로 떨어져 내린다. 지옥에 와 있다. 섬세한 노란 불길이 휘감기며 타오르고, 굽이치는 화염이 발끝까지 와 닿는다. 나는 불을 토하고, 불을 삼킨다.

제발 절 풀어 주세요! 저를 이 시간에서 벗어나게 해 주세요! 어느새 내 목소리는 초등학교 시절의 아이 목소리로 바뀌었다. 그래도 생각하는 수준만은 여전히 그대로다. 상황이 얼마나 심각해졌는지 의식하면서 생각에 잠긴 채 연기가 자욱하게 덮인 바닥에 쓰러진다. 바닥에 드러누워 계속해서 생각한다. 날 구해 줄 만한 사람들을 목청껏 부를 수는 있겠지. 어머니를 부르고, 여동생 엘레오노레를 부른다. 이 순서를 정확하게 잘 지켜서, 그러니까 먼저 어머니를, 그러고 나서 어린 시절에 불렀던 애칭으로 여동생을, 그다음엔 다시 어머니를…….

---

* 게르만 민족 영웅 전설의 주인공.

(잠에서 깨자 아버지는 부르지 않았다는 생각이 떠오른다.) 빙하에서 불길 속으로 떨어져 그 속에서 서서히 죽어 가면서, 불길에 녹아드는 머리로 마지막 남은 힘을 다 모은다. 서열대로 정해 놓은 이 순서를 지키면서 소리를 질러야 한다. 이 순서가 바로 마법을 푸는 열쇠니까.

세상이 몰락한다. 모든 것이 파멸을 향해 추락하고 아무것도 남지 않는다. 내가 미쳐 버리게 된 이 세상도 이제는 끝이다. 늘 하듯이 머리를 움켜쥐다가 경악을 금치 못한다. 빡빡 밀어 버린 내 머리 위에 작은 철판들이 박혀 있는 게 아닌가. 놀라서 주변을 둘러본다. 내 주위에 친절해 보이는 의사 몇 명이 하얀 가운을 입고 앉아 있다. 그들은 입을 모아 이제는 내가 목숨을 건졌고, 머리 위의 철판들도 떼어 내면 되고, 머리카락도 다시 자라게 될 거라고 말한다. 그들이 나에게 전기 충격 요법을 썼단다. 내가 묻는다. "지금 당장 돈을 내야 하나요? 아버지가 돈을 주지 않을 게 뻔하거든요." 그 의사들은 여전히 친절하다. "아직 시간이 있습니다. 중요한 건 당신 목숨을 구했다는 거죠." 나는 또다시 떨어지고, 두 번째로 정신이 든다. 침대에서 떨어졌던 모양이다. 지금까지 한 번도 그런 적이 없었는데. 의사들은 온데간데없고, 머리카락은 벌써 자라 있다. 말리나가 나를 안아 올려 침대 위에 도로 눕힌다.

말리나　진정해, 아무것도 아냐. 이젠 말 좀 해 봐, 네 아버지가 누구야?

나　(격하게 운다.) 내가 진짜로 여기 있는 거지, 너도 정말 여기 있고!

말리나	맙소사, 너 왜 자꾸 '아버지'라고 말하는 거야?
나	기억나게 해 준 건 좋은데 시간을 두고 곰곰이 생각 좀 해 보게 날 내버려 둬. 이불도 좀 덮어 주고. 누가 내 아버지일까? 예를 들어, 넌 네 아버지가 누군지 알아?
말리나	관두자.
나	얘기해 보자니까. 난 아버지가 과연 누굴까 상상할 수는 있어. 넌 도대체 그런 상상조차도 안 하니?
말리나	그런 식으로 핵심을 피해 가겠다 이 말이지? 꾀를 부리려는 거지?
나	그럴지도 몰라. 한 번쯤은 너도 속여 보고 싶어. 한 가지만 말해 봐. 나의 아버지가 나의 아버지가 아니라는 생각을 넌 어쩌다 하게 됐는데?
말리나	네 아버지가 누군데?
나	몰라, 모른다고, 진짜로 몰라. 더 영리한 쪽은 너잖아. 넌 항상 모든 걸 다 알고 있고, 그것 때문에 난 병이 날 지경인걸. 너 자신도 가끔은 그것 때문에 병이 날 것만 같지 않니? 아하, 아니라고. 넌 절대 그런 법이 없다는 거구나. 내 발 좀 따뜻하게 해 줘. 그래, 고마워. 발이 저려서 그래.
말리나	누구야?
나	절대 얘기하지 않을 거야. 모르는데 어떻게 얘기할 수 있어?
말리나	넌 알고 있어. 진짜로 모르면 그렇다고 맹세해 봐.
나	맹세 같은 건 절대 안 해.

말리나　그럼 내가 너한테 말해 줄게, 내 말 듣고 있어? 네 아버지가 누군지 내가 너한테 말해 준다고.

나　안 돼, 안 돼, 절대로 안 돼. 나한테 절대 말하지 마. 얼음이나 좀 갖다 줘, 머리에 올려놓게 찬 물수건도.

말리나　(걸어가면서) 넌 결국 나한테 그걸 얘기하게 될 거야. 두고 봐.

·

한밤중에 전화벨이 낮고 처량하게 울린다. 갈매기 울음소리를 들은 것 같은 느낌으로 잠에서 깨는데, 깨고 보니 마치 보잉 제트기의 추진 장치에서 나는 쉭쉭거리는 소리처럼 들린다. 미국에서 온 전화다. 마음이 놓인다. "여보세요." 캄캄하다. 주위에서 바스락거리는 소리가 난다. 꽁꽁 얼어붙었다가 이제 녹기 시작한 호수가 바스락거리는 소리를 내고, 나는 그 호수 위에 서 있다. 그런데 또 어느새 전화선에 매달린 채 물속에 잠겨 있다. 나를 연결해 주는 건 이 전화선밖에 없다. "여보세요!" 전화를 건 사람이 아버지라는 건 이미 안다. 호수는 아마도 금세 다 녹겠지만, 어느새 또 나는 저 깊은 물속 외딴 섬에 가 있다. 이 섬은 완전히 고립되어 있고, 배라고는 한 척도 남지 않았다. 전화기에 대고 "엘레오노레!"라고 소리치며 여동생을 부르고 싶지만, 이 전화선의 반대편 끝에 있을 사람은 아버지밖에 없다. 추워 죽겠다. 가라앉았다 떴다 하면서 전화기를 들고 기다린다. 통화는 끊어지지 않고 아직도 연결 중이다. 미국이 아주 가까이 잘 들린다. 물속에서도 물 바깥쪽과 통화할 수 있다니. 꼴깍꼴깍 물을 삼켜 가며 빠르게 말한다. "언제 와요? 전 여기 있어요. 그래요, 여기. 얼마나 끔찍한지 알잖아요. 교통편도 다 끊겼고 전 완전히 고립됐다고요. 혼자예요. 아니, 배는 이제 한 척도 없다니까요!" 대답을 기다리고 있는 동안 이 태양의 섬이 얼마나 황폐해졌는지 내 눈에 들어온다. 협죽도* 관목들이 쓰러져 있고, 화산에는 얼음 결정이 맺히기 시작했다. 화산조차도 얼어붙었다. 이전의 기후는 더 이상 찾아볼 수가 없다. 아버지가 전화에 대고 소리 내어 웃는다. 나는 말한다. "완전히 고립됐어요. 와 달라고요, 언제 올 거예요?" 그렇게 말해 봐도 그는 계속 웃기만 한다. 마치 연극 무대에서 웃는 것처럼. 그렇게 소름 끼치게 웃는 건 연극 무대에서나 배웠을 게 틀림없다. "하하하." 계속해서 "하하하." "그렇게 웃는 사람은 요즘은 하나도 없어요. 아무도 그렇게 안 웃는다고요. 그러니 그만해요."라고 내가 말한다. 하지만 아버지는 그 멍청한 웃음을 멈추지 않는다. 이 연극을 그만 끝내고 싶어서 나는 "나중에 다시 걸어도 되죠?"라고 묻는다. "하하." "하하." 웃음이 계속되는 동안 섬이 가라앉고, 그 광경은 어느 대륙에서나 다 볼 수 있다. 아버지는 연극을 하러 갔다. 신(神)은 하나의 표상이다.

아버지가 우연히 다시 한 번 집에 들렀다. 어머니는 꽃 세 송이를 손에 들고 있는데, 그건 내 삶을 위한 꽃들이다. 빨갛지도, 파랗지도, 하얗지도 않지만, 내 것이라고 정해진 꽃들이다. 아버지가 우리에게 다가오기 전에 어머니는 첫 번째 꽃을 아버지 앞에 던진다. 어머니가 옳다는 것은 안다. 그 꽃을 던질

* 협죽도과의 상록 활엽 관목.

수밖에 없겠지. 하지만 어머니가 모든 것을 다 알고 있었다는 사실을 나 또한 이제 알게 되었다. 근친상간, 근친상간이었다. 어머니한테 나머지 꽃들을 내게 달라고 하고 싶다. 공포에 사로잡혀 아버지를 바라본다. 그는 어머니에게도 복수를 하려고 그녀의 손에 들린 나머지 꽃들을 확 낚아채 짓밟는다. 종종 화가 치솟으면 발을 굴러 댔던 것처럼 그렇게 세 송이를 모두 쿵쾅거리며 다 짓밟아 놓는다. 마치 세 마리 빈대를 짓이기는 것처럼 그렇게 발을 구른다. 그에게 그 정도밖에 안 되는 게 내 삶이다. 아버지를 더 이상 바라보고 있을 수가 없다. 나는 어머니에게 매달려 소리를 지르기 시작한다. "그래요, 바로 저랬어요. 바로 아버지였다고요. 그건 근친상간이었어요." 하지만 꼼짝 않고 아무 말도 하지 않는 게 어머니만이 아니라는 걸 깨닫는다. 내 입에서도 처음부터 아예 아무 소리도 나오지 않았다. 소리를 질러도 들어 줄 사람 하나 없고, 들릴 소리도 없다. 입만 딱 벌리고 있을 뿐이다. 아버지가 내 목소리도 빼앗아 버렸다. 그에게 소리치고 싶은 말이 내 입 밖으로 나오지 않는다. 이렇게 타들어 가는 입을 벌린 채 애를 쓰고 있는데 그 일이 다시 일어난다. 그래, 알아. 난 미쳐 버리겠지. 미치지 않기 위해 아버지 얼굴에 침을 뱉으려고 하지만, 말라붙은 입속에 침이 남아 있을 리가 없다. 내 숨결 한 가닥조차 그에게 가 닿지 않는다. 아버지는 도저히 건드릴 수 없는 존재다. 그의 마음은 도저히 움직일 수가 없다. 집을 깨끗하게 유지하려고 어머니는 여전히 아무 말도 없이 한 줌 쓰레기가 되어 버린 짓밟힌 꽃들을 쓸어 낸다. 어디에, 지금 이 시간에 내 동생은 어디에 있는 걸까? 집 안 어디에서도 동생이 눈에 띄지 않는다.

아버지가 내게서 열쇠를 뺏고, 내 옷들을 창밖 길바닥으로 내던진다. 나는 얼른 그 옷들을 다시 주워 먼지를 털어 낸 다음 적십자에 갖다 준다. 그런데 또다시 집에 들어가 봐야 한다. 남자들 패거리가 집으로 들어가는 걸 보았다. 남자 하나가 접시와 컵을 깨부순다. 컵 몇 개는 아버지가 자기 옆으로 치워 놓게 했다. 내가 부들부들 떨며 문 안으로 발을 들여놓고 그에게 다가가자 그가 첫 번째 컵을 집어 들어 나에게 던진다. 그 컵은 바로 내 앞 바닥에 떨어진다. 그는 계속해서 컵을 하나씩 전부 다 던진다. 자기 딴에는 아주 정확하게 겨냥한다는 것이 파편 몇 개만 나에게 튈 뿐이다. 그런데도 이마에서는 마치 실개천처럼 피가 가늘게 흘러내리고, 귀에서도 피가 흘러나오고, 턱에서도 피가 솟는다. 아주 자디잔 유리 조각들이 천을 뚫고 들어온 탓에 옷이 온통 피범벅이 되었고, 알아차리지 못하는 사이에 무릎에서도 피가 방울져 떨어진다. 하지만 나에게는 원하는 게 있고, 그걸 그에게 말해야만 한다. 아버지가 말한다. “멈춰, 가만히 서서 잘 봐 둬!” 뭔지는 모르겠지만 아마 또 겁을 주려는 거겠지. 하지만 겁을 주는 것보다 더 심한 일이 일어난다. 아버지가 내 책장들을 확 헐어 버리라고 지시한다. 정말 그는 ‘확 헐어 버리라’는 말을 한다. 나는 책 앞을 가로막으려 하지만, 이미 남자들이 히죽거리며 그 앞에 서 있다. 그들 발치에 몸을 던지며 말한다. “내 책만은 그냥 내버려 둬, 이것만은. 하고 싶은 게 있다면 나한테 해. 아버지, 원하는 게 있다면 저한테 해요. 차라리 절 창밖으로 내던지지 그래요. 그때처럼 또 그렇게 해 보라고요!” 하지만 아버지는 그게 무슨 얘긴지 전혀 모르는 척한다. 그는 마치 벽돌 뭉치처럼 한꺼번에 책을 대여섯 권씩 집어서 던지기 시작하고, 그 책들은 오래된 장 속에 거꾸로 처박힌다. 남자들이 얼어붙어 곱은 손으로 책장을 끌어내자 모든 것들이 쿵쾅거리며 떨어져 내린다. 클라이스트*의 데스마스크**가 잠깐 동안 내 앞에서 팔랑거리고, 아래쪽에 '대지여, 나 너를 사랑하노라. 너 나와 슬픔을 함께 하노라!'라고 적혀 있는 횔덜린***의 사진도 눈앞에서 팔랑거린다. 이 두 가지만 겨우 잡아서 품에 꼭 껴안는다. 작은 크기의 발자크 전집이 빙글빙글 원을 그리며 떨어지고, 『아이네이스』****는 구겨져 버린다. 그 패거리가 루크레티우스*****와 호라티우스******를 짓밟는다. 그런데 그중 한 명이, 손에 들고 있는 게 뭔지도 모르면서 몇 권의 책들을 한쪽 구석에 다시 정돈해 쌓아 올리기 시작한다. 아버지는 그 남자의 갈빗대를 힘껏 쥐어박아 놓고는(어디서 저 남자를 봤더라, 베아트릭스 가에 살 때 내 책 한 권을 망가뜨렸던 바로 그 남자다.) 짐짓 다정한 척 말한다.

"뭐야, 마음에 들었나 보지? 쟤랑 함께 있는 것도 말이야, 응?"

그러고는 아버지가 나에게 눈을 찡긋해 보이는데, 나는 아버지가 뭘 말하고 싶어 하는지 이미 안다. 그 남자는 멋쩍은 미소를 지으며 물론 그렇다고 대답하고, 내 마음에 들어 보려고 내 책을 다시 조심해서 잘 다루는 척한다. 하지만 나는 증

---

* Heinrich von Kleist(1777~1811). 독일의 극작가이자 소설가.

** 사람이 죽은 직후 얼굴을 본떠서 만든 안면상.

*** Friedrich Hölderlin(1770~1843). 독일의 시인.

**** 기원전 29~19년 경 로마 시인 베르길리우스가 쓴 장편 서사시.

***** Lucretius(?~?). 기원전 1세기에 활동한 고대 로마의 시인이자 철학자.

****** Quintus Horatius Flaccus(BC 65~BC 8). 고대 로마의 시인.

오로 가득 차서 그의 손에 들린 프랑스어로 된 책들을 낚아챈다. 말리나가 나에게 준 것들이기 때문이다. "당신은 날 가지지 못해요!" 나는 그 남자에게 말한다. 그리고 아버지에게도 이렇게 말한다. "아버지는 늘 우리 모두를 헐값에 팔아넘겼어요." 아버지가 벼락같이 고함을 지른다. "뭐라고, 이제 와서 갑자기 안 하겠다고, 어디 두고 보자, 두고 봐!"

남자들이 집을 떠난다. 다들 팁을 받았다. 자신들의 커다란 손수건을 흔들며 "책 만세!"라고 소리치고, 이웃 사람들과 호기심에 차서 둘러서 있는 모든 사람들에게 "작업을 완수했습니다."라고 말한다. 『숲길』*이 내게 떨어졌다. 『에케 호모』도. 나는 피를 흘리며 꼼짝도 하지 않고 책 가운데에 웅크린다. 하긴 결국 이렇게 될 수밖에 없었다. 매일 저녁 잠자리에 들기 전 이 책들을 쓰다듬어 주었고, 말리나는 나에게 아주 아름다운 책을 선물하곤 했는데, 그런 걸 아버지가 용납할 리가 없다. 모든 책이 읽을 수 없게 되어 버렸다. 그래, 결국은 이렇게 끝날 수밖에 없는 일이었다. 완전히 뒤죽박죽이 되어 버렸으니, 어디에 퀴른베르거**가 있는지, 어디에 라프카디오 헌***이 있는지, 이젠 도저히 알 수가 없겠지. 책 사이에 누워 다시 그 책들을 쓰다듬는다. 하나씩 차례대로. 처음에는 세 권밖에 안 되던 것이 어느새 열다섯 권이 되고, 그다음엔 벌써 백 권이 넘어간다. 잠옷 바람으로 첫 번째 책장을 향해 달려간다. 잘 자요,

---

* 독일의 철학자 하이데거(Martin Heidegger, 1889~1976)의 책.

** Ferdinand Kürnberger(1821~1879). 오스트리아의 작가이자 비평가.

*** Lafcadio Hearn(1850~1904). 영국 출신의 작가로 후에 일본에 귀화하였으며 일본 문학과 문화를 많이 소개하였다.

여러분, 잘 자요. 볼테르* 씨, 잘 자요. 거장들이여, 개인적으로는 알지 못하지만, 편히 쉬길 바라요. 시인 여러분들, 좋은 꿈 꾸세요. 피란델로** 씨, 존경해 마지않는 프루스트 씨, 투키디데스*** 씨! 오늘 처음으로 이분들이 나에게도 잘 자라는 말을 건넨다. 나는 그들에게 내 피가 묻지 않도록, 내 몸이 닿지 않도록 조심한다. "잘 자요." 요제프 K****가 나에게 말한다.

아버지는 어머니를 떠나려 한다. 그는 서부 영화에 나오는 그런 포장마차를 타고, 마부가 되어 채찍을 휘두르며 미국에서 돌아온다. 아버지 옆에는 나와 함께 학교를 다녔던 꼬마 멜라니가 어른이 되어 앉아 있다. 우리가 친해지는 것을 어머니는 바라지 않는다. 하지만 멜라니는 흥분해서 커진 자신의 가슴을 나에게 마구 눌러 대며 계속해서 들러붙는다. 아버지야 그런 그녀의 가슴을 마음에 들어하겠지만 나는 끔찍해서 기겁을 한다. 요란을 떨어 가며 큰 소리로 웃어 대는 멜라니는 갈색 머리를 땋고 있는가 싶더니 어느새 다시 긴 금발을 하고 있다. 나한테서 뭔가 넘겨받기 위해 그녀는 아양을 떨며 내게 접근한다. 어머니는 아무 말도 없이 점점 더 마차 뒤쪽으로 물러난다. 멜라니가 자꾸만 입을 맞춰 대자 마지못해 한쪽 뺨만 내준 채 그냥 내버려 둔다. 마차에서 내리는 어머니를 도와주다 보니 뭔가

---

* Voltaire(1694~1778). 프랑스의 계몽주의자이자 작가.

** Luigi Pirandello(1867~1936). 이탈리아의 극작가이자 소설가. 극중극 형식을 창안했고, 1934년에는 노벨 문학상을 수상했다.

*** Thukydides(대략 BC 460~400). 그리스의 역사가.

**** 카프카의 『소송(Der Prozeß)』에 나오는 주인공 이름.

이상하다는 생각이 든다. 우리들 모두가 초대를 받았고, 다들 새 옷을 입은 게 아닌가. 심지어 아버지도 양복으로 갈아입었는데, 긴 여행을 했다는 사람이 말끔히 면도를 한 얼굴이다. 우리는 『전쟁과 평화』에 나오는 무도회장 안으로 들어간다.

말리나　일어나 움직여. 나랑 같이 왔다 갔다 좀 걷자. 심호흡을 하는 거야, 깊이.

나　못 하겠어. 미안해, 이런 식으로 계속되면 난 더 이상 잠을 잘 수가 없어.

말리나　왜 여전히 '전쟁과 평화'를 생각하고 있는데?

나　전쟁이 지나면 평화가 오니까 그렇게 순서가 정해진 거지. 그렇지 않아?

말리나　모든 걸 다 믿어서는 안 돼. 차라리 직접 잘 생각해 보라고.

나　내가?

말리나　전쟁과 평화는 없어.

나　그럼 뭐라고 하는데?

말리나　전쟁.

나　그럼 평화는 어떻게 찾아야 하지? 난 평화를 원해.

말리나　그건 전쟁이야. 넌 그저 이렇게 잠시 쉴 수 있을 뿐이고, 그 이상은 없어.

나　평화!

말리나　네 안에 평화는 없어. 네 안에 없다고.

나　그렇게 말하지 마. 오늘은 그런 말 하지 마. 네가 무서워.

말리나 그건 전쟁이야. 그리고 너도 전쟁이야, 너 자신도.

나 난 아냐.

말리나 우리 모두가 다 그래. 너도 그렇고.

나 그렇다면 난 더 이상 존재하고 싶지 않아. 전쟁을 원하지는 않으니까. 그러니 날 잠들게 하고, 끝을 마련해 줘. 내가 원하는 건 전쟁이 끝나는 거야. 더 이상 증오하고 싶지 않아, 더 이상…….

말리나 더 깊게 숨을 쉬어 봐. 자. 괜찮지. 봐, 괜찮아졌잖아. 내가 널 잡아 줄게, 창가로 가자. 좀 더 편안하고 깊게 숨을 쉬어. 하던 얘긴 잠시 접자. 지금은 아무 얘기도 안 하는 거야.

아버지가 멜라니와 춤을 춘다. 『전쟁과 평화』에 나오는 무도회장이다. 아버지가 나에게 선물했던 반지를 멜라니가 끼고 있다. 그래 놓고도 아버지는 자신이 죽은 다음에 더 값진 반지를 나에게 물려줄 거라고 모두에게 말하고 다닌다. 어머니는 내 옆에 아무 말 없이 똑바로 앉아 있다. 우리 옆에 의자 두 개가 비어 있고, 우리 탁자 위에도 두 사람 자리가 비어 있다. 저 둘이 쉬지도 않고 계속 춤을 추기 때문이다. 이제 어머니는 나와는 더 이상 말을 하지 않는다. 아무도 내게 춤을 신청하지 않는다. 말리나가 들어오고, 이탈리아 여가수가 노래를 부른다. “Alfin tu giungi, alfin tu giungi!”*

나는 벌떡 일어나 말리나를 껴안고 나와 춤을 추자고 그에

* 이탈리아어로 ‘드디어 당신이 오는군요, 드디어 당신이 오는군요.’라는 뜻이다.

게 간청한다. 그리고 가벼워진 마음으로 어머니를 향해 미소를 짓는다. 말리나가 내 손을 잡는다. 우리는 아버지 눈에 띄도록 무도회장의 구석에서 서로 안고 기대 서 있다. 우리 둘 다 춤출 줄 모른다는 걸 분명히 알지만, 그래도 어떻게든 춤을 추려고 애써 본다. 해내야만 하는데, 적어도 남들이 보기에는 춤을 추는 것처럼 보일 정도는 돼야 하는데. 춤하고는 전혀 상관없이 우리는 자꾸만 멈춰 선다. 마치 서로를 바라보는 것만으로도 충분하다는 듯이. 나는 작은 소리로 자꾸만 말리나에게 고맙다고 말한다. "와 줘서 고마워. 절대 잊지 않을게. 고마워. 고마워." 멜라니가 이제 말리나하고도 춤을 추고 싶어 한다. 당연히 그러고 싶겠지. 순간 나는 겁이 덜컥 났지만, 내 귀엔 벌써 차분하고 냉정하게 거절하는 말리나의 목소리가 들린다. "유감이지만 안 되겠습니다. 우리는 이제 막 가려던 참입니다." 말리나가 내 복수를 해 주었다. 출구에서 나의 긴 하얀색 장갑이 바닥에 떨어지고, 말리나가 주워 준다. 계단 한 칸 한 칸마다 그 장갑이 다시 떨어지고, 그때마다 말리나가 다시 주워 준다.

나는 말한다. "고마워, 모든 게 다 고마워!" 말리나가 말한다. "떨어지게 내버려 둬, 내가 다 주워서 너에게 줄 테니."

아버지가 나를 꼬여서 황량한 모래사장으로 데리고 왔다. 그 모래사장을 따라 아버지가 걷고 있다. 그는 결혼을 했고, 모래 위에 그와 결혼한 여자의 이름을 쓰는데, 첫 글자를 보고서 어머니의 이름이 아니라는 것을 알아차린다. 태양이 글자 위를 잔인하게 비춘다. 그 글자는 그림자처럼 모래 속에 깊이 박혀 있다. 저녁이 되기 전에 바람이 불어 그 글자를 덮어 버리기만 바랄 뿐이다. 그런데 이럴 수가, 내 쪽으로 돌아오는 아버지 손에 보석이 박힌, 빈 대학의 커다란 황금 선서봉이 들려 있는 게 아닌가. 그 선서봉에 대고 맹세를 한 적이 있었다. "서약합니다. 서약합니다. 최고의 지식과 양심에 따라 내 지식을 어떤 경우에도 결코……." 단 하나뿐인 진실의 맹세를 위해 나는 이 선서봉에 손을 올려놓았고, 그 맹세가 아직도 이 선서봉에 불타고 있는데 감히 이 선서봉을 가지고 아버지는 잔잔한 모래 위에 다시 한 번 그 이름을 쓴다. 이번에는 나도 그 이름을 읽을 수가 있다. '멜라니' 그리고 다시 한 번 '멜라니'. 어느새 저녁 어스름이 내린다. 나는 생각한다. '절대 안 돼, 이건 절대로 해서는 안 되는 짓이었어.' 아버지는 물이 닿는 곳까지 걸어가 흡족해하며 그 황금 선서봉에 몸을 기대어 서 있다. 내가 더 약하다는 건 알지만 그래도 달려가 그를 덮쳐야만 한다. 몰래 갑자기 덮치면 되겠지. 그를 넘어뜨리려고 뒤에서 그의 등을 향해 달려든다. 빈에서 가져온 선서봉 때문에 그를 쓰러뜨리고 싶은 것뿐이지, 결코 그를 아프게 하려는 건 아니다. 내가 맹세를 했던 이 선서봉으로 그를 때릴 수는 없으니까. 나는 지팡이를 높이 치켜들고 서 있다. 화가 치밀어 오른 아버지는 모래 속에서 씩씩거리며 나에게 욕을 퍼붓는다. 내가 그 선서봉이 부서져라 자기를 내려칠 거라고, 그걸로 자기를 때려죽이려 한다고 생각하기 때문이다. 하지만 나는 그저 이 선서봉을 하늘을 향해 쳐들고, 수평선까지, 바다 건너 도나우 강까지 들리도록 외친다. "거룩한 전쟁으로부터 이것을 되찾아 가노라!" 그러고는 나의 지식을 의미하는 한 줌의 모래를 움켜쥐고 물 위를 걸어간다. 아버지는 나를 쫓아오지 못한다.

아버지의 대작 오페라에서 내가 주인공 역할을 맡는다고 한다. 그게 이른바 총감독이 원하는 바라고 하는데, 그는 이미 이 사실을 발표해 버렸다. 그래야 관객들이 떼를 지어 몰려들 것이라고 총감독은 말하고, 기자들도 같은 말을 한다. 그들은 손에 메모장을 들고 기다리고 있다. 나는 아버지에 관해, 그리고 내가 알지도 못하는 역할에 관해 의견을 표명해야 한다. 총감독이 직접 나에게 억지로 의상을 입힌다. 원래 다른 사람의 옷이었기 때문에 그걸 내 몸에 맞추느라 그가 옷핀을 꽂아 대고, 그 핀들이 내 몸을 찌른다. 그는 그렇게 서툴다. 기자들에게 나는 말한다. "전 아무것도 몰라요. 제발 아버지한테 가서 물어보세요. 아무것도 모른다니까요. 제가 할 역할이 아니에요. 그냥 관객들을 떼로 몰려오게 만들려는 미끼일 뿐이라고요!" 하지만 기자들은 전혀 엉뚱한 얘기를 적고 있다. 그렇다고 소리를 지르면서 그들의 메모를 빼앗아 찢어 버릴 시간도 없다. 무대에 오르기 직전이기 때문이다. 자포자기한 심정으로 오페라하우스를 뛰어다니지만, 그 어디에서도 대본을 받을 수가 없다. 내가 맡은 부분이 언제 시작되는지도 모른다. 난 이 역할을 해낼 수 없을 거다. 그러나 이 곡은 들어 본 적이 있는데…… 아는 곡이다. 하지만 가사는 모른다. 이 역할을 해낼 수 없다, 절대로 해낼 수 없을 것이다. 더욱 절망적인 심정으로, 어떤 청년과 함께 불러야 한다는 첫 번째 이중창의 첫 소절이 도대체 어떻게 되는지 총감독의 조수에게 물어본다. 그는 물론이고 다른 모든 사람들이 수수께끼 같은 미소를 짓는다. 내가 모르는 뭔가를 저들은 알고 있다. 저들이 알고 있는 게 도대체 뭘까? 뭔가 석연치 않다는 생각이 들지만, 막은 올라가고, 무대 아래에는 엄청나게 많은 사람들이 떼로 몰려와 있다. 될 대로 되라는 심정으로 그냥 노래를 시작한다. "누가 나를 도우려나, 누가 나를 도우려나!" 이런 가사일 리가 없다는 건 안다. 또 절망에 빠진 내 가사가 음악 소리에 완전히 묻혀 버린다는 것도 눈치챘다. 무대 위에는 많은 사람들이 있는데, 그 중 일부는 알아서 침묵하고, 일부는 시작 신호를 받으면 나지막하게 노래를 부른다. 한 청년만이 분명하고 큰 소리로 노래를 부른다. 그는 한 번씩 재빨리 나와 몰래 뭔가를 의논하기도 한다. 이 이중창에서는 어차피 그의 목소리만 들리게 되어 있다는 것을 나는 알게 된다. 아버지가 그가 부를 가사만 쓰고, 내 가사는 쓰지 않았기 때문이다. 나는 이쪽 방면으로는 배운 것도 없거니와 어차피 무대에 등장해 있는 것만으로 충분하니까. 내가 노래를 부른다고 되어 있는 것은 돈이 들어오게 하기 위해서일 뿐이다. 나를 위한 역할도 아닌데 그래도 나는 물러가지 않고 아버지가 나에게 아무 짓도 못하도록 내 삶을 위해 노래 부른다. "누가 나를 도우려나!" 그러다 보니 나는 내가 맡았다는 역할도 잊어버리고, 성악을 배운 적이 없다는 사실도 잊어버린다. 이미 막이 내리고 결산을 해도 되는데, 드디어 나는 정말로 노래를 부른다. 다른 오페라에 나오는 어떤 노래를 말이다. 가장 높은 고음에서부터 가장 낮은 저음에 이르기까지 자유자재로 구사하는 내 목소리가 텅 빈 오페라하우스에 울려 퍼진다. "이렇게 우리는 죽는구나, 이렇게 우리는 죽는구나……." 자신의 대본에는 없는 노랫말이라 그 청년이 나를 막으려고 한다. 하지만 나는 계속해서 노래 부른다. "모든 것이 죽었다, 모든 것이 죽었다!" 청년은 결국 떠나 버리고, 나만 무대 위에 남아 있다. 핀이 꽂힌 우스꽝스러운 의상을 입은 나를 혼자 남겨 둔 채 그들이 불을 끄고 가 버린다. "그것이 보이는가, 친구들이여. 그대들은 그것이 보이지 않는가!" 노래로 탄식을 해 가며 이 섬으로부터, 이 오페라로부터 추락한다. 단원이 다 떠나 버린 오케스트라석으로 떨어지면서도 나는 여전히 노래를 부른다. "이렇게 우리는 죽는구나, 서로 헤어지지 않고서……." 오페라 공연을 구해 내긴 했지만, 정작 나 자신은 버려진 악보대와 의자 사이에 목뼈가 부러진 채 누워 있다.

아버지가 멜라니를 마구 때린다. 큰 개 한 마리가 위험을 느끼고 짖어 대자 이번에는 그 개를 때린다. 개는 찍소리도 하지 않고 그냥 두들겨 맞고만 있다. 바로 이렇게 어머니와 내가 그냥 두들겨 맞기만 했다. 그 개가 순종할 줄밖에 모르는 어머니라는 것을 난 안다. 왜 멜라니까지도 때리는지 아버지에게 묻는다. 그런 건 물어보지 말라고, 그녀는 자신에게 아무 의미도 없는 존재라고, 그녀에 대해 물어본다는 것 자체가 벌써 무례한 짓이라고 그는 대답한다. 그는 멜라니가 그에게 아무 의미가 없다고 다시 한 번 말하면서, 그저 몇 주 정도 더 기분 전환 삼아 데리고 있을 참이니 내가 이해해 주어야 한다고 말한다. 아버지의 다리를 한 번만 살짝 물어 놓아도 더 이상 맞지 않을 수 있다는 것을 이 개는 전혀 모르나 보다. 개는 낮게 끙끙거리기만 할 뿐 물지 않는다. 매질이 끝난 후 아버지는 흡족한 듯 나와 얘기를 나눈다. 두들겨 팰 수 있다는 사실이 그의 기분을 가볍게 해 주었다. 하지만 나는 여전히 침울하다. 그가 나를 얼마나 아프게 했는지 그에게 설명하려고 해 본다. 한 번쯤은 그도 들어야 하는 얘기다. 내가 얼마나 많은 병원들을 거쳤는지 힘들여 꼽아 본다. 진료비 청구서가 내 손에 들려 있다. 이 돈은 우리가 서로 나눠서 내야 한다는 것이 내 생각이다. 아버지의 기분은 더할 나위 없이 좋은 상태다. 다만 자신의 매질과, 이젠 그에게 모든 걸 다 말하고 싶어 하는 내 바람 사이에 도대체 무슨 관계가 있는지 그에게는 이해가 안 될 뿐이다. 다 쓸데없고 무의미한 생각이었다. 그래도 우리 둘 사이의 분위기는 긴장되어 있지 않고, 오히려 밝고 명랑하다. 아버지가 지금 나랑 자려고 하기 때문이다. 아버지는 아직도 끙끙 신음 소리를 내며 그곳에 누워 있는 멜라니가 우리를 보지 못하도록 커튼을 친다. 늘 그랬던 것처럼 멜라니는 여전히 아무것도 이해하지 못한다. 나는 비참한 희망을 품고 누웠다가 바로 다시 일어난다. 도저히 못 하겠다. 나에게는 이 짓이 하나도 중요하지 않다고 그에게 말한다. "나한테 이건 아무 가치도 없는 짓이에요. 가치 있다고 생각해 본 적이 단 한 번도 없어요. 그럴 가치가 전혀 없는 짓이라고요!"라는 말이 내 입에서 튀어나온다. 이런 말을 듣고도 아버지는 화를 내지 않는다. 가치 없는 짓이라고 여기기는 그도 마찬가지기 때문이다. 언젠가 내가 늘 뻔한 짓이라고 한 말을 들먹거리며 아버지는 남이 귀담아 듣지도 않는 혼잣말을 늘어놓는다. "뻔한 짓이다. 그러니 핑계 댈 거 없다. 뻔한 짓이라면 발뺌하려 들지 말고, 그냥 이리 와서 그 뻔한 짓이나 하는 거다!" 관두자. 항상 그랬듯이 이번에도 우리는 어떤 식으로든 방해를 받겠지. 의미 없는 짓이다. 늘 그렇게 방해를 받아 왔다는 걸, 절대 뻔한 짓이 아니라는 걸, 나는 아무 가치도 못 느끼기니까 결국은 아버지하고만 관계가 있는 일이라는 걸 설명할 수가 없다. 신음 소리를 내며 방해를 하고 나선 것은 멜라니다. 아버지는 설교단 위로 올라가 뻔한 짓이라는 주제로 주일 강론을 한다. 다들 조용하고 경건하게 그의 말에 귀를 기울인다. 그는 이 일대에서는 가장 위대한 주일 목사다. 설교 끝자락에 이르면 그는 자신의 설교가 위력을 발휘하도록 늘 뭔가를 혹은 누군가를 욕한다. 벌써 또 욕이 나온다. 오늘은 어머니와 내가 그 대상이다. 그의 성(性)인 남성과 나의 성인 여성에게도 욕을 퍼붓는다. 나는 가톨릭 신도들의 성수반(聖水盤)으로 가서 아버지의 이름으로 내 이마를 적시고, 그의 설교가 끝나기 전에 밖으로 나온다.

아버지는 나와 함께 수많은 환상(環狀) 산호가 서식하는 곳으로 수영하러 왔다. 우리는 바다 아래로 잠수해 내려간다. 신비로운 물고기 떼와 마주친다. 그 무리와 함께 이동하고 싶은데, 어느새 아버지가 내 뒤를 따라오고 있다. 금방 내 옆에 있는가 싶더니, 금방 내 아래에서 헤엄치고, 어느새 내 위에 있다. 암초들이 있는 쪽으로 한번 가 봐야겠다. 어머니가 산호초 속에 숨어서 말없이 경고하는 눈빛으로 나를 응시하고 있다. 내가 어떻게 될지 그녀는 알고 있기 때문이다. 나는 더 깊이 잠수해 내려가 물 밑에서 "안 돼!"라고 소리를 지른다. "이제는 더 이상 싫어! 더 이상은 할 수 없어!" 물 밑에서는 소리를 지르는 게 중요하다는 걸 알고 있다. 그렇게 하면 상어를 쫓아 버릴 수 있는데, 바로 그렇게 아버지도 틀림없이 쫓아 버릴 수 있겠지. 그는 나를 덮쳐서 갈기갈기 찢어 놓으려 한다. 어쩌면 나랑 다시 자고 싶어 하는 것일 수도 있다. 그는 어머니가 똑똑히 볼 수 있도록 암초 앞에서 나를 움켜쥔다. 나는 소리를 지른다. "당신을 증오해. 당신을 증오한다고. 당신을 내 삶보다 더 증오해. 당신을 죽이겠다고 맹세했어!" 어머니 곁에 내가 들어갈 만한 자리가 눈에 띈다. 깊은 바닷속에서 가만히 나를 응시하고 있던 그녀의 몸에서 수천 개의 가지들이 뻗어 나와 점점 더 크게 자란다. 나는 무서워서 그녀의 가지를 잡고 그녀에게 매달린다. 아버지가 손을 뻗어 다시 나를 잡으려 한다. 이번에 들리는 고함 소리는 내 목소리가 아니다. "널 죽이겠다고 맹세했어!"라고 아버지가 소리를 질렀다. 나도 소리를 지른다. "당신을 내 삶보다 더 증오해!"

말리나가 내 옆에 없다. 베개를 바로 한다. 생수가 담긴 컵이 눈에 들어온다. 귀싱어* 상표다. 목이 타서 물을 들이킨다. 왜 그런 말을 했을까, 왜? '내 삶보다 더'라니……. 지금 나는 잘 살고 있고, 말리나 덕분에 점점 더 좋아지고 있는데 말이다. 우중충한 아침인 것 같더니, 그래도 벌써 햇살이 든다. 무슨 말도 안 되는 헛소리를 하고 있는 걸까? 왜 말리나는 지금 자고 있단 말인가? 하필이면 바로 지금. 그는 나에게 내가 한 말을 설명해 주어야 한다. 나는 내 삶을 증오하지 않는다. 그런데 어떻게 내 삶보다 더 증오할 수가 있겠는가. 그럴 수는 없다. 밤이면 그저 마음이 휑해서 그렇겠지. 조심조심 일어나야 한다. 내 삶이 무사할 수 있도록. 찻물을 올린다. 차를 마셔야겠다. 부엌에서 차를 끓이고 있는데, 긴 잠옷을 입었음에도 불구

* 독일의 생수 제조사.

하고 덜덜 떨린다. 이렇게 차를 끓이는 것도 내게는 쓸모있는 일이겠지. 더 이상 아무것도 할 수 없을 때는 차를 끓이는 것도 일거리가 되니까. 찻물이 끓는다는 것은 내가 산호섬에 있는 것이 아니라는 증거다. 티포트를 데우고, 얼 그레이 홍차를 스푼으로 헤아려 넣고, 물을 붓는다. 아직은 차를 마실 수 있고, 아직은 끓는 물을 티포트까지 잘 들고 가 옮겨 부을 수 있다. 지금 말리나를 깨우고 싶지 않다. 7시가 될 때까지 자지 않고 있다가 말리나를 깨우고 아침을 차려 준다. 말리나의 컨디션도 좋지는 않다. 아마 어젯밤 늦어서야 집에 돌아왔나 보다. 계란을 너무 많이 익혔는데도 그는 아무 말 않는다. 나는 미안하다고 중얼거린다. 우유가 상했다. 이틀밖에 안 됐는데, 왜 벌써 상했지? 게다가 냉장고에 넣어 두었는데. 말리나가 나를 올려다본다. 찻잔 속에 하얀 덩어리가 떠 있다. 나는 그의 차를 쏟아 버린다. 그는 오늘 아침, 우유를 넣지 않고서 차를 마셔야만 할 것 같다. 모두 다 상해 버렸다. "미안해."라고 나는 말한다. "도대체 뭐가 미안해?"라고 말리나가 묻는다. "이제 가야지. 가서 일을 끝내. 너 너무 늦게 오더라. 이렇게 이른 아침에는 얘기할 수가 없어."

다른 사람들처럼 나는 시베리아식 유대인 외투를 입고 있다. 지금은 한겨울이고, 우리들 위로 점점 더 많은 눈이 쏟아져 내린다. 내리는 눈 아래에 내 책장이 쓰러져 있다. 우리 모두가 압송되기를 기다리고 있는 동안 그 책장은 서서히 눈에 파묻힌다. 책장에 놓아둔 사진들도 젖어 든다. 모두 내가 사랑했던 사람들의 사진이다. 사진에 묻은 눈을 훔쳐 내고 사진을 흔들어 털지만, 눈은 계속해서 내리고, 내 손가락은 벌써 곱아 버렸다. 사진이 눈에 묻히게 그냥 내버려 둘 수밖에 없다. 내가 마지막으로 뭘 시도하는지 아버지가 지켜보고 있는 것을 알고 난 절망에 빠진다. 그는 우리에게 속하지 않는다. 내가 애쓰는 걸 보고 사진 속의 사람들이 누군지 그가 알아내게 하고 싶지는 않다. 하지만 아버지는 그새 사진은 잊어버리고, 자기도 외투를 하나 입고 싶어 한다. 그러기에는 너무 뚱뚱한데도 말이다. 누군가와 의논을 해 보더니 좀 더 나은 걸 찾으려는지 먼저 입어 봤던 외투는 다시 벗는다. 그러나 다행히 이제는 더 이상 남은 외투가 없다. 내가 다른 사람들과 떠나가는 것을 그는 보고 있다. 그와 다시 한 번 얘기하고 싶다. 그가 우리에게 속하지 않았고, 그러니 아무 권리가 없다는 것을 마지막으로 그에게 이해시키고 싶다. 나는 말한다. "이젠 시간이 없어요. 시간이 충분하지 않다고요." 진짜로 그럴 만한 시간이 없다. 몇 사람이 나를 둘러싸고는 연대를 표명하지 않는다고 나에게 죄를 덮어씌운다. '연대'라니, 별 희한한 말도 다 있다. 그런 건 나와는 아무런 상관도 없다. 내가 서명을 해야 하는데 아버지가 대신 해 버린다. 그는 항상 '연대'되어 있다는데, 나는 그게 무슨 말인지도 모르겠다. 그에게 재빨리 말한다. "잘 살아요, 더 이상은 시간이 없네요. 저는 연대되어 있지 않아요." 참, 꼭 찾아야 할 사람이 있다! 그게 누군지 아직 정확하게는 모르겠지만, 페치에서 온 어떤 사람을 나는 이 끔찍한 혼란 속에서 찾고 있다. 나에게 남은 마지막 시간이 흘러간다. 그가 나보다 먼저 압송되었을까 봐 벌써부터 걱정이 된다. 그 사람하고만 그 일에 관해 얘기할 수 있는데, 오직 그 사람하고만. 제7대열까지 뒤져 봐야지. 내 뒤로는 이제 아무도 오지 않으니 그 대열이 꼭 있으리라고 장담할 수는 없지만 말이다. 수많은 임시 막사 중 가장 뒤쪽에 있는 막사에서 그를 발견한다. 그는 그곳에서 지친 채로 나를 기다리고 있다. 수천 년 전에 입고 있던 그 짙은 검은색 별의 외투를 입고서 그는 텅 빈 방바닥에 누워 있다. 그리고 그의 옆에는 나리꽃 한 다발이 놓여 있다. 아직 잠이 덜 깬 채로 몸을 일으키는 그는 몇 년은 더 늙어 보이고, 아주 피곤해한다. "아아, 드디어, 드디어 왔군!" 몇천 년 전 처음으로 들었던 그 목소리 그대로다. 나는 털썩 주저앉아 웃다 울다 하면서 그에게 입을 맞춘다. "여기 있었구나. 여기 있었단 말이지. 드디어, 드디어!" 그런데 거기엔 아이도 하나 있다. 틀림없이 두 명이어야만 할 것 같은데, 하나밖에 눈에 띄지 않는다. 그 애는 방구석에 누워 있고, 나는 그 애를 당장 알아본다. 다른 쪽 구석에는 너그럽고 온화한 모습으로 그 애의 엄마인 여자가 누워 있다. 압송되기 전에 우리가 여기 이렇게 같이 누워 있는 것에 대해 그녀는 싫다고 하지 않는다. 갑자기 "일어서!"라는 말이 들린다. 우리는 모두 일어나 출발한다. 꼬마는 벌써 트럭에 실렸고, 같은 트럭에 올라타려면 우리도 서둘러야만 한다. 하지만 우리 몸을 막을 우산도 필요하다. 우산들을 발견한다. 그의 것, 그 온화한 여자의 것, 아이 것, 그리고 내 것까지. 하지만 내 우산은 내 것이 아니다. 빈에 있을 때 누군가가 놔두고 간 것이다. 늘 돌려줘야겠다고 생각하고 있었는데, 이렇게 되니 당황스럽다. 하지만 어차피 이젠 그럴 만한 시간도 없다. 이제 보니 우산이 아니라 망가진 낙하산이다. 그래도 할 수 없다. 벌써 너무 늦었는데, 이거라도 갖고 가는 수밖에. 내 첫사랑을 다시 찾았으니 이 우산을 갖고 헝가리를 지나가야지. 비가 온다. 후드득거리며 우리 모두에게, 특히 아이에게 내리붓는다. 하지만 그 애는 아주 명랑하고 태연하다. 또 시작이다. 호흡이 지나치게 빨라진다. 아마도 아이 때문인 것 같다. 나의 연인이 말한다. "진정해. 우리처럼 진정하고 가만히 있어 봐!" 이제 금방 달이 떠오르겠지. 또 시작되는 것 같아서, 내가 미쳐 버릴 것만 같아서, 여전히 무서워 죽겠다. 그가 말한다. "진정해. 시립 공원을 생각해 봐. 그 꽃잎을, 빈에 있는 정원을, 오동나무 꽃이 만발한 우리의 나무를 생각해 봐." 우리 두 사람이 함께 같은 일을 겪어 왔음을 깨닫고 나는 곧 진정이 된다. 그가 자기 머리를 가리킨다. 그들이 그의 머리에 무슨 짓을 했는지 나는 안다. 트럭은 강을 건너야 한다. 도나우 강이다. 하지만 강줄기가 다르다. 나는 흥분하지 않으려고 애를 쓴다. 우리는 여기, 도나우 강가 어느 풀밭에서 처음 만났다. "괜찮아."라고 말했지만, 나는 소리도 지르지 못한 채 고통으로 입이 딱 벌어진다. 괜찮지가 않기 때문이다. 그가 나에게 말한다. "날 또 잊지는 마. Facile!"* 그의 말을 잘못 알아듣고 나는 소리 없는 비명을 지른다. 'Facit!'** 강 속에서, 그 깊은 강물 속에서. 어떤 신사가 묻는다. "잠깐만 얘기 좀 나눌 수 있을까요? 당신에게 전해야 할 소식이 있습니다." 내가 묻는다. "누구, 누구에게 전할 소식인가요?" "카그란의 공주에게만요."라는 그의 대답에 나는 버럭 화를 낸다. "그 이름은 절대로 입 밖에 내지

* 라틴어로 '쉽게는!'이라는 뜻이다.

** 라틴어로 여기서는 '끝이다!'라는 의미로 사용되었다.

마세요. 아무 말도 듣고 싶지 않아요!" 하지만 그 신사가 나에게 시들어 말라 버린 꽃잎 한 장을 보여 준 순간 난 그의 말이 사실임을 알게 된다. 내 삶은 끝났다. 압송 도중 그가 그만 강에 빠져 죽었으니까. 그가 내 삶이었으니까. 나는 그를 내 삶보다 더 사랑했다.

말리나가 나를 부축하고 있다. "진정해!"라고 말하는 사람이 누군가 했더니, 바로 말리나다. 진정해야만 한다. 그와 함께 집 안을 왔다 갔다 걸어 본다. 그는 내가 눕기를 원하지만 너무 푹신한 침대 위에는 이제 더 이상 누울 수가 없다. 딱딱한 바닥에 누웠다가 바로 다시 일어나 버린다. 언젠가 이렇게 딱딱한 바닥에 누운 적이 있기 때문이다. 그때 나는 시베리아식 외투를 덮고 있었는데 참 따뜻했다. 말을 하고, 얘기를 하고, 말을 내뱉고, 말을 삼키면서, 그렇게 말리나와 함께 왔다 갔다 걷는다. 절망에 빠져 그의 어깨에 머리를 기댄다. 자동차 사고를 당한 이후로 말리나의 어깨 쇄골에는 백금 조각이 들어 있다. 이건 예전에 그가 직접 해 준 얘기다. 추운 것 같다. 다시 떨리기 시작한다. 달이 뜨고, 우리 창문으로도 그 달이 보인다. "저 달 보이니?" 그러나 내 눈에는 지금 저 달이 아닌 다른 달과 어느 별의 세계가 보인다. 그렇다고 지금 그 달에 대해 얘기하려는 건 아니다. 그냥 나는 말을 해야만 한다. 나 자신을 지키고, 말리나에게 그 짓을 하지 않으려면 계속해서 말해야 한다. 내 머리, 내 머리. 미칠 것만 같다. 하지만 말리나는 모르고 있어야 한다. 그래도 말리나는 이미 알고 있을 것이다. "부탁이야. 제발."이라고 말하면서 나는 그를 움켜잡는다. 그에게 매달려서 온 집안을 왔다 갔다 서성이고, 바닥에 누웠다 다시 일어나고, 옷 단추를 풀고, 다시 바닥에 드러눕는다. 제정신이 아니다. 갑자기 뭔가가 나를 덮쳤고, 나는 정상이 아니다. 이런 나를 위로해 줄 만한 것은 하나도 없다. 미칠 것만 같다. 말리나가 또다시 말한다. "진정해, 그냥 누운 채로 가만히 있어 봐." 가만히 누워서 이반을 생각한다. 호흡이 약간 안정된다. 말리나가 내 손과 발, 심장 부근을 주물러 준다. "그래도 난 미칠 것만 같아, 한 가지만 부탁할게, 너한테 딱 한 가지만……." "부탁은 도대체 무슨 부탁, 부탁 같은 건 하지 마." 그래도 나는 말한다. "부탁이야. 이 일이 이반의 귀에 들어가서는 절대 안 돼.(의식이 몽롱한 상태인데도 말리나가 이반에 대해서는 아무것도 모른다는 생각이 떠오른다. 도대체 내가 왜 지금 이반 얘기를 꺼내는 걸까?) ……이반에게는 절대 안 돼, 그렇게 하겠다고 약속해 줘. 그리고 나는 말을 할 수 있을 때까지는 계속해서 말할 거야. 내가 말하고 있다는 것 자체가 중요해서 그래, 알겠니? 그러니까 계속 말하고 있을 거야. 너도 나랑 무슨 말이든 좀 해. 이반은 절대 안 돼, 절대로 그가 뭔가 알아서는 안 돼, 나한테 아무거나 얘기 좀 해 줘 봐. 저녁 먹은 얘기 좀 해 줄래? 어디서 먹었니? 누구랑? 얘기 좀 해 봐. 새 레코드판 얘기는 어때? 그거 갖고 왔니? 「오, 옛 향기!」 말이야. 나랑 얘기 좀 하자고. 무슨 얘기를 하든 상관없어. 그냥 아무거나 얘기하고, 얘기하고, 얘기하고……. 그러면 우린 시베리아에 있지도 않고, 강물 속에 있지도 않고, 초원에 있는 것도, 도나우 강가 풀밭에 있는 것도 아니잖아. 그럼 우린 다시 여기, 웅가르 가에 있는 거잖아. 내가 찬미하는 그대, 웅가르 나라에. 그러니까 나랑 얘기해. 사방에 불을 다 켜 놔. 전기 요금은 생각하지 말고, 온통 다 불이 켜져 있어야 해. 스위치를 모두 켜. 물 좀 줘, 불을 켜, 불을 전부 다 켜 놓으라고! 촛불까지 다 밝히란 말이야!"

말리나가 불을 켜고, 물을 갖다 준다. 흥분은 조금씩 가라앉고, 의식은 점점 더 멍해진다. 말리나에게 내가 무슨 말을 했나? 이반의 이름을 들먹였던가? '촛불'이란 말을 했나? 조금은 차분해져서 말한다. "내가 한 말 진지하게 받아들일 필요 없어, 알겠니? 이반은 지금 이 세상에 살고 있는 사람인데, 옛날에도 한 번 이 세상에 태어나 살았던 적이 있는 사람이란다, 희한하지? 이런 일에 네가 신경 쓸 건 전혀 없어. 그저 내가 요즘은 온통 이 일에 매달리고 있어서 그런 것뿐이야. 그래서 이렇게 너무 피곤한 것 같아. 불은 그냥 켜 둬. 이반은 아직 살아 있어. 아마 나한테 전화를 할 거야. 그가 전화하면 이렇게 말해……." 더 이상 가만히 누워 있을 수가 없어서 나는 말리나와 함께 다시 걷기 시작한다. 이반에게 해 줘야 할 말을 아직 일러 주지 못했는데 전화벨 소리가 들린다. "그에게 이렇게 말해, 그에게, 부탁인데, 그에게…… 아무 말도 하지 마, 집에 없다고 하는 게 제일 낫겠다."

교황이 일 년에 하루 불쌍한 사람들의 발을 씻어 주듯이, 아버지도 우리들의 발을 씻어 주어야만 한다. 이반과 나는 벌써 발을 씻고 있다. 시커먼 거품을 일으키며 더러운 물이 흘러내린다. 우리는 오랫동안 발을 씻지 않았다. 아버지가 이 일을 더 이상 명예로운 의무로 여기지 않으니 차라리 우리가 직접 씻는 게 더 낫다. 이제 깨끗해진 발에서 산뜻한 냄새가 나서 나는 기쁘다. 수건으로 먼저 이반의 발을 닦아 주고, 내 발도 닦는다. 우리는 함께 내 침대 위에 앉아서, 기쁨으로 가득 차 서로를 바라본다. 그런데 이렇게 늦은 시간에 누가 왔다. 문이 벌컥 열린다. 아버지다. 나는 이반을 가리키며 말한다. "바로 이 사람이에요!" 이 일로 사형선고를 받을지, 그저 어딘가에 갇히기만 할지 나도 모르겠다. 발을 씻은 더러운 물이 아버지의 눈에 튄다. 나는 그 물속에서 좋은 냄새가 나는, 하얀 내 발을 들어 올려 보인다. 또 이반의 깨끗한 발도 보라고 자랑스럽게 가리킨다. 비록 아버지가 자신의 의무를 다하지는 않았지만, 그렇다고 긴 여정 뒤에 모든 것을 깨끗하게 씻어 내고 기뻐하는 모습을 그가 눈치채도록 해서는 안 된다. 아버지에게서 이반에게 가기까지는 너무나도 기나긴 여정이었고, 그래서 내 발이 그렇게까지 더러워졌던 것이다. 옆방의 라디오에서 따단 따단 하고 음악이 흘러나온다. 아버지가 호통을 친다. "라디오를 꺼!" 나는 자신 있게 대답한다. "제 라디오가 아니에요. 잘 아시잖아요. 전 라디오라고는 가져 본 적이 없는 걸요." 아버지는 다시 호통을 친다. "네 발은 그야말로 완전히 쓰레기처럼 더럽구나. 그걸 방금 다른 사람들한테도 다 말하고 왔다. 그래야 너도 이젠 좀 알 것 아니냐. 더러워, 더러워 죽겠다고!"

나는 미소를 지으며 말한다. "발은 씻었어요. 오히려 전 다른 사람들 발도 전부 이렇게 깨끗했으면 좋겠는데요."

"웬 음악 소리냐, 그만 끄지 못해!" 아버지가 이렇게까지 난리를 치는 건 본 적이 없다. "콜럼버스가 아메리카에 도착한 게 몇 월 며칠인지 당장 말해라. 원색은 몇 가지냐? 몇 가지의 색상이 있느냐?" "원색은 세 가지예요. 오스발트는 500가지 색상을 정해 놓았어요." 전부 다 빠르고 정확하게 대답하면서도 내 목소리는 자꾸만 기어들어 간다. 내 대답을 아버지가 듣고 있지도 않으니까 말이다. 아버지는 금방 다시 소리를 지르고, 그가 언성을 높일 때마다 벽에 칠한 회칠이 한 조각씩 떨어져 나가거나 마룻바닥에 깔린 목재가 한 조각씩 튀어 오른다. 대답은 들으려고도 안 하면서 어떻게 질문만 해 댈 수가 있단 말인가.

창밖이 칠흑같이 어둡다. 창문을 열 수가 없어서 유리창에 얼굴을 딱 붙여 보지만 거의 아무것도 보이지 않는다. 저 희미하게 보이는 웅덩이가 호수일지도 모른다는 생각이 살며시 들기 시작한다. 술 취한 남자들이 얼음판 위에서 합창하는 소리가 들려온다. 내 뒤쪽으로 아버지가 들어왔다는 걸 느낀다. 그는 나를 죽이겠다고 맹세했다. 바깥을 내다보고 있는 나를 그가 뒤에서 덮칠까 봐, 나는 길고 무거운 커튼과 창문 사이로 얼른 몸을 숨긴다. 하지만 알아서는 안 되는 사실을 나는 그만 알아 버렸다. '호숫가에 살해당한 딸들의 묘지가 있다.'라는 사실을.

아버지는 작은 배 위에서 자신의 대작 영화를 촬영하기 시작한다. 그가 감독이고, 모든 것이 그의 뜻대로 진행된다. 아버지는 몇몇 장면에 나를 등장시키고 싶어 하고, 나는 이번에도 또 굴복하고 말았다. 그는 사람들이 절대 나를 알아보지 못할 거라고 장담을 한다. 최고의 분장사가 그와 함께 작업을 한단다. 아버지는 본명 외에 또 하나의 이름을 가지고 있는데, 그 이름이 무엇인지는 아무도 모른다. 그래도 그 이름은 이 세상의 수많은 극장에서 자막이 올라갈 때면 등장하곤 했을 것이다. 나는 아무 할 일도 없이 기다리고 앉아 있다. 아직 옷도 입지 않았고, 화장도 하지 않았으며, 머리에는 컬을 말아 놓았다. 달랑 손수건 한 장만 어깨에 걸쳐져 있다. 그런데 아버지가 이 상황을 악용해서 벌써 카메라를 돌리고 있다는 걸 발견한다. 화가 치밀어 벌떡 일어서지만, 몸을 가릴 만한 게 하나도 눈에 띄지 않는다. 그래도 나는 아버지와 카메라맨에게 달려가 말한다. "그만둬요, 당장 그만두라니까!" 이 필름은 당장 없애 버려야 한다고, 이건 영화하고는 아무 관계가 없다고, 계약 위반이니까 이 부분의 필름은 잘라 내야 한다고 나는 주장한다. 아버지는 바로 이게 자기가 원하는 것이라고, 이게 영화 전체에서 가장 재미있는 부분이 될 거라고 대답한다. 카메라는 계속 돌아간다. 경악을 금치 못하고 있는 내 귀에 카메라 돌아가는 소리가 들린다. 촬영을 멈추고, 이 부분의 필름을 내놓으라고 다시 한 번 요구한다. 하지만 그는 촬영을 계속하면서 무표정하게 또 한 번 안 된다고 말할 뿐이다. 나는 점점 더 흥분해서 소리를 지른다. 몇 초 더 다시 생각해 볼 시간을 주겠노라고, 협박 따위는 조금도 두렵지 않다고, 아무도 날 도와주지 않더라도 이 일을 어떤 식으로 처리해야 할지 스스로 잘 알고 있다고. 아버지는 또다시 아무런 반응을 보이지 않고, 그사이 내가 제시한 몇 초가 흘러갔다. 나는 배의 연통과 갑판 위에 널린 장비들을 쳐다본다. 케이블에 걸려 비척거리면서 뭔가 없을까 찾고 또 찾는다. 그가 하는 짓을 도대체 어떻게 막을 수가 있단 말인가. 분장실로 다시 뛰어 들어가 보지만, 안에서 잠그지 못하도록 문짝을 아예 떼어 놓았다. 아버지가 큰 소리로 웃는다. 하지만 바로 그 순간 매니큐어를 바를 때 쓰라고 거울 앞에 놔둔, 비눗물 같은 게 담긴 작은 대접이 내 눈에 들어온다. 어떤 생각이 번개처럼 스쳐 지나간다. 나는 당장 대접을 집어 들어 그 속에 담긴 양잿물을 촬영 장비와 배의 파이프 속으로 쏟아 붓는다. 사방에서 연기가 나기 시작한다. 나는 얼어붙은 것처럼 꼼짝 않고 서 있는 아버지에게 말한다. 이미 경고했다고, 더 이상은 그의 뜻대로 되지는 않을 거라고, 나는 변했다고, 이제부터는 누구든 계약을 위반하면 지금 그에게 하듯이 그렇게 당장 앙갚음할 거라고. 배 전체에서 점점 더 많은 연기가 치솟고, 찍어 놓은 촬영분은 못 쓰게 되었으며, 작업은 서둘러 중단할 수밖에 없다. 다들 불안하게 서로 이런저런 의논을 하면서 모여 서 있다. 하지만 그들은 자신들이 어차피 그 감독을 좋아하지 않았고, 이 영화가 완성되지 못하게 되어 차라리 기쁘다고 말한다. 우리는 밧줄 사다리를 타고 배를 벗어나, 작은 구명보트에 몸을 싣고 물결을 헤쳐 커다란 배로 옮겨 탄다. 기진맥진한 채 그 큰 배의 의자 위에 앉아서 작은 배에서 계속되는 구조 작업을 관찰하고 있는 동안에도 계속해서 사람의 몸뚱이들이 헤엄쳐 온다. 그들은 목숨은 건졌지만 화상을 입었다. 그들도 모두 이 배에 타야 하니까 우리는 조금씩 더 당겨 앉아야 한다. 그런데 가라앉고 있는 우리 배에서 좀 떨어져 있던 또 한 척의 배가 폭발을 일으켰다. 그 배도 아버지 소유인데, 많은 승객들이 타고 있었고, 부상자가 속출했다. 그 배도 나의 작은 비누 대접 하나 때문에 폭파된 것일까 봐 두려움에 사로잡힌다. 육지에 닿으면 살인죄로 기소될지 모른다는 생각까지 든다. 점점 더 많은 사람 몸뚱이들이 건져 올려지는데, 그중에는 죽은 사람들도 있다. 폭발을 일으킨 다른 배는 전혀 다른 원인으로 가라앉게 되었다는 얘기를 듣고서 비로소 안심이 된다. 그 일은 나와는 아무 상관없이, 아버지의 부주의 때문에 일어난 사고였다고 한다.

아버지는 나를 빈에서 어딘가 다른 나라로 데려가려고 한다. 날 어떻게든 잘 설득해 보려고, 내가 여기를 떠나야 한다고, 여기 친구들은 모두 나에게 악영향만 끼친다고 엄포를 놓는다. 그러나 나는 금방 눈치를 챈다. 아버지가 이러는 것은 증인이 생기는 걸, 내가 다른 누군가와 얘기하는 걸, 그 일이 세상에 드러나는 걸 아버지가 원하지 않기 때문이다. 하긴 어쩌다 보면 세상에 드러날 수도 있는 일이다. 나는 더 이상 싫다고 뻗대지 않고, 집에다 편지를 써도 되는지만 물어본다. 아버지는 사람들이 편지를 볼 수도 있고, 그러면 결국은 나한테도 좋지 않을 거라고 대답한다. 우리는 어느 낯선 나라로 떠나왔고, 이곳에서는 심지어 거리를 돌아다니는 일도 허락된다. 하지만 아는 사람이 하나도 없고, 사람들이 쓰는 언어도 내가 모르는 언어이다. 우리는 현기증이 날 정도로 높은 곳에 살고 있다. 사람 사는 집이 어떻게 이만큼이나 높을 수 있는지 모르겠다. 이렇게 높은 곳에는 살아 본 적이 없다. 나는 하루 종일 침대에 웅크리고 누워 있다. 이건 창살 없는 감옥이나 마찬가지다. 아버지는 아주 가끔만 날 들여다보고, 대부분은 얼굴을 둘둘 싸매고 있어 눈만 보이는 어떤 여자를 내게 보낸다. 그녀는 뭔가 알고 있다. 그녀가 음식과 차를 내려놓고 간다. 걸음을 떼자마자 주변의 모든 것들이 빙빙 돌기 때문에 나는 이제 더 이상 몸을 일으킬 수도 없다. 하지만 갑자기 머릿속에 또 다른 상황들이 떠올라 어떻게든 일어나야만 한다. 음식이나 차에 틀림없이 독이 들어 있을 것이다. 나는 화장실로 가서 음식과 차를 변기에 쏟아 버린다. 이 일은 그 여자도, 아버지도 눈치채지 못하겠지. 그들이 나를 독살하려 한다. 끔찍한 일이다. 편지를 써야겠는데, 머리말밖에는 써지지 않는다. 그런 편지들을 나는 지갑 속에, 서랍 속에, 베개 밑에 숨긴다. 하지만 나는 꼭 이 얘기를 편지에 써서, 그것을 이 집 밖으로 내보내야 한다. 어느새 아버지가 방 안에 들어와 서 있다. 나는 화들짝 놀라 볼펜을 떨어뜨린다. 그는 벌써 오래전부터 낌새를 채고 있었던 것이다. 아버지가 편지를 전부 내놓으라고 한다. 그리고 휴지통에서 한 통을 집어 들고는 고함을 지른다. "다 말해! 도대체 이게 다 뭐야? 다 말하라고 하잖아!" 내 말은 들을 생각도 하지 않고 아버지는 몇 시간 동안 계속 고함을 지른다. 내 울음소리가 점점 더 커진다. 내가 우니까 그는 소리를 더 크게 지른다. 이젠 아무것도 먹지 않겠다고, 음식을 다 쏟아 버리겠다고, 뒤에서 무슨 일을 꾸미는지 이미 다 안다고, 그렇게 말할 수는 없는 노릇이다. 나는 베개 밑에 숨겨 두었던 구겨진 편지마저도 다 꺼내서 그에게 건네고는 훌쩍거린다. "다 말해!" 내 눈이 그에게 이렇게 말한다. "향수병에 걸렸어요, 집에 가고 싶어요!" 아버지가 빈정댄다. "향수라고! 그것 참 잘됐구나! 이게 바로 그 편지들이란 말이지, 나한테 보내는 게 아니라 네 그 귀한 친구들한테 보내는 귀한 편지들 말이다."

이제 나는 뼈만 앙상할 정도로 말라서 몸을 가누기도 힘들다. 그래도 겨우 어떻게 몸을 움직여 본다. 한밤중에, 조용히, 다락에서 내 가방들을 갖고 내려온다. 깊이 잠이 든 아버지가 드르렁거리며 코를 곤다. 너무 높지만 그래도 창밖으로 머리를 내밀어 아래를 쳐다본다. 길 건너편에 말리나의 자동차가 서 있다. 비록 내 편지를 받지는 못했지만, 말리나가 나의 상황을 파악한 것이 틀림없다. 그래서 그가 나에게 자신의 차를 보낸 것이다. 가장 중요한 것들만, 아니, 그냥 손에 잡히는 대로 아무거나 가방에 집어넣는다. 아주 조용히 그리고 아주 빨리 해야 한다. 오늘 밤이 아니면 다시는 기회가 없을 것이다. 가방들을 들고 비틀거리며 거리로 나선다. 몇 걸음 못 가서 가방을 내려놓고, 숨을 돌리고, 다시 기운이 날 때까지 기다린다. 이제 난 자동차 안에 앉아 있다. 가방은 벌써 뒷자리에 밀어 넣었다. 자동차 열쇠는 꽂혀 있다. 출발한다. 텅 빈 밤거리를 지그재그로 달린다. 빈으로 가는 간선도로가 어디쯤 있는지 대충 알 것 같다. 그런데 어느 방향으로 가야 할지는 알지만 운전을 할 기운이 없어 그만 멈춰 서고 만다. 못하겠다. 날 좀 데리러 오라고 말리나에게 전보라도 치려면 적어도 우체국까지는 가야 하는데, 그런데 못하겠다. 차를 돌려야 한다. 날은 벌써 밝아오고, 차는 내 마음대로 되지 않는다. 차가 뒤로 미끄러지는가 싶더니 원래 서 있던 그 자리로 돌아가 멈춘다. 아까와는 반대 방향을 향해서. 다시 한 번 속도를 내서 이번에는 벽을 향해 돌진해 그만 죽어 버리고 싶다. 말리나가 오지 않으니까. 날이 밝았다. 핸들 위에 머리를 박고 있는데, 누군가가 내 머리채를 잡아당긴다. 아버지다. 어떤 여자가 나를 차 밖으로 끌어내서 집 안으로 데리고 들어가는데, 그 얼굴에서 천이 그만 흘러내린다. 그녀의 얼굴을 봤다. 내가 그녀를 알아보고 울부짖자, 그녀는 황급히 천으로 다시 얼굴을 가린다. 저 둘이서 나를 죽일 것이다.

아버지가 나를 어떤 높은 집으로 데려갔는데, 그 높은 곳에도 정원이 있다. 그는 나더러 소일거리로 정원에 꽃과 작은 나무를 심어 보라고 한다. 내가 기르고 있는 많은 크리스마스트리를 보고 농담도 한다. 그건 내가 어렸을 때 크리스마스트리로 사용했던 나무들이다. 아버지가 농담을 하고 있는 동안은 별문제 없이 잘 지낼 수 있다. 은종이 달려 있고, 진짜 꽃만 아니다 뿐이지, 보라색과 노란색 꽃도 만발해 있다. 나는 자기(磁器) 화분에도 꽃을 심고 씨를 뿌린다. 그런데 늘 생각과는 영 다른 색깔의 꽃이, 전혀 예상치 않았던 색깔의 꽃이 피어나는 게 불만이다. 아버지는 말한다. "네가 뭐 공주라도 되는 줄 아나 본데 말이야, 도대체 넌 자신을 뭘로 여기는 거냐, 좀 더 근사한 뭐라도 되는 것 같느냐고! 이건 죽어 쓰러질 거고, 이건 내다 버려질 거고, 그리고 이것과 저것은(그는 내 화초를 가리킨다.) 금방 끝장날 거다. 이렇게 정신 사나운 소일거리도 있다더냐. 이 초록 잡것들 같으니라고!" 나를 더 이상 모욕하지 못하도록 손에 든 정원 호스로 아버지의 얼굴에 물이나 잔뜩 뿜어 줄까 보다. 나에게 이 정원을 준 사람이 누군데, 기가 막힌다. 하지만 나는 호스를 내려놓고 손을 턴다. 그렇다면 내가 뭘 해야 하는지 그가 말해 줘야 한다. 물이 바닥에 흐르고 있지만, 더 이상은 화초에 물을 주고 싶지 않다. 수도꼭지를 잠그고 집 안으로 들어간다. 아버지의 손님들이 왔다. 수고스럽지 만 그 많은 접시와 컵이 놓인 쟁반을 들고 이리저리 나르고, 그들 옆에 함께 앉아 귀를 기울이고 있어야 한다. 그들이 하는 얘기는 하나도 못 알아듣겠는데, 거기다 묻는 말에 대답까지 해야 한다. 뭐라고 대답해야 하나 생각하고 있는데, 사람들의 날카로운 시선이 나에게 쏠린다. 나는 말을 더듬는다. 끝장이다. 아버지가 미소를 짓고, 모두에게 상냥한 척하면서 그리고 내 어깨를 두드리며 말한다. "얘는 여러분에게 제가 자기를 정원 일이나 시키는 것처럼 보이게 하고 싶은 모양입니다. 중노동을 한다는 이 정원사를 잘 좀 보세요. 손 좀 보여 드려라, 얘야, 너의 그 하얗고 예쁜 앞발 말이다!" 모두가 웃음을 터뜨리고, 나도 마지못해 같이 웃는다. 아버지의 웃음소리가 제일 크다. 이미 술을 많이 마셨는데도, 사람들이 간 다음 아버지는 계속 술을 마신다. 나는 다시 한 번 그에게 내 손을 보여 줘야만 한다. 그는 내 손을 잡고 뒤집더니 비틀어 버린다. 나는 벌떡 일어선다. 술에 취한 그가 일어서다가 그만 비틀거리고, 나는 그 틈을 타 그에게서 달아난다. 방 밖으로 달려나간다. 문을 쾅 닫고 정원에 숨어 보려고 하지만 벌써 아버지가 뒤따라온다. 그의 눈이 소름 끼칠 정도로 무섭고, 그의 얼굴은 화가 나 벌게져 있다. 그는 나를 난간으로 몰아붙인다. 여기서 보니 집이 전처럼 그렇게 높아 보이지는 않는다. 그는 나를 억지로 잡아당기고, 우리는 서로 뒤엉켜 엎치락뒤치락한다. 그가 나를 난간 너머로 집어 던지려고 하다가 둘 다 미끄러지고, 나는 반대편으로 몸을 던진다. 담벼락까지 가거나, 옆집 지붕 위로 건너뛰거나 아니면 아예 다시 집 안으로 들어가는 수밖에 없다.

난 이성을 잃기 시작한다. 어떻게 도망쳐야 할지 모르겠다. 난간이 무섭기는 아버지도 마찬가지인가 보다. 그는 나와 함께 난간에서 실랑이하는 것을 포기하고, 화분을 하나 집어 들어 나에게 던진다. 화분이 내 뒤쪽 벽에 부딪쳐 박살이 난다. 아버지는 또 하나를 집어 든다. 철썩하고 얼굴에 흙이 튀고, 퍽 하며 산산조각이 나는 소리가 귓전에 울리고, 눈에는 흙이 잔뜩 들어왔다. 아버지라는 자가 어떻게 저럴 수가 있나, 아버지라면 저래서는 안 되는데! 현관에서 벨이 울린다. 다행이다. 누가 왔나 보다. 금방 또 벨이 울린다. 손님들 중에 누가 되돌아온 것인지도 모른다. 나는 작게 속삭인다. “누가 왔어요. 그만해요!” 아버지는 빈정거린다. “저기 누가 널 구해 주러 왔단 말이지. 아무렴, 물론 널 구해 주러 온 거겠지. 하지만 넌 아무데도 못 가, 알아들었냐!” 벨이 계속해서 울리니까, 누군가가 날 구해 주러 온 게 분명한 것 같으니까, 내가 아무것도 볼 수 없는 흙투성이 얼굴로 어떻게든 문을 찾아보려고 애를 쓰니까, 아버지가 손에 잡히는 대로 화분을 집어서 난간 너머로 던지기 시작한다. 나를 구하러 온 사람들을 쫓아 버리려고 말이다. 그런데 어떻게 해서 도망쳐 나왔는지 나는 어느새 대문 앞 거리에 서 있고, 어둠에 묻힌 채 말리나가 내 앞에 서 있다. 그에게 내가 작은 소리로 뭐라고 일러 주는데 그가 알아듣지를 못한다. “지금은 오지 마. 오늘은 안 돼.”라고 그의 귀에 대고 속삭인다. 말리나가 이렇게까지 하얗게 질려서 당황하는 것을 난 본 적이 없다. “도대체 뭐야, 무슨 일인데?” 그가 어쩔 줄 몰라 하며 묻는다. “제발 그냥 가, 난 아버지를 진정시켜야 해.”라고 내가 소곤거린다. 사이렌 소리가 들리더니, 경찰들이 벌써 순찰차에서 튀어나오고 있다. 겁에 질려 내가 말한다. “나 좀 도와줘. 저 사람들 무조건 그냥 돌려보내야 해!” 말리나가 나를 어둠 속으로 밀친다. 그는 경찰들에게 얘기한다. 오늘 여기서 파티를 하는데, 다들 너무 신이 나서 그런다고, 지나칠 정도로 기분이 좋아서 그러는 거라고 해명한다. 경찰은 그 말을 믿고 정말로 돌아간다. 말리나가 다시 내게로 온다. “이제 알았어, 저게 다 저 위에서 그 사람이 던진 거지? 하마터면 진짜로 맞을 뻔했어, 지금 나와 함께 여길 떠나자, 그렇지 않으면 우린 이제 다시는 못 만날 거야, 이젠 끝장을 볼 때도 됐잖아.” 이렇게 말하는 말리나의 말투가 단호하다. 그에게 난 다시 속삭인다. “같이 갈 수 없어, 딱 한 번만 더 해 볼 거야, 아버지를 진정시킬 거라고, 네가 벨을 누르니까 아버지가 그런 짓을 한 것뿐이야, 당장 올라가 봐야겠어, 제발 더 이상 벨을 누르지 마!” “이건 알아 둬, 그가 날 죽이려고 했으니까, 그와 끝장을 보기 전에는 우린 절대 못 만나!”라고 말리나가 말한다. “아냐, 그렇지 않아, 아버지는 다만 날…….” 작은 목소리로 그렇게 항변을 하는데 말리나는 가 버리고, 나는 그만 울음을 터뜨린다. 뭘 해야 할지 모르겠다. 저 흔적들을 없애야만 한다. 길거리에 흩어진 깨진 화분 조각을 모으고, 손으로 흙과 꽃들을 하수구로 밀어 넣는다. 오늘 밤 나는 말리나를 잃었다. 오늘 밤 말리나는 하마터면 목숨을 잃을 뻔했다. 말리나와 나, 우리 둘 다. 그래도 그게 나 자신보다 그리고 말리나에 대한 내 사랑보다 더 강하니까 난 계속해서 아니라고 부인하겠지. 집 안에 불이 환하게 밝혀져 있다. 모든 것이 박살 나고 폐허로 변한 그 난장판 한가운데 바닥에서 아버지는 잠을 자고 있다. 나는 아버지

옆, 그 폐허 더미 속에 몸을 누인다. 축 늘어져서는 애처롭고 늙어 보이는 모습으로 자고 있는 아버지의 옆자리, 그 자리가 바로 내 자리이기 때문이다. 그를 들여다보는 게 역겨울지라도 난 그렇게 해야 한다. 그의 얼굴에서 어떤 위험이 아직 도사리고 있는지 알아내야 한다. 그런 악이 어디에서 나오는지 알아내야 한다. 하지만 전혀 뜻밖의 이유로 나는 경악을 금치 못한다. 그렇게 악이 도사리고 있는 얼굴이 내가 아는 얼굴이 아니다. 아직도 손에 흙이 묻어 있는 그 낯선 남자에게로 기어간다. 어쩌다 내가 여기까지 오게 되었을까, 어쩌다 이 남자의 힘 안으로 빠져들게 되었을까. 그런데 도대체 누구의 힘이란 말인가? 완전히 지쳐 버린 상태지만 자꾸만 뭔가 이상하다는 생각이 고개를 든다. 하지만 이 의심이 너무나 커서, 일부러 얼른 억눌러 가라앉힌다. 낯선 남자여서는 안 된다. 헛수고가 되어서도 안 된다. 기만당했던 것이어서도 절대 안 된다. 이게 절대로 진실이어서는 안 된다.

말리나가 생수병 뚜껑을 연다. 그리고 위스키가 한 모금 담긴 잔도 내 얼굴 앞에 들이민다. 난 한밤중에 위스키를 마시는 건 좋아하지 않는데, 그는 내가 그걸 마셔야 한단다. 그의 얼굴에 수심이 가득 차 있는 걸 보니 내 상태가 좋지 않은 모양이다. 그가 내 맥을 찾아서 짚어 보는데, 안심하는 표정이 아니다.

말리나 아직도 나한테 할 말이 없단 말이지?

나 뭔가 보이기는 해. 그 속에 들어 있는 논리가 보이기 시작했어. 하지만 개별적으로 들어가면 아직 하나도 이해가 안 돼. 몇 가지는 사실 맞는 얘기야. 예를 들어, 내가 널 기다렸던 것이나 언젠가 벨을 못 누르게 하려고 가파른 계단을 달려 내려갔던 일 말이야. 그리고 경찰들 얘기도 거의 맞아떨어지고. 다만 그들에게 그냥 가 달라고, 오해가 있었다고 말한 건 네가 아니었어. 내가 직접 그들에게 그렇게 말했고, 내가 그들을 돌려보냈지. 안 그래? 꿈에서는 그때보다 더 무서웠어. 너라면 정말 경찰을 부르겠니? 나는 그런 짓 못 해. 사실 경찰을 부른 것도 이웃 사람들이지 내가 아니었어. 내가 그 흔적들을 다 없앤 다음 거짓 진술을 했어. 당연히 그렇게 할 수밖에 없었어, 그렇지 않아?

말리나 왜 그를 덮어 줬는데?

나 파티라고, 흔히 있는 그런 시끌벅적한 파티라고 말해 줬을 뿐이야. 알렉산더 플라이서와 젊은 바르도스가 그 아래에 서서 막 헤어지려는 참이었는데, 알렉산더가 하마터면 뭔가에 맞을 뻔했어. 그게 뭐였는지는 나도 모르니까 말해 줄 수 없지만, 그 크기가 사람 하나 죽이기에는 충분했지. 병들도 아래로 떨어졌지만, 화분은 하나도 없었어. 그러니까 착오라고 말했잖아. 그런 일도 있을 수는 있는 거야. 흔한 일이 아니라는 건 인정해. 어느 가정에나 다 있을 수 있는 일도 아니고, 매일 도처에서 일어나는 일도 아니라는 건 인정한다고. 하지만 일어날 수는 있는 거잖아. 예를 들어 파티 같은 때는 말이야. 사람들의 기분을 한번 상상해 봐.

말리나　나는 사람들에 관해 얘기하는 것도 아니고, 기분에 대해서 물어보는 것도 아니잖아.

나　어떤 일이 진짜로 일어날 수도 있다는 걸 알고 있으면 두렵지도 않아. 그건 전혀 달라. 두려움은 나중에 나타나지, 다른 형태로 말이야. 오늘밤에 그 두려움이 나타날 거야. 아하, 넌 뭔가 다른 걸 알고 싶은 거구나. 난 그다음 날 알렉산더를 찾아갔어. 나와는 잘 모르는 사이였던 그 젊은 바르도스가 맞을 수도 있었겠지만, 그는 벌써 100미터나 떨어져 있었거든. 알렉산더한테는 이렇게 말했어. 내가 이제 이 정도는, 어느 정도는, 약간은 진정이 되었다고. 그러고는 그냥 말문이 막혀 버리는 거야. 하지만 그것만으로도 충분히 많은 얘기를 한 셈이었어. 알렉산더가 이미 마음속으로 자기 생각을 정리했더라고. 그가 고소를 할 거라는 느낌이 들었어. 하지만 그런 일이 생겨서는 안 되잖아, 안 그래? 그래서 난 다시 이렇게 말했어. '사람'이 당연히 거리에 아무도 없다고 생각했지 않겠느냐. 그 늦은 시간에 바르도스까지 그 아래에 서 있다고 도대체 누가 예상이나 할 수 있었겠느냐. 어쩌면 그가 '사람' 눈에 띄었을 수도 있겠지만, 아니, 눈에 띈 건 분명하지만, 아래에 사람이 있다는 걸 알고 있었던 건 바로 나 하나뿐이었다. 그래서 이렇게 어렵게 시간을 내서 얘기하러 온 거다……. 하지만 벌써 알렉산더의 얼굴에는, 자기는 이런 식의 사건을 단지 어렵게 시간을 냈다는 말만으로는 용서할 수 없다고 써 있더라고. 그래서 난 어렵게 시간을 냈다는 말에다가 심하게 아프다는 말도 지어냈고, 그런 식으로 계속해서 이것저것 잔뜩 말을 만들어 냈어. 물론 알렉산더가 내 말을 전적으로 믿는 눈치는 아니었고, 또 내 말을 진짜로 믿게 만들어야겠다는 게 내가 의도한 바도 아니었어. 나는 다만 당장 최악의 사태는 막아 보자는 것뿐이었지.

말리나 왜 네가 그런 일을 했는데?

나 몰라. 그냥 내가 했어. 그 당시의 내 생각으로는 그게 옳은 일이었어. 시간이 지나면 다 잊어버리는 게 사람이잖아. 이유 같은 건 없어. 모든 이유들이 다 무효가 됐으니까.

말리나 고소당했다면 뭐라고 진술했을 것 같니?

나 아무 말도 안 했을 거야. 기껏해야 겨우 한마디 정도 입 밖에 낼 수 있었겠지. 그리고 그 한마디로 모든 질문들을 무용지물로 만들어 버렸을 테지. 하지만 사실 그땐 이게 무슨 뜻인지 몰랐어. (말리나에게 손가락으로 수화 동작을 해 보인다.) 어쨌든 그랬다면 그 고비를 잘 넘길 수 있지 않았을까? 아니면 그냥 가족이라고 주장했겠지. 넌 그렇게 쉽게 웃어 버리는구나. 하긴 너한테 일어난 일도 아니었고, 네가 대문 앞에 서 있었던 것도 아니니까.

말리나 내가 웃는다고? 네가 웃고 있는 거지. 넌 이제 잠이나 좀 자는 게 좋겠다. 네가 이런 식으로 진실을 말해 주는 것을 자꾸 주저하고 있는 한은, 너와 얘기하는 게 별 의미가 없겠어.

나 내가 경찰들한테 돈을 줬어. 누구나 다 돈으로 매수할 수 있는 건 아니지만, 그 녀석들은 매수가 되더라니까, 진짜야. 그들은 다시 관할 경찰서로, 아니면 자신들의 잠자리로 돌아갈 수 있다고 좋아했지.

말리나 그런 얘기들이 나와 무슨 상관이야? 네가 꿈을 꾸고 있는 건데.

나 그래, 꿈을 꾸는 건지도 모르지. 하지만 드디어 내가 이해하기 시작했다는 건 장담할 수 있어. 그 당시에 난 내 눈에 들어오는 글자를 전부 일부러 약간씩 왜곡해서 읽기 시작했어. 어딘가 '여름철 모데'*라고 적혀 있으면, 그걸 '여름철 모르데'**라고 읽었지. 이건 빙산의 일각이야. 그런 예는 100가지라도 들 수 있어. 내 말 믿어?

말리나 물론 믿지. 거기다 너 자신은 오히려 믿지 않으려 드는 다른 것들도 난 벌써 믿고 있어.

나 그건 아마도…….

말리나 내일 아침 내가 당직이라는 걸 잊었나 보구나. 늦게 일어나면 안 돼. 난 피곤해 죽겠어. 아침에 달걀을 적당히 잘 익혀 주면 고맙겠어. 잘 자.

* Mode. 독일어로 '유행'이라는 뜻이다.

** Morde. 독일어로 '살인'이라는 단어의 복수 형태다.

새 겨울철 '모르데'가 도착했고, 장안의 중요한 '모르데' 전문점들에서 벌써 선을 보인다고 한다. 아버지는 이 도시에서 손꼽히는 최고급 패션 디자이너다. 싫다고 했는데도 결국 나는 새 웨딩드레스를 선보일 모델을 맡을 수밖에 없게 됐다. 올해는 어쨌든 하얀색 '모르데'뿐이고, 거기에 아주 약간의 검은색 '모르데'가 함께 한다. 영하 50도의 얼음 궁전에서 펼쳐지는 하얀색 '모르데'. 바로 그 얼음 궁전에서, 산 채로 얼음 면사포를 쓰고, 얼음 부케를 들고 관객들 앞에서 결혼식을 올리게 된다. 신부들은 발가벗어야만 한다. 얼음 궁전은 전에 빙상 연맹이 있던 곳이자, 여름이면 권투 시합이 열리는 그곳에 마련되었다. 아버지가 그곳을 통채로 빌렸다. 나는 그 젊은 바르도스와 결혼식을 올려야 한다. 악단도 불렀는데, 그들은 이렇게 추운 곳에서 연주하다 얼어 죽을까 봐 벌써 걱정들이다. 아버지가 과부들을 보험에 들게 한다. 물론 아직까지는 과부가 아니라 악사의 아내들이지만 말이다.

아버지는 몸이 상한 채로 러시아에서 돌아왔다. 그는 그곳에서 에르미타슈*를 보고 왔노라고 말하지만, 사실은 고문하는 법을 공부하고 온 것이다. 그리고 러시아 황후 멜라니까지 함께 데리고 왔다. 나는 바르도스와 함께 얼음 위로, 저 우아하고도 예술적으로 만든 작은 얼음 궁전으로 걸어가게 되어 있다. 이 공연은 위성을 통해 전 세계로 중계되기 때문에 빈뿐만 아니라 전 세계가 박수갈채를 보내올 것이다. 원래 오늘은

---

* 러시아 상트페테르부르크에 있는 에르미타슈 미술관.

미국인인지 러시아인인지 혹은 양쪽 모두인지는 모르겠지만, 하여튼 그들이 우주선을 타고 달을 향해 날아가는 날이라고 한다. 빈의 이 얼음 공연으로 전 세계가 달과 강대국들을 잊어버리게 하느냐 아니냐에 아버지는 신경을 곤두세우고 있다. 그 젊은 러시아 황후와 함께 모피로 장식한 마차를 타고 아버지는 제1구와 제3구 지역을 한 바퀴 질주하고, 본격적인 볼거리가 시작되기도 전에 벌써 사람들로 하여금 놀라움을 금치 못하게 만든다.

스피커를 통해 들리는 설명에 따라 사람들은 우선 얼음 궁전의 독창적인 세부 장식에 주목하게 된다. 창은 유리처럼 아주 얇고 투명한, 아름답기 그지없는 얼음판을 끼워 놓았다. 수백 개나 되는 얼음 촛대들이 그곳을 밝히고 있고, 가구와 살림살이도 놀라움을 자아낸다. 낮은 안락의자, 걸상, 깨질 듯한 식기 세트와 컵, 찻잔 등이 놓여 있는 식탁, 이 모든 것들이 얼음으로 완성되었고, 아우가르텐* 도자기처럼 생생한 빛깔로 채색되어 있다. 벽난로 속에는 얼음으로 만든 나무토막들이 놓여 있는데, 나프타로 덧칠을 해서 마치 불타고 있는 것처럼 보인다. 지붕이 달린 커다란 침대에는 얼음 커튼을 드리운 게 보인다. 아버지를 '곰'이라고 부르는 러시아 황후가, 이 궁전에 사는 게 틀림없이 기분 좋은 일일 것 같기는 하지만 잠을 자기에는 분명히 너무 추울 거라고 아버지를 놀린다. 아버지가 내 쪽으로 몸을 숙여 뻔뻔스럽게 말한다. "내 장담하는데, 넌 절대

* 1718년에 설립된 식기용 도자기 제조 회사. 오스트리아 황실을 비롯한 유럽 각국의 왕가에 식기를 납품해 온 유명 업체다.

로 얼어붙지 않을 게다. 오늘 네 남편인 바르도스와 잠자리를 함께한다면 말이다. 너희들 사이의 사랑의 불꽃이 꺼지지 않도록 그가 알아서 신경 쓸 거다!" 나는 아버지 앞에 엎드려 나를 살려 달라고 하는 대신에, 내가 잘 알지도 못하고, 나를 잘 알지도 못하는 젊은 바르도스에게 자비를 베풀어 달라고 애원한다. 벌써 얼어붙기 시작한 그는 정신을 못 차리고, 도무지 이해할 수 없다는 눈길로 나를 바라본다. 이 따위 오락 잔치에 왜 바르도스까지 함께 희생되어야 하는지 나도 이해가 안 된다. 아버지는 러시아 황후에게 나의 공범자도 옷을 벗어야만 한다고, 우리 둘 다 얼음 조각상으로 변할 때까지 도나우 강물과 네바 강물이 우리에게 퍼부어질 것이라고 설명한다. 멜라니가 잘난 척 대답한다. "하지만 그건 너무 끔찍해요, 나의 곰이여, 당신이 그 전에 저 불쌍한 인간들을 죽일 수도 있잖아요." "그건 안 되지, 작은 곰 아가씨, 그렇게 해 버리면 미의 법칙에 따라 절대 빠져서는 안 되는 자연스러운 움직임들이 포착될 수 없을 거야, 산 채로 저들에게 물을 퍼붓도록 해야지, 아, 내가 죽음의 공포를 얼마나 만끽할 수 있을까!" 아버지가 대꾸한다. "당신은 잔인해요."라고 말하는 멜라니에게 아버지는 더할 수 없는 황홀함을 느끼게 될 거라고 장담한다. 잔인함과 관능적 쾌락이 얼마나 가까운지 그는 안다. 모피를 덮고 있으면 틀림없이 편하게 잘 볼 수 있을 거라고, 잔인함에 있어서도 멜라니가 다른 모든 여자들을 능가하길 바란다고 그가 덧붙인다. 거리의 사람들과 빈 전체가 환호한다. "이런 건 날마다 볼 수 있는 게 아냐!"

우리는 영하 50도의 추위에, 발가벗겨진 채 궁전 앞에 서서 시키는 대로 자세를 취해야만 한다. 한숨을 내쉬는 관객들도 있다. 그러나 얼음처럼 차가운 물줄기가 우리에게 쏟아지기 시작하니 다들 아무 죄도 없는 바르도스까지도 함께 무슨 죄를 지었겠거니 생각해 버린다. 내 입에서 흐느낌과 저주가 새어 나온다. 마지막으로 내 눈에 보이는 것은 아버지의 의기양양한 미소고, 마지막으로 내 귀에 들리는 것은 드디어 만족해서 휴우 하고 내뱉는 그의 한숨 소리다. 더 이상은 바르도스를 살려 달라고 애원할 수가 없다. 나는 얼음이 된다.

어머니와 여동생이 국제 교섭인을 나에게 보냈다. 그들은 이 사건 이후에도 내가 아버지와 관계를 계속 이어 갈 용의가 있는지 알고 싶어 한다. "죽어도 싫어요!"라고 나는 그 중개자에게 말한다. 틀림없이 내 옛날 친구였을 것 같은 이 남자는 당혹스러워하면서 유감스럽다고 표현한다. 그가 보기에 내 관점이 너무 가혹한 것 같단다. 그러고 나서 나는 입도 뻥긋 못 하고 아무런 도움도 못 되는 어머니와 여동생을 내버려 둔 채, 아버지와 직접 얘기해 보려고 옆방으로 간다. 하지만 비록 그 무엇에도 굴하지 않고 내 생각과 판단을 고집한다 하더라도, 비록 이렇게 온몸이 뻣뻣하게 굳어 버린다 하더라도, 아마 내 의무를 다해야 한다는 생각을 떨쳐 버릴 수는 없을 것이다. 이렇게 뻣뻣해진 몸뚱이로 이를 악물고 다시 그와 잠자리를 함께하게 될 것이다. 그러나 내가 그렇게 하는 게 다만 다른 사람들을 위한 것이고, 국제적으로 그 어떤 이목도 끌지 않으려고 하는 것임을 아버지도 알고는 있어야 한다. 그런데 아버지가 축 늘어져 있는 게 아닌가. 그가 아프다는, 이젠 아무것도 상대할 수가 없다는 시늉을 하고, 나는 그만 하려던 말을 꺼내 놓을 수가 없다. 멜라니와 나를 생각하는 게 골치 아프니까 그는 있지도 않은 병을 만들어 낸다. 왜 아버지가 이렇게 온갖 핑계를 늘어놓는지 그 이유가 갑자기 번개처럼 머릿속을 지나간다. 지금 그가 바로 내 동생과 함께 살고 있기 때문이다. 엘레오노레를 위해 해 줄 수 있는 건 이제 아무것도 없다. 그녀가 나에게 쪽지를 보냈다. '날 위해 기도해 줘, 제발, 날 위해서!'

침대 위에 걸터앉아 있다. 너무 덥기도 하고, 너무 춥기도 하다. 잠들기 전 바닥에 내려놓았던 책을 집어 든다. 『지구와의 대화』. 어디까지 읽다가 책을 덮었는지 잊어버려서 그냥 막연하게 목차와 부록을 뒤적인다. 전문 용어와 외래어에 대한 주해, 지하자원 에너지와 발전 과정, 내적 동력. 말리나가 책을 빼앗아 치운다.

말리나 네 동생이 왜 등장하지? 그게 누군데?

나 엘레오노레? 몰라. 엘레오노레라는 여동생은 없어. 하지만 우리 모두 여동생이 한 명씩은 있잖아, 안 그래? 아, 미안, 내가 이렇다니까! 그러니까 넌 내 진짜 여동생에 관해 뭘 좀 알고 싶은 거구나. 물론 어렸을 땐 우린 늘 함께였어. 그다음 빈에서도 얼마 동안은 그랬고. 일요일 오전이면 함께 음악 협회에서 열리는 콘서트에 갔고, 가끔씩 남자들과 데이트도 했지. 그 애도 책을 읽었어. 한번은 자기한테 전혀 어울리지도 않는 슬픈 이야기를 세 쪽이나 썼더라고. 하긴 우리 한테 안 어울리는 게 많기는 하지. 하여튼 난 그 이야기를 대수롭지 않게 넘겨 버렸어. 그런데 바로 그 때 내가 뭔가 중요한 걸 소홀히 해 버린 거야. 그다음엔 내 동생이 뭘 했을까? 걔가 그러고 나서 바로 결혼이라도 했기를 바랄 뿐이야.

말리나 여동생을 그런 식으로 말하면 안 되지. 그녀를 숨기려고 애쓰니까 네가 그렇게 힘든 거야. 그럼 엘레오노레는?

나 그 얘기를 심각하게 받아들였어야 했는데……. 하지만 그 때 난 너무 어렸어.

말리나 엘레오노레는?

나 그녀는 내 동생보다 나이가 훨씬 많아. 다른 시대에 살았던 사람임에 틀림없어. 어쩌면 아예 다른 세기일 수도 있어. 사진이라도 있으면 그녀를 알아보겠지만 기억이 나지는 않아. 기억은 안 나……. 그녀도 책을 읽었지. 한번은 그녀가 유령 같은 목소리로 내게 책을 읽어 주는 꿈도 꾸었는걸. Vivere ardendo e non sentire il male.* 이게 어디 나오는 말이지?

말리나 그래서 그녀는 어떻게 됐는데?

나 어느 낯선 곳에서 죽었어.

---

* 이탈리아의 여류 시인 가스파라 스탐파(Gaspara Stampa, 1523~1554)의 시에 나오는 한 구절. 이탈리아어로 '열정적으로 살고, 고뇌는 느끼지 말라.'라는 뜻이다.

아버지가 여동생을 가둬 놓고, 절대로 못 들여다보게 한다. 동생한테 준다고 내 반지를 내놓으란다. 동생이 이 반지를 껴야 한단다. 그는 내 손가락에서 반지를 빼 가며 말한다. "그 정도면 충분할 거야. 그 정도면 됐어! 하긴 너희들이야 그 녀석이 그 녀석이지, 뭐. 너희 둘 다 뭔가를 당하게 될 거다." 멜라니는 그가 파면시켰다고 한다. 가끔씩은 해고했다는 표현도 쓴다. 아버지는 자신이 그녀의 속을 꿰뚫어보았다고, 그녀의 명예욕과 자신을 통해 빛나 보려는 그녀의 병적인 욕망까지도 다 꿰뚫어 보았다고 말한다. 그녀의 병적인 욕망을 나에게 납득시켜 보려고 그가 늘어놓는 장광설 속에 별나게도 '눈(雪)'이라는 단어가 등장한다. 그녀가 그와 함께 차를 타고 내 눈을, 알프스 산맥 앞자락에 있는 우리들의 눈을 가로질러 가려고 한단다. 나는 그에게 내가 보낸 편지들을 받았는지 묻는다. 하지만 그 편지들이 아직 눈 속에 묻혀 있음이 드러난다. 다시 한 번 나는 그에게 마지막까지 내게 필요할 것 같은, 별것도 아닌 아우가르텐 커피 잔 두 개를 달라고 애원한다. 다시 한 번 커피를 마시고 싶기 때문이다. 그렇지 않으면 내 의무를 다할 수 없을 것만 같다. 그런데 그 커피 잔들이 없어졌단다. 가슴이 쓰라리다. 적어도 이 커피 잔들만은 돌려 달라고 동생에게 직접 말하는 수밖에 없을 것 같다. 하지만 이 소원조차도 입 밖에 꺼내지도 못하게 하려고 아버지가 작은 눈사태를 일으킨다. 그 잔들은 눈 속에 묻혀 있다. 그는 나를 속이려고만 든다. 아버지가 두 번째 눈사태를 일으키고, 나는 이제 슬슬 이 눈이 뭘 의미하는지 이해하게 된다. 그는 이 눈으로 나를 묻어 버리고, 아무도 나를 발견하지 못하게 하려는 것이다. 붙잡고 매달려 눈사태를 피해 볼 요량으로 나무들을 향해 달려간다. 비겁하게도 나는 아무것도 원하지 않는다고, 못 들은 걸로 해 달라고 소리친다. 정말 더 이상 아무것도 원하지 않는다. 또 한 번 눈사태가 일어날 것만 같다. 이런 눈 더미 속을 헤쳐 가려면 노를 젓듯 팔을 휘저을 수밖에 없고, 눈 속에 파묻히지 않으려면 그 속에서 헤엄을 칠 수밖에 없으며, 또 눈 위를 미끄러지며 다닐 수밖에 없다. 아버지가 가파른 비탈에 널빤지 모양으로 쌓인 눈 위에서 발을 쾅쾅 구르자 세 번째 눈사태가 일어난다. 이번 눈사태는 우리의 숲을 몽땅 허물고 지나간다. 끄떡도 않고 서 있던 노목들이 이제는 그 엄청난 힘에 밀려 다 쓰러진다. 내 의무를 더 이상 행할 수가 없다. 투쟁이 끝났다는 데 나는 동의한다. 아버지는 수색 팀에게 맥주를 한잔씩 돌리겠다고, 그만 집으로 돌아가도 된다고, 내년 초까지는 할 일이 없을 것이라고 말한다. 나는 아버지가 일으킨 눈사태에 깔렸다.

우리 집 뒤, 눈이 약간 쌓인 산비탈에서 나는 처음으로 스키를 탄다. 눈이 녹은 곳에는 들어서지 않도록, 눈 위에 적혀 있는 글자들을 벗어나지 않고 따라 내려갈 수 있도록 그렇게 스윙을 해야 한다. 그 글자들은 아마도 옛날에 쓰인 것 같다. 내가 어렸을 때 내린 후 녹지 않고 여태 그대로 남아 있는 눈 위에 마치 어린아이가 쓴 것처럼 삐뚤삐뚤한 글씨체가 보인다. 그 글이 원래 내 갈색 학교 공책에 쓰여 있었다는 사실이 갑자기 떠오른다. 섣달 그믐날 밤에 나는 그 공책 첫 장에 그 글을 써넣었다. '살아야 할 이유가 있는 자는 그 어떤 삶의 방식도 거의 다 참고 견딘다.' 그 글에는 내가 아버지와의 사이에 어려움을 겪고 있으며, 그 불행으로부터 벗어나기를 기대할 수 없다는 의미가 숨어 있다. 예언가라는 어느 중년 여인이 한쪽에 떨어져 모여 서 있는, 나와는 아무 상관이 없는 어느 그룹과 나에게 스키를 가르친다. 그녀는 산비탈이 끝나는 곳에서는 누구나 멈춰야 한다고 주의를 준다. 너무 힘들어 내가 멈춰 선 곳에 편지가 한 통 놓여 있다. 어떤 아이와 관련해서 1월 26일에 쓴 편지인데, 아주 복잡하게 접혀 있고, 겹겹으로 봉해져 있다. 완전히 얼어붙어 딱딱해진 그 편지 안에는 어떤 예언이 들어 있기 때문에 지금 당장 열어 봐서는 안 된다. 나는 깊은 숲으로 향한다. 스키 타는 사람들한테서 빠져나와 스키 스틱도 내려놓고, 도시를 향해, 빈의 친구들 집이 나올 때까지 계속해서 걸어간다. 대문에 걸려 있는 문패마다 남자들의 이름이 다 빠져 있다. 마지막 남은 힘을 다해 릴리네 집 벨을 누른다. 그녀가 나오지 않는데도 계속해서 벨을 누른다. 그녀가 나오지 않아 절망에 빠진다. 하지만 마음을 추스르고 그 집 문간에 서서 이야기를 한다. 나를 어떤 좋은 시설에 데려다 주기 위해 어머니와 엘레오노레가 오늘 도착한다고, 내게 숙소 따위는 필요 없지만 그래도 당장 비행장으로 나가 봐야 한다고. 그런데 갑자기 슈베카트로 가야 할지, 아스페른으로 가야 할지 알 수가 없다. 동시에 두 비행장을 갈 수는 없는 일이다. 사실 어머니와 동생이 정말 비행기로 오는지도 모르겠다. 오늘 도착하는 비행기가 있는지도, 어머니와 동생이 도대체 올 수나 있는지, 그들이 전갈을 받기나 한 건지도 전혀 모르겠다. 맞다, 전갈을 받은 건 릴리뿐이다. 하던 말을 끝맺지도 못한 채 나는 소리 지른다. "전갈을 받은 사람은 너밖에 없어! 네가 한 게 뭐야, 아무것도 안 했잖아, 일을 더 악화시켰을 뿐이잖아!"

빈에 있는 남자들이 모두 사라졌기 때문에, 나는 어느 어린 소녀의 집에 방 하나를 세내어 들어갈 수밖에 없다. 어렸을 때 내 방 크기만 한데, 그곳에 내가 처음으로 썼던 큰 침대도 놓여 있다. 갑자기 나는 이 여자아이를 사랑하게 된다. 우리 옆에 웅가르 가의 건물 관리인인 브라이트너 아주머니가(어쩌면 베아트릭스 가의 바로닌 아주머니일지도 모른다.) 뚱뚱하고 무거운 몸으로 누워 있는데도 우리는 개의치 않고 서로를 껴안는다. 우리가 내 커다란 푸른색 이불을 덮고 있음에도 아주머니는 우리가 서로 껴안고 있음을 눈치챈다. 그녀는 화를 내지는 않지만 이런 일은 있을 수도 없는 일이라 생각하며, 자신이 나를 잘 알고 있고, 나의 아버지도 아주 잘 안다고 말한다. 아버지가 미국으로 가 버렸다는 걸 그녀는 지금까지 모르고 있었다. 브라이트너 아주머니는 그동안 나를 '성녀'로 여겨 왔기 때문에 이 일을 도저히 받아들일 수가 없단다. 그녀는 자꾸만 '일종의 성녀'라는 말을 반복한다. 나는 그 집에서 쫓겨나지 않으려고 그녀에게 애써 설명한다. 이런 일은 충분히 이해할 수 있으며 자연스러운 것이라고, 특히 아버지와의 그 불행한 사건 이후로는 난 이럴 수밖에 없다고. 나는 그 여자아이를 좀 더 자세히 들여다본다. 한 번도 만난 적이 없는 아이이다. 아주 연약하고 앳되다. 그녀가 뵈르터 호수의 산책로에 대해 얘기한다. 그녀 입에서 뵈르터 호수라는 말이 나오자 갑자기 정신이 아득해진다. 내가 누군지 알아차릴까 봐 나는 감히 그 애에게 '너'라는 말도 쓰지 못한다. 그 애가 내 정체를 절대로 알아서는 안 된다. 부드럽고 나지막하게 노래가 흐르기 시작하고, 우리는 서로 교대로 그 가사를 따라 부른다. 바로닌 아주머니, 그러니까 브라이트너 아주머니도 함께 부른다. 나는 계속해서 상대방이 누군지 착각한다. 내가 먼저 부른다. "내 모든 불만에 나는 대가를 치르리라." 그 여자아이가 노래한다. "벗이여, 보이는가. 너희들 눈에는 보이지 않는가?" 브라이트너 아주머니도 노래 부른다. "조심하라! 조심하라! 밤은 금방 남몰래 달아나리라!"

아버지에게 가는 길에 대학생 무리와 마주친다. 그들도 나의 아버지를 찾아가는 길이고, 내가 그들에게 가는 길을 일러준다. 하지만 그들과 함께 대문 앞에 서 있고 싶지 않아서, 그들이 벨을 누르는 동안 나는 벽에 기대 서 있다. 멜라니가 문을 연다. 그녀는 긴 홈드레스를 입고 있는데, 누구나 눈치챌 정도로 가슴이 다시 아주 커졌다. 그녀는 호들갑을 떨며 학생들을 맞이한다. 그들 모두를 기억한다고, 강의에 들어갔을 때 다 보았다고 거짓말을 한다. 그러고는 환한 표정으로, 자신이 아직까지는 멜라니 양이지만 그것도 얼마 안 남았다고, 자신은 멜라니 부인이 되길 원한다고 말한다. '어림없지.'라고 난 생각한다. 내가 그녀 눈에 띄었고, 그녀의 등장을 망쳐 놓은 셈이 됐다. 우리는 서로 무심하게 인사를 건넨다. 악수를 할 때도 시늉만 하느라 손을 살짝 스칠 뿐 꼭 잡지는 않는다. 그녀가 복도를 앞서 걸어간다. 그새 집을 새로 단장을 했다. 멜라니가 임신 중인 게 분명하다. 집 안에는 나의 리나가 고개를 떨군 채 서 있다. 나를 떠올리게 만드는 건 싹 다 없애 버리려고 이름조차 리타로 바꿔 부르고 있으니 내가 찾아오리라고는 상상조차 못 했을 것이다. 집은 엄청나게 크지만, 아주 좁고 거대한 공간 단 하나로만 이루어져 있다. 공간을 이렇게 분할한 건 아버지의 건축 아이디어 때문이다. 나는 그의 아이디어를 알고 있고, 그래서 착각의 여지는 없다. 가구들 사이에서 내가 베아트릭스 가에 살 때 썼던 파란색 소파도 눈에 띈다. 가구를 배치하느라 바쁜 아버지에게 말을 건다. 파란 소파와 다른 몇 가지 것들 때문에 아버지에게 제안할 것이 있는데, 그는 내 말은 들을 생각도 않는다. 접자를 들고 왔다 갔다 하면서 벽과 창, 문의 치수를 잰다. 또 뭔가 큰일을 계획하고 있기 때문이다. 내가 원하는 정리 방법에 대해 지금 여기서 구두로 설명해야 할지 아니면 나중에 서면으로 제출해야 할지, 어느 쪽을 원하는지 그에게 물어본다. 나에게는 관심도 없는 그가 겨우 한마디 툭 던진다. "바빠, 난 바쁘다고!" 그 집을 나오기 전, 몇 가지가 내 눈에 띈다. 벽 위쪽 높은 곳에 웃기는 깃털 벽 장식이 달려 있다. 붉은 조명이 비치는 벽의 돌출 부분에 박제된 작은 새들이 많이 장식되어 있다. 나는 혼잣말을 한다. "하여간 천박하기는. 예나 지금이나 천박한 건 여전하다니까." 우리를 갈라놓았던 것은 항상 이런 천박함이었다. 바로 그의 무신경과 천박함이 문제였다. 나에게 이 두 단어는 하나로 뒤엉켜 있다. 리타라고 불리게 된 리나가 나를 배웅한다. "천박해. 여긴 제대로 된 미적 감각이라곤 눈을 씻고 찾아봐도 없네. 도대체 어쩌면 이렇게 무신경할 수가 있어. 아버진 절대로 변하지 않을 거야." 라고 나는 말한다. 리나가 당황하며 고개를 끄덕이고, 몰래 악수를 하려고 손을 건넨다. 지금 용기를 낼 수만 있다면, 저 문을 쾅 하고 닫을 용기만 있다면. 아니, 그럴 용기가 있어야만 하는데, 아버지가 늘 그랬던 것처럼 보란 듯이 아주 세게 쾅 하고 닫아야 하는데, 그래서 아버지도 누군가가 '문을 쾅 닫다'라는 게 뭘 의미하는지 이제는 좀 알 수 있도록 말이다. 하지만 문은 부드럽게 찰칵하고 닫힌다. 나는 여전히 문을 쾅 하고 세게 닫을 수가 없다. 그 집 앞 벽에 기대 선다. 이 집에 발을 들여놓지 말았어야 했다. 멜라니를 보지 말았어야 했다. 그새 아버지는 집의 배치를 바꾸게 했고, 나는 돌아갈 수도, 벗어날 수도 없다. 하지만 관목들이 저렇게 촘촘하게 늘어서 있는 저 울타리 위로 어쩌면 기어올라 갈 수 있을지도 모르겠다. 겁을 잔뜩 집어먹은 채 멀리서부터 달려와 울타리 위로 훌쩍 뛰어올라 간다. 이렇게 해서 벗어나는 거다. 이렇게 하면 벗어날 수 있을지도 모른다……. 하지만 나는 울타리 위에 걸리고 만다. 가시 철조망이 있다. 10만 볼트의 전기가 흐르는 철조망에서 나는 10만 번이나 감전이 된다. 아버지가 이 전기 철조망을 설치해 놓았고, 그 높은 전류가 내 모든 신경 섬유를 타고 질주한다. 아버지의 광기 때문에 나는 불타 죽고 만다.

창문이 열린다. 밖에는 구름으로 뒤덮인, 칠흑같이 어두운 땅이 펼쳐지고, 그 속에 호수가 하나 있는데, 그 호수가 점점 더 작아진다. 호수 주변으로 묘지가 있고, 무덤들이 선명하게 보인다. 그 무덤 위의 흙이 갈라지는가 싶더니 순식간에 죽은 딸들이 머리카락을 휘날리며 벌떡 일어선다. 얼굴은 알아볼 수가 없다. 여자들 모두 머리카락을 길게 늘어뜨린 채 오른손을 치켜들고 있다. 밝은 빛 아래에서라면, 그들이 밀랍처럼 창백한 손을 꽉 펴고 있다는 것을, 그런데 그 손에 반지가 없다는 것을, 반지를 끼는 손가락이 아예 없다는 것을 볼 수 있을 것이다. 아버지는 호수가 범람하도록 만든다. 그래서 아무것도 드러나지 않도록, 아무것도 볼 수 없도록, 무덤 위의 여자들이 물에 빠져 죽도록, 무덤들도 물속에 가라앉도록. 아버지가 말한다. "이건 「우리 죽은 자들이 깨어날 때」라는 공연이다."

다시 잠에서 깼을 때 연극을 보러 가지 않은 지가 벌써 한참 됐다는 걸 깨닫는다. 공연이라고? 나는 아는 공연도 없고, 공연에 대해서는 아무것도 모르지만, 어떤 공연이 있었음은 틀림없는 것 같다.

말리나 넌 항상 너무 많은 상상을 했지.

나 하지만 그 당시엔 아무것도 상상할 수가 없었는걸. 혹시 지금 우리가 '상상'이라는 말과 '공연'이라는 말을 쓰면서 서로 다른 의미를 생각하고 있는 건가.*

말리나 그런데 이건 좀 따져 봐야겠어. 왜 네 반지가 없다는 거지? 언제 반지를 끼고 다닌 적이나 있었어? 넌 반지라곤 하나도 끼지 않잖아. 이건 나한테 네 입으로 직접 한 얘기야. 손가락에 반지를 끼거나 목에 뭘 걸거나 손목에 뭘 차는 건 도저히 불가능하다고, 이를테면 꼭 수갑을 차는 것 같다고 말이야.

나 처음에 그가 나에게 작은 반지 하나를 사 줬는데,

---

* 독일어 vorstellen에는 '상상하다'라는 뜻도 있고, '공연하다'라는 뜻도 있다.

난 그걸 반지함에 꽂힌 그대로 두고 싶었어. 그런데 그가 반지가 마음에 드느냐고 매일 내게 물어보면서, 그에게서 반지를 받았다는 사실을 늘 상기시키는 거야. 그는 몇 년 동안이나 끊임없이 그 반지 얘기를 했어. 마치 내가 그 반지 덕분에 살아갈 수 있는 것처럼. 내가 자발적으로 그 얘기를 꺼내지 않으면 그가 물어봤어. "도대체 내 반지를 어디에 뒀니, 얘야?" 그러면 "얘야."라고 불린 나는 이렇게 대답하지. "제발요, 전 그 반지를 끼고 싶지…… 아니, 아무것도 아녜요. 욕실에 둔 게 틀림없어요. 당장 갖고 와서 손가락에 끼거나 침대 옆에 있는 서랍장 위에, 그러니까 바로 내 옆에 둘 거예요. 당신이 주신 반지가 곁에 있어야만 잠이 들 수 있거든요." 그 반지 때문에 한바탕 끔찍한 연극을 벌인 거야. 또 그는 자기가 나에게 그 반지를 선물한 걸 모두에게 떠벌리고 다녔어. 결국 사람들은 그가 나에게 생명이라도 선사한 것처럼, 아니면 적어도 매달 꼬박꼬박 생활비라도 대주는 것처럼, 집과 정원, 거기다 숨 쉴 수 있는 공기까지 선사한 것처럼 믿게 됐다니까. 더 이상은 그 빌어먹을 반지를 끼고 다닐 수가 없었지. 만약 그 반지에 정말 아무런 가치도 없었다면, 그걸 그의 얼굴에 대고 확 내던져 버렸을 거야. 그런데 엄밀하게 말하자면 사실 그 반지는 그가 나에게 선물한 것이라고 말할 수도 없거든. 적어도 그가 자발적으로 선물한 건 아냐. 그에게 마음을 확인할 수 있도록 뭔가를 달라고 졸라 댄 건 바로 나였어. 아무리 기다려도 징표를 받을 수 있을 것 같지가 않더라고. 난 어떤 징표를 원했는데 말이야. 그래서 결국은 그 반지를 받아냈지. 계속해서 얘깃거리가 되었던 그 반지 말이야. 어쨌든 아무리 그래도 누군가의 얼굴에 대고 반지를 던질 수는 없는 노릇이잖아. 꼭 그래야만 했다면 아마 발 앞에다 던졌겠지. 그런데 말하기는 쉽지만 실제로 해 보면 그게 그렇게 간단하지가 않아. 이를테면 어떤 사람이 앉아 있거나 왔다 갔다 서성이는데 어떻게 그 조그만 걸 발 앞에다 제대로 던질 수가 있으며, 그렇게 한다고 해서 원하는 바를 이룰 수 있겠느냐고. 그래서 처음엔 욕실로 가서 변기 속에 그 반지를 던져 버리려고 했지. 그런데 갑자기 그렇게 하는 게 너무 간단하고, 너무 실용적이라는 생각이 들었어. 난 나만의 드라마를 만들고 싶었고, 그 반지에 어떤 의미를 부여하고 싶었지. 그래서 차를 타고 클로스터노이부르크까지 갔고, 그곳에 있는 도나우 다리 위에서 초겨울 찬바람을 맞으며 몇 시간을 서 있었어. 그런 다음 외투 주머니에서 반지함을 꺼냈고, 반지함에서 반지를 꺼냈지. 벌써 몇 주째 그 반지를 끼고 다니지 않았거든. 그날은 9월 19일이었어. 아직 어스름이 내리지 않은, 어느 추운 오후에 난 그 반지를 도나우 강에 던져 버렸어.

말리나 그런 얘긴 하나 마나야. 도나우 강은 반지로 가득 차 있거든. 차가운 겨울바람이 불든, 뜨거운 여름 바람이 불든, 클로스터노이부르크와 피샤망 사이에 있는 도나우 다리 위에서는 매일같이 누군가가 손가락에 끼고 있던 반지를 빼서 던져 버린다니까.

나 난 손가락에 끼고 있던 반지를 뺀 게 아냐.

말리나 그게 중요한 건 아니잖아. 이제 네 얘기는 안 듣고 싶다. 넌 항상 날 피해 보려는 생각뿐이야.

나 정말 희한한 건 그가 살인을 생각하면서 내 주위를 맴돌고 있다는 걸 내가 처음부터 다 알고 있었다는 거야. 다만 어떤 방식으로 나를 제거하려는지, 그것만 몰랐던 거지. 모든 방법이 다 가능하겠지만, 그가 생각해 내서 결정할 수 있는 방법은 딱 한 가지밖에 없잖아. 나는 바로 그 한 가지를 알아낼 수가 없었어. 그 단 한 가지 방법이 지금, 이곳에도 존재할 수 있다는 걸 난 몰랐던 거지.

말리나 몰랐을 수는 있겠지만, 네가 동의한 일이었잖아.

나 난 동의하지 않았어. 맹세해. 사람이라면 그런 일에는 절대 동의할 수가 없어. 벗어나고 싶어 하고, 그냥 도망가 버리게 되는 게 사람이라고. 도대체 나한테 뭘 믿게 하고 싶은 거야? 난 절대로 동의하지 않았다니까!

말리나 맹세한다는 말 하지 마. 넌 맹세 같은 건 절대로 안 한다는 걸 잊지 말라고.

나 물론 난 알고 있었어. 아마 그는 내가 가장 상처를 많이 받은 순간에 날 만나려고 했을 거야. 그럼 아무것도 할 필요가 없거든. 그냥 기다리기만 하면 되잖

아. 일이 끝나기만을 기다리면 되는 거지. 내가 스스로, 내가 스스로 나를…….

말리나 그만 울어.

나 안 울어. 날 울리고 싶어 하는 건 너잖아. 네가 지금 날 울리잖아. 하여튼 일은 전혀 다르게 돌아갔지. 난 주위를 둘러봤어. 내 주변 사람들과 나와 아주 먼 관계에 있는 사람들까지도. 그러고는 다들 일이 끝나기만 기다리고 있다는 것을 나는 깨달았어. 그들은 아무 짓도 하지 않고, 뭔가 특별한 일을 꾸미지도 않아. 그냥 상대방의 손에 수면제나 면도칼을 꼭 쥐여 줄 뿐이지. 혹은 아무 생각 없이 바위투성이인 길을 산책하게 하거나, 술에 잔뜩 취해 달리는 기차에서 문을 열게 하거나 아니면 병에 걸리게끔 신경 써 주는 것뿐이야. 충분히 오래 기다리면 무너지게 되어 있어. 길든 짧든 결말이 온다고. 하긴 더러 그걸 참아 내고 살아남는 사람들이 있긴 하지. 하지만 그저 그렇게 참고 사는 것뿐이야.

말리나 그렇다면 어디까지 동의를 해야 하는 건데?

나 이 정도만 해도 난 너무 많이 시달렸어. 이젠 아무것도 몰라. 아무것도 털어놓지 않을 거야. 그걸 내가 어떻게 알아. 내가 아는 건 아주 조금밖에 없는걸. 난 아버지를 증오해, 그를 증오한다고. 내가 그를 얼마나 증오하는지는 아무도 모를 거야. 어쩌다 이렇게 됐는지 나도 모르겠어.

말리나 네가 우상으로 삼은 게 누구야?

나　　아무도 없어. 이런 식으로 계속할 수는 없어. 더 이상은 못 하겠다니까. 내 눈에 아무것도 보이지 않아. 다만 내 귀에, 작아졌다 커졌다 하면서, 어떤 목소리가 '근친상간'이라고 하는 말만 들릴 뿐이야. 잘못 들은 게 아니라니까. 난 그게 뭘 의미하는지 알아.

말리나　　아니, 아냐, 넌 전혀 몰라. 만약 누군가가 살아남게 되었다면, 그다음부터 그 사람에게는 살아남는다는 것 자체가 너무나 중요해져서 다른 건 제대로 인식하지 못하는 법이야. 넌 전혀 모르고 있어, 과거의 네 삶이 어땠는지, 지금의 네 삶은 또 어떤지 말이야. 넌 네 삶들조차도 혼동하고 있잖아.

나　　내 삶은 하나뿐이야.

말리나　　그걸 나한테 넘겨.

흑해 앞이다. 도나우 강이 흑해로 흘러들어 간다는 건 나도 안다. 아마 나도 도나우 강처럼 흑해로 흘러들어 가겠지. 연안을 따라 무사히 잘 내려왔는데, 삼각주 앞에서 반쯤 물에 잠긴 비대한 몸체가 눈에 띈다. 하지만 그렇다고 빙 돌아 강 한가운데까지 걸어서 갈 수는 없다. 이 부분의 강줄기는 너무 깊고 넓은 데다, 사방에 소용돌이가 널려 있기 때문이다. 아버지는 강 하구의 물속에 몸을 숨겼다. 그는 지금 피곤한 눈을 내리깔고 내가 지나가는 걸 막아선 거대한 악어다. 사람들이 마지막 남은 한 마리를 이곳 도나우 강으로 데려왔으니 나일 강에는 이제 악어가 한 마리도 없을 것이다. 가끔씩 아버지는 눈을 게슴츠레 뜬다. 마치 그저 그곳에 늘어져 있는 것처럼, 아무것도 기다리지 않는 것처럼 보인다. 하지만 물론 그는 나를 기다리고 있다. 내가 고향으로 돌아가려는 것을, 그게 나에게는 구원이라는 것을 그는 알고 있다. 이 악어는 가끔씩 뭔가를 애타게 찾는 것처럼 그 큰 아가리를 쫙 벌린다. 그 아가리 안에 찢어진 살점들이, 다른 여인들의 살점 조각들이 걸려 있다. 이 악어가 갈기갈기 찢어 삼킨 여자들의 이름 하나하나가 내 머리에 떠오른다. 꽤 오래된 듯한 피와 갓 흘린 것 같은 피가 물 위에 둥둥 떠다닌다. 오늘은 아버지가 얼마나 배가 고픈지 알 수가 없다. 갑자기 아버지 옆에 작은 악어 한 마리가 누워 있는 것이 눈에 들어온다. 이제는 그가 자기한테 어울리는 악어를 발견한 것 같다. 이 작은 악어는 아버지처럼 늘어져 있지 않고, 눈을 번득거리며 나에게로 헤엄쳐 와 다정한 척 내 오른쪽과 왼쪽 뺨에 입을 맞추려고 한다. 악어가 내게 입을 맞추기 전에 나는 소리친다. "넌 악어잖아! 너희 악어들한테 돌아가. 너희들 모두 한 족속이야. 너희들은 다 악어니까!" 위선적으로 눈을 반쯤 내리깔고 있는 그 악어가 멜라니임을 나는 금방 알아보았다. 번득거리는 그녀의 눈은 이제 더 이상 인간의 것이 아니다. 아버지가 내 말을 되받아 소리친다. "어디 다시 한 번 말해 봐라!" 아버지가 시켰으니 한 번 더 그 말을 해야 하는데도 나는 그렇게 하지 않는다. 그에게 잡아먹혀 갈기갈기 찢기든지 깊은 강 속으로 걸어가든지, 그렇게 둘 중 하나만 남았다. 흑해를 앞두고 나는 아버지의 아가리 속으로 사라졌다. 하지만 마지막 남은 나의 세 방울 피는 흑해로 흘러들어 갔다.

아버지가 방으로 들어온다. 파자마 차림의 그가 휘파람을 불고, 노래를 부른다. 그가 싫다. 도저히 눈 뜨고 봐줄 수가 없다. 나는 가방을 싸며 말한다. "옷 좀 입어요, 다른 옷 좀 입으시라고요!" 내가 그에게 생일 선물로 주었던 파자마를 일부러 입고 왔다는 걸 알기 때문에 그 옷을 확 잡아 내려 버리고 싶다. 하지만 순간 뭔가가 떠올라 지나가는 말처럼 한마디 한다. "아, 아버지뿐이지요!" 나는 춤을 추기 시작한다. 혼자서 왈츠를 춘다. 그의 작은 악어가 벨벳과 비단을 걸치고 침대 위에 누워 있기 때문에 아버지는 약간 놀란 기색으로 나를 빤히 바라보다가 벨벳과 비단에 대한 유언장을 작성하기 시작한다. 큰 종이 위에 유언을 기록하면서 아버지는 말한다. "넌 하나도 받지 못할 거다. 알아들었냐. 그렇게 춤이나 추고 있으니까!" 나는 진짜로 따단따단 리듬을 타며 춤을 추고, 춤을 추며 온 방을 다 돌아다니다가 카펫 위에서 빙글빙글 돌기 시작한다. 내 발밑에 놓인 카펫을 그가 잡아당겨 뺄 수는 없다. 그건 『전쟁과 평화』에 나오는 카펫이다. 아버지가 나의 리나를 부른다. "저 애한테서 카펫을 잡아 빼 버려!"

하지만 오늘은 쉬는 날이라 리나는 외출하고 없다. 나는 웃음을 터뜨리고, 계속해서 춤을 추다가 갑자기 "이반!" 하고 외친다. 이건 우리의 음악이고, 이반을 위한 왈츠이며, 앞으로도 영원히 이반을 위한 것이고, 그리고 이게 바로 나의 구원이다. 아버지는 이반이라는 이름은 들어 보지도 못했고, 지금껏 내가 춤추는 걸 한 번도 본 적이 없기 때문에 어쩔 줄을 몰라 한다. 아무도 내게서 카펫을 잡아당겨 빼낼 수도 없고, 이 소용돌이치는 춤의 물결을 타고 빠르게 돌아가는 나를 멈추게 할 수도 없다. 이반을 부른다. 하지만 꼭 그가 와야 하는 것도,

꼭 나를 잡아 주어야 하는 것도 아니다. 내가 그 누구도 가져본 적이 없는 별의 목소리로 이반이라는 이름을 부르면 그는 언제 어디서나 존재하게 되니까.

아버지는 제정신이 아니다. 화가 머리끝까지 치밀어 소리친다. "이 미친년아, 이젠 좀 그만 멈추든가 아니면 썩 꺼져, 당장 꺼지라고. 안 그러면 내 작은 악어가 깨어날 거다!" 하지만 나는 계속 춤을 추면서 그 악어에게 다가가, 도둑맞은 내 시베리아 속옷과 헝가리로 보낼 편지들을 빼낸다. 잠들어 있는 악어의 위험천만한 아가리에서 원래 내 것이었던 모든 것들을 다 빼낸다. 열쇠도 다시 찾고 싶다. 웃음이 터져 나올 것만 같다. 악어 이빨에 걸려 있는 열쇠를 끄집어내고 계속해서 춤을 춘다. 그런데 아버지가 내게서 열쇠를 도로 뺏는다. 다른 건 물론이고 열쇠도, 오직 하나뿐인 그 열쇠마저도 뺏어 간다. 그리고 나는 목소리도 뺏겼다. 이젠 "이반, 나 좀 살려 줘, 아버지가 날 죽이려고 해!"라고 소리칠 수가 없게 됐다. 악어의 가장 큰 이빨에 아직도 내 편지 한 통이 걸려 있다. 그건 시베리아의 편지도 아니고, 헝가리의 편지도 아니다. 편지 첫머리를 읽고, 수신인이 누군지 알게 된 나는 경악한다. '사랑하는 아버지, 당신은 내 마음을 산산이 부숴 놓았어요. 우당탕하고 부숴 놓았어요. 아버지, 우당탕탕 따단따단, 이반, 난 이반을 원해요, 이반 말이에요, 난 이반을 사랑해요, 사랑하는 아버지.' 아버지가 말한다. "이년을 내쫓아!"

이제 네댓 살 정도 됐을 것 같은 나의 아이가 내게로 다가온다. 나를 닮았기 때문에 난 그 애를 당장 알아본다. 우리는 거울을 쳐다보고, 서로를 확인한다. 꼬마가 나에게 작은 소리로, 아버지가 결혼할 거라고, 이번에 결혼할 안마사는 무척 예쁘기는 하지만 사람을 귀찮게 한다고 말한다. 그래서 아이는 더 이상 아버지 집에 머물고 싶어 하지 않는다. 우리가 있는 곳은 모르는 사람들이 사는 큰 집인데, 어디선가 사람들과 얘기하는 아버지의 말소리가 들려온다. 좋은 기회다. 나는 순간적으로 내가 아이를 데리고 있어야겠다고 결심한다. 물론 나와 함께 있는 것을 아이가 좋아할 리는 없다. 하긴 내 생활이란 게 이렇게 엉망진창이고, 나는 아직 집도 없다. 아이를 데리고 있으려면 먼저 이 노숙자 단체를 떠나야 하는데, 거기다 또 내 구조 작업과 수색 작업에 든 비용도 지불해야만 하는데, 가진 돈이라곤 하나도 없으니 그럴 만도 하다. 그래도 난 아이를 꼭 껴안고 모든 걸 다 해 주겠다고 약속한다. 꼬마는 동의한 것처럼 보인다. 우린 함께 해야만 한다고 서로 다짐한다. 아버지는 우리의 아이에 대해서는 아무 권리가 없으니, 이제부터 난 이 애를 내 손에 넣기 위해 싸울 것이다. 뭘 어쩌겠다는 건지 나 스스로도 모르겠다. 하지만 어쨌든 그는 아무 권리도 없으니, 이 애 손을 쥐고 당장 그를 찾아봐야겠다. 그런데 그새 방이 바뀌어 버렸다. 내 아이에게는 아직 이름이 없다. 그게 나에게는 마치 세상에 태어나지 않은 자들이 이름을 갖지 못한 것이나 마찬가지처럼 여겨진다. 당장 아이한테 이름을 하나 지어주고, 거기다 내 이름을 붙여 줘야겠다. '아니무스'*라고 그 아

* 아니무스(animus)는 심리학자 융이 제안한 개념으로 여성에게 내재되어 있는, 또한 많은 경우 억압되어 있는 남성적 속성을 의미한다.

이의 귀에 대고 작은 소리로 제안해 본다. 그 애는 어떤 이름도 원하지 않지만, 이름이 있어야 한다는 사실은 이해해 준다. 방마다 정말 고약한 장면들이 펼쳐지고 있다. 피아노가 있는 방에서 아버지를 발견했다. 어느 젊은 여자와 함께 피아노 아래에 누워 있는 그를 보고 나는 한 손으로 아이의 눈을 가린다. 아마도 저 여자가 바로 그 안마사일 것 같다. 아버지가 그녀의 블라우스 단추를 풀고, 브래지어를 벗긴다. 내 손으로 눈을 가려 주었으면서도 혹시라도 애가 이 광경을 봤을까 봐 겁이 난다. 샴페인을 마시고 있는 손님들 사이를 비집고 우리는 얼른 다음 방으로 간다. 아버지는 꼭지가 돌도록 취한 게 틀림없다. 그렇지 않고서야 어떻게 아이 따위는 안중에도 없이 그렇게 행동할 수가 있단 말인가. 좀 조용히 피해 있으려고 들어간 다른 방에도 어떤 여자가 바닥에 누워 있다. 그녀는 권총으로 다른 사람들을 위협한다. 이게 위험한 파티라는 것을, 권총 파티라는 것을 나는 알아차린다. 저 여자의 머릿속에 무슨 어처구니없는 생각이 들어 있을지 짐작해 보려고 애쓴다. 그녀는 처음에는 천장을 조준하더니, 그다음에는 열린 문을 통해 보이는 아버지를 조준한다. 진심인지 장난인지 알 수가 없다. 저 여자가 어쩌면 그 안마사일지도 모르겠다. 갑자기 그녀가 천박한 말투로 내게 여기 무슨 볼일이 있는지, 이 조그만 후레자식은 누군지 묻는다. 그녀의 권총이 나를 겨누고 있는데도 나는 되레, 뭔가 뒤바뀐 게 아니냐고, 여기 아무 볼일이 없는 사람은 그녀가 아니냐고 묻는다. 그러자 그녀가 악을 쓰며 되묻는다. "날 가로막고 있는 이 후레자식 새끼가 누구냐니까?" 너무 무서워서 아이를 내 쪽으로 잡아당겨 끌어안아야 할지, 방에서 내보내야 할지 판단이 서지 않는다. "달아나, 달아나! 여기서 달아나!"라고 소리치고 싶다. 보아 하니 이 여자가 권총을 가지고 장난만 치고 있을 기분은 아닌 것 같고, 방해 거리인 우리 둘을 제거해 버리려고 하는 것 같다. 1월 26일이다. 나는 아이와 내가 둘이 함께 죽을 수 있도록 그 애를 잡아당겨 끌어안는다. 하지만 아버지가 그녀에게 허락한 총알은 단 하나뿐이다. 그래서 그 여자는 잠시 생각해 보더니 정확하게 겨냥해서 아이를 쏜다. 내가 그 애의 몸 위로 무너져 내릴 때 새해를 맞이하는 종소리가 울린다. 모두들 샴페인 잔을 부딪치고, 잔에 든 샴페인을 끼얹기도 한다. 내 몸 위로 샴페인이 흘러내린다. 아버지가 참석하지 않은 채로 난 내 아이를 땅에 묻었다.

나는 추락의 시대로 접어들었다. 무슨 일이라도 있었는지 이웃 사람들이 자꾸만 물어본다. 나는 어느 작은 무덤에 떨어져 머리를 부딪치고, 팔을 삐었다. 다음번에 추락할 때까지는 이게 전부 다 나아야 하고, 다 나을 때까지 난 무덤 안에 있어야 한다. 벌써부터 다음번 추락이 겁나지만, 다시 부활하기 전 세 번 추락하게 될 거라는 예언이 있었음을 나는 안다.

아버지가 나를 감옥에 처넣었다. 여기저기 아는 사람들이 많은 아버지이니 별로 놀랄 일도 아니다. 우선은 그저 여기 사람들이 나를 잘 대우해 주고, 최소한 글이라도 쓸 수 있도록 해 주기만을 바랄 뿐이다. 아무튼 여기 있으면 시간도 좀 있고, 그의 추적도 피할 수 있다. 어쩌면 진작부터 쓰겠다고 마음먹었던 책을 여기서 끝낼 수도 있을 것이다. 감옥으로 향하는 경찰차 안에서 벌써 몇 가지 표현들이 모습을 드러낸다. 그 표현들은 빙빙 돌아가는 경찰차의 청색 등 속에도 있고, 나무들 사이에도 걸려 있으며, 하수도 물속을 헤엄치기도 하고, 뜨거운 아스팔트 위에서 수많은 자동차 바퀴들에 깔리기도 한다. 나는 그 표현들을 전부 기억해 둔다. 옛날에 떠올랐던 다른 표현들도 이미 머릿속에 들어 있다. 사람들은 어떤 감방이 나에게 맞는지 보려고 긴 복도를 따라 날 끌고 간다. 나에게는 어떤 특전도 베풀어지지 않는다는 사실을 알게 된다. 여러 관청들 사이에서 오랫동안 실랑이가 벌어진다. 배후에는 아버지가 숨어 있다. 그가 몇몇 서류를 없애 버리도록 시켰다. 나에게 유리한 서류들이 하나씩 어디론가 사라져 버리고, 결국 나에게는 글쓰기가 허락되지 않는다고 확정된다. 이제 나는 남몰래 내가 원했던 대로 독방에 배정되고, 사람들이 물이 담긴 양철 사발을 밀어 넣어 준다. 감옥 안이 몹시 더럽고 깜깜하지만 나는 오직 책만을 생각한다. 종이를 달라고 간청한다. 문을 쾅쾅 두드리며 종이를 달라고 소리친다. 반드시 뭔가를 써야만 한다. 감방 안에 들어 있다는 게 그다지 힘들지도 않고, 여기 갇혔다는 게 그다지 서글프지도 않다. 그런 일이야 금방 적응할 수 있다. 다만 내 감방을 지나쳐 가는 바깥 사람들에게, 나를 이해하지 못하는 그 사람들에게 계속해서 내가 원하는 걸 납득시키려고 노력할 뿐이다. 나에게는 이러한 감금 자체는 아무렇지도 않다고, 그저 글을 쓸 수 있게 몇 장의 종이와 연필 한 자루만 있으면 좋겠다고 말하려는 것뿐인데, 사람들은 내가 이렇게 감금된 것에 대해 저항하고 반항하는 것으로 받아들인다. 간수 하나가 문을 확 열어젖히더니 말한다. "그래 봤자 소용없습니다, 당신 아버지에게 편지 쓰는 건 금지되어 있습니다!" "천만에, 아버지한테 쓰는 게 아녜요. 약속해요. 아버지한테 쓰는 게 아니라고요!" 소리치는 나를 향해 그는 다시 문을 쾅 닫아 버린다. 아버지가 사법 기관에다 내가 그에게 또 편지를 쓸 위험이 있다고 퍼뜨려 놓은 것이다. 하지만 그건 사실이 아니다. 나는 다만 저 깊은 근원에서 비롯된 글을 쓰려는 것뿐이다. 나는 이제 끝났다. 그래서 물이 담긴 양철 사발도 엎어 버린다. 이렇게 오명을 뒤집어썼으니 차라리 목이 말라 죽는 게 낫겠다. 점점 더 목이 말라 시들어 가는 나를 문장들이 에워싸고 환호성을 지른다. 문장들은 점점 더 많아진다. 몇 가지는 눈으로 볼 수만 있고, 또 몇 가지는 귀로만 들을 수 있다. 글로리아 가에서 처음으로 모르핀을 맞았을 때와 똑같다. 나는 물도 마시지 않고서 한쪽 구석에 쪼그리고 앉아 있다. 이 글들은 나를 떠나지 않으리라는 걸, 이 글에 대한 권리는 나한테 있다는 걸 안다. 아버지가 조그만 구멍을 통해 안을 들여다본다. 내 눈엔 그의 탁한 눈동자만 보인다. 그는 내게 남아 있는 글도 노리고 있다. 그것마저도 빼앗고 싶어 한다. 하지만 목이 타들어 가면서 마지막으로 환각을 본 후 나는 알게 된다. 아버지가 할 수 있는 것이라고는 아무 표현도 남기지 않고 죽어 가는 나를 지켜보는 일뿐임을. 그 표현들을 나는 저 깊은 근원에서 비롯된 그 글 속에, 아버지로부터 영원히 안전하게 비밀로 머물 그 글 속에 숨겨 놓았다. 그렇게 나는 호흡을 멈춘다. 혀가 입 밖으로 축 늘어지지만 아버지는 그 위에서 단 한 마디도 읽어 낼 수가 없다. 의식을 잃자 사람들이 나를 검사한다. 나의 글을 찾아내고 압류하기 위해, 그들은 내 입술을 축이고, 내 혀를 적신다. 하지만 그들이 찾아낸 것은 내 옆에 놓인 세 개의 돌뿐이다. 어디서 그것들이 나왔는지, 뭘 의미하는지 그들은 알 수가 없다. 그 세 개의 빛나는 단단한 돌들은 아버지조차도 영향력을 행사할 수 없는 저 가장 높은 심판대에서 나에게 던져진 것들이다. 각각의 돌이 어떤 전언(傳言)을 담고 있는지는 나만 안다. 끊임없이 번개가 번쩍거리는, 하늘에서 내 감방으로 떨어진 불그스레한 첫 번째 돌은 '경탄하며 살지어다.'라는 말을 담고 있다. 세상의 모든 푸르름이 섬광처럼 빛을 발하는 두 번째 푸른 돌은 '경탄 속에서 글을 쓸지어다.'라는 말을 담고 있다. 그리고 어느새 내 손에는 벌써 세 번째 돌이 쥐여 있는데, 아무도, 아버지조차도 이 돌이 내 손 안에 떨어지는 걸 막을 수가 없었다. 하지만 그새 감방 안이 너무나 캄캄해져서, 세 번째 돌에 담긴 전언이 어떤 것인지는 알 수가 없다. 그 돌이 더 이상 눈에 보이지 않는다. 내가 자유로워진 다음에야 그 마지막 전언이 무엇인지 알게 될 것이다.

지금 아버지는 어머니의 얼굴을 하고 있다. 아주 크고, 퇴색하고, 늙은 얼굴이다. 눈은 여전히 그의 악어 눈이지만, 입은 늙은 여자의 입을 닮았다. 아버지가 어머니인지, 어머니가 아버지인지 알 수는 없지만, 나는 아버지에게 할 말이 있다. 아마 이게 마지막이 될 것이다. 폐하! 그는 아무런 대답도 해 주지 않는다. 아버지는 전화에 대고 누군가에게 지시를 내리는 와중에 나에게 아직 때가 되지 않았다고, 나는 아직 살아갈 권리가 없다고 말한다. 나는 여전히 힘들어하며 애써 입을 연다. "그딴 건 상관없어요. 아버지가 뭘 생각하든 나와는 전혀 상관없다는 걸 아버지도 알아야만 해요." 어느새 사람들이 와 있다. 쿤 교수와 모로쿠티 강사가 아버지와 나 사이를 비집고 들어오고, 쿤 교수가 아버지에게 경의를 표한다. 내 목소리가 날카로워진다. "제발 십 분만 아버지와 단둘이 있게 해 주실래요?" 내 친구들도 모두 등장하고, 빈 시민들이 기대에 가득 차 조용히 길가에 서 있다. 우리들이 매사에 너무 느려 터졌다고 생각하는 몇몇 독일인 무리는 참지 못하고 상황을 좀 더 잘 보기 위해 머리를 쑥 내민다. 나는 단호하게 말한다. "단 한 번이라도 십 분 동안 자신의 어머니와 뭔가 중요한 얘길 할 수 있어야 합니다!" 놀란 아버지가 고개를 들어 바라보지만, 그는 여전히 이해를 못 하고 있다. 가끔씩은 아예 내 목소리가 사라져 버린다. "그럼에도 불구하고 전 자신에게 살아갈 것을 허락했어요."라고 한 말은 다른 사람들에게 들리지도 않는다. 그러다 또 목소리가 돌아오면 다른 사람들도 내가 하는 말을 듣게 된다. "나는 살아 있고, 앞으로도 살아 있을 거예요. 내 삶에 대한 권리는 내가 갖겠어요."

나에게 금치산 선고를 내리는 게 틀림없는 문서에 아버지가 사인을 하지만, 이제는 다른 사람들이 나의 존재를 인식하기 시작한다. 그는 기분이 좋은 듯 숨을 가쁘게 내쉬며 식사를 하기 위해 자리에 앉는다. 내게는 아무것도 돌아오지 않을 것임을 알고 있다. 한도 끝도 없는 이기심에 빠져 있는 그를 바라보고, 오믈렛 수프가 담긴 접시를 바라본다. 빵가루를 입혀 튀긴 슈니첼*이 담긴 접시가 그에게 건네지고, 설탕에 절인 사과

---

* 돼지고기나 송아지 고기를 튀겨 낸 오스트리아의 전통 요리.

가 담긴 대접도 건네진다. 나는 그만 이성을 잃어버린다. 내 앞에 놓인, 어느 사무실에나 다 있을 법한 큰 유리 재떨이와 종이를 눌러 놓는 서진(書鎭) 따위가 눈에 들어온다. 무기가 될 만한 건 아무것도 지니고 있지 않아서 그 무거운 물건을 집어 들어 정확하게 그의 수프 접시를 향해 던진다. 어머니는 놀라서 냅킨으로 얼굴을 훔쳐 낸다. 또 하나를 집어 들어 슈니첼이 담긴 접시를 겨냥한다. 접시는 박살이 나고, 슈니첼은 아버지의 얼굴로 날아간다. 그는 벌떡 일어나, 우리 사이를 비집고 들어온 사람들을 쫓아낸다. 세 번째로 뭔가 또 던지기 전에 그가 나에게로 온다. 이제야 내 말에 귀를 기울일 준비가 된 것이다. 나는 아주 침착한 상태이고, 더 이상 두려운 게 없다. 나는 말한다. "아버지가 할 수 있는 건 나도 할 수 있다는 걸 보여 주려고 했던 것뿐이에요. 그것만 알고 있으면 돼요, 그 이상은 필요도 없어요." 세 번째로 뭘 던지지도 않았는데 아버지의 얼굴에 절인 사과의 끈적끈적한 설탕물이 흘러내린다. 갑자기 그는 내게 아무런 말도 하지 못한다.

잠에서 깼다. 비가 내린다. 열린 창문 옆에 말리나가 서 있다.

말리나 네 옆에 있는 동안 숨이 막혀 죽는 줄 알았어. 담배도 엄청 피워 댔더군. 내가 너한테 이불을 덮어 줬어. 신선한 공기를 마시는 게 좋을 거야. 이젠 모든 걸 얼마만큼이나 이해했니?

나 거의 모두 다. 한때는 더 이상 아무것도 이해할 수 없을 거라고 생각했어. 어머니가 나를 완전히 혼란스럽게 만들었거든. 왜 아버지가 어머니이기도 한 걸까?

말리나　왜냐고? 만약 누군가가 상대방에게 전부를 의미한다면, 그 하나의 인물 속에는 다른 수많은 인물들이 들어 있을 수도 있거든.

나　지금 누군가가 한때는 나에게 전부였다는 말을 하고 싶은 거니? 무슨 그런 착각이 다 있어! 너무하잖아.

말리나　그래, 맞아. 그래도 넌 두 손 놓고 당하고만 있지는 않겠지. 넌 뭔가를 하지 않을 수 없을 테고, 그 한 인물 안에 들어 있는 다른 인물들을 모두 없애 버려야만 할 거야.

나　천만에, 벌써 제거당한 건 나야.

말리나　그래, 그 말도 맞아.

나　그 일에 관해 얼마나 수월하게 얘기할 수 있을지, 훨씬 더 수월해지긴 하겠지. 하지만 그 일을 마음에 담고 살아가는 건 또 얼마나 힘이 들까…….

말리나　그런 일은 얘기하는 게 아냐. 그냥 마음에 담고 사는 거야.

이번에도 아버지는 어머니의 얼굴을 하고 있다. 언제가 아버지고, 언제가 어머니인지 도대체 알 수가 없다. 그러고 보니 점점 더 이상하다는 생각이 든다. 그가 둘 중 누구도 아닌 제삼자라는 의심이 든다. 그래서 나는 잔뜩 흥분한 채 다른 사람들 틈에서 우리의 만남을 기다린다. 그는 기업을 운영하고, 정부 내각을 이끌며, 연극을 연출하고, 자회사를 가지고 있고, 자회사에 대한 권리를 가지고 있으며, 쉬지 않고 지시를 내리고,

동시에 몇 군데와 전화 통화를 한다. 그래서 난 아직 그로 하여금 내 말에 귀를 기울이게 할 틈을 잡지 못했다. 그가 담뱃불을 붙이는 순간이라면 가능할지도 모른다. 나는 말한다. "아버지, 이번엔 저와 얘기하고, 제가 묻는 말에 대답해 주세요!" 아버지는 지겹다는 듯 거부의 손짓을 한다. 내가 와서 뭘 물어본다는 게 무슨 의미인지 그는 이미 알고 있다. 그는 다시 전화를 한다. 어머니에게 다가선다. 어머니는 아버지의 바지를 입고 있다. 나는 말한다. "오늘은 저와 얘기하고, 저한테 대답을 해 줘야 해요!" 아버지의 이마를 하고 있고, 아버지와 똑같이 생기 잃은 피곤한 눈 위에 두 줄의 주름이 잡힌 어머니가 '나중에'라는 말과 '시간 없어'라는 말을 섞어 가며 뭔가 중얼거린다. 이제는 아버지가 어머니의 치마를 입고 있는데, 난 세 번째로 말한다. "당신이 누군지 금방 알게 될 것 같아요. 오늘 밤 안으로, 오늘 밤이 다 가기 전에 당신에게 직접 말해 줄게요." 하지만 그 남자는 태연하게 책상에 앉아서 나에게 가라고 손짓한다. 문까지 갔지만 사람들이 나를 붙잡고, 나는 몸을 돌려 천천히 다시 돌아간다. 온 힘을 다해 걸어가 법정의 커다란 탁자 앞에 멈춰 선다. 탁자 건너편에 앉아 있는 남자는 벽에 붙은 십자가 아래에서 슈니첼을 썰기 시작한다. 나는 아직 한마디도 입 밖에 꺼내지 않았다. 하지만 그가 설탕에 절인 과일을 포크질하는 꼴을 보고 느끼는 혐오감, 갑자기 법정을 떠나야 하게 된 청중들과 나를 향해 그가 큰 소리로 웃어 대는 것을 보고 느끼는 혐오감을 나는 숨기지 않고 노골적으로 다 드러낸다. 그는 포도주를 마신다. 그 옆에는 여송연이 놓여 있다. 여전히 나는 입을 다물고 있지만, 내 침묵의 의미를 그가 오해할 리 없다. 지금 이 상황에서는 침묵을 지키는 게 그만한 가치가 있으니까. 나는 무거운 대리석 재떨이를 집어서 손으로 그 무게를 가늠해 본 다음 높이 쳐든다. 남자는 조용히 계속해서 먹고 있다. 그의 접시를 겨냥해서 명중시킨다. 남자의 손에서 포크가 떨어지고, 슈니첼이 바닥으로 날아간다. 그가 나이프를 잡아 쳐들지만 나도 동시에 벌써 다음 물건을 쳐들고 있다. 여전히 그가 아무 대답도 해 주지 않기 때문이다. 이번에는 절인 과일을 담은 그릇을 정확하게 겨냥한다. 그는 냅킨으로 얼굴에 묻어 흘러내리는 과즙을 닦는다. 내가 그에게 더 이상은 아무 감정이 없음을, 내가 그를 죽일 수도 있음을 이제 그는 깨닫는다. 세 번째로 던질 차례다. 겨냥하고, 또 한 번 겨냥하고, 아주 정확하게 겨냥한다. 이번에 던진 물건은 탁자 위를 아예 싹 치우며 모든 것들을 다 날려 버린다. 빵, 포도주 잔, 깨진 유리 조각 그리고 여송연까지 다 날려 버린다. 아버지가 냅킨으로 얼굴을 가린다. 그는 나에게 더 이상 할 말이 없다.

"그래서?"

"그래서?"

내가 직접 그의 얼굴을 깨끗이 닦아 준다. 연민 때문이 아니라 그의 얼굴을 더 잘 보기 위해서다. 나는 말한다. "난 살 거예요!"

"그래서?"

사람들은 흩어졌다. 그들은 이런 식의 결말을 원하지 않았다. 하늘 아래 나와 아버지, 단둘만 남았다. 우리는 너무나 멀리 떨어져 있어서, 우리의 목소리가 방안에 가득 메아리친다.

"그래서!"

아버지는 먼저 어머니의 옷을 벗어 내려놓는다. 너무 멀리 떨어져 있어서, 그 아래에 무슨 옷을 걸치고 있는지 알 수가 없다. 그의 옷이 계속해서 바뀐다. 먼동이 틀 무렵 도살장 앞에서 그는 피로 얼룩진 백정의 하얀색 앞치마를 두르고 있다. 그는 형리(刑吏)가 입는 빨간 외투를 걸치고 계단을 오른다. 짐 부리는 곳 앞에 있는 감시탑 위, 전기 철망 앞에서는 검은 장화가 달린 은색과 검은색 옷을 걸치고 있다. 그런 의상에 맞춰 그는 승마 채찍을, 소총을, 엽총을 든다. 이런 옷은 아주 깊은 밤에 피로 얼룩져 가며, 사람들을 공포에 몰아넣으며 입게 되는 의상들이다.

"그래서?"

멀리서 아버지가 묻고 있지만, 그건 더 이상 아버지의 목소리가 아니다.

"그래서?"

나도 저 멀리에다 대고 말한다. 우리는 점점 더 계속해서 멀어지고 있다.

"당신이 누군지 알아요."

나는 이제 모든 것을 다 이해했다.

말리나가 침대 끝에 걸터앉아 나를 붙잡고 있다. 잠시 동안 우리 둘 다 아무 말이 없다. 내 맥박은 빠르지도 느리지도 않으며, 발작도 일어나지 않는다. 춥지도 않고, 땀도 배지 않는다. 말리나가 계속 나를 붙들어 주고, 우리는 서로 떨어지지 않는다. 그의 침착함이 나에게 전해진다. 그러고 나서 나는 그에게서 떨어져 직접 베개를 똑바로 놓고, 내 손으로 말리나의 손을 감싸 쥔다. 그러나 그를 똑바로 쳐다보는 것만은 할 수가 없어서, 점점 더 꼭 쥐게 되는 우리의 손을 내려다본다. 그를 똑바로 쳐다볼 수가 없다.

나 그건 내 아버지가 아냐. 나의 살인자야.

말리나는 대답이 없다.

나 살인자라고.
말리나 그래, 나도 알아.

나는 대답을 하지 않는다.

말리나 그럼 왜 항상 '아버지'라고 말했어?
나 정말 내가 그런 말을 했어? 어떻게 그런 말을 할 수가 있었지? 그런 말은 안 쓰려고 했는데. 하지만 사람이란 자기 눈에 보이는 대로만 얘기해 줄 수 있는 거잖아. 나도 너한테 정확하게 내 눈에 보이는 그대로 얘기해 준 거야. 또 난 그에게, 이미 오래전에 깨달은 사실도 말해 주려고 했어. 그러니까 여기서 사람들은 그냥 죽어 가는 게 아니라 살해당하고 있다고 말이야. 그래서 그가 왜 내 삶에 등장할 수 있었는지도 이젠 이해가 돼. 누군가는 그 일을 해야만 했던 거야. 그게 바로 그였어.
말리나 그럼 넌 이제 절대로 '전쟁과 평화'라는 말은 더 이상 안 하겠구나.

나　　절대로 안 해.

늘 전쟁이야.

여기는 늘 폭력만 있어.

여기는 늘 투쟁만 있지.

그건 영원한 전쟁이야.

3

마지막 일에 관하여

지금 이 순간 내가 경악을 금치 못하는 건 우체국 직원의 운명 때문이다. 도로 공사 인부도 마찬가지지만, 내가 우체국 직원을 유난히 좋아한다는 사실은 말리나도 이미 알고 있고, 여기에는 그럴 만한 이유도 있다. 도로 공사 인부에 대한 나의 호감은 사실 좀 창피하긴 하다. 그렇다고 내가 무슨 벌 받아 마땅한 행동을 하는 것은 절대 아니다. 왜냐하면 그저 친절하게 인사 한마디를 건네거나 차를 타고 가면서 검게 그을린 채 태양 아래에서 땀을 흘리는 그들을 곁눈질하는 게 전부니까. 웃통을 벗은 채 그들은 자갈을 쏟아 붓고, 타르를 뿌리고, 새참을 먹는다. 그런 그들을 쳐다보겠다고 감히 멈춰 설 용기는 절대로 생기지 않는다. 뭐라 설명할 길 없는 이런 호감을 말리나는 이미 알고 있고, 또 그럴 수도 있다고 이해해 준다. 그런 그에게조차 나는 그 인부들 중 누구 하나와 얘기를 나눌 수 있도록 좀 도와 달라고 부탁해 본 적이 단 한 번도 없다.

하지만 우체부에 대한 나의 호감에는 비난받을 만한 어떤 불순한 생각도 들어 있지 않다. 나는 몇 년이 지나도 그들의 얼굴조차 알아보지 못한다. 현관문 앞에서 그들이 내미는 용지에 얼른 사인을 해 주는 게 전부니까. 그들이 갖고 다니는 구닥다리 연필로 말이다. 그들이 건네주는 속달 편지와 전보에 대해서도 나는 물론 진심으로 고마워하며 팁을 아끼지 않는다. 그리고 아무리 고마움을 표하고 싶다 하더라도 배달되지 않는 편지에 대해서까지 고마워할 수는 없는 일인데, 편지가 배달되지 않았을 때도, 분실되었을 때도, 뒤바뀌었을 때도 나는 여전히 지나칠 정도로 친절하다. 아무튼 편지 배달과 소포 배달이 얼마나 경이로운 일인지를 아주 일찌감치 인식했던 것이다. 이 집 건물 현관 복도에 있는 우편함만 해도 그렇다. 그 우편함은 최신 디자이너가 멀리 미래의 우편함 산업을 내다보고, 그러니까 빈에서는 아직 하나도 찾아볼 수 없는 마천루 같은 고층 빌딩을 염두에 두고 디자인한 것이다. 그 때문에 이 우편함은 1900년경에 만들어진 니오베 대리석상이나 크고 장엄한 현관 입구 홀과는 아주 날카로운 대조를 이룬다. 이 우편함을 볼 때마다 내 머릿속에는 부고(訃告)나 봉함엽서들로 내 우편함을 채워 주는 남자들이 떠오른다. 그 속에는 갤러리나 연구소를 소개하는 엽서, 혹은 이스탄불, 카나리아 제도, 모로코 여행을 권하는 여행사들의 광고 책자들이 들어 있다. 굳이 내가 라주모프스키 가(街) 우체국까지 달려갈 필요가 없도록 배려한 것인지는 모르겠지만, 심지어 등기도 우편함에 그냥 들어 있기 일쑤다. 분별 있는 제드라체크 씨가 그랬든, 나이 어린 폭스 씨가 그랬든 간에 말이다. 내 마음을 가볍게도 하고 무겁게도 하는 우편환은 늘 아주 이른 아침에 배달되니까, 언제라도 잠옷 차림에 맨발로 우편환 배달부에게 사인을 해 줄 각오가 되어 있다. 이와 반대로 저녁에 오는 전보를 받을 때면, 만약 저녁 8시 전에 배달된다면, 나는 아주 흐트러진 꼴로 뭔가 새로운 것을 구상하는 중이다. 한쪽 눈은 안약 때문에 빨개진 채로, 방금 감아 아직 마르지 않은 머리카락을 수건으로 둘둘 감고, 혹시 이반이 너무 일찍 온 건 아닐까 걱정하면서, 그렇게 현관문으로 달려가면 그곳에는 처음 보는 얼굴 혹은 낯익은 얼굴이 저녁 전보를 가지고 와 있다. 마치 캥거루 같은 유대류(有袋類)처럼, 소중한 낭보나 견디기 힘든 비보를 담은 우편낭을 짊어지고, 호이마르크트에서 줄곧 자전거 페달을 밟으며 혹은 오토바이를 부르릉거리며 오르막길을 올라와서는 벨을 누르고, 여기까지 온 게 보람이 있을지, 수취인이 집에 있을지, 수취인이 그저 1실링만 내놓을지 혹은 전해 받은 소식이 그만한 가치가 있다고 여겨 4실링을 내놓을지 모를 이 남자들에게 나는, 우리 모두는 고맙다는 말을 빚지고 있는 셈이다.

오늘 드디어 말 한마디가 나왔다. 제드라체크 씨나 젊은 푹스 씨가 아닌, 처음 본 듯한 우체부의 입에서 말이다. 그는 연말 연초에 새해 인사를 건네러 얼굴을 내민 적도 없고, 그러니 나로서는 친절하게 대해야 할 이유가 별로 없는 사람이다. 오늘 온 이 우체부가 말한다. "좋은 소식만 있는 게 틀림없는 것 같은데요. 들기가 무겁네요!" 나는 이렇게 대꾸한다. "네, 무거워 보이네요. 하지만 진짜로 좋은 소식들만 가져오셨는지는 일단 먼저 살펴봐야 알겠죠. 전해 주시는 우편물 때문에 힘들어

할 때도 가끔 있답니다. 하긴 제 우편물 때문에 힘들기는 당신도 마찬가지겠네요." 일반 우편 두 통 위에 검은 테두리가 둘러쳐진 네 통의 편지를 올려서 내게 건네주며 재미있어하는 걸 보니 이 우체부는 틀림없이 철학자 아니면 능구렁이일 것이다. 자신이 전해 주는 부고에 내가 기뻐하기를 바라는 건지도 모르겠다. 하지만 그러한 부고는 오지 않는다. 절대로 거기에 함께 들어 있을 리가 없다. 살펴볼 필요도 없다. 그 네 통을 읽지도 않고 휴지통에 처넣는다. 만약 진짜로 그런 부고가 들어 있다면 이미 느낌으로 알 수 있을 것이다. 어쩌면 이 아침꾼 우체부가 내 속마음을 꿰뚫어 봤을지도 모를 일이다. 원래 비밀을 알고 있는 사람은 보통 잘 모르는 사람들 사이에, 그러니까 이 사람처럼 비정기적으로 방문하는 우체부들 사이에 들어 있기 마련이니까. 그를 다시는 보고 싶지 않다. 우리 동네 집들도 잘 모르고, 내가 누군지도 잘 모르면서 쓸데없는 소리나 해대는 임시 우체부가 왜 생각보다 더 오랫동안 필요하게 되었는지 제드라체크 씨한테 물어봐야겠다. 편지를 뜯어 보니, 하나는 독촉장이고, 또 하나는 누군가가 내일 아침 8시 20분에 남부역에 도착한다는 내용이다. 전혀 모르는 필체에다가 사인도 알아볼 수가 없다. 말리나에게 물어봐야겠다.

우체부들은 우리가 하얗게 질리는 것도 보고, 우리 얼굴에 홍조가 떠오르는 것도 본다. 어쩌면 바로 이 때문에 사람들은 그들에게 안으로 좀 들어와서 커피라도 한잔 마시고 가라고 청할 수 없는지도 모른다. 우체부들은 자신들이 겁도 없이 짊어지고 거리를 누비는 그 끔찍한 것들에 관해 너무나 잘 알고 있기에, 사람들은 그들과의 볼일을 현관문 앞에서 다 끝낸다. 어떤 때는 팁을 주기도 하고, 어떤 때는 주지 않기도 하면서. 정말이지 그들은 하는 일에 비해 너무 형편없는 대접을 받을 운명을 타고났다. 그들을 대하는 나 자신의 태도부터가 벌써 어리석고 거만하며 예측불허다. 이반의 그림엽서를 받고서도 아직 제드라체크 씨에게 샴페인이나 한 병 같이 마시자고 초대한 적이 없다. 하긴 우리 집에 굴러다니는 샴페인이 하나도 없긴 하다. 하지만 제드라체크 씨를 위해 한 병쯤 준비해 두는 것도 좋을 것 같다. 그는 내가 하얗게 질리는 것도, 빨갛게 달아오르는 것도 다 보게 될 테니까, 그는 뭔가 알고 있으니까, 뭔가 알고 있는 게 분명하니까.

사명감이 있어야 우체부가 될 수 있다는 것을, 우편배달이 그냥 쉽게 선택할 수 있는 흔한 직업 중 하나라고 여기는 게 순전히 오해라는 것을 클라겐푸르트의 유명한 우체부 크라네비처가 입증해 보였다. 물론 그는 전혀 이해받지 못했고, 사람들에 의해 고소까지 당했다. 그리고 여론과 법정으로부터 부당한 대우를 받으면서 횡령과 직권 남용으로 몇 년 동안의 징역형을 언도받았다. 나는 크라네비처 사건의 소송에 관한 기사를 근래 세간의 이목을 끄는 그 어떤 살인 사건 소송에 관한 기사보다도 더 큰 관심을 갖고 읽었다. 그 당시에는 그 남자가 그저 놀라울 뿐이었지만, 지금은 그에게 깊은 연민을 느낀다. 스스로도 이유를 모르는 채, 오토 크라네비처는 어느 날부터 갑자기 더 이상 우편물을 배달하지 않았고, 그렇게 몇 주 동안, 몇 달 동안 우편물들이 쌓여 갔다. 자기 혼자 사는, 방

세 개짜리 낡은 집 안에, 천장에 닿을 정도로 우편물이 점점 더 불어나자 그는 거의 모든 가구들을 팔아 치웠다. 편지와 소포는 뜯어 보지도 않았고, 유가 증권과 우편환도 착복하지 않았으며, 어머니들이 아들들에게 보내는 돈도 가로채지 않았다. 이와 유사한 그 어떤 짓도 입증되지 않았다. 다만 그는 어느 날 갑자기 우편물을 더 이상 배달할 수가 없게 된 것뿐이었다. 예민하고, 여리고, 위대한 이 남자, 말단 공무원 크라네비처는 자신이 감행한 짓의 전체 파장을 마침내 깨닫게 되었고, 그래서 신뢰할 수 있고, 부지런하며, 끈기 있는 우체부들만 고용하고 있다고 자부하는 오스트리아 우체국을 비난과 치욕 속에 떠날 수밖에 없었다. 어떤 직업이든지 간에 깊은 회의에 빠져 갈등하는 사람이 적어도 한 명쯤은 있기 마련이다. 그런데 크라네비처가 바로 이 편지 배달이라는 일 속에 잠재되어 있는 불안과 충격을 감지했던 것이다. 이런 불안과 충격은 보통은 고급 직업의 전유물이라서, 사람들은 우편물의 위기란 없는 것처럼, 우편물에는 그 어떤 '사고-의지-존재'도 없는 것처럼, 양심적이고도 고귀한 체념 같은 것은 전혀 불가능한 것처럼 여겨 왔다. 그리고 또 이런 불안과 충격은 더 많은 보수를 받고, 정교수로 있으면서, 이를테면 신의 존재에 대한 증명을 파고들어도 되는 사람들, Ontos On*이나 Aletheia**에 대한 혹은 지구의 생성이나 만물의 생성에 대한 생각에 빠져도 되는 그런 사람들의 전유물로 여겨 왔다. 그러니 유명하지도 않고, 보수도

* 그리스어로 '존재자의 존재', '참된 존재'라는 뜻이다.

** 그리스어로 '진리'라는 뜻이다.

박했던 오토 크라네비처 같은 사람에게는 그저 천박하다, 직무 유기다라는 말만이 돌아올 뿐이었다. 그가 심오한 사색에 빠져 있었다는 점, 모든 철학과 인간 생성의 첫 단계에는 반드시 있게 마련인 그 어떤 경이로움이 그를 사로잡았다는 점은 언급되지 않았다. 스스로는 전혀 파악할 수도 없는 일에 크라네비처가 직면해 있었건만, 사람들은 그가 이를 감당할 능력이 없다는 판결도 내려 주지 않았다. 왜냐하면 우편 문제와 그 문제성을 삼십 년 동안이나 클라겐푸르트에서 우편물을 배달했던 크라네비처보다 더 잘 인식할 수 있는 사람은 아무도 없다고 믿었기 때문이다.

그는 우리의 거리들을 환히 꿰고 있었다. 어떤 편지, 어떤 인쇄물, 어떤 소포에 어떤 우표를 붙여야 하는지는 말할 나위도 없었다. 겉봉투에 '…… 귀중'이라고 씌어 있는 경우, 달랑 이름만 적혀 있는 경우, '…… 박사 교수님'이라고 적혀 있는 경우 등과 같이 아주 섬세한 차이만으로도 그는 편지를 쓴 사람의 마음가짐이나 세대 간의 갈등, 사회의 적신호에 관해 사회학자나 정신분석학자가 발견해 낼 수 있는 것보다 더 많은 것을 감지해 냈다. 주소가 틀리거나 불충분해도 그는 금방 뭐가 뭔지 알아봤다. 물론 그는 가족 간의 편지와 거래처 간의 편지를, 친구들 사이의 편지와 아주 은밀한 사이의 편지를 별 어려움 없이 구분해 냈다. 다른 이들을 위해 자신의 직업이 지닌 모든 위험을 십자가로 짊어졌던, 이 의미심장한 우체부는 나날이 불어나는 우편물 더미 앞에서 틀림없이 공포에 사로잡혔을 것이고, 도저히 말로 표현할 수 없는 양심의 가책에 시달렸을 것이다. 한 통의 편지는 그냥 한 통의 편지일 뿐이고, 한 장의 인쇄물은 마찬가지로 그저 한 장의 인쇄물에 지나지 않는다고 생각하는 사람들이라면 이런 양심의 가책을 전혀 이해 못할 것이다. 하지만 나처럼 몇 년 동안 자신에게 온 우편물들을 한꺼번에 가져다가 그 앞에 앉아 보기라도 하는 사람들이라면, 그것들이 자기 자신만의 우편물이기 때문에 보다 큰 관계를 통찰할 수가 없어 훨씬 더 당황하게 되는 그런 사람들이라면, 이런 양심의 가책을 어쩌면 이해할 수 있을지도 모르겠다. 그저 작은 도시에서 몇 주 동안 일어났던 이 우편의 위기가, 종종 경솔하게 시작되고 모두에게 주목받는 세계적 위기보다 훨씬 더 도덕적인 사건이라는 사실, 그리고 갈수록 점점 사라져 가는 사색이라는 것이 특권층이나 그 특권층의 수상쩍은 대변자들, 심사숙고를 거듭할 수밖에 없는 공직자들만의 전유물이 아니라 오토 크라네비처 같은 사람의 것이기도 하다는 사실을 말이다.

비록 겉으로 드러나지는 않지만 크라네비처 사건 이후로 내 안의 많은 것이 변했다. 말리나에게 그걸 설명해 주어야만 한다. 나는 벌써 설명을 시작한다.

나 　　그 이후로 나는 편지의 비밀이 무엇인지 알게 되었어. 그게 어떤 건지 이제는 제대로 상상해 볼 수 있어. 크라네비처 사건이 벌어진 다음 나는 몇 십 년 동안 모아 두었던 우편물들을 모두 태워 버렸지. 그런 다음부터는 그때까지와는 전혀 다른 편지들을 쓰기 시작했어. 대부분 늦은 밤에서 아침 8시까지. 하나도 부치지는 않았지만, 그래도 내게는 이때의 편지들이 의미가 있는 것들이야. 사오 년 동안 대략 만 통 정도를 쓴 게 틀림없어. 그것도 나 혼자만을 위해서. 그 속에 모든 것들이 다 씌어 있었지. 또 나는 많은 편지들을 뜯어 보지 않고 그냥 내버려 둬. 그렇게 해서 편지의 비밀 속에 나 자신을 길들이고, 크라네비처가 생각한 경지까지 가 보고, 또 편지를 읽는 행위 속에 들어 있을지도 모를 금기를 파악하려고 시도하는 중이야. 그래도 여전히 옛날 버릇이 되살아나서 문득 편지 한 통을 뜯어 읽고는 아무 데나 늘어놓기도 하지. 이를테면 내가 부엌에 간 사이에 네가 읽을지도 모르는데 말이야. 이렇게 조심성 없이 편지를 간수하는 꼴이라니. 아무래도 우편과 글쓰기의 위기는 내가 감당할 수 있는 상대가 아닌 것 같아. 자꾸만 호기심이 발동해서 소포를 열어젖힌다니까. 특히 크리스마스 무렵에는 더 그래. 그런 나 자신이 창피하다고 느끼면서도 결국은 목도리를 꺼내 보고, 밀랍으로 만든 양초와 여동생이 보낸 은박 머리빗, 알렉산더가 보낸 새해 달력을 꺼내 보게 돼. 크라네비처 사건이 날 좀 개선시켰을 법도 한데, 나는 여전히 이렇게 일관성이 없어.

말리나 그 편지의 비밀이란 게 너한테 왜 그렇게 중요한데?

나 오토 크라네비처 때문은 아냐. 나 때문이지. 너 때문이기도 하고. 그리고 빈 대학에서 그 선서봉에 대고 한 맹세도 있고. 그게 내가 살면서 해 본 유일한 맹세였거든. 그 어떤 사람에게도, 종교계나 정치계의 그 어떤 대표자에게도 맹세는 할 수가 없었어. 그런 걸로 끝까지 고집을 부리기가 힘든 어린아이였을 때 한번 심하게 앓았던 적이 있어. 고열이 나면서 제대로 아프기 시작했지. 그런데도 사람들은 도저히 나에게 맹세를 하게 만들 수는 없었던 거야. 단 하나의 맹세만을 갖고 있는 사람들은 모두 사는 게 더 힘든 법이야. 여러 가지 맹세를 했다면 분명히 그중에 어기는 것도 있겠지만 단 하나의 맹세는 그럴 수가 없잖아.

말리나는 나를 잘 알고, 내가 이랬다 저랬다 하는 게 그에게는 이미 익숙한 일이다. 그렇기 때문에 그는 내가 이렇게 좌충우돌하면서도 결국은 우리의 한정된 일상에서 인식할 수 있는 범위를 넘어서 훨씬 더 밀고 나갈 것이라고, 내가 그 편지의 비밀이란 것의 흔적을 찾고 그 비밀을 지켜 주게 될 것이라고 믿는다.

빈의 모든 우체부들이 오늘 밤 고문을 당할 거라고 한다. 사람들은 과연 그들이 편지의 비밀을 감당할 수 있는지 알아내려고 한다. 어떤 사람들은 정맥류와 평발 그리고 신체적 장애에 대한 검사만 받으면 된다고 한다. 만약 우체부들이 혹사당하고, 다치고, 학대당하고, 고문당하고, 진실을 말하게 하는 혈청 주사를 맞은 후 기절하고, 그래서 더 이상 아무것도 배달

할 수 없게 된다면, 우편물을 배달하기 위해 군대가 투입될지도 모른다. 나의 우체부, 다른 모든 우체부들을 보호하기 위해 체신부 장관에게 열정적인 연설문을, 편지 한 통을, 그렇지, 열정적인 편지 한 통을 써 보내면 어떨까 싶다. 어쩌면 군인들이 그 편지를 낚아채서 불에 던져 버리겠지. 타오르는 불길이 내가 쓴 글을 다 태워 버리거나 시커멓게 만들어 버리겠지. 그러면 사환이 숯덩이가 된 종잇조각을 들고 체신부 장관에게 건네주기 위해 청사 복도를 달려갈지도 모를 일이다.

나 　　이해할 수 있겠니? 나의 불꽃같은 편지를, 나의 불꽃같은 호소를, 나의 불꽃같은 갈망을, 불에 데어 가면서도 내 손으로 종이에 옮겨 낸 그 불꽃을……. 그 모든 게 불에 검게 탄 종잇조각이 될까 봐 너무 두려워. 하긴 세상의 모든 종이는 결국은 불에 검게 타거나 물에 녹아 흐물거리게 되는 법이지. 사람들이 불 위로 물을 쏟아 부으니까.

말리나 　　옛 사람들은 어리석은 사람을 보고는 마음이 없다고 말했어. 지능을 마음에다 옮겨 놓았던 거야. 넌 그렇게 네 마음을 아무 데나 다 달아 놓아서는 안 돼. 네 연설문도 그렇게 불타게 내버려 두지 말고. 네 편지도 마찬가지야.

나 　　하지만 머리를 갖고 있는 사람이 얼마나 많은데? 오로지 머리만 갖고 있는, 그러니까 마음이 없는 사람 말이야. 지금 정말로 벌어지고 있는 일이 뭔지 말해 줄까? 내일 군대가 총동원돼서 빈을 도나우 강가로 옮길 거야. 그들이 도나우 강가에 있는 빈을 원하거든. 그들은 물을 원해, 불은 원하지 않아. 강이 흐르는 또 하나의 도시. 끔찍할 거야. 마트라이어 국장에게 당장 전화 좀 해 줘, 장관에게 전화를 걸어!

하지만 빈에게 남은 시간은 이제 많지가 않다. 빈은 어디론가 미끄러져 간다. 집들은 잠이 들고, 사람들은 점점 더 일찍 불을 끄고, 깨어 있는 사람은 하나도 없으며, 도시 구역 전체가 무감각에 사로잡히고, 사람들은 더 이상 만나지도 헤어지지도 않는다. 도시는 몰락을 향해 미끄러져 가는데 한밤중의 고독한 사색과 혼란스런 독백만이 떠돌 뿐이다. 그리고 가끔 말리나와 내가 최후의 대화를 나눈다.

혼자 집에 있다. 말리나가 오지 않아 오랫동안 그를 기다리는 중이다. 『초보자를 위한 체스』를 들고 체스 판을 펼쳐 놓고 앉아서 한 판을 둔다. 건너편에는 아무도 없고, 내가 계속해서 왔다 갔다 자리를 바꾼다. 이번에는 말리나도 내가 질 뻔했다는 말을 할 수는 없을 것이다. 결국 나는 동시에 이기기도 하고, 지기도 할 테니까. 하지만 집에 온 말리나는 잔이 하나만 있는 걸 쳐다보더니 체스 판에는 눈길도 주지 않는다. 이번 판에는 관심이 없는 것이다.

내가 기대했던 말이 말리나의 입에서 나온다. "빈이 불타고 있어!"

늘 남동생이, 아니, 나보다 어린 남자가 하나 있기를 바랐다.

말리나라면 틀림없이 이해할 것 같다. 여자 형제야 우리 둘 다 한 명씩 있지만, 남자 형제는 둘 다 없으니까 말이다. 나는 어릴 때부터 남자 형제를 학수고대했다. 그래서 저녁이면 창가에 하나가 아닌 두 조각의 각설탕을 놓아두었다. 각설탕 두 조각은 남자 형제를 위한 것이니까. 여자 형제는 벌써 하나 있었다. 겨우 단 하루 먼저 태어났다 하더라도 나보다 나이가 많은 남자는 모조리 끔찍하다. 그들을 믿고 나를 맡기는 것은 생각조차 할 수 없고, 그러느니 차라리 죽는 게 낫다. 하지만 얼굴만 봐서는 아무것도 알 수가 없다. 태어난 날짜를 알아야만 하고, 닷새라 할지라도 그가 나보다 어리다는 걸 알아야만 한다. 그렇지 않으면 그 인간들과 한 부류일지도 모른다는 의심에 시달리게 될 것이다. 그러다가 나에게 또 그런 일이 닥치면 나는 엄청난 불행을 겪게 될 것이다. 이미 한 번 경험한 그 지옥으로부터 나는 더욱더 멀어져야만 한다. 하지만 기억이 나지 않는다.

나 내가 기꺼이 복종해 줄 수 있다는 건 분명해. 어쨌든 너는 나보다 조금이라도 더 어리니까. 늦어서야 널 만나게 되었지. 일찍이든 늦어서든 그게 중요하지는 않아. 우리 둘의 나이 차이가 중요한 거지. (이반에 관해서는 아무 말도 하지 말아야겠다. 말리나가 그에 관해 전혀 모르고 있도록. 이반은 내게서 나이를 몰아내려고 하지만 난 내 나이를 간직하고 싶다. 그래야 이반이 나보다 나이가 많아지는 일이 결코 없을 테니까.) 넌 나보다 그저 아주 약간 더 늦게 태어났을 뿐이지만, 그 사실이 너한테 엄청난 힘을 주는 거야. 그러니 그걸 이용하도록 해. 내가 복종할 테니. 지금도 벌써 가끔씩은 그럴 수가 있는걸. 이성적으로 생각해서 그러는 게 아냐. 혐오나 호감 같은 게 이성보다 먼저였어. 더 이상은 어떻게 할 수가 없어. 난 두려워.

말리나 어쩌면 내가 너보다 더 나이가 많을지도 몰라.

나 절대 아냐. 난 알아. 넌 나보다 뒤야, 나보다 먼저 존재했을 리가 없어. 넌 내가 있고 난 다음에나 비로소 생각할 수 있는 존재라고.

6월 하순에 대해 특별히 이렇다 할 믿음은 없지만, 나는 여름에 태어난 사람들을 특히 좋아하는 것 같다. 이런 식의 얘기를 말리나는 경멸하고 무시한다. 차라리 내가 전혀 이해하지 못하는 점성술이 그에게서는 덜 무시당한다. 많은 배우들이 뭔가 물어보러 찾아오고, 또 사업가나 정치가 들도 조언을 구하러 가는 젠타 노박 부인이 언젠가 내 별자리와 그 별자리가 갖는 모든 성향을 동그라미와 네모 안에 그려 넣어 보여 준 적이 있다. 그녀가 나의 탄생 별자리를 보여 주었는데, 그게 그녀에게도 아주 특이하게 여겨졌던지, 내게 그것이 얼마나 날카로운 모양을 하고 있는지 내 눈으로 직접 봐야만 한다고 했다. 첫눈에 벌써 엄청난 긴장감을 읽어 낼 수 있다고, 그런 건 본래 한 사람의 형상이 아니라 서로 극단적으로 대립하고 있는 두 사람의 형상이라고, 그리고 내가 일러 준 날짜가 틀림없다면 이런 별자리에서는 서로 분열되고자 하는 시도가 계속될 수밖에 없다고 그녀가 말했다. “서로 분열된 한 남자와 한 여자, 맞나요?"라고 나는 정중하게 물어보았다. 노박 부인의 생각으로는 서로 떨어져서도 살아갈 수 있을지는 모르지만, 지금과 같은 그런 상태는 아닐 것이며, 게다가 남성적인 것과 여성적인 것, 이성과 감성, 생산성과 자기 파괴가 아주 기이한 방식으로 나타날 것이란다. 내가 날짜를 혼동한 것이 틀림없을 거라고, 자신은 보통 인간을 좋아하는데 내가 첫눈에 자기 마음에 든 걸 보면 나는 그냥 보통 여자일 거라고, 그녀가 말해 주었다.

말리나는 모든 것을 다 똑같이 진지하게 대한다. 미신과 사이비 학문이라고 해서 그가 다른 학문들보다 더 업신여기는 것도 아니다. 사실 십 년만 지나도 얼마나 많은 학문들이 미신과 사이비에 근거하고 있는지, 또 앞으로 진척을 이루기 위해서 포기해야 하는 학문적 결과들이 얼마나 많은지 드러나는 경우가 드물지 않다. 인간이든 사물이든 상관없이, 말리나가 모든 것을 아무런 열정 없이 대한다는 점, 바로 그것이 그의 성격을 가장 잘 말해 준다. 그래서 그는 다른 사람들과 함께 살아가면서도, 친구도 없고 적도 없는 그런 보기 드문 인간형에 속한다. 그가 나에게 가지고 있는 감정이 일종의 애정이기는 하다. 가끔은 끝까지 기다려 주는 애정, 가끔은 눈여겨봐 주는 애정. 그는 하고 싶은 대로 하도록 날 그냥 내버려 둔다. 인간이란 파고들지 않을 때만, 아무것도 요구하지 않고, 어떤 요구도 받지 않을 때만 파악되는 거라고, 가만 있으면 모든 것이 저절로 드러나게 되어 있다고 그는 말한다. 그가 지닌 이런 균형감과 냉정함은 나를 더 깊은 절망으로 몰아넣는 것만 같다. 왜냐하면 나라는 인간은 그 어떤 상황에 처해도 반응을 감추지 못하고, 그 어떤 감정의 동요도 모조리 다 겪으며, 말리나라면 거리를 두고 인식하기만 할 것을 직접 끼어들어 손해를 보고 괴로워하기 때문이다.

말리나와 내가 결혼한 사이라고 생각하는 사람들이 있다. 우리가 그럴 수 있으리라고 생각해 본 적도 없고, 다른 사람들 눈에 우리가 그렇게 비칠 수도 있다고 생각해 본 적도 없다. 다른 보통 사람들처럼 우리가 어디를 가든 남편과 아내처럼 보일 수 있다는 생각은 우리 둘 다 단 한 번도 해 보지 못했다. 그런 생각은 정말이지 우리에게는 아주 우연히 손에 넣게 된 습득물이나 마찬가지였다. 손에 들어오기는 했지만 그걸로 뭘 할 수 있을지는 도저히 알 수가 없는 그런 습득물 말이다. 우리는 실컷 웃기만 했다.

내가 완전히 진이 빠진 채 멍하니 왔다 갔다 아침 식사를 차리는 어느 날 아침, 말리나의 컨디션은 그래도 건너편 뒤채에 사는 꼬마에게 관심을 보일 정도는 된다. 그 애는 벌써 일 년이 다 되도록 "할로, 할로!"와 "홀라, 홀라!"라는 두 가지 말만 소리치고 있다. 벌써 언젠가 한번 그 집으로 건너가 아이의 엄마와 얘기를 좀 해 보려고 했었다. 그 엄마가 아이와 한마디도 얘기를 나누지 않는 게 분명해 보였고, 앞으로 내게 두려움을 안겨 줄 그 무엇인가가 거기서 이미 진행 중이라는 느낌이 들었다. 매일같이 들려오는 이 '할로'와 '홀라'는 내 귀에 고문 소리나 마찬가지였고, 리나가 일할 때 나는 진공청소기 소리나

물소리, 접시 깨지는 소리보다 듣고 있기가 훨씬 더 괴로웠다. 하지만 말리나는 그 소리를 나와는 다르게 듣는다. 당장 의사나 아동 보호 센터에 이 일을 알려야 한다고 그는 생각하지 않는다. 수백, 수천 단어들을 다룰 줄 아는 존재나 단 두 마디만 해 대는 이 아이나 그가 보기엔 별 차이가 없다. 말리나는 그 어떤 것도 좋다, 나쁘다 판단하지 않으며 따라서 당연히 어느 것이 더 낫다는 생각은 아예 하지도 않고 그 어떤 변화나 변형에 대해서도 냉정하기만 한 것 같다. 그에게 이 세상은 있는 그대로의 세상, 눈에 보이는 그대로의 세상이다. 가끔씩 인간을 바라보는 그의 시선이 인간이라면 평생 절대로 획득할 수도 남에게 전해 줄 수도 없는 너무나도 크고 풍부한 지식에서 나오고 있다는 걸 느끼게 될 때면, 나는 그런 그에게 경악하게 된다. 또 그가 내 말에 열심히 귀를 기울이고 있을 때면 아주 심한 모욕감을 느끼게 되는데, 왜냐하면 내가 말하는 것과 말하지 않는 것, 내가 너무 자주 말한 것까지 그 모든 것을 그가 함께 듣고 있는 것처럼 보이기 때문이다. 내가 자주 수많은 상상을 하고, 그렇게 많은 상상을 한다고 말리나가 나에게 지적까지 해 주지만, 그럼에도 불구하고 그가 무엇을 보고, 무엇을 듣는지는 내 능력으로 도저히 정확하고 충분하게 상상해 볼 수가 없다. 어쩌면 그는 인간을 간파하거나 인간이 쓰고 있는 가면 속을 들여다보는 것이 아닐지도 모른다. 그런 건 너무 평범하고 천박할 수도 있으며, 인간의 존엄성에도 위배되는 짓이기 때문이다. 말리나는 인간을 바라본다. 그리고 그것은 뭔가 전혀 다른 것이다. 그의 시선으로부터 인간은 작아지는 것이 아니라 더 커지고, 더 엄청난 존재가 된다. 모든 것을 형성하고, 눈에 띄게 만들고, 보충하고, 완성하는 말리나의 능력이 가장 저급한 수준으로 변형된다면 그게 바로 그가 비웃는 나의 상상력일 것이다. 그 때문에 난 말리나에게 세 명의 살인자 얘기는 더 이상 꺼내지 않으며, 네 번째 살인자에 대해서는 더욱더 말하고 싶지가 않다. 이 네 번째 살인자에 대해서는 아예 얘기할 필요성조차도 못 느낀다. 나에겐 나만의 표현 방식이 있는 데다가 뭔가를 자세히 묘사하는 데는 내가 아주 서툴기 때문이다. 언젠가 내가 살인자들과 함께했던 저녁 식사가 어땠는지, 어떤 인상을 받았는지 따위를 말리나는 듣고 싶어 하지 않는다. 그라면 그 자리에서 아주 단호하게 대처했을 것이다. 나처럼 이렇게 훗날까지 그때 받은 인상이나 애매한 불안함만 지니고 살아가지는 않았을 것이다. 그라면 진짜 살인자를 내 앞에 데려와 보여 주고, 그렇게 살인자와 대치시킴으로써 나로 하여금 진실을 인식하게 했을 것이다.

내가 고개를 숙이고 있으니까 이반이 말한다. "네가 존재해야만 하는 이유가 하나도 없잖아!"

그의 말이 맞는 것 같다. 도대체 누가 나에게 뭔가를 바라고, 누가 나를 필요로 한단 말인가? 그러니 내가 여기 존재하는 이유를 찾도록 말리나가 도와줘야 한다. 나에겐 나이 들어 의지가 되어야만 하는 늙은 아버지도 없고, 항상 뭔가를 필요로 하는 아이들도 없으니까. 예를 들어 따스함과 겨울 외투, 기침약과 운동화가 필요한 이반의 아이들처럼 말이다. 에너지 보존의 법칙 또한 나에게는 적용되지 않는다. 나는 아무것도 보존되지 않는 완벽한 낭비 그 자체이다. 또한 무아지경에 빠져 있고 무능력해서 이 세상을 합리적으로 이용하지도 못한다. 예를 들어 사교 모임에서 가면 무도회가 열린다면 나는 그곳에 나타날 수도 있고 나타나지 못할 수도 있다. 사정이 있어서 가면을 못 쓰거나 가면 쓰는 것을 잊어버리거나 혹은 부주의로 의상을 찾지 못하는 일이 반복되다가 어느 날부터는 아예 더 이상 초대를 받지도 못하게 된 누군가처럼 말이다. 꼭 약속을 한 것만 같아서 빈의 어느 낯익은 현관문 앞에 서 있는데, 마지막 순간 갑자기 내가 문을 착각했을지도 모른다는, 아니면 날짜나 시간을 착각했을지도 모른다는 생각이 들고, 그러면 나는 뒤돌아서 다시 웅가르 가로 돌아온다. 순식간에 완전히 지치고 아주 심한 회의에 빠진 채로.

말리나가 묻는다. "너와 함께 있을 때면 다른 사람들이 얼마나 애를 많이 썼는지 넌 한 번도 생각해 본 적 없지?" 나는 고마워하며 고개를 끄덕인다. 사람들은 내 특성까지도 정해 주었고, 내가 그런 특성을 지니고 있다는 얘기를 들려주는 수고도 마다하지 않는다. 거기다 약간의 돈도 줘서 그 덕분에 나는 옷을 사 입고 돌아다닐 수도 있고, 남은 돈으로 뭔가 사 먹을 수도 있다. 내가 계속 살아갈 수 있도록, 계속 살아가는 것이 전혀 이상해 보이지 않도록 말이다. 너무 피곤하면 나는 무제움 카페에 앉아 신문과 잡지들을 뒤적일 수도 있다. 내 마음속에 다시 희망이 떠오르고, 흥분이 된다. 캐나다로 가는 직항 노선이 이제는 일주일에 두 번이나 있기 때문이다. 콴타스와 함께라면 오스트레일리아로 가는 길이 편안하고, 맹수 사냥 경비가 저렴해진다고 한다. 중부 아메리카 양지바른 고원에서 나는 독특한 향의 도로 커피*를 이제 빈에서도 마실 수 있게 된 것에 틀림없다. 케냐 광고가 있고, 헨켈 로제**는 새로운 세계와의 유희를 가능하게 하고, 히타치 승강기에게 있어 너무 높은 건물이란 있을 수가 없으며, 여자들도 열광하는 남자들의 책이 출판되었다. 여러분의 세계가 너무 좁아지는 일이 절대로 없도록, 저 망망대해에서 불어오는 미풍 프레스티지 호가 있습니다. 모두가 저당 채권에 관해 말하지만 우리들이라면 제대로 보호할 수 있습니다. 어느 저당 은행이 선언한다. 이 신발을 신으면 멀리 갈 수 있습니다, 타라코스. 당신이 또다시 래커칠 할 필요가 없도록 플렉스알룸롤라덴은 저희들이 두 번 칠해 드립니다. 루프 컴퓨터와 함께라면 절대로 혼자가 아니다! 그리고 서인도제도, 좋은 여행 되시기를. 바로 그렇기 때문에 보쉬 엑스퀴지트가 세계 최고의 식기세척기입니다. 처리 기술, 견적, 수익, 포장 기계, 납품 기일이 문제가 된다면 우리의 전문가에게 물어보세요. 그럼 진실의 순간이 찾아옵니다. 아무것도 기억나지 않는 분을 위한 비비옵탈.*** 아침마다 복용하세요. 그럼 하루가 당신의 것이 됩니다! 그러니까 내게 필요한 건 비비옵탈뿐이다.

나는 그 어떤 표상 속에서 승리하고자 했다. 하지만 아무도 날 필요로 하지 않을 테니까, 필요없다는 소리를 이미 들었으

---

* 이탈리아의 커피 장인 주세페 루지에로가 미국에서 들여온 원두로 만든 이탈리아식 커피.

** 독일의 유명한 로제 와인.

*** 종합 비타민제.

니까, 나는 그만 이반과 아이들에게 지고 말았다. 그래도 그들과 함께 극장에 가는 것은 가능할지도 모른다. 지금 부르크 극장에서는 월트 디즈니의 「미키 마우스」를 상영하고 있다. 그들이 아니라면 누가 승리한단 말인가. 하지만 나를 상대로 승리를 거둔 것은 어쩌면 이반 혼자만이 아닌, 그 이상의 무엇일지도 모른다. 모든 것이 우리를 어떤 정해진 운명으로 몰아가고 있는 것을 보면, 그건 아마도 보다 더 큰 무엇일 수밖에 없는 것 같다. 이반을 위해서라면 뭐든지 다 할 수 있을 것 같아서 가끔은 그를 위해 뭘 할 수 있을까 곰곰이 생각해 본다. 하지만 이반은 나더러 창문 밖으로 뛰어내리라고도, 자신을 위해 도나우 강으로 뛰어들라고도 요구하지 않고, 또 벨라와 안드라스를 구하기 위해 자동차 앞으로 뛰어들라고도 요구하지 않는다. 그는 시간도 없고, 요구사항도 없다. 그는 내가 아그네스 아주머니 대신에 그의 방을 치우고, 그의 빨래를 하고, 그의 옷을 다리는 것도 원하지 않는다. 그가 내게 원하는 건 그저 잠깐 지나는 길에 들러서는 얼음 조각 세 개가 담긴 위스키 잔을 받아 들고, 그럭저럭 잘 지내느냐고 물어보는 것뿐이다. 내 쪽에서 어떻게 지내느냐고, 호에 바르테의 사람들도 여전하느냐고 물어보는 것 정도는 그도 그냥 넘어가 주겠지. 케른트너 순환도로의 사무실에는 특별한 일은 없지만, 할 일은 변함없이 많다. 체스 한판을 둘 시간도 없다. 체스를 두는 일이 점점 드물어지다 보니 내 실력은 이제 아무런 진전을 보이지 않는다. 언제부터 체스 두는 일이 뜸해지기 시작했는지 모르겠다. 우리는 아예 체스를 두지 않는다. 체스를 둘 때 쓰는 표현들은 활용되지 못하고 있고, 덩달아 다른 표현들도 손실을 겪고 있다. 그토록 오랜 시간에 걸쳐 서서히 찾아냈건만, 떠날 때는 그렇게 서서히 떠날 수가 없는 모양이다. 하지만 새로 생겨나는 표현들도 있다.

유감스럽지만 나는, 시간이 지나면 나는
네가 그렇게 시간에 쫓긴다면 물론
오늘은 특히 더 시간이 없는데
당연하지, 네가 지금 시간이 없다면
그럼 다음에 시간이 더 날 때
시간이 지나면 그렇게 되겠지, 다만 지금은
언제 네가 시간이 날 때, 그때 그럼 우리
요즘은 좀 그렇고, 나중에 다시 괜찮아지면
시간이 지날수록 넌 좀 더
시간 안에 하기만 하면 좋겠는데
하지만 소중한 시간인데, 너무 늦어서는 안 되지
이렇게까지 시간이 없었던 적은 없는데, 그건 유감스럽지만
그럼 아마 다음에 네가 시간이 날 때
나중에는 아마 좀 더 시간이 있겠지!

날마다 말리나와 나는, 가끔은 심지어 술 기운이 오른 채로, 오늘 밤에는 빈에서 또 무슨 끔찍한 일이 일어날지 골똘히 생각해 본다. 신문을 읽는 데 완전히 마음을 빼기거나 몇몇 기사들을 무조건 믿어 버리게 되면, 상상력이 최대 출력을 발휘하기 때문이다.(이것은 내 표현도 아니고, 말리나의 표현도 아니다. 말리나가 독일을 여행하다가 주워 듣고는 재미있다고 말해 준

것이다. '최대 출력' 같은 말은 그렇게 활발하고, 동적인 나라에서나 들을 수 있는 법이다.) 비록 신문을 읽지 않고 지내는 시간이 점점 더 늘기는 하지만 신문에 대한 내 금욕 선언을 끝까지 관철시킬 수는 없다. 줄곧 신문을 읽지 않다가 어느 순간 나는 오래된 잡지나 신문 꾸러미를 쌓아 둔 창고에서 신문을 한 장 꺼내 들어 '1958년 7월 3일'이라는 날짜를 바라보며 당혹스러움을 감추지 못한다. 도대체 이 무슨 오만함인가! 이미 과거가 되어 버린 이날도 사람들은 기사와 논평으로 불필요할 정도로 심하게 우리를 중독시켰고, 지진, 비행기 추락, 국내 정치계의 스캔들과 외교 정치상의 실책 등에 관한 소식을 우리에게 전해 주었다. 1958년 7월 3일자 신문을 오늘 내려다보면서 그 날짜를 믿으려고, 정말 있었을지도 모를 그날을 믿으려고 애써 보지만, 이날 내 비망록에는 아무것도 적어 둔 게 없다. '15시 R! 17시 B 전화했음, 저녁에 괴서, K 강연'같이 약어로 쓴 표시도 전혀 없다. 모든 것은 7월 4일 날짜 아래에 적혀 있고, 7월 3일자 종이는 텅 빈 여백뿐이다. 어쩌면 수수께끼 같은 일이라고는 하나도 없었던 평범한 날, 분명 두통도 없었고, 불안한 상태도 아니었으며, 가끔씩 때가 되면 떠오르는 참기 힘든 기억들로 고통스러워하지도 않았던 그런 날이었나 보다. 또 어쩌면 리나가 여름맞이 대청소를 하느라 집에서 쫓겨나 하릴없이 카페에 앉아 지금 다시 내 손에 들려 있는 7월 3일자 신문이나 읽고 있던 그런 날에 불과했을지도 모른다. 하지만 바로 그렇기 때문에 이날은 비로소 수수께끼가 된다. 그것은 내가 하루 더 나이를 먹고, 속수무책으로 무슨 일이든 일어나도록 그냥 내버려 둘 수밖에 없었던 그런 공허한 날, 약탈당한 날인 것이다.

7월 3일과 관계가 있는 화보집 한 권과 말리나의 책장에 놓인 7월호 문화 정치 잡지가 내 눈에 들어온다. 이날 무슨 일이 있었는지 알고 싶어서 훑어보기 시작한다. 한 번도 본 적 없는 책들의 광고가 실려 있다. 「그 모든 돈을 가지고 어디로?」가 가장 이해가 안 되는 제목 중의 하나다. 이런 제목에 대해서는 말리나조차도 설명해 줄 수 없을 것이다. 도대체 그 돈이 어디 있고, 어떤 돈으로 어디를 가려고 한단 말인가? 하긴 그렇게 시작하는 것도 괜찮긴 하다. 나는 그런 제목들을 보게 되면 벌써 떨리기 시작하고, 전율을 느끼니까. 「쿠데타를 어떻게 연출할 것인가?」. 뛰어난 전문 지식과 간결하면서도 신랄한 유머로 쓰인…… 정치적으로 사고하고 계몽되기를 원하는 독자들을 위한 추천 도서……. "저게 우리에게 필요할까, 말리나?" 나는 볼펜을 쥐고 질문지에 답을 기재하기 시작한다. 정보를 충분히, 잘, 매우 잘, 평균 이상으로 접했다고 표시한다. 볼펜이 번져 지저분하게 나오다 아예 나오지 않더니 다시 가늘게 써진다. 비어 있는 작은 네모 칸에 체크를 해 나간다. 당신의 남편은 당신에게 선물을, 전혀 안 한다, 드물게 한다, 불시에 한다, 혹은 생일이나 결혼기념일에만 한다? 아주 조심해서 대답해야 한다. 말리나를 염두에 두느냐 이반을 염두에 두느냐에 따라 모든 것이 달라지기 때문이다. 나는 그냥 두 사람 몫의 답을 다 표시해 나간다. 예를 들어 이반의 경우 '전혀 안 한다'에, 말리나의 경우 '불시에 한다'에 표시를 하는데, 그렇다고 이 답이 믿을 만한 것도 아니다. 당신은 다른 사람들에게 잘 보이기 위해 옷을 입는다, 아니면 그의 마음에 들기 위해 옷을 입는다? 당신은 미장원에 규칙적으로, 일주일마다, 한 달에 한 번, 혹은 정말 급할 때만 간다? 도대체 어떤 게 급한 상황일까? 그게 어떤 쿠데타란 말인가? 쿠데타 위에 드리워진 내 머리카락이 매우 급한 상황에 처해 있다. 이 머리카락을 잘라야 할지 그냥 둬야 할지 알 수가 없기 때문이다. 이반은 그냥 머리를 기르라는 쪽에, 말리나는 잘라야 한다는 쪽에 표시를 한다. 한숨을 쉬며 체크의 결과가 어떻게 됐나 세어 본다. 두 사람 각자에 따라 전혀 다르게 표시를 해 나갔는데도 결국 끝에 가서는 이반도 26점, 말리나도 26점이다. 다시 한 번 합산을 해 보지만 둘 다 26점이다. '저는 열일곱 살인데, 사랑을 하는 게 불가능하다는 느낌이 들어요. 며칠 정도 한 남자에게 관심을 가지다 보면 금방 또 다른 남자에게 관심이 갑니다. 제가 괴물인가요? 지금 제 남자 친구는 열아홉 살인데 절망에 빠져 있답니다. 저와 결혼하고 싶어 하거든요.' '청색 번개호가 적색 번개호로 돌진하다, 107명 사망, 80명 부상.'

벌써 세월이 꽤 지났는데도 그 당시 있었던 자동차 충돌 사고, 몇 가지 범죄들, 정상 회담 발표, 일기예보 같은 것들이 다시 얘깃거리가 되곤 한다. 그런 것들이 한때 왜 기사화되어야 했는지 아는 사람은 이제 아무도 없다. 그 당시에 벌써 써 보라고 광고하던 팬틴 스프레이를 나는 겨우 몇 년 전부터야 쓰고 있다. 그렇다고 지난 그 7월 3일에 누군가가 써 보라고 권했던 것도 아니고, 요즘 누가 써 보라고 권하는 것도 전혀 아니다.

저녁에 나는 말리나에게 말한다. "남아 있는 건 그저 헤어스프레이 하나뿐인 것 같은데, 그래도 모든 게 다 그것과 관계가 있을 거야. 그 돈들을 다 갖고 어디로 가는지, 쿠데타를 어떻게 연출하는지 나는 여전히 모르겠거든. 하여튼 너무 많은 돈이 뿌려지고 있는 거야. 그들이 이제는 목적을 달성했어. 내 스프레이 통이 비면 이번에는 사지 말아야지. 넌 26점이야. 그 이상은 네가 요구할 수도 없고, 내가 줄 수도 없어. 그러니 그냥 너 하고 싶은 대로 해. 그 청색 번개호가 적색 번개호를 향해 돌진했던 거 기억나니? 고마워. 그럴 거라고 생각했어. 그러니까 그 참사에 대한 네 관심이 그 정도란 말이지. 너도 나보다 더 나을 게 없구나. 아마 그건 도저히 믿기 힘든 속임수일 거야."

말리나가 한마디도 못 알아들은 탓에, 그는 우리들이 마실 것을 가져오고 나는 흔들의자에 편안하게 앉아 끄덕거리며 얘기를 시작한다.

"그건 도저히 믿을 수 없는 속임수야. 전에 한번 어느 통신사에서 일한 적이 있었는데, 그때 그 속임수를 가까이에서 볼 기회가 있었지. 공지 사항이 어떻게 나오는지, 텔렉스로 송신되는 문장들을 어떻게 멋대로 짜 맞추는지 말이야. 그러던 어느 날, 누군가가 병이 나는 바람에 내가 그 사람 대신 야근을 해야 했어. 밤 11시에 큰 검은색 자동차가 나를 데리러 왔고, 운전사는 제3구를 조금 돌아서는 라이스너 가 근처에서 젊은 남자를 하나 태웠어. 피터만이라는 남자였지. 그 차는 우리를 태우고 사람들이 다 떠나고 없는, 불 꺼진 자이덴 가로 갔어. 같은 건물에 있던 야간 편집실에도 사람은 거의 눈에 띄지 않았지. 파 엎어 놓은 복도 위에 깔아 둔 널빤지를 밟고 야간 경비원이 이끄는 대로 건물 가장 뒤쪽 방으로 갔어. 그게 몇 층이었는지는 잊어버렸어. 기억이 안 나, 전혀 기억 안 나네……. 매일 밤마다 넷이서 그곳에 있었어. 난 커피를 끓였지. 우리는 가끔 밤 12시에 얼음을 배달시켰는데, 그 야간 경비원이 그 시간에도 얼음을 구할 수 있는 곳을 잘 알고 있었거든. 남자들은 텔렉스가 뱉어 내는 종이들을 읽어 보고, 잘라 내고, 붙이고, 편집했어. 우리가 일부러 작은 소리로 소곤댄 건 아니지만, 그래도 도시의 모든 것이 잠들어 있는 한밤중에 큰 소리로 얘기하는 건 거의 불가능한 일이잖아. 아마 가끔씩 남자들의 웃음소리가 터져 나온 것 같기는 해. 하지만 나는 혼자 조용히 커피나 마시면서 담배를 피웠지. 마음 내키는 대로 뽑아낸 기사들을 그들이 타자기가 놓인 내 작은 책상 위로 던져 주면, 내가 그걸 깨끗하게 다시 썼어. 그 당시에 난 그 남자들 사이에 끼어서 함께 웃을 줄을 몰랐기 때문에, 그저 다음 날 아침에 어떤 기사가 사람들을 깨우게 될까 머릿속에 그려 보기나 했어. 그들은 항상 대서양 저편에서 벌어졌던 야구 경기나 권투 시합을 다루는 짧은 기사로 끝을 맺곤 했지."

말리나　그 당시엔 어떻게 살았니?

나　새벽 3시쯤이면 내 얼굴이 점점 더 잿빛으로 변했어. 서서히 몸이 상해 가고 있었던 거야. 난 풀이 죽어 버렸어. 풀이 죽어 시들거렸지. 그때 그만 아주 중요한 리듬을 잃어버리고 말았어. 그런 건 한번 잃어버리면 절대 되찾을 수 없는 법인데. 커피를 또 한 잔 마셨고, 그리고 다시 또 한 잔. 그랬더니 글을 쓸 때 점점 더 손이 떨리더라고. 나중에는 내 글씨체가 완전히 엉망이 되어 버렸어.

말리나 그래서 네 필체를 알아볼 수 있는 사람은 아마 나밖에 없을걸.

나 두 번째 부분에 해당하는 밤은 첫 번째 부분과는 전혀 달랐어. 하룻밤에 두 가지 서로 다른 밤이 존재했던 거야. 첫 번째 밤은 기분 좋은 분위기를 떠올려 보면 될 거야. 그때까지는 농담도 오가고, 자판 위의 손가락도 빨리 움직이고, 다들 활발해. 까다롭게 구는 피터만 씨보다는 두 명의 작고 마른 유럽인들이 더 영리하고 쾌활해 보였어. 피터만 씨가 굼뜨게 움직일 때면 꼭 요란스러웠어. 움직임도 중요해. 왜냐하면 사람들이 이런저런 상상을 할 수도 있거든. 밤중에 어디 다른 곳에서 여전히 술을 마시고 소리를 질러 대는 걸까, 낮 동안에 넌더리가 나서, 혹은 다가올 날이 역겨워서 아직도 껴안고 난리를 치는 걸까, 아니면 지쳐 쓰러질 때까지 춤이라도 추려는 걸까 등등. 이 앞부분의 밤에는 아직도 낮이 허세를 부리면서 밤을 지배하고 있는 거야. 밤의 뒷부분이 되어야 비로소 '이제 밤이구나'라는 생각이 들지. 모두 늘어지게 자고서 통신사에 온 건데도 이때가 되면 다들 조용해졌고, 그저 가끔씩 누군가가 기지개를 켜기 위해, 혹은 남들 모르게 뭘 하기 위해 자리에서 일어나곤 하는 게 전부였어. 새벽 5시쯤이면 끔찍했지. 모두가 힘들어 허리가 휠 지경이었어. 나는 손을 씻으러 갔고, 낡고 더러운 수건에 손가락을 문질러 닦았어. 자이덴 가의 그 건물은 마치 살인 현장처럼 음산한 분위기였어. 얼핏 발자국 소리를 들은 것만 같았는데, 놀라 귀를 기울이면 그런 소리는 전혀 들리지 않는 거야. 멈췄다가 다시 덜커덕거리는 텔렉스 소리만 울렸지. 그러면 나는 우리들이 일하는, 자욱하게 깔린 담배 연기 사이로 벌써 땀 냄새가 풍기기 시작하는 큰 방을 향해 내달렸어. 그게 밤을 샜다는 첫 신호였어. 아침 7시면 우리는 인사는 하는 둥 마는 둥 서로 헤어졌지. 나는 젊은 피터만과 함께 검은색 차에 올라탔고, 우리는 아무 말도 없이 차창밖만 바라보았어. 신선한 우유와 갓 구운 빵을 든 여자들이 지나가고, 남자들은 서류 가방을 옆에 끼고, 외투 깃을 세우고, 이른 아침의 입김을 불며 목적지가 분명한 발걸음으로 걸어가고 있었어. 리무진에 타고 있는 우리들의 손톱은 더러웠고, 핏기를 잃어 갈색을 띤 입은 쓰기만 했어. 그 피터만은 라이스너가 근처에서, 나는 베아트릭스 가에서 내렸어. 난간에 의지해 겨우 지친 몸을 끌고 현관 앞까지 올라가는데, 보통 그 시간에 집을 나서서 사회 복지국으로 가는 바로닌 아주머니를 복도에서 마주치게 될까 봐 겁이 났지. 그 시간에 집에 돌아오는 것을 아주머니가 좋게 볼 리가 없었거든. 그러고 나서도 한참 동안 잠을 이룰 수가 없었어. 옷도 벗지 않고, 고약한 냄새를 풍기면서 침대 위에 누워 있다가, 정오나 되어서야 옷을 벗고 진짜로 잠을 청하는 거지. 그렇다고 제대로 푹 잔 것도 아냐. 낮 동안에 들려오는 잡음들이 계속해서 내 잠을 방해했거든. 공지 사항은 이미 온 도시에 퍼지고, 신문 기사들은 벌써 효력을 발휘하는데, 나는 단 한 번도 그 기사들을 읽지 않았어. 이 년 동안 나는 신문 기사 같은 데는 눈길도 주지 않고 살았어.

말리나 그러니까 넌 사는 게 사는 것 같지 않았겠구나. 언제 좀 제대로 살아 보려고 해 봤는데? 뭘 기다리고 있었는데?

나 이봐요, 존경해 마지않는 말리나 씨. 그래도 분명히 일주일에 몇 시간 정도는, 일주일에 하루 정도는 시간을 낼 수 있었어. 뭔가 하찮은 일이라도 해 볼 만한 시간 말이야. 그런데 말이야, 난 다른 사람들이 자기 인생의 앞부분을 어떻게 살아가는지 도무지 모르겠어. 그건 틀림없이 기분 좋은 시간들로 채워진 그 밤의 앞부분과 비슷할 거야. 하지만 그런 시간을 갖는 게 나에게는 참 힘들어. 그 시절에 내게 이성(理性)이란 게 생겼고, 그 일이 내 인생의 나머지를 내놓으라고 한 게 틀림없는 것 같아.

그 큰 검은색 자동차는 기분 나빴다. 그 차를 볼 때마다 뭔가 엄청난 비밀이 숨어 있을 것 같았고, 스파이 행위나 재수없이 연루되는 사건 등이 머리에 떠올랐다. 당시 빈에는 온갖 소문이 끊이지 않고 떠돌았다. 화물을 옮겨 싣는 곳이 있는데, 그곳에서 인신매매가 행해진다더라, 양탄자에 둘둘 말린 채 사람과 서류가 사라진다더라, 본인도 모르는 새에 다들 어느 한

편을 위해 활동하고 있는 중이라더라……. 하지만 어떤 편들이 존재하는지 실제로 확인된 건 하나도 없었다. 일하는 사람은 누구나 본인도 모르는 새에 매춘을 하고 있었던 셈이다. 그런데 도대체 이 말을 어디서 들었더라? 이 말을 듣고 내가 왜 웃었지? 그게 바로 보편적 매춘의 시작이었다.

말리나 전에 한번 네가 말해 줄 때는 전혀 다른 얘기였어. 대학을 마치고 어떤 사무실에 일자리를 구했다고 했잖아. 그럭저럭 빠듯하게 지낼 만은 했지만 넉넉하지는 않았고, 그래서 나중에는 야간 근무를 했다고 말했어. 주간 근무보다 보수가 약간 더 좋아서 말이야.

나 난 얘기 같은 건 하지 않아. 앞으로도 그런 일은 없을 거야. 그냥 기억이 헷갈렸다고 넘어가기엔 좀 그렇구나. 차라리 오늘 병기창에서 뭘 했는지 그거나 말해 봐.

말리나 별일 없었어. 늘 하던 일들이지, 뭐. 영화계에서 사람들이 왔는데, 터키 전투 장면이 필요하다더군. 쿠르트 스보보다라는 사람이 위임을 받고 왔다며 원본을 찾더라고. 그 외에 또 다른 영화 한 편도 촬영 승인을 해 줬어. 독일인들인데, 기념관에서 영화를 찍고 싶대.

나 영화 찍는 걸 한번 직접 봤으면 좋겠다. 아니면 엑스트라라도 해 보거나. 그러고 나면 기분 전환이 돼서 좀 다른 생각들을 하게 되지 않을까?

말리나 지루하기만 해. 몇 시간씩 걸리고, 어떤 때는 하루 종일이 걸리기도 하지. 케이블에 걸려 넘어지고, 모두가 빙 둘러서 있고, 대부분은 전혀 아무 일도 안 일어나. 일요일에 나는 당직이야. 알고나 있으라고 말해 주는 거야.

나 그럼 우리 이제 밥이나 먹으러 가자. 그런데 내가 아직 준비를 못 마쳤네. 전화 한 통만 좀 할게. 얼마 안 걸려. 잠깐만, 응?

기억을 하다 보면 혼란스러워진다. 하나하나 뭔가 떠오를 때마다 나는 부서져 내린다. 그 당시 폐허 속에는 아무런 희망도 없었다. 사람들은 모이기만 하면 서로 희망이 없다는 것을 확인시키려 들었으며, 희망이 없다고 퍼뜨리고 다녔다. 그들은 제1차 세계대전 이후라고 불렸던 때를 회상하면서 얼마나 희망이 없었는지 보여 주려고 했다. 정작 제2차 세계대전 이후 자체에 관해서는 아무것도 들을 수가 없었다. 그것 역시 속임수였다. 나 자신도 거의 속아 넘어가 이런 생각들을 했다. 문틀과 창틀이 다시 세워지면, 폐허 더미들이 사라지면, 그럼 금방 조금씩 더 좋아지겠지, 사람들이 여기에서 다시 살게 되고, 계속해서 살아갈 수 있겠지……. 하지만 내가 수년에 걸쳐 이런 얘기를 하고 다녔음에도 사람들이 내 얘기를 귀담아 들을 기분이 아니었다는 사실 자체가 이미 진실을 말해 준다. 모든 것이 다 약탈당하고, 도둑맞고, 흥정되고, 길모퉁이 구석에서 세 번에 걸쳐 다시 팔리고, 다시 매입된다는 것을 난 꿈에도 생각하지 못했다. 레셀 공원에 가장 큰 암시장이 선다고 했다. 늦은 오후가 되면 벌써 위험해져서 카를 광장으로 빙 돌아가야만 했다. 언제부터인가 더 이상 암시장이 존재하지 않는다고들 말한다. 하지만 나는 그 말을 전적으로는 믿을 수가 없다. 오히려 그 당시의 암시장이 보편화되었다고 보는 게 맞을 것이다. 이제야 알게 된 것이지만, 내가 사는 담배며 계란이 다 그 암시장에서 나온 물건들이다. 시장이란 원래 사람들로 북적대는 법인데, 물건들이 듬성듬성했던 당시의 시장에 사람들이 그렇게 몰려들었을 리가 없다. 나중에야 진열대가 상품으로 다시 가득 차고, 통조림이나 궤짝, 상자가 차곡차곡 쌓이게 되었다. 하지만 그렇게 된 다음부터 나는 더 이상 아무것도 살 수가 없었다. 마리아힐퍼 거리에 있는 커다란 백화점들, 예를 들어 게른그로스 같은 곳에 발을 들여놓자마자 나는 속이 안 좋아졌다. 그 당시 크리스티네는 나에게 작고 비싼 가게는 가지 말라고 충고했고, 리나는 헤르츠만스키를 좋아했으며, 게른그로스는 탐탁해하지 않았다. 물론 그들이 시키는 대로 해 보기는 했지만 잘 되지 않았다. 나는 한 번에 한 개 이상의 물건을 볼 수가 없다. 엄청난 양의 천, 깡통, 소시지, 신발 그리고 단추 같은 상품들이 잔뜩 쌓여 있으면 눈앞이 캄캄해진다. 너무 큰 수로 존재하는 것은 무엇이든 다 너무 위협적이다. 많은 수의 집합이란 추상적인 것에 머물러야만 하며, 어떤 학설에서 나온 공식 혹은 연산 가능하고, 순수하게 수학적인 그 무엇이어야만 한다. 수학만이 수십억이란 수가 지니는 아름다움을 허용한다. 십억 개의 사과는 즐길 수가 없고, 커피 1톤은 벌써 수많은 범죄를 암시한다. 십억의 인간이란, 매일 십억 명분의 빵과 감자 그리고 쌀이 필요하게 되니까, 상상할 수 없을 정도로 썩고, 타락하고, 역겨운 어떤 것, 암시장과 얽혀 있는 어떤 것을 의미한다. 또 나는 먹을 것이 충분해진 다음에도 한참 동안 여전히 제대로 먹을 수가 없었다. 요즘도 누군가 나와 함께 먹어 줄 때에만 뭔가 좀 먹을 수가 있다. 혼자라면, 사과 하나, 빵 한 조각만 놓여 있을 때, 햄 한 장만 남아 있을 때 그나마 약간 먹을 수가 있다. 먹다 조금 남은 것이라야만 한다.

말리나 그 얘길 그만두지 않으면 오늘 저녁 우리는 굶어야 할 판이야. 너랑 코벤츨에 갈까 싶은데, 일어나서 옷 입어. 그렇지 않으면 너무 늦는다구.

나 거기까지는 가지 말자. 걸어서 시내를 돌아다니고 싶지 않거든. 그저 뭘 좀 먹으려는 것뿐인데, 온 시내를 걸어다닐 필요는 없잖아. 가까운 데로 가. 알트 헬러로.

이 일은 빈에서 처음으로 도망쳐 나와 파리에 머물 그 당시부터 벌써 시작됐다. 일시적으로 왼쪽 발을 제대로 디딜 수가 없었다. 발에 통증을 느꼈고, 그렇게 통증을 느낄 때마다 입에서 저절로 신음 소리가 새어 나왔다. 아, 하느님, 오, 하느님. 가끔 이런 위험하고도 심각한 발작이 육체에서 먼저 일어나고, 그러면 하느님 같은 특정한 표현들이 입 밖으로 튀어나온다. 하지만 이건 내 의지와는 무관하다. 왜냐하면 내가 알고 있는 신(神)은 그저 몇몇 철학 세미나에 참석하면서 개념적으로나 알게 된 신이기 때문이다. 예를 들어, 존재, 무, 정수, 현존, 범천(梵天) 같은 것들을 개념적으로 알듯이.

파리에서 나는 거의 언제나 돈이 빠듯한 편이었다. 그래도 돈이 다 떨어져 갈 때마다 수중에 남은 돈으로 뭔가 특별한 것을 해야만 했다. 그건 요즘도 마찬가지여서 얼마 남지 않은 돈을 아무렇게나 막 써 버려서는 안 된다. 미지막으로 그 돈을 어떻게 잘 쓸 것인지에 대한 좋은 생각이 있어야만 한다. 머릿속에 그런 생각이 떠오를 때면, 그 한순간만은 어떻게 내가 이 세상과 더불어 살아가는지, 어떻게 내가 가끔 약간 감소하기도 하지만 그래도 계속해서 늘어나기만 하는 이 세상 인구의 한 부분으로 존재하는지, 어떻게 가난한 사람들과 궁핍함에서 벗어나지 못하는 사람들로 가득 찬 이 세상이 변함없이 우주를 돌고 있는지 느끼게 되기 때문이다. 지갑은 텅 비고 머리는 생각으로 꽉 찬 채 중력을 통해 이 지구에 매달려 있을 때면, 나는 내가 할 일이 무엇인지 느끼게 된다.

그때 나는 몽주 가(街) 근처, 콩트르스카프 광장으로 가는 길에 있는, 밤새 문을 여는 작은 술집에서 적포도주 두 병을 사고, 거기다 백포도주도 한 병 샀었다. 어쩌면 적포도주를 좋아하지 않는 사람도 있을지 모르고, 그런 사람에게 적포도주만 마시라고 강요할 수는 없으니까. 남자들은 잠이 들었거나 그게 아니라면 잠을 자는 척했다. 나는 그들에게 살금살금 다가가 그들이 다른 생각을 하지 못할 정도로 가까운 거리에, 그러니까 그 술병이 당연히 자신들 몫이라는 생각이 들 정도의 거리에 그 병들을 내려놓았다. 어느 다른 날 밤, 내가 또 그렇게 술병들을 내려놓았을 때, 그 부랑자들 중 한 명이 잠에서 깨어 "Que dieu Vous……."*라며 신이 어쩌고 하는 말을 했다.

* 프랑스어로 '당신께 신의 축복이 내리기를…….'이라는 뜻이다.

나중에 영국에서도 "……bless you."와 비슷한 말을 들었다. 어떤 상황에서 그 말이 튀어나왔는지는 물론 잊어버렸다. 내 생각엔, 상처 입은 사람들은 다른 상처 입은 사람들에게 그런 말을 해 주고, 그러고서는 이 세상 어디에선가 계속해서 살아가고 있는 게 아닌가 싶다. 마치 내가 상처란 상처는 다 뒤집어쓴 채 어딘가에서 계속 살아가고 있는 것처럼.

파리에 있던 그 부랑자들 중에 마르셀이란 사람이 있었다. 그가 그 밤에 잠에서 깼던 그 남자인지는 나도 모르겠다. 하지만 예를 들어, 몽주 가라든가 두세 개의 호텔 이름 그리고 26호실이라는 방 번호와 마찬가지로, 그 마르셀이란 이름만은 일종의 표제어가 되어 내 기억 속에 남았다. 마르셀에 대해 내가 아는 건 그가 더 이상 살아 있지 않다는 것, 아주 이상하게 죽었다는 것…….

말리나가 내 말을 끊고, 나를 지켜 주려고 한다. 하지만 내 생각엔, 나를 지켜야겠다는 그의 의지가 결국은 나로 하여금 절대로 얘기를 꺼내지 못하게 만드는 것 같다. 내가 얘기를 하도록 내버려 두지 않는 것은 바로 말리나다.

나　　너는 내 삶에 더 이상 아무런 변화도 없을 거라고 생각해?

말리나　　네가 진짜로 생각하고 있는 게 뭐야? 마르셀이야, 아니면 널 십자가에 매달았다는 그 하나인지 모든 것인지 하는 그거야?

나　　십자가 얘길 지금 다시 꺼내서 뭘 어쩌자는 거야?

언제부터 네가 다른 사람들이 쓰는 그런 흔해 빠진 표현을 쓰기 시작했는데?

말리나 그런 표현을 쓰든 안 쓰든, 넌 지금까지 항상 아주 잘 이해해 왔잖아.

나 오늘 신문이나 줘. 네가 내 얘기를 완전히 망쳐 놨어. 마르셀의 기이한 최후에 관해 못 들은 걸 넌 후회하게 될 거야. 이제 나 말고는 그 얘기를 해 줄 수 있는 사람이 아마 아무도 없을 테니까. 그 얘길 알고 있는 다른 사람들은 어디 다른 곳에 살고 있든지 아니면 이미 죽었을 걸. 마르셀은 잊혔을 게 틀림없다고.

가끔 박물관에서 들고 오곤 하는 신문을 말리나가 나에게 건네주었다. 앞장들은 띄엄띄엄 건너뛰며 읽다가 별자리 운세를 들여다본다. '조금만 더 용기를 내면 다가오는 어려움들을 극복할 수 있습니다. 차를 조심하세요. 잠은 실컷 자야 합니다.' 말리나의 운세에는 아주 격렬하게 진행될 연애 사건에 관해 뭔가 적혀 있지만, 말리나가 그런 데 관심이 있을 리가 없다. 그 외에도 그는 기관지를 혹사하지 말아야 한단다. 말리나한테 기관지 같은 게 있을 거라는 생각을 난 해 본 적이 없다.

나 도대체 네 기관지는 뭘 하니? 너한테도 기관지가 있단 말이야?

말리나 왜 없어? 어떻게 없을 수가 있어? 기관지는 누구한테나 다 있는 거야. 언제부터 네가 그렇게 내 건강을 걱정했는데?

나　　　그냥 한번 물어보는 것뿐이야. 오늘 하루는 어땠어? 아주 격렬하게 지나갔어?

말리나　어디서 말이야? 병기창에서는 별로 그렇지 않았던 것 같은데. 내가 아는 한 그런 일은 없었어. 서류를 정리했을 뿐이야.

나　　　조금이라도 격렬하지 않았어? 아마 잘 생각해 보면, 아주 조금은 격렬했을 거야.

말리나　왜 그렇게 못 미더운 눈길로 쳐다봐? 내 말을 안 믿는 거야? 어이가 없군. 뭘 또 그렇게 뚫어지게 쳐다봐? 뭘 보는 거야? 여기 이건 거미나 독거미 따위가 아니라 바로 네가 며칠 전에 커피를 따르다 만들어 놓은 얼룩이라고. 그런데 뭘 그렇게 쳐다봐?

탁자 위가 왠지 허전해서 그걸 보고 있다. 도대체 뭐가 없어졌을까? 곧잘 여기 뭔가 놓여 있었는데…… 아, 거의 항상 여기엔 반쯤 남은 이반의 담뱃갑이 놓여 있었지. 내 집에 와 있을 때 갑자기 담배가 떨어져도 문제가 없도록 일부러 여기다 놔두고 가곤 했는데. 그가 여기에 더 이상 아무것도 놔두지 않은 지가 벌써 한참 되었다는 걸 난 깨닫는다.

나　　　어디 다른 곳에서 살 수도 있다고 생각해 본 적 없어? 여기 말고 녹색이 우거진 곳. 예를 들어 히이칭에 아주 멋진 집이 하나 금방 비게 될 거야. 크리스티네가 친구한테 들은 얘긴데, 바로 그 친구의 친구가 거기서 이사를 나간대. 그곳이라면 네 책들을 놓아둘 자리도 더 많을 텐데. 여긴 이제 더 이상 자리가 없잖아. 너의 그 수집가 기질 때문에 모든 책장들이 미어터진다고. 물론 네 수집가 기질을 비난하자는 것은 전혀 아니지만, 그래도 광적인 수준인 건 맞아. 그리고 복도에서 아직도 프란체스와 트롤로페의 고양이 오줌 냄새가 난다고 네가 그랬잖아. 리나는 아무렇지도 않다던데. 하여튼 넌 너무 예민해. 넌 진짜 아주 예민하다니까.

말리나 무슨 말인지 하나도 못 알아듣겠군. 왜 갑자기 히이칭으로 이사 가야 한다는 거야? 우리들 중 아무도 히이칭이나 호에 바르테 혹은 되블링 같은 데서 살고 싶어 한 적이 없잖아.

나 호에 바르테는 안 돼! 난 히이칭을 말한 거야. 네가 히이칭을 싫어하지는 않을 거라고 생각했어.

말리나 이거나 저거나 매한가지야. 전혀 고려해 볼 가치도 없는 얘기라고. 그렇다고 또 그렇게 금방 울려 들지 마.

나 난 호에 바르테 얘기는 꺼내지도 않았어. 그리고 내가 울 거라는 착각도 하지 마. 코감기에 걸렸을 뿐이야. 난 실컷 자야만 해. 물론 우린 웅가르 가에 그대로 있을 거야. 다른 건 전혀 고려해 볼 가치도 없는 얘기라고.

"오늘 내가 뭘 하고 싶었더라? 생각 좀 해 보자. 외출하고 싶었던 것도 아니고, 책을 읽거나 음악을 듣고 싶지도 않아. 그냥 너와 함께 있는 것만으로도 만족스러울 것 같아. 하지만 너와 얘기를 좀 해 봐야겠어. 우리가 남자들에 대해서는 한 번도 얘기해 본 적이 없고, 네가 남자들에 대해서는 전혀 물어보지 않는다는 생각이 문득 떠올랐거든. 그런데 넌 네가 쓴 옛날 책을 그렇게 잘 감춰 두지는 못했더라. 오늘 그 책을 좀 들여다봤는데, 별로였어. 예를 들어, 그 책에서 넌 잠들기 전의 한 남자를 묘사하고 있는데, 아마 그 남자는 너 자신이겠지. 그런데 말이야, 기껏해야 나 같은 사람이나 그 남자의 모델이 될 수 있었을 거야. 왜냐하면 남자들이란 항상 바로 잠이 드는 법이니까. 그건 그렇다 치고 또 물어볼 게 있어. 나는 남자들이 엄청나게 흥미로운데, 넌 왜 그렇지 않니?"

말리나가 말한다. "모든 남자들이 다 나 같다고 생각하는 건지도 모르지."

내가 대꾸한다. "그건 네가 완전히 거꾸로 생각하는 거야. 차라리 여자라면 자신이 다른 여자들과 똑같다고 생각할 수도 있겠지. 좀 더 나은 이유를 대면서 말이야. 하긴 그 이유도 결국은 남자들과 관계가 있지만."

말리나가 화가 난 척 손을 치켜든다. "제발 주절주절 늘어놓지 좀 마, 진짜로 재미있는 얘기를 해. 나중에 후회할 만한 얘기는 꺼내지 말고."

하지만 내가 어떤지 말리나는 알아야 한다!

나는 하던 말을 이어 간다. "왜냐하면 남자들은 제각기 서로 다르거든. 이를테면 개개인마다 불치병 하나씩을 가지고 있지. 교과서나 실용서에 나와 있는 것만으로는 단 한 명의 남자도 제대로 설명하고 이해할 수가 없어. 그리고 남자들이 지적인 것을 천 배나 더 잘 이해한다고들 말하는데, 내가 생각해도 그렇기는 하지만 모두가 다 그렇다고는 절대로 말할 수 없어. 그런 착각을 하다니! 그런 식의 일반화를 뒷받침해 줄 만한 자료는 몇 백 년이 지나도 다 모을 수가 없어. 그러니 저마다 여자는 남자가 지닌 그토록 수많은 유별난 점들을 상대할 준비가 되어 있어야만 하는 거야. 게다가 어떤 병이 나타날 수 있으니 대비하고 있어야 한다고 아무도 미리 여자에게 말해 주지 않잖아. 이렇게 말할 수도 있을 것 같아. 남자들이 여자들에게 보이는 태도 자체가 이미 병적이라고, 그것도 아주 희귀한 병이라서 그 누구도 남자들의 그 병을 치유할 수 없을 거라고 말이야. 여자들에 대해서 말할 수 있는 건 기껏해야 여자들이 자초해서 다소 감염이 된 것 같다거나 고통스러워하는 자를 동정하는 기색이 역력하다는 정도겠지."

"너 오늘은 정말 네 멋대로구나. 그래도 난 지금부터 슬슬 재미있어지기 시작하는걸."

나는 기분이 좋아서 말한다. "만약 어떤 사람이 새로운 것은 거의 경험하지 못하고 계속 똑같은 일을 반복할 수밖에 없다면, 그 사람은 벌써 틀림없이 그것 때문에 병이 든 거야. 예를 들어 어떤 남자가 내 귓불을 물었다고 하자. 그런데 그는 그게 내 귓불이라서 문 것도 아니고, 귓불이라면 물지 않고는 못 배겨서 그런 것도 아니고, 그냥 그동안 어떤 여자든지 간에 다 귓불을 물어 왔기 때문에 그런 것뿐이야. 크고 작은 귓불, 붉거나 푸르거나 창백한 귓불, 무감각하거나 아주 예민한 귓불 등등을 다 그렇게 물어 왔던 거지. 그럴 때 여자의 귓불이 어떤 느낌인지는 그에게 전혀 상관없어. 어느 정도 아는 것은 있는데 그것을 활용할 기회는 드문 그런 사람이 어떻게든 여자를 덮칠 수밖에 없다면, 그게 심각한 강박관념이라는 걸 너도 분명히 인정하겠지. 그런 시도가 어쩌면 수년 동안 계속될지도 모르고, 한 번쯤은 그럭저럭 성공할지도 모르고, 또 여자들이 다들 한 번쯤은 참아 줄지도 모르지. 바로 이 점이 남자들이 남몰래 갖고 있는 막연한 의혹을 풀어 줄 거야. 여자란 상대하는 남자가 바뀌면 전혀 다르게 행동한다는 걸 남자들은 전혀 상상도 못하니까 말이야. 게다가 남자들은 서로 다르다고 하면 겉모습만 다른 걸 떠올리고, 입에서 입으로 전해지는 얘기나 들먹거리고, 학문적으로 조명한답시고 오히려 더 말도 안 되는 소리나 해 대거든." 말리나는 정말이지 이쪽 방면으로는 깜깜하다. 그가 말한다. "그래도 남자들 중에 특별한 재능을 타고난 사람이 몇 명쯤은 틀림없이 있을 거라고 난 생각했어. 어쨌든 사람들은 가끔씩, 누가 그렇게 특별한 재능을 타고났다더라, 혹은 다들 그렇다더라라는 식의 말을 하잖아. 우리 어디 그리스 사람들 얘기나 해 볼까." (말리나가 교활한 눈빛으로 쳐다보다가 웃음을 터뜨리고, 나도 웃음이 난다.) 나는 짐짓 진지하려고 애쓴다. "그리스에서는 내가 우연히 운이 좋았던 거지. 하지만 그것도 겨우 단 한 번뿐이었어. 사람이야 가끔씩 운이 좋을 때도 있잖아. 하지만 대부분의 여자들은 전혀 그렇지 못한 게 분명해. 소위 괜찮은 애인들이 그래도 몇 명은 있을 것이라는 그런 말은 난 못 해. 왜냐하면 그런 애인은 하나도 없거든. 그건 언젠가는 깨질 수밖에 없는 전설이지. 기껏해야 전혀 가망 없는 대부분의 남자들하고, 그렇게까지 가망이 없는 건 아닌 약간의 남자들만이 있을 뿐이야. 바로 이 점 때문에 여자들 머릿속은 늘 자기네들 감정과 자기네들 이야기, 남편과 남자들로 가득 차 있을 수밖에 없는데, 아직까지 아무도 그 인과관계를 밝히려는 시도를 안 해 봤더라고. 실제로 모든 여자들이 대부분의 시간을 그런 생각을 하는 데 갖다 바치고, 또 그렇게 할 수밖에 없어. 자기 스스로 감정에 휩싸이거나 휘둘리도록 끊임없이 부추기지 않으면 상대방 남자와 함께하는 일을 말 그대로 절대 참아 낼 수가 없을 테니까. 환자에 불과한 남자가 여자한테 눈곱만큼이라도 신경 써 줄 리가 없을 테니까. 남자한테야 여자에 대해 생각을 거의 안 하는 게 쉬운 일이겠지. 여자 생각을 안 해도 남자의 병든 시스템은 아무런 오류 없이 작동하거든. 남자는 그런 식으로 늘 같은 일을 반복하고, 지금까지도 반복해 왔고, 앞으로도 반복할 거야. 여자 발에 입 맞추는 걸 좋아하는 남자라면 앞으로 오십 명이나 되는 여자한테라도 그 발에 다 입을 맞추겠지. 지금 이 순간 자기가 좋아서 발에 입을 맞추도록 내버려 두는 이 인간을 내가 왜 신경 써 줘야 한단 말인가라고 그 남자는 생각할 게 분명해. 하지만 여자는 다름 아닌 바로 자신의 발이 이제 차례가 되었다는 마음의 준비를 해야만 하고, 황당한 감정들을 일부러 지어내서 자신의 진짜 감정을 하루 종일 이 가짜 감정 속에 처박아 두어야만 해. 그래서 자신의 발에 일어나는 일을 견딜 수 있도록, 그리고 발에 일어나는 일보다 더 중요한 나머지 일들이 일어나지 않더라도 견딜 수 있도록 말이야. 그토록 발에 집착하는 남자라면 발 외에 다른 건 거의 등한시할 테니까. 이런 것 말고도 갑작스럽게 다시 적응해야 한다는 문제가 또 남아 있어. 한 남자에게서 다른 남자에게로 갈 때면 여자의 몸은 그 전에 익숙해져 있던 모든 걸 다 떨쳐 버리고 새로운 것에 완전히 다시 익숙해져야만 해. 하지만 남자라면 자신의 습관을 아무 문제없이 그대로 계속 이어 가지. 가끔은 그 남자가 행복을 느끼기도 하겠지만, 대부분은 전혀 그렇지 않을걸."

내 말이 말리나 마음에 들지 않는다. "그런 얘긴 처음 듣는다. 네가 남자들을 좋아한다고 난 확신하고 있었어. 넌 항상 남자들을 마음에 들어 했고, 너에게는 그들과 어울리는 일이 없어서는 안 되는 일이었지. 비록 이미 더 이상……."

"물론 남자들이야 항상 내 관심의 대상이었지. 하지만 바로 그 점 때문에 남자들을 좋아해서는 안 되는 거야. 난 대부분의 남자들을 전혀 좋아하지 않았어. 그냥 그들에게 매료당했을 뿐이야. '이제 어깨를 문 다음에는 어떻게 계속될까, 이것으로 그는 뭘 기대하는 걸까?'라는 식의 생각이 계속 이어지거든. 혹은 누군가가 너에게 등을 돌리는데, 그 등 위에 어떤 여자가 손톱으로, 다섯 개의 맹수 발톱으로, 길게, 영원히 지워지지 않을 다섯 줄을 그어 놓은 게 보여. 그럼 넌 아주 당혹스러울 거야. 적어도 곤란함은 느끼겠지. 항상 네 앞에 뭔가를, 이를테면 그 어떤 황홀함이나 고통이 덮치던 순간에 대한 기억 같은 걸 보여 주는 그 등에 대고 네가 뭘 할 수 있겠어? 도대체 어떤 고통을 더 느껴야 하고, 어떤 황홀함에 빠져들어야 한단 말이야? 난 아무런 감정도 느끼지 않은 지 벌써 한참 됐어. 그사이에 제정신이 돌아왔거든. 물론 다른 여자들처럼 머릿속에서만 말이야. 이미 한 얘기지만, 남자들은 자신들의 머릿속에 나를 거의 넣어 두고 있지 않았던 게 확실해. 하루 일을 마친 저녁이나 쉬는 날 정도라면 날 떠올렸을지도 모르지."

말리나　예외는 없어?
나　있어, 단 하나.
말리나　어떻게 하면 예외가 되는데?

"의외로 아주 간단해. 우연히 네가 누군가를 아주 불행하게 만들기만 하면 돼. 예를 들어 누군가가 멍청한 짓을 저질러 놓고 그걸 다시 만회하고 싶어 하는데 도와주지 않는 거야. 상대방을 제대로 불행하게 만들었다고 네가 확신한다면, 상대방도 너를 생각하게 돼 있어. 하긴 대부분의 남자들이 여자들을 불행하게 만드는데, 그렇다고 그게 서로 상호적인 건 아냐. 우리한테 일어나는 불행은 이미 말한 남자들의 그런 병 때문에 생기는 불행이야. 그건 정상적이면서 불가피한 불행이지. 그래서 여자들은 깊이 생각해야만 할 게 그렇게 많은 거야. 그렇다고 너무 오래 그 생각에 몰두해 있으면 안 돼. 거의 아무것도 배운 게 없는데 또 다른 걸 처음부터 다시 배워야만 해. 만약 누군가에 대해 계속해서 깊이 생각해야만 하고, 그 사람에 대한 감정을 계속해서 만들어 내야만 한다면, 바로 그게 진짜 제대로 된 불행이거든. 게다가 그런 불행은 시간이 지날수록 두 배, 세 배, 백 배로 커지지. 그런 불행을 피하고 싶다면 매번 그저 며칠만 끌다가 끝내 버리면 될 거야. 상대방을 아주 철저하게 불행에 빠뜨리지 않고는 상대방을 아쉬워한다는 것도, 자기 자신이 불행하다고 느끼는 것도 불가능해. 아주 젊은 남자나 멋진 남자, 최고의 남자나 아주 영리한 남자하고 보낸 시간이라면 단 한두 시간도 아쉽지 않은 법이야. 진짜 떠벌이나 세상이 다 아는 멍청이와 함께 보낸 반년, 혹은 기벽이 심한 역겨운 약골하고 함께 보낸 반년, 바로 그런 게 진정으로 강하고 이성적인 여자들의 마음을 흔들어 놓았고, 그네들로 하여금 목숨을 끊도록 몰아갔단 말이야. 에르나 차네티만 해도 그래. 그녀도 연극학 강사 때문에 수면제를 마흔 알이나 삼켰다잖아. 생각해 봐, 겨우 연극학자 한 사람 때문이었다고! 하긴 어디 그녀만 그랬겠어. 게다가 그 남자가 담배 연기를 못 참겠다고 담배도 끊으라고 했대. 그녀가 채식을 해야만 했는지는 나도 모르겠지만, 하여튼 그런 것 말고도 심한 일들이 몇 가지 더 있었을 거야. 그 멍청한 녀석이 그녀를 떠난 게 얼마나 다행스러운 일인데, 그런데도 그 에르나 차네티가 다음 날 당장 스무 개비의 담배를 피울 수 있고, 마음대로 먹어도 된다는 걸 기뻐하기는커녕 바보같이 자살이나 하려 들었다니. 몇 달 동안 그 남자만 생각하고, 그 남자한테 시달리더니, 거기다 물론 니코틴 결핍에도 시달리고, 상추 잎과 당근에도 시달렸겠지만, 그런 뒤에는 죽는 것보다 더 나은 생각이 떠오르지 않는 거지, 뭐."

말리나가 참지 못하고 웃음을 터뜨리긴 했지만 끔찍하다는 생각이 든 모양이다. "남자들보다 여자들이 더 불행하다고 주장하려는 건 설마 아니겠지!"

"아냐, 물론 아니지. 여자들의 불행이 불가피하면서도 전혀 쓸모없는 것이란 말을 하고 있는 것뿐이야. 그러니까 불행의 종류에 관해 말하려고 했던 것뿐이라고. 비교 같은 건 할 수가 없어. 게다가 오늘 우리가 말하려고 했던 게 모든 인간들이 힘들게 겪게 되는 일반적인 불행도 아니었잖아. 그저 너와 이렇게 얘기를 나누면서 세상만사가 얼마나 웃기게 굴러가는지 말해 주고 싶은 것 뿐이야. 예를 들어, 난 말이야, 한 번도 강간을 당한 적이 없다는 게 그렇게 불만스러웠어. 내가 빈으로 왔을 때 이미 러시아인들은 더 이상 빈 여자를 강간하고 싶어 하지 않았고, 술에 취해 돌아다니는 미국인들도 점점 드물어졌어. 하긴 그런 미국인들이야 아무도 강간범으로 제대로 쳐 주지도 않았지. 그래서 미국인들이 하는 짓보다는 러시아인들이 하는 짓이 사람들 입에 더 많이 오르내렸어. 그들이 했던 짓을 생각해 보면 거룩하고 경건한 공포란 말을 왜 쓰게 되는지 이해가 돼. '열다섯 살짜리 소녀들에서부터 백발의 할머니들까지'라고들 했어. 가끔 신문에 제복을 입은 두 명의 흑인에 관한 기사가 실리곤 했지. 하지만 생각 좀 해 봐. 잘츠부르크에 있는 두 명의 흑인 병사라니, 그건 그곳에 있는 그 많은 여자들을 상대하기에는 정말이지 어림도 없잖아. 어쨌든 내가 아는 남자들이든 모르는 남자들이든 도대체 아무도 강간이라고는 생각도 못 하는 거야. 내가 숲 속이나 시냇가의 돌 위에 무방비 상태로 혼자 앉아 있을 때도 남자들은 나를 그냥 내버려 두고 지나쳐 가기만 했다니까. 그들은 강간이라는 게 가능하다고 여기지도 않았어. 몇 명의 술주정뱅이나 강간범, 신문에 성범죄자라고 실리게 되는 남자들을 제외한, 정상적인 본능을 지닌 정상적인 남자라면 아무도 그런 생각조차 못 하는 거야. 정상적인 여자가 아주 정상적으로 강간당하고 싶어 한다는 너무나도 당연한 생각 말이야. 하긴 남자들이야 원래 정상이 아니니까. 하지만 모두들 남자들의 이런 비정상과 본능 상실에 이미 익숙해져서 그 증상을 더 이상 제대로 심각하게 파악하지를 못하지. 하지만 빈에서라면 좀 다를지도 몰라. 틀림없이 그렇게 심하지는 않을 거야. 왜냐하면 빈은 보편적 매춘을 위해 만들어진 도시니까. 너는 전쟁이 막 끝났을 때를 더 이상 기억 못 할 수도 있겠구나. 그 당시 빈은, 완곡하게 표현하자면, 아주 특별한 시설들을 갖춘 도시였어. 하지만 이 시기는 연대기에서 삭제되었고 이 시기에 관해 얘기하는 사람이 이젠 하나도 없지. 대놓고 금지시킨 건 아니지만 그럼에도 불구하고 아무도 그때 얘기를 안 해. 그땐 말이야, 경축일이 되면, 심지어 성모마리아 축일이나 예수 승천일, 공화국 기념일일 때도 시민들은 링 가(街)와 공원 순환도로에 면해 있는 시립 공원의 어느 한쪽 구석, 그 끔찍스러운 공원에 어쩔 수 없이 모였고, 그곳에서 자신들이 원하는 것 혹은 자신들이 할 수 있는 것을 공공연하게 할 수밖에 없었어. 특히 마로니에가 꽃피는 시절에 주로 그랬지만, 나중에 마로니에 열매가 익어 가고, 벌어지고, 떨어질 때까지도 그 일은 계속되었지. 그곳에 얼굴을 내밀지 않았던 사람은 거의 하나도 없었어. 다들 아무렇지도 않다는 듯이 쉬쉬하는 가운데 이 모든 일이 일어나기는 했지만, 그래도 그때 일을 두고 악몽이란 표현을 쓸 수도 있을 것 같아. 도시에 있는 모든 사람들이 이 보편적 매춘에 참여했어. 짓밟힌 잔디 위에 같이 안 누워 본 남자, 같이 안 누워 본 여자는 하나도 없었던 게 분명해. 잔디 위가 아니라면 담에 기대서 신음 소리를 내며 가쁜 숨을 내뱉었지. 가끔은 몇 명이 동시에 상대를 바꿔 가며 서로 뒤엉켰어. 모두가 서로 같이 잤고, 모두가 서로를 그런 식으로 써먹었지. 그러니 지금까지 거의 아무런 소문도 돌지 않는 게 놀라운 일도 아니잖아. 그때의 남자들과 그때의 여자들이 이제 와선 마치 아무 일도 없었던 것처럼 정중하게 만나서, 남자들은 모자를 벗고 여자의 손등에 입을 맞추고, 우아한 핸드백과 우산을 든 애교스러운 여자들이 인사말을 속삭이며 가벼운 발걸음으로 시립 공원을 지나쳐 간 다니까. 요즘은 더 이상 익명을 유지하기가 불가능한 돌림 놀이란 것도 바로 그 시절에서 유래된 거야. 지금 사람들이 맺고 있는 관계도 바로 이 전염병에서부터 유추해서 생각해야만 해. 먼저 프란치스카 라너와 함께 다닌 것은 외된 파타키였는데, 왜 나중에 프란치스카는 레오 요르단과 함께였는지, 이전에 엘비라와 결혼했던 레오 요르단은 왜 두 번 더 결혼했는지, 엘비라의 도움을 받았던 그 마레크라는 청년은 왜 나중에 파니 골트만을 망쳐 놓았는지, 그리고 파니 골트만은 해리와 다시 꽤나 잘 견디며 지내더니 왜 밀란과 함께 도망쳐 버렸는지 말이야. 그 마레크란 청년은 그러고 나서 자그마한 독일 여자 카린 크라우제와도 함께 지냈고, 그다음에는 엘리자베스 미하일로비치와 함께 지냈는데, 이 여자는 또 나중에 베르톨트 라파츠를 사귀었고, 이 베르톨트는 또다시…… 이젠 그 모든 걸 다 알겠어. 왜 마르틴이 엘피 네멕과 그 그로테스크한 연애 사건을 일으켰는지, 또 엘피는 왜 나중에 레오 요르단과도 사귀었는지, 그러니까 왜 다들 서로 그렇게 너무나도 별나게 얽혀 있는지를. 비록 알려진 경우가 몇 가지 안 되긴 하지만 말이야. 다들 그렇게 서로 얽혀 있는 이유를 모른다지만, 내 눈에는 그게 보여. 언젠가는 다른 사람들 눈에도 다 보이겠지. 하지만 시간이 없어서 계속 이 얘기를 하고 있을 수가 없네. 어쨌든 이렇게 사람들이 서로 얽히는 데 알텐뷜 부부의 집이 어떤 역할을 했을까, 어떤 결말을 향한 어떤 시작이 그곳에서 이루어졌을까,

사람들이 저지른 모든 짓이 어떤 한심한 소문을 통해 어떤 식으로 끝났을까……. 그냥 그런 것만 생각해 볼 뿐이야. 비록 알텐뷜 부부야 아무것도 의식하지 못했을 테고, 그게 바바라 게바우어네 집이었든 누구네 집이었든 간에 아무도 그런 걸 의식 못 했을 테지만 말이야. 사교계야말로 가장 엄청난 살인 현장이야. 오래전부터 사교계 안에는 도저히 믿을 수 없는 범죄가 너무나도 쉽게 싹트고 있었는데, 다만 이 세상의 법정에는 그 범죄가 영원히 드러나지 않는 것뿐이지. 내가 직접 물어보고 들은 얘기들은 아니야. 나는 그렇게 자세히 그 내막을 들여다보지도 않았고, 그렇게 열심히 귀를 기울이지도 않았던 데다가, 갈수록 그런 얘기에는 점점 더 귀를 기울이지 않게 되었거든. 하지만 그렇게 한참 만에 그 얽힌 관계들에 대한 얘기를 듣게 되면 그게 또 얼마나 끔찍하고 충격적인지 몰라. 내가 너무 치열하게 살았던 탓에 사람들이 전쟁 유희 같은 건 전혀 없는 척하는데도 불구하고 내겐 이 모든 평화의 유희들이 그렇게 끔찍하게만 느껴지나 봐. 세상이 다 아는, 또 이 도시가 다 아는 범죄가 나에게는 너무 단순하고 잔인하고 신비감이 없어 보여. 그런 범죄는 대중 심리학자와 정신과 의사의 몫이지. 그래 봤자 그들이 그 범죄를 막을 수 있는 것도 아니지만 말이야. 그런 범죄는 기껏해야 지나치게 부지런을 떠는 사람이나 아는 게 너무 많은 사람들에게 어설픈 수수께끼나 내 줄 뿐이지. 그 잘난 유치함 때문에 말이야. 그와 반대로 여기서 일어났던, 그리고 아직도 일어나고 있는 일은 절대로 유치하지 않았어. 그날 저녁 기억나니? 한번은 파니 골트만이 놀랍게도 혼자서 일찍 집에 갔잖아. 아무 일도 없었는데 그녀가 식탁에서 일어났어. 하지만 이제 난 알아, 알고 있다고. 세상에는 살인을 저지를 수 있는 말과 눈길이 존재하는 거야. 아무도 그걸 눈치 채지 못한 채 다들 겉모습에만, 각색해서 묘사된 얘기에만 매달려 있지. 그리고 클라라와 하데러말인데, 그가 죽기 전에, 알았어. 그만할게……."

"로마에서였는데, 한동안 선원들만 내 눈에 들어온 적이 있었어. 그들은 일요일이면 하릴없이 광장에 모여 빈둥거렸지. 아마 포폴로 광장이었을 거야. 그곳에서는 밤이면 선원이 아닌 사람들이 눈을 가린 채 오벨리스크가 있는 분수에서부터 큰 도로까지 똑바로 걸어가려고 시도해 보곤 하지. 그건 도저히 해 낼 수 없는 과제야. 보르게제 공원에도 빈둥거리며 돌아다니는 선원들이 있긴 하지만, 오히려 군인들이 훨씬 더 많아. 그들의 시선은 자신들 앞쪽 먼 곳을 향하고 있는데, 이제 금방 끝이 날 일요일을 향해 뭔가 갈망하는 듯한 진지한 눈길을 보내고 있는 거야. 이 젊은 남자들을 바라보는 건 참 매력적인 일이야. 한동안 난 또 에르트베르크 촌구석 출신의 한 기술자에게 마음을 뺏겨 버린 적이 있어. 그는 내 자동차의 흙받이를 펴고, 앞쪽 차체를 다시 도장해야만 했는데, 도저히 그의 속을 들여다볼 수가 없겠더라고. 그 남자는 아주 진지했어. 그 눈길과 자꾸만 막히는 힘겨운 그 생각을 한번 떠올려 봐! 나는 몇 번 더 그 작업장에 가서 온갖 종류의 일을 하고 있는 그를 바라보았어. 그토록 많은 고통은 누구에게서도 본 적이 없어. 그 진지하기 이를 데 없는 무지. 도저히 의중을 헤아릴 수 없는 어떤 것. 내 마음속에서 슬픈 희망들이 번개가 치듯 순간순간 느껴졌어. 슬프고도 갑갑한 희망들. 그 이상은 아니었어. 그 사내들이야 절대로 이해 못 하겠지. 하긴 또 그런 걸 이해받고 싶어 하는 사람도 없을 거야. 누가 그러길 바라기나 하겠어!

나는 늘 겁이 너무 많았어. 용기가 없었다고. 그에게 내 전화번호라도, 내 주소라도 찔러 넣었어야 했는데. 하지만 그 사람 앞에만 서면 알 수 없는 수수께끼에 빠져들어 그런 일을 할 수가 없었지. 물론 사람들이 하는 생각을 다 알아맞힐 수야 없어. 하지만 예를 들어, 아인슈타인이나 패러데이, 로이히트포이어나 프로이트, 리비히 같은 사람들의 생각이라면, 둘에 하나 정도 알아맞히는 건 쉬운 일일지도 몰라. 이들이야말로 진짜 비밀이 없는 남자들이거든. 그래도 아름다움과 그 아름다움의 침묵은 정말 대단한 거야. 절대로 잊지 못할 그 기술자를 향해 가는 길은 내게는 순례의 길이었어. 마지막에 계산서를 달라고, 그 이상은 아무것도 원하지 않은 채. 그는 나에게 너무나 중요했어. 나에게는 그가 중요했다고. 내가 가지지 못한 것이기 때문에 바로 아름다움이란 것이 그렇게 중요했던 거야. 나는 그 아름다움을 유혹하고 싶어. 가끔씩 거리로 접어들어 살펴보면 나를 능가할 만한 사람은 거의 눈에 띄지 않아. 무엇인가가 날 저 위로 저 아래로 끌어당기는 것만 같아. 하지만 이게 자연스럽고 정상인 걸까? 나는 그냥 평범한 여자일까, 아니면 뭔가 동종이형(同種二形) 같은 걸까? 완전한 여자가 아니라면, 도대체 나는 뭘까? 신문에 자주 끔찍한 기사들이 실리곤 하지. 푀츠라인스도르프에서, 프라터아우엔에서, 빈 숲에서, 변두리 곳곳에서 여자가 살해당하고, 교살당하고, 어느 잔인한 녀석에게 목이 졸렸다고. 하긴 나도 한 번 그런 일을 당할 뻔했지만, 변두리에서 있었던 일은 아니었어. 어쨌든 그런 기사를 볼 때마다 나는 속으로 생각해. '이게 나일 수도 있어, 내가 바로 이렇게 될 거야.' 정체 모를 여자가 정체 모를 범인에 의해 살해되는 거지."

핑곗거리를 만들어 이반에게 갔다. 나는 그의 트랜지스터라디오를 이리저리 돌려 보는 것을 참 좋아한다. 벌써 며칠째 뉴스를 듣지 않았다. 뉴스나 노래 듣는 게 그렇게 좋으면 이젠 좀 라디오를 하나 사라고 이반이 권한다. 그의 생각으로는 라디오가 하나 있으면, 예를 들어 자기가 그렇듯이 아침에 일어나는 일이 훨씬 쉬워질 것이고, 밤이면 적막함을 깨뜨릴 수도 있을 것이란다. 천천히 버튼을 돌리면서 과연 적막함을 깨뜨릴 만한 게 나오나 조심스럽게 귀를 기울여 본다.

흥분한 남자의 목소리가 방을 가득 채운다. "친애하는 청취자 여러분, 우리는 지금 런던의 상임 통신원 알퐁스 베르트 박사와 연결되어 있습니다. 베르트 씨께서 곧 우리에게 런던에서 일어난 일들을 전해 주실 겁니다. 잠시만 기다려 주십시오. 런던으로 마이크를 넘기겠습니다. 베르트 박사님, 아주 깨끗하게 잘 들리는군요. 오스트리아에 있는 우리 청취자들을 위해 파운드의 평가절하 이후 런던의 분위기에 관해 전해 주셨으면 합니다. 베르트 씨께서 지금……."

"그 라디오 통 좀 꺼!" 이반이 말한다. 그는 지금 런던이나 아테네의 입장 표명에 아무런 관심이 없다.

이반?

뭘 말하고 싶은데?

넌 왜 내 얘기를 들어 주지 않니?

이반에겐 어떤 과거가 있는 것이 틀림없다. 회오리에 휘말려 들었던 것이 틀림없다. 나에게도 어떤 과거가 있을 것이라고, 적어도 남자 하나는 반드시 등장하며 들어 봤자 실망스러울 뿐인 그런 뻔한 과거가 있을 것이라고 그는 생각한다. "나? 아무것도 아냐. 하고 싶은 얘기 없어. 그냥 너를 '이반'이라고 불러 보고 싶었던 것뿐이야. 그게 다야. 그런데 파리약 스프레이에 대해 어떻게 생각하는지 정도는 물어봐도 되겠지?" 나는 말한다.

"집에 파리가 있어?"

"아니. 그냥 파리의 삶이나 실험실에서 악용당하는 토끼의 삶, 물을 끼얹었는데도 증오심에 다시 한 번 뛰어 덤빌 태세인 쥐의 삶에 대해 좀 곰곰이 생각해 보려고."

이반이 말한다. "그런 생각이나 하고 있으면 또다시 기쁨을 느낄 수가 없어."

"어차피 지금도 기쁘지는 않은데, 뭘. 가끔씩은 전혀 기쁘지 않아. 좀 더 자주 기뻐해야 한다는 건 나도 알아. (나의 기쁨이자 나의 삶인 이반에게만은 '너만이 기쁨이고 삶이야!'라는 말을 할 수가 없다. 벌써부터 가끔씩 내게서 멀어져 가곤 하는 이반인데, 그런 말을 꺼냈다간 그가 나에게서 더 빨리 멀어져 갈지도 모르기 때문이다. 요즘 내게서 기쁨이 점점 더 사라진다는 것은 이반이 내게서 점점 더 멀어져 간다는 것을 의미한다. 언제부터 이반이 내 삶을 단축시키고 있는지 모르겠다. 한번은 꼭 그에게 이얘길 꺼내 봐야겠다.) 누군가가 나를 죽였기 때문에, 누군가가 항상 나를 죽이려고 했기 때문에, 그다음부터 나는 그 누군가를 내 머릿속에서 죽이는 상상을 시작했어. 사실 그건 상상 속에서가 아니라 뭔가 다른 것이었고, 상상하고는 별로 상관이 없는 거야. 어쨌든 그랬더니 상황이 전혀 달라졌고, 심지어 난 그 일을 극복해 냈다니까. 이제 나는 상상 속에서는 더 이상 아무것도 하지 않아."

전화기 연결선을 고치려고 드라이버로 나사를 풀다가 이반이 고개를 들어 올려다보며 미심쩍다는 듯이 말한다. "당신이? 아니, 뭐, 하필이면 당신이, 이 온순한 정신병자께서? 그래, 도대체 누구를, 도대체 왜?" 이반은 웃으면서 다시 접속 플러그 위로 몸을 숙여 나사 둘레에 조심해서 철사 줄을 감는다.

"그게 이상해?"

"천만에, 왜 이상하겠어? 나는 상상 속에서라면 날 화나게 만들었던 사람들을 수십 명이나 죽이고도 남았을 텐데."라고 이반은 말한다. 수리가 제대로 끝났다. 그러니 이제 그는 나 자신에 관해 내가 말하려고 했던 것에 대해서는 손톱만큼의 관심도 보이지 않을 것이다. 나는 서둘러 옷을 챙겨 입고, 오늘은 좀 더 일찍 집에 가야 한다고 중얼거린다. 말리나는 어디 있지? 이럴 수가, 말리나가 곁에 있으면 좋으련만, 또다시 견딜 수가 없다. 아예 생각을 떠올리지 말았어야 했는데……. 나는 이반에게 말한다. "미안해, 그냥 몸이 좀 안 좋네. 아니, 그게 아니라, 뭘 잊어버리고 온 것 같아. 괜찮지? 나 그냥 집에 가도 괜찮지? 당장 집에 가 봐야겠어. 커피를 불 위에 올려놓고 그냥 와 버렸어. 틀림없이 스위치를 끄지 않은 것 같아."

이반은 아무렇지도 않은 표정이다.

집에서 나는 바닥에 누워 숨을 참았다가 깊게 내쉰다. 숨이 가빠진다. 갈수록 숨소리가 점점 더 가빠진다. 심장이 점점 더 빨리 수축되긴 하지만 숨 쉬는 속도를 따라오지 못한다. 말리나가 오기 전에는 죽고 싶지 않다. 자명종 시계를 바라본다. 일 분이 채 흐르지 않았는데도 내게는 마치 여기서 내 삶이 다 흘러가고 있는 것만 같다. 어떻게 욕실까지 왔는지 모르겠다. 찬물을 틀어 놓고 손을 갖다 댄다. 팔을 타고 팔꿈치까지 물이 흘러든다. 얼음처럼 찬 천 조각으로 팔, 발, 다리를 끝에서부터 심장 쪽으로 문지른다. 시간이 멈춘다. 지금 틀림없이 말리나가 오는 소리를 들은 것 같다. 정말로 말리나가 왔다. 나는 바로 쓰러져 버린다. 드디어, 맙소사, 왜 이렇게 집에 늦게 온 거야!

언젠가 한번 배를 탄 적이 있었는데, 그때 우리들은 미국으로 가는 어느 단체와 함께 하릴없이 바에 앉아 있었다. 그 그룹에는 안면이 있는 사람도 몇 명 끼어 있었다. 그런데 그중 한 사람이 갑자기 불이 붙어 있는 담배를 자기 손등에 대고 눌러 지지기 시작했다. 오직 그 사람만이 웃고 있었고, 우리는 그게 함께 웃어도 되는 일인지 알 수가 없었다. 사람들이 자기 자신에게 왜 그런 짓을 하는지는 대부분 알 수가 없는 법이다. 그들은 아무 얘기도 안 해 주거나 진짜 이유를 알지 못하도록 전혀 엉뚱한 얘기를 해 준다. 베를린에 있는 어떤 집에서 난 한 남자를 만났다. 그는 보드카를 연거푸 들이켰지만 전혀 취하지 않았고, 나와 함께 몇 시간을 얘기했는데도 끔찍할 정도로 말짱했다. 나 말고는 그의 말에 귀 기울이는 사람이 아무도 없자, 그가 나에게, 다시 만날 수 있겠느냐고, 정말 꼭 다시 만나고 싶어서 그런다고 물어왔다. 내가 분명하게 거절하지 않았기 때문에 결국은 승낙한 셈이나 마찬가지가 되어 버렸다. 그러고는 세계 정세에 관한 이야기가 오갔고, 누군가가 전축에 「L'ascenseur a L'echafaud」*판을 걸었다. 음악 소리가 낮게 울리고, 화제가 워싱턴과 모스크바 사이의 핫라인에 이르렀을 때, 그는 벨벳 옷을 입으면 내가 좀 더 근사해 보이지 않느냐고, 자기 눈에는 내가 벨벳 옷을 입으면 가장 멋질 것 같다고 얘기했다. 그러더니 전혀 아무렇지도 않게 이런 말을 툭 내뱉었다. "전에 누군가를 살해해 본 적이 있습니까?" 나도 전혀 아무렇지도 않게 대답했다. "아뇨, 물론 없죠. 당신은요?" 그 남자가 말했다. "있어요. 전 살인자입니다." 나는 한동안 말문을 잃었다. 그는 부드러운 눈길로 나를 바라보면서 다시 말했다. "그냥 그렇게 믿으시면 됩니다." 그건 사실일 수밖에 없는 얘기였기 때문에 나도 그의 말을 믿었다. 나와 같은 탁자에 앉아 있었던 그 남자가 바로 세 번째 살인자였고, 그런 얘기를 발설한 처음이자 마지막 사람이었다. 다른 두 번의 살인 사건은 어느 저녁에 빈에서 발생했다는데, 나는 그 얘기를 나중에, 집에 돌아오는 길에 들었다. 살인이 일어난 이 세 번의 저녁에 관해 뭔가 써 보려고 수년에 걸쳐 가끔 한 번씩 시도는 해 봤지만, 종이 위에 '세 명의 살인자'라고 써 보는 게 전부였다. 이 세 명의 살인자들을 묘사하면서 네 번째 살인자를 암시해 보려고 했더니 영 잘 써지지 않았기 때문이다. 게다가 내가 쓰려는 세 명의 살인자들 이야기에서는 실제로 얘깃거리가 될 만한 건 하나도

---

* 프랑스어로 '교수대의 엘리베이터'라는 뜻이다.

없었다. 그 이후로는 그 사람들을 다시 만난 적이 한 번도 없다. 아마 그들은 지금도 여전히 어딘가에 살아 있으면서 다른 사람들과 저녁을 먹고, 자기 자신에게 또 뭔가 끔찍한 짓을 하고 있을 것이다. 한 사람은 벌써 슈타인호프에서 풀려났고, 또 한 사람은 미국에서 이름을 바꿔 버렸다. 그리고 술을 마셔도 점점 더 말짱해지기만 하던 나머지 한 사람은 이제 베를린을 떠나고 없다. 네 번째 사람에 대해서는 얘기할 수가 없다. 그는 기억나지 않는다. 잊어버렸다. 기억이 안 난다…….

(하긴 나는 전기 철조망을 향해 내달렸지.) 그래도 사소한 일들은 기억이 난다. 언젠가 나는 날마다 음식을 쏟아 내버렸고, 마시는 차도 몰래 쏟아서 버렸다. 왜 그랬는지 그 이유를 틀림없이 알고 있었는데…….

"마르셀은 이렇게 죽었어. 어느 날 파리에 있는 모든 부랑자들이 도시의 경관에서 제거되어야만 했어. 단정한 도시 경관까지도 신경 써야 하는 공공 기관인 사회복지부의 사람들이 경찰과 함께 몽주 가로 왔지. 그들은 그저 그 늙은 남자들을 다시 제대로 된 삶 속으로 돌려보내려는 것뿐이었고, 그래서 제대로 된 삶을 위해 어느 정도는 씻기고, 깨끗하게 해 주려는 것뿐이었어. 마르셀도 일어나 함께 갔어. 그 지극히 평온한 남자, 포도주가 몇 잔 들어가도 여전히 저항이라고는 모르는 그 현명한 남자가 말이야. 아마도 그는 그날 사회복지부 사람들이 찾아온 게 별일 아니라고 생각했을 거야. 어쩌면 지하철의 따뜻한 공기가 환풍구를 통해 올라오는 그곳, 거리 위의 자기 자리로 다시 돌아올 수 있을 거라고 생각했을지도 모르지. 수많은 샤워기가 설치되어 있는 공공 목욕탕에서 그의 차례가 되었고, 그들이 마르셀을 샤워기 아래에 세웠어. 샤워 물은 틀림없이 너무 뜨겁지도, 너무 차지도 않았을 거야. 수년 만에 처음으로 벌거벗고 물 아래에 서게 된 것뿐이었다고. 상황을 파악하고 누군가가 채 손을 뻗치기도 전에 그는 벌써 쓰러져 그 자리에서 죽고 말았어. 내가 뭘 말하려는 건지 넌 알지?" 보통 때는 의아해하는 법이 없는 말리나가 약간 의아하다는 기색으로 나를 쳐다본다. 이 얘기를 꺼내지 않을 수도 있었을 텐데. 또 한 번 마치 내가 그 샤워기 아래에 서 있는 듯한 느낌이 든다. 왜 마르셀을 씻겨서는 안 됐는지 나는 안다. 누군가가 자신의 행복이 풍기는 악취 속에서 살고 있다면, 그에게 남아 있는 말이 '신의 은총이 있기를'이나 '신이 당신께 은총을 내리시길'밖에 없다면, 사람들은 그를 씻기려고 해서도 안 되고, 그가 이미 만족하고 있는 것을 씻어 내려고 해서도 안 된다. 그것도, 존재하지도 않는 새로운 삶을 위한다는 핑계로 말이다.

나 　　내가 마르셀이었더라도 물줄기가 닿자마자 쓰러져 죽었을 거야.

말리나 　그래서 행복이란 늘…….

나 　　넌 꼭 그렇게 내 생각을 앞질러 말해야만 하니? 난 지금 이 순간만은 정말로 마르셀을 생각하고 있는 거야. 아냐, 이제 그 사람 생각은 더 이상 안 해. 그건 한낱 에피소드일 뿐이야. 나는 나 자신을 생각하고, 벌써 뭔가 다른 걸 생각하고 있어. 마르셀은 그저 나에게 그런 계기를 마련해 주었을 뿐이야.

말리나 ……영혼의 아름다운 내일, 그것은 결코 오지 않는다.

나 그런 식으로 매번 내 학교 공책을 기억나게 하지 마. 틀림없이 엄청나게 많은 것들이 적혀 있던 그 공책을 난 그냥 세탁장에서 태워 버렸어. 아직도 그 얇은 행운의 막이 내 머리 위를 덮고 있는 게 틀림없는 것 같아. 그러니 물을 끼얹어서 이 행운의 냄새를 지워 버려서는 안 돼. 나는 이 냄새 없이는 존재할 수가 없거든.

말리나 언제부터 네가 세상과 그렇게 잘 지내고, 언제부터 네가 그렇게 행복한 거지?

나 넌 너무 많이 관찰을 해서, 오히려 그것 때문에 아무것도 눈치채지 못하는 거야.

말리나 정반대지. 난 모든 걸 눈치채고 있었지만 절대로 널 관찰하지는 않았어.

나 하지만 난 때때로 네가 원하는 대로 살도록 그냥 내버려 두기까지 했잖아. 방해하지도 않았어. 그게 더 많은 걸 해 준 거야, 그게 더 많은 아량을 베푼 거라고.

말리나 그것도 난 눈치채고 있었어. 하긴 언젠가는 너도 알게 되겠지. 나란 존재를 잊어버리는 게 좋을지 아니면 다시 지각하는 게 좋을지 말이야. 그렇다고 해도 너한테 선택의 여지는 남아 있지 않을 거야. 이미 지금도 네가 선택할 수 있는 건 하나도 없어.

나 내가 너를 잊는다니, 어떻게 내가 널 잊을 수가 있단 말이야! 그냥 한번 해 본 거야. 네가 없어도 된다는

걸 너한테 증명해 보이려고 일부러 그런 척했을 뿐이
라고.

말리나는 나의 이 위선적인 짓거리에 대답할 가치조차 못 느낀다. 얼마나 많은 낮과 밤 동안 내가 그를 잊고 지냈는지 그가 내 앞에서 일일이 다 세어 보이진 않을 것이다. 하지만 그도 위선자다. 나에게는 그의 배려가 그 어떤 비난보다 더 나빴다는 걸, 그리고 앞으로도 그렇게 나쁠 것임을 그도 알고 있기 때문이다. 그래도 우리는 벌써 서로를 마주하고 있다. 나에게는 이런 이중적인 삶, 그러니까 이반의 삶과 말리나의 영역이 필요하다. 이반이 없는 곳에서 나는 존재할 수가 없다. 하지만 말리나가 없다면 나에게는 돌아올 집이 없다.

이반이 말한다. "그만 좀 해!"

난 다시 한 번 말한다. "이반, 너한테 한 번은 해 두고 싶은 말이 있었어. 물론 꼭 오늘 말해야 하는 건 아니지만, 한 번은 꼭 너한테 그 얘길 해야 해."

"담배 더 없어?"

"그래, 그 말을 너한테 하려고 했어. 담배가 또 다 떨어졌네."

이반은 담배를 찾아 나와 함께 차를 타고 시내를 한 바퀴 돌아 줄 용의가 있다. 하지만 담배 파는 곳이 하나도 없어서 우리는 임페리얼 호텔 앞에 차를 세우고, 호텔 수위한테서 마침내 담배를 얻는다. 나는 다시 세상과 잘 지내고 있다. 비록 반환을 요구하면 다시 돌려준다는 조건을 달고 이 세상을 사랑하고 있다지만, 어쨌든 그렇게 해서라도 이 세상을 사랑할 수는 있는 법이다. 그리고 그사이에 변압기 역할을 하는 한 인간이 끼어 있는데, 그 사실을 이반이 알아서는 안 된다. 그럼 내가 그를 사랑한다는 사실에 그가 두려움을 느끼기 시작할 테니까. 그가 불을 붙여 주고, 나는 다시 담배를 피우며 기다릴 수가 있게 된다. 그러니 굳이 입 밖에 낼 필요는 없다. '아무 걱정도 하지 마, 넌 그저 내 담배에 불을 붙여 주기 위해 존재하는 사람일 뿐이야, 불을 붙여 준 것도 고맙고, 지금까지 불을 붙여 준 그 많은 담배들도 다 고맙고, 이렇게 시내를 드라이브시켜 준 것도 고맙고, 또 날 집까지 태워다 줄 테니까 그것도 고마워.'라는 말 따위는.

말리나 하데러의 장례식에 갈 거니?

나 아니, 뭐하러 중앙 묘지까지 가서 감기에 걸려야 하는데? 장례식이 어땠는지, 어떤 얘기를 했는지는 내일 아침 신문에 다 실릴 텐데, 뭘. 게다가 장례식 같은 건 정말 싫어. 사람이 죽었을 때나 묘지에 있을 때 어떻게 행동해야 하는지 아는 사람이 이젠 하나도 없다니까. 하데러든 누구든 간에 어떤 사람이 죽었다는 얘기를 항상 나한테 빼놓지 않고 전해 주는 것도 싫어. 누가 살아 있다는 얘기는 그렇게 항상 전해 주지도 않으면서. 내가 한때 누군가를 좋아했느냐 안 했느냐는 어차피 나에게는 전혀 상관없는 일이야. 그리고 내가 몇몇 정해진 사람들만 만난다는 것도 나 자신한테는 하나도 이상하지 않으니까. 물론 이유야 다르지만. 이미 죽은 사람도 있으니 그렇게 정해진 사람만 만날 수밖에 없잖아. 하데러나 다른 어떤 유명 인사, 어떤 관리자나 정치가, 은행가나 철학자가 어제든 오늘이든 갑자기 죽었다는 소식을 왜 내가 꼭 알고 있어야만 하는지 어디 설명해 줄래? 난 그런 데는 관심 없어. 나한테는 그 누구도 죽은 사람이 아니고, 살아 있는 사람도 드물어. 죽고 살고는 오직 내 관념의 무대에만 존재하는걸.

말리나 그렇다면 네가 보기에 나는 거의 살아 있는 게 아니겠군?

나 넌 살아 있지. 심지어 거의 대부분 살아 있어. 게다가 넌 네가 살아 있다는 걸 입증해 보이기까지 하잖아. 하지만 다른 사람들은 나에게 뭘 입증해 보일까? 천만에, 하나도 없어.

말리나 '하늘은 깊은 어둠으로 이루어져 있다'는 것을 입증해 보여 주잖아.

나 그 말을 그런 식으로 써먹을 수도 있단 말이지. 그 말을 했던 사람이 지금 내 앞에 살아 있는 것만 같은데. 드디어 날 제대로 깜짝 놀라게 만드는구나.

말리나 '하늘은 거의 상상할 수도 없는 깊은 어둠으로 이루어져 있다. 별들은 아주 밝지만 대기를 통해서 보는 것이 아니기 때문에 반짝거리지는 않는다.'

나 오! 아주 정확하게 집어내는군.

말리나 '태양은 하늘이라는 검은 벨벳 속에 밀어 넣은 이글거리는 원반이다. 나는 우주 공간의 무한함과 그 상상도 할 수 없는 넓이에 완전히 사로잡혔다…….'

나 그 신비주의자가 누구야?

말리나 알렉세이 레오노프*, 십 분 동안 우주 공간을 걸어 다녔지.

나 나쁘지 않네. 하지만 벨벳이라, 나였다면 과연 벨벳이라는 말을 썼을까……. 그 사람 시인이라도 돼?

말리나 아니, 시간이 나면 그림은 그리지. 자신이 화가가 되고 싶은지 우주 비행사가 되고 싶은지 오랫동안 알 수가 없었다는군.

나 직업을 선택할 때 충분히 있을 법한 망설임이지. 하지만 우주 비행사를 선택해 놓고 그렇게 낭만적인 방랑자처럼 우주에 대해 얘기를 하다니…….

말리나 인간이란 그렇게 많이 변하지 않아. 무한하거나 상상할 수도 없거나 불가해한 것이라면 늘 인간의 마음을 사로잡는 법이지. 깊은 어둠에 둘러싸인 채 인간은 숲 속을 산책하고, 또 자신만의 비밀을 간직한 채 저 비밀에 휩싸인 우주를 걸어 다니는 거야.

나 그리고 그게 후세에 전해지겠지! 그럼 사람들이 더 이상 진보에 대해 경탄하지 않을 수도 있을 거야. 나중에 레오노프는 목조 별장을 하나 받아서 장미를 심겠지. 수년이 지난 후 그가 보스호트 2호에 관해 얘기할 때면 사람들은 미소가 가득 번진 얼굴로 그의 이야기에 귀를 기울일 거야. 레오노프 할아버지, 그때 어땠는지 얘기 좀 해 주세요, 그때 처음으로 저

* Aleksey A. Leonov(1934~). 1965년 보스호트 2호를 타고 지구 궤도를 도는 중에 인류 최초로 우주선 바깥으로 나와 약 십 분 동안의 우주 유영에 성공한 소련의 우주 비행사.

밖에 나가 봤을 때 말이에요! 옛날 옛적에 모두가 날아가고 싶어 했던 달이 있었단다. 그 달은 아주 멀리 떨어져 있었고, 황량했지. 하지만 어느 화창한 날 알렉세이가 운 좋게도 그 달에 도착했어. 그리고 그곳에서 그는 보았지…….

말리나 바로 그 순간 우주에서 그가 우주선 옆으로 넘어지는 바람에 우랄 강을 발견하지 못한 건 꽤 이상해.

나 그럴 수밖에 없는 일인 것 같은데. 사람이란 대부분 뭔가 눈에 들어오거나 뭔가 파악하고 싶다고 생각하는 바로 그 순간에 넘어지고 마는 법이거든. 그게 우랄이든, 어떤 생각이든, 뭐든 간에. 레오노프 할아버지가 그랬던 것처럼 나도 마찬가지야. 내 안에 존재하는 이 무한한 공간을 폭파시키려고 하면, 뭔가가 그런 나를 피해 내 안으로 들어가 버려. 처음으로 우주를 걸어 다녔던 그 좋았던 옛 시절 이후로 그렇게 많이 변하지는 않았어.

말리나 무한하다고?

나 틀림없어. 무한하지 않다면 도대체 이 공간이 어떻게 생겨 먹었겠어?

한 시간만 누워 있어야겠다. 그런데 이 한 시간은 두 시간이 된다. 말리나와 오랫동안 대화를 나누는 것이 힘들기 때문이다.

말리나 언젠가 한번은 너도 반드시 주변을 정리해야 돼. 나중이 되면 이 누렇게 바랜 먼지투성이 종이 쪼가리들이 뭐가 뭔지 아는 사람이 누가 있겠어.

나 뭐? 무슨 말 하는 거야? 아무도 이곳을 훤히 꿰고 있을 필요는 없어. 모든 걸 점점 더 뒤죽박죽으로 만들어 놓는 데는 내 나름대로의 이유가 있다고. 하지만 만약 이 '쪼가리'들을 들여다볼 권리가 있는 사람이 혹시라도 있다면, 그건 바로 너야. 그렇지만 말리나, 너도 뭐가 뭔지 제대로 알지는 못할걸. 수많은 세월이 흘러도 그 하나하나가 뭘 의미하는지는 너도 이해 못 할 거야.

말리나 진짜로 그런지 한번 해 보자.

나 그렇다면 여기 다시 등장한 낡은 종이 한 장에 대해 설명해 봐. 나라면 DIN A4라는 종이 크기만 보고도 그걸 어디서 샀는지 알아맞힐 수가 있어. 바로 어느 호수 근처에 있는 시골 구멍가게였지. 그건 너에 관한 얘기고, 차를 타고 저지(低地) 오스트리아로 가는 얘기야. 하지만 내용을 읽어 보게 해 주진 않을 거야. 그 위에 적힌 말 한마디는 쳐다봐도 돼.

말리나 죽음의 방식.

나 하지만 이 년 후에 씌어진 DIN A2 크기의 다음 장에는 죽음의 비율이라고 씌어 있네. 내가 뭘 말하려고 했던 걸까? 잘못 쓴 걸 수도 있어. 왜, 언제 그리고 어디서였을까? 너와 아티 알텐뷜에 관해서 내가 뭐라고 써 놓았는지 한번 알아맞혀 봐. 절대 못 맞힐걸. 그 당시에 통나무를 실은 큰 화물차가 너희들 앞에서 천천히 커브를 틀며 앞쪽으로 달리고 있었어.

제대로 단단히 매어 두지 않은 통나무들이 미끄러져 내리는 것을 넌 알아챘지. 그 큰 화물차 한 대에 가득 실린 나무들이 뒤쪽으로, 너희들 차를 향해 미끄러져 내리는 걸 넌 봤어. 그래서 그다음엔…… 뭐라고 말 좀 해 봐!

말리나　어떻게 하면 그런 터무니없는 공상까지 하게 되지? 넌 정말 제정신이 아니었던 게 틀림없어.

나　그건 나도 몰라. 하지만 내가 공상을 하는 건 아냐. 그다음 곧바로 또 무슨 일이 일어났거든. 넌 밤에 마르틴, 아티와 함께 볼프강 호수에서 헤엄을 치고 있었어. 네가 가장 멀리까지 헤엄쳐 나갔는데, 네 왼발에 쥐가 나기 시작한 거야. 그러고는…… 그때 일에 관해 내가 모르는 걸 알고 있는 게 있니?

말리나　어쩌다 그런 생각까지 하게 되지? 네가 뭘 안다는 건 도저히 있을 수 없는 일이야. 넌 그때 같이 있지도 않았잖아.

나　내가 거기 함께 있진 않았지만 그래도 넌 인정할 거야. 내가 거기 없었음에도 불구하고 거기 함께 있었을지도 모른다는 걸 말이야. 그런데 그 콘센트는 어떻게 된 거였어? 왜 넌 그때 그 밤중에 네 방에 있던 그 플러그를 콘센트에서 빼 놓고 싶었던 거야? 왜 넌 그렇게 어둠 속에 앉아 있었니? 전등 스위치들이 다 어떻게 된 게 아니라면 그렇게 가끔 어둠 속에 있어야만 했던 거냐고?

말리나　난 자주 어둠 속에 있었어. 그땐 바로 네가 빛 속에서 있었잖아.

나 아냐, 그건 내가 지어낸 얘기야.

말리나 하지만 사실인걸. 그렇지 않으면 어떻게 네가 그런 일들을 다 알고 있지?

나 내가 그런 걸 알 리가 없잖아. 그러니 어떻게 그게 다 사실일 수가 있겠어?

말리나가 종이 두 장을 집더니 확 구겨서 내 얼굴에 던지는 바람에 난 얘기를 계속하지 못한다. 종이 뭉치라 아프지도 않고 곧 바닥으로 떨어져 버렸는데도, 그게 나한테 날아오는 게 무섭다. 그가 주먹으로 내 얼굴을 때릴지도 모른다. 아니, 설마 그러지는 않겠지. 그런 짓을 하지 않아도 그는 그 얘기를 듣게 될 것이다. 그가 나를 툭툭 쳐서 정신을 차리게 만든다. 내가 어디 있는지 다시 깨닫는다.

나 (점점 빠르게)* 난 네가 있으면 잠들지 않아.

말리나 그게 슈토커라우 앞 어디였어?

나 (점점 세게) 그만해. 그냥 슈토커라우 앞 어딘가였어. 날 때리지 마, 제발 때리지 마. 코르노이부르크 조금 못 가서였다고. 그만 좀 물어봐. 난 완전히 녹초가 됐다고. 하긴 넌 전혀 안 그렇구나!

나는 불타는 것처럼 뜨겁게 달아오른 얼굴을 하고서 앉아

* 여기서부터 말리나와 '나'의 대화에 군데군데 악보의 악상 용어가 등장한다.

있다. 말리나에게 핸드백에서 파운데이션을 좀 꺼내 달라고 부탁한다. 나는 발에 밟히는 구겨진 종이들을 발로 획 밀어 치워 버리는데, 말리나는 그걸 주워 조심스럽게 다시 바로 편다. 내용은 제대로 들여다보지도 않고 그는 그걸 서랍 속에 도로 넣는다. 욕실에 가야겠다. 이 꼴을 하고 외출을 할 수는 없으니까. 눈이 멍들지 않았으면 좋으련만……. 얼굴에 약간 붉은 자국만 나 있는 게 전부다. 지금 꼭 드라이후자렌에 갔으면 좋겠다. 말리나가 그렇게 하기로 약속했고, 어차피 이반은 시간도 없으니까. 금방 괜찮아질 거라고, 얼굴에 연갈색 크림을 좀 더 바르면 되겠다고 말리나는 말한다. 뺨에다 파운데이션을 약간 바른다. 진짜 그의 말이 맞았다. 금방 괜찮아지겠지. 가는 길에 바람을 쐬면 모든 게 다 없어지겠지. 말리나는 나에게 홀랜다이즈 소스*를 친 아스파라거스와 초콜릿 바른 과자를 사 주기로 약속한다. 정말 저녁을 먹을 수나 있을지 모르겠다. 다시 한 번 마스카라를 칠하고 있는데 말리나가 묻는다. "왜 네가 그 모든 걸 다 알고 있는 거지?"

오늘 그는 더 이상 나에게 아무것도 물어보지 말아야 한다.

나　　(빠르게, 매우 빠르게) 그런데 난 모슬린 소스**를 친 아스파라거스와 크림 캐러멜을 먹고 싶은 걸. 내게 무슨 투시력이라도 있는 건 아냐. 그냥 참고 견디기만 했던 거야. 물에 빠져 죽을 뻔했던 건 나야, 네가

---

* 버터와 계란 등을 섞어 만든 소스. 프랑스의 식민지였던 네덜란드에서 버터를 공물로 바친 데에서 기원.

** 홀랜다이즈 소스에 휘핑크림을 첨가해 만든 프랑스식 소스.

아니라. 크림 캐러멜은 싫어졌어. 대신 서프라이즈 크레이프를 먹을 거야.

내 삶이 말리나의 삶 곁으로 다가서는 순간이 너무나 짧더라도, 무엇인가 먹고 싶다는 이런 바람을 가질 때면 그 순간만큼은 살아 있는 것이다.

말리나 산다는 게 뭐라고 생각하니? 내가 보기에 넌 아직도 누군가에게 전화를 걸고 싶어 하는 것 같은데. 아니면 오늘은 셋이서 드라이후자렌에 가는 게 더 나을 수도 있겠다. 누구랑 함께 갔으면 좋겠니? 알렉산더나 마르틴? 그러면 산다는 게 뭔지 네 머릿속에 떠오를지도 모르지.

나 그래, 다만 내가 그게 뭔지 조금이라도 알기나 한다면 말이야……. 네 말이 맞아. 누군가 한 명 더 끼는 게 나을 것 같아. 그 오래된 검은색 옷을 입고, 그 위에 새로 산 벨트를 매야지.

말리나 그 숄도 걸치지그래. 어떤 걸 말하는지 알잖아. 어차피 그 줄무늬 옷은 절대로 안 입을 것 같으니 이 부탁이라도 들어줘. 그런데 그 옷은 도대체 왜 안 입는 거야?

나 언젠가는 한 번 더 입을 거야. 지금은 아무것도 묻지 말아 줘. 일단 내가 먼저 극복해야 하는 문제니까. 그것 말고는 네가 함께하고, 네가 나에게 처음 선물했던 이 숄과 다른 모든 네 선물이 함께하는 이 삶이

난 좋아. 네가 읽었던 책 한 쪽을 나도 읽어 보고, 네 어깨 너머로 너와 함께 책을 읽고, 너는 그 어떤 것도 잊어버리는 법이 없으니까 나도 읽은 걸 하나도 잊어버리지 않는, 그런 게 나에게는 바로 삶이야. 모든 게 다 제자리를 잡고 있는 이 텅빈 공간을 서성이는 것 또한 삶이야. 글란 교로 가는 길과 가일을 따라 쭉 이어지는 길들도 여기 자리를 잡고 있어. 고리아 들판에 몸을 쭉 뻗고 누워 가져온 공책 위에 나는 온통 다시 끄적여 놓겠지. '살아야 할 이유가 있는 자는 그 어떤 삶의 방식도 거의 다 참고 견딘다.' 나는 지금 아주 옛날 옛적의 시간을 살고 있는 거야. 마치 오래전부터 너와 함께해 온 것처럼, 오늘과 늘 같은 시간을 살고 있는 것처럼, 뭔가를 공격하지도 않고, 뭔가를 기억나게 하지도 않으면서, 그렇게 수동적으로 살고 있는 거야. 나는 나 자신으로 하여금 더 많은 삶을 살도록 해 줄 거야. 그냥 모든 일이 동시에 일어나서 나에게 각인될 게 틀림없어.

말리나 삶이라는 게 뭔데?

나 사람들이 살아갈 수 없는 게 삶이지.

말리나 그게 뭐냐니까?

나 (아주 더 빠르게, 세게) 날 가만히 내버려 둬.

말리나 뭐?

나 (다소 빠르게) 너와 내가 하나로 모을 수 있는 것, 그게 삶이야. 이 정도면 됐어?

말리나 너와 나라고? 왜 그냥 '우리'라고 안 하는데?

나 (정확한 박자로) 내가 좋아하지 않는 말들이니까, 우리, 사람들, 둘 다, 기타 등등.

말리나 나는 네가 특히 '나'라는 말을 좋아하지 않는다고 거의 확신하고 있었는데.

나 (사랑스럽게) 그게 모순이 되니?

말리나 당연하지.

나 (느리고 우아하게) 내가 널 원하는 한은 아무 모순도 없어. 난 내가 아니라 널 원해. 어떻게 생각해?

말리나 너에게는 가장 위험한 모험이 되겠지. 하지만 벌써 시작되어 버렸어.

나 (본디 빠르기로) 그렇고 말고. 벌써 오래전에 시작된 일이고, 오래전부터 바로 그게 삶이었어. (매우 빠르고 경쾌하게) 나 자신에게서 뭘 발견했는지 아니? 내 피부가 더 이상 이전과 같지 않다는 거야. 주름살 하나 새로 생기지 않았는데도 그냥 전과는 달라. 스무 살에 생긴 주름살들이 더 깊어지고, 더 선명해졌을 뿐이야. 이게 어떤 암시일까? 뭘 암시하는 걸까? 대개 사람들은 삶이 무엇을 향해 가는지를, 그러니까 끝을 향해 간다는것을 알고 있잖아. 그런데 그 삶이란 것이 우리를 어디로 데려갈까? 네 주름진 얼굴은 어떨까? 또 나는 사라지게 될까? 늙어 가는 것에 놀라게 되는 게 아니라, 자꾸만 모르는 여자가 되어 가는 것에 놀라게 돼. 그럼 난 어떻게 될까? 사람들이 미리 한 번씩 자문해 보잖아, '죽으면 어떻게 될까?'라고. 같은 질문을 나도 스스로에게 던져 보곤

해. 그 사람들과 마찬가지로 무의미한 물음표를 뒤에 달아서. 그런 건 사람들이 상상할 수 있는 게 아니거든. 이성적으로 생각해 보면 내가 이 물음에 대해 아무것도 떠올릴 수 없다는 건 당연한 거야. 내가 아는 것은 나 자신이 더 이상 이전의 내가 아니라는 것, 나 자신에게서 티끌만큼도 낯익은 점을 찾을 수 없다는 것, 바로 내가 나 자신과 하나도 닮지 않았다는 것뿐이야. 그건 내가 전혀 모르는 여자고, 그 여자는 어느새 또 다른 모르는 여자로 바뀔 거야.

말리나 그 모르는 여자가 지금 이 순간도 뭔가 하고 싶어 한다는 걸 잊지 마. 그 여자는 여전히 누군가를 마음에 담아 두고 있고, 어쩌면 그를 사랑하고 있는 건지도 몰라. 하지만 누가 알겠어, 증오하고 있는 걸지도 모르지. 어쩌면 그 여자는 또 한 번 전화를 걸고 싶어 하는 걸지도 몰라.

나 (페달을 밟지 않고) 그건 너와는 아무 상관없어. 전혀 관계없는 일이라구.

말리나 아주 밀접한 관계가 있지. 그게 모든 일에 가속을 붙일 테니까.

나 그래, 네가 원하는 게 아마 그런 거겠지. (여리게) 또 한 번의 패배를 같이 바라보는 것. (매우 여리게) 바로 이 패배를.

말리나 그냥 가속이 붙을 거란 말만 했을 뿐이야. 너한텐 너 자신이 더 이상 필요 없어질 테고, 나한테도 네가 더 이상 필요하지 않을 거야.

나 (노래하듯이, 고통스럽게) 날 필요로 하는 사람은 정말이지 하나도 없다고 벌써 누군가 나한테 말해 줬어.

말리나 그 누군가라는 사람이 말하려고 했던 건 뭔가 다른 의미였을 거야. 그리고 내 생각은 또 다르다는 걸 잊지 마. 지금 내가 네 곁에 어떻게 존재하는지 넌 너무 오랫동안 까맣게 잊고 지냈어.

나 (노래하듯이) 내가? 잊었다고? 내가 널 잊었다니!

말리나 넌 정말이지 말투 하나 안 바꾸고 잘도 거짓말을 해 대는군. 그러면서 또 그 거짓말 뒤로 얼마나 교활하게 진실을 말하는지!

나 (점점 세게) 내가 널 잊었다고!

말리나 자, 다 챙겼어?

나 (세게) 절대로 다 챙길 수가 없어. (자유로운 빠르기로) 이젠 네가 다 생각해야 해. 열쇠도, 문 잠그는 것도, 불 끄는 것도 다.

말리나 오늘 저녁에는 우리 어디 앞날에 관해 얘기해 보자. 그리고 언젠가는 네 주변도 꼭 정리해야만 하잖아. 이렇게 완전히 뒤죽박죽인 상태에서는 아무도 뭐가 뭔지 모를 거라니까.

말리나는 벌써 현관에 가 서 있는데, 나는 얼른 다시 한 번 복도를 지나 안으로 들어간다. 외출하기 전이면 꼭 전화 한 통을 걸어야만 하는 일이 생기곤 해서 우리는 제때 집을 나서는 적이 없다. 그 번호를 돌려야만 한다. 그건 억누를 수 없는 충동이고, 갑자기 떠오르는 생각이다. 내 머릿속에 들어 있는 번호는 단 하나밖에 없다. 그건 내 신분증 번호도 아니고, 파리에 있는 방 번호도 아니며, 내 생일 날짜도, 오늘 날짜도 아니다. 말리나가 재촉을 하는데도 나는 726893을 돌린다. 나 외에는 그 누구의 머릿속에도 들어 있지 않은 숫자. 나는 이 숫자를 암송하고, 노래 부르고, 휘파람으로 불고, 내 밖으로 울어내치고, 내 안으로 웃어 들일 수가 있다. 어둠 속에서도 내 손가락은 번호판에서 이 숫자들을 찾아낸다. 내가 번호를 불러줄 필요도 없이.

응, 나야.
아니, 나만.
아니. 그래?
응, 금방 갈 거야.
나중에 전화할게.
그래, 한참 나중에.
더 나중에 전화할게!

말리나 이젠 어쩌다 그런 생각을 하게 됐는지 말 좀 해 봐. 난 아티와 슈토커라우에 간 적이 진짜 없단 말이야. 마르틴과 아티와 함께 밤중에 볼프강 호수에서 수영한 적도 절대 없다니까.

나 모든 게 내 눈앞에 아주 선명하게 보이는걸. 일반적인 표현을 빌자면 그린 듯이 아주 생생해. 예를 들어 화물차에 실린, 미끄러져 내리는 그 많은 긴 통나무들도 아주 생생해. 그 나무들이 우리를 향해 미끄러져 내릴 때, 난 아티 알텐빌과 함께 그 차에 앉아 있어. 우리는 뒤로 물러날 수도 없어. 우리 뒤로 다른 차들이 연달아 바짝 붙어 있거든. 그 세제곱미터의 목재들이 나를 덮칠 거라는 걸 나는 알고 있어.

말리나 하지만 우리 둘 다 지금 여기 이 자리에 있잖아. 그리고 다시 한 번 말하겠는데, 난 아티와 함께 슈토커라우에 간 적이 절대 없어.

나 그렇다면 내 상상에 나오는 도로가 슈토커라우로 가는 길이라는 걸 넌 어떻게 알았니? 난 슈토커라우라는 말은 입 밖에 내지도 않았어. 그냥 대충 저지 오스트리아란 말만 했지. 그것도 마리 아주머니 때문에 그 생각이 났던 건데.

말리나 진짜로 겁난다. 넌 미쳤어.

나 아주 심하게 미치진 않았어. 그리고 (여리게, 매우 여리게) 그렇게 이반처럼 말하지 마.

말리나 누구처럼 말하지 말라고?

나 (고독하게, 약한 소리로) 날 좀 사랑해 줘, 아니, 그것보다 더 많이, 날 더 많이 사랑해 줘, 금방 끝이 나도록 날 완전하게 사랑해 달라고.

말리나 나에 관한 모든 걸 다 안다고? 다른 모든 사람들에 관해서도 모든 걸 다?

나 (독일풍으로 매우 빠르게) 아냐, 난 아무것도 몰라. 다른 사람들에 관해서는 아예 전혀 몰라! (너무 경쾌하지는 않게) 눈앞에 생생하게 그려진다는 얘기는 헛소리야. 너에 관한 얘기를 하려던 건 전혀 아니었어, 특별히 네 얘기를 하려던 게 아니었다고. 넌 겁내는 법이 없잖아, 절대로 겁내지 않잖아. 우리 둘 다 진짜로 여기 앉아 있는데도 난 겁이 나. (감정과 표정을 살려서) 네가 그렇게까지 겁이 날 줄 알았다면 조금 전에 너한테 뭘 부탁하지도 않았을 텐데.

말리나의 손을 베고 누웠다. 그는 말도 하지 않고, 꿈쩍도 하지 않고, 내 머리를 쓰다듬지도 않는다. 다른 한 손으로 그는 담배에 불을 붙인다. 나는 그의 손바닥 위에 놓여 있던 머리를 들어 일어난다. 똑바로 앉으려고 그리고 아무 내색도 하지 않으려고 애쓴다.

말리나 왜 또 금방 손이 목덜미에 가 있어?
나 맞아, 내가 자주 그러는 것 같긴 해.
말리나 그 일 때문에 생긴 버릇이지, 그때 이후로?
나 그래, 맞아. 그러고 보니 그렇구나. 분명히 그때 생긴 버릇인데, 이 버릇이 점점 더 자주 나오네. 진짜 자꾸만 이러고 있어. 나는 머리를 받쳐 줘야만 하는데, 그러다 보니 가능한 한 사람들이 눈치채지 못하게 이렇게 하는 거야. 머리카락 속에 손을 집어넣어서 머리를 받치지. 그럼 상대방은 내가 아주 유난히 열심히 듣고 있다고, 그게 다리를 꼬거나 손으로 턱을 괴는 것과 같은 종류의 행동이라고 생각하게 되거든.
말리나 하지만 무례하게 보일 수도 있어.
나 그래도 바로 그게 너한테 매달릴 수 없을 때면 나

자신한테 매달리는 나만의 방식이야.

말리나 그다음엔 뭘 해냈니?

나 (음을 이어서) 아무것도. 처음엔 어떤 것도 해 내지 못했어. 그러고선 그 세월을 마냥 흘려보내기 시작했지. 그런데 그게 가장 힘든 일이었어. 나의 내면이 다 망가져 버린 거야. 별 잡다한 불행한 일들이 일어나곤 했지만, 그걸 막아 볼 힘조차 내겐 더 이상 남아 있지 않았어. 이 불행 자체를 전혀 건드리지 않고 내버려 뒀더니 그새 제거해야 할 부차적인 것들이 너무 많아졌더라고. 비행장, 거리, 음식점, 가게, 특정 요리와 포도주, 아주 많은 사람들 그리고 온갖 소문과 잡담까지 말이야. 하지만 문제는 그게 다 위조라는 거야. 난 완전히 위조되었어. 사람들이 내 손에 위조 서류들을 쥐여 주었고, 나를 여기저기로 추방시키더니, 다시 나로 하여금 줄을 서게 하고, 옆에 앉게 하고, 이전이었으면 절대 동의하지 않았을 그런 일에 동의하게 하고, 동의한다는 걸 확인하게 하고, 그게 옳은 일이라고 시인하게 했어. 그런 건 나에게는 완전히 낯선 사고방식이어서 나는 겨우 시늉만 할 수 있었을 뿐이야. 나는 결국 이 세상에서 유일하게 위조된 인물이었지. 그걸 알아볼 수 있는 사람은 아마 너밖에 없을 거야.

말리나 그 일에서 뭘 배웠니?

나 (약한 소리로) 하나도 없어. 내가 배울 만한 거라곤 하나도 없었어.

말리나 거짓말.

나 (급하게) 아니, 그건 사실이야. 난 또다시 얘기를 나누고, 걸어 다니고, 뭔가를 느끼고, 끔찍한 기억이 남기 전의 시간들을 기억해 내려고 애쓰기 시작했어. (정확한 박자로) 그러던 어느 날부터 우리 둘은 잘 지내게 됐던 거고. 언제부터 우리가 이렇게 잘 지내고 있는 거니?

말리나 항상 잘 지냈던 것 같은데.

나 (경쾌하게) 그런 식으로 말해 주다니, 넌 참 정중하고, 친절하고, 사랑스러운 사람이야. (거의 환상적으로) 가끔씩 생각했지. 네가 나 때문에 아주 자주, 일년에 적어도 360일은 하루에 한 번씩 불안해 죽을 지경이었을 거라고. 전화벨이 울릴 때마다 넌 기겁을 했을 테고, 네 곁으로 검은 그림자가 다가올 때마다 위험한 인간의 존재가 느껴졌을 테고, 또 목재를 가득 실은 채 네 앞에서 달리던 그 화물차가 위협적이었겠지. 뒤에서 발자국 소리가 들릴 때면 넌 거의 죽을 것만 같았을 거야. 책을 읽고 있다가 갑자기 문이 열린 것 같아서 기겁을 하며 넌 책을 떨어뜨리고 말아. 왜냐하면 나는 더 이상 책을 읽어서는 안 되었으니까. 네가 백 번도, 아니, 천 번도 넘게 죽었다 깨어났을 거라고, 그리고 그게 나중에는 널 그토록 침착하게 만들었을지도 모른다고, 나는 그렇게 생각했어. (특히 힘을 주어 똑똑하게) 얼마나 나 스스로를 기만했던 것인지…….

말리나도 내가 그와 함께하는 저녁 외출을 좋아한다는 것을 알고는 있다. 하지만 그는 그렇다고 저녁에 내가 정말 함께 외출하게 될 것이란 기대는 하지 않는다. 내가 뭔가 거절할 만한 이유를 대더라도 그는 놀라지 않는다. 찢어진 스타킹이 핑계거리인 적도 있었다. 물론 많은 경우 이반이 내 망설임의 이유이다. 이반은 아직까지 자신의 저녁이 어떤 모양새를 갖춰야 하는지 모르기 때문이다. 그러고 나면 몇 군데 음식점에는 절대로 가지 않는 말리나 때문에 장소를 선택하는 데 또 어려움이 생긴다. 그는 쿵쾅거리는 소리를 참지 못하고, 집시 음악과 흘러간 빈 가요도 들어 주지 못하며, 탁한 공기와 나이트클럽 조명도 그의 취향이 아니다. 그는 이반처럼 되는 대로 아무거나 먹지도 못하고, 그럴 만한 이유가 없음에도 꼭 적당량만 먹는다. 그는 이반처럼 술을 마시지도 못한다. 아주 가끔 담배를 피우기는 하지만, 그것도 대부분 나를 위해서다.

나는 나 없이 사람들과 함께하는 저녁이면 말리나의 말수가 적어진다는 것을 안다. 그는 입을 다물고 경청하면서, 상대방으로 하여금 얘기하도록 하고, 또 끝에 가서는 상대방이 늘 하던 얘기보다 좀 더 똑똑하고, 좀 더 의미 있는 얘기를 했다는 느낌을 받도록 해 줄 것이다. 말리나는 상대방을 끌어올리는 재주가 있으니까. 그럼에도 불구하고 그는 항상 거리를 유지한다. 바로 자기 자신이 거리 그 자체기 때문이다. 자신의 삶에 관한 얘기는 단 한 마디도 나오지 않고, 나에 관해서도 절대로 말하지 않겠지만, 그렇다고 자신이 뭔가를 말하지 않고 숨긴다는 인상을 주지도 않는다. 말리나야 아무리 생각해도 말할 게 없는 입장이니, 사실 뭘 숨기고 말 안 하는 것도 아니다. 그는 거창한 이야기를 같이 엮어 내지도 않고, 그걸 널리 퍼뜨릴 수 있는 조직에 들어가지도 않는다. 빈 전체에 퍼져 있는 조직에는 몇 개의 작은 구멍들이 나 있는데, 그건 바로 말리나 때문에 생긴 구멍들이다. 그런 의미에서 말리나는 사람들 사이의 충돌이나 사건의 유발과 유포, 발발과 정당화 등과 같은 일에 대한 극단적인 부정(否定)이기도 하다. 무엇 때문에 말리나가 자신을 정당화해야 한단 말인가! 그러나 말리나에게도 나름대로의 매력이 있다. 그는 정중하면서도 은근히 속뜻이 배어 나오는, 하지만 절대로 너무 다정하게는 들리지 않는 그런 표현들을 쓴다. 가령 사람들과 헤어질 때면, 그에게서 다정함이 아주 조금 엿보이는가 싶다가도 얼른 어디론가 자취를 감춰 버린다. 작별 인사가 오가자마자 바로 돌아서 가 버리기 때문이다. 항상 그는 서둘러 가 버린다. 여자들의 손에 입을 맞추고, 여자들을 도와주어야만 할 때는 잠시 그녀들의 팔을 잡아주지만, 아주 살짝 닿기만 하는 정도라서 그 누구도 딴생각을 할 수 없고, 해서도 안 된다. 말리나가 일찍 자리를 뜨면, 사람들은 그가 왜 가는지 영문을 몰라 의아해하며 그를 바라볼 뿐이다. 왜, 어디로, 무엇 때문에, 바로 지금 가야 하는지 그는 말해 주는 법이 없다. 그렇다고 그에게 감히 그걸 물어볼 사람도 없다. 나에게는 끝도 없이 해 대는 말들, '내일 저녁에는 뭐하세요?', '아니, 벌써 가시다니요!', '이런저런 사람들하고는 꼭 안면을 터 놓아야 한다니까요!' 같은 말들은 말리나에게 해당 사항이 없다. 그렇다, 말리나에게는 이런 일이 절대로 일어나지 않는다. 그는 자신을 숨길 마법의 외투를 갖고 있고, 자신의 투구를 절대로 벗지 않는다. 그런 말리나가 부러워서 그를 따라해 보려고 시도해 봤지만 성공하는 법이 없다. 나라는 사람은 그물이란 그물에는 다 걸려들고, 협박이란 협박은 다 당하고 다닌다. 알다라는 사람은 의사라는데, 아예 처음부터 나는 그녀의 환자가 아니라 노예가 되고, 그녀에게 무엇이 부족한지, 그녀가 어떤 어려움을 견디고 있는지, 그런 얘기만 듣고 앉아 있다. 삼십 분만 더 듣고 있다가는 알다 때문에, 크라머라는 사람을 위해, 아니, 정확하게는 크라머라는 사람의 딸을 위해 어디 성악 교사라도 한 명 찾아 나서야 할 판이다. 아는 성악 교사는 하나도 없으면서, 지금까지 성악 교사가 필요했던 적도 없었으면서, 나는 벌써 성악 교사를 알고 있는, 알고 있을 게 틀림없을 누군가를 안다고 털어놓은 셈이 되어 버렸다. 어쨌든 나는 궁정 여가수와 한 건물에 살고 있으니 말이다. 그녀와 알고 지내는 사이는 아니지만, 알다가 도와주고 싶어 하는 이 크라머 씨, 아니, 그의 딸을 도와줄 만한 방법을 찾을 수는 있겠지. 그런데 어떻게? 텔레비전을 보고 있는데, 네 명의 벨렉 형제들 중 하나이자, 그중에 하필이면 전혀 쓸모없는 인간인 벨렉 박사가 지금 기회를 얻는다. 그에게는 모든 것이 이 기회에 달렸다. 비록 지금까지 오스트리아 텔레비전에 나오는 그 어떤 남자한테도 별것 아닌 조언 한마디 해 준 적이 없긴 하지만, 만약 내가 지금 그 별것 아닌 말 한마디를 던져 준다면, 그러면…… 로젠휘겔로 가서 한마디 해 줘야 되나? 만약 벨렉 씨가 나 없이는 살 수 없다면, 내가 그의 마지막 희망일까?

말리나가 말한다. "넌 결코 내 마지막 희망이 아냐. 그리고 저 벨렉 씨는 너 없이도 충분히 미움을 살 위인이야. 만약 또 누군가가 그를 도와주면, 그는 혼자서 어떻게 헤쳐 나가야 할지 절대로 깨치지 못하게 될 거라고. 그러니까 넌 너의 그 별것 아닌 말 한마디로 그를 죽이게 될 뿐인 거야."

오늘은 자헤르에 있는 블라우 바에서 말리나를 기다린다. 말리나는 나를 한참 기다리게 만들더니 드디어 나타난다. 우리는 큰 홀로 들어가고, 말리나가 웨이터와 얘기를 나누는데, 갑자기 나도 모르게 "안 돼, 이건 안 돼. 제발 여기는 피해 줘. 이 자리엔 못 앉아!"라는 말이 튀어나온다. 하지만 말리나는 내가 평소에 큰 테이블보다는 이렇게 구석 자리에 있는 작은 테이블을 더 좋아했고, 튀어나온 벽에 등을 기대고 앉을 수도 있으니 이 자리가 아주 편안할 거라고 말한다. 나를 잘 알고 있다는 그 웨이터도 같은 생각인데, 평소 내가 이렇게 확 트이지 않은 자리를 좋아했단다. 숨도 제대로 쉬지 못하고 나는 말한다. "안 돼, 안 된다고! 네 눈엔 저게 안 보이니!" 말리나가 묻는다. "여기 도대체 볼 게 뭐가 있다고 그래?" 나는 돌아서서 다른 사람들의 이목을 끌지 않도록 천천히 걸어 나온다. 요르단 부부에게 인사를 건네고, 그곳에서 가장 큰 테이블에 미국 손님들과 함께 앉아 있는 알다에게도 인사를 건네고, 안면은 있지만 이름은 생각나지 않는 다른 사람들에게도 인사를 한다. 말리나가 조용히 내 뒤를 따라 나온다. 그가 뒤따라오면서 나와 마찬가지로 사람들에게 인사를 하는 게 느껴진다. 옷 보관실 앞에서 그가 내 어깨에 외투를 걸쳐 준다. 나는 절망적인 눈길로 그를 바라본다. 도대체 말리나는 이해를 못 하는 걸까? 그가 작은 소리로 묻는다. "뭘 봤는데?"

뭘 봤는지 나도 모르겠다. 말리나는 틀림없이 배가 고플 것이고, 벌써 시간도 늦었다는 생각이 들어 레스토랑 안으로 다시 들어간다. "미안해. 다시 들어가자. 먹을 수 있어. 그냥 잠깐 동안 참을 수가 없었을 뿐이야." 급한 김에 나오는 핑계다. 진짜로 다시 그 자리로 돌아와 앉고, 이제는 알게 된다. 이 자리에 이반이 누군가와 앉아 있게 될 것임을. 지금 말리나가 앉은 자리에 이반이 앉아서 주문을 할 테고, 그 누군가는 지금 말리나의 옆에 앉아 있는 나처럼 이반의 오른쪽에 앉을 것이다. 바로 오른쪽에 앉게 될 것이다. 이건 처형 직전 오늘 내가 마지막 식사를 하는 자리다. 또다시 사과 겨자와 파 소스를 곁들인 쇠고기 요리다. 그런 다음 블랙커피를 작은 잔으로 마실 수 있겠지. 아니, 후식은 됐다. 오늘 후식은 생략하고 싶다. 바로 이 테이블이 그 일이 일어나고 있고, 나중에 일어나게 될 그 자리다. 머리를 쳐 내기 전에는 이렇게 한 번의 식사가 허용된다. 내 머리가 자헤르 레스토랑의 접시 위로 굴러 떨어지고, 꽃잎처럼 새하얀 식탁보에 내 피가 튄다. 내 머리가 떨어져 나가고, 떨어져 나간 내 머리를 손님들에게 보여 준다.

지금 나는 베아트릭스 가와 웅가르 가가 만나는 길모퉁이에 멈춰 서 있다. 더 이상 발을 옮길 수가 없다. 꼼짝도 않는 내 발을 내려다보고, 보도와 교차로를 빙 둘러본다. 모든 것의 색이 바랬다. 나는 이곳이 중요한 자리가 될 것임을 정확하게 알고 있다. 바래 버린 갈색에서 벌써 뭔가가 배어 나와 젖어든다. 나는 피바다에 서 있다. 이건 피가 틀림없다. 여기 이러고 마냥 서서 목덜미만 만지고 있을 수는 없다. 눈앞에 보이는 걸 보고 있을 수가 없다. 작은 소리로 그리고 또 큰 소리로 사람을 부른다. "여보세요! 제발! 여보세요! 제발 좀 멈춰 주세요!" 장바구니를 든 여자가 내 곁을 벌써 지나쳤다가 돌아다보며 무슨 일이냐는 듯이 나를 쳐다본다. 절망에 빠진 내가 묻는다. "부탁인데요, 제발 잠시만 제게 시간 좀 내 주실 수 없을까요? 길을 잃어버린 게 틀림없는 것 같아요. 어디로 계속 가야 할지 모르겠어요. 여긴 제가 모르는 곳이에요. 부탁이에요, 혹시 웅가르 가가 어딘지 아시나요?"

웅가르 가가 어디인지 그녀는 아는 것 같다. "지금 당신이 서 계시는 여기가 웅가르 가예요. 도대체 몇 번지를 찾으시는 건가요?" 나는 아래쪽 길모퉁이를 가리켰다가 방향을 바꿔 위쪽 베토벤 하우스를 가리킨다. 베토벤과 함께 있으면 안심이 된다. 그렇게 5번지를 바라보던 내 눈길이 이제는 낯설기만 한 어느 대문을 향한다. 거기에는 6번지라고 씌어 있다. 그 대문 앞에 브라이트너 아주머니가 서 있는 게 보인다. 지금은 브라이트너 아주머니와 마주치고 싶지 않다. 하지만 브라이트너 아주머니도 사람이고, 또 내 주변에는 다른 사람들이 있다. 내겐 어떤 일도 일어날 리가 없다. 건너편을 바라본다. 이 보도에서 내려서서 저쪽 편으로 건너가야만 한다. 오늘 배차된 O번 전차가 경적을 울리며 지나간다. 모든 것이 평소 그대로다. 전차가 지나갈 때까지 기다리고 서 있는 동안 너무 힘들어 덜덜 떨리기 시작한다. 핸드백에서 열쇠를 꺼낸다. 브라이트너 아주머니와 마주칠 때까지 내 얼굴에 미소가 머물 수 있도록 길을 가로질러 건너면서 미리 얼굴에 미소를 지어 둔다. 길 건너편에 닿았고, 브라이트너 아주머니 곁을 천천히 지나친다. 그녀를 위해서도 나의 그 아름다운 책이 나와야만 한다. 나는 미소를 보냈건만 브라이트너 아주머니는 미소를 짓지 않은 채 언제나처럼 인사말만 건넨다. 다시 집에 이르렀다. 아무것도 보지 않았다. 나는 집에 왔다.

집에 와 바닥에 드러누워 내 책을 생각한다. 그 책이 나에게서 없어져 버렸다. 아름다운 책이란 없다. 나는 그 아름다운 책을 더 이상 쓸 수가 없다. 그 책에 대해 생각하지 않은 지 벌써 오래됐다. 이유도 없이 내 머릿속에는 단 한 문장도 떠오르지 않는다. 그런 아름다운 책이 존재한다고, 이반을 위해 그 책을 찾아내게 될 거라고 그토록 확신했건만. 이제는 그 어떤 날도 오지 않을 것이다. 인간들도, 시(詩)도 절대로 없을 것이다. 인간들은 검고 어두운 눈을 하게 될 것이고, 그들의 손에서는 파괴만이 나올 것이다. 페스트가 돌아 모두에게 스며들고, 모두를 덮치고, 모두를 낚아채 갈 것이다. 곧 종말이 올 것이다.

나에게서 아름다움은 이제 더 이상 나오지 않는다. 내게서도 아름다움이 나올 수 있었을 텐데……. 그 아름다움은 아름다운 이반에게서 물결을 이루며 나에게로 왔다. 나는 이 세상에서 유일하게 아름다운 한 인간을 알고 지냈던 것이다. 내 눈에는 늘 아름다움이 보였고, 결국 나 자신도 유일하게 단 한 번 아름다워졌다. 이반을 통해서.

바닥에 누워 있는 나를 발견하고 “일어나!”라고 말리나가 말한다. 그는 심각하다. “거기 그렇게 드러누워 아름다움에 대해 무슨 얘길 하고 있는 거야? 뭐가 아름다워?” 하지만 난 일어설 수가 없다. 아주 딱딱한 『위대한 철학자들』을 베고 누웠는데, 말리나가 그 책을 치우고 나를 일으킨다.

나 (사랑스러운 마음으로) 너한테 꼭 그 얘길 한 번은 해야만 해. 아니, 네가 나에게 설명해 줘야만 해. 예를 들어 완벽하게 아름답고 평범한 누군가가 있는데, 그는 왜 자꾸 환상만을 일깨우고 있는 걸까. 너에게 한 번도 해 본 적이 없는 말인데, 나는 결코 행복하지 않았어. 그저 가끔 아주 짧은 순간을 제외하고는 전혀 행복하지 않았어. 그래도 난 결국 아름다움을 보았지. 그게 뭘 채워 줄 수 있냐고 묻겠지? 그건 그 자체로 이미 족해. 난 수많은 것들을 보아 왔지만, 어떤 것도 충분치가 않았어. 정신은 그 어떤 영혼도 일깨우지 못해. 같은 정신을 지닌 영혼만이 그럴 수 있을 뿐이지. 미안, 너에게 아름다움이란 뭔가 열등한 것에 지나지 않는구나. 그래도 이런 아름다움이 영혼을 일깨우는 거야. Je suis tombée mal, je suis tombée bien.*

말리나 자꾸 쓰러지지 마. 일어나. 좀 다른 생각을 해 봐. 밖으로 좀 나가 봐. 나는 신경 쓰지 말고 뭘 좀 해 봐. 아무거라도 좀 해 보라고!

나 (아주 부드럽고 달콤하게) 내가 뭔가 해 본다고? 내가

* 프랑스어로 ‘나는 고통스러웠지만, 행복하기도 했어.’라는 뜻이다.

	널 떠나? 내가 널 내버려 둔다고?
말리나	내가 나 자신에 관해 뭐라고 하든?
나	네가 너 자신에 관해 말하는 게 아니라, 내가 너에 관해 말하고 있고, 내가 너를 생각하고 있는 거야. 네 부탁이니 일어나 다시 뭘 좀 먹어야지. 네가 부탁하는 거니까 뭐라도 좀 먹어야겠어.

말리나는 나와 함께 외출을 하려 들 것이고, 내 기분을 전환시켜 주려고 할 것이다. 내가 억지로라도 그렇게 하도록 고집을 부리고, 자꾸만 강요할 것이다. 마지막 순간까지. 어떻게 하면 그에게 내 이야기를 조금이라도 이해시킬 수가 있을까. 말리나가 옷을 갈아입는 것 같아서 나도 옷을 갈아입는다. 이렇게 또다시 삶은 계속된다. 거울 앞에 서서 내 모습을 비춰 보며 의무적으로 그를 향해 미소를 짓는다. 하지만 말리나는 말한다. (말리나가 무슨 말을 하는 걸까?) "그를 죽여! 그를 죽여!"

내가 뭔가 말한다. (하지만 정말 내가 말하는 걸까?) "그만은 죽일 수 없어. 그 사람만은 그럴 수 없다고." 말리나에게 내가 매몰차게 말한다. "네가 틀린 거야. 그는 나의 삶이고, 나의 유일한 기쁨이란 말이야. 난 그를 죽일 수 없어."

말리나가 잘 들리지 않게, 하지만 도저히 흘려들을 수는 없게 말한다. "그를 죽여!"

정신이 산만해져서 갈수록 읽을거리를 손에 잡는 경우가 드물어진다. 늦은 저녁에, 전축을 낮게 틀어 놓고, 나는 말리나에게 이야기를 들려주기 시작한다.

"리이비히 가(街)에 있는 심리 연구소에서 우리는 항상 차나 커피를 마시곤 했어. 내가 아는 남자 하나는 사람들이 얘기하는 걸 항상 속기로 기록했지. 난 속기는 못 해. 가끔씩 우리는 서로 로르샤흐 테스트나 스촌디 테스트, TAT*를 해 봤고, 성격 진단과 인성 진단, 또 능률 관찰과 행동 관찰, 표현력 조사 같은 것도 해 봤어. 그런데 한번은 그 남자가 나더러 몇 명이나 되는 남자와 자 봤는지 묻는 거야. 감옥에 갇혀 있는 그 외다리 도둑과 마리아힐프에 있는 러브 호텔의 파리똥이 잔뜩 낀 더러운 램프 말고는 아무것도 떠오르지 않았어. 그런데도 나는 되는 대로 "일곱 명!"이라고 말해 버렸지. 그는 놀라서 웃음을 터뜨리더니, 그렇다면 나와 기꺼이 결혼하겠노라고, 우리는 틀림없이 똑똑하고, 아주 예쁜 애들을 갖게 될 거라고 말하고, 자기 생각이 어떤지 물었어. 우리는 함께 프라터 유원지에 갔고, 나는 대회전 관람차를 타고 싶었지. 그 당시에는 그런 걸 타도 겁이 나지 않았어. 오히려 나중에 행글라이더를 타거나 스키를 탈 때처럼 그렇게 행복하기만 했어. 행복에 겨워 몇 시간이고 웃을 수가 있었어. 물론 우리는 그 이후로는 서로 그때 일에 관해서는 더 이상 얘기를 하지 않았어. 그 일이 있고 얼마 안 되어 난 박사 학위 구술 시험을 봐야만 했지. 그런데 하필이면 중요한 시험 세 개가 있는 날 아침에 철학 연구소에 있는 난로에서 이글거리는 불덩이들이 떨어져 내렸어. 삽과 빗자루를 가지러 달려가는데, 석탄과 목재 조각들이 발에 밟혔지. 여자 사환들은 아직 나오지 않았어. 불길이 이글거리면

---

* 세 가지 모두 심리학적 인성 검사 방법이다.

서 연기가 치솟는데 겁이 나 죽을 것만 같았지. 그 불이 화재로 번지는 걸 막아 보려고 그 이글거리는 불길들을 발로 마구 밟아 댔어. 그다음 며칠 동안은 연구소에서 탄내가 진동을 했지만 내 신발이 좀 그슬린 것 말고는 아무것도 불에 타지 않았어. 내가 창문도 모두 열어 놨어. 그런 일이 있었는데도 나는 아침 8시에 시작되는 첫 번째 시험에 늦지 않았어. 그런데 원래는 나 말고 또 한 명의 응시자가 그 자리에 있어야 하는데, 그 사람이 오지 않는 거야. 라이프니츠, 칸트 그리고 흄에 관한 시험을 치르기 위해 방으로 들어가기 전, 그 응시자가 밤중에 뇌졸중으로 쓰러졌다는 얘기를 들었어. 그 당시 학장으로 있던 늙은 고문관은 더러운 잠옷 가운을 걸치고 있었어. 그는 그전에 그리스에서 무슨 훈장을 받았다는데, 왜 받았는지는 나도 몰라. 그가 질문을 시작했어. 죽음 때문에 참석하지 못한 다른 응시자에게 화가 잔뜩 나 있더라고. 하지만 나는 적어도 얼굴은 내비쳤고, 죽지도 않았잖아. 그는 화가 나서 원래 어떤 영역을 다루기로 했는지 그만 잊어버렸어. 그 와중에 전화까지 걸려 왔는데, 내 생각엔 그의 누이였던 것 같아. 우리는 우선 신칸트학파를 다루다가 영국의 이신론(理神論)자들로 넘어갔지. 하지만 칸트 자체로부터는 점점 더 거리가 먼 얘기들이 나오기 시작했고, 나는 그쪽으로는 아는 게 별로 없었어. 전화가 걸려 오고 난 다음에는 상황이 그래도 좀 괜찮아졌어. 그가 전화를 끊은 다음 내가 약속된 주제로 그냥 곧장 들어가 버렸는데 그 사람은 눈치도 못 채더라고. 나는 그에게 공간 문제와 시간 문제에 해당되는 끔찍한 질문을 했어. 사실 그런 질문이 그 당시 나에게는 아무 의미도 없었다는 건 인정해. 하지만 어쨌든 내가 뭔가 의문을 품고 있다는 것 자체에 그는 흡족해하면서 나를 놓아주더군. 나는 우리 연구소로 내달렸어. 연구소는 불타지 않고 무사했어. 그러고는 나머지 두 시험들을 보러 간 거야. 그 시험들을 다 통과했지. 하지만 공간 문제와 시간 문제는 그 후에도 전혀 해결을 보지 못했어. 그 문제들은 갈수록 점점 더 커져만 갔지."

말리나　왜 갑자기 그때 일이 떠오른 거야? 그 시절이 너에게는 전혀 중요하지 않았다고 생각했는데.

나　중요하지 않았던 건 박사 학위 구술시험이었지. 이미 지난 일이기는 하지만, 박사 학위 구술시험이라는 그 말 자체가 모든 걸 다 말해 주잖아. 뇌졸중이 스물세 살짜리 다른 응시자를 죽음으로 내몰았어. 그리고 나는 대학 캠퍼스를 둘러싸고 있는 담벼락을 더듬어, 연구소에서 대학로로 이르는 길을 걸어가야만 했어. 그러고는 길을 건넜지. 그들이 바스타이 카페에서 나를 기다리고 있었거든. 엘레오노레와 알렉산더 플라이셔 말이야. 나는 정말이지 쓰러지기 일보 직전이었고, 얼굴에는 상심한 기색이 역력했어. 내가 그들을 보기 전에, 그들이 먼저 창문 너머로 나를 발견했는데, 테이블에 내가 다가섰을 때 아무도 말 한마디 꺼내지 못하는 거야. 내가 그 시험에서 떨어졌을 거라고 생각했던 거지. 하긴 나는 특정한 관점에서만 시험에 붙었다고 할 수 있긴 해. 내 앞으로 커피를 밀어 주는 당황한 그들의 얼굴에다 대고 아주 간단했다고, 어린애라도 붙을 정도로 쉬웠다고 말해 주었어. 그들은 도저히 못 믿겠다는 듯이 몇 마디 더 물어보더니 마침내 내 말을 믿어 주었어. 하지만 이글거리던 불길과 어쩌면 발생했을지도 몰랐던 화재가 내 머릿속을 떠나질 않았지. 그런데 기억이 안 나, 그다음 일이 기억나지 않아……. 축하 파티를 하지 않았던 건 분명해. 그리고 얼마 안 있어 두 손가락을 선서봉 위에 올려놓고, 라틴어로 선서를 해야 했어. 나는 릴리한테서 길이가 너무 짧은 검은색 옷을 빌려 입었어. 대강당에는 몇 명의 젊은 남자들과 내가 줄을 맞춰 서 있었지. 내 목소리가 단호하고 크게 울리는 것을 들은 건 그때가 처음이자 마지막이었어. 다른 사람들 목소리는 거의 들리지도 않았지. 하지만 그런 나 자신이 끔찍하게 느껴지진 않더라고. 나중에는 다시 작은 소리로 말하게 됐어.

나　　(슬픈 마음으로) 그 세월 동안, 그 많은 희생을 치르면서 내가 익히고, 배웠던 게 도대체 뭐란 말이야. 내가 기울였던 노력을 좀 생각해 봐!

말리나　물론 아무것도 아니지. 넌 이미 너의 내면에 존재하는 것을, 벌써 네가 알고 있는 걸 다시 배웠던 것뿐이야. 그것만으로는 너무 부족하니?

나　　네 말이 옳을지도 모르지. 요즘은 가끔씩 내가 이전의 나로 돌아간다는 생각이 들어. 모든 걸 다 가졌고, 유쾌할 때는 정말로 유쾌했으며, 제대로 된 진지함을 진지하게 여겼던 그 시절을 떠올리는 게 난 즐거워. (거의 미끄러지듯이) 그러고 나서는 모든 게 훼손되고, 집중적으로 다루어지고, 사용되고, 이용되고, 결국 파괴되었지. (보통 빠르기로) 그다음 난 서서히 조금씩 더 좋아졌고, 나에게 늘 부족했던 걸 보충해 왔어. 지금은 내가 마치 다 나은 것만 같아. 그러니까 이제 난 이전의 나와 거의 같아진 거야. (약한 소리로) 하지만 그 길이 도대체 무슨 쓸모가 있었을까?

말리나 그 길은 아무 데도 쓸모가 없어. 모두를 위해 존재하는 길이지만 누구나 다 그 길을 걸어야 하는 건 아니지. 하지만 다시 발견하게 된 자아와 더 이상 과거의 나 자신일 수 없는 미래의 자아 사이를 사람들이 언젠가는 왔다 갔다 할 수도 있어야 할 텐데. 힘들지도, 아프지도, 후회하지도 않으면서 말이야.

나 (정확한 박자로) 난 더 이상 후회하지 않아.

말리나 적어도 그 정도는 기대하고 있었어. 벌써 분명한 성과가 나타나는구나. 널 위해, 우리 같은 사람을 위해 울어 줄 마음이 드는 사람이 있기나 할까?

나 다른 사람을 위해 울다니, 도대체 사람들이 뭐하러 그런 짓을 해?

말리나 틀림없이 이제는 그런 일도 더 이상 없을 거야. 울어 주어야 마땅한 사람들이 거의 없거든. 너 역시도 내가 마땅히 울어 주어야 할 그런 사람은 아냐. 저공 폭격을 당해 주변에 널린 시체들과 부상자들을 고스란히 바라보면서, 흙을 뒤집어쓴 채, 나무 아래에 깔려 호수 산책로 앞 바닥에 누워 울고 있는 클라겐푸르트의 한 아이를 위해 당시 팀북투*나 애들레이드**에 사는 누군가가 울어 주었다고 한들, 그게 도대체 너한테 무슨 소용이 있었겠니. 그러니 다른 사람들을 위해서는 울지 마. 그들은 충분히 필사적으로 저항할 수 있거나 살해당하기 전의 시간들을 미리 준비해 놓을 수 있는 사람들이야. 그들에게 오스트리아산 눈물은 필요하지 않다고. 게다가 사람들은 나중에, 평화로울 때, 편안한 안락의자에 앉아서, 더 이상 총소리도 나지 않고 더 이상 불타지도 않을 때, 그럴 때 비로소 눈물을 흘리는 거야. 하긴 넌 언젠가 그 난리통을 평화롭다고 표현한 적이 있긴 하다. 그런 시절이 아니라, 제대로 잘 먹고사는 행인들이 지나는 길 위에서 사람들이 굶주리는 법이고, 끔찍한 장면들을 멍청하게 바라보고 있는 극장에서나 비로소 공포를 느끼는 법이라고. 겨울이면 사람들이 얼어붙어 덜덜 떨 것 같지? 아냐, 여름날 바닷가에서 추워 덜덜 떨고 있는 게 사람이란 말이야. 그게 어디였지? 언제 네가 온몸이 꽁꽁 얼었느냐고. 그건 따뜻한 날이 드문 10월의 어느 화창한 날 바닷가였잖아. 다른 사람들을 위해서 넌 그냥 가만히 있을 수도

* 서아프리카 말리 공화국에 있는 도시.

** 오스트레일리아에 있는 도시.

있고, 항상 불안해할 수도 있어. 하지만 어느 쪽이든 네가 바꿀 수 있는 건 아무것도 없어.

나 (아주 빠르게) 만약 사람들이 아무것도 할 수 없다면, 아무것도 전할 수 없다면, 그럼에도 불구하고 할 수 있는 건 없을까? 그렇게 아무것도 하지 않는 건 비인간적일 수도 있잖아.

말리나 불안 속으로 안정을 가져오는 거야. 또 안정 속으로는 불안을.

나 (고통스럽게, 매우 빠르게) 도대체 언제 내가 그렇게 할 수 있단 말이야? 내가 뭔가를 할 수 있으면서 동시에 더 이상 아무것도 할 수 없는 그런 때가 언제냐고? 지금이 바로 그 순간이라고 느낄 수 있을 때가 대체 언제야! 더 이상 그릇된 판단을 내리지도 않고, 더 이상 엉뚱하게 두려워하는 일도 없으며, 의미도 없는 생각에 푹 빠져서, 의미도 없이 깊이 생각하느라 시달리는 일도 없는 그런 때가 언제면 오느냐니까! (음을 이어서) 이젠 슬슬 나 자신을 그런 생각으로부터 끌어내고 싶어. (모든 음을 울리며) 그러면 되겠니?

말리나 네가 그러고 싶다면.

나 너한테 이젠 더 이상 물어보면 안 되는 거니?

말리나 그것도 물어보는 거잖아.

나 (정확한 박자로) 저녁 먹을 때까지 가서 일이나 해. 그때 부를게. 아니, 난 음식 준비 안 할 거야. 뭐하러 그런 일로 내 시간을 써야 해. 외출하고 싶어. 이렇게 하자. 이 근처를 조금만 돌아다녀 보는 거야, 작은 술집도 괜찮아. 어딘가 시끌벅적하고, 먹고 마셔 대는 그런 곳으로 가. 그래서 내가 세상이 어떤 건지 다시 한 번 상상할 수 있도록. 알트 헬러로 가자.

말리나 네가 하자는 대로 할게.

나 (세게) 그래, 난 너마저도 내 마음대로 할 거야. 너마저도 말이야.

말리나 그건 어떻게 되나 두고 봐야지.

나 모든 게 내 뜻대로 끝날걸.

말리나 그건 과대망상이야. 그런 식으로 넌 아예 망상들만 골라 하는구나.

나 (자유롭게) 아냐. 계속해서 영향을 끼치는 건 영향을 끼치지 않는 것과 똑같아. 바로 네가 나에게 그걸 보여 주고 있잖아. 그렇다면 그건 점점 불어나는 망상이 아니라 점점 줄어드는 망상인 거지.

말리나 아냐. 전체적으로 불어나고 있어. 만약 네가 깊이 생각하는 일을 그만둔다면, 더 이상 저울질하지 않는다면, 아마 더 많이 불어날 거야. 점점 더 많이.

나 (본디 빠르기로) 더 이상 아무 힘도 없는데, 뭐가 더 불어난단 말이야?

말리나 사람들의 공포심이 불어나지.

나 그러니까 너에겐 내가 공포의 대상이겠구나.

말리나 내겐 아냐. 하지만 너 스스로한테는 그래. 진실이 이 공포를 만들어 내. 언젠가는 네가 너 자신을 들여다볼 수 있게 되겠지. 넌 거의 무관한 사람이 될 테고,

더 이상 여기 있지도 않게 되겠지.

나 (버려진 느낌으로) 왜 여기 존재하지 않는다는 거야? 아냐, 널 이해 못 하겠어! 널 이해하지 못하면, 그건 더 이상 아무것도 이해할 수 없게 된다는 건데……. 그럼 내가 나 자신을 직접 없애 버려야만 하는 거잖아!

말리나 왜냐하면 넌 스스로를 망가뜨린 다음에야 비로소 자신에게 쓸모 있는 존재가 될 수 있으니까. 그게 바로 모든 투쟁의 시작이자 끝이지. 지금까지 그 정도면 넌 스스로를 충분히 망가뜨린 셈이야. 그게 너 자신한테 아주 쓸모가 있겠지만, 여기서 말하는 너 자신이란 건 네가 생각하고 있는 그런 자신은 아니야.

나 (모든 첼발로를 울리며) 아! 내가 다른 여자라고 말하려는 거지, 완전히 다른 여자가 될 거라고.

말리나 아냐. 말도 안 돼. 넌 분명히 너 자신이고, 그건 너도 더 이상 어쩔 수가 없는 거야. 하지만 자아는 사로잡히기도 하고, 흥정하기도 해. 하지만 넌 이젠 흥정 같은 건 안 하겠지.

나 (점점 여리게) 난 흥정하는 걸 결코 좋아하지 않았어.

말리나 그래도 흥정을 하긴 했잖아. 너 자신을 거래했고, 너 자신을 상품처럼 취급하게 만들었고, 또 너 자신을 팔아 치우도록 했어.

나 (너무 경쾌하지는 않게) 그것 역시 절대로 내가 원했던 게 아냐. 단 한 번도 내 적들을 상대로 흥정한 적이 없어.

말리나 네 적들 중 그 누구도 널 본 적이 없어. 넌 그걸 잊어서는 안 돼. 그리고 너도 그들 중 그 누구도 본 적이 없고.

나 그렇지 않은 것 같은데. (매우 빠르고 경쾌하게) 난 그 중 한 사람을 봤어. 그도 날 봤고. 제대로 보지는 못했지만.

말리나 노력이 가상하기도 하군! 심지어 사람들이 널 제대로 봐 주길 바라는 거니? 아마 네 친구들도 널 제대로 봐 주면 좋겠지?

나 (아주 빠르게, 급하게) 그만해, 도대체 누가 그런 생각을 했다는 거야. 친구란 없는 법이야. 아마 잠시 동안은, 한순간만은 있을 수도 있겠지! (열렬하게) 하지만 적은 있어.

말리나 아마 그렇지 않을걸……. 절대로 그렇지 않을 텐데.

나 (본디 빠르기로) 천만에, 난 알아.

말리나 하긴 바로 네 눈앞에 적이 있다는 걸 배제할 수는 없지.

나 그렇다면 네가 그 적이라는 말인데, 넌 적이 아니잖아.

말리나 넌 이제 더 이상 투쟁하지 말아야 해. 무엇에 대항한 투쟁이니? 넌 이제 앞으로 나아가지도 말고, 뒤로 물러서지도 말아야 해. 그리고 지금까지와는 다르게 투쟁하는 걸 배워야 해. 그게 바로 너에게 허락된 유일한 종류의 투쟁이야.

나 하지만 난 벌써 어떻게 투쟁해야 하는지 알고 있는 걸. 세력을 확장하고 있으니 이젠 드디어 반격을 펼칠

참이야. 최근 몇 년 동안 세력을 많이 확장했거든.

말리나 그래서 기쁘니?

나 (약한 소리로) 뭐라고?

말리나 항상 그런 식으로 질문을 피해 가다니, 얼마나 고상한 방법인지. 넌 그냥 그 자리에 그대로 있어야 돼. 그게 네 자리일 수밖에 없다고. 넌 앞으로 밀고 나가서도 안 되고, 뒤로 물러나서도 안 돼. 그대로만 있으면 넌 바로 이 자리에서, 네가 속한 유일한 이 자리에서 승리하게 될 거야.

나 (생기 있게) 승리한다고! 승리의 표상이 사라져 버렸는데, 도대체 여기서 어떻게 승리라는 말을 쓰는 거야?

말리나 승리한다는 말은 여전히 남아 있어. 술수도 쓰지 않고, 폭력도 쓰지 않고 넌 해내게 될 거야. 하지만 너의 자아를 갖고 승리하는 게 아니라…….

나 (빠르고 유쾌하게) 아니라, 뭐?

말리나 넌 네 자아를 갖고 승리하지는 않을 거야.

나 (세게) 내 자아의 어떤 점이 다른 자아들보다 더 나쁜데?

말리나 더 나쁠 게 하나도 없으면서, 동시에 모든 게 다 더 나쁘기도 해. 네가 할 수 있는 거라곤 다 부질없는 일들뿐이니까. 그게 바로 용서받을 수 없는 거지.

나 (여리게) 용서받을 수 없더라도 난 계속해서 헛수고를 하고, 길을 잃고 헤맬 거라고.

말리나 네가 하려는 건 이제 그만 늘어놔. 넌 지금 제대로 된 자리에 있으니까 하고 싶을 게 하나도 없어. 그 자리에서라면 넌 완벽하게 너 자신이니까 네 자아를 포기할 수도 있을 거야. 그건 누군가에 의해 세상이 치유된 최초의 자리가 될 거야.

나　　내가 그걸 시작해야만 하니?

말리나　모든 걸 다 시작한 사람이 너니까 그것 역시 네가 시작해야만 해. 그리고 네가 그 모든 걸 다 끝내겠지.

나　　(수심에 차서) 내가?

말리나　그 '내가'라는 말은 아예 입에 달고 사는구나. 생각만 하고 있는 거야? 따져 보라니까!

나　　(정확한 박자로) 차라리 먼저 사랑을 시작해 볼래.

말리나　얼마나 많이 사랑할 수 있을 거라고 생각해?

나　　(정열적으로, 매우 감정적으로) 아주 많이. 너무나도 많이. 내 이웃을 사랑하는 것처럼, 너를 사랑하는 것처럼, 그렇게 사랑할 거야.

오늘은 웅가르 가를 걸어가며, 이사를 하면 어떨까 생각해 본다. 하일리겐슈타트에 살던 친구의 친구가 이사를 나가서 집 하나가 비게 될 거란다. 물론 그렇게 넓은 집은 아니다. 말리나의 그 많은 책 때문에 보다 큰 집으로 이사 가자는 말을 벌써 한번 꺼낸 적이 있는데, 무슨 말로 그를 설득해서 크지도 않은 그 집으로 이사 가자고 해야 할지 모르겠다. 아마 그는 제3구를 절대로 떠나지 않을 것이다. 한쪽 눈구석에 눈물 한 방울이 맺히더니, 굴러 떨어지지 않고 차가운 공기 속에서 결정(結晶)을 이루며 점점 더 커져 간다. 거대한 이 두 번째 구(球)는 세상과 함께 빙빙 원을 그리며 돌아가는 대신, 이 세상으로부터 떨어져 나가 무한한 공간으로 추락한다.

이반은 더 이상 이반이 아니다. 나는 마치 엑스선 촬영 사진을 검토하는 임상의처럼 그를 바라본다. 그의 뼈대와 흡연으로 인해 생긴 폐의 얼룩을 본다. 내 눈에 보이는 건 이제 더 이상 이반 자신이 아니다. 누가 나에게 이반을 돌려줄 것인가? 왜 내 눈앞에 갑자기 이렇게 변한 이반이 있단 말인가? 그가 계산서를 달라고 하는데, 난 그만 테이블 위로 쓰러지고 싶다. 테이블보를 잡아 쥔 채 테이블 아래로 쓰러지고 싶다. 그 위에 놓여 있는 접시, 잔, 스푼과 나이프, 소금까지도 모조리 바닥에 내동댕이쳐지도록. 그리고 이렇게 말하고 싶다. 나한테 그러지 마. 날 그렇게 대하지 마. 그렇지 않으면 난 죽어.

"어제는 춤을 췄어, 에덴 바에서."

이반이 내 말을 듣고 있다. 하지만 그가 정말 내 말을 귀담아듣고 있는 걸까? 춤을 췄다고, 결국 마지막에는 역겹기만 한 웬 젊은 남자와 춤을 추게 되어서 뭔가 박살내 버리고 싶은 심정이었다고, 그 남자가 점점 더 거칠고 노골적으로 춤을 추면서, 손뼉을 치고, 손가락으로 딱딱거리며 박자를 맞추었다고, 그래서 이반을 바라볼 때는 도저히 생각할 수도 없는 그런 끔찍한 눈길로 그 남자를 쳐다보고 있었다고, 이렇게 이반에게 말하고 싶은데, 정작 내 입에서는 엉뚱한 말이 나와 버린다. "피곤해 죽겠네, 잠을 조금밖에 못 잤더니 더 이상은 못 견디겠어."

하지만 이반이 내 말을 귀담아듣고는 있는 걸까?

서로 본 지도 오래되었으니 자기들과 함께 부르크 극장에 갈 생각이 없느냐고 이반이 건성으로 묻는다. 월트 디즈니의 「미키 마우스」가 상영 중이란다. 유감스럽지만 시간이 없다고 둘러댄다. 지금은 그 애들을 보고 싶지 않기 때문이다. 이반이야 항상 보고 싶지만, 특히 그 애들만은, 이반이 내게서 떼 놓게 될 그 애들만은 이제 보고 싶지가 않다. 벨라와 안드라스를 더 이상은 볼 수가 없다. 나 없이도 그 애들의 사랑니가 나올 테고, 그 애들이 사랑니를 뽑을 때면 나는 더 이상 그 자리에 없을 테지.

내 안에서 말리나가 속삭인다. "그들을 죽여, 그들을 죽여."

하지만 그것보다 더 큰 속삭임이 내 안에서 울린다. "이반과 그 애들은 절대로 안 돼. 그들은 서로 함께 하나를 이루고 있어. 난 그들을 죽일 수 없다고." 정해진 운명대로라면, 다른 누군가의 마음을 움직이게 한 이반은 더 이상 이반이 아니다. 적어도 나는 그 누구의 마음도 움직이게 하지 않았다.

나는 말한다. "이반."

이반은 말한다. "계산할게요!"

내가 틀림없이 착각했나 보다. 저 사람은 이반이다. 내 시선은 그를 지나 식탁보와 소금통에 이른다. 난 포크를 물끄러미 바라본다. 내 눈을 찔러 버릴 수도 있을 텐데. 그의 어깨 너머로 창문을 바라보며 그가 묻는 말에는 건성으로 대답한다.

이반이 말한다. "얼굴이 정말이지 백짓장처럼 창백해. 몸이라도 아픈 거야?"

"그냥 잠을 좀 못 자서 그래, 어디 휴가라도 좀 다녀와야 될 텐데 말이야, 내 친구들은 키츠뷔엘로 떠나고, 알렉산더와 마르틴은 세인트안톤으로 떠난대. 휴가라도 다녀오지 않으면 몸이 회복되지 않을 거야. 겨울은 점점 더 길어지는데, 누가 이 겨울을 견뎌 내겠어!"

나에게 얼른 휴가를 떠나라고 권하는 걸 보니 이반은 정말 겨울 때문이라고 생각하는 것 같다. 나는 그냥 더 이상 그에게 눈길을 두지 않고, 뭔가 다른 것을 바라본다. 그의 옆에 그림자가 있고, 그는 그림자와 같이 웃고 얘기한다. 평소보다 더 재미있고 거리낌 없는 이반. 저렇게까지 친근해 보이는 모습은 나와 함께 있을 때는 결코 본 적이 없다. 마르틴이나 프리츠는 분명히 휴가를 떠날 테지만, 나는 아직도 할 일이 태산이라고, 아니, 아직은 모르겠다고, 전화하자고, 그렇게 난 말한다.

이전에는 이렇지 않았다는 느낌을 이반도 받고 있는 걸까. 아니면 나만 이전에는 지금과 달랐다고 여기고 있는 걸까. 웃음이 목에 걸려 금방이라도 미친 듯이 터져 나올 것만 같다. 웃음이 한 번 터지고 나면 절대로 멈추지 못할까 두려워 아무 말도 하지 않고 있으니 기분이 점점 더 가라앉는다. 커피를 마신 후에는 아예 한마디도 꺼내지 않고 담배만 피워 댄다.

이반이 말한다. "너 오늘은 아주 넋이 나간 사람 같아."

나는 묻는다. "그래? 정말? 내가 계속 그랬단 말이야?"

대문 앞에 도착한 후, 차 안에 앉아 잠시 망설이다가, 나는 이반에게 그냥 이따금 전화나 하자고 제안한다. 이반은 싫다고 말하지 않는다. '너 미쳤구나, 어떻게 그런 말을 할 수가 있어, '이따금'이라니, 그게 도대체 무슨 말이야.'라고도 말하지 않는다. 기회 봐서 이따금 전화나 하는 걸 그는 당연하게 여긴다. 내가 이렇게 급히 내리지만 않으면 아마 그의 입에서 그러자는 소리가 나왔을 텐데, 그런데 나는 그의 대답이 나오기 전 얼른 차에서 내려 버린다. 차 문을 닫으며 소리친다. "요즘은 특히 할 일이 너무 많아서 말이야!"

도무지 잠을 이룰 수가 없다. 기껏해야 아침 늦게 겨우 눈을 붙일 수 있을 뿐이다. 의문으로 가득 찬 밤의 숲 속에서 누가 잠들어 있고 싶겠는가. 밤새 맑은 정신으로 누워서 머리 뒤에 두 팔을 괸 채 내가 얼마나 행복했던가를 생각하며 행복해한다. 단 한 번만이라도 행복할 수 있다면 절대로 더 이상 한탄하지도 않고, 그 누구든 비난하지도 않겠다고 그렇게 다짐했건만……. 그런데 지금 나는 이 행복을 연장하고 싶다. 행복해 본 적이 있는 사람이라면 누구나 그렇듯이, 주어진 시간이 끝나 작별을 고하는 이 행복을 나는 계속 원하고 있다. 이제 더 이상 행복하지가 않다. 영혼의 아름다운 내일, 그것은 절대로 오지 않는다……. 그것은 결코 나의 내일이 아니었던 것이다. 그것은 내 영혼의 아름다운 오늘이었다. 사무실이 문을 닫은 후 6시와 7시 사이마다, 밤 12시까지 전화기 앞에 앉아 있을 때마다 찾아들던, 나의 기대에 깃들어 있던 아름다운 오늘이었다. 그 오늘이 지나가서는 안 된다. 그게 사실이어서는 안 된다.

말리나가 나를 들여다본다. "아직 안 자고 있었어?"

"그냥 어쩌다 보니 지금까지 안 잤네. 좀 생각할 게 있어서 말이야. 끔찍해."

말리나가 말한다. "그렇군, 그런데 왜 끔찍하다는 거야?"

나 (열렬하게) 끔찍해. 그 끔찍함은 말로는 다 표현할 수가 없어. 너무나도 끔찍해.

말리나　그게 네가 잠 못 이루는 이유의 전부야? (그를 죽여! 그를 죽여!)

나　(약한 소리로) 그래, 그게 전부야.

말리나　그래서 뭘 어쩌겠다고?

나　(세게, 세게, 매우 세게) 그냥 어쩔 도리가 없다고.

이른 아침 녹초가 되어 흔들의자에 푹 파묻힌 채 벽을 뚫어져라 바라본다. 벽에 틈이 하나 생겼다. 틀림없이 생긴 지 오래된 것 같은데, 계속해서 자꾸만 쳐다보고 있으니까 그 틈이 약간 더 벌어진다. 기회를 봐서 전화하기에는 이미 너무 늦었다. 수화기를 들고 '벌써 자?'라고 말하려다가 그 말이 채 입 밖에 나오기 전에 '벌써 일어났니?'라고 말해야 한다는 생각이 떠오른다. 하지만 오늘은 좋은 아침이라고 인사하는 것이 나에게 너무 힘들어 수화기를 조용히 내려놓는다. 내 얼굴 전체에 그 냄새가 너무나 분명하게 느껴져서 마치 지금 내가 이반의 어깨에, 그 냄새 속에 파묻혀 있는 것만 같다. 마치 계피 냄새처럼 느껴지던 그 냄새가 내가 숨쉴 수 있는 유일한 냄새였기 때문에, 그 냄새는 졸린 나를 여전히 깨어 있게 만들어 주었다. 벽은 굴하지 않는다, 굴하려 들지 않는다. 하지만 나는 틈이 생긴 저곳에서부터 저 벽이 억지로라도 열리도록 만들 것이다. 이반이 지금 당장 나에게 전화해 주지 않는다면, 앞으로 더 이상 절대로 전화해 주지 않는다면, 월요일이나 되어서야 전화를 걸어 준다면, 그럼 나는 어쩌면 좋단 말인가? 이 세상 그 어떤 공식도 해와 별을 움직이게 하지는 못했지만, 이반이 내 곁에 있는 동안 나는 해와 별을 움직이게 할 수 있었다. 그와 나만을 위해서가 아니라 다른 사람들을 위해서도. 얘기해야만 한다. 얘기를 해야겠다. 나를 괴롭히는 기억은 이제 모두 사라지겠지. 하지만 나와 함께 한 이반의 이야기만은 절대로 얘기해 줄 수 없을 것이다. 우리 사이엔 아무런 이야기도 없으니까. 그러니 아흔아홉 번의 사랑도 없을 것이고, 오스트리아·헝가리풍 침실로부터 새어 나오는, 세간의 이목을 끌 만한 그 어떤 폭로도 없을 것이다.

집을 나서기 전, 태연하게 아침을 먹고 있는 말리나를 이해할 수가 없다. 낮과 밤이나 마찬가지인 우리들은 아마 서로를 절대로 이해하지 못할 것이다. 낮은 목소리로 속삭이고, 침묵하고, 침착하게 질문을 던지는 그는 비인간적이다. 내가 이반에게 속하는 그런 식으로 이반이 나에게 속할 수는 없는 일이라면 이반은 언젠가는 평범한 삶 속에 존재하게 될 것이고, 그런 삶에 길들여질 것이며, 더 이상 칭송되지도 않을 것이다. 하긴 어쩌면 이반은 자신의 그 평범한 삶 외에 다른 것은 아무것도 원하지 않을지도 모른다. 묵묵히 그를 바라보는 나의 시선으로, 나의 명백한 유희 불능으로, 내 마음이 담긴 말의 파편들로, 내가 그의 삶을 아주 약간 힘들게 만들었을 뿐이다.

이반이 웃으며 처음이자 마지막으로 이런 말을 한다. "네가 날 데려다 놓는 곳에서는 숨을 쉴 수가 없어. 제발 그렇게 높이 데리고 올라가지 마. 공기가 희박한 그런 곳으로는 이제 아무도 데려가지 말아 줘. 너한테 충고하는 거야. 나중을 생각해서 이건 좀 배워 두라고!" 나는 이렇게 말하고 싶은 걸 꾹 참았다. "나중이라니, 네 다음에 올 사람이 도대체 누군데? 설마 내가 다른 사람을 만나게 될 거라고 생각하는 건 아니겠지. 난 차라리 널 위해 할 수 있는 것만 배울 거야. 너 말고는 아무도 없어."

말리나와 나는 게바우어 부부의 초대를 받았다. 우리는 응접실에 둘러서서 술을 마시며 대화에 열을 올리는 다른 사람들 틈에 함께 끼지 않는다. 어쩌다 보니 우리는 벡슈타인 그랜드피아노가 놓인 어떤 방에 단둘이 있게 된다. 우리가 없다면 아마도 여기서 바르바라가 피아노 연습을 하겠지. 우리가 서로 진짜로 얘기를 나누기 전이었을 때, 말리나가 처음으로 나를 위해 연주해 주었던 곡이 떠오른다. 다시 한 번 나를 위해 그렇게 연주해 줄 수 있겠느냐고 묻고 싶지만, 대신 나는 그냥 직접 피아노로 가서 선 채로 서툴게 몇 가지 음들을 찾아 쳐 보기 시작한다.

말리나는 아무런 반응이 없다. 바르바라의 할머니를 모델로 코코슈카*가 그렸다는 초상화, 스보보다가 그린 몇 점의 스케치, 오래전부터 알고 지내는 반추라의 조각 작품 두 점을 보고 있는 척할 뿐이다.

* Oskar Kokoschka(1886~1980). 오스트리아의 화가.

이제 말리나가 돌아서 나에게 오더니, 나를 밀어내고 의자에 앉는다. 나는 그때처럼 그의 뒤에 선다. 그는 정말 연주를 시작하고, 나에게만 들리는 낮은 소리로 거의 반은 말하듯 그렇게 노래를 부른다.

우리는 서둘러 사람들에게 작별 인사를 하고, 걸어서, 그것도 어둠 속의 시립 공원을 가로질러, 집으로 간다. 공원에는 시커먼 큰 나방들이 원을 그리며 날아다니고, 병든 달 아래에서 들려오는 화음들은 점점 더 커진다. 공원에는 또다시 눈으로 마시는 포도주가 있고, 또다시 배 구실을 하는 연꽃이 있으며, 또다시 귀가를 앞둔 향수(鄕愁)와 패러디, 비겁함과 세레나데

* 여기에 실린 악보는 모두 쇤베르크의 「달에 홀린 피에로」의 일부분이다. 가사는 독일어로 '내 모든 불만을 내던지고, 저 먼 축복의 땅을 꿈꾸네……. 오, 동화 시절의 옛 향기!'라는 뜻이다.

가 있다.*

뜨거운 물에 오랫동안 몸을 담그고 나온 아침, 내 옷장이 텅 비어 있다는 걸 깨닫는다. 서랍 속에도 스타킹 몇 켤레와 브래지어 하나밖에 없다. 옷걸이에는 말리나가 나에게 마지막으로 선물했던 옷 한 벌만 걸려 있다. 상체 부분에 알록달록한 가로줄 무늬가 있는 검은색 옷인데, 나는 이 옷을 절대로 입지 않는다. 서랍장에는 또 다른 검은색 옷 한 벌이 비닐 봉투 속에 든 채로 놓여 있다. 위쪽이 검은색이고, 아래쪽에 알록달록한 세로줄 무늬가 있는 그 옷은 이반이 나를 처음 보았을 때 내가 입고 있던 옷이다. 그 이후로 나는 그 옷을 입지 않고, 마치 성유물(聖遺物)이나 되는 것처럼 고이 간직했다. 도대체 집에 무슨 일이 일어난 걸까? 리나가 내 옷과 속옷을 모두 다 어떻게 한 걸까? 그렇게 많은 옷을 세탁소에 보내거나 드라이클리닝을 맡길 수는 없을 텐데. 이런저런 생각을 하며 손에 옷을 든 채 온 집안을 둘러보다 문득 한기를 느낀다. 말리나가 집을 나서기 전에 나는 말한다. "잠깐만 나 좀 봐. 세상에 무슨 이런 일이 다 있어……."

손에 찻잔을 들고 말리나가 들어온다. 서둘러 집을 나서야 하는 그가 차를 한 모금 마시고서 묻는다. "뭔데 그래?" 그가 보는 앞에서 그 옷을 머리 위에서부터 끌어당겨 입는데, 숨이 막히고, 뭐라고 말도 할 수 없다. 옷이다. 이 옷 때문이다. 내가 왜 이 옷을 절대로 입을 수 없었는지 갑자기 깨닫는다. "네 눈

* '병든 달', '눈으로 마시는 포도주', '배 구실을 하는 연꽃', '귀가', '향수', '패러디', '비겁함', '세레나데' 등은 모두 쇤베르크의 가곡 「달에 홀린 피에로」에 나오는 표현이다.

엔 이 꼴이 안 보이니? 이 옷을 입으면 너무 더워. 쪄 죽을 지경이라고. 틀림없이 지나치게 두툼한 양모로 만들었을 거야. 그런데 이것 말고 옷이라고는 눈에 띄지를 않잖아!" 말리나가 말한다. "내 생각엔 그 옷이 너한테 아주 잘 어울리는 것 같은데. 그 옷을 입으니까 아주 좋아 보인다. 내 의견을 정말 듣고 싶다면 그 옷이 너한테 진짜 잘 어울린다고 말해 주고 싶어."

말리나는 차를 다 마셨다. 여느 때와 다름없이 비옷과 열쇠, 몇 권의 책과 서류를 주워 담느라 왔다 갔다 하는 발소리가 들린다. 나는 다시 욕실로 가서 거울을 들여다본다. 바스락거리는 옷에 쓸려 손목까지 살갗이 벌게진다. 끔찍하다. 너무나 끔찍하다. 뭔가 지독한 실로 이 천을 짠 게 틀림없다. 이건 내가 입을 네소스*의 옷이다. 이 옷에다 무슨 짓을 한 건지 모르겠다. 이건 절대 입지 않으려고 했다. 왜 입고 싶지 않았는지 그 이유도 난 알고 있었던 게 틀림없다.

죽어 버린 전화기와 함께 지낸 지 얼마나 됐을까? 이런 나에게는 그 어떤 새 옷도 위안거리가 되어 주지 못한다. 전화기가 날카롭게 울리면서 사람을 불러 대면 가끔은 어리석은 희망을 품고 일어서기도 하지만, 결국은 일부러 목소리를 잔뜩 깔고 "여보세요?"라고 말하게 된다. 매번 전화기 저편에는 내가 지금 통화하고 싶지 않은, 혹은 통화할 수 없는 누군가가

---

* 그리스 로마 신화에 나오는 켄타우로스족으로, 헤라클레스의 아내를 업고 강을 건너던 중 그녀를 겁탈하려고 하다가 헤라클레스의 독화살에 맞아 죽게 된다. 죽기 직전 헤라클레스의 아내를 속여 헤라클레스의 옷에 자신의 피를 바르게 만들고, 나중에 이 옷을 입게 된 헤라클레스는 온몸에 독이 퍼져 고통스럽게 죽는다.

있기 때문이다. 그러고 나면 나는 드러누워 그냥 죽었으면 좋겠다고 생각한다. 그런데 다시 전화벨이 울린다. 옷이 내 살갗을 쓸어 대긴 하지만, 그래도 조마조마한 마음으로 일어나 전화를 받는다. 이번엔 목소리를 꾸밀 필요가 없다. 전화기가 다시 살아나 목소리를 꾸미지 않아도 되니 얼마나 좋은지 모르겠다. 이반이다. 다른 사람일 리가 없다. 이제는 마침내 이반이어야만 했다. 말 한마디로 이반은 나를 끌어올리고, 일으켰으며, 내 피부를 진정시켜 주었다. 고마운 마음에 나는 그렇게 하겠다고, "그래."라고 말한다. "그래."라고 내가 말했다.

오늘 저녁에는 말리나를 내보내야 한다. 나는 그를 설득한다. 결국은 그에게도 책임이 있는 일이라고, 늘 거절만 할 수는 없는 노릇 아니냐고, 쿠르트에게 오늘 저녁에 간다고 이미 약속했다고, 새로 그린 스케치들을 보여 주고 싶은 마음에 쿠르트가 아마 오늘은 특히 더 기뻐할 거라고, 게다가 반추라 부부도 온다니 무슨 일이 있어도 꼭 가 봐야 한다고, 반추라가 술을 마시면 돌아가는 상황이 간단치가 않을 것이고, 말리나가 없으면 그 케케묵은 시비가 다시 들먹여질지도 모른다고……. 그 대신 나는 며칠 안으로 저녁에 요르단네 집에 함께 가기로 약속한다. 일 년에 두 번은 레오 요르단을 방문해야 하는데, 이제 더 이상은 그의 초대를 거절할 수가 없기 때문이다. 말리나는 일을 어렵게 만들지 않는다. 그는 자신이 오늘 저녁을 스보보다네서 보내야만 한다는 걸 금방 알아챘다. 하긴 나는 늘 옳은 소리만 한다. 내가 기억해 두고 있지 않았다면, 말리나는 이 일을 그냥 까맣게 잊고 있었을 것이다. 내가 있어서 그는 정말로 기뻐한다. 집을 나서면서 그는 나에게 고마움의 눈길을 보낸다. 나는 아주 다정하게 말한다. "그 옷 말이야, 그 동안 미안했어. 오늘은 그 옷이 너무너무 입고 싶어. 진짜야! 어쩜 넌 항상 그렇게 제대로 된 걸 고르는지 모르겠구나. 치수는 어떻게 알고 있는 거야? 그 옷 정말 고마워!"

8시가 될 때까지 책을 읽는다. 음식은 준비되어 있고, 화장도 했고, 머리도 빗었다. '인간의 본성상 무관심할 수 없는 그런 대상을 탐구하는 것에 대해 무관심한 척 가장하려는 것은 소용없는 일이다.'*

그리고 나는 그만 본유관념(本有觀念)의 단호한 싸움에 휘말려 들어가고 말았다. 남아 있는 책들이 없기 때문에 그 도덕관념이 허치슨**의 것인지 섀프츠베리***의 것인지 그냥 골똘히 생각하는 수밖에 없다. 늘 시험에 떨어진 것 같은 꼴을 하고 다니기는 하지만, 나는 이 주제를 가지고 박사학위 시험에서 최우수 성적을 받았다. 그런데 오늘은 영 방향감각을 잃어버렸다. 언어의 구개음화. 어떤 말들이 오래전부터 내 혀 위에서 녹슬어 가고 있다는 것을 나는 안다. 매일 내 혀 위에서 녹아 없어지는 말들과 삼키지도 내뱉지도 못하는 말들을 아주 잘 알고 있다. 그것은 시간이 지남에 따라 내가 점점 더 조금씩 사

* 칸트의 『순수 이성 비판』 제1판 서문에 나오는 글.

** Francis Hutcheson(1694~1746). 북아일랜드 출신의 영국철학자이며, 18세기 영국 도덕감각학파의 대표자.

*** Anthony Ashley-Cooper, 3rd Earl of Shaftesbury(1671~1713). 영국 이신론(理神論)의 대표자이며 도덕주의자.

게 되는 것들이나 점점 더 보기 드물어지는 것들을 칭하는 말이 아니라 아예 내가 들을 수 없게 된 말이었다. 송아지 고기 200g. 사람들은 그말을 어떻게 혀 위로 가져갈 수 있는 것일까? 송아지들이 나한테 그렇게 특별한 건 아니다. 다른 것들도 마찬가지다. 포도 500g. 신선한 우유. 가죽 벨트. 피혁 제품들. 동전 하나, 예를 들어 1실링은 돈의 유통이나 평가절하, 정화(正貨) 준비 같은 문제를 나에게 떠올리게 하지는 않는다. 그냥 갑자기 내 입안에 1실링이 들어와 있을 뿐이다. 가볍고, 차갑고, 둥글고, 기분 나빠서 뱉어 버리고 싶은 1실링을 입안에 물고 있는 느낌이다.

아직도 그대로 침대 위에 누워 있는 이반은 지금껏 내가 한 번도 본 적이 없는 표정을 짓고 있다. 깊이 생각하느라 애쓰고 있는 그에게서 급한 기색이라고는 찾아볼 수가 없다. 이렇게 갑작스레 그는 여기 가만히 누워 있을 시간이 난 모양이다. 나는 팔짱을 낀 채 몸을 숙여 그를 들여다보다가 털썩 주저앉는다. 그래서 이반이 "오늘은 너와 꼭 얘기할 게 있어."라는 말을 꺼낼 수 있도록.

겨우 그 말만 해 놓고 이반은 다시 입을 다문다. 나와 꼭 할 얘기가 있다는 그를 방해하지 않기 위해 나는 손으로 얼굴을 감싼다.

이반이 말을 시작한다. "얘기를 해야겠어. 기억나? 언젠가 말했잖아, 내가 너한테 말하지 않는 게 몇 가지 있을 거라고. 하지만 만약 내가…… 너 어떻게 할래, 만약 내가……?"

"만약 네가……?"라고 나는 묻는다. 거의 아무 말도 귀에 들어오지 않는다.

"만약 네가……?"라고 나는 반복한다.

이반이 말한다. "너한테 지금 얘기해야만 할 것 같아."

"나한테 얘기해야하는 게 뭔데?"라고 묻지 않는다. 물으면 그의 입에서 정말로 그 얘기가 나올지도 모르니까. 하지만 내가 계속 침묵을 지키더라도 아마 그는 "그럼 너는 이제 어떻게 할래……?"라고 물어보겠지.

침묵이 너무 오래가는 것은 좋지 않으므로 나는 고개를 젓고 그의 곁에 눕는다. 그의 얼굴을 계속 부드럽게 쓰다듬는다. 그가 그렇게 깊이 생각하느라 애쓰지 않도록, 그리고 우리 관계를 끝낼 말을 찾아내지 못하도록.

"말하려는 건 네가…… 너 뭔가 알고 있니?"

나는 다시 고개를 젓는다. 이건 아무 말도 아니다. 나는 아무것도 모른다. 설사 안다고 하더라도, 혹은 그가 나에게 그게 뭔지 말을 해 준다 하더라도 나는 아무런 대답도 하지 않을 것이다. 지금, 여기, 이 세상에서는 아무런 대답도 하지 않을 것이다. 내가 살아 있는 한 아무런 대답도 하지 않을 것이다. 이렇게 가만히 누워 있는 것도 언젠가는 끝날 수밖에 없는 일이다. 그에게 줄 담배와 내가 피울 담배를 찾아 두 개비에 모두 불을 붙인다. 이반이 이제 그만 가 봐야 하기 때문에 우리는 다시 한 번 담배를 피운다. 그가 나를 외면하듯 나도 그를 마주볼 수가 없다. 벽에다 눈길을 두고, 그 벽에서 뭔가를 찾는다. 옷을 챙겨 입는 데 그렇게 오래 걸릴 리도 없건만, 그 시간을 도저히 참고 견딜 수 없을 때도 있는 법이다. 이반이 여전히 힘들어하며 어떻게 가야 할지, 어떤 말로 이 자리를 떠야 할지 몰라 망설이는 사이에 나는 얼른 불을 꺼 버린다. 복도에는 불이 환히 켜져 있으니 나가는 길을 찾지 못할 리는 없다. 이반의 등 뒤로 현관문 닫히는 소리가 들린다.

좀 더 귀에 익은 소리가 갑자기 들리는 바람에 나는 깜짝 놀란다. 말리나가 현관문을 연다. 그는 잠시 내 침실 앞에 멈춰 선다. 뭔가 다정한 말을 건네고 싶어서, 또 목소리를 잃어버린 게 아닌지, 아직도 목소리가 나오는지 알고 싶어서 나는 말한다. "금방 자려고 누웠어. 벌써 거의 잠이 들던 참이야. 너도 분명히 피곤하겠지, 그냥 자러 가." 하지만 말리나는 잠시 후에 자기 방에서 다시 나와 어둠을 지나 나에게로 온다. 그가 스위치를 눌러 불을 켜고, 나는 또다시 깜짝 놀란다. 그가 수면제 통을 집어 들더니 알약의 개수를 센다. 그건 내 수면제다. 화가 치밀지만 아무 말도 하지 않는다. 이제 더 이상 말을 하기가 싫다.

말리나가 말한다. "벌써 세 알이나 먹었군. 내 생각엔 그 정도면 충분해."

우리는 싸우기 시작한다. 우리가 맞붙어 싸우게 되리라는 것이 눈에 훤히 보인다. 이제는 어쩔 수 없이 맞붙어 싸우게 될 것이다.

나는 말한다. "아냐, 한 알 반밖에 안 먹었어. 거기 반쪽짜리 안 보여?"

말리나가 말한다. "오늘 아침에 내가 세어 놨어. 세 알이 없어졌어."

나는 말한다. "기껏해야 두 알 반이었어. 반쪽을 한 알로 치지 마."

말리나는 약통을 집어서 자기 웃옷 주머니에 집어넣고는 방을 나간다.

"잘 자."

나는 침대에서 벌떡 일어난다. 기가 막혀 말이 안 나온다. 그가 문을 쾅 닫았다. 문을 쾅 닫는 것도, 약을 세어 확인하는 것도 참을 수가 없다. 오늘 아침에 약을 확인해 봐 달라는 부탁 같은 건 하지도 않았다. 아니, 요즘 나는 그 무엇도 잘 기억하지 못하니까 어쩌면 그런 부탁을 했을 수도 있다. 하지만 그렇다고 해도 어떻게 말리나가 감히 내 눈앞에서 약을 세어 보일 수 있단 말인가. 무슨 일이 있었는지 하나도 모르면서. 방문을 확 열어젖히며 나는 갑자기 소리를 지른다. "네가 뭘 안다고 그래!"

그가 자기 방문을 열고 묻는다. "무슨 말 했어?"

나는 말리나에게 애원한다. "한 알만 더 줘, 정말 꼭 필요해!"

말리나는 단호하게 말한다. "더 이상은 안 돼. 이제 그만 자자."

언제부터 말리나가 날 이렇게 취급했을까? 그는 뭘 원하는 걸까? 내가 물을 마시며 서성이는 것, 차를 끓이며 서성이는 것, 위스키를 마시고 또 서성이는 것, 그런 게 그가 원하는 것일까? 하지만 온 집안에 위스키 병이라고는 찾아볼 수가 없다. 언젠가는 더 이상 전화도 하지 말고, 이반도 만나지 말라고 요구하겠지. 하지만 절대로 그렇게 되지는 않을 거다. 누웠다가 다시 일어나 곰곰이 생각한다. 조용히 말리나의 방으로 가서, 어둠 속에서 그의 웃옷을 찾아 주머니를 뒤진다. 약을 찾을 수가 없다. 그의 방에 있는 모든 것들을 손으로 더듬어 간다. 마침내 책 더미 위에 놓인 약통이 손에 닿는다. 두 알을 꺼낸다. 한 알은 지금, 또 한 알은 있다가 한밤중에. 그가 내 소리를 듣지 못하도록 문을 살살 닫는 일까지 해낸다. 두 개의 알약이 내 침대 옆 협탁 위에 놓여 있다. 불은 환히 켜 두었다. 약을 먹지 않는다. 너무 조금이다. 나는 말리나의 방에 몰래 침입했고, 그를 속였다. 그래도 말리나는 곧 다 알게 되겠지. 그저 좀 더 진정되고 싶어서 그렇게 했을 뿐이지 다른 이유는 없다. 이런 식으로 계속될 수는 없으니 우린 금방 모든 걸 알게 될 것이다. 그날이 올 것이다. 간결하고, 밝고, 듣기 좋은 말리나의 목소리만 남게 되고, 흥분에 휩싸인 내게서 아름다운 말이라고는 단 한 마디도 나오지 않을 것이다. 말리나는 걱정을 너무 많이 한다. 하지만 이반을 생각해서라도 나는 40알이나 되는 수면제를 입안에 털어 넣지는 않을 것이다. 이반에게 아무 일도 일어나지 않고, 이반에게 그 어떤 의심도 돌아가지 않고, 그 어떤 책임도 이반에게 그늘을 드리우지 못하도록. 또 사실 그는 아무 책임도 없으니까 말이다. 하지만 그저 좀 진정되고 싶을 뿐이라는 것을, 이반에게 해가 되지 않도록 나 자신에게도 해가 될 만한 짓은 하지 않는다는 것을 말리나에게 어떻게 설명한단 말인가. 이따금 전화하겠다는 말을 남기지도 않은 채 이반이 가 버렸으니, 바로 나 자신이 스스로를 진정시켜야만 한단 말이다.

"총사령관 말리나 각하, 너에게 또 뭘 좀 물어봐야겠는데, 유언이란 거 있잖아?"

"유언으로 뭘 하려고? 그걸로 뭘 어쩌려는 건데?"

"난 편지의 비밀을 지키고 싶어. 하지만 뭔가를 남기고 싶기도 해. 너 일부러 내 말 못 알아듣는 척하는 거지?"

말리나가 자는 틈에 편지를 쓰기 시작한다. 옐리네크 양은 결혼한 지 벌써 한참 됐으니, 나를 대신해서 편지를 쓰고, 정리를 하고, 서류철을 해 놓을 사람은 이제 아무도 없다.

존경하는 리히터 씨.

친절하게도 당신은 저에게 아무 의미도 없는 몇 가지 법률 문제에 이르기까지 저를 돕는 호의를 베풀어 주셨습니다. 저한테 중요했던 사건은 아니지만 특히 B 사건이 생각나는군요. 당신은 법률가고, 이미 그 당시부터 저는 당신을 완전히 신뢰할 수 있었으며, 당신은 아무런 대가도 바라지 않고 오직 넓은 아량만으로 저를 도와주셨고, 또 지금 여기 빈에는 사실 아무도 물어볼 사람이 없기 때문에, 이런 이유들로 저는 다름 아닌 바로 당신에게 유언 작성 방법에 대해 여쭤 보고자 합니다. 제가 원래 늘 뒤죽박죽으로 해 놓고 살아온 사람이라 이제는 좀 정리를 해야 할 것도 있고, 또 저 자신도 좀 정리해야 할 때가 된 것 같기도 합니다. 자필만으로 충분할까요, 아니면 당신을 직접 만나야 할까요? 혹은 제가…….

친애하는 리히터 박사님.

저는 지금 극도의 불안 상태에서 다급하게 당신께 편지를 쓰는 중입니다. 왜냐하면…… 그러니까 몇 가지를 정리하고 싶어서 이렇게 전 당신에게 매우 불안한 상태로 편지를 쓰고 있습니다. 그렇게 많지는 않지만 그저 제 서류들과 그 밖에 제가 아주 애착을 가지고 있는 몇 가지 것들에 대해 말입니다. 이것들이 제가 모르는 타인의 수중으로 넘어가지 않았으면 합니다. 지금 제가 어찌할 바를 모르고 있는 건 사실이지만, 그래도 모든 것을 꼼꼼하게 심사숙고했다는 건 말씀드릴 수가 있습니다. 저는 가족이 없기 때문에, 푸른색 유리 주사위와 특히 초록색 테두리의 커피잔, 하늘, 땅, 달만 그려져 있는 오래된 중국 마스코트는 누군가가 계속해서 지니고 있었으면 합니다. (이렇게 하면 벌써 법률적인 효력이 생기나요?) 그 사람의 이름은 차후에 알려 드리지요. 하지만 제 서류들은 그 누구의 손에도 넘어가지 않도록 해 주세요. 이렇게까지 해야 하는 견디기 힘든 제 처지를 당신께서는 누구보다 잘 아시겠지요……. 며칠째 전 아무것도 입에 대지 못하고 있답니다. 더 이상 무엇인가 먹을 수도, 잠을 잘 수도 없군요. 돈 때문은 아닙니다. 어차피 제겐 한 푼도 남지 않았으니까요. 사람들이 돈을 벌고, 먹고 마시는 세상으로부터 뚝 떨어져 나와, 전 정말로 이 빈에 완전히 고립되어 있습니다. 아마도 당신께서는 제 처지를…….

경애하는 리히터 박사님.

여러 상황들로 인해 제가 유언을 작성할 수밖에 없다는 사실을 당신보다 더 잘 이해해 줄 사람은 없을 것입니다. 유언이나 묘지, 최후 처리 같은 것들 때문에 소름 끼치는 삶을 살아온 지도 벌써 오래됐고, 어쩌면 유언이 꼭 필요하지 않을지도 모르겠네요. 그럼에도 불구하고 지금 전 당신에게 뭘 좀 여쭤 보고 싶습니다. 도무지 해명하기 힘든 제 처지를, 어쩌면 해명이 불가능할 지도 모르는 제 처지를 아마 법률가인 당신이 이해하실 수 있을 거라고 생각되고, 또 당신이라면 모든 것을 제가 원하는 대로 정리해 주실 수도 있을 것 같습니다. 제 개인적인 것들은 모두 어떤 사람에게 양도되어야만 하는데, 그 이름은 첨부된 별지(別紙)에 적어 두기로 하겠습니다. 서류 때문에 또 여쭤 봐야 할 것이 있네요. 제 서류들은 텅 빈 백지도 아니지만, 그렇다고 무슨 값나가는 종이도 아닙니다. 저는 유가증권이라곤 지녀 본 적도 없습니다. 그래도 다른 누구도 아닌 말리나 씨에게만 이 종이들이 양도되어야 한다는 점이 저에게는 아주 중요합니다. 제가 알기로는 당신이 빈에 잠시 체류하실 때 그를 한 번 본 적이 있는 것 같은데, 정확하게는 기억이 안 나는군요. 제가 착각하고 있는 건지도 모르지요. 아무튼 최악의 경우를 대비해서 이 이름을 당신께 말씀드리며…….

친애하는 리히터 박사님.

저는 지금 극도의 불안 상태에서 다급하게 당신께 편지를 쓰는 중입니다. 정신을 가다듬는다는 것은 이제 저에게는 완전히 불가능한 일입니다. 하긴 누군들 그렇게 정신을 바로 가다듬고 살았겠습니까? 이전에도 아마 그랬겠지만, 지금 제 상황은 더 이상 견딜 수 없는 지경에 이르렀습니다. 하지만 마지막으로 이 점만은 꼭 밝혀 두어야겠어요. 그것은 말리나 씨도 아니었고, 또한 이반도 아니었습니다. 이반이란 이름을 들어도 당신에게는 아무것도 떠오르지 않을 겁니다. 이 사람이 제 삶과 얼마나 관계가 있는지는 나중에 설명드리지요. 제 개인적인 물건들이 어떻게 되든 이제 그건 저한테 하나도 중요하지 않습니다.

친애하고 존경해 마지않는 리히터 씨.

어쩌면 제가 당신에게 너무 큰 기대를 걸고 있는 것인지도 모르지만, 그래도 엄청난 불안 상태에서 다급하게 당신에게 편지를 써 봅니다. 법에 관해서는 매우 방대한 지식을 갖고 계신 법률가로서 혹시 저에게 법률상 유효한 유언 작성법에 관해 가르쳐 주실 수 있으신지요? 그쪽으로는 아는 바가 전혀 없음에도 불구하고 피치 못할 사정으로 인해 전 어쩔 수 없이…….

가능한 한 귀하께서 제 편지를 받으시는 대로 곧장 답장해 주시길 부탁드립니다.

○월 ○일, 빈에서
모르는 여자 올림

말리나가 쉬는 날이다. 차라리 나 혼자 있었으면 좋겠다. 우리 사이에 그 어떤 적대감이 형성되어 있음에도 불구하고 말리나는 집에서 나갈 생각이 전혀 없다. 벌써부터 배가 고프다고 짜증을 내길래 우리는 평소보다 더 일찍 식사를 한다. 오직 이반만을 위해 켜 두던 촛대에 불을 밝힌다. 식탁은 제대로 근사하게 꾸민 것 같지만 그 위에 놓여 있는 음식이라고는 얇게 저민 햄 조각밖에 없다. 유감스럽지만 빵을 사는 것을 잊어버렸다. 말리나는 아무 말도 하지 않고 있지만, 그가 무슨 생각을 하고 있는지 나는 안다.

나 언제부터 벽에 금이 가 있었지?

말리나	기억 안 나. 틀림없이 오래전부터 있었을 걸.
나	언제부터 중앙난방기 위에 어두운 그림자가 생겼지?
말리나	벽에다 뭔가 좀 걸어야겠다. 그림 한 장 없으니…….
나	하얀 벽이 필요해. 흠집 하나 없는 벽 말이야. 그렇지 않으면 내가 꼭 고야의 마지막 방*에 살고 있는 것만 같으니까. 심연으로부터 쑥 내밀고 있던 그 개의 머리를, 벽에 걸려 있던 그 모든 어두운 음모들을 생각해 봐. 그의 마지막 시기에 나온 작품이었지. 마드리드에서 넌 나에게 그 방을 절대로 보여 주지 말았어야 했어.
말리나	너와 함께 마드리드에 간 적이 없잖아. 있지도 않은 얘길 지어내지 마.
나	그런 건 상관없어. 네가 허락했든 안 했든 간에, 어쨌든 난 그곳에 갔다고, 선생님. 저기 벽 위에 거미줄이 있네. 잘 좀 들여다 봐. 모든 게 얼마나 잘 짜여 있는지!
말리나	입을 게 그렇게도 없어? 왜 내 낡은 가운을 걸치고 있는 거야?
나	입을 게 하나도 없으니까 그렇지. 'Siam contenti, sono un uomo, ho fatto questa caricatura.'**라는 말을 한 번도 못 들어 봤니?

---

* 스페인 화가 고야(Francisco Jose de Goya, 1746~1828)는 1819년 만사나레스 강 근처에 집을 구입하여 1823년까지 두 방을 어둡고 그로테스크한 그림들로 채웠다. 그 그림들은 현재 마드리드 프라도 미술관에 소장되어 있다.

** 이탈리아어로 '우리는 만족한다, 나는 인간이며, 내가 이 캐리커처를 만들었다.'라는 뜻이다.

말리나	내 생각엔 'Sono dio.'*가 맞을 것 같은데. 신은 많은 죽음을 거듭하지.
나	인간이야, 신이 아니라.
말리나	넌 왜 항상 그런 식으로 네 멋대로 고치니?
나	난 그렇게 해도 괜찮아. 난 이미 하나의 캐리커처가 되고 말았으니까, 정신적으로도 그리고 육체적으로도. 이제 만족해?

말리나가 방에서 나가 자기 방으로 가더니 성냥갑을 들고 다시 온다. 촛대에 꽂힌 초가 다 타 버렸다. 초를 새로 사다 놓는 걸 잊어버렸다. 말리나는 분명히 이 정도면 만족스러울 것이다. 비록 우리 사이의 긴장과 적대감이 점점 더 팽팽해지는 것이 느껴지기는 하지만, 무슨 일이 어떻게 일어나는지 충고를 좀 해 달라고 그에게 다시 한 번 부탁해 볼 수는 있을 것 같다.

나	영장류부터, 그게 아니라면 적어도 인류부터는 틀림없이 뭔가 잘못되기 시작한 거야. 남자, 여자…… 참 희한한 표현이고, 희한한 광기잖아! 우리 둘 중에 아주 훌륭하게 버텨 내서 남는 게 누굴까? '나'라니, 그건 내 착각이었어. 나는 사물일까?
말리나	아니.
나	하지만 지금 이 자리에 있잖아.
말리나	그래.

* 이탈리아어로 '나는 신이다.'라는 뜻이다.

나 그것에도 역사가 있어?

말리나 이제 더 이상은 없지.

나 넌 그걸 만질 수 있니?

말리나 아니.

나 하지만 넌 날 계속 데리고 있어야만 해!

말리나 내가 그래야만 한다고? 도대체 어떻게 넌 자신이 받아들여지기를 바라는 거지?

나 (격렬하게) 널 증오해.

말리나 나한테 하는 말이야? 뭐라고 했어?

나 (세게) 말리나 선생, 전하, 각하! (점점 세게) 훌륭하고 전능하신 분이시여, 전 당신을 증오합니다! (매우 세게) 날 바꿔 줘. 우리 서로 맞바꾸자고. 존경하는 각하 양반! (모든 쳄발로를 울리며) 난 널 증오해! (점점 약해지면서 고통스럽게) 제발, 날 계속 데리고 있어 줘. 단 한 번도 널 증오한 적 없어.

말리나 네 말은 단 한 마디도 믿지 않아. 다만 그 말 전체가 전하는 걸 믿을 뿐이야.

나 (고통스럽게) 날 버리지 마! (노래하듯이) 네가 날 버리다니! (페달을 밟지 않고) 얘기해 주려고 했어. 하지만 이젠 그럴 일이 없겠구나. (구슬프게) 기억 속에서 날 괴롭히는 건 바로 너야. (정확한 박자로) 위대한 역사가 이루어진 그 이야기들을 넘겨받아. 내게서 그걸 모두 다 가져가라고.

탁자는 깨끗이 치웠지만 아직도 치워야 할 게 더 많이 남아 있다. 편지도, 전보도, 그림엽서도 더 이상은 오지 않을 것이다. 이반도 당분간은 빈을 떠날 계획이 없다. 하지만 시간이 흘러도, 시간이 아주 많이 흐른 뒤에도…… 더 이상은 아무것도 오지 않겠지. 나는 손에 작은 꾸러미를 들고 집 안을 왔다 갔다 하면서 뭔가 특별한 장소를, 비밀 서랍 같은 걸 찾는다. 한 번 닫으면 절대로 다시 열리지 않고, 아무도 열어 볼 수가 없는 그런 책상 서랍이 틀림없이 있을 텐데. 아니면 마룻바닥 한 쪽을 끌로 뜯어내고, 거기 편지를 숨긴 다음 다시 나무판을 덮어 봉해 버릴 수도 있겠지. 내가 아직 지배권을 상실하기 전에 말이다. 말리나는 책을 읽고 있다. 아마도 '인간의 본성상 무관심할 수 없는 그런 대상을 탐구하는 것에 대해 무관심한 척 가장하는 것은 소용없는 일이다.'라는 구절이겠지. 내가 편지 뭉치를 들고 숨길 곳을 찾아 왔다 갔다 하는 걸 전혀 모른다는 듯이 가끔씩 그는 짜증을 내며 책에서 눈길을 거두고 날 쳐다본다.

바닥에 무릎을 꿇는다. 내가 절을 하듯 몸을 숙이고 향한 곳은 메카도 아니고 예루살렘도 아니다. 이제 나는 그 어떤 것을 향해서도 몸을 굽히지 않는다. 지금 나는 너무 꽉 끼어 영 열리지가 않는 가장 아래쪽 서랍을 빼내려는 것뿐이다. 어떤 장소를 선택했는지 말리나가 눈치채지 못하도록 아무 소리도 내서는 안 된다. 묶어 둔 줄의 매듭이 풀리면서 편지들이 쏟아져 뒤죽박죽이 된다. 그것들을 대충 다시 묶은 다음, 겨우 조금 잡아당겨 낸 서랍 틈으로 억지로 쑤셔 박는다. 그러다가 편지들이 벌써 사라졌을까 봐 겁이 나서 금방 다시 끄집어내 본다. 혹시 언젠가 이 편지들이 사람들 눈에 띄게 될지도 모르는데, 편지를 싼 포장지 위에 뭔가 써 두는 걸 그만 깜박했다. 내 책상이 경매에 붙여지고, 누군가에게 팔리면, 생판 낯선 사람들이 이 편지들을 발견할지도 모른다. 몇 마디만 써 두면 중요한 건 다 드러나겠지. 그러니까 그 몇 마디 말이란……. '이것들이 내 편지의 전부다……. 편지는 이것들뿐이다. 내게 왔던 편지들……. 내가 가진 유일무이한 편지들!'

이반의 편지들이 지니고 있는 그 둘도 없는 의미를 표현할 길이 없다. 이러고 있느라 들켜 버리기 전에 차라리 포기해야겠다. 꽉 낀 서랍이 다시 꼼짝을 않는다. 온 힘을 다해서, 하지만 아주 조용히 서랍을 밀어 넣고, 열쇠로 잠그고, 그 열쇠를 내게는 헐렁헐렁한 말리나의 낡은 가운 주머니에 찔러 넣는다.

나는 지금 거실에서 말리나 건너편에 앉아 있다. 그는 책을 탁 덮더니 뭘 물어볼 듯한 눈길로 나를 바라본다.

"끝났니?"

볼일을 다 끝냈으므로 나는 고개를 끄덕인다.

"그럼 이제 커피나 좀 끓이지, 뭐하러 여기 앉아 있는 거야?"

부드러운 시선으로 말리나를 바라보며, 바로 지금 그에게 뭔가 끔찍한 말을 해야만 할 것 같다고 생각한다. 우리를 영원히 갈라 놓을, 우리 사이에 더 이상 아무 말도 오갈 수 없게 쐐기를 박아 버릴 끔찍한 말을 말이다. 나는 일어서서 천천히 거실을 나서다 문간에서 뒤돌아선다. 하지만 내 입에서는 끔찍함과는 거리가 먼 말이 '노래하듯이, 아주 사랑스럽고 달콤하게'

흘러나온다.

"원한다면 당장 커피를 끓일게."

물이 끓기를 기다린다. 필터에 커피 몇 스푼을 채워 넣으며 생각에 생각을 거듭한다. 생각을 해야만 하는 게 한계에 이르러서 이제는 더 이상 생각하는 게 불가능할 정도다. 어깨를 움츠리며 고개를 숙이니 얼굴이 열판에 가까이 닿아 너무 뜨겁다. Nous allons à l'Esprit!* 그래도 아직 커피는 끓일 수 있다. 말리나가 방에서 뭘 하는지, 그가 나에 관해 어떤 생각을 하는지 알고 싶기도 하다. 비록 이제 나의 사고 범위가 이미 그와 나에 관한 차원을 훨씬 넘어서기는 했지만, 그래도 나는 아직 조금은 그에 관해서도 생각을 한다. 미리 커피 주전자를 데우고, 아우가르텐 자기로 만들어진 두 개의 작은 커피 잔도 쟁반 위에 올려놓으며 부지런을 떤다. 내 앞에 이 커피 잔들이 분명히 놓여 있는 것처럼, 내가 여기 서서 생각에 잠겨 있는 것도 틀림없는 사실이겠지.

옛날 옛적에 한 공주가 살았다. 언젠가 헝가리인들이 사람의 발이 닿지 않은 곳에까지 이르는 한없이 넓은 땅으로 말을 타고 왔다. 옛날 옛적에 도나우 강가에서 버드나무들이 사스락거렸다. 옛날 옛적에 나리꽃 한 다발과 검은 외투가 있었다……. 나의 왕국, 나의 웅가르 가 나라, 죽어 가는 내 손으로 부여잡고 있었던 나라, 나의 찬란한 나라, 남은 물이 필터를 통

* 프랑스어로 '우리는 정신으로 들어간다!'라는 뜻이다.

해 떨어지고 있는 동안에도 여전히 벌겋게 달아 있는 이 열판만큼이나 작아져 버린 나의 나라……. 얼굴이 열판에 닿아 병신이 되지 않도록, 화상을 입지 않도록 조심해야지. 그렇지 않으면 말리나가 경찰과 구조대에 전화를 할 게 틀림없고, 자기 집에서 한 여자가 반쯤 불타 버린 일에 대해 자신의 경솔함을 시인하지 않을 수 없을 테니까. 벌겋게 달아오른 열판 때문에 내 얼굴도 함께 달아오른 채 나는 다시 몸을 바로 세운다. 밤이면 자주 이 열판에 대고 찢어진 종잇조각에 불을 붙였다. 뭔가 써 놓은 걸 불태워 버리려고 그랬던 게 아니라, 마지막 남은 담배에 불을 붙이기 위해서였다. 나는 이제 더 이상 담배를 피우지 않는다. 바로 오늘 담배를 끊었다. 스위치를 0으로 다시 돌려 불을 끈다. 옛날 일이다. 나는 화상을 입지 않은 채 똑바로 서 있다. 커피는 다 됐고, 주전자 뚜껑도 덮었다. 나는 다 끝났다. 뜰을 향해 난 창으로 노랫소리가 들려온다. Qu'il fait bon, fait bon.* 내 손이 더 이상 떨리지 않는다. 쟁반을 들고 방으로 간다. 늘 그랬던 것처럼 얌전히 커피를 따른다. 말리나의 잔에는 설탕 두 스푼을 넣어 주고, 내 잔에는 넣지 않는다. 말리나를 마주하고 앉는다. 죽은 듯 고요하다. 우리는 각자의 커피를 마신다. 말리나는 무슨 생각을 하는 걸까? 그는 고맙다는 말도 하지 않고, 미소를 보내지도 않으며, 이 침묵을 깨지도 않고, 저녁에 뭘 하자는 말도 꺼내지 않는다. 오늘은 그가 쉬는 날인데, 그런데도 그는 내게서 아무것도 원하지 않는다.

* 프랑스어로 '얼마나 좋은지, 좋은지.'라는 뜻이다.

나는 말리나만 뚫어지게 바라보는데, 그는 내게 눈길 한 번 주지 않는다. 일어서며 난 생각한다. 만약 그가 지금 당장 무슨 말이라도 해 주지 않는다면, 만약 그가 나를 막지 않는다면, 그게 바로 살인이라고. 그 말을 할 수가 없으니 이렇게 나 스스로가 사라지는 것이다. 그 일이 이젠 그렇게까지 끔찍하지도 않다. 다만 서로 맞붙어 싸우던 것보다 이렇게 서로 떨어지게 되는 일이 더 끔찍할 뿐이다. 나는 이반 안에서 살아 왔고, 말리나 안에서 죽는다.

말리나는 여전히 자기 커피를 마시고 있다. 뜰을 향해 난 또 다른 창으로 "홀라."라는 소리가 들려온다. 난 벽으로 간다. 벽 안을 향해 간다. 숨을 멈춘다. '그건 말리나가 아니다.'라는 쪽지라도 써 둘걸 그랬다. 벽이 벌어지고, 난 벽 안에 들어와 있다. 말리나의 눈에는 우리가 이미 오래전부터 봐 왔다던 틈만 보일 뿐이다. 아마 그는 내가 방에서 나갔다고 생각하겠지.

전화벨이 울리고, 말리나가 수화기를 집어 든다. 그가 내 선글라스를 가지고 장난을 치다가 그만 망가뜨린다. 그다음은 푸른색 유리 주사위를 가지고 장난을 친다. 그건 내 건데, 그걸 보내 준 사람에게 고마워한 적도 없으면서, 그걸 선물해 준 사람이 누군지도 모르면서……. 하지만 그가 그저 갖고 놀기만 하는 게 아니다. 그는 내 촛대도 확 밀쳐 버린다. "여보세요!" 라고 그가 말한다. 잠시 동안 아무 말도 하지 않더니 말리나가 차갑고 신경질적으로 말한다. "번호를 착각하신 것 같습니다."

그는 내 안경을 깨뜨려서 휴지통에 집어던진다. 그건 내 눈이다. 그러고는 푸른색 유리 주사위를 내동댕이친다. 그건 꿈 속에 나왔던 두 번째 돌이다. 그는 내 커피 잔을 치워 버리더니, 레코드판도 부수려고 한다. 깨지지 않고 휘어지기만 하면서 꽤 버틴다 싶더니 레코드판도 결국은 탁 하고 반쪽이 난다. 그는 탁자 위를 깨끗이 치우고, 편지 몇 통을 찢고, 내 유서도 내던져 버린다. 모든 것이 휴지통 속으로 떨어진다. 수면제가 들어 있는 약통을 찢어진 종잇조각 사이로 던져 버리고 그는 또 뭔가를 찾아 주변을 둘러본다. 그는 촛대를 더 멀리 치웠다가 마치 아이들 손에 닿기라도 하면 안 되는 것처럼 아예 감춰 버린다. 벽 속에 뭔가 있다. 더 이상 소리지를 수가 없는데도 그 뭔가가 소리를 지른다. "이반!"

말리나가 자기 주변을 찬찬히 둘러본다. 그의 눈에는 모든 것이 보이지만, 그의 귀에는 이제 아무 소리도 들리지 않는다. 녹색 테두리가 둘러진 그의 작은 찻잔만이 그대로 놓여 있다. 그 찻잔 하나만이. 그가 혼자라는 증거다. 다시 전화벨이 울린다. 말리나는 망설이다가 전화기 쪽으로 간다. 이반이라는 것을 그도 안다. 말리나가 말한다. "여보세요?" 그러고는 다시 잠시 동안 아무 말도 않는다.

뭐라고요?
아니라고요?
그렇다면 제가 제대로 말하지 않았나 봅니다.
착각하신 게 틀림없습니다.
여기 번호는 723144입니다.

네, 웅가르 가 6번지.

아뇨, 없습니다.

여기 여자는 없습니다.

그런 이름을 가진 사람은 여기 살았던 적이 전혀 없단 말입니다.

저 외엔 여기 아무도 없습니다.

제 번호는 723144입니다.

제 이름이요?

말리나.

발소리. 계속되는 말리나의 발소리. 점점 낮아지다 거의 들리지 않는 발소리. 마침내 정적. 경보도, 사이렌도 울리지 않는다. 아무도 도와주러 오지 않는다. 구급차도, 경찰도 오지 않는다. 이건 아주 오래된, 아주 두꺼운 벽이다. 그 누구도 이 벽 밖으로 빠져나갈 수 없고, 그 누구도 이 벽을 부숴 열 수 없으며, 이 벽으로부터는 이제 더 이상 그 어떤 소리도 새어 나갈 수 없다.

그건 살인이었다.

작품 해설

1. 바흐만의 작품 세계

1926년 오스트리아에서 태어난 바흐만은 1953년 독일 마인츠에서 열린 '47그룹'의 회합에서 '47그룹 상'을 수상하면서 시인으로서 세상에 두각을 나타냈고, 1954년 《슈피겔》의 표지 모델로 등장하면서 순식간에 '스타' 작가로 떠올랐다. 전쟁의 충격으로 황폐해진 독일 문단에 바흐만의 서정 넘치는 풍부한 울림의 시가 나타났을 때 사람들은 잃어버린 시문학을 되찾은 것처럼 열광했다. 하지만 바흐만은 자신의 시에서 아름다운 서정과 유토피아만을 읽어 내는 것을 오독(誤讀)이라고 여겼다. 고통과 절망에서 건져 올린 그녀의 시어(詩語)에는 본질적으로 불안, 이별, 추락의 정서가 깃들어 있기 때문이다. 자신의 시에서 표현한 것처럼, 바흐만은 '죽음의 편에서 삶을 깨닫는 오르페우스'와 같이 사랑과 삶을 노래했던 것이다. 이런 경향은 그녀의 라디오 방송극이나 산문 작품에서 보다 더 분명하게 확인된다. 작중 인물들, 특히 여성 인물들은 대부분 헤어날 길 없는 절망에 발목을 잡힌 채 사랑과 행복과 완전한 삶을 갈구한다. 이 인물들은 실낱같은 희망에 자신의 모든 것을 걸고 불안하게 비틀거리다 결국 파멸로 치닫는다. 위선적인 일상을 받아들이지 못하는 이 인물들을 현실은 위험한 존재로 간주한다. 한편으로는 죽음의 위협에, 다른 한편으로는 완전한 삶에 대한 목마름에 고통을 겪는 작중인물들을 보고 있노라면 바흐만을 따라다니던, '소녀 같은 여린 감수성의 소유자이자 지적으로 뛰어난 작가'라는 꼬리표가 떠오른다. 만약 그녀가 아예 여린 감수성만으로 무장된 작가였거나 그저 지적으로 뛰어나기만 한 작가였다면, 그 감수성과 지성이 부딪치며 만들어내는 불꽃같은 고통의 표현들과 여성 존재에 대한 예민하면서도 날카로운 성찰은 불가능했을지도 모른다.

2. 『말리나』

바흐만은 '죽음의 방식(Todesarten)'이란 제목으로 연작 소설을 기획했는데, 『말리나』는 그 제1부에 해당하는 작품이다.(나머지 『프란차 사건(Der Fall Franza)』과 『파니 골트만을 위한 진혼곡(Requiem für Fanny Goldmann)』은 미완으로 남았다.) 이 작품은 프롤로그 부분과 세 개의 장(章)으로 구성되어 있다. 프롤로그에서는 마치 연극에서처럼 등장인물들이 소개되고, '나'라는 일인칭 여성 서술자와 말리나의 만남이 다루어진다. 제1장에는 '이반과 함께 행복하게'라는 제목이 달려 있고, '나'와 이반 사이의 관계가 이야기의 중심축을 이룬다. 빈에 살고 있는 작가인 '나'는 헝가리 출신의 이반을 사랑한다. '나'에게 이 사랑은 자신의 삶 그 자체이지만, 이반은 이 사랑을 한낱 유희로 간주하고 '나'에게도 유희에 머물기를 강요한다. 이런 이반을 곁에 붙들어 두기 위해 '나'는 자신의 감정을 가벼움으로 포장하고, 무심함으로 가장한다. 그러나 이반의 두 아이를 알게 된 후 '나'는 조심스럽게 그들과 함께하는 삶을 꿈꾸고, 이를 받아들일 수 없는 이반은 '나'에게 조금씩 거리를 두기 시작한다. 이반이 아이들을 데리고 몬트 호수로 휴가를 떠난 동안 '나'는 볼프강 호수에 가 있는데, 그곳에서 그녀는 자신의 삶이 이반과 그의 아이들에게 존재한다는 사실만 절감한 채 빈으로 돌아온다. '제3의 남자'라는 제목의 제2장은 주인공이 꾸는 악몽들과 그 사이사이에 그녀가 말리나와 나누는 대화로 이루어진다. 악몽 속에는 딸인 '나'를 죽이려는 아버지가 등장하는데, 그런 아버지에게 '나'는 한편으로는 증오와 공포를, 다른 한편으로는 연민을 느낀다. 이런 양가적 감정 속에서 '나'는 아버지에게서 벗어나지를 못하고, 말리나는 '나'에게 아버지의 정체를 제대로 파악하라고 요구한다. 그리고 악몽의 끝자락에 이르러 드디어 '나'는 악몽 속의 아버지가 자신에게 피와 살을 준 친아버지가 아니라 보다 큰 어떤 다른 존재라는 인식에 이른다. 제3장 '마지막 일에 관하여'는 '나'와 말리나의 관계를 집중적으로 다룬다. 음악 용어들이 지문(地文)처럼 나와 있는 이 둘의 대화는 마치 오페라 대본과 같은 인상을 준다. 때로는 상대방을 달래 주고, 때로는 상대방을 공격하는 대화 속에서 말리나는 '나'에게 이제 그만 진실을 들여다보고 고통을 끝내기를, 이반을 '죽이기'를 강요한다. 그러나 '나'는 말리나의 이런 요구를 받아들이지 못하고, 사랑의 상실로 인한 고통을 이겨 내지도 못한 채 벽 속으로 사라지고 만다. 혼자 남은 말리나는 '나'라는 존재의 흔적을 모두 없애고, 전화를 걸어 온 이반에게도 '나'란 인물이 아예 없었던 것으로 대답한다.

『말리나』가 출판되었을 당시 사람들의 반응은 다분히 냉소적이었다. 바흐만의 작품에서 서정과 유토피아를 읽어 냈고, 또 읽어 내고자 했던 사람들은 평범하지 않은 삼각관계를 다룬 이 작품에 실망을 표했다. 이런 감정적인 대응을 떠나서 객관적인 평가를 시도하는 경우에 작품 해석은 대부분 작품 내재적이거나 언어 철학적인 문제에 머물렀다. 그러다가 1970년대 중반 이후, 당시 여성 운동의 영향으로, 이 작품은 일종의 여성 소설로 해석되기 시작했다. 비록 본격적인 여성 문학은 아니라 하더라도, 작품 속에 나타나는 가부장제의 문제나 감성과 이성의 대립, 여성 존재의 불안함이나 정체성 분열 등의 주제가 여성 운동의 시각에서 다루어졌다.

가부장제의 문제는 제2장에 등장하는 아버지라는 인물을 중심으로 분명하게 드러난다. 악몽 속의 아버지는 아내와 딸, 애인을 폭행하고, 근친상간을 범하고, 딸을 죽이려 든다. 이는 여성에게 행해지는 남성의 가부장적 폭력이 꿈이라는 장치를 통해 노골적으로 표현된 것이다. 이런 아버지에게서 벗어나려는 주인공의 시도는 때로는 아버지의 폭력에 의해, 때로는 '그래도 내 아버지'라는 감정에 의해 수포로 돌아간다. 그러다 '나'가 아버지에게서 개인을 넘어서는 보다 큰 존재를 인식하게 되면서 제2장은 끝이 난다. 여기서 주인공이 인식한 것은 바로 아버지로 상징되는 가부장제와 그것의 폭력성이다.

그러나 바흐만은 폭력이라는 문제를 가부장제에만 한정시키지 않는다. 제2장에 나타나는 나치의 폭력에 대한 암시 속에서 가부장적 폭력은 파시즘적 폭력으로, 즉 인간에 대한 인간의 폭력으로 확대된다. 아마도 근원적이라 표현할 수 있을 이러한 폭력에 대한 작가의 예민하고도 섬세한 통찰이 탁월하게 형상화된 것이 바로 여섯 살짜리 꼬마가 방과 후 집으로 가는 길에 경험하게 되는 폭력이다. 기쁨과 설렘에 충만해 다른 사람에게 다가섰던 이 꼬마는 이유도 모른 채 뺨을 맞는다. 울지도 않고, 평소와 같이 타박타박 집으로 향하는 발걸음은 폭력의 경험 후에도 변함없이 계속되는 일상을 상징한다. 그러나 쉽게 감지할 수 없는 단 하나의 작은 변화, 즉 더 이상은 나무 울타리를 세며 걸어가지 못한다는 변화 속에 이 아이의 '고통에 대한 첫 인식'이, 이 어린아이의 마음속 혼란이, 순수한 인간의 영혼에 폭력이 남기게 된 깊고 선명한 상처가 투영되어 있다.

제2장의 아버지처럼 노골적인 폭력을 행사하지는 않지만, 이반 역시 남성 중심적 사회를 대표하는 인물이다. '나'의 모든 것은 이반과의 사랑을 향하고 있고, 이 사랑은 '나'에게 종교처럼 절대적이다. 하지만 이반은 '나'의 이러한 사랑의 무게를 부담스러워한다. 또한 이반은 '나'를 무시하고, '나'의 글쓰기를 무시하며, '나'의 이야기를 귀담아들어 주지 않는다. 체스라는 소재를 두고 이들이 보여 주는 모습은 열등한 존재로서의 여성상, 혹은 엄밀하게 말하자면 여성을 열등한 존재로 전락시

키는 남성상을 부각시킨다. 두 사람의 관계에서 '나'는 은연중에 아내라는 관습적인 여성의 역할을 하고 싶어 하고, 그런 그녀에게는 칸트의 『순수 이성 비판』보다 요리책 한 권이 훨씬 더 중요해진다. 이반의 두 아이들을 본 후 '나'는 이제 그 아이들의 어머니 역할까지 꿈꾼다. 하지만 이반은 자기들의 영역에 '나'를 받아들여 주지 않는다. 아버지에게서 아들로 이어지는 이반의 세계에서 '나'는 아내도, 어머니도 될 수가 없다.

이렇게 아버지의 악몽에 시달리고, 이반에 대한 사랑으로 힘들어하는 '나'를 곁에서 보살피고 비판하는 인물이 바로 말리나이다. 그는 '나'와 한집에 같이 살고 있고, 이제 마흔 살이 되었으며, 군사 박물관에 근무하는 보통 사람인 것처럼 표현되고 있다. 얼핏 '나', 이반, 말리나가 마치 삼각관계라도 이루고 있는 것 같지만, 사실 말리나와 이반은 서로에게 아무런 관심도 없다. 이반은 말리나라는 존재를 전혀 파악하지 못하는 것처럼 보이고, '나'는 "마치 사람들이 가족 중의 정신병자를 감추듯이" 이반에게 말리나를 감추려고 애쓴다. 결말 부분의 전화 통화를 제외하면 작품 속에서 이반과 말리나는 단 한 번도 서로 부딪치지 않는다. 이반이 사라지고 난 다음에야 비로소 말리나는 모습을 드러내고, 아무런 설명을 해 주지 않아도 이반이 사용한 물건과 '나'가 사용한 물건을 정확하게 구분해 낸다. 작품의 결말에서 '나'가 벽 속으로 사라지면 말리나는 '나'의 모든 흔적을 없애고, 전화를 걸어 온 이반에게 그 집에 살고 있는 사람은 자기뿐이라고 말한다.

'나'와 말리나를 두고 생기는 이 수수께끼 같은 일들은 이 두 인물이 사실은 한 여성의 분열된 자아를 구현하고 있다는 점에 기인한다. 어느 인터뷰에서 바흐만은 '나'와 말리나를 분신 관계로 구상했고, '왜 이 이중적인 인물의 한쪽이 다른 쪽을 파멸시킬 수밖에 없는가'라는 물음이 이 작품의 근본적인 문제의식이라고 밝히고 있다. 즉, 이 작품에서는 감정적이면서 동시에 지적이기도 한 여성의 자아 분열이 다루어지고 있으며, 이 자아 분열이 감성적인 여성 자아인 '나'와 이성적인 남성 자아인 말리나로 각각 형상화된다. 이 분열은 작품 속 여러 곳에서, 예를 들어 점성술사인 노박 부인과의 대화("서로 분열된 한 남자와 한 여자, 맞나요?")나 이반과의 대화("그건 내 안의 어떤 다른 남자야.")에서 암시되고 있다. 또한 제2장에서 '나'는 자신의 아이에게 '아니무스'라는 이름을 지어 주는데, '나'와 말리나를 한 여성의 분열된 자아로 파악한다면 말리나는 결국 이 여성의 아니무스(여성 안에 내재한 남성적 속성)인 셈이다. 그렇다면 때로는 수수께끼나 선문답(禪問答)처럼 들리는 '나'와 말리나 사이의 대화는 내적 독백인 동시에 내적 대화이며, 둘 사이의 생존을 건 투쟁이다.(나 : 내겐 단 하나의 삶뿐이야. / 말리나 : 그걸 나한테 넘겨.) 이른바 '살인'이라고 표현된 '나'의 사라짐은 여성적 자아의 상실을,("여기 여자는 없습니다.") 그리고 동시에 말리나라는 남성적 자아로서의 살아남음을 상징한다.

이러한 결말은 글쓰기와도 관계가 있다. 이반과의 사랑이 이루어지지 못하면서 '나'는 결국 '아름다운 책'을 쓸 수 없게 되고, 그것은 '나'를 통한 감성적 글쓰기가 더 이상은 불가능함을 의미한다. '나'는 유언에서 자신의 글에 대한 권리를 말리나에게 넘겨주고 벽 속으로 사라지는데, 이는 자신에게 불가능해진 글쓰기가 말리나를 통해 계속되도록 '나'가 자기 자신을 희생시켰다고, 혹은 희생시킬 수밖에 없었다고 해석될 수 있다.(말리나 : 넌 스스로를 망가뜨린 다음에야 비로소 자신에게 쓸모 있는 존재가 될 수 있으니까.)

『말리나』는 한 번에 쉽게 읽어 내려갈 수 있는 작품이 아니다. 처음부터 여성 자아의 분열을 구상했음에도 불구하고, 바흐만은 작품 속에서 '나'와 말리나의 분신 관계를 명백하게 밝히지도 않고, 그렇다고 아예 분명히 감추지도 않는다. '나'와 말리나의 관계에 대한 해석을 독자에게 맡긴 것이다. 따라서 이 작품은 무엇보다 독자의 능동적인 독서를 요구한다. 마치 결말에서 뜻밖의 반전을 접하게 된 영화를 처음부터 곱씹듯이, 문장 하나, 단어 하나도 그 의미를 되새기며 읽게 만드는 작품이 바로 바흐만의 『말리나』이다.

번역을 위해 사용한 텍스트는 독일 Suhrkamp 출판사에서 나온 『Malina』이며, 작가 연보 역시 이 텍스트 끝 부분에 실린 것을 번역했다. 또 각주 중 쇤베르크와 베토벤, 랭보, 스탐파와 관련된 부분, 케른텐 주와 관련된 부분, 그리고 헝가리어 해석은 독일 Piper 출판사에서 나온 『Ingeborg Bachmann. "Todesarten" Projekt』에 실린 주해를 참조했음을 밝혀 둔다.

2010년 11월

남정애

작가 연보

1926년　6월 25일 오스트리아 클라겐푸르트에서 출생.

1938년　연방 실과 김나지움 졸업.

1944년　우르술라 여자고등학교 졸업.

1945년　초등교원 양성 기관에 다녔으나 제2차 세계대전이 끝나면서 함께 중단.

1946년　인스부르크 대학에서 철학 공부. 그라츠 대학에서 한 학기 동안 철학과 법학 공부.
첫 단편 「나룻배(Die Fähre)」 발표.

1950년　빈대학에서 철학(전공), 독문학과 심리학(부전공) 공부.

1949년　빈의 《륀케우스. 문학, 예술, 비평》이라는 잡지를 통해 처음으로 시 발표.

1950년　「마르틴 하이데거의 실존철학의 비판적 수용」이라는 논문으로 3월 25일 박사 학위 취득.

1951년 파리와 런던 여행. 빈으로 돌아와 가을부터 미점령청 사무국의 직원으로 일함. '로트 바이스 로트' 방송국에서 처음에는 스크립터로, 나중에는 편집인으로 활동.

1952년 라디오 방송극 「꿈을 파는 일(Ein Geschäft mit Träumen)」의 첫 방송. 연작 시 「출항(Ausfahrt)」이 빈에서 출간된 「현재의 목소리」라는 연감에 수록됨. 5월에 니엔도르프에서 열린 제10회 '47그룹' 회합의 낭독회에 낭독자로 초청됨.

1953년 '로트 바이스 로트' 방송국을 그만둠. 5월 마인츠에서 개최된 '47그룹'의 제12회 회합에서 '47그룹 상' 수상. 시집 『유예된 시간(Die gestundete Zeit)』 출판.

1954년 독일 산업 연방 단체의 문화협회 장려금 받음.

1955년 H. W. 헨체가 곡을 붙인 라디오 방송극 「매미들(Die Zikaden)」의 첫 방송. 하버드 대학 예술, 과학, 교육 여름 강좌의 국제 학술회에 초청됨.

1956년 시집 『대웅좌(大雄座)를 부름(Anrufung des groben Bären)』 출판.

1957년 『대웅좌를 부름』으로 루돌프 알렉산더 슈뢰더 재단이 수여하는 '브레멘 시 문학상' 수상. 다름슈타트의 독일 어문학 아카데미의 해외 통신원. 「장미 뇌우(雷雨) 속에서(Im Gewitter der Rosen)」와 「치외법권(Freies Geleit)」 두 시에 H. W. 헨체가 곡을 붙임.

1958년 뮌헨 소재 바이에른 TV방송국의 드라마 연출부에서 활동. 라디오 방송극 「맨해튼의 선신(善神)(Der gute Gott von Manhattan)」 첫 방송.

1959년 「맨해튼의 선신」으로 '전쟁 맹인 방송극상' 수상.

1960년 프랑크푸르트 대학의 시학 분야에 신설된 객원 강사제를 통해 첫 번째 강사로 활동. 바흐만이 각색하고, H. W. 헨체가 곡을 붙인 오페라 「홈부르크 왕자(Der Prinz von Homburg)」의 초연.

1961년 단편집 『삼십 세(Das dreibigste Jahr)』 출판. 이 단편집으로 독일비평가협회의 '베를린 비평가상' 수상. 베를린 예술 아카데미 문학분과의 비정규 회원으로 활동.

1963년 연초에 포드 재단이 일 년 동안의 베를린 체류를 제안하여 베를린으로 이주.

1964년 프라하, 이집트, 수단 여행. 다름슈타트의 독일 어문학 아카데미가 수여하는 '게오르크 뷔히너 상' 수상.

1965년 바흐만이 각색하고, H. W. 헨체가 곡을 붙인 오페라 「젊은 군주(Der junge Lord)」의 초연. 로마로 이주, 이후 계속 그곳에 거주.

1968년 문학 부문 '오스트리아 국가 대상' 수상.

1971년 장편소설 『말리나(Malina)』 출판.(연작소설로 기획된 「죽음의 방식(Todesarten)」의 제1부.)

1972년 단편집 『동시에(Simultan)』 출판. 오스트리아 산업가 연합에서 수여하는 '안톤 빌트간스 상' 수상.

1973년 오스트리아 문화 연구소 초청으로 바르샤바 방문, 아우슈비츠와 비르케나우 강제수용소 방문. 바르샤바 대학과 크라카우, 브레슬라우, 토른, 포젠의 대학에서 낭독회 개최. 9월 26일 로마의 자택에서 발생한 화재로 심한 부상으로 입고 10월 17일 사망. 클라겐푸르트 안나비흘 묘지에 묻힘.

세계문학전집 263

말리나

1판 1쇄 펴냄 2010년 11월 30일
1판 13쇄 펴냄 2022년 10월 11일

지은이 잉에보르크 바흐만
옮긴이 남정애
발행인 박근섭, 박상준
펴낸곳 (주)민음사

출판등록 1966. 5. 19. (제 16-490호)
서울특별시 강남구 도산대로1길 62(신사동) 강남출판문화센터 5층 (우편번호 06027)
대표전화 02-515-2000 팩시밀리 02-515-2007
www.minumsa.com

ISBN 978-89-374-6263-4 04800
ISBN 978-89-374-6000-5 (세트)

세계문학전집 목록

1·2 **변신 이야기** 오비디우스 · 이윤기 옮김 서울대 권장도서 100선
3 **햄릿** 셰익스피어 · 최종철 옮김 서울대 권장도서 100선 | 미국대학위원회 선정 SAT 추천도서
4 **변신 · 시골의사** 카프카 · 전영애 옮김 서울대 권장도서 100선
5 **동물농장** 오웰 · 도정일 옮김 미국대학위원회 선정 SAT 추천도서 | 《타임》 선정 현대 100대 영문소설
6 **허클베리 핀의 모험** 트웨인 · 김욱동 옮김 《뉴스위크》 선정 100대 명저
7 **암흑의 핵심** 콘래드 · 이상옥 옮김 미국대학위원회 선정 SAT 추천도서 | 《뉴스위크》 선정 10대 명저
8 **토니오 크뢰거 · 트리스탄 · 베니스에서의 죽음** 토마스 만 · 안삼환 외 옮김 노벨 문학상 수상 작가
9 **문학이란 무엇인가** 사르트르 · 정명환 옮김
10 **한국단편문학선 1** 김동인 외 · 이남호 엮음 국립중앙도서관 선정 청소년 권장도서
11·12 **인간의 굴레에서** 서머싯 몸 · 송무 옮김
13 **이반 데니소비치, 수용소의 하루** 솔제니친 · 이영의 옮김 노벨 문학상 수상 작가
14 **너새니얼 호손 단편선** 호손 · 천승걸 옮김
15 **나의 미카엘** 오즈 · 최창모 옮김
16·17 **중국신화전설** 위앤커 · 전인초, 김선자 옮김
18 **고리오 영감** 발자크 · 박영근 옮김
19 **파리대왕** 골딩 · 유종호 옮김 노벨 문학상 수상 작가 | 《타임》 선정 현대 100대 영문소설
20 **한국단편문학선 2** 김동리 외 · 이남호 엮음
21·22 **파우스트** 괴테 · 정서웅 옮김 서울대 권장도서 100선 | 미국대학위원회 선정 SAT 추천도서
23·24 **빌헬름 마이스터의 수업시대** 괴테 · 안삼환 옮김
25 **젊은 베르테르의 슬픔** 괴테 · 박찬기 옮김 논술 및 수능에 출제된 책(1998~2005)
26 **이피게니에 · 스텔라** 괴테 · 박찬기 외 옮김
27 **다섯째 아이** 레싱 · 정덕애 옮김 노벨 문학상 수상 작가
28 **삶의 한가운데** 린저 · 박찬일 옮김
29 **농담** 쿤데라 · 방미경 옮김
30 **야성의 부름** 런던 · 권택영 옮김
31 **아메리칸** 제임스 · 최경도 옮김
32·33 **양철북** 그라스 · 장희창 옮김 노벨 문학상 수상 작가 | 서울대 권장도서 100선
34·35 **백년의 고독** 마르케스 · 조구호 옮김 노벨 문학상 수상 작가 | 서울대 권장도서 100선
36 **마담 보바리** 플로베르 · 김화영 옮김 서울대 권장도서 100선
37 **거미여인의 키스** 푸익 · 송병선 옮김
38 **달과 6펜스** 서머싯 몸 · 송무 옮김
39 **폴란드의 풍차** 지오노 · 박인철 옮김
40·41 **독일어 시간** 렌츠 · 정서웅 옮김
42 **말테의 수기** 릴케 · 문현미 옮김
43 **고도를 기다리며** 베케트 · 오증자 옮김 노벨 문학상 수상 작가 | 서울대 권장도서 100선
44 **데미안** 헤세 · 전영애 옮김 노벨 문학상 수상 작가

45 **젊은 예술가의 초상** 조이스·이상옥 옮김 서울대 권장도서 100선
46 **카탈로니아 찬가** 오웰·정영목 옮김
47 **호밀밭의 파수꾼** 샐린저·공경희 옮김 《타임》 선정 현대 100대 영문소설 | 미국대학위원회 선정 SAT 추천도서 | 《뉴스위크》 선정 100대 명저 | BBC 선정 꼭 읽어야 할 책
48·49 **파르마의 수도원** 스탕달·원윤수, 임미경 옮김
50 **수레바퀴 아래서** 헤세·김이섭 옮김 노벨 문학상 수상 작가 | 국립중앙도서관 선정 청소년 권장도서
51·52 **내 이름은 빨강** 파묵·이난아 옮김 노벨 문학상 수상 작가
53 **오셀로** 셰익스피어·최종철 옮김 서울대 권장도서 100선
54 **조서** 르 클레지오·김윤진 옮김 노벨 문학상 수상 작가
55 **모래의 여자** 아베 코보·김난주 옮김
56·57 **부덴브로크 가의 사람들** 토마스 만·홍성광 옮김 노벨 문학상 수상 작가
58 **싯다르타** 헤세·박병덕 옮김 노벨 문학상 수상 작가
59·60 **아들과 연인** 로렌스·정상준 옮김 《뉴스위크》 선정 100대 명저
61 **설국** 가와바타 야스나리·유숙자 옮김 노벨 문학상 수상 작가 | 서울대 권장도서 100선
62 **벨킨 이야기·스페이드 여왕** 푸슈킨·최선 옮김
63·64 **넙치** 그라스·김재혁 옮김 노벨 문학상 수상 작가
65 **소망 없는 불행** 한트케·윤용호 옮김 노벨 문학상 수상 작가
66 **나르치스와 골드문트** 헤세·임홍배 옮김 노벨 문학상 수상 작가
67 **황야의 이리** 헤세·김누리 옮김 노벨 문학상 수상 작가
68 **페테르부르크 이야기** 고골·조주관 옮김
69 **밤으로의 긴 여로** 오닐·민승남 옮김 노벨 문학상 수상 작가 | 미국대학위원회 선정 SAT 추천도서
70 **체호프 단편선** 체호프·박현섭 옮김
71 **버스 정류장** 가오싱젠·오수경 옮김 노벨 문학상 수상 작가
72 **구운몽** 김만중·송성욱 옮김 서울대 권장도서 100선 | 국립중앙도서관 선정 청소년 권장도서
73 **대머리 여가수** 이오네스코·오세곤 옮김
74 **이솝 우화집** 이솝·유종호 옮김 논술 및 수능에 출제된 책(1998~2005)
75 **위대한 개츠비** 피츠제럴드·김욱동 옮김 《타임》 선정 현대 100대 영문소설
76 **푸른 꽃** 노발리스·김재혁 옮김
77 **1984** 오웰·정회성 옮김 《타임》 선정 현대 100대 영문소설 | 《뉴스위크》 선정 100대 명저
78·79 **영혼의 집** 아옌데·권미선 옮김
80 **첫사랑** 투르게네프·이항재 옮김
81 **내가 죽어 누워 있을 때** 포크너·김명주 옮김 노벨 문학상 수상 작가
82 **런던 스케치** 레싱·서숙 옮김 노벨 문학상 수상 작가
83 **팡세** 파스칼·이환 옮김
84 **질투** 로브그리예·박이문, 박희원 옮김
85·86 **채털리 부인의 연인** 로렌스·이인규 옮김
87 **그 후** 나쓰메 소세키·윤상인 옮김
88 **오만과 편견** 오스틴·윤지관, 전승희 옮김 미국대학위원회 선정 SAT 추천도서
89·90 **부활** 톨스토이·연진희 옮김 논술 및 수능에 출제된 책(1998~2005)
91 **방드르디, 태평양의 끝** 투르니에·김화영 옮김
92 **미겔 스트리트** 나이폴·이상옥 옮김 노벨 문학상 수상 작가
93 **뻬드로 빠라모** 룰포·정창 옮김

94 **차라투스트라는 이렇게 말했다** 니체·장희창 옮김 국립중앙도서관 선정 청소년 권장도서
95·96 **적과 흑** 스탕달·이동렬 옮김 국립중앙도서관 선정 청소년 권장도서
97·98 **콜레라 시대의 사랑** 마르케스·송병선 옮김 노벨 문학상 수상 작가 | BBC 선정 꼭 읽어야 할 책
99 **맥베스** 셰익스피어·최종철 옮김 서울대 권장도서 100선 | 미국대학위원회 선정 SAT 추천도서
100 **춘향전** 작자 미상·송성욱 풀어 옮김 서울대 권장도서 100선
101 **페르디두르케** 곰브로비치·윤진 옮김
102 **포르노그라피아** 곰브로비치·임미경 옮김
103 **인간 실격** 다자이 오사무·김춘미 옮김
104 **네루다의 우편배달부** 스카르메타·우석균 옮김
105·106 **이탈리아 기행** 괴테·박찬기 외 옮김
107 **나무 위의 남작** 칼비노·이현경 옮김
108 **달콤 쌉싸름한 초콜릿** 에스키벨·권미선 옮김
109·110 **제인 에어** C. 브론테·유종호 옮김 BBC 선정 꼭 읽어야 할 책
111 **크눌프** 헤세·이노은 옮김 노벨 문학상 수상 작가
112 **시계태엽 오렌지** 버지스·박시영 옮김 《타임》 선정 현대 100대 영문소설 | 《뉴스위크》 선정 100대 명저
113·114 **파리의 노트르담** 위고·정기수 옮김 미국대학위원회 선정 SAT 추천도서
115 **새로운 인생** 단테·박우수 옮김
116·117 **로드 짐** 콘래드·이상옥 옮김 《뉴스위크》 선정 100대 명저
118 **폭풍의 언덕** E. 브론테·김종길 옮김 미국대학위원회 선정 SAT 추천도서
119 **텔크테에서의 만남** 그라스·안삼환 옮김 노벨 문학상 수상 작가
120 **검찰관** 고골·조주관 옮김
121 **안개** 우나무노·조민현 옮김
122 **나사의 회전** 제임스·최경도 옮김 미국대학위원회 선정 SAT 추천도서
123 **피츠제럴드 단편선 1** 피츠제럴드·김욱동 옮김
124 **목화밭의 고독 속에서** 콜테스·임수현 옮김
125 **돼지꿈** 황석영
126 **라셀라스** 존슨·이인규 옮김
127 **리어 왕** 셰익스피어·최종철 옮김 서울대 권장도서 100선 | 《뉴스위크》 선정 100대 명저
128·129 **쿠오 바디스** 시엔키에비치·최성은 옮김 노벨 문학상 수상 작가
130 **자기만의 방** 울프·이미애 옮김
131 **시르트의 바닷가** 그라크·송진석 옮김
132 **이성과 감성** 오스틴·윤지관 옮김
133 **바덴바덴에서의 여름** 치프킨·이장욱 옮김
134 **새로운 인생** 파묵·이난아 옮김 노벨 문학상 수상 작가
135·136 **무지개** 로렌스·김정매 옮김
137 **인생의 베일** 서머싯 몸·황소연 옮김
138 **보이지 않는 도시들** 칼비노·이현경 옮김
139·140·141 **연초 도매상** 바스·이운경 옮김 《타임》 선정 현대 100대 영문소설
142·143 **플로스 강의 물방앗간** 엘리엇·한애경, 이봉지 옮김 미국대학위원회 선정 SAT 추천도서
144 **연인** 뒤라스·김인환 옮김
145·146 **이름 없는 주드** 하디·정종화 옮김
147 **제49호 품목의 경매** 핀천·김성곤 옮김 《타임》 선정 현대 100대 영문소설

148 성역 포크너·이진준 옮김 노벨 문학상 수상 작가 | 퓰리처상 수상 작가

149 무진기행 김승옥

150·151·152 신곡(지옥편·연옥편·천국편) 단테·박상진 옮김 서울대 권장도서 100선 | 미국대학위원회 선정 SAT 추천도서 | 국립중앙도서관 선정 청소년 권장도서 | 《뉴스위크》 선정 100대 명저

153 구덩이 플라토노프·정보라 옮김

154·155·156 카라마조프가의 형제들 도스토옙스키·김연경 옮김 서울대 권장도서 100선 | 국립중앙도서관 선정 청소년 권장도서

157 지상의 양식 지드·김화영 옮김 노벨 문학상 수상 작가

158 밤의 군대들 메일러·권택영 옮김 퓰리처상 수상 작가

159 주홍 글자 호손·김욱동 옮김 서울대 권장도서 100선 | 미국대학위원회 선정 SAT 추천도서

160 깊은 강 엔도 슈사쿠·유숙자 옮김

161 욕망이라는 이름의 전차 윌리엄스·김소임 옮김

162 마사 퀘스트 레싱·나영균 옮김 노벨 문학상 수상 작가

163·164 운명의 딸 아옌데·권미선 옮김

165 모렐의 발명 비오이 카사레스·송병선 옮김

166 삼국유사 일연·김원중 옮김 서울대 권장도서 100선

167 풀잎은 노래한다 레싱·이태동 옮김 노벨 문학상 수상 작가

168 파리의 우울 보들레르·윤영애 옮김

169 포스트맨은 벨을 두 번 울린다 케인·이만식 옮김

170 썩은 잎 마르케스·송병선 옮김 노벨 문학상 수상 작가

171 모든 것이 산산이 부서지다 아체베·조규형 옮김 《타임》 선정 현대 100대 영문소설 | 《뉴스위크》 선정 100대 명저

172 한여름 밤의 꿈 셰익스피어·최종철 옮김 미국대학위원회 선정 SAT 추천도서

173 로미오와 줄리엣 셰익스피어·최종철 옮김 미국대학위원회 선정 SAT 추천도서

174·175 분노의 포도 스타인벡·김승욱 옮김 노벨 문학상 수상 작가 | 《타임》 선정 현대 100대 영문소설

176·177 괴테와의 대화 에커만·장희창 옮김

178 그물을 헤치고 머독·유종호 옮김 《타임》 선정 현대 100대 영문소설

179 브람스를 좋아하세요... 사강·김남주 옮김

180 카타리나 블룸의 잃어버린 명예 하인리히 뵐·김연수 옮김 노벨 문학상 수상 작가

181·182 에덴의 동쪽 스타인벡·정회성 옮김 노벨 문학상 수상 작가

183 순수의 시대 워튼·송은주 옮김 《뉴스위크》 선정 100대 명저 | 퓰리처상 수상작

184 도둑 일기 주네·박형섭 옮김

185 나자 브르통·오생근 옮김

186·187 캐치-22 헬러·안정효 옮김 《타임》 선정 현대 100대 영문소설 | 《뉴스위크》 선정 100대 명저 | BBC 선정 꼭 읽어야 할 책

188 숄로호프 단편선 숄로호프·이항재 옮김 노벨 문학상 수상 작가

189 말 사르트르·정명환 옮김

190·191 보이지 않는 인간 엘리슨·조영환 옮김 《타임》 선정 현대 100대 영문소설 | 미국대학위원회 선정 SAT 추천도서 | 《뉴스위크》 선정 100대 명저

192 왑샷 가문 연대기 치버·김승욱 옮김 퓰리처상 수상 작가

193 왑샷 가문 몰락기 치버·김승욱 옮김 퓰리처상 수상 작가

194 필립과 다른 사람들 노터봄·지명숙 옮김

195·196 **하드리아누스 황제의 회상록** 유르스나르·곽광수 옮김
197·198 **소피의 선택** 스타이런·한정아 옮김 퓰리처상 수상 작가
199 **피츠제럴드 단편선 2** 피츠제럴드·한은경 옮김
200 **홍길동전** 허균·김탁환 옮김
201 **요술 부지깽이** 쿠버·양윤희 옮김
202 **북호텔** 다비·원윤수 옮김
203 **톰 소여의 모험** 트웨인·김욱동 옮김
204 **금오신화** 김시습·이지하 옮김
205·206 **테스** 하디·정종화 옮김 미국대학위원회 선정 SAT 추천도서 | BBC 선정 꼭 읽어야 할 책
207 **브루스터플레이스의 여자들** 네일러·이소영 옮김
208 **더 이상 평안은 없다** 아체베·이소영 옮김
209 **그레인지 코플랜드의 세 번째 인생** 워커·김시현 옮김 퓰리처상 수상 작가
210 **어느 시골 신부의 일기** 베르나노스·정영란 옮김
211 **타라스 불바** 고골·조주관 옮김
212·213 **위대한 유산** 디킨스·이인규 옮김 서울대 권장도서 100선 | BBC 선정 꼭 읽어야 할 책
214 **면도날** 서머싯 몸·안진환 옮김
215·216 **성채** 크로닌·이은정 옮김
217 **오이디푸스 왕** 소포클레스·강대진 옮김 서울대 권장도서 100선
218 **세일즈맨의 죽음** 밀러·강유나 옮김
219·220·221 **안나 카레니나** 톨스토이·연진희 옮김 서울대 권장도서 100선
222 **오스카 와일드 작품선** 와일드·정영목 옮김
223 **벨아미** 모파상·송덕호 옮김
224 **파스쿠알 두아르테 가족** 호세 셀라·정동섭 옮김 노벨 문학상 수상 작가
225 **시칠리아에서의 대화** 비토리니·김운찬 옮김
226·227 **길 위에서** 케루악·이만식 옮김 《타임》 선정 현대 100대 영문소설 | 《뉴스위크》 선정 100대 명저
228 **우리 시대의 영웅** 레르몬토프·오정미 옮김
229 **아우라** 푸엔테스·송상기 옮김
230 **클링조어의 마지막 여름** 헤세·황승환 옮김 노벨 문학상 수상 작가
231 **리스본의 겨울** 무뇨스 몰리나·나송주 옮김
232 **뻐꾸기 둥지 위로 날아간 새** 키지·정회성 옮김 《타임》 선정 현대 100대 영문소설 | 《뉴스위크》 선정 100대 명저
233 **페널티킥 앞에 선 골키퍼의 불안** 한트케·윤용호 옮김 노벨 문학상 수상 작가
234 **참을 수 없는 존재의 가벼움** 쿤데라·이재룡 옮김
235·236 **바다여, 바다여** 머독·최옥영 옮김
237 **한 줌의 먼지** 에벌린 워·안진환 옮김 《타임》 선정 현대 100대 영문소설
238 **뜨거운 양철 지붕 위의 고양이·유리 동물원** 윌리엄스·김소임 옮김 퓰리처상 수상작
239 **지하로부터의 수기** 도스토옙스키·김연경 옮김
240 **키메라** 바스·이운경 옮김
241 **반쪼가리 자작** 칼비노·이현경 옮김
242 **벌집** 호세 셀라·남진희 옮김 노벨 문학상 수상 작가
243 **불멸** 쿤데라·김병욱 옮김
244·245 **파우스트 박사** 토마스 만·임홍배, 박병덕 옮김 노벨 문학상 수상 작가

246 **사랑할 때와 죽을 때** 레마르크 · 장희창 옮김
247 **누가 버지니아 울프를 두려워하랴?** 올비 · 강유나 옮김
248 **인형의 집** 입센 · 안미란 옮김
249 **위폐범들** 지드 · 원윤수 옮김 노벨 문학상 수상 작가
250 **무정** 이광수 · 정영훈 책임 편집 서울대 권장도서 100선
251·252 **의지와 운명** 푸엔테스 · 김현철 옮김
253 **폭력적인 삶** 파솔리니 · 이승수 옮김
254 **거장과 마르가리타** 불가코프 · 정보라 옮김
255·256 **경이로운 도시** 멘도사 · 김현철 옮김
257 **야콥을 둘러싼 추측들** 욘존 · 손대영 옮김
258 **왕자와 거지** 트웨인 · 김욱동 옮김
259 **존재하지 않는 기사** 칼비노 · 이현경 옮김
260·261 **눈먼 암살자** 애트우드 · 차은정 옮김 《타임》 선정 현대 100대 영문소설
262 **베니스의 상인** 셰익스피어 · 최종철 옮김
263 **말리나** 바흐만 · 남정애 옮김
264 **사볼타 사건의 진실** 멘도사 · 권미선 옮김
265 **뒤렌마트 희곡선** 뒤렌마트 · 김혜숙 옮김
266 **이방인** 카뮈 · 김화영 옮김 노벨 문학상 수상 작가 | 미국대학위원회 선정 SAT 추천도서
267 **페스트** 카뮈 · 김화영 옮김 노벨 문학상 수상 작가 | 국립중앙도서관 선정 청소년 권장도서
268 **검은 튤립** 뒤마 · 송진석 옮김
269·270 **베를린 알렉산더 광장** 되블린 · 김재혁 옮김
271 **하얀 성** 파묵 · 이난아 옮김 노벨 문학상 수상 작가
272 **푸슈킨 선집** 푸슈킨 · 최선 옮김
273·274 **유리알 유희** 헤세 · 이영임 옮김 노벨 문학상 수상 작가
275 **픽션들** 보르헤스 · 송병선 옮김 서울대 권장도서 100선
276 **신의 화살** 아체베 · 이소영 옮김
277 **빌헬름 텔 · 간계와 사랑** 실러 · 홍성광 옮김
278 **노인과 바다** 헤밍웨이 · 김욱동 옮김 노벨 문학상 수상 작가 | 퓰리처상 수상작
279 **무기여 잘 있어라** 헤밍웨이 · 김욱동 옮김 미국대학위원회 선정 SAT 추천도서
280 **태양은 다시 떠오른다** 헤밍웨이 · 김욱동 옮김 《타임》 선정 현대 100대 영문 소설
281 **알레프** 보르헤스 · 송병선 옮김
282 **일곱 박공의 집** 호손 · 정소영 옮김
283 **에마** 오스틴 · 윤지관, 김영희 옮김
284·285 **죄와 벌** 도스토옙스키 · 김연경 옮김 미국대학위원회 선정 SAT 추천도서
286 **시련** 밀러 · 최영 옮김
287 **모두가 나의 아들** 밀러 · 최영 옮김
288·289 **누구를 위하여 종은 울리나** 헤밍웨이 · 김욱동 옮김 노벨 문학상 수상 작가
290 **구르브 연락 없다** 멘도사 · 정창 옮김
291·292·293 **데카메론** 보카치오 · 박상진 옮김
294 **나누어진 하늘** 볼프 · 전영애 옮김
295·296 **제브데트 씨와 아들들** 파묵 · 이난아 옮김 노벨 문학상 수상 작가
297·298 **여인의 초상** 제임스 · 최경도 옮김 미국대학위원회 선정 SAT 추천도서

299 압살롬, 압살롬! 포크너 · 이태동 옮김 노벨 문학상 수상 작가
300 이상 소설 전집 이상 · 권영민 책임 편집
301·302·303·304·305 레 미제라블 위고 · 정기수 옮김
306 관객모독 한트케 · 윤용호 옮김 노벨 문학상 수상 작가
307 더블린 사람들 조이스 · 이종일 옮김
308 에드거 앨런 포 단편선 앨런 포 · 전승희 옮김 미국대학위원회 선정 SAT 추천도서
309 보이체크 · 당통의 죽음 뷔히너 · 홍성광 옮김
310 노르웨이의 숲 무라카미 하루키 · 양억관 옮김
311 운명론자 자크와 그의 주인 디드로 · 김희영 옮김
312·313 헤밍웨이 단편선 헤밍웨이 · 김욱동 옮김 노벨 문학상 수상 작가
314 피라미드 골딩 · 안지현 옮김 노벨 문학상 수상 작가
315 닫힌 방 · 악마와 선한 신 사르트르 · 지영래 옮김
316 등대로 울프 · 이미애 옮김 《타임》 선정 현대 100대 영문소설 | 《뉴스위크》 선정 100대 명저
317·318 한국 희곡선 송영 외 · 양승국 엮음
319 여자의 일생 모파상 · 이동렬 옮김
320 의식 노터봄 · 김영중 옮김
321 육체의 악마 라디게 · 원윤수 옮김
322·323 감정 교육 플로베르 · 지영화 옮김
324 불타는 평원 룰포 · 정창 옮김
325 위대한 몬느 알랭푸르니에 · 박영근 옮김
326 라쇼몬 아쿠타가와 류노스케 · 서은혜 옮김
327 반바지 당나귀 보스코 · 정영란 옮김
328 정복자들 말로 · 최윤주 옮김
329·330 우리 동네 아이들 마흐푸즈 · 배혜경 옮김 노벨 문학상 수상 작가
331·332 개선문 레마르크 · 장희창 옮김
333 사바나의 개미 언덕 아체베 · 이소영 옮김
334 게걸음으로 그라스 · 장희창 옮김 노벨 문학상 수상 작가
335 코스모스 곰브로비치 · 최성은 옮김
336 좁은 문 · 전원교향곡 · 배덕자 지드 · 동성식 옮김 노벨 문학상 수상 작가
337·338 암 병동 솔제니친 · 이영의 옮김 노벨 문학상 수상 작가
339 피의 꽃잎들 응구기 와 시옹오 · 왕은철 옮김
340 운명 케르테스 · 유진일 옮김 노벨 문학상 수상 작가
341·342 벌거벗은 자와 죽은 자 메일러 · 이운경 옮김 퓰리처상 수상 작가
343 시지프 신화 카뮈 · 김화영 옮김 노벨 문학상 수상 작가
344 뇌우 차오위 · 오수경 옮김
345 모옌 중단편선 모옌 · 심규호, 유소영 옮김 노벨 문학상 수상 작가
346 일야서 한사오궁 · 심규호, 유소영 옮김
347 상속자들 골딩 · 안지현 옮김 노벨 문학상 수상 작가
348 설득 오스틴 · 전승희 옮김
349 히로시마 내 사랑 뒤라스 · 방미경 옮김
350 오 헨리 단편선 오 헨리 · 김희용 옮김
351·352 올리버 트위스트 디킨스 · 이인규 옮김

353·354·355·356 **전쟁과 평화** 톨스토이 · 연진희 옮김
357 **다시 찾은 브라이즈헤드** 에벌린 워 · 백지민 옮김
358 **아무도 대령에게 편지하지 않다** 마르케스 · 송병선 옮김
359 **사양** 다자이 오사무 · 유숙자 옮김
360 **좌절** 케르테스 · 한경민 옮김 노벨 문학상 수상 작가
361·362 **닥터 지바고** 파스테르나크 · 김연경 옮김 노벨 문학상 수상 작가
363 **노생거 사원** 오스틴 · 윤지관 옮김
364 **개구리** 모옌 · 심규호, 유소영 옮김 노벨 문학상 수상 작가
365 **마왕** 투르니에 · 이원복 옮김 공쿠르상 수상 작가
366 **맨스필드 파크** 오스틴 · 김영희 옮김
367 **이선 프롬** 이디스 워튼 · 김욱동 옮김 퓰리처상 수상 작가
368 **여름** 이디스 워튼 · 김욱동 옮김 퓰리처상 수상 작가
369·370·371 **나는 고백한다** 자우메 카브레 · 권가람 옮김
372·373·374 **태엽 감는 새 연대기** 무라카미 하루키 · 김연경 옮김
375·376 **대사들** 제임스 · 정소영 옮김
377 **족장의 가을** 마르케스 · 송병선 옮김 노벨 문학상 수상 작가
378 **핏빛 자오선** 매카시 · 김시현 옮김
379 **모두 다 예쁜 말들** 매카시 · 김시현 옮김
380 **국경을 넘어** 매카시 · 김시현 옮김
381 **평원의 도시들** 매카시 · 김시현 옮김
382 **만년** 다자이 오사무 · 유숙자 옮김
383 **반항하는 인간** 카뮈 · 김화영 옮김 노벨 문학상 수상 작가
384·385·386 **악령** 도스토옙스키 · 김연경 옮김
387 **태평양을 막는 제방** 뒤라스 · 윤진 옮김
388 **남아 있는 나날** 가즈오 이시구로 · 송은경 옮김
389 **앙리 브륄라르의 생애** 스탕달 · 원윤수 옮김
390 **찻집** 라오서 · 오수경 옮김
391 **태어나지 않은 아이를 위한 기도** 케르테스 · 이상동 옮김 노벨 문학상 수상 작가
392·393 **서머싯 몸 단편선** 서머싯 몸 · 황소연 옮김
394 **케이크와 맥주** 서머싯 몸 · 황소연 옮김
395 **월든** 소로 · 정회성 옮김
396 **모래 사나이** E. T. A. 호프만 · 신동화 옮김
397·398 **검은 책** 오르한 파묵 · 이난아 옮김 노벨 문학상 수상 작가
399 **방랑자들** 올가 토카르추크 · 최성은 옮김 노벨 문학상 수상 작가
400 **시여, 침을 뱉어라** 김수영 · 이영준 엮음
401·402 **환락의 집** 이디스 워튼 · 전승희 옮김
403 **달려라 메로스** 다자이 오사무 · 유숙자 옮김
404 **아버지와 자식** 투르게네프 · 연진희 옮김
405 **청부 살인자의 성모** 바예호 · 송병선 옮김
406 **세피아빛 초상** 아옌데 · 조영실 옮김
407·408·409·410 **사기 열전** 사마천 · 김원중 옮김 서울대 권장도서 100선
411 **이상 시 전집** 이상 · 권영민 책임 편집
412 **어둠 속의 사건** 발자크 · 이동렬 옮김

세계문학전집은 계속 간행됩니다.